U0107417

张少康文集

第三卷

文赋集释

夕秀集

北京大学出版社

PEKING UNIVERSITY PRESS

图书在版编目（CIP）数据

张少康文集. 第三卷，文赋集释　夕秀集 / 张少康著. —北京：北京大学出版社，2024.5

ISBN 978-7-301-34529-0

Ⅰ. ①张…　Ⅱ. ①张…　Ⅲ. ①中国文学—文学研究—文集　Ⅳ. ①I-53

中国国家版本馆 CIP 数据核字(2023)第 190180 号

书　　　　名	张少康文集·第三卷：文赋集释 夕秀集
	ZHANGSHAOKANG WENJI · DI-SAN JUAN：WENFU-JISHI XIXIUJI
著作责任者	张少康　著
责 任 编 辑	延城城
标 准 书 号	ISBN 978-7-301-34529-0
出 版 发 行	北京大学出版社
地　　　址	北京市海淀区成府路 205 号　100871
网　　　址	http://www.pup.cn　新浪微博：@ 北京大学出版社
电 子 邮 箱	编辑部 wsz@pup.cn　总编室 zpup@pup.cn
电　　　话	邮购部 010-62752015　发行部 010-62750672
	编辑部 010-62752022
印 　刷 　者	涿州市星河印刷有限公司
经 销 者	新华书店
	650 毫米 × 980 毫米　16 开本　29.5 印张　453 千字
	2024 年 5 月第 1 版　2024 年 5 月第 1 次印刷
定　　　价	138.00 元

第三卷说明

本卷收入《文赋集释》《夕秀集》两本著作。

《文赋集释》上海古籍出版社 1984 年出版,台湾汉京文化事业有限公司 1987 年盗版出版,2002 年人民文学出版社出版修订本。

《夕秀集》为二十世纪九十年代学术论文集,华文出版社 1999 年出版,收入"博导文丛"。其中《中国古代文艺美学的民族传统》一文,因已有增补版《论中国古代文艺美学的民族传统》(见文集第五卷),故此处删去。又,《司空图〈二十四诗品〉真伪问题之我见》一文,已见《司空图及其诗论研究》,此处删去,并对自序作个别文字修订。

目 录

文赋集释

夕秀集

文赋集释

前　言

　　陆机《文赋》是我国文学理论批评史上第一篇系统地论述文学创作问题的重要著作。为了全面地理解《文赋》的内容，有必要对陆机的生平思想作一个简要的介绍。

　　陆机(261年—303年)，字士衡，吴郡人。出身于三国东吴一个显贵的家庭。他的祖父陆逊是丞相，父亲陆抗是大司马，均为东吴名将，有大功于国。陆逊的从伯父陆绩则是汉末著名的经学大师。故《晋书·陆机传论》说他家是"文武奕叶，将相连华"。陆机自幼聪明好学，《晋书》本传说他"少有异才，文章冠世，伏膺儒术，非礼不动"。但他的遭遇很不幸，刚满二十岁，晋灭吴，他的几个哥哥也被杀害。陆机只好和弟弟陆云"退居旧里，闭门勤学"。晋武帝太康末年，陆机和陆云离家奔赴洛阳寻求功名。他们拜谒了地位显赫的张华。张华喜爱文才，"性好人物，诱进不倦"，曾说："伐吴之役，利获二俊。"介绍他们结识名流、权贵。故自元康元年(291年)起，陆机先后做过太子洗马、著作郎、尚书中兵郎、殿中郎等。永康元年(300年)，赵王伦辅政，以陆机为相国参军，赐爵关中侯，又以为中书郎。后赵王伦图谋篡位未遂被杀，陆机亦受到牵连，被收押下狱。幸赖成都王颖和吴王晏的救助，得以免死，在将要被充军时遇赦。当八王之乱、天下动荡之际，陆机的朋友、同乡都劝他引退返吴，可是陆机"负其才望，志匡世难"，不肯听从。他以为成都王颖"必能康隆晋室"，遂投奔他。成都王颖也很重用他，让他参大将军军事，后又为平原内史。太安二年(303年)成都王颖起兵讨伐长沙王义，以陆机为后将军、河北大都督。陆机与长沙王义军战于鹿苑，大败，宦人孟玖等诬机有谋反意，遂被杀，其弟陆云及二子均同时遇害，时机年仅四十三岁。

　　陆机在政治上以儒家思想为指导。他出身将门之后，很想承继父祖之业，有所作为。所以在闭门读书十年之后，就出去寻找出路。他在赴洛途中写的诗说："借问子何之，世网婴我身。永叹遵北渚，遗思结南津。"虽然怀念家乡,但更看重建功立业,希图有机会一展自己的抱负。他的政治理想在《遂志赋》中有很清楚的表述。他在历数尧舜文武的功业后,接着就说:"仰前踪之绵邈,岂孤人之能膺。匪世禄之敢怀,伤兹堂之不构。"然后叙述了傅说、伊尹萧何等先困顿而后遇明主故事,说:"彼殊涂而并致,此同川而偏溺。"他自己的态度是:"要信心而委命,援前修以自程。拟遗迹于成轨,咏新曲于故声。任穷达以逝止,亦进仕而退耕。庶斯言之不渝,抱耿介以成名。"他的环境和遭遇,使他只好等待命运的安排。我们从他诗赋中所表现的忧伤悲凉心情来看,他对前途也确实并不乐观。陆机的思想虽以儒家为主,但亦有受道家思想影响的一面。他在某些诗赋中亦表现了对道家为人处世态度的一定兴趣。比如在《列仙赋》中对仙人"因自然以为基,仰造化而闻道。性冲虚以易足,年缅邈其难老"的赞美,《幽人赋》中对超"尘冥"、游"物外"、摆脱"世网"缠绕的羡慕,尤其是"文赋"中所表现的老庄思想的影响,都可以说明这一点。由于当时道家思想泛滥,而且儒道开始合流,陆机以儒为主而兼有道家思想,是和时代的思想特点一致的。

陆机是西晋代表作家,诗、赋、文章在当时负有盛名。他的著作很多,可惜多半已散失。所撰《晋纪》《吴书》等历史著作,也都亡佚。从流传下来的作品看,赋和文的成就比诗要更高。陆机的诗以拟古之作为最多。拟古是当时文人的一种风气,它大半也是属于练笔或对古人诗文爱好而作,并非为了欺世盗名。陆机的赋以抒情小赋为主,有比较真实的思想感情,艺术上也比较成功。他的几篇著名的文章都是有为而作。如因"孙氏在吴,而祖父世为将相,有大勋于江表,深慨孙皓举而弃之,乃论权所以得,皓所以亡,又欲述其祖父功业,遂作《辨亡论》二篇"。他看到齐王冏"既矜功自伐,受爵不让",就"作《豪士赋》以刺焉"。"又以圣王经国,义在封建,因采其远指,著《五等论》"。但是,陆机在文学方面最大的贡献还在于《文赋》。

《文赋》的写作年代,迄无定论。杜甫《醉歌行》说:"陆机二十作《文赋》。'但后人对此颇多怀疑。清人何焯以为这是杜甫误看李善所引臧荣绪《晋书》所致。然而也有人认为杜甫所说有道理,如清人徐攀凤即持此见。近人逯钦立根据陆云《与兄平原书》第八书提到《文赋》,又考出此书写于陆机四十一岁时,乃定《文赋》之作在公元301年。陆侃如又补充订正,认为当作于公元300年。然而他们所说根据并不很充分。姜亮夫先生于《陆平原年谱》中则认为陆云给陆机的第八书中"文赋"两字非指《文赋》,乃指文与赋。姜说也有一定道理。他同意杜甫之说,然而也没有提出新的有力证据。最近《武汉大学学报》载毛庆《〈文赋〉创作年代考辨》,根据陆机诗文中用语和《文赋》用语的比较而认为《文赋》系入洛后所作,亦可备一说。但是总的说,目前尚无材料可以确切地说明《文赋》的创作年代,不能轻下结论。好在这个问题对理解《文赋》的内容并没有什么影响,尽可留待进一步的研究。

关于《文赋》的基本内容,《集释》中已有详细分析,不再赘述。但是有两个问题需要在这里作简略的说明。

第一,关于《文赋》思想的历史渊源问题。《文赋》的要旨是讲创作过程。陆机的创作思想,从《文赋》来看,主要是受道家思想的影响。在陆机以前,还没有人具体地系统地论述过创作问题。儒家历来是重在论述文艺与政治、文艺与现实、文艺的社会功用等,而对创作构思、创作过程等却没有什么论述。但是,道家,特别是庄子在论述技艺神化问题时,则涉及了很多与创作有密切关系的重要问题。道家思想在陆机那个时代很流行,陆机要论述创作问题,很自然地会从老庄学说吸取思想资料。他的《文赋》受道家思想的影响很明显,这可以从以下三个方面看出。

首先,是言意的关系。陆机是主张"言不尽意"的,此点郭绍虞先生在《关于〈文赋〉的评价》一文中早已指出。陆机在《文赋》中虽然也力图解决"意不称物,文不逮意"的问题,但感到非常困难,所以只能说:"若夫随手之变,良难以辞逮。""丰约之裁,俯仰之形,因宜适变,曲有微情。……譬犹舞者赴节以投袂,歌者应弦而遣声。是盖轮扁所不得言,故亦非华说之所能精。"表现出道家观点。何焯评此段云:"作文之妙处不可言,但去其病处而妙已全矣。赋中历剖病处,正要人从此下手,究竟赴节应声之妙,原不可言。文也几于道矣。"这个评论是深得陆机本意的。其次,是在构思过程中强调"虚静"。陆机认为创作构思的成败,关键是在能否做到内心"虚静"。《文赋》开篇就提出要"伫中区以玄览","玄览"即是"虚静"之意。故许文雨说:"此道家深观物化之说。"进入构思过程时,《文赋》又说："其始也，皆收视反听，耽思傍讯。"李善说："收视反听，言不视听也。耽思傍讯，静思而求之也。"这种不视不听的境界，也就是庄子所说的"虚静"境界。（参见 35 页"释义"部分）《庄子·天地》篇说："视乎冥冥，听乎无声。冥冥之中，独见晓焉；无声之中，独闻和焉。"虚静而后能智照日月，洞察精微。《文赋》又指出，当创作中碰到"岨峿不安"的塞塞状况时，则应当"罄澄心以凝思，眇众虑为言"。这也是指的虚静境界。再次，陆机论创作十分重视灵感的作用，他把灵感的产生归于"天机"。李善注云："《庄子》：'蚿曰：今予动吾天机。'"司马彪："天机，自然也。"又《大宗师》曰："其耆欲深者，其天机浅也。"刘障曰："言天机者，言万物转动，各有天性，任之自然，不知所由然也。"这里说明了陆机把"应感之会"归于"天机"，即是强调创作成败决定于自然天资，而非人力之所能强求。这正是老庄思想影响的反映。

　　第二，关于《文赋》的理论是不是形式主义理论的问题。这也是正确评价《文赋》的重要问题。我个人认为《文赋》不是形式主义的文学理论，理由是：一、《文赋》重点论述文艺创作形式方面的问题，并不等于就是形式主义理论。是不是形式主义理论，主要看它是不是离开内容讲形式，片面地追求形式美。而在这一点上，陆机是在内容为主、形式为内容服务的前提下讲形式的，显然没有这种偏向。"理扶质以立干，文垂条而结繁。"他是反对"遗理以存异""寻虚而逐微"的倾向的。他主张情貌统一，体物相合，着重在说明形式如何充分为表达内容服务，这怎么能叫形式主义理论呢？二、陆机的创作实践和创作理论虽有关系，但也不能等同起来。有的研究者认为陆机的创作是形式主义的，因此他的理论也是形式主义的。这种推论似乎并不妥当。陆机的创作从思想内容上看，还是很有价值的。他的诗赋多数还是真实地抒发了自己思想感情的。他的文大部分也是有为而作。不能以他的拟古诗是学习和模仿的产物，就说他的全部创作都存在这样的倾向。同时，即使陆机创作中确有形式主义倾向，也不能因此就说他的理论也一定是形式主义的。理论和实践有矛盾在很多作家身上都存在着。这两者并无必然联系。三、陆机《文赋》中的理论和六朝文风的关系问题。有的研究认为《文赋》讲"诗缘情而绮靡"，主张"艳"，又提出会意尚巧、遣言贵妍、音声迭代等，开创了六朝绮靡华艳的形式主义文风。这种说法也值得商榷。六朝重视艺术形式,这本身并没有什么问题。如果我们联系文艺发展状况来看,儒家是忽视艺术本身特殊规律的,六朝注意探讨这方面的问题,是对艺术发展的促进,不能把重视艺术本身规律说成是唯美主义和形式主义。其实,陆机《文赋》中这些主张,在《文心雕龙》中都被肯定,而且有所发展。六朝文学确有形式主义和唯美主义倾向,但那是由于一些统治阶级文人的片面提倡,违背了陆机提出的为内容服务前提下重视形式的基本原则。这显然不能归罪于陆机。相反,我们倒是应当充分肯定陆机这些主张对六朝文艺形式发展上所起的积极作用。

第三,我想谈谈《文赋》在历史上的地位和影响。它是我国文学理论批评史上独一无二的一篇关于创作问题的专论,虽然不能与博大精深的《文心雕龙》相比,但从具体地全面地分析创作过程来看,又为《文心雕龙》所不及。六朝是我国文学理论批评史上最辉煌的时期,这个时期各家各派的文学理论批评可以说都受到《文赋》的启发。挚虞的《文章流别论》就是进一步发挥了陆机论文体部分而产生的。刘勰的《文心雕龙》则更是全面地继承和发展了《文赋》的内容。章学诚《文史通义·文德》篇说:"刘勰氏出,本陆机氏说而倡论文心。"《文赋》的每一个论点,在《文心雕龙》中都可以看到它的影响。此点我在《谈谈关于〈文赋〉的研究》(收入拙作《古典文艺美学论稿》)一文中已作了详细对比,此不赘述。齐梁之际的声律派的基本美学思想也导源于陆机。沈约等人强调四声八病,目的就是要使诗歌语言平仄相间,造成抑扬顿挫的音乐美。这个基本原则,和陆机提出的"暨音声之迭代,若五色之相宣"是一致的。萧统在《文选序》中对文的概念的认识,也脱胎于陆机。陆机在论述各种文体时,没有涉及经、史、子,萧统编《文选》,也不收经、史、子,把政治、哲学、历史著作和文学区分开来,这对探讨文学的特征颇有好处。萧统对"文"的范围的理解和《文赋》相一致,而与《文心雕龙》不同。此外,《文赋》重视创作过程中外物对人的感情的影响,这对刘勰、钟嵘也有很大启发。钟嵘在理解"物之感人"时比陆机更广泛,不仅是自然事物,还包括了社会人事。陆机重视感情在文学中的作用,强调诗歌是"缘情"的,这对整个六朝文学理论批评都有深刻的影响。陆机指出创作中要"因宜适变",顺于自然,包括对语言音节美也要求自然流畅,这对钟嵘等提倡自然清新之美也有直接启示。至于《文赋》所提出的一系列理论问题,如构思问题、灵感问题、继承和创新问题、风格问题、结构问题等等,对后来整个文学理论批评的发展,都有十分深刻而广泛的影响。因此,对《文赋》的历史价值应该给予充分的估计。

张少康　1981 年 12 月

2000 年 1 月作个别文字修订

体例说明

一、《文赋集释》的内容分为三部分：校勘、集注、释义。分段进行。

二、校勘部分以宋淳熙贵池尤袤刻本《文选》为底本，参校唐陆柬之《书陆机文赋》、日本遍照金刚《文镜秘府论》及各本《文选》。著者某些意见附于校勘记中。凡属异体字、通假字均不出校。避讳字径行改正，亦不出校。

三、集注部分以收集新中国成立前历代各家注释为主，删去重复部分，按时代先后，取其始见者。凡因删夷而影响文义表现者，均于括号中略加说明，以使文义清晰连续。1949年后有关《文赋》译注，凡属通俗化译注或于文艺未有超出前人见解者，一律不收。凡有不同于前人之创见者，或见解之有参考价值者，则摘取于按语之中。凡涉及历代注释中之有分歧见解者，均于按语中略加剖析，提出著者之浅见，以供参考。

四、释义部分为著者对《文赋》每一段中主要观点之扼要分析，目的在于揭示其关键之处，并探讨其理论价值及意义。

五、校勘、集注中征引前人诸说，只注姓名，其书名、篇名及所载刊物名称等均见征引书目及附录中之研究论文索引。凡征引内容见于一人之两种不同著作者，则于引文后加括号说明之。古人及近人著作、文章中引文的讹误，属于个别字的明显错误，则加以订正，不作说明；属于文字略有差异，意义无变化者，则一任其旧，不加改动；属于引文误讹，涉及内容理解者，则加按语于括号中说明之。

征引书目

《唐陆柬之书陆机文赋》（上海书画出版社出版）

《文镜秘府论》（日本　遍照金刚）

《文选》（宋淳熙贵池尤衮刻本,绍熙计衡修补本,简称尤本）

《李善注文选》（明弘治元年翻刻张伯颜本,简称张本）

《六臣注文选》（明嘉靖翻刻茶陵陈仁子本,简称茶陵本）

（增补)《六臣注文选》（明万卷堂重刊茶陵陈古迁本）

（重新雕刻)《文选》（长洲蒋氏心矩斋影写宋绍兴辛巳建阳崇化书坊陈八郎宅刊本,有江琪序,简称江本）

《文选注六十卷》（明嘉靖袁褧嘉趣堂本,简称袁本）

《文选音注》（明万历乙未刊本,有瞿式耜批）

《文选章句》（明　陈与郊）

《文选纂注》（明　张凤翼）

《文选瀹注》（明　闵齐华注,孙月峰评）

《文选尤》（明　邹思明评）

《文选》（明毛氏汲古阁刊本,清　何焯、俞正燮批）

《昭明文选六臣汇注疏解》（清　顾施祯）

《文选举正》（清　陈景云）

《文选音义》（清　余萧客）

《文选纪闻》（清　余萧客）

《赋钞笺略》（清　雷琳　张杏滨）

《文选理学权舆》（清　汪师韩）

《文选》（清　叶树藩评）

《文选集评》（清　于光华）

《昭明文选大成》（清　方廷珪）

《文选考异》（清　胡克家）

《文选考异》（清　孙志祖）

《文选李注补正》（清　孙志祖）

《文选理学权舆补》（清　孙志祖）

《文选劬音》（清　赵晋）

《选注规李》（清　徐攀凤）

《选学纠何》（清　徐攀凤）

《文选课虚》（清　杭世骏）

《订讹类编》（清　杭世骏）

《选学胶言》（清　张云璈）

《文选拾遗》（清　朱铭）

《文选笔记》（清　陈倬）

《文选集释》（清　朱珔）

《文选笔记》（清　许巽行,有许嘉德按语）

《文选旁证》（清　梁章钜）

《文选笺证》（清　胡绍煐）

《陆士衡集》（晋　陆机）

《陆士龙集》（晋　陆云）

《宋书》（梁　沈约）

《颜氏家训》（北周　颜之推）

《文心雕龙》（梁　刘勰）

《诗品》（梁　钟嵘）

《南齐书》（梁　萧子显）

《周书》（唐　令狐德棻）

《史通》（唐　刘知几）

《国秀集》（唐　芮挺章）

《韩昌黎文集》（唐　韩愈）

《李文公集》（唐　李翱）

《欧阳文忠公集》（宋　欧阳修）

《苏东坡集》（宋　苏轼）

《文章辨体序说》（明　吴讷）

《谈艺录》（明　徐祯卿）

《文体明辨序说》（明　徐师曾）

《升庵合集》（明　杨慎）

《四溟诗话》（明　谢榛）

《诗薮》（明　胡应麟）

《音学五书》（清　顾炎武）

《姜斋诗话》（清　王夫之）

《诗筏》（清　贺贻孙）

《义门读书记》（清　何焯）

《师友诗传录》（清　王士禛）

《占毕丛谈》（清　袁守定）

《说诗晬语》（清　沈德潜）

《纪文达公遗集》（清　纪昀）

《诗学纂闻》（清　汪师韩）

《一瓢诗话》（清　薛雪）

《文史通义》（清　章学诚）

《学海堂文笔策问》（清　阮元）

《湘绮楼论文章体法》（清　王闿运）

《文选评点》（抄本）(黄侃)

《文赋注》（唐大圆）

《文论讲疏》（许文雨）

《文选学》（骆鸿凯）

《文论要诠》（程会昌）

《文赋绎意》（方竑）

《文赋义证》（李全佳）

《中国文学批评论集》（王焕镳）

《陆平原年谱》（姜亮夫）

《魏晋南北朝文学史参考资料》（北大中国文学史教研室选注）

《中国历代文论选》（郭绍虞）

《管锥编》（钱钟书）

《陆机文赋疏释》（徐复观）

《陆机文赋校释》（杨牧）

《文赋课征》（王礼卿）

文赋集释

　　余每观才士之所作,窃有以得其用心〔一〕。夫放言遣辞,良多变矣〔二〕。妍蚩好恶,可得而言〔三〕。每自属文,尤见其情〔四〕。恒患意不称物,文不逮意〔五〕。盖非知之难,能之难也〔六〕。故作《文赋》,以述先士之盛藻,因论作文之利害所由〔七〕,佗日殆可谓曲尽其妙〔八〕。至于操斧伐柯,虽取则不远〔九〕;若夫随手之变,良难以辞逮〔一〇〕。盖所能言者,具于此云〔一一〕。

校　勘

　　〔余每观才士之所作〕茶陵本云:五臣无"所"字。唐陆柬之书、《文镜秘府论》亦无"所"字。

　　〔窃有以得其用心〕茶陵本云:五臣无"用"字。

　　〔夫放言遣辞,良多变矣〕茶陵本"夫"下有"其"字。唐陆柬之书、《文镜秘府论》亦有"其"字。又,胡克家《考异》云:"袁本、茶陵本'夫'下有'其'字,云善本无此二句。按尤以五臣乱善也。"按:胡说非。《文镜秘府论》及陆柬之书均有此二句。胡克家屡以袁本、茶陵本非尤本,理由不充分。尤本是现存《文选》较早较完整的本子,而袁本、茶陵本于李善原本亦有脱漏。

　　〔良难以辞逮〕茶陵本"逮"作"逐"。唐陆柬之书亦作"逐"。按:此两字均通,于义无涉。

　　〔具于此云〕茶陵本、《文镜秘府论》"云"下均有"尔"字。

集　注

　　〔一〕李善:作,谓作文也。用心,言士用心于文。《庄子》"尧曰:'此吾所用心。'"

顾施祯:窃,私也。用心,作者之意。

方廷珪:才士,即下"先士",观《赋》首段可见。

黄侃:用心犹下言情也。

唐大圆:文之能否,视乎其才,不仅在学问。世有博学而拙于文者,所谓质胜文则野,及先进于礼乐野人也之流。亦有寡学而巧于文者,所谓文胜质则史,及后进于礼乐君子也之流。故此云才士,谓有能文之才气之士,是即文质彬彬,然后君子者。如屈原、宋玉、贾谊、司马迁、扬雄、班固等,颇符此才士之称。此等才士之作品,千载传颂,各有用心之所在。其心之如何用,及其善用与否,非寝篑功深,亲历其境,或好学深思,熟读勤玩者,不足以得之。故此云得其用心,谓窥见其作品中用心之所在也。如读屈原《离骚》,知其用心在求尧舜之耿介,去桀纣之猖披。读司马相如《大人赋》,悟其心在"王母戴胜而穴处兮,虽济万世不足以喜"等。广言之,则刘彦和《文心雕龙》全书,均为欲得才士作品之用心者。选注云"士用心于文"者,非为善诠。

许文雨:《庄子·天下》篇郭疏:"才士,才能之士。"

程会昌:《论语·述而》篇:"窃比于我老彭。"邢疏:"不敢显言,故云窃。"《文心雕龙·原道》篇:"心生而言立,言立而文明,自然之道也。"

按:《文心雕龙·序志》篇云:"夫文心者,言为文之用心也。昔涓子琴心,王孙巧心,心哉美矣,故用之焉。"钱钟书云:"按下云'每自属文,尤见其情',与开篇二语呼应,以己事印体他心,乃全《赋》眼目所在。盖此文自道甘苦,故于抽思呕心,琢词断髭,最能状难见之情,写无人之态,所谓'得其用心''自见其情'也。"徐复观云:"按此两句言常由才士之作品,而可以得到他写此作品时心理活动的历程,亦即所谓'追体验'。"据上述各家注释之意,为文之用心可包含两方面的意思:一是写文章所欲达到之目的。此系从内容上解释,如上唐大圆所言。二是文章写作中的甘苦,这是从构思、技巧上说的。北大《魏晋南北朝文学史参考资料》谓"用心"是"指构思、意图、技巧",则兼包上述两方面。郭绍虞主编《中国历代文论选》谓指"用心之所在,与心之如何用",亦同。然陆机所云是偏重在后一点的。

〔二〕李善:夫作文者,放其言,遣其理。多变,故非一体。

五臣:济曰:遣,发。良,实也。

方廷珪:放,摅。多变,谓文章之变化。

程会昌:《汉书·吴王濞传》:"诛罚良重。"师古曰:"良,实也,信也。"

徐复观:《广雅释诂》四:"放,置也。""放言"即设置言语。"遣辞"即是使用文辞。放言遣辞,即是作文。

按:此二句谓文章写作中有许多深奥微妙之处,故下云"妍蚩好恶,可得而言"。

〔三〕李善:文之好恶,可得而言论也。范晔《后汉书》:"赵壹《刺世疾邪》曰:'孰知辩其妍蚩。'"《广雅》曰:"妍,好也。"《说文》曰:"妍,慧也。"《释名》曰:"蚩,痴也。"《声类》曰:"蚩,骏也。"然妍蚩亦好恶也。

五臣:良曰:妍,美。蚩,恶也。

顾施祯:文之词有妍有蚩,而其情有好有恶,可以得言其篇之优劣,意之邪正也。

方廷珪:妍,美。蚩,丑也。唯能得其用心,故能言文之妍蚩好恶。文有妍蚩,因而人之情有好恶。此数句泛指。

梁章钜注:《说文》曰:"妍,慧也。"

唐大圆释上四句云:此就上"得其用心"句。以夫字开笔论之,谓才士之用心,无相不可寻,宜寻之于其作品中如何放其言遣其辞。放遣之间,虽多变化,然妍好蚩恶,可得而析言之。

〔四〕李善:《论衡》曰:"幽思属文,著记美言。"属,缀也。杜预《左氏传》曰:"尤,甚也。"士衡自言,每属文甚见为文之情。

方廷珪:属,缀也,即作也。情,即上文妍蚩好恶。己之妍蚩好恶,不能自掩,可以印合古人处。

许巽行:属文,《汉书·陈汤传》"善属",师古曰:"属,之欲反。"

黄侃:此言观他文既知其用意,自作文则知之愈切。

唐大圆:仅读他人之文,自心不能深入,不易得知他文之用心。必自设身处地,造作篇章,经历艰苦,既洞知自文之用心,亦可以之例读他文而得其用心。以是凡欲善自作文者,必善读他人之文以取则。欲深窥他人之用心者,亦必自作文以利其技。故此云"每自属文,尤见其情"者,谓不徒见自文之情,亦兼见他文之情。情即情伪,谓才士用心所变现之诸相。

徐复观:按"属文"即连缀字句以成文,亦即作文。"其情"与上文的"用心"同义。但上文系就古之才士作文时之用心而言,此处则就自己作文时之用心而言。

〔五〕李善:《尔雅》曰:"逮,及也。"

五臣:翰曰:体属于物,患意不似物;文出于意,患词不及意。

孙月峰:自"书不尽言,言不尽意"变来。

方廷珪:意,文之意。称,似也。物,谓所赋之物。文,词也。

骆鸿凯:"文章转进,但才少思难。每于操笔,其所成篇殆无全称者。"(范晔《狱中与诸甥侄书》)

唐大圆:所构之意,不能与物相称,则患在心粗。或意虽善构,苦无词藻以达之,则又患在学俭。欲救此二患,则一在养心,使由粗以细。一在勤学,使由俭而博。

王焕镳:患意不似物之情态,词不能尽如意所欲出也。

按:钱钟书云:"按'意'内而'物'外,'文'者、发乎内而著乎外,宣内以象外;能'逮意'即能'称物',内外通而意物合矣。'意''文''物'三者析言之,其理犹墨子之以'举''名''实'三事并列而共贯也。《墨子·经》上:'举、拟实也。';《经说》上:'告、以之名举彼实也。';《小取》:'以名举实,以词抒意。'《文心雕龙·镕裁》以'情''事''辞'为'三准',《物色》言'情以物迁,辞以情发';陆贽《奉天论赦书事条状》:'言必顾心,心必副事,三者符合,不相越踰';均同此理。"此说可供参考。然墨子之"举""名""实",与刘勰之"物""情""辞",讲的角度与陆机不同,含义亦微有差别,似不宜简单类比。钱钟书又云:"'文不逮意',即得心而不应手也;韩愈《答李翊书》:'当其取于心而注于手也,汩汩然来矣',得心而应手也,'注手汩汩'又与《文赋》之'淋漓于濡翰'取譬相类。徐陵《孝穆集》卷一《让五兵尚书表》:'仲尼大圣,犹云"书不尽言";士衡高才,尝称"文不逮意"',撮合颇工。《全唐文》卷三七八王士源《孟浩然集序》:'常自叹为文不逮意也';汪中《述学·别录·与巡抚毕侍郎书》:'所为文恒患意不称物,文不逮意';皆本陆机语。"陆机此处之"物",即我们今天所说的"社会存在",并不单指自然事物。陆机所说的"意",仍是构思中形成之

"意"，还不是具体文章中之"意"。陆机所说的"文"，即指文章。关于"意"的理解，郭绍虞说："'文意'之'意'，可有三种解释。第一种是意义之意，这是最简单也是最基本的。任何一种语言不能没有思想，因此任何一篇作品——书面语，就不能没有意义。《文心雕龙·镕裁》篇说：'善删者字去而意留，善敷者辞殊而意（一作义）显。'此所谓'意'，即是指每一词或每一句所表达的意。又《序志》篇说：'或撮题篇章之意。'此所谓'意'，再扩大了一些范围，指的是一篇一章中所蕴含的总义。这即是所谓思想内容。这种思想内容，可能有所本，或者出于抄袭，但是决不可能篇篇如此，首首如此，即使形式主义的文学也决没有思想内容可以完全抄袭的道理。第二种是指通过构思所形成的'意'。这种意义，当然，任何思想用语言表达的时候，都可说通过构思作用，但是可随作者的表现手法而不同。尽管它的思想内容或有所本，但既化作自己的语言，那么所表达的也就成为自己的思想，并不觉得抄袭雷同了。《文心雕龙·风骨》篇说：'洞晓情变，曲昭文体，然后能莩甲新意，雕画奇辞。昭体故意新而不乱，晓变故辞奇而不黩。'此所谓'意'，当指这一种，所以《诔碑》篇说'潘岳构意，专师孝山。'这一种的'意'，也可说是思想内容，但是不容易看出它的思想倾向。第三种，指结合思想倾向性的意，当然这也是所谓思想内容，但似乎更重在作品所起的作用，因为这是可以看出作者的思想倾向的。《文心雕龙·杂文》篇说：'唯《七厉》叙贤，归以儒道，虽文非拔群，而意实卓尔矣。'此所谓'意'，就近于高度思想性的意义。这三种解释，当然都有关联，不可能分得太死，但是也确有分别，有时也不宜混而为一。……《文赋》中所特别强调的，正是第二种的'意'。《文赋序》开端便说：'余每观才士之所作，窃有以得其用心。'他从古人作品中体会他如何用心，所以《文赋》中所讨论的不外是构思的问题。他是以构思为中心而贯穿到意和辞两方面的。"（《论陆机〈文赋〉中之所谓"意"》）他的解释是比较符合陆机《文赋》中"意"的含义的。徐复观解释此两句之意，亦可参考："《说文》七上：'称，铨也。'按俗谓之秤。以秤量物之轻重，必使秤之权与所量之物，轻重相等。故'意不称物'，谓作者之意，不能与物之轻重相等。物指题材之内容。李善：'《尔雅》曰：逮，及也。'按文不逮意之文，指言辞，意谓作者使用的言辞，又不足以达（逮）自己的意。"

〔六〕李善：《尚书》曰："非知之艰，行之惟艰。"

五臣：翰曰：盖非知之为难，能为者实难也。

徐祯卿：陆生之论文曰："非知之难，行之难也。"夫既知行之难，又安得云知之非难哉！

顾施祯：知者，明于文者也。能者，善作文者也。

唐大圆：文之妍蚩好恶，本不易知。不过知有浅深，略知端倪者，虽与作者程度悬绝，亦或能之。故可云知文易而能文难。至若知之最深者，亦必程度与作者略等乃可。则知文与能文之难易，本不可分。此云知易能难者，是据其自属文之经验言。亦欲证上"意不称物"二句，及开下"论作文之利害"句。

程会昌：文学之事，能重于知。不知而能者有之矣。未有不能而知者也。曹植《与杨德祖书》曰："有南威之容，乃可以论于淑媛；有龙泉之利，乃可以议于断割。"即能以寓知之义。士衡此赋所以独绝者，亦以其能文也。

按：钱钟书云："按《文选》李善注：《尚书》曰：'非知之艰，行之惟艰。'二语见伪《古文尚书·说命》，唐人尚不知其赝，故引为来历；实则梅赜于东晋初方进伪《书》，陆机在西晋未及见也，此自用《左传》昭公十年子皮谓子羽语：'非知之难，将在行之。'得诸巧心而不克应以妍手，固作者所常自憾。《文心雕龙·神思》：'方其搦翰，气倍于前；暨乎篇成，半折心始。何则？意翻空而易奇，言征实而难巧也。'亦道其事。苏轼《答谢民师书》所谓：'求物之妙如系风捕影，能使是物了然于心者，盖千万人而不一遇也，而况能使了然于口与手者乎？'又不独诗、文为然；《全唐文》卷四三二张怀瓘《书断序》：'心不能授之于手，手不能受之于心。'正尔同慨。"文章写作过程中的知与能的关系，实质上也是一个认识和实践的关系问题。人的认识来源于实践，所以程会昌之说是有道理的。然而，正确的认识又可以指导实践，故而，徐祯卿对陆机的批评也有其正确的方面。认识和实践不能分开，知与能也是不能分开的。

〔七〕李善：利害由好恶。孔安国《尚书传》曰："藻，水草之有文者。"故以喻文焉。

方廷珪：先士，古之才士。藻，水草之有文者，以喻文。盛藻，犹云盛文。利害,犹得失。由,自也。

黄侃:先士盛藻,即前云才士所作。

唐大圆:此言所以作《文赋》之动机。其《文赋》之如何作,在述古先文士之茂盛词藻,与论其文中之利害所由来。

〔八〕李善:言既作此《文赋》,佗日而观之,近谓委曲尽文之妙理。《论语》:"鲤曰:'它日又独立。'"

赵岐《孟子章句》曰:"它日,异日也。"

五臣:向曰:谓赋成之后,异日观之,乃委曲尽其妙道矣。殆,近也。

方廷珪:他日,谓《文赋》即成之后日。曲尽其妙,委曲悉作文之妙。

俞正燮:"他日"句隋唐本衍"谓"耳。赋言所述者非己所能,他日殆能之。(善)注非。

胡克家:注"言既作此《文赋》"下至"尽文之妙理",袁本、茶陵本无此二十字,有"言知之易也"五字。按善于此注言"知之易也",于下注言"作文难也",可谓精当。尤误去其一句,甚非。至于增多之注,肤庸乘舛,亦甚易辨,固不假详论矣。

黄侃:"谓"是衍文。此言今以能为难,佗日庶几能之耳。

唐大圆:他日自覆观之,或后检而读之,庶几可云委曲以尽文章之妙用云尔。

程会昌:俞正燮《文选注书后》曰:"其说难通。盖本文系'谓他日殆可曲尽其妙'。'谓'字传写者倒之耳。本文言赋之所陈,知之非难,而己之才力难副,存此妙旨,冀他日曲而验之,如沈休文言'如曰不然,以俟来哲'也。"(下引黄侃语已见上,此略)按吕(向)说牵强,诚如俞氏所谓难通,学者从俞或本师(指黄侃)说可耳。

方竑:有"谓"字气较舒徐,而文意无改,窃意"谓"非衍文。

按:钱钟书云:"(李善注)拘牵一句之中,未涵泳上下文,遂不识'委曲尽道'之解与本文'难以辞逮'岨峿阢陧。俞正燮《癸巳存稿》卷一二亦失正解,故欲乙其文,作'谓他日殆可曲尽其妙',释曰:'言《赋》之所陈,知之非难,冀他日能之耳。'信若所言,则'谓'字当刊去,不仅钩乙也。'他日'有异日、来日意,亦可有昔日、往日意。即以《孟子》为例,如《梁惠王》'他日见于王曰';《公孙丑》'他日见于王曰',又'他日王谓时子曰';

《滕文公》'他日子夏、子游、子张以有若似圣人',又'夷子不来,他日又求见孟子':皆谓当日以后。《梁惠王》'他日君出',《滕文公》'吾他日未尝学问',又皆谓当日以前。赵岐都未注,惟于《滕文公》陈仲子章'他日归'句下注:'他日,异日也。'殆李善所征。夫'他日'句承先士盛藻来,则以'昔日'之解为长。谓前世著作已足当尽妙极妍之称,树范'取则',于是乎在,顾其神功妙运,则语不能传,亦语不能备,聊示规矩,勿获悉陈良工之巧耳。'他日'得作昔日、往日解,唐世尚然,如杜甫《秋兴》'丛菊两开他日泪',李商隐《野菊》'清樽相伴省他年',又《樱桃花下》'他日未开今日谢'。李善苟不尽信书而求之当时语,则得矣。"历来对"他日"的解释没有分歧,其中确有钱钟书指出的矛盾,钱释可备一说。然他此处"他日"作"昔日"解,颇为牵强。盖陆机文艺思想中本来有此矛盾:他既承认和肯定"言不尽意",又希望《文赋》能把创作问题论述得"曲尽其妙"。这在整篇《文赋》中可以看出来。这是受老庄及玄学家"言不尽意"论影响的结果。老庄及玄学家就存在这样的矛盾:他们一方面主张"言不尽意",另一方面仍然要用语言文字来宣传他们的观点。又,郭绍虞《中国历代文论选》云:"'可谓'亦可解作'可以'。《左传》昭公十五年'今王乐忧,若卒以忧,不可谓终'。《大戴礼·曾子立孝》'君子一孝一弟,可谓知终矣'。'可谓'均作'可以'解。"此亦可备一说。徐复观云:"按黄先生之说难从。俞氏引沈休文说,其意近是,而亦因误解此文'盖非知之难'两句,至流于迂曲。刘彦和《文心雕龙自序》:'茫茫往代,既沈(深入之意)予闻。眇眇来世,倘尘(犹蒙,谦词)彼观也。'古人著书,常求知音于后世,则此句实谓'他时(后世)庶几(殆)可称《文赋》为(谓)能曲尽文理之妙'。"

〔九〕李善:此喻见古人之法不远。《毛诗》曰:"伐柯伐柯,其则不远。"注:"则,法也。"伐柯必用其柯,大小长短,近取法于柯,谓不远也。

五臣:翰曰:操,持也。

于光华:言作文有法。

方廷珪:柯,斧柄。持斧以作斧柄,喻作文而取法于古之文。则,法也,喻效古文之法甚近。

许文雨:《诗·豳风·伐柯》云:"伐柯伐柯,其则不远。"孔颖达疏云:"《考工记》车人云:'柯长三尺,博三寸,厚一寸有半,五分其长,以其一为之首。'注云:'首六寸,谓头斧也。柯,其柄也。'是斧柄大小之度。执柯以伐柯,比而视之,旧柯短则如其短,旧柯长则如其长,其法不在远也。"

徐复观:言操斧以伐取木材作新的斧柄(柯),即以手中之斧柄为法则,故谓其则不远。以喻本古人之文(操斧)以探求作文之道(伐柯),即可以古人之文为法则。

〔一○〕李善:言作之难也。文之随手变改,则不可以辞逮也。《庄子》:"轮扁谓桓公曰:'斫徐,则甘而不固;疾,则苦而不入。不徐不疾,得于手而应于心,口不能言也,有数存焉。'"

五臣:翰曰:持其斧伐柯,虽得柯不远,而文章随手变易,则难以卒辞究逐,盖述之者,具以后文也。

张凤翼:随手之变谓临文而变化出焉,则有非言之所能及者。

孙月峰:读《文心雕龙》则所能言者,自不尽于此。

瞿式耜:古人之法虽不远,而变化则非言所能尽。

顾施祯:难以辞及古之文也。

于光华:言巧不可传。

方廷珪:变,作文之运用。逮,及也。难以辞逮,谓不可以言显者。此是心可得知,口不可得言,所云巧也。

黄侃:此言自见其情,而仍难于悉说也。

按:《文赋》中言"若夫丰约之裁"至"是盖轮扁所不得言,故亦非华说之所能精"一段,即是对这两句话的具体发挥。刘勰《文心雕龙·神思》篇云:"至于思表纤旨,文外曲致,言所不追,笔固知止。至精而后阐其妙,至变而后通其数,伊挚不能言鼎,轮扁不能语斤,其微矣乎!"亦即申述此意。徐复观所释亦同:"'若夫'在此处为转接之词,犹'至于'。'随手之变',犹言作者随写作时而有变化。称'随手'者,言变化之剧……此两句犹《文心雕龙·神思》篇:'至于思表纤旨,文外曲致,言所不追,笔固知止',及《序志》之所谓'但言不尽意,圣人所难'。任何价值体系,追求到最后时,必感到有为语言所不及的境界。"

〔一一〕李善:盖所言文之体者,具此赋之言。

方廷珪:具于此,谓详此赋中。此可以言显者,所云规矩也。

黄侃:所不能言,即是难以辞逮者,自余则此赋尽之矣。

唐大圆：(上六句)如执斧伐柯以作斧柄，其长短大小之则，自可近取之于所执之斧，不须远求之于斧之外。此作《文赋》亦然。所谈作文之利害，即可求之于现作之《文赋》以为式，见不必远求之于他文他作也。虽如上说，至若其文随作者之手，故有千变万化，不可穷尽者，实难以词言形容能及。今但就余所能言者，略具于此赋云尔。

程会昌：《文心雕龙·序志》篇："按辔文雅之场，环络藻绘之府，亦几乎备矣。但言不尽意，圣人所难。识在瓶管，何能矩矱。"与此同意。盖文章之事，神思为贵，大匠能与人以规矩，不能使人巧也。

本段总论

顾施祯：序言机每常观览才士所作之文，窃有以得作者之用心。夫才士放摅其言，发遣其辞，实多变化，其致不一矣。然文之词有妍蚩，则工拙分；文之情有好恶，则邪正别。皆可得而言，莫可循也。每自属文，所谓妍蚩好恶，较之论文，得失自明，其情尤见。恒患文之意不称所赋之事物，文之词又不逮所立之意旨，盖非知文之难，能作文之难也。故作《文赋》以述古先才士美盛之文藻，因论作文得失之所自。《赋》成之后，他日观之，庶可谓曲尽其作文之妙矣。至于以我之文，学古人之文，犹持斧以伐斧柄，虽取则甚近，若夫随手之变化，贵神明古人之意，实难以文辞追及也。盖我所知而能言者，具于此赋云尔。

于光华：何(焯)曰："文以运思而出，而取则有因，故赋中专论作法，意匠所存，工拙之由也。叙中先隐隐逗出。"

方竑：此其序言也。文章之事，精洁微妙，变化多奇，固非言语所可毕宣。善论文者不必其能属文，而深于文者又每不能自道其艰曲。所谓得心应手之乐，父不能传之子，兄不能传之弟者也。意不称物，文不逮意，属文之难，无逾二者。要当博习冥悟，深得古人之用心。离去言诠，方臻胜境。

王礼卿：此为赋序。总括全赋大意，说明此赋乃论属文之法而作。盖文必有法，虽其巧变处不可言传，而利害妍蚩可得而述，此叙所以作赋之旨也。利害妍蚩四字为全赋眼目，赋中各段多与此呼应。而以"非知之难，能之难也"两意，为全序之纲。自起首至可得而言，言"知之非难"。

每自属文至文不逮意,言"能之为难"。故作《文赋》至曲尽其妙,再明"知之非难"意。操斧伐柯至末,再明"能之为难"意。全序皆就此两意盘旋发挥,结构极严整。而置两纲于篇中,为顿上挈下之笔。文势如主峰中矗,群山左右盘互,有绵亘千里之概。而运笔婉曲,殊不见其斧凿之痕,此意匠之妙用也。序所以反复发此两意者,盖明论文为规矩之事,能文则变化之巧;规矩可寻,而变化无方;故难易不同,有可传不可传之判焉。所以申明赋旨,穷探文事之极致也。篇幅虽短,义则精深,已探论文之骊珠矣。

徐复观:此为《文赋》的《自序》。对自序的了解,是了解《文赋》内容的关键。"窃有以得其用心",是文学评鉴所应达到的境界,也是陆机写《文赋》的前提条件。"夫放言遣辞"四句,是说明文体虽不断地变化,但好坏仍有共同的指向,可作批评的准据。所谓共同的指向,指的是共同的用心,及共同所要求达到的目的与其所用的方法。由他自己创作的经验,尤可以看出以前才士用心的情形,这是以自己创作的体验,迎接古人创作的体验,印证古人创作的体验。然则古才士之"用心",和自己"尤见其情",主要指的是什么呢?首先指的是"苦于意不称物",意与所写的物发生距离。此处的物乃题材所应有的内容。要使意能称物,乃"用心"的第一指向与所要达到的目的。其次是苦于"文不逮意",表现的文辞,与作者由物所形成的意,发生距离。所以辞能达意,是用心的第二指向与所要达到的目的。作品的妍蚩好恶,首先是由意能否称物及文能否逮意,与夫称物与逮意的各种程度所决定。凡是从事写作的人,都知道这两点基本要求,所以说"非知之难"。但事实上需要具备许多条件,否则无法达到,所以说"能之难也"。因此他作《文赋》以述先士的成功作品(盛藻),是要从他们的成功作品中,看他们是如何能达到上述的两点基本要求,及其达到后的效果。这便构成《文赋》前半段的主要内容,甚至可以说是他写《文赋》的主要动机。"因论作文之利害所由",这一句,当然把上面的两点基本要求包括在里面,但范围更为推广,内容更为具体。作《文赋》本是为了"述先士之盛藻",即是对过去作品的评鉴。顺着(因)评鉴所得,论述作文之所以成功(利)和所以失败(害)的原因(所由),想由此以阐明作文的一般法则("取则不远"的"则")。这便构成《文赋》后半段的主要内容,也可以说是由主要动机所引伸出的副次动机。《文赋》全篇,皆应顺着自序中所提示的线索去了解。

杨牧:其实就《文赋》本身的立意和架构言,述先士之盛藻并无"对过去作品的评鉴"的意思;陆机文中并未特别列举先士的作品来讨论,也没有月旦前人之意,如其前后之曹丕(《典论·论文》),李充(《翰林论》),挚虞(《文章流别论》),萧统(《文选序》),或刘勰及钟嵘以下的理论家所然。严格说来,述先士之盛藻只是概括地表示,作者希望把握古来作品最上乘的成绩,加以宣说,以之为一般的基础、模范、标准,进一步分析作文之所以失败和成功,以俾利他日能思维创作的同道,俟后人之体会和增益。就文论文,陆机真正的目的应在于通过个人的创作甘苦经验以"论作文之利害所由",否则也不必有取则不远良难以辞逮之叹了。

释 义

以上是《文赋》的小序。陆机在《序》中阐明了他写作《文赋》的目的,这是理解全篇《文赋》的关键。陆机在这里提出了文章写作(包括文学创作在内)的"意不称物,文不逮意"的问题,并企图通过总结前人写作经验来解决它。《文赋》通篇所讲,即是如何使意能称物,而文能逮意。但是,他又感到文章写作过程中的实际状况是千变万化、非常复杂的,很难用几条固定的法则来解决一切。虽然他已尽了自己最大的努力,但并不能把写作中所有的微妙之处都表达出来,更不能说据此就一定能写好文章。这是一个矛盾,它也贯穿在《文赋》中。前面方竑的论述,是比较切合陆机的思想的。

那么,怎样去理解陆机提出的这个"意不称物,文不逮意"的问题呢?陆机这里讲的"意",还不是文章中已表达出来的"意",而是构思过程中的"意",亦即构思中所形成的具体内容。此点,郭绍虞先生已讲得很清楚(已见前引)。"意不称物",是指作者所构思的内容能不能正确反映客观事物;而"文不逮意",则是指如何用语言文字把构思中的"意"具体落实下来,正确表现出来。所以,构思问题是《文赋》讨论的中心,即如何使构思符合于客观现实,又如何使构思中的东西具体化为语言文字的物质性表现。钱钟书先生由于把"意"看作文章中的"意",因此就把"意不称物"和"文不逮意"合而为一,得出了"能'逮意'即能'称物',内外通而意物合"的结论,我觉得这是不大符合陆机原意的。陆机所说的"物""意""文"的关系,与刘勰所说的"思""意""言"的关系是类似的。《文心雕龙·神思》篇说:"是以意授于思,言授于意,密则无际,疏则千里。或理在方寸而求之域表,或义在咫尺而思隔山河。"这个"思"是指人的思维活动,"物"是思维活动的对象,而"意"则是思维活动的产物。"物"经过人的"思"才构成为"意","意"则要通过"言"和"文"而物质化。所以,"意不称物"和"文不逮意"是两个不同的问题,不宜混而为一。

陆机在《文赋》中不仅提出了"意不称物"和"文不逮意"的问题,而且对如何解决它提出了自己的看法,这就是关于"知"和"能"的关系问题。陆机认为"意不称物,文不逮意"这个问题"非知之难,能之难也",也就是说,这不光是一个认识问题,而主要是一个实践问题。当然,"能"是重要的,只"知"而不"能",是写不出好作品来的;但是,如果"知"之不深,那么也很难真正做到"能"。明代的徐祯卿批评陆机有重"能"轻"知"的倾向,这是有道理的。这也是《文赋》的弱点所在。陆机在《文赋》中讲具体构思多,讲技巧多;而讲文章内容的深度,讲创作中对现实生活和客观事物的认识和分析,都比较少。当然,这个弱点和《文赋》的成就及其对中国文学理论批评的积极影响相比,毕竟还是次要的。

伫中区以玄览,颐情志于《典》《坟》〔一〕。遵四时以叹逝,瞻万物而思纷〔二〕。悲落叶于劲秋,喜柔条于芳春〔三〕。心懔懔以怀霜,志眇眇而临云〔四〕。咏世德之骏烈,诵先人之清芬〔五〕。游文章之林府,嘉丽藻之彬彬〔六〕。慨投篇而援笔,聊宣之乎斯文〔七〕。

校　勘

〔喜柔条于芳春〕"喜",唐陆柬之书、《文镜秘府论》均作"嘉"。胡克家云:"袁本、茶陵本'喜'下校语云:善作'嘉'。按'嘉'字传写误,下有'嘉丽藻之彬彬',必相回避。"按:当以"喜"为是,与上"悲"字相对。

〔心懔懔以怀霜〕茶陵本云:五臣作"懔懔",梁章钜云:"六臣本'懔懔'作'凛凛'。按《说文》懔从仌旁,则作凛为是。"胡绍煐云:"注,善曰:'《说文》曰:凛凛,寒也。'五臣作凛凛。按今《说文》'凛凛,寒也'。则善本亦当作'凛'。本书《寡妇赋》:'寒凄凄以凛凛。'注引《说文》:'凛凛,寒也。'作'凛凛'可证。"按:此处也不一定就是"凛凛","懔懔"亦可通。

〔咏世德之骏烈〕茶陵本云:五臣作"俊"。唐陆柬之书、《文镜秘府论》亦作"俊"。

〔诵先人之清芬〕"人",唐陆柬之书、《文镜秘府论》作"民"。梁章钜云:"据注'人'字当作'民'。"孙志祖云:"疑本文是'先民','人'字避唐讳改。"按:孙说是。此避李世民讳而改为"人"。

〔嘉丽藻之彬彬〕茶陵本云:五臣作"藻丽"。唐陆柬之书、《文镜秘府论》亦作"藻丽"。按:此当以"丽藻"为是,与上句"文章"相对。

集　注

〔一〕李善:《汉书音义》:"张晏曰:'伫,久俟待也。'"中区,区中也。《字书》曰:"玄,幽远也。"《老子》曰:"涤除玄览。"河上公曰:"心居玄冥之处,览知万物,故谓之玄览。"《幽通赋》曰:"皓颐志而不倾。"《左氏传》:"楚子曰:'左史倚相,能读《三坟》《五典》。'"

五臣:铣曰:伫,立也。中区,中都也。玄,远。颐,养也。立志中都,远览文章,养情于《典》《坟》也。

张凤翼:居玄以览物,故谓之玄览。

于光华:冒起全意。

方廷珪:以下言作赋之由。因读古人之文,心有所得而赋之也。

唐大圆:将欲为文,必先闲居静处,玄览《典》《坟》,以颐情志。中区却区中,谓伫立天地之中,而起幽玄之观览。"伫中区"有孟子"居天下之广居,立天下之正位"之意。"以玄览"亦有"行天下之大道"之意。凡人之情志,皆有所以颐养者,方不至于纵放失度。文人之颐养情志者何物乎,即所谓《三坟》《五典》等之书籍而已。

许文雨:按《说文》:"伫,久立也。""伫中区"云者,盖有旷立览远之义。"玄"训为幽远深冥。玄览义同览冥。高诱释《淮南·览冥》题篇之义云:"览观幽冥变化之端,至精感天,通达无极。"此道家深观物化之说。魏晋才子,好驱遣玄言,不妨偶袭。庐山诸道人《游石门诗序》云:"虚明朗其照,闲邃笃其情。""乃悟幽人之玄览,达恒物之大情。其为神趣,岂山水而已。"亦哲人之自述其玄览宇宙,抒其遐想之意也。按《左传》昭公十二年,述楚之左史倚相,能读《三坟》《五典》。孔颖达疏引孔安国《尚书序》云:"伏羲、神农、黄帝之书,谓之《三坟》,言大道也。少昊、颛顼、高辛、唐、虞之书,谓之《五典》,言常道也。"

程会昌:中区,谓宇宙之中也。(《典》《坟》)此以通指古籍。

王焕镳:玄览,远观也。《典》《坟》,此言书籍也。

按:李善对首句的解释,揭示了陆机创作思想受老庄影响的历史渊源,是正确理解陆机《文赋》的关键。然钱钟书云:"铣说为长。机只借《老子》之词,以言阅览书籍,即第二句之'颐情《典》《坟》',正如'遵时叹逝',即第四句之'瞻物思纷',均以次句申说上句。或者见善注引《老子》,遂牵率魏晋玄学,寻虚逐微,盖不解文理而强充解道理耳。张衡《思玄赋》,《文选》李善注解题亦引《老子》:'玄之又玄。'然其赋实《楚辞·远游》之遗意,故既曰:'何必历远以劬劳?'复曰:'愿得远度以自娱。'《全梁文》卷一三梁元帝《玄览赋》洋洋四千言,追往事而述游踪;崔湜《奉和登骊山高顶寓目应制》:'名山何壮哉!玄览一徘徊。'又徐彦伯《奉和幸新丰温泉宫应制》:'何如黑帝月,玄览白云乡!'犹言远眺,皆不必睹'玄'字而如入玄冥、处玄夜也。'中区',善注:'区中也。''区中'即言屋内。盖前二句谓室中把书卷,后二句谓户外玩风物。"这个说法,很值得商榷。上述许文雨注释已对李善注作了补充,并加以具体发挥。可见钱说对"玄览"的解释,古人虽亦有用之,但决非只此一种用法,而多数情况下仍是《老子》"玄览"之意。而《文赋》中"玄览"之意应从陆机整个创作思想来分析。《文赋》中关键之处运用老庄思想来阐述的地方不止一处。而钱说"中区"即"屋内"并无任何根据。《文赋》首二句是各有含义的,并非"以次句申说上句",详见本段"释义"部分。

〔二〕李善:遵,循也。循四时而叹其逝往之事,揽视万物盛衰而思虑纷纭也。《淮南子》曰:"四时者,春生夏长,秋收冬藏。"

五臣:济曰:逝,往。纷,多也。

瞿式耜:悲喜从思字来。

方廷珪:叹逝,叹其迅往。思纷,思虑纷多。岁月如流,荣枯代谢,非读书不几虚度时光乎?此乃读书缘起。

骆鸿凯:按《士衡集》有《感时赋》《难逝赋》。

〔三〕李善:秋暮衰落故悲,春条敷畅故喜也。《淮南子》曰:"木叶落,长年悲。"

五臣:良口:秋气杀万物,故云劲秋也。

陈景云:(李善)注"秋暮",当作"秋叶"。

方廷珪:木叶落于秋,则人心凄惨。秋,有肃杀之威,故曰劲。枝叶长于春,则人心舒畅。春,有群花之发,故曰芳。夏则苦热,冬则苦寒。故春秋为读书之时。

唐大圆:(上四句)文之思维,不独由读书而生,亦有时遵随春夏秋冬四时之迁易,而瞻观万物之变化,则思想纷纭而生。如何瞻观乎?或有时观木叶之脱落,而悲秋风之劲健,亦有时睹树枝之嫩柔,而喜春光之芬芳,皆有生文思之机会者也。

许文雨:按《文心雕龙·物色》篇,专诠此意,其略云:"春秋代序,阴阳惨舒,物色之动,心亦摇焉。……是以献岁发春,悦豫之情畅;滔滔孟夏,郁陶之心凝;天高气清,阴沉之志远;霰雪无垠,矜肃之虑深。岁有其物,物有其容,情以物迁,辞以情发。一叶且或迎意,虫声有足引心,况清风与明月同夜,白日与春林共朝哉。是以诗人感物,联类不穷。"《诗品序》云:"若乃春风春鸟,秋月秋蝉,夏云暑雨,冬月祁寒,斯四候之感诸诗者也。"盖四序之景,各有所表,文士意会,眷物弥重。此写景文之所由发生也。

按:陆机这里讲"感物"的内容,主要是讲自然事物,即四时变化之类。故钱钟书曰:"子显《自序》尚及'送归',《诗品序》更于兴、观、群、怨,'凡斯种种'足以'陈诗'者,遍举不遗;陆《赋》则似激发文机,惟赖观物,相形殊病疏隘,殆亦征性嗜之偏耶?"指出了《文赋》所讲"感物",未及社会内容。

〔四〕李善:懔懔,危惧貌。眇眇,高远貌。怀霜临云,言高洁也。《说文》曰:"懔懔,寒也。"孔融《荐祢衡表》曰:"志怀霜雪。"《舞赋》曰:"气若浮云,志若秋霜。"

五臣:铣曰:眇眇,长貌。谓云势长远,故临之志亦长也。

何焯:此文章之本。

方廷珪:怀霜,心之洁。临云,志之高。心志无杂虑,方能尽读书之趣。

胡克家:(李善)注:"懔懔,危惧貌。眇眇,高远貌。"袁本、茶陵本无此十字,有"眇眇,远貌"四字在此节注之末。

胡绍煐:(李善)注中又出"懔懔,危惧貌"五字,与所引《说文》不相应。六臣本无之,是也。

唐大圆:有时心极洁净,懔懔恐惧,如冬晨早起之畏霜,其文思多得之于俯察。如陈子昂《登幽州台歌》云:"前不见古人,后不见来者。念天地之悠悠,独怆然而涕下。"是其怀霜之作品所兆征。有时志气高尚,眇眇悠悠,似大鹏抟扶摇羊角而上者九万里,其文思多得之于仰观。如庄周《逍遥游》云"北溟有鱼,其名为鲲,鲲之大不知其几千里也。化而为鸟,其名为鹏。鹏之背不知其几千里也,怒而飞,其翼若垂天之云"等,是亦临云之作品所表现。

许文雨:按上言文情由景而发,此则申言所发之情,乃表现提炼的人生耳。

方竑:(引杨铸秋曰)二句为文之本,最为一篇之要。昔人因情以生文,后世因文以生情,汉赋之与《诗》《骚》异者亦即在此。从源头上说起,始见文字之可贵。

徐复观:按裴学海《古书虚字集释》卷一:"以,犹于也。"《汉书》五十六《董仲舒传》"霜者天之所以杀也"。《说文》十一下"霜,丧也"。故"霜"为肃杀丧亡之象征。"怀霜"喻人之获罪而心怀丧亡之忧。《史记》七十九《范雎列传》"致于青云之上",青云以喻高位。"临云"喻人之得意,而获高位之喜。两句言人生的两种不同遭遇,李注非是。

按:徐复观说"怀霜"之意引伸颇远,似不合原意。北大《魏晋南北朝文学史参考资料》云:"按,作'凛'是。'凛'训'寒',可引中出肃然敬畏之义,如'威风凛凛'等。李善说亦通。""这两句说想到寒霜就心意肃然,对着云志趣高远。"郭绍虞《中国历代文论选》云:"怀霜、凌云,喻心志之高洁。心志高洁则文品亦高洁。"陆机在这里是强调创作之前,作家应当有高尚的情操与远大的志向。可见陆机是很注意作家的思想品质和道德修养对创作的作用的。这一点和陆机本人出身儒家门第,又是名将之后,自小就有建功立业的理想和抱负分不开。他在《遂志赋》中说:"武定鼎于洛汭,胡受瑞于汝坟。鹭鸣风于百祀,启敬仲乎方震。苟天光之所照,岂舜族之必陈。厌禋祀于故墟,飨禴祭于东邻。祢八叶而松茂,舞九韶于降神。系姜叟于海曲,表沧流于远震。仰前踪之绵邈,岂孤人之能冒。匪世禄之敢怀,伤兹堂之不构。"可作为参考。

〔五〕李善:言歌咏世有俊德者之盛业。先民,谓先世之人。有清美芬芳之德而诵勉。《毛诗》曰:"王配于京,世德作求。"又曰:"在昔先民有作。"

五臣:铣曰:烈,美也。咏当时俊美之述作,诵先贤词赋之芬芳也。

方廷珪:二句是文中著述之大者。

梁章钜:何(焯)校(李善注)"在昔"上添"自古"二字,是也。各本皆脱。

唐大圆:文思之生,亦有因歌咏往世有德者之大业,或称诵先代哲人之清美芬芳者,如韦孟《在邹诗》、谢灵运《述祖德诗》、扬子云《赵充国颂》、夏侯孝若《东方朔画赞》、袁彦伯《三国名臣序赞》、韩退之《伯夷颂》、柳子厚《伊尹五就桀赞》等皆是。

程会昌:士衡祖逊、父抗,并吴名臣。唐太宗《晋书·陆机传论》所谓"祖考重光,羽楫吴运,文武奕叶,将相连华"是也。其集中《祖德》《述先》二赋,即式怀先德之作。故庾信《哀江南赋》曰:"陆机之辞赋,先陈世德。"

〔六〕李善:《论语》曰:"文质彬彬,然后君子。"孔安国注曰:"彬彬,文质见半之貌。"

五臣:翰曰:林府,谓多如林木,富如府库也。

方廷珪:丽藻,华美之文藻。彬彬,文质得宜之貌。二句是文中著述之小者。

梁章钜:(李善引孔安国注《论语》)六臣本以此为包咸注。"见"作"相"。

唐大圆:此时心若游乎文章之山林府库,其中所有美丽彬彬之文藻,似取之而不尽,用之而不竭矣。

徐复观:按"丽藻"犹《自序》中之所谓"盛藻",指成功之作品。彬彬,指文章之内容与形式,取得均衡而言。

〔七〕李善:《韩诗外传》曰:"孙叔敖治楚,三年而国霸,楚史援笔而书之于策。"《尚书·中候》曰:"玄龟负图出洛,周公援笔以写也。"

五臣:向曰:慨,叹词。援,引也。

方廷珪:投篇,抛卷。援笔,执笔。体味久,因有以见古人作文之用心。宣,彰明也。

唐大圆:此言文机之来不可失。昔陆放翁云:"文章本天成,妙手偶得之。"方当吾人观物运思,或触物生感,感而遂通天下之故。其文思如风发泉涌之际,有妙手之文士,即能乘机援笔,写著篇章。后亦可传之万世而不朽。若尔时无妙手文士乘机捷取之,则彼文机之来,少纵即逝,徒有当面错过,或交臂失之之叹。试思吾人有时执笔为文,方得意疾书之际,若下笔而不能自休者。忽有友来谈,将文思打断,俟谈毕再续前文,则一语不可得。虽勉强续之,亦与前文龃龉不能一贯。或竟自某机间断以后,乃至经过多年，终不能续，遂成永远缺文断篇。是故史传左思作《三都赋》，构思十载，门庭藩溷，皆着纸笔，遇得一句即书之。斯皆随机捷取文思之证。以上言执笔作文以前，至开始书写之状。

程会昌：先士盛藻，诵习既久，作文利害，渐有征知。因投置往篇，援笔而自抒所见也。

徐复观：《左》宣十四年传："楚子闻之，投袂而起。"杜注："投，振也。"《说文》十二上："振，举救也。"《一切经音义》四，及李善注陆云《大将军宴会被命作诗》，皆引《说文》："振，举也。"故"投袂"即是举袂。此处之"投篇"，即是"举篇"。《汉书·公孙宏传》："著之于篇"，注："简也"，故"投篇"即是拿起(举)篇简，有如今日之所谓"拿起稿纸"，与"援(取)笔"相对成文。程会昌释为"因投置往篇"，大误。《论语·子罕》："天之将丧斯文也，后死者不得与于斯文也。天之未丧斯文也，匡人其如予何。"此后"斯文"成为典故中之成语，乃典籍或文章之泛称。班固《答宾戏》"密尔自误于斯文"，《后汉书·蔡玄传赞》"斯文未陵"者皆是。故此处之"斯文"，乃泛指"先士"所作之文而言。李善及五臣对此无解。程会昌谓："因投置往篇，援笔而自抒所见也。本节造赋之由"；是程氏以"斯文"作"此文"解，指《文赋》而言；瞿蜕园、郭绍虞实从此说。不仅本节所述之内容，与《文赋》以下之内容不类，且与下文的"其始也"不相衔接，成为理解《文赋》之最大障蔽。

按：徐解可备一说，程说未必误也。

本段总论

孙月峰：首述作赋之由。

顾施祯：赋言人何以欲作文乎？伫立于中区之中，以幽远四览，养其情志于《五典》《三坟》之书。厥初心甚静也，嗣是因时生感，遵四序之代迁，既常叹其逝往之速，视万物之群生，而己之思虑复纷纭其匪一。故悲落叶于劲肃之秋，喜柔条于芳艳之春，渐而情稍动矣。然心不空明者，咏诵无端，何此心之懔懔以怀洁也，一尘不染如霜之白，志之眇眇而临高也，无物可齐如云之邈。于是吟咏世德大家之骏业，诵述古人美德之清芬，不能不发之言矣。乃更游涉于文章之林府，而嘉取夫丽藻而彬彬者,斯时之兴,又何能遏耶?慨然投弃旧编,援笔以起,聊宣明其意于文。人之所以作文者因此。

方廷珪:以上叙作《文赋》缘起。亦是由读古人文得来,另为一段。

方竑:文之生也,其必有所因乎?《诗·关雎序》曰:"情动于中,而形于言。"《文心雕龙·物色》篇曰:"情以物迁,辞以情发。"朱子《诗集传序》曰:"夫既有欲矣,则不能无思。既有思矣,则不能无言。既有言矣,则言之所不能尽,而发于咨嗟咏叹之余者,必有自然之音响节族(音奏)而不能已焉。"夫所谓"有自然之音响节族而不能已"者,文章是也。然则文以情生,情因物感。必有高洁之情,乃有至美之文。故曰:"心懔懔以怀霜,志眇眇而临云。"夫四时代逝,而吾叹焉。万物纷纭,而吾感焉。落叶动吾悲,柔条增吾喜。咏世德之骏烈,而油然生绳武之怀。诵先人之清芬,而惕然有遗坠之戒。游文章之林府,有以发吾慧心。嘉丽藻之彬彬,有以益吾神志。感物造端,思来莫遏。于是慨焉命笔,而文以生。物之可感者万端,故情之宣于文者,亦因各异其态。喜愠悲欢之情,生于心,见于文,后之读者千载下如接其声容。故后文曰:"信情貌之不差,故每变而在颜。思涉乐其必笑,方言哀而已叹。"《诗序》亦曰:"治世之音安以乐,乱世之音怨以怒,亡国之音哀以思。"文情之相系,不既闳且精乎?予读《礼》至《乐记》,而叹声音之理,通于性情,其妙远为不可测。先王之乐既亡矣,后之能文章者,其庶犹能通其微旨乎?

王礼卿:首述文章之本,并刊其轻重之次第。盖盛衰奄忽,人生几何?惧修名之不立,感物化而兴怀,是以有作。而其本,要在作者心志之高洁,德性之存养。其次第,则以歌咏先贤之德业为其大者,丽藻彬彬为其次者。段分两层写:先明根本,次辨轻重,以示为文之大要。以下各段则就利害各节,逐层分论之。厥后唐宋诸贤论文之本末,其旨与此略同。

徐复观:此小段言先士写作的根本修养及其写作动机。第一句中"玄览"的对象指的是作者所处的时代,这是由"伫中区"三字可以断定的。"伫中区"有两种意义:一是站在时代活动的中心来玄览此一时代,则周遍而无所遗。一是"中区"也可作不偏不倚的客观态度来玄览自身所处的时代,则容易得到时代的真相。作者个人创作源泉的深浅,可以说是决定于他的心灵、脉搏、能与他所处的时代相通感的深浅的。所以"伫中区以玄览"，是作者自身所发出的要求，也是作者自身所需要的修养。断乎没有与时代隔绝而可以成为成功的作者的。至于第二句的"颐情志于《典》《坟》"，在古典中得到人格的熏陶，储备写作的材料与能力，这是容易了解的。所以这两句说的是每一作者所须具备的根本条件。钱钟书谓"区中即言屋内"。玄览，"以言阅览书籍"。两句谓"室中把书卷"。于是"伫中区以玄览"，是站在屋内看书。当时的书，不是帛卷，即是简篇，很难拿在手上站着看。写作必须有写作的动机；而最真实有力的动机，则是来自缘某种事物所引起的感发、感动。"遵四时以叹逝"八句，乃引起感发、感动的事物。前四句是由时序变迁、万物荣落所引起的，这在《诗三百篇》中，已有很多明显的例证，即所谓"比兴"。陆机也有《感时赋》。"懔懔以怀霜"两句，则是由遭遇而来的感发、感动。咏世德之骏（大）烈（功），《三百篇》中也占有重要地位。"诵先人之清芬"，《离骚》中述"三后之纯粹"及"尧舜之耿介"等，当然也可引起感发而形成创作的动机。有了感发感动的创作动机为主因，还需要有一种助成写作的副因。"游文章之林府"两句，说明因读古人及他人的佳作，而引发自己写作兴趣或决心，这是助成写作的副因。所以接着便是"慨投篇而援笔"两句。他用一"慨"字，描写出由有所感发感动而决定写作时的心理活动情态。"慨"是慷慨悲歌"的慷慨，写或歌，都有同样的心理活动。假定心理活动的强度，减低一点，便是慨叹的慨。

杨牧：此节以创作者所处的精神和现实环境始，先点出他特殊的地位，岑寂独到，沉思默想；玄览指向抽象的时空奥秘，也以古代圣贤的典籍为对象，借以笃厚个人的文化意识，提升其传承发扬的抱负。四时对于万物的触动和打击，于春秋迭代中明显可见，无论正面反面的效果都须能感动创作者的心志，向前推展，求其变化中体认人生的起伏和悲欢。创作者进一步咏诵祖先的功业和声名，确定他在这个时代所取的传统导向，勤勉自励，犹《诗》"毋忝尔所生"之义，并以先士和当代的上乘作品为模范，加以体会揣摩，不免感动，乃慨然援笔，以自己的心血知识付诸篇简，接续曩昔的丽藻，参与当代的文苑，为后世提供新艺术新境界。《文心雕龙·体性》篇于才气外，并举"学""习"两端，可以参观。

释　义

这是《文赋》的第一段,主要讲创作前的准备,着重论述了思想感情的酝酿净化和学习前人著作增加知识学问的重要性。首二句是总括这一段的内容,以下十句则分别就上述两方面作进一步的发挥和阐说。这是针对小序中提出的"意不称物,文不逮意"而来的。"伫中区以玄览",即是强调创作前必须具有道家那种"虚静"的境界,不受外物和各种杂念干扰,能够统观全局,烛照万物,思虑清明,心神专一。正如苏轼在《送参寥师》中所说:"欲令诗语妙,无厌空且静。静故了群动,空故纳万境。""空且静"即"虚静",亦即"玄览"之意。陆机认为,必须有"玄览"的精神境界,而后方能真正做到"意"能"称物"。李善引《老子》原文及河上公注来解释"玄览"是很正确的,也是很重要的。它表明了《文赋》论创作受道家思想影响之深。老庄讲的"玄览""虚静"有主张无知无欲的消极一面,但也有达到"大明"境界的积极一面。《庄子·在宥》篇云:"至道之精,窈窈冥冥;至道之极,昏昏默默。无视无听,抱神以静,形将自正。必静必清,无劳女形,无摇女精,乃可以长生。目无所见,耳无所闻,心无所知,女神将守形,形乃长生。慎女内,闭女外,多知为败。我为女遂于大明之上矣。"王先谦注云:"遂,径达也。至人智照如日月,故曰大明"。《文赋》下段讲到具体构思过程时,首先要"收视反听,耽思傍讯",也正是这个意思。"收视反听",即是"无视无听"。但并非完全不要视听,而是要达到一个更高的"大明"阶段。从认识论的角度来看,庄子是把人的具体认识否定了,而要达到一种最高阶段的认识;他认为要获得这种认识,必须抛弃一切具体的认识和实践。他不懂得这种最高阶段的认识的获得,正是要通过无数具体的认识和实践才有可能。相反地,他却把它们对立起来了。但是,他要求达到"大明"境界这一点,对创作者来说却是有重要的积极意义的。一个作家如果不能站得高、看得远,而拘泥于具体的、零星的对现实的认识,就很难创作出真正有价值的作品。陆机在创作思想上正是接受了老庄这一积极方面,因此重在净化作者的精神,以便能如苏轼说的那样"了群动"和"纳万境"。而后刘勰在《文心雕龙·神思》篇中又进一步更明确地指出:"陶钧文思,贵在虚静,疏瀹五藏,澡雪精神。"于是,"虚静"说遂成为我国古代(包括儒、道、佛三家)论创作构思的一个重要内容。如刘禹锡在《和仆射牛相公见示》一诗中说:"静得天和兴自浓,不缘宦达性灵慵。"又在《秋日过鸿举法师寺院便送归江陵引》中,借佛教的"由定生慧"来说明"虚静"的作用:"梵言沙门,犹华言去欲也。能离欲,则方寸地虚,虚而万景入。入必有所泄,乃形乎词。词妙而深者必依于声律。故自近古而降,释子以诗名闻于世者相踵焉。因定而得境,故翛然以清;由慧而遣词,故粹然以丽。"朱熹也十分重视"虚静"在诗歌创作中的作用,他说:"今人所以事事做得不好者,缘不识之故。只如个诗,举世之人尽命去奔做,只是无一个做得成诗。他是不识,好底将做不好底,不好底将做好底。这个只是心里闹不虚静之故。不虚不静,故不明。不明故不识。若虚静而明,便识好物事,虽有百工技艺做得精者,也是他心虚理明,所以做得来精,心里闹如何做得。"(宋陈文蔚等录《晦庵说诗》)

《文赋》这一段讲要有丰富的知识学问,是针对"文不逮意"的问题而来的。没有丰富的学识,对于已经构成的"意"就很难把它充分表达出来。这种学识包括学习前人的驾驭语言文字的经验在内。当然,学习书本知识只是丰富知识学问的一个方面,同时还必须从生活实践中去积累活的生动的知识学问。但是学习书本知识也是必要的、不可缺少的。只有具备了广博的知识学问,深厚的文学修养,驾驭语言文字的能力,才能把构思好的意象生动形象地描绘出来。后来,刘勰在《文心雕龙·神思》篇中就比陆机讲得更全面了,提出了"积学以储宝,酌理以富才,研阅以穷照,驯致以怿辞"四个方面,特别是其中所说的"研阅以穷照",接触到了作家的现实生活实践问题,弥补了陆机的弱点与不足。

陆机在这一段中还指出"虚静"的精神境界,能使作者把主观和客观高度地统一起来,使心和物合一,借助于外物和四季变化的特征,来抒发自己的感情。陆机对创作过程的分析,具体地发挥了《乐记》中的"人心感物"说。陆机的不足之处是只讲了自然事物,后来刘勰提出"文变染乎世情,兴废系于时序"(《文心雕龙·时序》),就着重讲社会人事对文学创作的影响,而到钟嵘的《诗品序》则讲得更明确,有了更大的进步。

在这一段中,我们还可以看到陆机文艺思想中儒家和道家思想结合的特点。陆机在论创作的构思等方面,主要是吸收了道家思想中的积极面,而在作品的社会功用等方面,则主要是采取了儒家的观点。从道家的角度讲创作,从儒家的角度讲功用,这对后来许多文学批评家都有影响,刘勰即是很明显的一个。

其始也，皆收视反听，耽思傍讯〔一〕，精骛八极，心游万仞〔二〕。其致也，情曈昽而弥鲜，物昭晰而互进〔三〕。倾群言之沥液，漱六艺之芳润〔四〕。浮天渊以安流，濯下泉而潜浸〔五〕。于是沉辞怫悦，若游鱼衔钩而出重渊之深〔六〕；浮藻联翩，若翰鸟缨缴而坠曾云之峻〔七〕。收百世之阙文，采千载之遗韵〔八〕。谢朝华于已披，启夕秀于未振〔九〕。观古今于须臾，抚四海于一瞬〔一〇〕。

校　勘

〔耽思傍讯〕唐陆柬之书、《文镜秘府论》"耽"作"复"。

〔精骛八极〕《文镜秘府论》"精"作"惊"。

〔于是沉辞怫悦〕唐陆柬之书、《文镜秘府论》"怫"作"拂"。

〔观古今于须臾〕茶陵本云："于"，善本作"之"。

集　注

〔一〕李善：收视反听，言不视听也。耽思傍讯，静思而求之也。毛苌《诗传》曰："耽，乐之久。"《广雅》曰："讯，问也。"

五臣：济曰：谓思文之始也。讯，求也。收视，不视。反听，不听。谓专思傍求，迁转攒缉，所以精驰八极，心游万仞也。

张凤翼：收视反听，言不视听也。耽思傍讯，悦绎而傍求也。

方廷珪：以下言抽思。收视，敛其目之所视。反听，绝其耳之所听。耽，久也。傍讯，遍求。谓思不一处，如下所云。

程会昌：《文心雕龙·神思》篇："陶钧文思，贵在虚静，疏瀹五藏，澡雪精神。"亦谓求静为运思之初步。盖惟不扰于物，乃能体物也。

王焕镳：言思想专一，视听皆息。

徐复观："始"言酝酿时用思之始，概括"思考"与"想象"两方面。这句是说要把用向其他方面活动的视听收拾起来，以得到精神的集中，即

《西京杂记》谓司马相如作《上林赋》时"意思萧散,不复与外事相关"。《说文通训定声》十二上《耽》下:"又重言形况字。"《西京赋》"大厦耽耽"注:"深邃之貌。"《魏都赋》:"耽耽帝宇",按即《史记·陈涉列传》之"沉沉也"。故此处之"耽思"即"沉思",盖深思之意。《广雅释诂》二:"旁,广也。""旁讯",乃广为搜求之意。

按:此承前段"伫中区以玄览"句意,强调"虚静"在创作构思中的作用。

〔二〕李善:精,神爽也。八极,万仞,言高远也。《淮南子》曰:"八纮之外,乃有八极。"包咸《论语注》曰:"七尺曰仞。"

邹思明:此言文之始构,曲尽其妙。

方廷珪:精,神思。骛,驰也。言思之无远不到。万仞言思之无高不至。作文必先于用意,意非思无以穷之。四句是初入思处。

黄侃:(上四句)此构思之始。

唐大圆:执笔为文之始,必断向外之视听,令其收反向内。如是内力充积,乃能耽思傍讯,如佛家闭目冥坐,修习禅定。名"思维修",亦名"由定生慧"。即是先去其外视听等,乃能耽内之思讯也。其思讯之至,遂令其精神横骛八极之远,心思竖游万仞之高。

许文雨:(上四句)盖言先绝耳目之纷扰,而后能深思博虑,穷极宇宙,驰骛物表也。此明文家静思之功用,想象之伟造。《文心雕龙·神思》篇云:"……(略,见注〔一〕程会昌引)。"知静求为运思之初步矣。又论由静致思之效曰:"寂然凝虑,思接千载;悄焉动容,视通万里。"而西人鲁士铿亦有数语状想象曰:"方诗人画家之想象也,冥索平生之见闻,踯躅胸臆间,迷闷恍惚,若无所届。"(景昌极、钱堃新译《文学评论之原理·想象章》引)均可视为陆赋"精骛""心游"之确诂。而王士禛谓"'精骛八极,心游万仞'者,翕轻清以为性者也",此牵合皇甫湜《顾况集序》之旨,而以翕引大自然增助文性为解,殊嫌混言,不切想象运用之妙谛。

程会昌:《淮南子·原道》篇:"骛恍忽。"注:"骛,驰也。"心神虚静,则思无不通,理无不浃,无复时空之限制也。

方竑:铸秋师曰:"'精骛八极'二句言胸次之高,根上段'临云'句。"

王焕镳:言思想高远,无所不届。

按:北大《魏晋南北朝文学史参考资料》云:"'八极',八方(东、南、西、北、东南、西南、西北、东北)极远之处。《后汉书·明帝纪》:'被之八极。'注引《淮南子》说:'九州之外有八寅,八寅之外有八纮,八纮之外有八极。''仞',古以周尺七尺或八尺为仞。"上述四句,陆机极言想象活动之情状,与下文"观古今于须臾,抚四海于一瞬"配合,上承司马相如"赋心"之论,下开刘勰"神思"之说,对于我国古代文艺创作中想象活动的研究,有极大的贡献。自此以后,艺术想象在创作中之地位就更突出了。许多文学理论批评家把它作为构思成败的关键。如萧子显在《南齐书·文学传论》中即曾说:"属文之道,事出神思。感召无象,变化不穷。"苏轼则特别重视"妙想"的作用,"妙想实与诗同出"(《次韵吴传正枯木歌》),指出在这一点上诗和画是一致的。惠洪在《冷斋夜话》中则称之为"妙观逸想"。《文赋》此论在文学理论批评史上的影响十分深远。

〔三〕李善:《尔雅》曰:"致,至也。"《埤苍》曰:"曈昽,欲明也。"《说文》曰:"昭晰,明也。"

五臣:翰曰:文情出自不明而至鲜明也。情既鲜明,物亦明而互进,其文乃成也。

邹思明:曈昽,不明貌。

雷琳、张杏滨:言情境渐开则物态亦见也。

方廷珪:鲜,明也。互进,并呈。二句是意由思而渐达。互进者旁见侧出,胸中已有成算矣。

唐大圆:此云再进一步,则心情如晨光之曈昽,渐次鲜明,其心中所想事物,亦渐次昭晰,而进入明彻。

程会昌:此谓宇宙物象,以虚静之心神驭之,则视焉而明,择焉而精,无复平庸杂乱之患。

按:此指艺术形象之逐渐形成,亦《文心雕龙·神思》篇所谓"独照之匠,窥意象而运斤"中"意象"之产生。

〔四〕李善:扬子《法言》曰:"或问群言之长。曰:群言之长,德言也。"宋衷曰:"群,非一也。"《周礼》曰:"六艺,礼、乐、射、御、书、数也。"

五臣:翰曰:群言,群书也。沥液,涓滴也。且群书浩瀚如海之波澜不极,人为文章,但倾泻其涓滴而已。文章亦经漱荡其芳香润泽以成之也。

张凤翼:芳,香也。润,泽也。皆文之所由成也。

何焯:(六艺)谓《易》《诗》《书》《礼》《乐》《春秋》也。太史公曰:"学者载籍极博,尤考信于六艺。"又孔子弟子身通六艺者七十二人,以上下文义求之,不当漫引《周礼》。

方廷珪:倾,泻也。百家之书,皆为群言。沥液,谓去其渣滓,取其浆汁。漱,荡也。六艺,礼、乐、射、御、书、数之见于文者。芳润,芳香润泽,谓文之精粹。二句承上,思既得其大意,意非词无以达之。于是将群言六艺,再思其敷词之法。

赵晋:李善惟引《法言》"群言之长,德言也","六艺,礼、乐、射、御、书、数",其说非。窃谓"沥液",微流也。倾其微流,即"贤者识其大者"之义。所以文必从六艺出。六艺,《汉书》注谓《易》《礼》《乐》《诗》《书》《春秋》。邢昺《论语》"则以学文"疏,亦引《儒林传》以为证。而马融注谓:"文者,古之遗文。"文从六经出,是之谓芳润,是之谓倾群言之沥液。

梁章钜:姜氏皋曰:《史记·儒林传》:"六艺从此缺焉。"《自序》云:"儒者以六艺为法。"又云:"六艺经传以千万数。"是太史公本以六艺为六经。

胡绍煐:本书(《文选》)《郭有道碑》:"文遂考览六经。"《剧秦美新》:"制成六经。"皆云:"六经,亦云六艺。"《公孙弘传赞》:"亦讲论六艺。"《上林赋》:"游于六艺之囿。"善注并以为六经,与此注异。

黄侃:六艺,六经也。注引《周礼》"礼、乐、射、御、书、数"解之,未是。

唐大圆:所思如前之程度,则有语句可以写出。其书出之群言,如从壶中而倾出沥液,能润泽大地。其有芳润之液,皆从六艺中出,如游咏于六艺中而漱之也。

骆鸿凯:"陈同甫在太学论作文之法曰:'不用古人句,只用古人意。'此即昌黎所谓师其意不师其辞也。为文直录书籍,则人讥之为稗贩,言其如负贩子也。亦曰胥钞,言其如钞写吏也。《文赋》云:'倾群言之沥液,漱六艺之芳润。'必如此乃为食古而化。"(袁守定《占毕丛谈》)

程会昌:群言,谓诸子百家。六艺,谓六经也。(下引袁守定语,略,见上。)姚鼐《古文辞类纂序》:"神理气味者,文之精也。格律声色者,文之粗也。然苟舍其粗,则精者亦何以寓焉。学者之于古人,必始而遇其粗,中而遇其精,终则御其精者,而遗其粗焉。"按姚氏所论为文八法,虽与本篇有殊,然倾沥液、漱芳润,乃是遗粗御精之旨,可参证也。

方竑:铸秋师曰:"'倾群言'四句言荡涤之洁,根上段'怀霜'句。"

李全佳:《文心·神思》:"积学以储宝,酌理以富才。"又《事类》:"经典沉深,载籍浩翰,扬、班以下莫不取资。"

徐复观:《说文通训定声》:"倾假借为罄;孙楚《征西官属诗》'倾城远道送'注:'犹尽也。'"

按:各家对"群言"解释不一。赵晋谓即指"六经",与下"六艺"同。方廷珪、程会昌则以为指诸子百家。此处"群言"不必解释过死,即泛指各种文章。刘勰《文心雕龙·宗经》篇云:'渊哉铄乎,群言之祖。'此"群言"与之同义。关于"六艺",钱钟书云:"何(焯)说是也,特未窥善乃沿张衡《思玄赋》旧注之误。衡赋云:'御六艺之珍驾兮,游道德之平林。结典籍而为罟兮,驱儒墨以为禽。玩阴阳之变化兮,咏雅颂之徽音。'明指六经,而旧注即引《周礼》,善亦无纠正。"钱又谓:"陆机盖已发《文心雕龙·宗经》之绪。韩愈论尊《经》,《进学解》曰:'口不绝吟于六艺之文。'王质《雪山集》卷五《于湖集序》:'文章之根本皆在六经,非惟义理也。而其机杼物采、规模制度,无不备具者。'杜甫自道作诗,《偶题》曰:'法自儒家有,心从弱岁疲。'辛弃疾《念奴娇·答傅先之提举》曰:'君诗好处,似邹鲁儒家,还有奇节。'均为词章而发,亦可通消息。韩愈之'沉浸酿郁,含英咀华',又与'倾沥液,漱芳润'共贯。《全后汉文》卷九一王粲《荆州文学记官志》虽云:'遂训六经',复论《易》《书》《诗》《礼》《春秋》之'圣文殊致',初非缘词章说法。'文学'所指甚广,乃今语之'文教'。机《赋》始专为文词而求诸经,刘勰《雕龙》之《原道》《征圣》《宗经》三篇大畅厥旨。"此说可备参考。然陆机《文赋》乃重在强调前人精美著作,宜为师法,六经是重要部分,但并非一切均得"宗经"。刘勰"宗经""征圣"之说,主要还是从荀子、扬雄那里来的,同时又加上了他自己的发挥。

〔五〕李善:言思虑之至,无处不至。故上至天渊于安流之中,下至下泉于潜浸之所。《剧秦美新》曰:"盈塞天渊之间。"《楚辞》曰:"使江水兮安流。"《毛诗》曰:"冽彼下泉,浸彼苞稂。"

五臣:向曰:谓浮心思于天泉及濯下泉者,务入深远,以求文意耳。潜浸,流貌。

张凤翼:欲高深务莹洁也。

闵齐华:浮天渊,言浅也。濯下泉,言深也。由浅入深,以求文意也。

雷琳、张杏滨:扬雄《解嘲》:"高者出苍天,深者入黄泉。"

方廷珪:二句承上。既思其敷词之法,于是词遂缘思而集。天渊,水之高远者,望若与天相连。浮,浮而上出,词之来处似之。安流,亹亹而来。下泉,水之低者,愈流愈卜。濯,洗涤也,词之去处似之。潜浸,渺渺而去。

黄侃:此须联"沉辞"已下解之,喻隐者能显之,扬者能抑之。

唐大圆:方其执笔构思之际,其词藻之来也,有时如春潮暴涨,安然顺流,殆有唐诗所云"春水船如天上坐"之概。有时思想沉深,如清泉之潜下,浸入地中,渐以及远。

许文雨:(上六句)王士禛云:"'情曈昽而弥鲜,物昭晰而互进'者,煦鲜荣以为词者也。'倾群言之沥液,漱六艺之芳润'者,结冷汰(清冷洗涤之意)以为质者也。"按由上述想象所至,情因将发而更新,景以不隔而入文矣。加以积学储宝,六艺群言,统归驱遣,深思眇虑,几于上穷碧落,下极黄泉。设譬言之,犹如上浮于理想之渊,以展其平稳之流驶;更如下濯于泉水,而暗暗浸入,无微不至焉。

方竑:铸秋师曰:"情在内故曰曈昽,物在外故曰昭晰。'弥'字'互'字均用得好。"

李全佳:《文心·神思》:"夫神思方运,万涂竞萌,规矩虚位,刻镂无形。登山则情满于山,观海则意溢于海,我才之多少,将与风云而并驱矣。"李善注(见上引,此略)说其是。"沉辞"以下二句,一言极深,一言穷高,上下求索,皆有所得,即《周易》"探赜索隐,钩深至远"之义,与此二句意同,故以"于是"二字承之。黄说似曲解。

徐复观:按《剧秦美新》之"天渊",乃"天与渊"之意,与此处之义不合。《广雅·释天》:"天渊谓之三渊",则系星名。此处盖与天河天汉同义。李善对此两句释为"言思虑之至,无处不至",与前"精骛八极"两句意复。此两句乃言措意置境,当极其高深;上(高)安流于天渊,下(深)潜浸于下泉。

按:黄侃、徐复观说可备一解,当以其他各家之说为是。

〔六〕李善:怫悦,难出之貌。

五臣:铣曰沉辞,谓沉于深邃也。怫,谓思未出也;悦,谓思微来也。则若游鱼衔钩而出于重泉之深也。

孙月峰:形容绝妙。

邹思明:怫悦,思致将来未来之貌。

方廷珪:沉,深也。怫,同沸,泉出貌。怫悦,谓心手相得。上是将意与词谋之于心,此则笔之于手矣。须看其逐渐摹写法。游鱼,喻文。衔钩而出,喻文之奥蕴毕达。

陈倬:"怫悦"疑当读为"弗郁"。《汉书·沟洫志》:"吾山平兮巨野溢,鱼弗郁兮柏冬日。"(《史记·河渠书》作"沸郁")巨野既溢,水势深广,鱼弗郁而难出也。孟康云:"众鱼弗郁而滋长。"师古云:"弗郁,忧不乐。"皆失之。《赋》云"游鱼衔钩而出重渊之深",意即本于《汉书》。"沉辞怫悦",以鱼喻文。怫悦,自指鱼言,犹下文"浮藻联翩",以鸟喻文,联翩自指鸟言也。

黄侃:怫悦犹怫郁。

程会昌:此谓文思自隐以之显也。

〔七〕李善:联翩,将坠貌。王弼《周易注》曰:"翰,高飞也。"《说文》曰:"缴,生丝缕也。"谓缕系矰矢,而以弋射。

五臣:翰曰藻,文也。联翩,鸟飞貌。谓文思将来,联翩然若翰鸟缨缴而坠自高云之峻,言速也。缨,缠也。缴,射也。曾,高也。

邹思明:璧飞章华台,珠走绮縠堂。

方廷珪:浮,发也。联翩,鸟飞貌,谓妙绪焕发。翰鸟,亦喻文。缴,矰矢之丝。缨缴而坠,喻文之章采备具。盖鸟必下坠,毛羽之美方见。四句方入文。

唐大圆:(上四句)其思想下浸所得之辞句,沉潜怫郁而出,似游鱼衔钩饵,由钓者持竿丝而出诸九重之深渊也。其思想上浮所得之词藻,联翩升现,作者取之,亦似猎人弹射翰飞之鸟,使缨缴自高峻之云霄中坠下也。此四语形容尽致,可谓妙手偶得之矣。

许文雨:(上四句)按上言由情融景,并表学问,而佐以精思,皆作者下笔以前应有之修养。诸事既备,而后以辞表出之现象,亦当续述。沉辞表吐辞艰涩之象,浮藻表出语骏利之象。曾与层同。

程会昌:此谓文思由扬而之抑也。或隐或显,或扬或抑,文术多门,初无定致,运用之妙,存乎一心。此以鱼鸟喻辞藻,而以钓弋喻思虑之为用也。

徐复观:《诗·泮水》:"翩彼飞鸮"传"飞貌"。故联翩乃联飞之貌,以喻"浮藻"之浮。李善以"将坠貌"释之恐非是。《文选·述祖德诗》:"而不缨垢氛",注"绕也";按即缠绕之意。《说文通训定声》"曾"字下:"假借为'层'。"《楚辞·招魂》:"曾台累榭",注"重也"。

按:以上四句有两种解释:一如许文雨说,谓前两句喻"吐辞艰涩",后两句喻"出语骏利";或如徐复观所说:"此四句虽皆指'辞''藻'而言,但辞藻乃附丽于意,意由辞藻而明,故辞藻中含有意。意所不及之辞,如物沉于水下,故谓之'沉辞'。意所未收之藻,如水中漂浮之水草(藻),故谓之'浮藻'。怫,表达时的艰难;悦,表达时的顺畅。'怫悦'是由艰难而顺畅。"一如北大《魏晋南北朝文学史参考资料》云:"这四句意谓最恰当的辞藻,若沉渊之鱼(故谓之'沉辞')、若浮空之鸟(故谓之'浮藻'),须精心探求而后始得。"参考历代各家之说,当以北大说为是。盖此四句皆为形象之比喻,在于说明上文"倾群言之沥液,漱六艺之芳润"。以深渊之鱼、高飞之鸟比喻"沥液""芳润"之难求,须花费很大功夫或有高超才能,方能得之。同时,这又进一步提起下文,所谓"收百世之阙文,采千载之遗韵",其目的也在于要搜求最精当之语词,而不要去用那些前人已经用滥了的一般辞藻。许文雨之说,仅仅看到深渊游鱼、高空飞鸟之表面现象,这样解释是不够确切的。

〔八〕李善:《论语》:"子曰:'吾犹及史之阙文。'"

五臣:铣曰:遗韵,谓古人阙而未述,遗而未用者,收而采之。

顾炎武:晋陆机《文赋》曰:"收百世之阙文,采千载之遗韵。"文人言韵,始见于此。

方廷珪:收,集也。阙文,古人未述之文。采,取也。遗韵,古人未用之韵。二句即上群言六艺中所具。但上是思力所及,只观其大略;此则已有成稿,复从而收之、采之也。

徐攀凤：按言韵始此。成公绥《啸赋》："音均不恒。"注云："均，古韵字。"成公亦晋人。彼时犹尚言"均"。

张云璈：阎氏《尚书古文疏证》云："顾氏《音学五书》云：文人言韵莫先于陆机《文赋》。予谓《文心雕龙》云：'昔魏武论赋，嫌于积韵，而善于贸代。'《晋书·律历志》：'魏武时，河南杜夔精识音韵，为雅乐郎中。'二书虽一撰于梁，一撰于唐，要及魏武杜夔之事，俱有韵字。知此学之兴，盖在汉建安中，不待张华论韵，何况士衡！故止可云古无韵字，不得如顾氏谓起宋以下也。"云璈按：古无韵字。李氏《啸赋》注："均，古韵字也。"《鹖冠子》曰："五声不同均，然其可喜一也。"则韵字之义亦久。繁休伯《与文帝笺》："曲美常均。"亦是韵字，皆在士衡之前。

唐大圆：百世阙残不全之篇章，皆收集之以为吾文之用。千载遗失不录之咏歌，亦采摭之以充吾文。此既无剿袭雷同之弊，而亦有推陈出新之美。如欧阳修《集古录》及马国翰《玉函山房辑佚》皆成巨制宏著，其单篇持论者，亦多有之。

程会昌：遗韵，犹云风流余韵。张云璈以声韵之韵释之，非也。阙文遗韵，即下文所云未启之夕秀耳。

徐复观：《左传》成公二年："晋实有阙"，注"失也"。《说文》二下："遗，亡也"；《系传》作"忘也"。按亡、忘可通用。遗韵，谓被人遗忘的韵调，即前人作品中所未及的韵调。

按：程释"遗韵"可备一说，然于陆机《文赋》之本义，恐未妥。钱钟书云："按陈澧《东塾集》卷四《跋〈音论〉》：'亭林先生云："自汉、魏以上之书，并无言韵者，知此字必起于晋、宋以下。陆机《文赋》云云，文人言韵，始见于此。"澧按《尹文子》云："韵商而含徵。"此韵字之见于先秦古书者。'此专究'韵'字入文之始，于谈艺无与。'阙文'之'文'如'文词'之'文'，'遗韵'之'韵'如'韵语'之'韵'，非'质文''情文'之'文'，'押韵''气韵'之'韵'，指诗文之篇什，非道诗文之风格。故'文人言'音'韵'之'韵'，或'始见于此'，若其言'韵'味之'韵'，则断乎不得托此为始。"钱说为是。

〔九〕李善：华秀，以喻文也。已披，言已用也。

五臣：铣曰：朝华已披，谓古人已用之意，谢而去之。夕秀未振，谓古人未述之旨,开而用之。启,开也。

杨慎:陆机《文赋》云:"谢朝华于已披,启夕秀于未振。"韩昌黎云:"惟陈言之务去,戛戛乎其难哉。"李文饶曰:"文章如日月,终古常见而光景常新。"此古人论文之要也。

邹思明:朝华二句化腐为新也。

余萧客:"谢朝华于已披,启夕秀于未振,学诗者当深领此。陈腐之语固不必涉笔,然去陈腐为怪奇不可致诘之语,以欺人自欺,学者之大病。"(引自《韵语阳秋》一)

方廷珪:谢,弃也。披,开也。启,发也。

黄侃:意言去故就新也。

唐大圆:上句是务去陈言,下句是独出心裁。谓朝开之花,昔人已披,今谢绝之而不取。晚出之秀,未经他人振刷者,吾今乃启发之。……榷而言之,凡于今世所有风俗习惯,学术政治,天文地理,人事变迁等,古人未言,往时未有,能以雅俗文体纪序评论者,斯皆为启未振之夕秀也。

许文雨:杨慎曰:"古之诗人,用前人语,有翻案者,有代财法,有夺胎法,有换骨法。翻案者,反其意而用之。东坡特妙此法。代财者,因其语而新之,益加莹泽。夺胎换骨,则宋人诗话详之矣。如梁元帝诗:'郎今欲渡畏风浪。'太白衍为两句云:'郎今欲渡缘何事,如此风波不可行。'鲍照诗:'春风复多情。'而太白反之曰:'春风复无情。'是也。又如曹孟德诗云:'对酒当歌。'而杜子美云:'玉佩仍当歌。'非杜子美一阐明之,读者皆云当歌为当然之当矣。江总诗:'不悟倡园花,遥同葱岭雪。'而张说云:'欲待梅岭花,远竞榆关雪。'古乐府云:'新人工织缣,旧人工织素。持缣来比素,新人不如故。'而无名氏效之云:'野鸡毛羽好,不如家鸡能报晓。新人虽如花,不如旧人能绩麻。'此皆所谓披朝华而启夕秀,有双美而无两伤者乎?"按此说证拟制能发古人之义,则不妨后先辉映,并峙千秋。较陆《赋》谢绝朝华及下文离则双美之示人以不相袭者,其见解又进一层云。黄侃云:"'收百世之阙文'四句,言通变也。"

骆鸿凯:"陆机曰:'怵他人之我先。'韩退之曰:'惟陈言之务去。'假令述笑哂之状曰'莞尔',则《论语》言之矣;曰'哑哑',则《易》言之矣;曰'粲然',则穀梁子言之矣;曰'攸尔',则班固言之矣;曰'蹁然',则左思言之矣。吾复言之，与前文何以异也？"（李翱《答王载言书》）"文贵不袭陈言，亦其大体耳，何至字字求异，如翱之说，天下安得许新语邪？甚矣唐人之好奇而尚辞也。"（王若虚《文辨》）

程会昌：《文选·琴赋》注："披，开也。"《左传》文十六年注："振，发也。"

李全佳"收百世之阙文，采千载之遗韵"，与上"倾群言之沥液，漱六艺之芳润"同义。所谓旁搜远绍也。上文提冒，开"浮天渊"四句，至此略事结束。下二句"谢朝华于已披，启夕秀于未振"，方说入去故就新意，黄说勿泥。元结云："昔人有见小人之违道者，耻与之同形貌，共衣服，遂思倒置眉目，反易冠带以异也。不知其倒之反之之非也。"亦非教人一味舍旧图新。若虚之言是也。

徐复观：《说文通训定声》"披"字下："《琴赋》，披重壤以诞载兮"注，"开也"。又"振"字下："《左文》十六传：'振廪同食'，注'发也'。"

按：对陆机所说的"朝华""夕秀"的理解，近人颇有分歧。陆侃如先生认为陆机所谓"谢朝华于已披，启夕秀于未振"，只是说的辞藻问题，不包括文意在内。也就是说陆机只主张文词的创新，而并不反对文意的袭古。（参见《陆机〈文赋〉二例》及《陆机的创作理论和创作实践》两文）郭绍虞先生则认为陆机是主张意和辞两方面的创新的，但这个"意"是指构思中的"意"，而并非等于文章的思想倾向。钱钟书在对这两句作具体解释时也是只从文辞上讲的。他说："李善注，不甚了了。'披'乃'离披'之'披'，萎靡貌，承'华'字来而为'振'字之反；李商隐《七月二十七日崇让宅宴作》'红蕖何事亦离披'，即此'披'字。'谢'如善注张华《励志诗》引颜延年曰：'去者为谢。'晏幾道《生查子》'寒食梨花谢'，即此'谢'字。曰'披'、曰'谢'，花狂叶病也；'启'，开花，'振'，怒花也。鲍照《观漏赋》：'薰晚华而后落，槿早秀而前亡。'用字与'朝华''夕秀'相参。机意谓上世遗文，因宜采撷，然运用时须加抉择，博观而当约取。去词采之来自古先而已成熟套者，谢已披之朝华；取词采之出于晚近而犹未滥用者，启未振之夕秀。倘易花喻为果喻，则可曰：一则未烂，一则带生。宋祁《笔记》卷中以此二句与韩愈'唯陈言之务去'并举，曰：'此乃为文之要。'拟得其伦矣。"钱说对"朝华""夕秀"解得过实。陆机这里用的是形象化的比喻,不能因为以花为喻就说只是指文词。《文赋》全篇讲创作都是就词和意两方面立论的,后面讲到避免雷同,"怵他人之我先",亦是就词和意两方面说的。因此,这两句当以五臣、郭绍虞等的解释较为妥善。

〔一○〕李善:《高唐赋》曰:"须臾之间。"司马迁曰:"卒卒无须臾之间。"《庄子》:"老聃曰:'俛仰之间,再抚四海之外。'"《吕氏春秋》曰:"万世犹一瞬。"《说文》曰:"开阖目数摇也。"尸闰切。

五臣:向曰:驰思速也。瞬,谓闭目之间。

张凤翼:瞬谓目开阖之间也。

方廷珪:抚,按也。一瞬,目之开阖。二句言其包括万有。古今四海所有之物,顷刻尽罗而致之几席之间,皆以供文之用。

许巽行:瞬,《说文》作瞚。徐曰:"今俗别作瞬,非是。"(李善)注脱"瞬与瞚同",补。(嘉德按:《说文》无瞬字。目部:"瞚,开阖目数摇也。"即今之瞬字。《释文》:"瞚,或作瞬,音舜。"《玉篇》《集韵》瞚瞬同。是则瞚为正字,瞬为相承字。(李善)注脱"瞬与瞚同"四字,则与正文不相应矣。)

胡绍煐:按"瞬""瞚"古今字。此"一瞬"与上"须臾"对。瞬,犹息也。司马法《严位篇》:"一人之禁无过瞬息。"瞬、息义同。

唐大圆:作者当尔时,其纵观古今之久远,如须臾之近暂。横览四海之广大,如一瞬之细小。以上言运思得句之状。

程会昌:《文选·北征赋》:"聊须臾以婆娑。"注:"须臾,少时也。"此谓文章构思之时,博采古今四海,及其御精遗粗,则须臾一瞬,玄珠已复在握,不劳多及也。

按:此二句为本段论构思之总结,说明构思过程中,艺术想象活动不受时间空间的束缚和限制而自由驰骋的状况。钱钟书云:"按参观上文'收视反听,耽思傍讯,精骛八极,心游万仞',下文'罄澄心以凝思,眇众虑而为言。笼天地于形内,挫万物于笔端',《西京杂记》卷二记司马相如为《上林》《子虚》赋,'意思萧散,不复与外事相关。控引天地,错综古今,忽然如睡,焕然如兴',可与机语比勘。'抚四海'句李善注引《庄子》,是也。《在宥》托为老子曰:'其热焦火,其寒凝冰,其疾俛仰之间而再抚四海之外。其居也渊而静,其动也县而天,偾骄而不可系者,其唯人心乎!'庄子状心行之疾,只取证上下四方之字,犹《大乘本生心地观经·观心品》第一〇:'心如大风,一刹那间,历方所故。'或《楞伽经·一切佛语心品》之二:'意生身者,譬如意去,迅速无碍……石壁无碍,于彼异方无量由延。'陆机不特'抚四海',抑且'观古今',自宇而兼及宙矣。《全唐文》卷一八八韦承庆《灵台赋》即赋心者,形容最妙,有曰:'萌一绪而千变,兆片机而万触。……转息而延缘万古,回瞬而周流八区。'意同陆赋而词愈工妥。《朱子语类》卷一八:'如古初去今是几千万年,若此念才发,便到那里;下面方来又不知是几千万年,若此念才发,也便到那里。……虽千万里之远,千百世之上,一念才发,便到那里。'又卷一一九:'未之思也,夫何远之有!才思便在这里……更不离步。《庄子》云云。'敷陈尤明。"

本段总论

顾施祯:赋言欲作文必先抽其秘思。其始也,潜心内索,收其目而不视,反其聪而不聪,耽思而不已,傍讯而无穷。情思直驰骛于八极之外,心神常游行于万仞之高。始之思盖尽其理矣。思之至者理必见。其致也,心初有得,情瞳眬然如日将出而弥鲜,物亦昭晰甚明而更互以进,理无不显也。于是群言在胸,倾其沥液;六艺集怀,漱其芳润。纵意所之,浮于天渊而安流以自适,下濯于下泉而潜浸以不觉,方可以命意而运词矣。于是沉深之辞,怫悦焉其难出,若游鱼衔钩而出重渊之深,不能遽达也。浮扬之藻,联翩其连飞,若翰鸟缨缴而坠曾云之峻,忽焉而落也。百代未述之阙文,于此收之;千载未用之遗韵,于此采之。凡古人已用之意,如朝华之已披,悉为谢之。古人未言之旨,如夕秀之未振,于是启之。古今虽远,观于须臾,四海虽广,抚于一瞬,思之尽其致也。如此可云秘思之能抽矣。

方廷珪:此段言作文之始,用意为先,敷词次之。然意与词,非沉思无由得。思既锐入,然后自微达显,由内之外。又要用人未用之书,发人未发之义,使古今四海所有,无不包罗,而文之大体始立。通上为一大段。

黄侃:已上言构思之状。

方竑:感而不思,则意不足以称物。思而不睿,则文未能以逮意。思欲其当于物,文欲其达吾意,非耽思博讯,始未可也。其致也,情曈昽而弥鲜,则可逮矣。物昭晰而互进,则易当矣。于是群言之沥液,六艺之芳润,自奔集吾肘腋。而思之所往,天渊下泉,无或遗焉。其发之难也,如出重渊。及其得也,则浮藻联翩,若翰鸟之忽坠。盖不有若忘若遗若思若迷之境,焉为浩乎沛然得心应手之乐乎?自古不朽之作,未有不如此者。是故一篇之成,动逾岁月。或因睡以思,或思苦而病。中夜有得,秉烛书之。耽思所得,乃自不凡。夫古今佳作,汗牛充栋。然辞有陈鲜,思无今占。故其发于文者,亦万变而恒新。百世之阙文可收,千载之遗韵当采。谢朝华之已披者,则惟陈言之务去。启夕秀之未振者,即怵他人之我先。姚姬传氏所谓文章之事,千秋万世之事,不其然乎!至于观古今于须臾,抚四海于一瞬,其器识之恢宏,岂区区章句者所能得哉?

王礼卿:次论构思之次第。(运思)文以用意为先,敷辞居次;然意与辞皆非沉思无由得,故先之以运思。段分两层:先写思之始:须屏弃万缘,回光返照,其思始能深沉高远。次写思之进:情境既现于文思,于是酌群书之菁华融入思中,使已高远者愈进,已莹洁者愈美。(以下引方伯海评)"然后自微达显,由内之外。又要用前人未用之书,发他人未发之义。使古今四海所有无不包罗,文之大体始备"。然由微达显云云,仍属运思中之事,故属运思构成之段,而非属槁事也。此段所论,真切精密。状难达之理,层次厘然。非有真实体验者,不能言之若是之精凿。而沉辞二语,形容绝妙。朝华二语,语秀意工。

徐复观:此小段,描述在酝酿中尽思考想象探索之能,使在酝酿时先能意可以称物,文可以逮意的活动情态。亦如画家的"胸有丘壑"。在酝酿时必先收视反听,使心不外驰,以便集中精神于自己所欲写之题材,而加以耽思,加以旁讯。所以"收视反听",是"耽思旁讯"的前提条件。尽旁讯之量而精神驰骛于八极;尽耽思之量而心灵浮游于万仞。这是为了发现题材所应关涉,所应涵融的材料与意境。经过这种耽思旁讯,如题材为抒情,则原为曚昽不易把捉之情,至此而较初感时,更为鲜明。如题材为赋物,则原为模糊而疏隔之物,至此而呈现昭晰的形相,有秩序地(互)进入于自己的胸中。题材既已把握,更倾尽群言,以取其精英;玩索(漱)六艺,以汲其义味。在此开辟广博之天地中,立意又极其高,有如

"浮天渊以安流";运思又极其深,有如"濯下泉而潜浸"。经过上述的思考、想象、探索之后,意与物的距离,由缩短而融会,其情态"若游鱼衔钩而出重渊之深",落在钓者的手上。如前所述,辞与意不可分,故此处的"沉辞",实兼意而言。文(辞)与意的距离,也由缩短而融合,其情态"若翰鸟缨缴而坠曾云之峻",落在弋者的手上。至此酝酿成熟了;而这种成熟,乃来自上述的穷尽思考想象探索之力,便自然在酝酿中有创新的作用。"收百世之阙文"两句,是内容的创新;"谢朝英于已披"两句,是表现的创新。一个题材的内涵,即是一个世界;深入于题材的内涵,即是深入于此一题材的世界。酝酿成熟以后,由题材所形成的世界,以完整统一之姿,呈现于自己心灵之上,便有"观古今于须臾,抚四海于一瞬"的气概,这两句话落实了讲,即是题材至此而完全把握到了。陆机在上两句话中,用"须臾""一瞬"两词,这是出自他深刻的体验。由酝酿成熟而呈现在心灵上的极题材之量的统一之姿,只能观之于须臾,抚之于一瞬。时间稍久,统一的形相,势必分解而为片断的、局部的形相。天才诗人的诗及大画家的山水画,都是紧抓住这"须臾""一瞬"来下笔。苏轼《腊日游孤山访惠勤惠思二僧诗》,乃描写一路所见的景物情态。收的两句是:"作诗火急追亡逋,清景一失后难摹。"郭熙《林泉高致》中附有其子郭思述其父作画的情形是:"每乘兴得意而作,则万事俱忘。及事汩志挠,外物有一,则亦委而不顾。委而不顾者,岂非所谓昏气者乎。"按"昏气",乃指胸中丘壑,隐而不见的情形。苏轼的诗,郭思所记的他父亲郭熙作画的情境,都说明了此中消息。一般的作家画家,在长篇巨制时,只能酝酿出一个大概的轮廓,以后要前后左右照顾地逐步生发下去,以构成一篇或一幅的体制。

杨牧:此节专论创作前的沉思酝酿。起初是精神心志搜索于宇宙之间,集中专注而远迈;当其逐渐就绪之际,情物现形,各种辞汇观念来衬托之,反射润泽之;思考和想象上穷碧落,下极黄泉,无所不至;继则沉辞浮藻归我引控使用,主题韵味灿然,一举而继往开来,承接古典而不因袭,抱负在新文学的肯定和发明。此刻文心凝然,疾行于古今四海之间,丰满敏捷,再无可疑。

释　义

　　《文赋》这一段中心是讲创作构思,而又侧重在描绘艺术想象活动的特征及其在整个构思过程中的重要地位。尤其可贵的是,陆机在这段中对构思中艺术形象的形成,作了非常生动而具体的分析。他指出艺术形象的形成要经过以下三个步骤:第一,展开丰富的、广泛的艺术想象活动。从陆机对艺术想象活动情状的描述中,我们可以看到我国古代对艺术想象活动特征的认识。首先,他指出了艺术想象活动是一种不脱离现实世界的具体的形象思维活动。"精骛八极,心游万仞",思维过程是和现实形象紧紧地结合在一起的,这也就是后来刘勰所说的"神与物游"。其次,这种艺术想象活动具有无限的广阔性和丰富性,"观古今于须臾,抚四海于一瞬",它可以不受任何时间和空间的束缚和限制。陆机继承了司马相如的"赋心"说,又为刘勰的"神思"说奠定了基础。再次,陆机指出了艺术想象过程中包含着强烈的感情活动。"思涉乐其必笑,方言哀而已叹。"因此,构思过程也是作者的感情逐渐鲜明的过程。后来,刘勰在《文心雕龙·神思》篇中说:"登山则情满于山,观海则意溢于海。"在《夸饰》篇中说:"谈欢则字与笑并,论戚则声与泣偕。"都是对陆机这一思想的发挥。第二,陆机告诉我们,艺术形象正是在丰富多彩的想象活动基础上逐渐形成的。"情曈昽而弥鲜,物昭晰而互进。"当想象发展到一定阶段时,艺术形象就逐渐鲜明地涌现了出来。皎然在《诗式》中说:"有时意静神王,佳句纵横,若不可遏,宛如神助。不然,盖由先积精思,因神王而得乎?"所谓"神王"即"神旺",指"精骛八极,心游万仞"的状况。而"佳句纵横,若不可遏",也就是"情曈昽而弥鲜,物昭晰而互进"的状况。必须"神与物游",然后方能构成意象,并进一步"窥意象而运斤"。第三,当艺术形象在作家脑海里呈现出来之后,就一定要用物质手段把它表现出来。对于文学来说,即是要用语言文字把它落实下来。这也是很不容易的。"意翻空而易奇,言征实而难巧。"为了寻找生动而确切的语言文字来表现它,真是"上穷碧落下黄泉",非常不容易。所以,陆机用钓鱼、射鸟来作比喻,形象地体现了这个艰苦的创作过程。一个作家除了丰富的想象之外,还必须有深厚的现实生活基础,高度的文学修养,以及熟练地驾驭语言文字的能力,才能创作出好作品来。

在构思和运用语言文字方面,陆机还提出了一个十分重要的原则,就是必须在继承前人的基础上有所创新,一定要有作家自己的风格和特点。既要学习前人创作的经验,又要有自己独具的特点,做到"谢朝华于已披,启夕秀于未振",这和下文反对剿袭的思想是一致的。

然后选义按部，考辞就班〔一〕。抱景者咸叩，怀响者毕弹〔二〕。或因枝以振叶，或沿波而讨源〔三〕。或本隐以之显，或求易而得难〔四〕。或虎变而兽扰，或龙见而鸟澜〔五〕。或妥帖而易施，或岨峿而不安〔六〕。罄澄心以凝思，眇众虑而为言〔七〕。笼天地于形内，挫万物于笔端〔八〕。始踯躅于燥吻，终流离于濡翰〔九〕。理扶质以立干，文垂条而结繁〔一〇〕。信情貌之不差，故每变而在颜〔一一〕。思涉乐其必笑，方言哀而已叹〔一二〕。或操觚以率尔，或含毫而邈然〔一三〕。

校 勘

〔抱景者咸叩〕"景"，茶陵本云：善作"暑"。许巽行云："六臣本云善本作'暑'，此据讹本妄言之。"梁章钜云："六臣本校云：'景'，善作'暑'。按'暑'字必传写之误，尤本亦作'暑'，不可通。"按："暑"字误，梁说是。唐陆柬之书、《文镜秘府论》、江本均作"景"。

〔怀响者毕弹〕"毕"，茶陵本云：五臣作"必"。唐陆柬之书、《文镜秘府论》亦作"必"。按：当以"毕"为是，与上句"咸"相对。

〔或本隐以之显〕"之"，茶陵本云：五臣作"末"。唐陆柬之书、《文镜秘府论》、江本均作"末"。按：此"之"与"末"涉及对"本"字的理解问题。"本"作"本末"之"本"理解，则"之"当为"末"。"本"作"本来"之"本"解，则此当为"之"较妥。据这里前四句"或……"的句法来看，这个"本"当解作"本来"之"本"较妥，故下亦以"之"字为好。

〔或岨峿而不安〕"岨峿"，《文镜秘府论》作"钽铻"。

〔或含毫而邈然〕许巽行云："'邈'依注作'藐'。"胡绍煐云："按（李善）注引《诗》作'藐'，与正文不合。'藐'与'邈'同。疑所据《诗》作'邈邈'，故引以释此。今《淮南·修务训》注引《诗》作'听我藐藐'可证。此注作'藐藐'，盖后以今本《毛诗》改之。"按：胡说是。许以注文改正文，恐未妥。

集　注

〔一〕李善:《小雅》曰:"班,次也。"

五臣:济曰:选择义理按比而用之,以为部次。考摘清浊之词以就班类而缀之。

邹思明:按部就班,叙次而成文也。

于光华:下笔作文。

方廷珪:以上乃草创之事,以下乃修饰讨论润色之事。选,择也。按部,按其部位,使以次相及。考,订也。辞有雅有不雅,就其班次,使以类相从。二句有四项事。

唐大圆:作者结构篇章之际,如考试院之甄别人才,或政府之组织部科,量材授任。故此云按彼各部,选择其义,考核其辞,使之就班。

许文雨:按西人鲁士铿谕想象之终事,曰:"忽尔时会,则意象之群,咸自呈露,考辞就班,莫不妥帖矣。"又按袁守定《占毕丛谈》云:"凡构思之始,众妙纷呈,茫无统纪。必择其意贯气属,应节而不杂者属而为文。陆平原所谓'选义按部,考辞就班'也。"

李全佳:《文心·章句》:"设情有宅,置言有位;宅情曰章,位言曰句。……离章合句,调有缓急;随变适会,莫见定准。"全佳按:"设情有宅",所谓部也。"置言有位",所谓班也。(下引《文心雕龙·镕裁》一大段,此略)全佳按:"情理设位",所谓选义也。"文采行乎其中",所谓考辞也。"规范本体谓之镕",所谓选义也。"剪裁浮词谓之裁",所谓考辞也。"情周而不繁",所谓按部也。"运辞而不滥",所谓就班也。"心非权衡,势必轻重",则极言义之当选,辞之当考,使按部而就班。(下引《文心雕龙·风骨》一大段,此略)全佳按:"瘠义肥辞,繁杂失统",不能选义考辞之病也。"熔铸经典之范,翔集子史之书,洞晓情变,曲昭文体",盖选义考辞之先事也。"莩甲新意,雕画奇辞","意新而不乱","辞奇而不黩",则选义考辞之能事毕矣。《文心·情采》:"设谟以位理,拟地以置心,心定而后结音,理正而后摛藻。"全佳按:"设谟以位理",选义按部也。"理正而后离藻",选义而考辞也。

王焕镳:言措辞宜有次序也。

徐复观:许慎《说文序》:"分别部居",盖谓将所收文字分为五百四十部,以类相从。则所谓部者,指从整体所分出的单位;就文章而言,即是一篇中所分的"段落"。"义"指作品之内容,《说文通训定声》"按"字下:"假借为'安'。"故所谓分义按部者,乃分配内容,安置于作品中适当的部位("部居"即部位)。李善:"《小尔雅》:'班、次也'",言考核辞语的性质,安置于适合的班次。

按:李说引《文心雕龙》为义证,自有可供参考之处,然刘勰所说的内容远比陆机这二句内容要丰富得多,如将两者完全等同,容易贬低《文心雕龙》的意义。只能说陆机这两句的基本意思,刘勰在论述许多问题时,都是有所体现的。又,钱钟书云:"按侯方域《壮悔堂文集》卷三《与任王谷论文书》:'六朝选体之文最不可恃,士虽多而将嚣,或进或止,不按部伍。'侯氏少年习为俪偶,过来人故知个中隐弊。机赋此语正防患对症而发。"北大《魏晋南北朝文学史参考资料》云此二句乃"按分段布局的需要,选择并遣使辞句"。

〔三〕李善:言皆击击而用。

五臣:济曰:谓物有抱光景者,必以思叩触之而求文理。物有怀音响者,必以思弹击之,以发文意。

张凤翼:物有抱光景者,皆思叩之而求文彩;物有怀音响者,皆思击之以发声韵。

闵齐华:抱景二语,喻取精之多也。

雷琳、张杏滨:物之有形者,叩之以求其形;物之有声者,弹之以尽其声。

顾施祯:景,日月之光也。天地之物皆为日月所照,故曰抱景,叩者发其光也。天地之物必有其声,故曰怀响,弹者引其鸣也。

方廷珪:景,如日月之景。抱景者,文中虽有此意,而其色未华。叩,发动也。叩之则光辉四达而文盛矣。响,如琴瑟之响。文中虽有此词,而其旨未畅。弹之则声音宏亮而文达矣。上抱字,此怀字,皆郁而未舒之意。

黄侃:言应有之义皆无所遗。

唐大圆:景喻色彩,响喻声调。于是抱色彩者咸来叩求任用,怀声调者亦各弹其音响。

许文雨:按此二语,清人杜诏、杜庭珠取以颜其所编唐诗,曰《叩弹集》者是也。

程会昌:吾友殷石臞曰:"黄先生云:'二句应有之义皆无所遗。'愚意盖谓天地间一切有色有声者,皆可供资取也。"按二说皆通。

李全佳:《文心·隐秀》:"秘响傍通,伏采潜发。"《文心·神思》:"枢机方通,则物无隐貌。……我才之多少,将与风云而并驱矣。"

王焕镳:言文能发万物之光辉,状万物之声音也。

徐复观:景,是光景,以喻题材中所含的意义。响,是音响,以喻题材中所含的节奏。

按:此二句当以李善注为准。这是在紧接前句说明所选之义、所考之辞,皆当使之充分发挥其效用,使意与辞所包含的一切内容均能全部体现出来。抱景、怀响都是一种形象的比喻,不能理解为是指所要描写的事物之形象与声音。唐大圆把它解释为文章的色彩与声调,就太死板了。五臣的解释认为抱景、怀响皆指文章所要描写的对象,即客观事物,这是和上下文义不大一致的。张凤翼、雷琳、张杏滨、顾施祯等都是依五臣之意而加以发挥。这是不大符合陆机原意的。抱景、怀响,都是指的意和辞。因为这一段的中心是讲部署意辞、安排艺术结构等问题。离开这个中心,离开具体的上下文,再去引申发挥,这就容易发生错误。李善注由于说得比较简单,所以一直不为后人所重视。黄侃之说与李善注一致,比较符合陆机原意。

〔三〕李善:孔安国《尚书传》曰:"顺流而下曰沿。"源,水本也。

五臣:翰曰:或赋咏于枝乃思发于叶,或流情于波而求讨其源也。振,发。沿,流也。张凤翼:振,起也。

瞿式耜:(上句)本立末茂。(下句)即流穷源。

方廷珪:枝叶,喻本末。振,举也。如赋此物,必究此物所终极。波源,即源流。沿,循也。如赋此物,必溯此物所自始。以上四句俱是此体。

唐大圆:此时作者之考选词义,或若树然,因彼枝条以循振其叶;或如水然,因彼波澜而求讨其源。

程会昌：按上句由本及末，下句由末及本，此及下共八句，义皆一正一反。

　　徐复观：《书禹贡》"沿于江海"，郑注："顺水行也。"题材之内容有主有从。枝以喻主，叶以喻从。有其根基，有其发展。波以喻其发展，源以喻其根基。

　　〔四〕李善：言或本之于隐而遂之显。或求之于易而便得难。"之"或为"末"，非也。

　　五臣：济曰：或本深于隐而末至于明也，或求思于易得词于难。物理相推，有此回转也。张凤翼：或本之于隐而遂之显，或求之于易而更得难，文理之相发有如此者。

　　顾施祯：隐，深也。显，明也。易，敏速。难，艰涩。

　　方廷珪：（本隐句）夫其沉晦。（求易句）求之平易。得难者，反得其难得之语，谓佳句也。二句是赋。

　　唐大圆：有时词义本隐晦难明，作者善用之，遂能显了易晓。如韩非子之《解老》《喻老》，及《韩诗外传》之说《诗》。皆前说一段或数段，而归结于《诗》或《老》之一句，斯俱有本隐之显之用。有时欲求其易成，而反致难就，此由文机有不畅之故，或求其易知而反致难晓。如作白话文，本求易知，然其中所夹方言，或以的字连数句为一，则较文言更诘屈聱牙而难解。

　　许文雨释上四句：（郑石君）《文赋义证》："《文心·附会》：'凡大体文章，类多枝派。整派者依源，理枝者循干。是以附辞会义，务总纲领。驱万涂于同归，贞百虑于一致。使众理虽繁，而无倒置之乖；群言虽多，而无棼丝之乱。扶阳而出条，顺阴而藏迹。首尾周密，表里一体。此附会之术也。'"

　　程会昌：隐则难，显则易，隐显难易，文思之通塞系焉，文术之高下形焉。

　　李全佳：《文心·体性》："夫情动而言形，理发而文见。盖沿隐以至显，因内而符外者也。"王闿运《湘绮楼论文》："赋者，诗之一体，即今谜也，亦隐语而使人谕谏。……庄论不如隐言，故荀卿宋玉赋因作矣。汉代大盛，则有相如、平子之流以讽其君。太冲、安仁发摅学识，用兼诗书，其文烂焉。要本隐以之显,故托体于物而贵清明也。

徐复观:题材之内容,有隐有显,有难有易。或先探其隐,再本之以通向于显;或先求其易,再由易以解决其难。

按:"得难"上述各家有两解:一为"得其难得之语"之意,一为难于得到之意。后一种解释(如顾施祯、唐大圆说)似不妥善。陆机这里讲的是各种不同的文章结构方式,虽然具体方式不同,但都能达到很巧妙的好的效果。如以顾、唐之说,则此句之意思,变成是"求其易知而反致难晓",与上句文意不相配合。这两句和上两句在语意结构上是一致的。前两句说由枝到叶、由波到源情况正相反而都是好文章;这两句说由隐到显、由易到难也是情况正相反而都是好文章。两两相对,意思相类似,都是为了强调艺术结构之多样化。

〔五〕李善:《周易》曰:"大人虎变,其文炳也。"言文之来,若龙之见烟云之上,如鸟之在波澜之中。应劭曰:"扰,驯也。"《庄子》曰:"君子尸居而龙见。"大波曰澜。

五臣:良曰:扰,乱也。思壮如虎之变,其文彩炳然。或犹未致,如兽之惊乱,不知所之。或得其妙,则龙见而有光,如水鸟游于波澜也。

何焯:二句疑大者得而小者毕举之意。

顾施祯:虎变,文之壮而华绚也。兽扰,文之雄而和顺也。龙见,灵机活泼也。大波曰澜,鸟在波中掀翻无定也。

方廷珪:虎变,文之平顺者,改之使如虎之变。兽扰,文之奇谲者,改之使如兽之扰。龙有文明之象,藻采不扬者改之,使如龙之见。鸟在波中掀翻无定,文势平衍者,改之使如鸟之澜。二句是比体。

胡绍煐:注,善曰:"大波曰澜。"按澜之言涣散也。本书(《文选》)《洞箫赋》:"惮怳澜漫。"注:"澜漫,分散也。"连言为澜漫,单言曰澜。字亦作烂。《楚辞·哀时命》:"忽烂漫而无成。"注:"烂漫,消散也。"《思玄赋》:"烂漫丽靡。"注:"烂漫,分散也。"此言龙见而鸟散也,与波澜义无涉。

黄侃:言文之来若龙虎,而驯扰之如鸟兽。澜,犹阑也,言在笼笯之中。

唐大圆:此极状其文中有词辨变化波澜纵横之处。如贾谊《过秦论》,自"然后践华为城"至"子孙万世帝王之业"句,又如"始皇既没"至

"山东诸侯并起而亡秦族"句，又自"且夫天下非小弱也"至"攻守之势异也"句。嵇叔夜《养生论》，自"夫服乐求汗"至"植发冲冠"句，又自"措身失理"至"欲之者万无一能成"句。李康《运命论》，自"夫以仲尼之才"至"其不遇如此"句，又自"然则圣人所以为圣者"至"是以圣人处穷达如一"句，又自"故夫达者之算也"至"分荣辱之客主"句。皆为有虎变兽扰、龙见鸟澜之观者。

程会昌：按二语喻文章之辞义，或本根既立，而枝叶悉归循附；或本根虽具，而枝叶仍属支离。旧解似皆未谛。

方竑：季刚师则会语竑曰："澜为阑之假借字。虎变、龙见对文，兽扰、鸟澜对文。阑，娴也。"

李全佳：澜，犹言澜漫也。澜漫，放失消散之义。《淮南子·览冥》："道澜漫而不修。"韩愈《远游联句》："离思春水泮，澜漫不可收。"是澜亦有散义。言文之来若龙之出见变化，而鸟兽为之驯扰隐伏，所谓"纲举目张"，"先立其大者，则其小者不能夺也"。黄说勿泥。

王焕镳：虎变形容阳刚之文，兽扰形容阴柔之文。扰，顺也。（下句）形容文之变化无端。

徐复观：朱骏声《说文通训定声》"澜"字下："假借为'连'。《文赋》：'或龙见而鸟澜'，按鸟者鱼字之误。鱼连犹上言兽扰也。"连乃连属之义。以朱说为近是。按龙虎皆喻文章中的主题主旨。虎变，犹言虎现，喻主题在一篇之首，作集中的表出。以后的文字，皆顺此主题发展，故谓"兽扰"。《庄子·天运》："夫龙合而成体，散而成章。"是龙无全见，故"龙见"以喻主题在一篇中作分解的表出。如此，则不突出于其他文字之上，而与之游衍从容，如鱼相连属而不惊。或如水鸟安于澜而不惊。

按：此二句各家诠释，意见纷纭。徐复观引朱骏声说颇为牵强。钱钟书谓李善注"碎义逃难，全不顺理达旨。"又谓何焯所评"亦未端的"。其云："'澜'当是'澜漫'之'澜'，'鸟'当指海鸥之属；虎为兽王，海则龙窟。主意已得，陪宾衬托，安排井井，章节不紊，如猛虎一啸，则百兽帖服。'妥帖易施'，即'兽扰'之遮诠也。新意忽萌，一波起而万波随，一发牵而全身动，如龙腾海立，则鸥鸟惊翔。'岨峿不安'，亦即'鸟澜'之遮诠矣。（《全晋文》）卷九七机《羽扇赋》：'彼凌霄之伟鸟，播鲜辉之蒨蒨，隐九皋以凤鸣,游芳田而龙见。'卷一〇二机弟云《与兄平原书》指瑕曰:'言鸟云"龙见",如有不体。'即在称《文赋》'甚有辞'同一书中。倘如善注谓'龙见云如鸟在澜',此二语当亦被'不体'之目耳。以景物喻文境,后世批尾家之惯技,如汪康年《庄谐选录》卷四:'有人评一人试帖曰:"两个黄鹂鸣翠柳,一行白鹭上青天。"上句是不解作何语,下句是愈说愈远了。'取杜诗为谑,机杼不异'虎变''龙见'也。"钱说批评李善、何焯之说很有可取,然钱解此二句亦有不妥之处。鸟澜,当如胡绍煐说,解为鸟之消散也。这里比喻文章只要具备最精彩要点,那么各种纷繁零乱之处也就能一一消失了。这两句也和上四句一样,是讲艺术结构上的种种不同的状况。钱说把这两句和下两句的意思等同起来,看作一回事,显得牵强。"或妥帖"两句是讲写作文章、部署意辞、安排结构中顺利与不顺利两种情况,是对以上十句的总结,又与下文"馨澄心"两句意思相联,故不宜如钱说把它们看作"或虎变"两句之"遮诠"。

〔六〕李善:妥帖,易施貌。《公羊传》曰:"帖,服也。"《广雅》曰:"帖,静也。"王逸《楚辞序》曰:"义多乖异,事不妥帖。"岨峿,不安貌。《楚辞》曰:"圆凿而方枘兮,吾固知其钼铻而难入。"

方廷珪:妥帖,恰当也。一改即当,故曰易施。岨峿者,词意相距。不安,谓必求其安。以上十句,皆选义考词之事,即发明序中放言遣词良多变意。

张云璈:《尔雅》云:"本齿相差者也,故有三十六龃龉。"因作钼铻,专为不相当之意。《文赋》"岨峿"则又因山立义。《说文》本作"钼鏂"。《考工记·玉人》:"大琮十有二寸,射四寸。"注:"射其外钼牙。"《疏》言其外八角锋也,"钼牙"即"钼铻"。云璈按:岨峿,象山之崎岖,故有不安之义,似与龃龉微别。

陈倬:注引《楚辞》:"吾固知其钼铻而难入。"倬按:此下当有"钼铻与岨峿同"之注,而今本脱之。

朱珔:按如(李善)注语则岨峿即钼铻也。《说文》鏂字云:"钼鏂也。"又齿部:"龃龉,齿不相值也。"段氏谓钼鏂盖器之能相抵拒错摩者,故《广韵》以不相当释钼铻。《周礼·玉人》注云"駔牙",《左传》人有名"钼吾"

者,皆此二者之同音假借。余谓此赋后文"固崎锜而难便",注云:"崎锜,不安貌。"引《楚辞》"钦岑崎锜"。崎锜亦鉏铻之声转。故《说文》云:"锜,鉏鋙也。"《楚辞》与《钦岑》连用,正与岨峿通也。然则此等叠韵字往往音同而义即同。张氏《胶言》乃云岨峿因山立义,与鉏龉字微别,非也。

程会昌:二句上以喻发抒之易,下以喻部勒之难。启后竭情多悔,率意寡尤之论。

〔七〕李善:《周易》曰:"神也者,妙万物而为言者也。"

五臣:向曰:罄,尽。眇,深也。深原其众虑而为言也。

张凤翼:澄心凝思欲其自得之也。眇众虑,超于众人思虑之外也。

雷琳、张杏滨:《增韵》:"澄,水静而清也。"

方廷珪:澄,清,凝,定也。眇,超也。众虑,众人之思虑。二句是承上起下,言选义考词之时,皆由澄心眇虑而得之,故能尽义之妙,如下所云也。

张云璈:注引《易》曰:"神也者,妙万物而为言者也。"王肃《易》本作"眇万物"。音眇。董遇曰:"眇,成也。"惠氏《九经古义》云:"'妙'字近老庄语,后儒遂有真精妙合之说。"当从王子雍本作"眇"。陆《赋》正用说卦,不作"妙"字,此其证也。是此注"妙"字亦当作"眇"。

朱珔:按《说文》:"眇,小目也。"因为凡小之称。《方言》:"眇,小也。"故小管亦谓之篎。段氏谓引伸为微妙之义。《说文》无"妙"字,"眇"即"妙"也。《史记》"户说以眇论",即"妙论"也。余谓义为微妙者,言研极细微也。惠氏说《易》从王肃本作"眇",于字体是矣。而云"妙字近老庄语,后人遂有真精妙合之说",恐未然。实则"妙"与"眇"通耳。前《东京赋》:"眇古昔而论功。"《后汉书》"眇"作"妙",正同。

黄侃:"眇",古以为"妙"字。

许文雨:按"罄澄心""眇众虑"二语,即薛雪《一瓢诗话》所谓"诗之用,片言可以明百意"也。(按:王士禛《师友诗传录》中即有此说。)

程会昌:殷石臞曰:"二句即昭明所谓事出沉思也。"

徐复观:澄心犹言"清静其心"。按眇即妙。此处应作《易传》"妙合而凝"的妙合来理会;妙合者,融合而无融合之迹。此两句言当选义按部,考辞就班时,应清心凝思,融会各种思虑以为统一体,在此统一体的基础上来选择安排。

〔八〕李善:《淮南子》曰:"太一者,牢笼天地也。"《说文》曰:"挫,折也。"《韩诗外传》曰:"辟文士之笔端,辟武士之锋端,辟辩士之舌端。"

五臣:铣曰:形,文章之形也。挫,挫折也。谓天地虽大,可笼于文章形内,万物虽众,可折挫取其形,以书于笔之端。端,笔锋也。

方廷珪:笼,牢笼。形内,形容之内。文中所用之物,去取凭其主持,故曰挫。

梁章钜:今《说文》:"挫,摧也。""摧"下"一曰:折也。"《周礼·考工记》:"揉牙内不挫。"郑注:"挫,折也。"

许文雨:"笼天地""挫万物"二语,即《一瓢诗话》所谓"诗之体,坐驰可以役万象也"。

程会昌:万象森列,惟心澄言妙者得以役之。

王焕镳:谓天地虽大,可归纳于文中;万物虽众,可描摹于笔端。

徐复观:李善:"《淮南子》:'太一者,牢笼天地也。'"《说文》二上:"牢闲(防闲)养牛马圈也。"《说文》五上:"笼,举土器也。"引伸为将物纳入其中为牢笼或仅称为笼。"天地",指题材所关涉之全局;"形"犹体,"形内"犹言一篇文体之内;文必成篇而后可称为体。此句总言选义按部的工夫。《说文》十二上:"挫,摧也。"万物指可作表现用之辞藻言。每一辞藻,皆各有其自性,挫摧其自性,使其屈于作者笔端之下,以供与内容相合的表现要求。此句总言"考辞就班"的工夫。

〔九〕李善:《广雅》曰:"踌躇,跢跦也。"郑玄《毛诗笺》云:"志往,谓踟蹰也。"躅与蹰同,跢跦与踟蹰同。《苍颉篇》曰:"吻,唇两边也。"莫粉切。《字林》曰:"吻,口边。"流离,津液流貌。刘公幹诗曰:"叙意于濡翰。"毛苌《诗传》曰:"濡,渍也。"濡,如娱切。《汉书音义》韦昭曰:"翰,笔也。"协韵音寒。

五臣:翰曰:踌躇,不进貌。亦如文词难出于口也。燥,干也。吻,唇也。谓神思驰逐皆得干唇也。则虽初难出于干唇,终流离于濡翰,谓书于纸也。流离,水墨染于纸貌。濡,染也。

张凤翼:踌躇,所以状文思之不来也。燥吻,谓苦思至于干唇也。虽若初之难,及得之而濡翰,又若无难也。濡,湿貌。

瞿式耜:(上句)文思不来。(下句)文思之来。

雷琳、张杏滨:燥吻,言不能足志,文不能足言也。

方廷珪:踟蹰,行不进貌。去取未决,口中吟哦不已,如人之行道不进也。吻,口吻,吟哦之极,口为之燥。上澄心眇虑,是用心于内,此则复于口吻再斟酌一番也。流离,湿而流也。濡翰,渍墨之笔。此则去取决矣。故挥毫直书所见,无不如意。

许巽行:注:"《广雅》曰:'蹢躅,跢跦也。'""蹢"与"踟"同。"跢跦"与"踟蹰"同。《说文》作"峙踞"。《复古编》云:"别作踟蹰,非。"(嘉德按:《说文》:"蹢躅,住足也。"住足,即逗足,止足也。峙踞,不前也。《博雅》:"踌躇,犹豫也。"师古曰:"踌躇,住足也。"段氏曰:"蹢躅之双声迭韵曰踟蹰、曰跢跦、曰峙踞、曰籌筹,俗用踌躇,皆训住足不前也。"按今皆通用。)

黄侃:言初难后获之状。

程会昌:《文心雕龙·原道》篇:"雕琢情性,组织辞令。"情性有赖于雕琢,辞令有待于组织,此其所以始而踟蹰,终乃流离也。

徐复观:此两句言,开始下笔时感到困难,但愈写便愈顺畅。

〔一〇〕李善:言文之体,必须以理为本。垂条,以树喻也。《广雅》曰:"干,本也。"郑玄《礼记注》曰:"繁,盛也。"

五臣:济曰:质,犹本根也。为文之理,必先扶持本根,乃立其干。谓先树理,次择词也。故知垂条而结叶繁茂也。

方廷珪:文以理为本,如树之有干,扶而立之,一篇之意以定。文以辞为饰,如树之有条,垂而结之。一篇之词以达。垂条者,文之散行。结繁者,文之收束。

骆鸿凯:"常谓情志所托,故当以意为主,以文传意。以意为主,则其旨必见;以文传意,则其词不流;然后抽其芬芳,振其金石耳。"(范晔《狱中与诸甥侄书》)"夫才量学文,宜正体制。必以情志为神明,事义为骨髓,辞采为肌肤,宫商为声气。然后品藻玄黄,摛振金玉,献可替否,以裁厥中,斯缀思之恒数也。"(《文心·附会》)"情者,文之经;辞者,理之纬。经正而后纬成,理定而后辞畅,此立文之本源也。"(《文心·情采》)"凡为文以意为主,以气为辅,以辞彩章句为之兵卫。……意全胜者,辞愈朴而文愈高;意不胜者,辞愈华而文愈鄙。是意能遣辞,辞不能成意。"(杜牧《答庄充书》)"但当以理为主,理得而辞顺,文章自然出群拔萃。"(黄庭坚《与王观复书》)

李全佳:《文心·情采》:"夫水性虚而沦漪结,木体实而花萼振,文附质也。虎豹无文,则鞟同犬羊。犀兕有皮,而色资丹漆,质待文也。……夫铅黛所以饰容,而盼倩生于淑姿。文采所以饰言,而辩丽本于情性。……夫能设模以位理,拟地以置心,心定而后结音,理正而后摛藻。使文不灭质,博不溺心,正采耀乎朱蓝,间色屏于红紫,乃可谓雕琢其章,彬彬君子矣。"《文心·才略》:"相如好书,师范屈宋,洞入夸艳,致名辞宗。然核取精意,理不胜辞。故扬子以为文丽用寡者长卿,诚哉是言也。……子云属意,辞义最深。观其涯度幽远,搜选诡丽,而竭才以钻思,故能理赡而辞坚矣。"

徐复观:任何题材,皆有其当然应然之理;作者应把握题材之理以成为文章之质,由质而树立一篇之干。质必作多方面之发挥而始显,亦犹木之干必有众多之枝条而始茂。文即文辞,发挥有赖于文辞运用的技巧,所以由文辞的运用技巧,将质作多方面(垂条)的发挥,而成其繁盛。

按:陆机在这里对"理"和"辞"的主从关系作了明确的说明,可见他对文学创作中内容和形式关系的意见颇为正确,所以不能说他的理论是形式主义的理论。他和刘勰等在这个问题上的看法是一致的。

〔一一〕李善:《楚辞》曰:"情与貌其不变。"

五臣:向曰:差,失也。文之情深,必见人貌,故此理不失。变之在颜,故思乐必笑,言哀则叹矣。

邹思明:文情必见于貌,故变之在颜,所以乐笑而哀叹也。

方廷珪:情貌,物之情貌。不差,不失。所云佳句肖题成也。在颜,由情达貌也。一篇有一篇变相。

程会昌:殷石臞曰:"此谓诚中形外,表里如一也。"按亦即《诗序》所谓"情动于中而形之言"。

李全佳:《文心·物色》:"写气图貌,既随物以宛转;属采附声,亦与心而徘徊。"《文心·诠赋》:"拟诸形容,则言务纤密;象其物宜,则理贵侧附。"《文心·才略》:"王褒构采,以密巧为致。附声测貌,泠然可观。……王逸博识有功,而绚采无力。延寿继志,瑰颖独标。其善图物写貌,岂枚乘之遗术欤?"

徐复观:情是内容,貌是形式,亦即《文心雕龙》中之所谓"体貌",有如今日之所谓风格。"颜"与"貌"互文。此两句言成功的作品,内容与形式,必(信)是统一而无差距,所以内容变,体貌亦因之而变。

按:文学创作中的情与貌可有两种理解,一是指作品中的思想感情与语言形象,一是指作家的真实思想感情与作品中所表现出来的具体思想感情。陆机在这里讲的是前一种意思,它是承继前二句"理扶质以立干,文垂条而结繁"而来的。理即情,文即貌,互文见义。但是,有的学者把陆机所说的情与貌,理解为作家与作品的关系,认为陆机这个说法不全面,并且说不能以"情貌不差"的要求来衡量作品。这种看法可以夏承焘先生《关于陆机〈文赋〉的三个问题》一文为代表。他说:"这里面有两种情况。一种就是元好问《论诗绝句》所说的:'心画心声总失真,文章宁复见为人;高情千古《闲居赋》,争信安仁拜路尘!'作伪者的文章有些是会装饰成为使人看不透他的真情的。卑鄙的潘岳会写出'高情千古《闲居赋》',使人无从知其情之真伪。又如明末的阮大铖《咏怀堂诗》,学陶潜能够逼真,若不知其人的堕落晚节,也不易辨其情之真伪。这都是作者的'情''貌'并不一致的例子。这是第一类情况。另一类情况,可举辛弃疾的词为例,辛弃疾是爱国志士,二十多岁在北方起义,是火热斗争中锻炼出来的人物,历来称他为豪放派词的领袖。但他的词集里有不少婉约深微的作品,尤其是传诵的名作像《摸鱼儿》'更能消几番风雨'等等。这由于他被统治集团所猜忌排挤,'孤危一身,不为众人所容'(辛氏上孝宗《论盗贼疏》中语),故不敢肆言无忌来指责朝政,不得不以美人香草之辞,委婉地来表达感慨。所以《文赋》只说'信情貌之不差',还是不全面的看法。我们要从'情貌不差'中知其有差,在有些大作家大作品里,这些情貌不一致的地方,有时恰正是他们更深沉更伟大的地方。我们若拿《文赋》这个'情貌不差'的标准来衡量这些大作品,便会出偏差了。"夏先生实际上讲的是作家之情和作品之情常不一致的问题,此虽非陆机之原意,然亦可供参考。

〔一二〕方廷珪：情乐则貌必笑，情哀则貌必叹。二句承上"变而在颜"发明。

许文雨：《文赋义证》："《文心·夸饰》：'谈欢则字与笑并，论蹙则声共泪偕。'"

骆鸿凯："王半山词瘦削雅素，一洗五代旧习。惟未能涉乐必笑，言哀已叹。故深情之士无不间然。"（刘熙载《词曲概》）

李全佳：文天祥云："痛饮读《离骚》。于成龙《与友人荆雪涛书》："夜以四钱沽酒一壶，无下酒物，快读唐诗，痛哭流涕，并不知杯中之为酒为泪也。"《离骚》、唐诗均宜饮酒读之，且读之每易令人痛哭流涕，盖以其情文并至，得言哀已叹之致耳。又按，晋简文帝留心典籍，意度闲雅，时权臣柄政（桓温废帝奕，王彪之实助之，又郗超亦跋扈不恭），宗社危急，因咏庾阐诗"志士痛朝危，忠臣哀主辱"之句，泣下沾襟。帝之忧愁叹息，自有深情，然非阐作先得言哀已叹之妙，恐亦不能感人如是之深耳。

按：各家对此二句之解释，有两层意思：一是作者创作过程中之"情文并至"，这一点是陆机本意。二是读者欣赏过程中之"情文并至"，这是就陆机《文赋》此二句的引申义。钱钟书云："按情动而形于言，感生而发为文，乃'乐'而后'思涉'，'哀'而后'方言'；然当其'涉'也、'言'也，'哀''乐'油然复从中来，故'必笑''已叹'。既兴感而写心作文，却因作文而心又兴感；其事如鲍照《东门行》：'长歌欲自慰，弥起长恨端。'杜甫《至后》：'愁极本凭诗遣兴，诗成吟咏转凄凉。'杨万里《己丑上元后晚望》：'遣愁聊觅句，得句却愁生。'此一解也。哀乐虽为私情，文章则是公器；作者独居深念，下笔时'必笑''已叹'，庶几成章问世，读者齐心共感，亲切宛如身受。《世说·文学》门尝记孙楚悼亡赋诗，作者之'文生于情'也，王济'读之凄然'，读者之'情生于文'也。古罗马诗家所谓'欲人之笑，须己嗑然；欲人之泣，须己先泫然'。此进一解也。"

〔一三〕李善：觚，木之方者，古人用之以书，犹今之简也。史由《急就章》曰："急就奇觚。"觚，木简也。《论语·先进》篇："子路率尔而对。"毫，谓笔毫也。王逸《楚辞》注曰："锐毛为毫也。"毛诗曰："听我藐藐。"毛苌曰："藐藐然不入。"

五臣：铣曰：觚，木也。古人用之以为笔也。率尔，谓文速成。邈然，谓文迟成也。

杨慎：古者献以爵而酬以觚，《说文》所谓"乡饮酒之爵"也。……此所云觚皆酒器也。后世以木简谓之觚。《急就章》所谓"急就奇觚与众异"，陆士衡《文赋》云"或操觚以率尔"是也。孔子所叹之觚则酒器而非木简也。（《升庵经说》"不觚"条）

张凤翼：率尔，易成也。邈然，无得也。

顾施祯：率尔，轻遽貌。邈然，杳渺貌。

余萧客："觚者，学书之牍，或以记事，削木为之，盖简属。""或六面，或八面，皆可书。觚者，棱也。"（《急就篇》注一）"《说文通释》：'觚，八棱木。'"（《急就篇》补注一）"相如含笔而腐毫。"（《文心雕龙》六）

方廷珪：（上句）此文之不经意而得者，欲改无可改。含，吮也。笔颖为毫。邈然，意不尽也。此文之偶会心而成者，欲益无可益。以上八句，文以成矣，而赞其妙。

张云璈：按《论语》"觚不觚"注："觚，棱也。或曰酒器，或曰木简。皆器之有棱者。"《赋》所谓觚即木简，犹今以粉版作书。《急就章》谓之"奇觚"是也。酒器之觚，则《考工记》梓人为饮器，勺一升，觚二升，献以爵而酬以觚。《宣和博古图》觚之制有十六种，皆商之制，形如今之花瓶，上圆下方，细腰大口，窄而长，通身作云雷饕餮之文，自足至腰间皆四棱隐起，谓之觚。觚即棱也。别有上下俱圆之式二，此即周末之"觚不觚"矣。盖人情乐于简易，削四棱取其圆滑易持耳。若木简方则易书，圆则不便，人无削者，故《论语》之觚，只是酒器，与木简无涉。《汉书》"破觚为圜"，亦是酒器。

梁章钜：今《论语》"帅"作"率"。"帅""率"古字通。《诗·采菽》"亦是率从"，《左氏传》引作"帅"；"噎嘻，率时农夫"，《韩诗》作"帅时"，是也。……按《广韵》"率"有"急遽"之训。本书（《文选》）《非有先生论》注亦云："率然，轻举之貌。"是唐时已有此解也。

许文雨：按"操觚""含毫"二语，言文思之缓速。《文心雕龙·神思》篇系以例证云："相如含笔而腐毫，扬雄辍翰而惊梦，桓谭疾感于苦思，王充气竭于思虑，张衡研《京》以十年，左思练《都》以一纪。虽有巨文，亦思之缓也。淮南崇朝而赋骚，枚皋应诏而成赋，子建援牍如口诵，仲宣举笔似宿构,阮瑀据案而制书,祢衡当食而草奏,虽有短篇,亦思之速也。"又,《升庵诗话》卷一举唐人云:"潘纬十年吟古镜,何涓一夕赋萧湘。书家亦云:思训经年之力,道玄一日之功。"并足以广其说。

骆鸿凯:"'率尔'谓文之易成也,'邈然'谓思之杳无得也。一易一难,与下文所云'或妥帖而易施,或岨峿而难安'一例,不作文思深远解。下文'函绵邈于尺素',是言文思深远。"(按此乃骆引杭世骏《订讹类编》卷一"含毫邈然"条引《金壶字考》语)

程会昌:此谓为文构思,虽有常轨,而成文迟速,则无定程。《文心雕龙·神思》篇:"骏发之士,心总要术,敏在虑前,应机立断。覃思之人,情饶歧路,鉴在疑后,研虑方定。"是其大较也。

李全佳:《文心·才略》:"子建思捷而才俊,诗丽而表逸。子桓虑详而力缓,故不竞于先鸣。而乐府清越,《典论》辩要,迭用短长,亦无懵焉。……仲宣溢才,捷而能密。……左思奇才,业深覃思。……潘岳敏给,辞自和畅。……陆机才欲窥深,辞务索广,故思能入巧,而不制繁。士龙朗练,以识检乱,故能布采鲜净,敏于短篇。"

按:此两句解释,当以骆鸿凯所引杭世骏之说为是,比较符合陆机原意。这两句不是讲文思迟速,而是讲文思之通塞,亦即下文所云或"天机骏利"或"六情底滞"之意。故把这两句和《文心雕龙·神思》篇中所讲文思迟速相比是不太合适的。钱钟书也指出"下句常误用为赞美之词,以称诗文之含蓄深永者",并说:"'含毫'即构思时吮笔而不能挥毫落纸之状。沈约《宋书·律志》自叹'每含毫握简,终亦不足与班、左并驰'云云,言竭才力而惨淡经营。后世称作文迟钝亦曰'含毫欲腐',皆犹未失本来。'率尔'句亦被批尾家误解为草率或卤莽从事,用作贬词。习非成是,积重难返,只须读《文赋》时心知其意可矣。"

本段总论

顾施祯:赋言既思矣,乃可撰其妙辞。然后选择文之义理,必按据其部位;考订文之辞句,必就赴其班次。故凡万物之抱景而明者,咸叩发其光;怀响有声者,毕毂弹使作。无义不待选,无辞不尽考也。其辞之渐遒,或因枝以振举其叶,本末秩然;或沿波而讨穷其源,源流暸然;或本于隐深，而反出于显浅；或求其速易，而反得其艰涩，致不一也。辞之已成，或如虎变之文成炳耀，更如兽扰之雄健驯服也；或如龙见之夭矫活动，更如鸟澜之飞舞回旋也。或妥帖而易施，辞有即成者；或岨峿而不安，辞有难成者；势不等也。惟其如是，是以为辞者，必馨其清心，以凝定吾之思。若众人之思虑，则眇然超出而为言，与之大不同矣。天地之大，牢笼于所形容之内；万物之繁，挫折于笔端之小。有不为辞所包并、所组织者乎？辞成若此，而撰之匪轻也。始而构思，心烦口涸，而尚患其未工，故蹢躅于燥吻；终而乘兴，伸纸拈笔，而若恐其或御，故流离于濡翰。要之，理乃文之本也，以此扶质而立干，则辞之体正矣。文乃理之饰也，既而垂条而结繁，则辞之采烂矣。理文足尚，然复必出于情也。人之貌与情相肖，信乎情貌之不爽差，故每变在颜。思涉乎乐则如见其人之笑，方言乎哀则如闻其人之叹。文何可不正情以达之辞耶？夫情之苦乐不一，撰之迟速亦殊。或操觚以率尔，成何易也；或含毫而邈然，成何艰也。此皆撰辞之所备经者也。殚其撰之力，庶有妙辞乎。

方廷珪：此段承上段来，文之大体已立，更当逐字逐句逐段，察其词意之纯疵，及其部位之先后。词之未达者，达之；意之未显者，显之。穷文之变，尽物之情，心不停思，口不停哦，而后诸美毕备，读者之情与作者之情，悠然相得。二段中已尽作文三昧。

黄侃：已上言命篇之始，部署意辞之状。

方竑：思既熟矣，乃究其辞。孔子曰："辞，达而已矣。"辞之能达，盖非易也。吾思与情之千变万幻，而吾文曲折委宛以毕宣，乃为绝技。杨用修《谭苑醍醐》曰"意有浅言之而不达，深言之乃达者。详言之而不达，略言之乃达者。正言之而不达，旁言之乃达者。俚言之不达，雅言之乃达者"是也，达之为道，不亦大哉！圣人之文，语简而意毕达，《论语》《檀弓》是也。后之作者，道不逮古人，则选义按部、考辞就班，乃为切要。抱景咸叩，怀响毕弹者，义无逃也。因枝振叶、沿波讨源、本隐之显、求易得难者，思曲达也。虎变兽扰、龙见鸟澜，大者立而小者毕也。妥帖易施者，辞之顺也。岨峿不安者，至于族者也。凡此皆澄心凝思所得者也。先之以吟哦，终之以翰墨，而文成矣。理以立干，文以垂条，即辞程材以效伎，意司契而为匠者也。盖无理不立，无文不成。理其实也，文其华也。选义而后其理精,考辞而后其文美。故范蔚宗《与诸甥侄书》曰:"以意为主,则其旨必见。以文传意,则其辞不流。"《文心雕龙·情采》篇曰:"情者,文之经;辞者,理之纬。经正而后纬成,理定而后辞畅。"此皆言为文之用心,署辞之准则也。至于情与貌合,文与情通,斯技之至者也。操觚率尔者,辞之显易者也。含毫邈然者,意之妙远者也。

徐复观:此小段言酝酿成熟后,正式写作时之情形。写作首须谋篇布局。"选义按部"两句,皆谋篇布局之事,而以"选义按部"句为主;盖辞附于义(内容);辞之班次,乃由义所决定。在"选义""考辞"时,每因一时心力专注于内容的某一方面而遗忘其他方面,故以"抱景者咸叩"两句提醒在谋篇布局时必须笼罩全局。一篇的构成,由内容(义)所决定。内容必经过分析而后能清晰,内容可分析为枝与叶,波与源,隐与显,易与难。"因枝而振叶","沿波而讨源","本隐以之显","求易而得难",乃将分析的内容,以叙述的先后,加以条理。条理的先后无定法,决定于作者的匠心,文章最基本的艺术性系由此出。故此四句乃"选义按部",亦即谋篇布局的四种举例性的方式。在谋篇布局中最重要的是主题的表达,亦即通俗之所谓"点题"。陆机在这里特提出"虎变"与"龙见"的两方式。由此进一步的解说,则为《文心雕龙·附会》篇的"务总纲领"。在"考词就班"中有难有易,故有"或妥帖而易安"两句。至此为止,皆为"选义按部"两句的补充说明,亦即谋篇布局的要点。谋篇布局,乃将内容作分解性的处理。但此分解性的处理,必以内容的统一性为基底,然后由分解性而来的章句段落,皆由一共同的生命所贯通而成为有机体的文体,所以陆机又特提出"馨澄心以凝思"两句,作为谋篇布局中作者心灵活动上的要求。"笼天地于形内"两句,则为上两句心灵活动的效果。写作时的思路与笔触,在开始时是开辟,因而感到生疏;写了下去,则因系顺承发展而较圆熟,故有"始踯躅于燥吻"两句。理形成文章之质,质所以树立文章的骨干。文辞由质而出,可作多方面的发挥;这两句是说明一篇作品写成后的情形。"信情貌之不差"四句,说明一篇成功的作品,内容与形式必是统一的,此乃文体(style)得以成立的基本条件;《文心雕龙》的文体论,可谓为此四句的发展。最后两句,是说明在写作的历程中,因人的才性不同,而下笔有迟速之异;这一点在《文心雕龙·神思》篇中也有进一步的阐述。

杨牧：此节深入描写创作过程的难易。陆机时代的文体特别要求"选义按部"的功夫。文章进行，以情志（理）为基础，以辞藻（文）来展开；其配合相生，可由大取小，也可由末趋本，难易之间不可预测；盖把握到壮丽动人的大端（虎龙）并不能保证细节一定圆融美满。克服困难的过程，无非殚精极思，再次经验下笔前的酝酿考虑（由"精骛八极，心游万仞"通过"抱景者咸叩，怀响者毕弹"），终能"笼天地于形内，挫万物于笔端"，由难入易，文章乃丰美如树木之垂条结繁，由情志扶立成长。上乘作品必须是精神、感情和表达形式完整的结合，作者执笔时不免哀乐现于颜色（读者阅读时也随着文字而慨难而欢笑）。但一个作者写文章的快慢，不可逆料：有时迅捷，有时迟钝。陆机此处言下笔快慢，专指一作者的不同遭遇，至刘勰论"神思"则分言各家的习惯经验，意思已经有了转变。

释 义

这一段讲的是构思中形成了艺术形象，并有了适当的语言文辞来表达它之后，具体进入写作过程时，必须认真考虑全篇的艺术结构问题。简言之，也就是所谓部署意和辞的问题。故此段开始即提出"选义按部，考辞就班"，以下即就此中心加以发挥。

怎样才能把作品的结构安排好？陆机提出的一个总的原则，是必须做到"抱景者咸叩，怀响者毕弹"。也就是说，艺术结构的安排是在于使意和辞都能充分地发挥它的作用，以便使构思中形成的精彩的意象得到具体的体现。为此，艺术结构的方法应当根据表达内容的需要，而采取多种多样的不同形式。"或因枝以振叶"以下六句，正是讲的六种不同的结构方式，这些都是比喻性的讲法，不必解得过死。而且列举这几种方法，只是为了说明要不拘一格，并不是说文章结构只有这六种方法。如果认为陆机是说文章结构就这么几种方法，都要按这些方法去写文章，那就完全违背陆机的原意了。

在安排艺术结构，具体进行写作的过程中，有时是非常顺利的，有时则会碰到困难进行不下去。怎么才能解决这个问题呢？陆机提出的办法是："罄澄心以凝思，眇众虑而为言。"澄心凝思即是玄览虚静。陆机认为只要具备虚静的精神状态,心神专一,不为外物所扰,那就能够使心物合一,主观和客观融为一体,由静生慧,促使"应感之会"的到来,达到文思泉涌,而摆脱"岨峿不安"的困境。

在安排艺术结构,部署意、辞的过程中,陆机十分重视意的主导作用。他强调要以意为主,使辞为达意服务。"理扶质以立干,文垂条而结繁。"这个"理"即是指作品的思想内容。在以内容为主的前提下,又注意到形式的相对独立性,要使形式具有美的特点。他以树喻文,内容是主干,但又要有繁茂的枝叶。没有主干,树就立不起来,也就不成其为树了。但是,没有华美的枝叶,也就没有生气,不是一棵活的树,而只是枯树干,同样也不像一棵树。因此,他指出作品一定要做到情貌统一,内容和形式统一,表里一致。陆机是主张文学作品要有感情,要能以情感人,而首先作者本人就应该充满着感情去写作。所以,从这一段中可以很清楚地看出,陆机的文学理论并不是形式主义的文学理论。

伊兹事之可乐,固圣贤之所钦〔一〕。课虚无以责有,叩寂寞而求音〔二〕。函绵邈于尺素,吐滂沛乎寸心〔三〕。言恢之而弥广,思按之而逾深〔四〕。播芳蕤之馥馥,发青条之森森〔五〕。粲风飞而猋竖,郁云起乎翰林〔六〕。

校　勘

〔函绵邈于尺素〕"函",五臣作"含"。茶陵本作"函",下注"含"。

〔发青条之森森〕茶陵本云:"青"五臣作"清"。《文镜秘府论》亦作"清"。按:"青条"指树,以树喻文,当以"青"为是。

集　注

〔一〕李善:兹事,谓文也。《左氏传》:"仲尼曰:'志有之,言足以志,文足以言。不言,谁知其志?言而不文,行之不远。'"

五臣:翰曰:伊,维也。兹事,谓文章也。钦,敬也。

顾施祯:以下言成篇之妙也。

于光华:二句承上起下,推论立言之体。

方廷珪:伊,惟也。兹事,谓作文。以下皆发明可乐之实。

程会昌:《典论·论文》:"盖文章,经国之大业,不朽之盛事。年寿有时而尽,荣乐止乎其身,二者必至之常期,未若文章之无穷。是以古之作者,寄身于翰墨,见意于篇籍,不假良史之辞,不托飞驰之势,而声名自传于后。故西伯幽而演《易》,周旦显而制《礼》,不以隐约而弗务,不以康乐而加思。"圣贤所钦,殆此谓也。

按:此言作文之乐趣,即发挥曹丕《典论·论文》之意,程说良是,与刘勰在《文心雕龙·序志》篇中强调文章是"经典枝条"的角度不尽相同。钱钟书云:"按(《全晋文》)卷一〇二陆云《与兄平原书》之一五:'文章既自可羡,且解愁忘忧,但作之不工,烦劳而弃力,故久绝意耳。'又二一:'云久绝意于文章,由前日见教之后,而作文解愁;聊复作数篇,为复欲有所为以忘忧。'《全三国文》卷十六陈王植《与丁敬礼书》：'故乘兴为书，含欣而秉笔，大笑而吐辞，亦欢之极也。'何薳《春渚纪闻》卷六《东坡事实》：'先生尝对刘景文与先子曰："某生平无快意事，惟作文章，意之所到，则笔力曲折，无不尽意，自谓世间乐事，无逾此者。"'皆所谓'兹事可乐'也。"

〔二〕李善：《春秋说题辞》曰："虚生有形。"《淮南子》曰："寂寞，音之主也。"

五臣：翰曰：课，率也。责，求也。文章率自虚无之中以求其象，叩击无声之外而求音韵。寂寞，无声也。

张凤翼：文章率自虚无之中以求其象，叩寂寞之乡而求音韵，所谓形其无形，声其无声也。

闵齐华：课虚无，从无象以求象也。叩寂寞，从无声以求声也。

方廷珪：课，督。叩，击也。二句是从既有文之后，追想未有之先。责字、求字，皆指思言。

朱铭：(李善)注，《淮南子》曰："寂寞，音之主也。"《文子·自然》篇曰："故肃者，形之君也；而寂寞者，音之主也。"此在《淮南》之前。

黄侃：极状用意之精微。

许文雨：按袁守定《占毕丛谈》曰："凡拈题之始，心与理冥，略无所睹，思之则出，深思则愈出。陆平原所谓'课虚无以责有，叩寂寞而求音'也。"

程会昌：《说文》："课，试也。"

徐复观：《玉篇》："叩，击也"；按"虚无"以形言，"寂寞"以音言。此两句言文章系由无到有的创造。

按：此两句言文章之从无到有的创作过程。而在这个从无形、无象、无声到有形、有象、有声的过程中，艺术创作的虚构、想象起了决定性的作用。钱钟书进一步发明此意云："纪昀《纪文达公遗集·文集》卷九《田侯松岩诗序》引'课虚无'二句，以见'空中之音'之旨'陆平原言之，不倡自严仪卿'，因谓冯班之诋严羽为过。附会未允。严氏乃状成章后之风格，陆语自指作文时之心思。思之思之，无中生有，寂里出音，言语道穷而忽通，心行路绝而顿转。曰'叩'、曰'求'、曰'课'、曰'责'，皆言冥搜幽讨之功也。"

〔三〕李善:毛苌《诗传》曰:"函,含也。"古诗曰:"中有尺素书。"《列子》:"文挚谓叔龙曰:'吾见子之心矣,方寸之地虚矣。'"

五臣:良曰:绵邈,远也。滂沛,大也。虽远者含文于尺素之上,虽大者吐辞于寸心之间也。素,帛也。古人用以书也。

张凤翼:远大之旨,含之于尺素,出之于心。

方廷珪:滂沛,水盛大流行貌。二句承上"责"字"求"字来。上句思之将通未通,尺素中具绵邈之势;下句思之已通,寸心中达滂沛之机。

〔四〕李善:杜预《左氏传》注曰:"恢,大也。"按,抑按也。言思虑一发,愈深恢大。

五臣:铣曰:按,下也。以言大之则弥增其广,以思下之则愈益其深也。

方廷珪:恢,扩也。前言所未及者,愈扩愈广。按,抑也。前思所未及者,愈按愈深。二句又是上二句之进步。

程会昌:《文心雕龙·才略》篇:"陆机才欲窥深,辞务索广,故思能入巧,而不制繁。"即为此语发。殷石臞曰:"四句谓尺素虽短,而函义则多;寸心虽小,而吐辞则巨。故能广言以传久行远,深思以穷理尽性也。"

徐复观:《说文》十下:"恢,大也",李善:"按,抑按也"。按此两句承上两句而谓就文章中之言,扩而大之,将愈见其广;就文章中之思,按而入之,将愈觉其深。此两句言文章内容的宏深。

〔五〕李善:《说文》曰:"蕤,草木华垂貌。"《纂要》曰:"草木华曰蕤。"《字林》曰:"森,多木长貌。"以喻文采若芳蕤之香馥,青条之森盛也。

五臣:向曰:文美如芳蕤之馥馥,似青条之森森。芳蕤,香。

方廷珪:播,散也。馥馥,香也。此就文之声色上见。森森,枝之多也。此就文之造句上见。

按:以上两句是以树木花草之繁茂喻文章之丰美华丽,不宜如方说那样理解过死。

〔六〕李善:《尔雅》曰:"扶摇谓之猋。"《长杨赋》曰:"翰林以为主人。"

五臣:向曰:粲然如风飞飙立,郁然如云起翰林。飙,疾风。竖,立也。翰,笔也。言林者,华盛貌。

张凤翼:状文之美有如此飙也。

方廷珪:粲,明著也,文机之迅疾。郁,浓盛貌,文笔之顿挫。

黄侃:粲、郁皆小逗。

程会昌:按郭璞《游仙诗》:"灵妃顾我笑,粲然启玉齿。"《文心雕龙·原道》篇:"夫以无识之物,郁然有彩。"盖粲有明丽之意,郁有美盛之意也。二句皆以一字领下全句,读时当作一顿。下云:"俯,寂寞而无友;仰,廖廓而莫承。"又云:"思,风发于胸臆;言,泉流于唇齿。"皆同。《离骚》云:"来,吾导夫先路。"是士衡所本也。

李全佳:范晔《与诸甥侄书》:"抽其芬芳,振其金石。"《文心·情采》:"综述性灵,敷写器象,镂心鸟迹之中,织辞鱼网之上,其为彪炳,缛采名矣。"《文心·体性》:"笔区云谲,文苑波诡。"《北周书·庾信传论》:"莹金璧,播芝兰。"全佳按:北四句盖重文采贵气势之旨也。

徐复观:《广雅释诂》三:"粲,文也",按即文采之意。《说文通训定声》"猋"字下:"假借为飙。《尔雅》:扶摇谓之猋"。按即疾风之意。《广雅释诂》四:"竖,立也"。此处作"起"理会。《诗晨风》"郁彼北林",传"积也"。翰林,翰墨之林,犹今言"文坛"。"粲风""郁云",以喻写成之文章。"粲风飞"以喻文章之传播,"猋竖"以喻传播之强而速。文坛为之生色,有如郁云之起于翰林。此两句言文章写成后影响之大。

本段总论

顾施祯:赋言思深辞妍,其成篇也果何如。维文章一事之可乐,固圣贤之所钦,道必以文而著也。其初,课督于虚无以责求其有,思之凭空而构也。叩击于寂寞以求索其音,辞之避空而造也。其后以小包远,函其绵邈无际之气势于尺素,辞何不具耶?以微运大,吐其滂沛无竭之文藻于寸心,思何不通耶?故其言恢之而弥广,其思按之而愈深。抽撰之力既尽,则见艳若春华,播芳蕤之馥馥;秀如春枝,发青条之森森。信乎朝华尽谢而夕秀振起也。其飘逸而英挺也,粲然风飞而猋竖;其浓郁而绚丽也,郁然云起乎翰林。信乎虎变龙见而且兽扰鸟澜之备美也。成篇之妙,不亦尽哉。

方廷珪:此段又承上段来。上二段已尽作文之妙,此却从既有文说到未有文,复从未有文说到既有文。见其从无造有,由静向动,真有不知其所以然者。以见世间可乐,总无如作文也,淋漓尽致之极。以上三段,以己作文之用心,印合古人之用心,以己作文之放言遣词多变,印合古人之多变,尚未论到文之妍蚩利害上。又是下数段之缘起,发明序中起处数句,从古人已有之文上见。通上为一大段。

黄侃:已上状文之深闳芳茂。

许文雨:姚永朴云:"以上言文之功候。"又按开篇至此为前半篇。所谓"妙解情理"者即此。

程会昌:本节总赞文德。

方竑:义按部,辞就班,则其文之深闳芳茂必矣。《左氏传》载仲尼之言曰:"(略,见注〔一〕李善引。)"故曰"固圣贤之所钦"。理本虚无,心自寂寞。及其心与理会,发为文辞,则虚无者能睹,寂寞者可聆,斯文用之妙也。夫词有尽而理无穷,物有恒而心靡定。盖作者尺幅函绵邈之思,寸心吐滂沛之情。恢之按之,其深闳乃未可究极,斯作者之巧也。故《文心雕龙·才略》篇曰:"(略,见注〔四〕程引。)"至其思致之灵,风飞云起。藻采之盛,馥馥森森。物无遁形,情无遗意,词理俱胜,心手交畅,则艺之至者也。

王礼卿:(按:包括上一大段与此一段)次论立意与组织。(选义遣辞)以意深境广为要。至此始进入下笔为文。分四小段:(一)论立意时取精贵多,凡有影响者必击发之,用以广其理致。迨组织时,尚有甚多之变现,皆有关于文之美恶,应加审慎。首二句标全段之纲领,下分两层言之:一言其多,一言其变。贵多可以约言,变象必须列举,故繁简回殊,而各极其妙。(二)承上文申论取精贵多者,盖欲其涵义精深,役象广大。能如此,虽起始似滞,(深广者难速成)而其终必畅。着语无多,形容工妙。(三)申论组织之要领,须以理为根本,以辞为枝叶,以情为精神。情辞必内外一致,有如何之情感,即成为如何情调之文辞。至文成之难易迟速,则与文之美恶无关。语简理要,风致洒然。(四)推论立意与组成之本。言文乃自无而有,全恃作者之心思。而文与心原非二事,故必广搜物象,深入文心,使意境宏深,辞采芳美,始成为盛蔚之文。段分两层:前就文之本原言之,由文而推本于心,自外而探内也。后就文之组成言之,由心而显发于文,自内而形外也。顺逆往复,笔法绝佳。中以文与心不二(函绵邈于尺素二语),为上下联锁,一气抟捖,章法极妙。本大段反复申明意深境广之旨,辞若断而意则续,写来淋漓尽致。中述变现诸象,及组织之三要,抉文事之奇秘,示为文之要则,尤觉切理餍心。

徐复观:此小段言文章写成后的功效与影响。一篇文章的写成,乃是从无到有的创造,"课虚无以责有"两句,正说明文章的创造性。人的精神(心灵)可以涵茹万有,且深而可以愈深,广而可以愈广。文章乃作者精神的展现,精神的内涵,即文章的内涵。精神的境界,即文章的境界。且仅停畜于精神者,将起灭无常,纯杂不一。一经写出,即系经过提炼升华,以表现于文字之上,使其成为客观的存在,因而可随时再缘耳目以回归于精神之中。所以有"函绵邈于尺素"的四句。尤其是在表现的同时,即赋予以艺术性,所以有"播芳蕤之馥馥"两句。文章一出,传播迅速,文坛增价,所以有最后两句。按由"伫中区以玄览"起,至此处止,共分四小段,合为全文中的第一大段。由写作之动机以迄写作之成果,皆所以述"观才士之所作,窃有以得其用心"的"追体验",及"每自属文,尤见其情"的创作体验。由追体验与创作体验的互相印合,以描述有了创作动机以后,在酝酿中,在写作时,如何能使意可以称物,文可以逮意的文学心灵活动的历程。而在他写这一大段时,也正是雕肝镂肾地,要使自己写此文时的意,能与真实的体验(物)相称;要使运用的辞(文),能与体验合一的意相逮,其间一无间隔。所以这是陆机用心最苦最密所写出的一大段。

杨牧:此小节总结"伫中区以玄览"以下四段,泛言文德,与序言及末段呼应。序言之后,此小节以"伊兹事之可乐"和末段之"伊兹文之为用"对等并行,为《文赋》两大部分之个别结论,这种安排,殆士衡之所谓"按部"也。通篇观察,知此小节言写作文章的满足感犹在言文章写成后的功效与影响上,而末段"伊兹文之为用"才真正论文章之功效与影响。

释 义

此段是对文学创作的赞美,强调文学作品的产生是从无到有,并且有含意深远,味之无穷的特点。这里值得我们注意的是"课虚无以责有,叩寂寞而求音"两句话。它不仅仅是讲文章产生须经过冥思苦搜的过程,而且体现了道家有形生于无形、有声源于无声的思想影响。其直接源头大概是刘安主编的《淮南子》。《淮南子》对老庄的美学思想有很大的发挥。《原道训》云："夫无形者,物之大祖也;无音者,声之大宗也。""是故视之不见其形,听之不闻其声,循之不得其身。无形而有形生焉,无声而五音鸣焉,无味而五味形焉,无色而五色成焉。是故有生于无,实出于虚。"《泰族训》云："使有声者,乃无声也。"《齐俗训》云："故萧条者,形之君也;寂寞者,音之主也。"陆机显然是受到了这种思想的影响,李善在注释中已经注意到了这一点。这是和上文主张虚静玄览分不开的。唐末黄滔在《课虚责有赋》中曾经说:"虚者无形以设,有者触类而呈。奚课彼以责此,使从幽而入明。寂虑澄神,世外之筌蹄既历;垂华布藻,人间之景象旋盈。昔者陆机赋乎文旨,推含毫伫思之道,得散朴成形之理。虽群言互发,则归于造化之中,而一物未萌,乃锁在渺莽之始。"(《全唐文》卷八二二)由此可见,陆机在创作思想上确实受道家影响很深。全《赋》到此为止是前半篇,主要是分析了由酝酿创作、构思形象、进入创作、安排结构,一直到全篇写成的过程。下文就进一步论述创作中的一些重要利害问题。

体有万殊,物无一量〔一〕,纷纭挥霍,形难为状〔二〕。辞程才以效伎,意司契而为匠〔三〕。在有无而僶俛,当浅深而不让〔四〕。虽离方而遁员,期穷形而尽相〔五〕。故夫夸目者尚奢,惬心者贵当〔六〕。言穷者无隘,论达者唯旷〔七〕。诗缘情而绮靡〔八〕,赋体物而浏亮〔九〕。碑披文以相质〔一〇〕,诔缠绵而凄怆〔一一〕。铭博约而温润〔一二〕,箴顿挫而清壮〔一三〕。颂优游以彬蔚〔一四〕,论精微而朗畅〔一五〕。奏平彻以闲雅〔一六〕,说炜晔而谲诳〔一七〕。虽区分之在兹,亦禁邪而制放〔一八〕。要辞达而理举,故无取乎冗长〔一九〕。

校　勘

〔言穷者无隘〕"无",黄侃谓当作"唯"。

集　注

〔一〕李善:文章之体,有万变之殊,中众物之形,无一定之量也。《淮南子》:"斟酌万殊。"

五臣:翰曰:文体有变,故曰万殊。

顾施祯:以下言体格也,体之变力殊。物,万物其致不一。

方廷珪:此段承上,古人文字既有如许妙处,但学古人文要当辨其体式,即下"诗缘情"等句。物,谓体物之情事,不可比而同之。一量,犹一致,即下"纷纭"等句。坊注俱混。又此二句,即已伏后"其为物也多姿"四段,发明序中"妍蚩好恶,可得而言"意。

骆鸿凯:"原夫文章之作,本乎情性。覃思则变化无方,形言则条流遂广。虽诗赋与奏议异轸,铭诔与书论殊涂,而撮其旨要,举其大抵,莫若以气为主,以文传意。考其殿最,定其区域,撷《六经》百氏之英华,探屈宋卿云之秘奥。其调也尚远,其旨也在深,其理也贵当,其辞也欲巧。然后莹金璧,播芝兰,文质因其宜,繁约适其变,权衡轻重,斟酌古今,和而能壮,丽而能典,焕乎若五色之成章,纷乎犹八音之繁会。夫然则魏文所谓通才,足以备体矣;士衡所谓难能,是以逮意矣。"(《北周书·王褒庾信传论》)

程会昌:按此言文体之殊涂,由于物象之有别;风格之屡迁,由于情志之无方。李注明而未融。

李全佳:《文心·总术》:"昔陆氏《文赋》,号为曲尽,然泛论纤悉,而实体未该。故知九变之贯匪穷,知言之选难备矣。"全佳按:陆赋所举文体,曰诗、曰赋、曰碑、曰诔、曰铭、曰箴、曰颂、曰论、曰奏、曰说,为体凡十,盖未备也。然目为非知言之选,则尚待商兑。

徐复观:按物指题材而言;凡题材之所及,即此处之所谓物;非如李注之泛指。

按:陆机在这里指出了文体的多变,乃是由于它所描写的客观事物本身千姿百态之故,文乃是物的反映,与序中"意不称物",互相呼应。

〔二〕李善:纷纭,乱貌。挥霍,疾貌。《西京赋》曰:"跳丸剑之挥霍。"

五臣:翰曰:物类既众,故曰纷纭挥霍也,气色运动难说其形状也。

顾施祯:物之形,文难以状之。

方廷珪:纷纭,思之四出。挥霍,词之沓来。言此四出沓来之形,难以状其变幻迅疾。

〔三〕李善:众辞俱凑,若程才效伎;取舍由意,类司契为匠。《老子》曰:"有德司契。"《论衡》曰:"能雕琢文书,谓之史匠也。"

五臣:良曰:程,见。效,致。伎,巧。司,理。契,要。匠,宗也。文辞见才以致巧,立意以理要为宗。

余萧客:"'意匠惨淡经营中',用《文赋》'意司契而为匠'。"(《芥隐笔记》)

于光华:二语为作文之要。

方廷珪:程,视。伎,用也。众词俱凑,如程才以效伎。司,主。契,合也。即规矩准绳,大匠所司以度物者。二句承上"难为状"来。言虽"难为状",一篇之文不过词与意而已。文之修词,如工之程才,才可用者存之。文之立意,如匠之书契,理不谬者主之。

黄侃:二句与"理扶质"二言相发明裨补。

程会昌:《广雅》释诂:"程,量也。"

徐复观:辞指表现用之文辞,伎同技巧之技。《礼记·儒行》:"不程勇者"注"量也"。意谓文辞是量度作者之才而效其技巧。《周官·天官·小宰》:"听取予以书契",郑注:"书契谓出予受入之凡要。凡簿书之最目,狱讼之要辞,皆曰契。"可知大纲、纲要,皆可谓之契。意谓作者的意,主持一篇的纲要而成为构造成篇的工匠。

按:此两句与上文"选义按部,考辞就班"可相互补充。

〔四〕李善:"毛诗"曰:"何有何无,黾俛求之。"黾俛,由勉强也。《论语》:"子曰:'当仁不让于师。'"

五臣:良曰:黾,仰首也。俛,俯首也。思在有无之中,或俯或仰,或深或浅,意务得于妙,来必不让。

方廷珪:文思所至,或有或无,必黾俛以求之。黾俛,犹勉强也。所见所得,难有浅深,彼此各不相让。

梁章钜:《诗·谷风》"无"作"亡","黾俛"作"黾勉"。钱氏大昕以为"勉"即"俛"字。

许文雨:按二句分承上文:论意则黾(严粲曰:"力所不堪,心所不欲,而勉为之,谓之曰黾。")俛有无,论辞则浅深不让。

程会昌:按《诗·谷风》原作"黾勉",犹勉强也。又《谷风》上言:"就其深矣,方之舟之;就其浅矣,泳之游之。"即此文浅深字所由出,辞之有无,意之浅深,所当黾俛而不让也。

徐复观:按谓方写作时,当若有若无之际,则须勉强以求其有;当可浅可深之际,须勇进以求其深。

按:此两句实亦苏轼所云"常行于所当行,常止于所不可不止"之意。强调文章要顺乎自然,按其所描写的客观内容之需要而或浅或深。

〔五〕李善:方圆谓规矩也。言文章在有方圆规矩也。

五臣:向曰:文之未见在于无,故虽不见方圆之形,终期尽物之象也。相,象也。

张凤翼:言难不泥于规矩,而亦曲尽乎物形也。

闵齐华:泯方员之迹也。

何焯:二句盖亦张融所谓"文无定体,以有体为常"也。

雷琳、张杏滨:难变化乎规矩,亦曲尽乎物形。

方廷珪：离、遁，谓不守成法。形，物之形。相，物之象。思必穷其形，辞必尽其相。以上六句极形容文人用心之刻苦，尚未较量及工拙。

徐复观：按此处指古人文章之法式。谓难不为古人之法式所拘（离方遁员），但必须能穷尽题材所有之形相。

按：李善注所说与诸家之说异，当以方说为是。陆机这里正是强调文章不可有固定之死格式，当以曲尽其所描写对象的形相为原则。钱钟书云："'离方遁员'明谓偭规越矩，李注大误；张融意谓文有惯体而无定体，何评尚膜膈一重。四句（按指"在有无而僶俛"以下四句）皆状文胆。'僶俛不让'即勇于尝试，勉为其难，如韩愈《送无本师归范阳》：'无本于为文，身大不及胆，吾尝示之难，勇往无不敢。'或皎然《诗式》卷一《取境》：'夫不入虎穴，焉得虎子？取境之时，须至难至险。''离方圆以穷形相'即不囿陈规，力破余地，如苏轼《经进东坡文集事略》卷六〇《书吴道子画后》：'出新意于法度之中，寄妙理于豪放之外。'"此可备一说。陆机这两句也包含这方面意思，但其主要意思是文章应当真实、自然地反映客观事物，按照客观事物本身的特点来描写，而不要受方圆规矩的束缚。这是和上文"体有万殊，物无一量"的意思密切地联系着的。

〔六〕李善：其事既殊，为文亦异。故欲夸目者，为文尚奢；欲快心者，为文贵当。惬，犹快也。

五臣：良曰：夸目，谓相夸眩也。尚奢，谓浮艳之词。贵当者在于合理，故惬心也。

何焯：二句语意相承，（善）注谬。

方廷珪：奢，浮艳也。此主于修词者。惬，快也。当，合理。此主于用意者。

许文雨：《文赋义证》云："《文心·知音》：'夫篇章杂沓，质文交加，知多偏好，人莫圆该。慷慨者逆声而击节，酝藉者见密而高蹈，浮慧者观绮而跃心，爱奇者闻夸而惊听。'《定势》："桓谭称'文家各有所慕，或好浮华而不知实核，或美众多而不见要约'。陈思亦云：'世之作者，或好烦文博采，深沉其旨者；或好离言辨白，分毫析厘者；所习不同，所务各异。'言势殊也。"《章表》："恳恻者辞为心使，浮侈者情为文使。繁约得正，华实相胜，唇吻不滞，则中律矣。"《哀吊》："隐心而结文则事惬，观文而属心则体奢。奢体为辞,则虽丽不哀。必使情往会悲,文来引泣,乃其贵耳。"

徐复观:《玉篇》:"夸,逞也。""夸目""逞于目",即悦于目之意。《说文》十下:"奢,张也。从大。"《西京赋》:"纷瑰丽以奓(籀文奢)靡。"《射雉赋》"奓雄艳之娇姿"注:"丰也。"故此处之奢,指文辞铺陈之美而言。铺陈则张大,则丰富。言欲悦于目,则辞尚铺陈。李善:"惬,犹快也。"按言欲快于心,则意贵当于理。

按:何焯说与诸家异,而钱钟书则进一步发挥何说,其云:"善注四句(按指包括下两句)皆谬,何所指摘未尽,其谓'夸目''惬心'二句合言一事,则是也。'故夫'紧接'期穷形而尽相'来,语脉贯承,皎然可识。"又说:"'穷形尽相',词易铺张繁缛,即'奢'也;然'奢'其词乃所以求'当'于事,否则徒炫目而不能餍心。"按上下文义看,钱说恐未妥。此当以李善、五臣、方廷珪说为是。此点从许文雨引郑石君《文赋义证》可以看得更清楚。陆机这里正是申说作者爱好不同,其"穷形尽相"的方法、角度也不同,揭示了文学创作的风格与作家个人爱好之间的关系。而钱钟书认为"机才多意广,自作词藻丰赡,故'不隘''惟旷'均着眼于文之繁者;文之简而能'当'、寡词约言而'穷形尽相'者,非所存存"。这就把《文赋》这几句的意思完全看作谈陆机自己的爱好,而不是分析作家的爱好与作品风格的关系了,这显然和《文赋》原意有出入。

〔七〕李善:言其穷贱者,立说无非湫隘;其论通达者,发言唯存放旷。

五臣:铣曰:言穷事者,无隘狭;论通达者,唯尚放旷。此作者之用思也。

张凤翼:所谓辞以情迁也。

闵齐华:按言穷论达,指作文者,非指事理也。言穷无隘,谓言将穷尽之时无迫隘也。论达唯旷,谓议论畅达,由于旷荡不拘束也。原注谓言其穷贱者,立说无非湫隘,似未明。

方廷珪:(上句)此主于词尽意不尽者。论之畅达者,由于放旷不拘束。此主于意尽而词尽者。(上)四句言文人用意,各有所主,亦未较量及工拙。以上十二句承"物无一量"来,言人材质虽优拙不同,要当其作文时,无不苦心构思,求惬其命意所在,不肯尺寸让人也。

梁章钜:孙氏鑛曰:"言穷无隘者,言虽尽而意有余也。论达惟旷者,论之达由于识之旷也。善注未明。"

王焕镳:言辞虽尽而意若有余,论能放达由识之放旷。

徐复观:《说文》七下:"穷,极也。"《礼记·乐记》:"穷高极远而测深厚"疏:"尽也。"故此处之"言穷",乃指作表现用之言辞,能极尽其巧之意。如此,则任何题材,皆可自由发抒而不感其狭隘。隘乃无从下笔之意。"论达",立论通达于理,则文之意境自然昭旷。此两句过去注者皆误。

按:李善注此两句是错误的,诚如钱钟书所说:"'言穷'之'穷'是'穷形'之'穷',非'穷民无告'之'穷','论达'之'达'是'达诂'之达,非'达人知命'之'达';均指文词之充沛,无关情志之郁悒或高朗。"此点,上述闵齐华、孙鑛、方廷珪等均早已指出。瞿式耜谓"铣云言穷者无隘狭,此说胜善注",亦可见五臣注与李善注已不同。又,钱钟书谓:"'唯旷'与'无隘'同义,均申说'奢'。"则可商榷。此已见前注按语。

〔八〕李善:诗以言志,故曰缘情。绮靡,精妙之言。

五臣:翰曰诗言志故缘情。

芮挺章:昔陆平原之论文曰"诗缘情而绮靡",是彩色相宣,烟霞交映,风流婉丽之谓也。

徐祯卿:(赋)又曰:"诗缘情而绮靡。"则陆生之所知,固魏诗之渣秽耳。

谢榛:陆机《文赋》曰:"诗缘情而绮靡,赋体物而浏亮。"夫"绮靡"重六朝之弊,"浏亮"非两汉之体。

张凤翼:绮靡,华丽也。

贺贻孙:其谓"诗缘情而绮靡",既此"绮靡"二字便非知诗者。

朱彝尊:魏晋而下,指诗为缘情之作,专以绮靡为事,一出乎闺房儿女子之思,而无恭俭好礼、廉静疏达之遗,恶在其为诗也?(《与高念祖论诗书》)

沈德潜:士衡旧推大家,然通赡自足,而绚彩无力,遂开出排偶一家。降自齐梁,专工队仗,边幅复狭,令阅者白日欲卧,未必非陆氏为之滥觞也。所撰《文赋》云"诗缘情而绮靡",言志章教,惟资涂泽,先失诗人之旨。

纪昀：《大序》"发乎情，止乎礼义"二语，实探风雅之大原。后人各明一义，渐失其宗。一则知"止乎礼义"而不必其"发乎情"，流而为金仁山《濂洛风雅》一派，使严沧浪辈激而为"不涉理路""不落言诠"之论，一则知"发乎情"而不必"止乎礼义"，自陆平原"缘情"一语，引入歧途。其究乃至于绘画横陈，不诚已甚与？（《云林诗钞序》）

汪师韩：魏文帝《典论》曰："诗赋欲丽。"陆士衡《文赋》曰："诗缘情而绮靡。"刘彦和《明诗》亦曰："四言正体，则雅润为本；五言流调，则清丽居宗。"以"绮丽"说诗，后之君子所斥为不知义理之归也。赏读《东山》之诗矣，周公但言"慆慆不归"及"勿士行枚"数言而已足矣。彼夫蜎在桑野，瓜在粟薪，"伊威在室，蠨蛸在户"，町畽近庐舍而鹿以为场，熠耀乃仓庚而萤以为号，未至而"妇叹于室"，既至而"新结其缡"，皆赘言也。又尝读《离骚》矣，屈子但言"国无人莫我知"及"指九天以为正"，亦数言而可毕矣。彼夫驷玉虬，戒鸾皇，饮咸池，登阆风；索虙妃而求简狄，占灵氛而要巫咸；始之秋兰秋菊，终之琼佩琼糜，皆空谈也。是则少陵之杰句，无如"老夫清晨梳白头"；昌黎之佳作，莫若"老翁真个似童儿"。"一二三四五六七"，固唐贤《人日》之著题；"枇杷橘栗桃李梅"，且汉代大官之本色。香山《长庆集》，必老妪可解也；郑谷《云台编》，必小儿可教也。《古乐府》之"鱼戏"，《浣花集》之"杜鹃"，元刘仁本之"蕨萁"，明袁中郎之"西湖"，同一排比也。晋之《懊侬》，苏之《静坐》，同一真率也。刻画而有唐之卢延逊，坦易而有明之庄定山，几于风雅扫地矣。"窅窅乎思乙若抽，渊渊乎言长不足"，"起轮囷之调，扬缥渺之音"，《典论》《文赋》之言，窃谓未可尽非也。

王闿运：诗，承也，持也。承人心性而持之，以风上化下，使感于无形，动于自然。故贵以词掩意，托物寄兴，使吾志曲隐而自达，闻者激昂而欲赴。其所不及，设施而可见施行，幽旷窈旷，朗抗犹心，远俗之致，亦于是达焉。非可快意骋词，自杖其偏颇，以供世人之喜怒也。自周以降，分为五七言，皆贤人君子不得志之所作。晋人浮靡，用为谈资，故入以玄理。宋齐游宴，藻绘山川；梁陈巧思，寓言闺阁。皆知情不可放，言不可肆，婉而多思，寓情于文。虽理不充周，犹可讽诵。唐人好变，以骚为雅，直指时事，多在歌行。览之无余，文犹足艳。韩白不达，放弛其词，下逮宋人，遂成俳曲。近代儒生,深讳绮靡,乃区分奇偶,轻诋六朝,不解缘情之言,疑为淫哇之语。其原出于毛郑,其后成于里巷,故风雅之道息焉。

黄侃:绮,文也。靡,细也,微也。此下以数字括论一体,皆塙确不可易。

程会昌:按辨章众体,始于《典论》,迄《文心雕龙》而极详赡。本篇十体之说,则其中权也。《文心》原书俱在,思理至明,不更征引。惟王氏答陈复心问,则纯释士衡之说,故以附李注焉。(按王闿运语已见上引。)

李全佳:《文心·明诗》:"大舜云:'诗言志,歌永言。'圣谟所析,义已明矣。是以在心为志,发言为诗,舒文载实,其在兹乎。诗者,持也,持人情性。三百之蔽,义归无邪。持之为训,有符焉尔。人禀七情,应物斯感,感物吟志,莫非自然。"(全佳按:此所谓"缘情"。)"若夫四言正体,则雅润为本;五言流调,则清丽居宗。"(全佳按:此所谓"绮靡"。)

徐复观:按《广雅·释诂》四:"缘,循也。"《荀子·正名篇》"缘耳而知声",注:"因也。"故"缘情是"顺着情"或"因情"。《文心雕龙·明诗篇》:"晋世群才,稍入轻绮。"轻逸之美,有如纨绮。《洞箫赋》:"被淋洒其靡兮"注:"靡,声细好也"。故绮以色言,靡以声言。李注失之泛。

按:陆机"诗缘情而绮靡"说,历来争论颇多。而对"缘情"及"绮靡"的理解,也不都符合陆机原意。此点,周汝昌先生在《陆机〈文赋〉"缘情绮靡"说的意义》一文中,有较详细的论述。他说:"据今所知,他一共有三次用了'缘情'这个词意。这就对我们非常有用处。一次是在《叹逝赋》中,他说:'顾旧要于遗存,得十一于千百;乐隤心其如忘,哀缘情而来宅。'隤落也,就是'离去'义。一次是在《思归赋》,他也说:'彼离思之在人,恒戚戚而无欢;悲缘情以自诱,忧触物而生端。'再有,就是主题《文赋》了,原文是:'诗缘情而绮靡,赋体物而浏亮。……虽区分之在兹,亦禁邪而制放。'仅仅这样一列举,则陆机本意之与'言志'、与'闲情''艳情''色情'并无干涉,就已不待烦言而自明了。按陆机本意,'缘情'的情,显然是指感情,旧来所谓'七情'。《文赋》说:'信情貌之不差,故每变而在颜。思涉乐其必笑,方言哀而已叹。'以乐、哀包举'七情'而言,可见这'情'也并非是像有些人所理解的,只限于消极哀伤一个方向。"周汝昌先生对"缘情"的解释,是比较符合陆机原意的。关于"绮靡"的含义,周汝昌先生认为一般《辞海》《辞源》等解释为"浮艳""侈丽",也与陆机原意不符。而明清两代一些指责陆机的人,正是这样曲解了"绮靡"的含义。他说:"'绮',本义是一种素白色织纹的缯。《汉书》注:'即今之所谓细绫也。'而《方言》说:'东齐言布帛之细者曰"绫",秦晋曰"靡"。'郭注:'靡,细好也。'可见,'绮靡'连文,实是同义复词,本义为细好。……原来'绮靡'一词,不过是用织物来譬喻细而精的意思罢了。"他还举了刘勰《文心雕龙·辨骚》"《九歌》《九辩》,绮靡以伤情",及《时序》篇说的"结藻清英,流韵绮靡",说明"绮靡"并非贬意,这个说法与李善所注相一致,深得《文赋》所言本意。对周汝昌先生的解释,罗宗强先生在《文赋义疏》一文中,曾结合陆机本人的诗歌创作和西晋文学的发展,作了具体分析。

〔九〕李善:赋以陈事,故曰体物。浏亮,清明之称。孟康《甘泉赋》注曰:"浏,清也。"《字林》曰:"浏,清流也。"

五臣:翰曰:赋象事故体物。

张凤翼:浏亮,爽朗也。

方廷珪:浏亮,达而无阻。

王闿运:赋者,诗之一体,即今迷也,亦隐语,而使人谕谏。夫圣人非不能切戒臣民,君子非不敢直忤君相,刑伤相继,政俗无裨,故不为也。庄论不如隐言,故荀卿宋玉赋因作矣。汉代大盛,则有相如平子之流,以讽其君,太冲安仁,发摅学识,用兼诗书,其文烂焉。要本隐以之显,故托体于物,而贵清明也。

许文雨:谨按陆氏诗赋二条,止用新义,亦犹颂说二条,止用古义耳。所以今古杂陈者,则以此本赋体,故与指物比兴之章,其文术实相殊也。刘彦和(《文心雕龙·论说》)、谢茂秦不明斯理,一以专制时代指谏之说,而责下文"说"条所述战国纵横之旨;一以遒人时代诗教之义,而责陆氏所尚魏晋士夫"诗""赋"之制,几何而不凿枘乎!

骆鸿凯:"赋者,铺也。铺采摛文,体物写志也。……原夫登高之旨,盖睹物兴情。情以物兴,故义必明雅;物以情观,故词必巧丽。丽词雅义,符采相胜。如组织之品朱紫,画绘之著玄黄。文虽新而有质,色虽糅而有本。此立赋之大体也。"(《文心·诠赋》)《屈原传》曰:'其志洁,故

其称物芳。'《文心雕龙·诠赋》曰:'体物写志。'余谓志因物见,故《文赋》但言'赋体物'也。"(《赋概》)

李全佳:挚虞《文章流别论》:"古诗之赋,以情义为主,以事类为佐。今之赋,以事形为本,以义正为助。情义为主,则言省而文有例矣;事形为本,则言富而辞无常矣。文之烦省,辞之险易,盖由于此。夫假象过大,则与类相远;逸辞过壮,则与事相违;辩言过理,则与义相失;丽靡过美,则与情相悖。此四过者,所以背大体而害政教。是以司马迁割相如之浮说,扬雄疾'辞人之赋丽以淫'。"

〔一〇〕李善:碑以叙德,故文质相半。

张凤翼:碑以叙德,故质为主而文相之。

闵齐华:披言相质,使质有余也。

叶树藩:《文心雕龙》云:"后汉以来,碑碣云起,才锋所断,莫高蔡邕。……其叙事也该而要,其缀采也雅而泽。清辞转而不穷,巧义出而卓立。"

方廷珪:碑以叙德。相,犹植也。文不掩质,期于有实。

王闿运:碑始于庙碑,文则始墓道。以文述事,而不可以事为主。相质者,饰质也。

骆鸿凯:"夫属碑之体,资乎史才。其序则传,其文则铭。标序盛德,必见清风之华;昭纪鸿懿,必见峻伟之烈。此碑之制也。"(《文心·诔碑》)

黄侃:碑是颂体,而当叙事,故文其表而质存乎里。

徐复观:徐师曾《文体明辨序》:"按古者葬有丰碑,以木为之……汉以来始刻死者功业于其上,稍改用石。"《琴赋》:"披重壤以诞载兮"注:"披,开也。"《说文》四上:"相,省视也。"言开阅其文而省视其质,以求其能文质彬彬。

〔一一〕李善:诔以陈哀,故缠绵凄惨。

五臣:济曰:诔叙哀情,故缠绵意密而凄怆悲心也。

叶树藩:《文章辨体》云:"《文选》录曹子建诔王仲宣,潘安仁诔杨仲武,皆述其世系行业而寓哀伤之意。"

顾施祯:缠绵,婉挚也。凄怆,悲感也。

方廷珪:诔以陈哀,故须缠绵以致其思,凄怆以寄其哀。

胡克家:(李善)注:"故缠绵凄惨。"袁本茶陵本"惨"作"怆",是也。

骆鸿凯:"铭诔尚实。"(《典论·论文》)"诔之为制,盖选言录行,传体而颂文,荣始而哀终。论其人也,暖乎若可觌;道其哀也,凄焉如可伤,此其旨也。"(《文心·诔碑》)

〔一二〕李善:博约,谓事博文约也。铭以题勒示后,故博约温润。

五臣:铣曰:博谓意深,约谓文省。

叶树藩:蔡邕《铭论》云:"钟鼎,礼乐之器,昭德纪功,以示子孙。物不朽者,莫如金石,故近世以来咸铭之于碑。"

于光华:按《文心雕龙》云:"铭者,名也。观器必也正名,审用贵乎盛德。"黄昆圃云:"李习之论铭,谓'盘之辞可迁于鼎,鼎之辞可迁于山,山之辞可迁于碑。惟时之所纪而不必专切是物'。其说是高,然与'观器''正名'之义乖矣,但不得直赋是物尔。时贤每泥习之说,故附及之。"

方廷珪:铭以题勒示后,故欲事博文约。温润,取其可以讽咏。

王闿运:铭,记一类也,言欲博,典欲约。

骆鸿凯:"铭则序事清润。"(萧统《文选序》)

程会昌:(评李善、王闿运二家说)按二家说博约异旨,以李为长。

徐复观:按铭勒于器物之上,字数受限制,故须义博而文约;语多含蓄,故体貌温润。

〔一三〕李善:箴以讥刺得失,故顿挫清壮。

五臣:铣曰:箴所以刺前事之失者,故须仰折前人之心,使文理清壮也。顿挫,犹仰折也。

方廷珪:箴以自砭得失,故须顿挫清壮。顿挫,谓不直致其词,详尽事理。

王闿运:箴当耸听,故尚顿挫。

骆鸿凯:"箴兴于补阙。"(萧统《文选序》)"箴诵于官,铭题于器。名目虽异,而警戒实同。箴全御过,故文资确切;铭兼褒赞,故体贵弘润。其取事也必核以辨,其摛文也必简而深,此其大要也。"(《文心·铭箴》)

程会昌:《国故论衡·辨诗》篇:"箴之为体,备于扬雄诸家,其语长短不齐,陆机所谓顿挫清壮者,有常则矣。"

徐复观:顿挫与直率相反。文以顿挫而有力,故体貌清壮。

〔一四〕李善：颂以襃述功美，以辞为主，故优游彬蔚。

五臣：向曰：颂以歌颂功德，故须优游纵逸而华盛也。彬蔚，华盛貌。

方廷珪：颂以襃述功德，以辞为主，故须气度从容而优游，词旨庄严而彬蔚。

王闿运：后世之颂，皆应制赞人之文，故贵优游，不可为誉。以上皆有韵之文，诗之末流，专主华饰。

骆鸿凯："颂者，美盛德之形容，以其成功告于神明者也。"（《诗大序》）"颂惟典雅，辞必清铄。敷写似赋，而不入华侈之区；敬慎如铭，而异乎规戒之域。揄扬以发藻，汪洋以树义。"（《文心·颂赞》）

李全佳："《文选序》：'颂者，所以游扬德业，襃赞成功。''总成为颂。'《文心·颂赞》："颂者，容也，所以美盛德而述形容也。"

徐复观：《诗·大雅·卷阿》"优游尔休矣"，朱熹《集传》·"闲暇之意"。此处，乃从容自然，歌功颂德而不着痕迹。彬是文质相称。《苍颉篇》："蔚，草木盛貌也。""彬蔚"乃文质均衡而气象茂盛。

〔一五〕李善：论以评议臧否，以当为宗，故精微朗畅。《汉书音义》曰："畅，通也。"

五臣：向曰：论者，论事得失必须精审，微密明朗，而通畅于情。

叶树藩：李充《翰林论》云："研求名理而论难生焉，论贵于允理，不求支离，若嵇康之论文。"（按：叶原引文有误，今据范文澜《文心雕龙注》所引校改。）

王闿运：是非不决，论以明之，故必探其精微，使朗然而晓。

骆鸿凯："书论宜理。"（《典论·论文》）"论则析理精微。"（《文选序》）"《文赋》云：'论精微而朗畅。'精微以意言，朗畅以辞言。精微者，不惟其难惟其是；朗畅者，不惟其易惟其达。"（《文概》）

李全佳：《文心·论说》："论也者，弥纶群言，而研精一理者也。""原夫论之为体，所以辨正然否，穷于有数，追于无形，迹坚求通，钩深取极；乃百虑之筌蹄，万事之权衡。故其义贵圆通，辞忌枝碎。必使心与理合，弥缝莫见其隙；辞共心密，敌人不知所乘。斯其要也。是以论如析薪，贵能破理。斤利者，越理而横断；辞辨者，反义而取通。"全佳按："心与理合"，"辞共心密"，所谓精微也。"研精""圆通"，所谓朗畅也。

徐复观:按此言论之,内容既尽事理之精微,表达则明白(朗)而通畅。

〔一六〕李善:奏以陈情叙事,故平彻闲雅。

五臣:翰曰:奏事帝庭,所以陈叙情理,故和平其词,通彻其意,雍容闲雅,此焉可观。

方廷珪:奏以陈情叙事,故须平易透彻,闲静而和雅。

王闿运:奏施君上,故必气平理彻。

骆鸿凯:"奏议宜雅。"(《典论·论文》)

李全佳:《文心·奏启》:"夫奏之为笔,固以明允笃诚为本,辨析疏通为首。……是以立节运衡,宜明体要。必使理有典刑,辞有风轨,总法家之式,秉儒家之文。"全佳按:"辨析疏通","理有典刑",所谓"平彻"也。"明允笃诚","辞有风轨",所谓"闲雅"也。

〔一七〕李善:说以感动为先,故炜晔谲诳。

五臣:翰曰:说者,辩词也。辩口之词,明晓前事,诡谲虚诳,务感人心。炜晔,明晓也。

方廷珪:说者,即一物而说明其故,忌鄙俗,故须炜晔。炜晔,明显也。动人之听,忌直致,故须谲诳。谲诳,恢谐也。解人之颐,如淳于髡之笑,而冠系绝;东方朔之割肉,自数其美也。以上十句泛举体制。

王闿运:说当回人之意,改已成之事,谲诳之使反于正,非尚诈也。以上皆无韵之文,单行直叙。

许文雨:李善注:"说以感动为先,故炜晔谲诳。"按此须分别言之:炜晔之说,既刘勰"言资悦怿"之谓,兼远符于时利义贞之义。而谲诳之说,刘勰独持忠信以肝胆献主之义,反驳陆说,不知陆氏乃述战国纵横家游说之旨也。(下引王闿运说略,见上)阮福云:"按此《赋》赋及十体之文,不及传志,盖史为著作,不名为文。凡类于传志者,不得称文。是以状文之情,分文之派,晋承建安,已开其先,《昭明》《金楼》,实守其法。"按闿运所释陆《赋》十体,分为有韵之文与无韵之文二种。盖无韵为笔之说,乃起于晋宋以后也。在陆氏之意,既无韵而偶,亦得称文。惟传记等体,以质为工,据事直书,弗尚藻彩者,是则陆氏意中归之笔类,故其赋勿及焉。此义刘申叔《中古文学史》已阐发之,今用以补闿运所未详者。

骆鸿凯:"凡说之枢要,必使时利而义贞,进有契于成务,退无阻于荣身。自非谲敌,则惟忠与信。披肝胆以献主,飞文敏以济辞,此说之本也。而陆氏直称'说炜晔以谲诳',何哉!"(《文心·论说》)骆又说上十句云:"括囊杂体,功在诠别,宫商朱紫,随势各配。章表奏议,则准的乎典雅。赋颂歌诗,则羽仪乎清丽。符檄书移,则楷式于明断。史论序注,则师范于核要。箴铭碑诔,则体制于弘深。连珠七辞,则从事于巧艳。此循体而成势,随变而立功者也。"(《文心·定势》)"论古近体诗,参用陆机《文赋》曰:绝'博约而温润',律'顿挫而清壮',五古'平彻而闲雅',七古'炜晔而谲诳'。"(《诗概》)

李全佳:(引《文心雕龙·论说》与骆引同。)"飞文敏以济辞",所谓"炜晔"也。"忠信肝胆",则与"谲诳"殊科。考《庄子·天下》篇云:"其书虽瑰玮,而连犿无伤也。其辞虽参差,而諔诡可观。"《释文》云:"瑰玮,奇特也。"成玄英云:"諔诡,言滑稽也。"陆氏所谓"炜晔",犹庄子之"环玮"也。所谓"谲诳",犹"諔诡"也。说体自如此。刘氏太泥,未可从。(又引王闿运说,见上)《史记·滑稽列传》:"始皇尝议欲大苑囿,东至函谷关,西至雍、陈仓。优旃曰:'善!多纵禽兽于其中,寇从东方来,令麋鹿触之足矣!'"此以讽语谲诳之使反于正也。江进之自述云:"余举进士时,捷报者索重赏,家君贫无以应,受困此辈,殊觉情懑。汝鹏慰之曰:'且奈烦!养坏了儿子,说不得。'"此以反语谲诳之使反于正也。王说甚是。(李又释上十句云)《文心·总术》云:"昔陆氏《文赋》,号为曲尽。然泛论纤悉,而实体未该。故知九变之贯匪穷,知言之选难备矣。"又《序志》云:"陆《赋》巧而碎乱。"今观陆《赋》所举文体,曰诗、曰赋、曰碑、曰诔、曰铭、曰箴、曰颂、曰论、曰奏、曰说,为体凡十,诚未该备,又间有条贯靡竟,文重意复之处,以言碎乱,亦所难讳。然陆本赋体,势不能如任氏《文章缘起》(缕举八十五种)以专书辨析众制,条分缕举,散行达意,较易详尽,且有系也。彦和以"难备""碎乱"少之,未免近苛。

徐复观:《东京赋》"含二九而成谲"注:"变也"。《舞赋》"瑰姿谲起"注:"异也。"按谲诳,此处指以奇异不实之言掀动他人。后世论与说之分别甚微;陆机此言,系以《战国策》纵横之士的游说为背景。如《战国策·东周》第一篇《秦兴师临周而求九鼎条》,颜率既先诳齐王谓九鼎将"归之大国",使齐王出兵救周。后则诳以挽九鼎需"九九八十一万人"，使齐王知难而止，即其一例。

〔一八〕五臣：良曰：诗、赋、碑、诔、铭、箴、颂、论、奏、说，其体各殊，故区分在兹。禁邪，谓禁浮艳。制放，谓制抑踈遗。

邹思明：文别十体，各以四字尽之，确然不可移易。

方廷珪：区，划。分，别也。兹，即指上各种文之体。禁邪，禁止邪情。制放，制抑放论。

王闿运：内不可哀，外不可放。

黄侃：禁邪制放，诸体所同。

许文雨：《文赋义证》云：《文心·序志》："辞人爱奇，言贵浮诡。饰羽尚书，文绣鞶帨。离本弥甚，将遂讹滥。"《定势》："自近代辞人，率好诡巧。原其为体，讹势所变。厌黩旧式，故穿凿取新。察其讹意，似难而实无他术也，反正而已。故文反正为乏，辞反正为奇。效奇之法，必颠倒文句。上字而抑下，中辞而出外。回互不常，则新色耳。"

程会昌：黄先生(侃)曰："邪指意言，放指辞言。"《隋书·文学传序》曰："梁自大同之后，雅道沦缺，渐乖典则，争驰新巧。……其意浅而繁，其文匿而彩，词尚轻险，情多哀思。格以延陵之听，盖亦亡国之音乎！"六代末流之弊，数语足以尽之。禁邪制放之论，殆亦洞烛机先者也。

〔一九〕李善：《论语》："子曰：'辞，达而已矣。'"文颖《汉书注》曰："冗，散也。如勇切。"言文章体要，在辞达而理举也。

五臣：良曰：必须词达其意，理以举事，不在烦多。冗长，谓烦多也。

于光华：总一句扼要。

方廷珪：以上十四句承"体有万殊"来，而以辞达理举结之。

许文雨：《文赋义证》："《文心·镕裁》：'若术不素定，而委心逐辞，异端丛至，骈赘必多。……辞敷而言重，则芜秽而非赡。'"《杜诗详注》卷二十三引赵曰："凡物之剩者曰冗长。"

程会昌：(谓上引《文心·镕裁》)此无取冗长之理也。按陆云《与兄书》云："兄文章之高远绝异，不可复称言，然犹皆欲微多。"《镕裁》篇亦称："士衡才优，而缀辞尤繁。"是士衡虽知辞达之理，终遗繁冗之讥。盖亦"非知之难，能之难也"。

李全佳：《文心·夸饰》："饰穷其要，则心声锋起，夸过其理，则名实两乖。若能酌《诗》《书》之旷旨,剪扬马之甚泰,使夸而有节、饰而不诬,亦可谓之懿也。"

本段总论

顾施祯:赋言篇既善矣,而文之体格有不同者。盖文之体有万殊,而物之形亦无一量。既纷纭其杂进,而吾挥霍以裁之。万物殊形,亦难为拟状矣,然必奉意为谋篇之宰也。故众辞凑而静听,如群工之程限其才而各效伎能;吾意取舍立决,如工师主契合之法而为大匠,辞有不禀意者哉。文固贵以意断之,尤贵以思穷之。辞亦有或有或无之时,不可怠也,在有无之中,思必俛偁以求之。辞亦有或浅或深之际,不可忽也,思务得其妙,来而不让。苦思如是,虽欲变化而不泥,离乎方而遁乎员。然于万物之形相,期思以穷之无不到,辞以尽之无不肖也。作文惟期如此,故夫夸目者,或尚辞之奢;惬心者,唯贵理之当。然立言当有余势,将穷不可迫隘。吐论必本高怀,能达唯由放旷。作文大约若是,其体之别,则亦各有要焉。诗所贵者缘情而辞绮靡,赋所贵者体物而辞浏亮,叙德之碑,则披文以相佐乎质;陈哀之诔,则情缠绵而辞凄怆。至于题勒示后而有铭,则贵事博文约而词温润;讥刺得失而有箴,则贵顿挫合古而词清壮。襄述功德之颂,唯文势优游而辞彬蔚;评议臧否之论,唯析理精微而词朗畅。下达上而有奏,则贵和平透彻而辞更闲雅;与众辨而有说,则贵炜晔以明晓,而辞或诡诞。凡此异体,虽区分之有别,亦禁人之邪,使情不可妄驰;制人之放,使言不可或荡。要之辞既达乎意,而复使理无不举,则作文之极则也,故无取乎浮华之冗长焉。文之审定其体格有如此。

方廷珪:通上为一大段。此段承上段胪列诸体,见作文不论学力之浅深,天分之高下,无不欲于其中各见所长,起入下段,有妍有蚩。文心如剥蕉抽茧,愈剥愈入,愈抽愈出。

黄侃:已上辨体。

程会昌:本节论文辞体式。

方竑:情随物迁,文因情异,是故达意皆同,而所以达之者各别,是不可以不详究也。文采纷乘,如程才之效伎。轻重取舍,惟意匠之权衡。何有何无,俛偁以思;当深当浅,断制于心。是遣辞之术也。法度方圆,文章之要。然或离方而遁圆，期穷形而尽相。是故文之至者，变化无方，而莫不中程。魏文所谓通才足以备体，张融所谓"文无定体而以有体为常"者也。至于或尚夸目，或贵惬心，或欲言穷，或惟论达。人异其性，文亦异其态。则《文心雕龙·定势》篇曰："所习不同，所务各异。"《知音》篇曰（略，见本段注〔六〕许说所引）。韩昌黎所谓"行峻而言厉，心平而气和，昭晰者无疑，优游者有余"者也。古今所作，鲜能离此。诗以言志，导源《三百篇》之风雅。敦厚温柔，诗人之旨，其体则贵绮靡精妙，讽物而感人。赋以陈事，风雅之变，其体备于屈宋，而极盛于西京。其要在体物而不遗，言近而旨远，意极敷夸，而辞贵浏亮。碑以叙德，原本诗颂，要在辞不溢美，文质相符。《文心雕龙》所谓"其序事也该而要，其缀采也雅而泽"者也。诔以陈哀，本于《诗》之《黄鸟》《二子乘舟》之类，非凄怆缠绵，未足以发其深至之痛。铭以题示，箴以刺讥，三代以来，固有其体。《文心雕龙》曰（略，已见前注〔一二〕及〔一三〕引）。颂以褒美，亦诗颂之流。其体宽博，其词彬蔚。不必施之金石，而用在传诵。《文心雕龙》曰（略，已见前注〔一四〕引）。论以评议，原于古之诸子，臧否以当为宗，其理精微，其辞朗畅。奏以陈叙，原于《尚书》之谟诰。《文心雕龙》曰："奏之为笔，固以明允笃诚为本，辨析疏通为首。强志足以成务，博览足以穷理。酌古御今，治繁总要，此其体也。"说以感悦，亦本《尚书》。春秋战国之世，捭阖纵横，其用甚显。炜晔谲诳，所以震眩人心。《文心雕龙》所谓"说贵抚会，张弛相随，不专缓颊，亦在刀笔"者也。文章体要，概具于斯。所用不同，所美亦异。虽变化之无方，固准绳之必守。故曰："亦禁邪而制放。"文之体类，古今说者多殊。要其大者皆同，其所异惟在节目区分之细。《典论》曰："奏议宜雅，书论宜理，铭诔尚实，诗赋欲丽。"是言之最约者也。士衡所论，韵文七，无韵三。彦和《雕龙》论文有八体，而其为类二十一。《昭明文选》为类三十七，未免详碎而伤繁。彼此参斠，当以彦和为优。降及近代，则阳湖李氏《骈体文钞》列三体三十一类，而不入诗赋，其分类要为近古。姚选为类十三，曾选易为十一，则韵文少，无韵文多。盖是散文家法，而与古异。夫万殊出自一本，异派当有同归。辞达理举者，文章之本而众体之归也。《易》曰："言有序。"曰："言有物。"辞达者有序，理举者有物。斯二语也，其片言而居要乎。

王礼卿：推论体格之殊，物相之别，亦即尽相辨体之法。盖物相各殊，风格斯分；文体不同，格律自异；属文时必须司契以尽相，辨体以应律也。文以首二句文体物相对举，植全段之纲。下分两小段：(一)先承物无一量，论物相纷纭，且变动倏忽。当众辞辐凑之际，全恃意之铨衡取舍以为之主。而何有何无？熟浅熟深？皆当作惬适之裁量。固不必泥于规矩，惟须变化中不离方圆，期达于穷形尽相而后已。然由作者性情不同，故于体物时所尚亦异；其呈为文之风格，遂分为多类焉。此论物相有别，性尚各异，所及于风格之不同也。(二)次承体有万殊，论文之本身，体裁律度复有多类。必须一一识其体律，辨其得失，始无乖违，故就文体历举其要。此论文体有殊，律度各异，辨体以应律之法也。盖曲尽物相，妙合文体，乃为文之基，明此而后可语于利害妍蚩也。《文心雕龙》以二十余篇分论文体，此则以一目标一体，各尽其体律之要义，而文心之旨略具，洵可谓辞约义赅，论议精微矣。后段仅用一种句法，排纍而下，文势如大海紫澜，汹涌而至，使人有目不暇及之观。而下字精警，铸辞工丽，似从千锤百炼中来。气盛而藻密，文章之奇采也。方伯海曰：此段承上段胪列诸体，见作文不论学力之浅深，天分之高下，无不欲于其中各见所长。起入下段有妍有蚩。文心如剥蕉抽茧，愈剥愈入，愈抽愈出。(诗缘情而绮靡至故无取乎冗长)

徐复观：按此段乃总论文章之共同要求，及各体裁题材之各别要求，以作后文"因论作文之利害所由"的张本。于全文为第二段。"利害之所由"非一端，后文加以分述，故先立此段作上下文之绾带提挈。其中又应分两小段。由"体有万殊"至"论达者唯旷"，乃述全般之共同要求。由"诗缘情而绮靡"至"说炜晔而谲诳"，乃述适应各种体裁(从字数的多少及排列的形式而言，谓之体裁)题材之各别要求。"虽区分之在兹"四句，言在各别的要求中，仍有其共同的要求。"体有万殊"四句，主要说明文体有无穷的变化，故文章可作无穷的创造。体是作者所创造，是主观的；物是写作的材料，是客观的。体之所以有万殊，不仅如下文所说的来自体裁题材的不同；更主要的是来自作者的性情(个性)的不同；而性情则受有时代、家庭、教育、思想、遭遇等不同的影响；所以在同一体裁，同一题材之下，依然是"体有万殊"。此点陆机体认到了，但一直要到《文心雕龙》的《体性篇》，才把它说得比较更清楚。客观之物，本来是有一定的量的。但客观之物，若不与作者的性情相接，进入于作者性情之内，即不会成为写作的题材。成为写作题材之物，乃是与作者性情相接，进入于作者性情之内的物。因作者的性情，在人的普遍性中涵有千差万别的特殊性，于是进入于作者性情中的物，也由"一量"而"无一量"了。文体之体，似乎是在曹丕《典论·论文》中首先出现；至陆机而有更深刻的表达。在无限变化中，仍有共同的条件与要求，此文学批评之所以能成立。"辞程才而有效伎"以下十句，是陆氏所提出的写作时的共同的基本条件、要求。体裁题材一经成立，它是客观的存在，即有由这种客观存在，向作者发出适合于其自性目的的要求。诗赋是体裁之分；碑诔铭箴颂论奏说是体裁加上题材之分。既有体裁题材之分，便有自性目的之分；例如诗的自性目的是"缘情"，赋的自性目的是"体物"。缘情的要求是绮丽，作者便须适应这种要求而以绮靡为诗之体；体物的要求是浏亮，作者便须适应这种要求而以浏亮为赋之体。并且若真能达到缘情的目的，诗体自然是绮靡。真能达到体物的目的，赋体也自然是浏亮。余皆可类推。这里便浮出文类与文体的密切关系，也浮出文章分类在中国文学中的重要性；所以《典论·论文》将文章分为"四科"，由四科而举出四种文体；陆机在此处将文章分为十科，由十科而举出十种文体。但绮靡不足以尽诗之体，也不一定能算是诗的基体(体的基型)。陆机在这里，是代表了由建安的风骨转向绮靡的新方向。此处所提出的其他各体，皆可视为某类文体的基体。"体有万殊"，体也不断在创作中被发现，不断在批评中被提出。提出了与文类适应的文体是否妥当，是一个问题。但文类的影响于文体，因之文类在中国文学批评史中有重要的地位，则是确凿的事实。《文心雕龙》从《明诗》到《书记》共二十篇，都是因此事实而写出的。

　　杨牧：此小节论文章体式的神髓，作者追求完美艺术的艰难和突破，而以所谓"十体"的胪列为中心。十体之说，已将古典中国文学的文类观念作了一个相当完整的综合和解析，时当公元第三第四世纪之交，陆机继承了先士的发现，深入体会，为后代的文类规划奠定了基础。按西方传统之文类解说，发源于柏拉图的"描述"和"摹仿"二分法，通过亚里斯多德简单的演绎，而在亚力山大学术中有了初步的认识，时间也在公元第四世纪以前。大致说来,陆机的时代正和亚历山大学术家的时代相当,而陆机所面对的希腊及罗马古典材料相当。惟陆机的十体论,很快就在萧统和刘勰的工作里得到透彻的发挥;然而亚历山大学术家的成绩不久即沉入欧洲亘长的黑暗时代,须等到文艺复兴(十六世纪)才又被重新拾起,获得坚实的评估,鉴赏,扩充,乃完成了西方共同的文类说,且为近世文学研究的重要课目。

释　义

这段的中心是论述文学创作中的风格和体裁问题。陆机认为文学创作的风格和体裁,应当多样化。这是因为:第一,客观事物本身多种多样,各不相同。文学创作的目的就是要充分地反映客观事物的真实面貌,因此,它的风格和体裁为适应客观事物的状况,也必须多样化。"体"这个概念即风格和体裁的总称,它的"万殊",乃是由于"物"的"无一量"所决定的。"意"和"辞"的种种灵活运用,其目的都是为了使"物"的本来面目能够在文学作品中"穷形而尽相"地表现出来。为了达到这个目的,任何的方圆规矩都可以打破,不受其束缚。这里可以看出陆机对文学作品反映现实的特点有比较深刻的认识。他体会到了文学创作的形象特征。后来苏轼所说的"随物赋形",也正是陆机所说的"穷形尽相"的意思。第二,文学作品风格的多样化,又和作家的个人兴趣爱好和性格特点有密切关系。"夸目者尚奢,惬心者贵当,言穷者无隘,论达者唯旷。"作家的性格、爱好和作品的风格之间关系,曹丕在《典论·论文》中已经讲到了,所谓"徐幹时有齐气""应玚和而不壮,刘桢壮而不密"等,即是说的这个问题。但《文赋》就更为概括,理论性也更强,一直到《文心雕龙》的《体性》《才略》等篇,则论述得更加充分,并大大地发展了。这条递进的线索是非常清楚的。第三,风格的特点和作品的不同体裁有密切关系。陆机把文章分为十体,并对第一种文体的特征作了分析。不同的文体由于它们所反映的内容不同,自然也就有不同的风格特色。这一点陆机也是继承了曹丕《典论·论文》,并加以发展的。陆机把曹丕的四类扩大为十类,这对后来关于文体论的研究产生了很大影响。从陆机关于文体的分类中,还可以看出他对"文"的范围的认识。陆机所说的"文"的概念和曹丕《典论·论文》中"文"的概念相一致。和先秦两汉对"文"的广义的理解相比较，曹丕和陆机所说的"文"的范围要狭窄得多。虽然，他们所说的"文"的概念中，也还包括了不少非艺术的文章在内，但从历史的发展上去考察，他们的理解已经和我们今天所说的科学的"文学"概念比较接近了。他们已经把哲学、历史、政治著作从"文"的概念中划了出去，这不能不说是一个很大的进步，说明陆机对文学特点的认识已经比前人深入。

在陆机对十种文体特征的论述中，特别应该重视的是他对诗、赋的分析，因为在他那个时代主要的文学形式就是诗和赋。陆机关于"诗缘情而绮靡"之说，对我国文学思想和文学创作的发展，产生了十分重大的影响。认为诗歌是人的感情的表现，并不始于陆机，但是他的"缘情"说的提出又具有特殊意义，这需要联系我国文学思想史上"感情论"的历史发展才能认识清楚。春秋战国时代，论诗都是讲"言志"的，《左传》《庄子》《荀子》等著作中都有过诗"言志"的说法。《尚书·尧典》是晚出之书，遂概括为"诗言志""歌永言"之说。志，主要是指思想。对先秦的"言志"，朱自清先生早已说过："这种志，这种怀抱，其实是与政教分不开的。"（《诗言志辨》）所以，"'文以载道'，'诗以言志'，其原实一"（清盛炳炜《山谷全集序》）。"言志"的实际内容即是指政教，亦即儒家之道。从荀子开始，才注意到"言志"中还包含有"情"。这主要反映在他的音乐理论中。我国古代诗乐不分，荀子时虽已开始区分，然而他《乐论》的主要观点和诗相通。荀子认为音乐也是"言志"的，"君子以钟鼓道志，以琴瑟乐心"。但是，音乐又是人的感情的表现。"夫乐者，乐（音洛）也，人情之所必不免也。"音乐是通过抒情来言志的。荀子认为对"情"必须给以严格的政治道德规范，提出了"以道制欲"的问题，主张要以儒家之道来控制人的感情，使感情的抒发不越出儒家之道的范围。后来，《礼记·乐记》进一步发挥了这种思想，而《毛诗大序》则把它完全应用于文学。其云："诗者，志之所之也。在心为志，发言为诗。情动于中而形于言。"又说诗是"吟咏情性"的，然而又必须"发乎情，止乎礼义"。就是说诗歌的"言志"是包括了"情"的，但这个"情"不能越出儒家"礼仪"的界限，强调诗歌所抒之"情"必须经过儒家伦理道德的净化。这是对感情内容的一种符合统治阶级需要的束缚。陆机提出"缘情"，正是为了冲破这种束缚。因此，它就自然和

"言志"说具有针锋相对的特点。"言志"说和"缘情"说的区别,不是"言志"说只讲表现思想,不讲表现感情,而"缘情"说是只讲表现感情,不讲表现思想。这两种说法的根本区别是在要不要"止乎礼义"的问题上,强调"缘情"就是要使诗歌摆脱儒家礼义的桎梏。"缘情"说的提出,显然有它的时代背景。东汉末年,儒教衰落,建安文学的崛起,就没有受这种限制。他们"慷慨以任气,磊落以使才",所抒之情往往越出了儒家礼义的疆界。"缘情"说的提出正是适应了时代创作发展的需要,是突破儒家之道束缚的一个大解放标志。这一点为后来不少儒家文人所感觉到。他们看到"缘情"说突破了"礼义"大防,于是遂有责骂"缘情"说是"不知礼义之所归",使"言志章教,惟资涂泽"的言论出现。而这种责难却正显示了"缘情"说提出的重要作用。

　　陆机关于诗赋的"缘情""体物"的论述,我们应当看作一种互文见义的说法。事实上,赋也是要"缘情"的,诗也是要"体物"的,不过在当时的创作中,诗歌"缘情"更突出一些,辞赋"体物"更突出一些。所谓"体物"实质上也就是一种形象的描写,它比较明显地反映了文学的形象特征。所以,陆机对诗赋的"缘情""体物"的特征的论述,已经触及文学艺术的两个根本性特点:形象和感情。它充分说明陆机对文学艺术的特征有很深刻的认识。

其为物也多姿，其为体也屡迁〔一〕。其会意也尚巧，其遗言也贵妍〔二〕。暨音声之迭代，若五色之相宣〔三〕。虽逝止之无常，固崎锜而难便〔四〕。苟达变而识次，犹开流以纳泉〔五〕。如失机而后会，恒操末以续颠〔六〕。谬玄黄之秩叙，故淟涊而不鲜〔七〕。

校 勘

〔固崎锜而难便〕茶陵本云："而"，五臣作"之"。江本亦作"之"。

〔苟达变而识次〕茶陵本云："识"，五臣作"相"。江本亦作"相"。

集 注

〔一〕李善：万物万形，故曰多姿，文非一则，故曰屡迁。《琴赋》曰："既丰赡以多姿。"《周易》曰："为道也屡迁。"

五臣：向曰：文体非一，故云多姿。姿，质也。未妥帖，故屡迁也。

张凤翼：物相杂而为文，故曰多姿。文因物而赋形，故曰屡迁。

顾施祯：以下详言利害之所由也。

于光华：数语结上起下意。

方廷珪：以下皆发明序中"妍蚩好恶，可得而言"意。物，即上体物情事。姿，态也。多姿，谓变态不一而足。承上"万殊""一量"来，以起下文。

〔二〕五臣：铣曰：出言崇美也。妍，美也。

方廷珪：言虽多姿屡迁，要之为文，不外意与言而已。巧，谓肖物情。

许文雨释上四句：按四句见陆氏文尚妍丽之主张。沈约评陆文"缛旨星稠，繁文绮合"，知陆说能自践矣。

李全佳：《文心·隐秀》："文之英蕤，有秀有隐。隐也者，文外之重旨者也。秀也者，篇中之独拔者也。隐以复义为工，秀以卓绝为巧。……夫隐之为体，义主文外，秘响傍通，伏采潜发。……波起辞间，是谓之秀，纤手丽音,宛乎逸态,若远山之浮烟霭,娈女之靓容华。……深浅而各奇,秾纤而俱妙。……夫立意之士,务欲造奇,每驰心于玄默之表。工辞之人,必欲臻美,恒溺思于佳丽之乡。"

徐复观:"会意"是指意能称物、物与意合(会),这需要意匠经营之巧,故云"尚巧"。表现的效果决定于语言的艺术性,故驱遣语言时贵妍;"妍"指的是由声色而来的艺术性。

〔三〕李善:言音声迭代而成文章,若五色相宜而为绣也。《尔雅》曰:"暨,及也。"又曰:"迭,更也。"《论衡》曰:"学士文章,其犹丝帛之有五色之功。"杜预《左氏传》注曰:"宣,明也。"

五臣:翰曰:暨,至也。音声,谓宫商合韵也。至于宫商合韵,递相间错,犹如五色文彩以相宣明也。

何焯:休文韵学,本此二句。

方廷珪:承上意与言来,意巧言妍,又要谐和中节。四句是一气说下。宣,明也。音声迭代而叶句调,若五色相宜而为文绣。

黄侃:后来范、沈声律之论,皆滥觞于此,实已尽其要妙也。

程会昌:《文心雕龙·声律》篇:"左碍而寻右,末滞而讨前,则声转于吻,玲玲如振玉;辞靡于耳,累累如贯珠矣。"黄(侃)先生《〈文心雕龙〉札记》云:"此于士衡音声迭代,五色相宜之说同旨。究其治之之术,亦用口耳而已,无他缪巧也。记室云:'清浊通流,口吻调利。'盖亦有寻讨之功焉,非得之自然也。"

李全佳:《宋书·范晔传》:"性别宫商,识清浊,斯自然也。观古今文人,多不全了此处;纵有会此者,不必从根本中来。""吾思乃无定方,特能济难,适轻重。"《宋书·谢灵运传论》:"夫五色相宣,八音协畅,由乎玄黄律吕,各适物宜。欲使宫羽相变,低昂互节,若前有浮声,则后须切响。一简之内,音韵尽殊;两句之中,轻重悉异。妙达此旨,始可言文。"《文心雕龙·声律》:"凡声有飞沉,响有双叠,双声隔字而每舛,叠韵离句而必暌;沉则响发而断,飞则声扬不还,并辘轳交往,逆鳞相比;迕其际会,则往蹇来连,其为疾病,亦文家之吃也。夫吃文为患,生于好诡,逐新趣异,故喉唇纠纷;将欲解结,务在刚断。左碍而寻右,末滞而讨前,则辞转于吻,玲玲如振玉;辞靡于耳,累累如贯珠矣。……凡切韵之动,势若转圜,讹音之作,甚于枘方,免于枘方,则无大过矣。练才洞鉴,剖字钻响,疏识阔略,随音所遇,若长风之过籁,南郭之吹竽耳。古之佩玉,左宫右征,以节其步,声不失序。音以律文,其可忽哉!"《文心·章句》:"若乃改韵从调,所以节文辞气。贾谊枚乘两韵辄易;刘歆桓谭,百句不迁;亦各有其志也。昔魏武论赋,嫌于积韵,而善于贸代。陆云亦称'四言转句,以四句为佳'。观彼制韵,志同枚贾。然两韵辄易,则声韵微躁;百句不迁,则唇吻告劳;妙才激扬,虽触思利贞,曷若折之中和,庶保无咎。"

徐复观:按此两句就文章的韵律而言。此时四声之说未出;但音声有高低、长短之不同,自有歌谣以来,即有自然的感觉。故《诗三百篇》各章韵脚,平者皆平;仄者皆仄,很少有例外。而一句或一篇之中,由声调之不同以构成文章中的韵律,亦有自然的流露;但尚无此自觉,以作原则性之提出。由音声之迭代,即由不同声调的更迭使用,使每一声调皆能发挥文章韵律中的作用,有如五色因互相比较配合而色泽更宣明以成其锦绣一样。"迭代"两字,可以说是开始由自觉所提出的声调配合的原则,开尔后四声说的先河,这在文学艺术性的发展上,当然有重大意义。但只提"迭代"的原则,尚未能提出迭代的规律,所以有下面的八句。

〔四〕李善:言虽逝止无常,唯情所适。以其体多变,固崎锜难便也。逝止,由去留也。崎锜,不安貌。《楚辞》曰:"嶔岑崎锜。"崎音绮,锜音蚁。

五臣:济曰:逝,往也。谓思虽难往止,上下无常,固知安之难为便也。便,宜也。

张凤翼:言虽行止无常,惟情所适,若崎锜不安,亦自非宜。

顾施祯:上四句以音声言利害。

方廷珪:谓音调不和叶。难便,不便于读。二句声音之病,谓此固为文家之所忌。

黄侃:二句必联下,文谊乃见。言音声无常,唯达变者能调之也。

徐复观:按《说文》八上:"便,安也。"此两句谓虽义同而声调不同的字,可以随意(无常)去留,但要能迭代得其当,殊非易事。

〔五〕李善:言其易也。

五臣:铣曰:思之通变,相次而至,如泉入水,泯然相合也。

张凤翼：达变，通变也。识次，知次序也。如此则无崎锜之患，若流之纳泉不相逆也。

方廷珪：无崎锜之患，若流之纳泉，极其易矣。

程会昌：沈约《宋书·谢灵运传论》（略，见前注〔三〕引）。此衍达变识次之论者。

徐复观："达变"，通达声调的变化；"识次"，了解其迭代的次序。如此，则句中文字，及句与句间的关系，皆调畅流利，有如开河流以容纳泉水，皆安于河流之内。

〔六〕李善：言失次也。

五臣：良曰：如思虑失机而后会合，则常持尾续首，莫能见成，错谬玄黄之次序也。操，持也。末，尾。巅，首也。

张凤翼：言先后失次也。

方廷珪：会，合也。文字有前有中有后，所谓次也。前路缘起未明，遽犯中间正位，是为失机。到后复来，找补前路，是谓以尾续首。二句倒置之病。

程会昌：《文心雕龙·声律》篇（略，见前注〔三〕引）。此衍失机后会之说者。

徐复观：因陆氏尚未提出迭代的规律，故认为迭代的得当，系得到一种所谓"机"。他之所谓"机"，大概是指写作时调畅的唇吻笔触而言。抓着调畅的唇吻笔触写下去，便自然形成适当的"音声之迭代"；这可以说是"不知其然而然"的"机"。假定失掉这种机而再要求适当地迭代，则在当时四声之说未出，更无规律可循的情形之下，便会愈弄愈拙。由颠（顶）到末，中间须经过发展的顺序；抹杀中间发展的顺序，而径直拿着末以连接颠，当然连结得不适当，以喻音声迭代的失宜。但得补充说明一点，四声说出现以后，尤其是简化为平仄两声出现以后，音声迭代的规律渐渐出现，但也只能供平日学习时的一助，以养成写作时的机。正式写作时，依然是顺当下的机写下去。断无先横一规律于胸中，以求字字印合之理。

〔七〕李善：言音韵失宜，类绣之玄黄谬叙。故湁潗垢浊而不鲜明也。《礼记》曰："朱绿之，玄黄之，以为黼黻文章。"《楚辞》曰："切湁潗之流俗。"王逸曰:"溾涊,垢浊也。"

五臣:良曰:秩,次也。

闵齐华:玄黄,天地之位,故云秩序。

方廷珪:谬,乱也。作文固不可无设色,亦要按部位,浓淡相间而成。今若不分其部位之先后,只取其浓,反入垢浊,故不鲜也。二句浓秽之病。

朱琦:(李善)注未释"袟"字。按《广雅》:"袟,程也。"袟与秩通。《书》"平秩东作",《史记》作"便程"。《说文》"戭",读若《诗》"戭戭大猷",今《诗》作"秩秩"。是"秩"与"程"古声义并同。则"袟"亦"秩"也。《书》"天叙有典,天秩有礼"。"秩叙"谓品节次第也。又按《楚辞·怀沙》篇云:"怀质抱情独无匹兮,伯乐既没骥焉程兮。""程",亦作"秩"音,故可叶。朱子《集注》谓以韵叶之,"匹"当作"正",恐非。(附按"戭"从"戋",戋亦从"呈"声。)

黄侃:(李善)注未释"袟",当本作"秩"耳。

程会昌:按自《文赋》而后,声律之说日盛,及永明中而有四声八病之条。为文章者,几乎动辄得咎矣。钟嵘《诗品序》尝言之:"王元长创其首,谢朓、沈约扬其波,三贤咸贵公子孙,幼有文辩。于是士流景慕,务为精密,襞积细微,专相陵架,故使文多拘忌,伤其真美。"黄(侃)先生《文心雕龙·声律篇札记》亦云:"为文须论声律,其说始于魏晋之际,而遗文粲然可见者,惟士衡《文赋》数言。(下引此段正文,略。)细审其旨,盖谓文章音节须令调谐,本之《诗序》'情发于声,成文为音'之说,稽之左氏(琴瑟专壹,谁能听之)之言,故非士衡所创获也。其后范蔚宗自谓识宫商,别清浊,能适艰难,济轻重,遂乃讥诃古今文人,谓其多不全了此处。(程按:见晔《狱中与诸甥侄书》)沈约作《宋书》,于《谢灵运传》后为论云:'灵均以来,此秘未睹。或暗与理合,匪由思至。'其说勇于自崇,而皆忘士衡导其先路,所以来韩卿之议也。(程按:指陆厥《与沈约书》)……详文章原于言语,疾徐高下,本自天倪,宣之于口而顺,听之于耳而调,斯已矣。典乐教胄子以诗歌,成均教国子以乐语,斯并文贵声音之明验。观夫虞夏之籍,姬孔之书,诸子之文,辞人之作,虽高下洪细,判然有殊,至于便籀诵、利称说者,总归一揆,亦何必拘拘于浮切,断断于宫征,然后为贵乎?至于古代诗歌,皆先成文章,而后被声乐,谐适与否,断以胸怀,亦非若后世之词曲,必按谱以为之也。自声律之论兴,拘者则留情于四声八病,矫之者则务欲隳废之,至于佶屈塞吃而后已,斯皆未为中道。善乎钟记室之言曰:'文制本须讽读,不可塞碍,但令清浊通流,口吻调利,斯为足矣。'斯可谓晓音节之理,药声律之拘。"

按:自"虽逝止之无常"以下,一般认为都是就音韵协调不协调而言。其实,这后半段所说的"达变识次"原则,不仅对音韵之美适用,同时对会意、遣言也都是适用的。它与《文赋》后面"因宜适变"精神相同,不宜把它理解得过于狭隘。这里涉及陆机对音韵的认识问题,这点在六朝时人们的看法就不一致。沈约和陆厥有过不同意见的争论。万曼《读〈文赋〉札记》说:"陆机对音韵究竟是有知还是'暗合',我们认为从二陆的文章中来看,似乎不是率然的。陆云在《与兄平原书》中谈到他的《九愍》时说:'彻与察,皆不与日韵。思惟不能得,愿赐此一字。'又在谈到陆机的《九悲》时说:'《九悲》多好语,可耽咏,但小不韵耳,皆已行天下,天下人归高如此,亦可不复更耳。'此外谈到韵的地方,还有几处,因此二陆用韵,不能说是完全"天成"。二陆自吴入洛,由于方音不同,在写作时自然不能不注意到中原音韵。他们所怕的似乎就是楚音未变。譬如在陆云的信里,有的地方说:'张公语云,兄文故自楚。'另外,陆云也掌握不住北音,作《登楼赋》致书陆机说:'愿小有损益,一字两字,不敢望多。音楚,愿兄便定之。'刘勰在《文心雕龙·声律》篇论到这点时说:'诗人综韵,率多清切,《楚辞》辞楚,故讹韵实繁。及张华论韵,谓士衡多楚,《文赋》亦称知楚不易,可谓衔灵均之声余,失黄钟之正响也。'不过这里说的'《文赋》亦称知楚不易',今本《文赋》却无此语。为了避免楚音,除了请教张华以外,必然也有所依据。陆云与兄书中有论及曹志(曹志系曹植的儿子)的一札云:'李氏云:雪与列韵。曹便复不用。人亦复云,曹不可用者,音自难得正。'这里的'雪与列韵'和前引'彻与察皆不与日韵'都证明当时是有韵书的。韵书最古的是魏李登的《声类》。此札开头的'李氏云',想来应是指李登说的。"此论颇有参考价值。

本段总论

顾施祯:赋言体格宜审,然其利害所由,更可详而论之。变化贵当也。

文之状物，一物一态，其为物也多姿。文之立体，一文一则，其为体也屡迁。总之，其会意也尚巧，其遣言也贵妍。巧与妍，利所由也。变化必以巧妍乃当也。反此则害所由矣。音声贵谐也，音声错而成文，暨乎音声之相更迭而代出也，若五色之相宣而成绣。虽文情或往或留之无常，固五声崎锜而难即得其宜也。便则利所由，否亦害所由矣。次第贵按也。文各有次有机，苟达变而识文之次，其易也犹开源以纳流，循循渐达；如失文之机而后合，其棼也恒操末以续颠，格格靡入。故文有前后，等乎采有玄黄。著色者谬乱玄黄之常序，故其色渀涊而不鲜明；作文者乖失前后之常次，亦何能顺理而有章乎？盖失机者害所由，识次者利所由也。

黄侃：已上言会意遣言而详论调声。

程会昌：本节论文贵意巧辞妍，而音声尤当谐适。

方竑：前文皆所以述先士之盛藻，此后则具论作文之利害所由。文以导情，情以体物，情物万变，故文亦多姿。意之究通物情者曰巧，言之曲达吾意者曰妍。唯巧与妍，乃所以成文。而声音之理，尤为文章之至要。《诗·关雎序》曰："情动于中而形于言，言之不足故嗟叹之，嗟叹之不足故咏歌之，咏歌之不足，不知手之舞之足之蹈之。"夫嗟叹咏歌，固诗与文同之者也。《虞书》曰："八音克谐，无相夺伦，神人以和。"吴季札聘鲁，请观周乐，工为之歌《颂》。曰："至矣哉！直而不倨，曲而不屈，迩而不逼，远而不携，迁而不淫，复而不厌，哀而不愁，乐而不荒，用而不匮，广而不宣，施而不费，取而不贪，处而不底，行而不流，五声和，八风平，节有度，守有秩，盛德之所同也。"《乐记》子贡问乐曰："故歌者，上如抗，下如队，曲如折，止如槀木，倨中矩，句中钩，累累乎端如贯珠。"是故声音之至妙，亦即文章之极诣。而文与声之本原，则朱子《诗集传序》论之详矣。至于沈休文《宋书·谢灵运传论》曰："夫五色相宣……始可言文。"则讲之益精，求之更密，而四声八病之说，因之以兴。其弊也体薄弱而不振，声浮巧而无实，是又声音之离乎天籁者也。要之，音律之与文辞，殆唇齿之不可暂缺。故曰："暨音声之迭代，若五色之相宣。"其迭代之妙，在读者会之而已。夫文之与声，固如是矣。而声音之美，又有由焉。韩昌黎曰："气盛则言之短长与声之高下者皆宜。"故气又声之本也。古之善作者，未有不先畜其气。慨投篇而命笔，气已盛也。胸有成竹，一挥而就，浩乎霈然，莫可御矣。故曰："苟达变而识次,犹开流以纳泉。"达变识次者,理熟气宜也;失机后会者,气馁而思未致也。呜呼,文章之秘妙殆于斯而至矣。

徐复观:此小段言遣辞就班上的利害所由。文章的色泽韵律,是由言辞而来,构成文章艺术性的重要条件。陆氏在此段对两者特提出原则性的要求。中国古代虽诗与音乐不分,但诗乐分途后,对诗自身的音乐性的要求,亦自然因而加强,陆氏在此处特为提出。因为这是新提出的,所以关于色泽方面的要求只有一句;而对韵律方面的则分配了十句。由此而下开齐梁四声之秘。

释 义

这一段中心是论述创作中在艺术技巧方面的几个基本原则。会意,是指文章中的具体构思;遣言,是指词藻问题,音声迭代,是语言的音乐美。文章的构思应当巧妙,词藻应当华美,还要有抑扬顿挫的音乐美,这是陆机所提出的艺术创作的三个重要方面。它们也正是时代和文艺创作实践的需要在理论上的反映。六朝诗歌在艺术上比前代有很大的发展,主要也就表现在这几个方面。构思的巧妙问题,从西晋开始许多作家就很重视。钟嵘评张协诗云:"巧构形似之言。"又评张华诗云:"巧用文字,务为妍冶。"又评谢灵运诗云:"故尚巧似,而逸荡过之。"又评颜延之诗云:"尚巧似。"又评宋孝武帝诗云:"为二藩希慕,见称轻巧矣。"刘勰在《文心雕龙》中也很重视"巧"的问题。《神思》篇说:"意翻空而易奇,言征实而难巧也。"《丽辞》篇说:"然契机者入巧,浮假者无功。"《哀吊》篇说:"陆机之《吊魏武》,序巧而文繁。"可见,无论是创作上还是理论上六朝都很重视"巧"的。应该说,这是和《文赋》的论述和提倡分不开的。"言妍"问题也是如此。讲究文辞的丰富和华美,是六朝的一大特点。《文心雕龙·明诗》篇云:"晋世群才,稍入轻绮。张潘左陆,比肩诗衢。采缛于正始,力柔于建安,或析文以为妙,或流靡以自妍,此其大略也。"《时序》则云:"结藻清英,流绮靡。"说明这正是西晋文风的特征。沈约《宋书·谢灵运传论》则说当时这种"缛旨星稠,繁文绮合"的文风,其"遗风余烈,事极江左"。钟嵘《诗品》讲陆机之诗:"才高词赡,举体华美。""其咀嚼英华,厌饫膏泽,文章之渊泉也。"又评潘岳诗云:"如翔禽之有羽毛,衣服之有绡复。"并引谢混语云其诗"烂若舒锦"。评谢灵运特别指出他诗的"繁富"的特点,所谓"名章迥句,处处间起;丽典新声,络绎奔会"。评颜延之则引汤惠休之言曰:"颜如错采镂金。"至于陆机所说的"音声迭代"则与后来声律派的理论有十分密切的关系。"音声迭代"就是指的诗歌语言在音节上要有抑扬顿挫之美。而这种音乐美也正是声律派提出平仄相间和注意"四声八病"所要达到的目的。刘勰所说的"声有飞沉",即沈约所说的"浮声""切响",运用音韵上这种特点,使之"低昂互节",正是对陆机所说"暨音声之迭代,若五色之相宣"的进一步发挥。声律派虽然讲得很细,规则很严,但从基本的美学思想上说,和陆机《文赋》所述是一致的。他们都是运用汉语音韵上的特点,来造成语言的音乐美。当然,我们不能说陆机已经认识到了平仄的问题,但是后来平仄的提出,确是受到《文赋》"音声迭代"的启发。

陆机在论述会意尚巧、遣言贵妍、音声迭代时,还有一个重要原则,即要"达变识次"。它是强调"会意""遣言""音声"三个方面都要以能适合客观事物本身的特点为原则。也就是说,这三方面都是为了更好地更确切地描绘客观现实,而不应离开这一点去片面地、盲目地追求意巧、言妍、音声迭代。否则,就会"谬玄黄之秩叙",本末倒置而导致"澆涩不鲜"。这个问题很重要。在六朝,不能说提倡会意尚巧、遣言贵妍、音声迭代本身不对,相反的,它对艺术发展来说是必要的也是起了积极作用的。但是,如果脱离了为生动地描绘客观现实服务这个前提,那就会产生形式主义倾向,而六朝文学发展中所存在的问题也正是在这里。当然,这并不能怪罪于陆机。

或仰逼于先条,或俯侵于后章〔一〕。或辞害而理比,或言顺而义妨〔二〕。离之则双美,合之则两伤〔三〕。考殿最于锱铢,定去留于毫芒〔四〕。苟铨衡之所裁,固应绳其必当〔五〕。

或文繁理富,而意不指适〔六〕。极无两致,尽不可益〔七〕。立片言而居要,乃一篇之警策〔八〕。虽众辞之有条,必待兹而效绩〔九〕。亮功多而累寡,故取足而不易〔一○〕。

或藻思绮合,清丽千眠〔一一〕。炳若缛绣,凄若繁弦〔一二〕。必所拟之不殊,乃暗合乎曩篇〔一三〕。虽杼轴于予怀,怵佗人之我先〔一四〕。苟伤廉而愆义,亦虽爱而必捐〔一五〕。

或苕发颖竖,离众绝致〔一六〕。形不可逐,响难为系〔一七〕。块孤立而特峙,非常音之所纬〔一八〕。心牢落而无偶,意徘徊而不能揥〔一九〕。石韫玉而山辉,水怀珠而川媚〔二○〕。彼榛楛之勿翦,亦蒙荣于集翠〔二一〕。缀《下里》于《白雪》,吾亦济夫所伟〔二二〕。

校　勘

〔或言顺而义妨〕"义",或作"意"。孙志祖云:"'意',六臣本作'义'。"许巽行云:"'意妨',伯颜(按指明弘治元年张伯颜刊本)、晋府各本并作'义妨'。"

〔立片言而居要〕茶陵本云:"而",五臣作"以"。唐陆柬之书、《文镜秘府论》、江本亦作"以"。

〔清丽千眠〕《四部丛刊》影宋本六臣注《文选》"千"作"芊"。

〔炳若缛绣〕"炳",唐陆柬之书、《文镜秘府论》均作"昞"。

〔乃暗合乎曩篇〕"乎",许文雨《文论讲疏》及郭绍虞《中国历代文论选》作"于"。按:历代各主要《文选》刊本均作"乎",唐陆柬之书、《文镜秘府论》亦作"乎"。许、郭改"于",疑误。

〔意徘徊而不能掃〕"掃",茶陵本云:五臣作"褅"。江本亦作"褅"。

〔綴《下里》于《白雪》〕"里"茶陵本云:五臣作"俚"。

〔吾亦濟夫所偉〕"亦"字下,茶陵本云:五臣有"以"。唐陸柬之書、《文鏡秘府論》、江本均有"以"。

集 注

〔一〕李善:《廣雅》曰:"條,科條也。"凡為文之體,先後皆須意別,不能者則有此累。

五臣:向曰:謂思之俯仰前後不定。故或逼換先成之條例,或侵改後次之章句,謂未安也。

方廷珪:為文之體,先後皆有部位,仰逼者,後逼前,重複之病。俯侵者,前侵後,凌躐之病。

許文雨:郭紹虞云:"謀篇方法:或因枝以振葉,或沿波而討源,或本隱以之顯,或求易而得難。否則不能謀篇,其弊成為或仰逼于先條,或俯侵于後章。"按此言其弊。其不弊者,如《文心·章句》云:"啟行之辭,逆萌中篇之意;絕筆之言,追媵前句之旨;故能外文綺交,內義脈注。"

李全佳:《文心·鎔裁》:"凡思緒初發,辭采苦雜,心非權衡,勢必輕重。是以草創鴻筆,先標三準。履端于始,則設情以位體;舉正于中,則酌事以取類;歸余于終,則撮辭以舉要。然後舒華布實,獻替節文,繩墨以外,美材既斫,故能首尾圓合,條貫統序。若術不素定,而委心逐辭,異端叢至,駢贅必多。"

徐復觀:按"先條"與"後章"相對,猶言"前章"或"前一段"。一篇之意,是統一的;但須分解為若干層次,若干方面,作有條理的表達。"仰逼""俯侵",是由層次或方面不清而來的重複,重複則陷于混亂。

〔二〕李善:《周易》曰:"比,輔也。"《說文》曰:"妨,害也。"

五臣:翰曰:辭害,謂音韻不便也,然于理次比,亦合于宜。言難順美,于義理復有妨也。

張鳳翼:或辭未必令而以理勝,或言雖順序而義有妨。

方廷珪:上句病在詞,下句病在意。

許文雨:郭紹虞曰:"選辭目的,使選義按部,考辭就班,抱景者咸叩,怀响者毕弹。使不注重选辞,则其弊为或辞害而理比,或言顺而义妨。"按理比谓理顺也。盖有理顺而辞不顺,亦有辞顺而理不顺者。《文赋义证》:"《文心·神思》:'拙辞或孕于巧义,庸事或萌于新意。'《总术》'或义华而声悴,或理拙而文泽。'《杂文》:'陈思《客问》,辞高而理疏;庾敳《客咨》,意荣而文悴。'《才略》:'刘向之奏议,旨切而词缓,赵壹之辞赋,意繁而体疏。'《风骨》:'若瘠义肥辞,繁杂失统,则无骨之征也。'"

程会昌:上二句专论章句之排比,此二句则兼辞义之权衡。(下引《文心·总术》,略,见上注。)盖辞义俱莹,内外匀称,斯为佳文也。"

李全佳:《孟子·万章》:"故说诗者,不以文害辞,不以辞害志;以意逆志,是为得之。如以辞而已矣,《云汉》之诗曰:'周余黎民,靡有孑遗。'信斯言也,是周无遗民也。"

王焕镳:比,合也。

徐复观:此两句谓言辞与内容的不相应。

〔三〕五臣:铣曰:谓语各有所宜。

张凤翼:离则理比言顺故双美,合则辞害义妨故两伤。

方廷珪:承上二句说。离之谓去其所害之词,而另撰词以标其理之胜。去其所妨之义,而另取义以全其言之优。是理与辞、言与义双美矣。合之谓辞虽害而仍用之,义虽妨而仍取之,是辞与理、言与义两伤矣。

程会昌:此谓文章之道,割爱为难。仰逼俯侵,辞害义妨,非此章句辞义之不佳也,直以首尾未能一贯,内外未能交融,故不妥帖。斯则必当割析,方得全美耳。

徐复观:此言以剪裁解决上面的问题。

〔四〕李善:《汉书音义》项岱曰:"殿,负也。最,善也。"韦昭曰:"第一为最,极下曰殿。"又曰:"下功曰殿,上功曰最。"郑玄《礼记》注曰:"八两为锱。"《汉书》曰:"黄钟之一篇,容千二百黍,重十二铢。"然百黍,重一铢也。应劭《汉书》注曰:"十黍为一絫,十絫为一铢。"《宾戏》曰:"锐思毫芒之内。"《音义》曰:"芒,稻芒。毫,兔毫。"

五臣:济曰:锱铢,称两也。毫,细毛也。皆至微小者也。谓作文之时考练辞句之上下称两,舍之取之,在于细小之间,然后著之于文。

方廷珪:定,决其用也。去,则不用。留,则用之。二句总承上。为文既有如许诸病,要在作文之际,虽锱铢毫芒之间,必当考而定之,不可忽也。

胡克家:(李善)注"《宾戏》曰",袁本、茶陵本上有"答"字,是也。

李全佳:(上四句)《文心·总术》:"执术驭篇,似善弈之穷数;弃术任心,如博塞之邀遇。故博塞之文,借巧傥来,虽前驱有功,而后援难继;少既无以相接,多亦不知所删,乃多少之并惑,何妍媸之能制乎!若夫善弈之文,则术有恒数,按部整伍,以待情会,因时顺机,动不失正。数逢其极机入其巧,则义味腾跃而生,辞气丛杂而至。"

王焕镳:言考优劣于细微处。

徐复观:按殿最,犹言高下轻重。吕延济:"毫,细毛也。"《字林》:"芒,禾杪也。"按锱铢毫芒,皆微细之称,此两句言剪裁去留之际,应用心精密,深察于锱铢毫芒之间。

〔五〕李善:言铨衡所裁,苟有轻重,虽应绳墨,须必除之。《声类》《苍颉篇》曰:"铨,称也。"曰:"铨,所以称物也。"七全切。《汉书》曰:"衡,平也。"平轻重也。《尚书》曰:"惟木从绳则正。"《庄子》曰:"匠石治木,直者应绳。"

五臣:翰曰:若称平辞句而裁制文章,则应绳墨而相当也。

闵齐华:铨,所以称物者。应绳,谓中绳墨也。应绳必当,善注谓"虽应绳墨,须必除之",翰注谓"应绳而相当",从翰为是。

方廷珪:铨衡,明于作文之理法者。裁,谓考而定之,自能与绳墨相应。当,值也,谓恰好。

梁章钜:(李善)注:"《声类》《苍颉篇》曰:'铨,称也。'曰",下"曰"字当接上《声类》二字。其中间七字,尤本所误添,六臣本无之,是也。(按:何焯校本移"《声类》"于"铨,称也"下,亦同。)

黄侃:此言铨衡所裁去者,虽意非不当,亦应绳之。

程会昌:按此二语总束上文,谓文章苟在铨衡,则以至当为主,不可自护其短也。

李全佳:依李(善)说,殆即下文"苟伤廉而愆义,亦虽爱而必捐"之意,说自可通。然黄(侃)说甚新,是亦一义也。

徐复观:按铨衡乃经比较审察后加以抉择之意。《管子·七臣七主》:

"以绳七臣"注:"谓弹正也"由此而引申有"绳削"之语。《古书虚字集释》卷五,故字下:"字或作固";固字下:"字或作故"。是固、故古多通用,此处作"所以"解。此两句谓言文章之意与辞,若经过精细的权衡抉择(裁)所以应当能改正(绳)以归于必当。

本段第一小段总论

邹思明:言文贵流活精密,而微疵纤垢不可不绳削也。

孙月峰:忌犯。

顾施祯:文必有法,尤在应绳。或后意与前重,而仰逼于先条;或前意遽后犯,而俯侵于后章,前后不应绳也。或辞有妨害而理则相比,或言虽顺利而义则有碍。此必离之,另造辞以合理,别取义以用言,则双美而应绳;若遽合之,则两伤而不应绳矣。几此皆考高下之殿最于锱铢之微,定去留之斟酌于毫芒之渺。苟意与法协,如铨之称轻重,衡之平高下,以定其所裁,则固应乎绳,其必曲当也。应绳与不应绳,利害岂不分耶?

程会昌:本节论定去留,文术一。

方竑:文之功候体裁,详于前说。然其利病所存,尤未可忽。夫思之未凝,气之未盛,失机后会,泝涩不鲜,斯庸人之通患,而善作者免焉。若夫仰逼先条,俯侵后章,辞害理比,言顺义妨,则选意考辞之未臻精审也。故《文心雕龙·章句》篇曰:"章句在篇……"《大学》曰:"物有本末,事有终始,知所先后,则近道矣。"夫文固亦当知所先后缓急,大者得而小者随,重者举而轻者毕,司马子长、韩退之诸人者,盖能深于此道者也。吾乡方望溪论文严于义法,其即"考殿最于锱铢,定去留于毫芒"之旨乎!

徐复观:此小段言文章有无剪裁之利害。

按:此段主要讲文章要精练明白,推敲意、辞,删去重复、矛盾、不当之处。

〔六〕五臣:良曰:适,中也。谓文意不中于所指之事,但繁文富理而已,至于穷极之际,竟不能便于指适矣。

顾施祯:文与理虽繁富,而意不中合乎主指也。

方廷珪:适,之也。文与理虽繁富,而意之归趣,未明指出。

黄侃:适,当也。读为"适莫"之"适"。

许文雨:《文赋义证》:"《文心·情采》:'采滥辞诡,则心理愈翳。'"

程会昌:文以意为主,说已见前。

李全佳:适有二义:一音释,往也,归也。《诗·魏风·硕鼠》:"适彼乐土。"《礼·内则》:"以适父母舅姑之所。"盖言往也,引申为归向之义。《左传》昭十五年:"好恶不衍,民知所适。"注:"适,归也。"此言文则繁,理则富,而意义不明,不知归向,与《易·击辞》"辞也者,各指其所之"义反。而此"适"字正与"所之"之"之"相当。一音的,专主也。《诗·卫风·伯兮》:"岂无膏沐,谁适为容?"毛传、朱注皆云:"适,主也。"《左传》僖公五年:"狐裘龙茸,一国三公,吾谁适从?"杜注:"无以事君,故不知所从。"陆德明《音义》:"适,丁历反。"《论语·里仁》:"无适也,无莫也。"朱注:"适,专主也。莫,不肯也。"此言其文繁理富,而辞浮泛,不能教指其主意所在也。二义均可通。又按黄氏"适莫"之说,亦出《论语》。今考皇疏引范宁曰:"适莫,犹厚薄也。君子与人无有偏颇厚薄,唯义是亲也。"朱注除释"适"为"专主"外,又引谢氏曰:"适,可也;莫,不可也。于无可无不可之中,有义存焉。"黄以"当"释"适",盖本谢说。然于义似不甚安。李申耆评陆士衡《高祖功臣颂》:"此士衡所谓'文繁理富,意必指适'者也。优游彬蔚,精微朗畅,两者兼之。"

徐复观:徐灏《说文段注笺》"适"下:"又丁历切,意向所主也。"《诗·伯兮》:"谁适为容"传:"主也"。此盖言一篇的辞理虽繁,而主意(适)并不明显。

〔七〕李善:言其理既极而无两致,其言又尽而不可益。

徐复观:按此两句言:"意不指适"的原因,并非因理与辞有所遗漏。

按:李注此两句意义不明,五臣谓"文之终篇又不可增益其辞",似亦未确。钱钟书云:"'极',如《书·洪范》'皇建其有极'之'极',中也,今语所谓'中心思想'。'无两致'者,不容有二也。《荀子·正名》'辞足以见极,则舍之矣',可相发明。'尽'谓至竟,即'指适'也,如《荀子·正名》:'假之有人而欲南,无多;而欲北,无寡。岂为南者之不可尽也,离南行而北走也哉?'旧语曰'到地头',今语曰'达目的'。'不可益'即'无两致'之互文,谓注的唯一,方可命中,增多则莫知所向。明吴歌曰:'天上星多月勿明,池里鱼多少勿清,朝里官多壤子法,姐为郎多乱子心。'(钱希言《狯圆》卷四《垢仙》、冯犹龙《山歌》卷四)解颐取譬,亦无伤尔。文繁理富而不立主脑,不点眼目,则散钱未串,游骑无归,故'立片言以居要……必待兹而效绩'。以上四句是强调文章要有明确的主题思想,否则虽然'文繁理富',仍不知所云何事。"

〔八〕李善:以文喻马也。言马因警策而弥骏,以喻文资片言而益明也。夫驾之法,以策驾乘。今以一言之好,最于众辞,若策驱驰,故云警策。《论语》:"子曰:'片言可以折狱。'"《左氏传》:"绕朝赠士会以马策。"曹子建《应诏诗》曰:"仆夫警策。"郑玄《周礼》注曰:"警,敕戒也。"

五臣:良曰:文之终篇又不可增益其辞,但立片善之言以居要节,乃能为警策。警,驱动貌。策,可以击马者。谓片善之言光益一篇,亦犹以策击马,马得其警动也。

杨慎:在文谓之警策,在诗谓之佳句也。若水之有波澜,若兵之有先锋也。

闵齐华:策所以击马者,喻作文者。片言居要,亦犹以策击马,得其警动也。

方廷珪:策,鞭也。(警策语)如贾长沙论封建太侈,居要在"众建诸侯而少其力";《过秦论》居要在"仁义不修"是也。

张云璈:文十三年传:绕朝赠士会以策。服虔以为策书,杜预以为马挝。前人多依杜注,李氏此注亦因杜为说也。惟《文心雕龙·书记》篇云"绕朝赠士会以策,子家与赵宣以书,巫臣之遗子反,子产之谏范宣,详观四书,辞若对面"云云,用服说也。(《韩非子》曰:"绕朝之言当矣,其为圣人于晋而为戮于秦也。此不可不察,是绕朝因赠策之言而戮也。"左氏不载,似韩非据秦史而言。见惠氏《左传补注》)

朱珔:按前《叹逝赋》"节循虚而警立",彼注云:"警,犹惊也。"言"时节循虚,惊动而立",此处盖谓一篇中之惊动者,即《孟子》"吾于《武成》取二三策"之意也。必以马喻,似未免迂曲。绕朝所赠为马策,乃杜注语,服虔旧注,则固以为策书矣。

梁章钜:《左传》但云赠之以策,杜预以为马挝,服虔以为策书,此用杜注耳。与正文不甚比附。六臣本无之,是也。

许文雨:按纪昀评《文心雕龙·隐秀》篇曰:"陆平原云:'一篇之警策。'其'秀'之谓乎?《隐秀》篇论"秀"曰:"秀也者,篇中之独拔者也。"又曰:"秀以卓绝为巧。"黄侃复发之曰:"辞以得当为先,故片言可以居要。意不称物,宜资要言以助明。意资要言,则谓之秀。"以诸氏之言观之,则朱琦所谓一篇中之惊动者,于义甚谛。惟孟子所谓取《武成》二三策者,系指其有信史之价值,并非论其文学之动人与否,朱琦举彼为况,诚有误也。《吕氏童蒙训》曰:"杜诗云:'语不惊人死不休!'所谓惊人语,即警策也。文章无警策,则不足以传世,盖不能辣动世人。但晋宋间人,专致力于此,故失于绮靡,而无高古气味。"按范文澜云:"陆云《与兄平原书》中数言'出语',即警策语。篇中若无'出语'则平淡不能动人。故云:撮辞以举要,审一篇之警策,应置何处也。"(按许引在文字上与范原文小异。可参见范文澜《文心雕龙·镕裁》注〔六〕)

程会昌:俞正燮《〈文赋注〉书后》云:"(李善注)说亦难通。策即文句。警策即指片言,今文意揣摩家所谓提挈警句也。谓之警者,居要能立;谓之策者,篇本编册也。《文选》傅毅《舞赋》:'仆夫正策。'曹植《应诏诗》:'仆夫警策。'潘岳《西征赋》:'发阌乡而警策。'合此四策,注《文选》者同之。不知彼三策道涂仆御之马鞭,此云一篇之策文。策,警句,各不相涉。此赋此段无取喻意,忽出一马鞭,于文为不辞矣。"

徐复观:《论语·颜渊》:"子曰:片言可以折狱者,其由也与。"皇疏:"一云,子路直情无隐者。若听子路之辞,则一辞亦足也。"是"片言"可释为"一言",但并非拘于"一言"。按《说文》五上:"策,马垂也。"以策警戒马,使其加速,故谓警策。

按:此二句李善、五臣及方廷珪等所释基本意思是正确的。张云璈、梁章钜等实际上讲的是《左传》"绕朝赠士会以策"的"策",而非陆机所说的"警策"。李善引《左传》是否确切尚可研究,但不能据此而说陆机"警策"之"策"就一定是"篇本编册"之"策"。此点钱钟书论之甚详,其云:"善注'警策'曰:'以文喻马也……若策驰。'《癸巳存稿》卷一二斥其误:'"策"乃篇本编册也,非鞭策。'夫《左传》文公十三年'绕朝赠策',服虔注为'策书'而杜预注为'马捶'。机《赋》此处初非用《左传》事,何劳佐服折杜乎?纪昀评《文心雕龙·书记》已申马捶之解矣。果若俞说,'策'为

'策书'，则'策'即'册'，'警'即'居要'之'片言'，是'一篇'短于一册而一册才著'片言'也！得无类宋高祖书之'一字径尺，一纸不过六七字便满'耶(事见《宋书《刘穆之传》)？贾谊《过秦论》：'振长策而御宇内'，李善注亦曰：'以马喻也。'一世之主'振策'犹夫一篇之主'警策'。《礼记·少仪》：'枕、几、颖、杖。"郑玄注：'颖，警枕也。''警策'之'警'亦犹'警枕'之'警'，醒目、醒心之意。钟嵘《诗品·序》：'独观谓为警策。……斯皆五言之警策。'亦与'策书'无关。以马喻文，历世常谈。如魏文帝《典论》：'咸以自骋骥騄于千里，仰齐足而并驰。'《诗品》卷中：'征虏卓卓，殆欲度骅骝前。'《颜氏家训·文章》篇：'凡为文章，犹人乘骐骥。'杜甫《戏为六绝句》：'龙文虎脊皆君驭，历块过都见尔曹。'欧阳修《文忠集》卷六八《与谢景山书》：'作为文章，一下其笔，遂高于人。乃知驵骏之马奔星覆驾，及节之銮和，以驾五辂而行十大道，则非常马之所及也。'又卷一二八《诗话》：'譬如善驭良马者，通衢广陌，纵横驰逐，惟意所之。至于水曲蚁封，疾徐中节而不少蹉跌，乃天下之至工也。'其尤警策者也。(参观《世说·赏誉》上注引邓粲《晋纪》："王湛曰：'今直行车路，何以别马腾不，唯当就蚁封耳。"）又按《文赋》此节之'警策'不可与后世常称之'警句'混为一谈。采撷以入《摘句图》或《两句集》(方中通《陪集》卷二《两句集序》)之佳言、隽语，可脱离篇章而逞精采；若夫'一篇警策'，则端赖'文繁理富'之'众辞'衬映辅佐。苟'片言'孑立，却往往平易无奇，语亦犹人而不足惊人。如贾谊《过秦论》结句'仁义不施，而攻守之势异也'，即全文之纲领眼目，'片言居要'，乃'众词'所'待而效绩'者，'一篇之警策'是已。顾就本句而论，老生之常谈，远不如'叩关而攻秦，秦人开关而延敌'，'斩木为兵，揭竿为旗'等伟词也。又如《瀛奎律髓》卷九陈与义《醉中》起句：'醉中今古兴亡事，诗里江山摇落时。'纪昀批：'十四字一篇之意，妙于作起，若作对句便不及。'正谓其联乃'片言居要'之'警策'，而不堪为警句以入《摘句图》或《两句集》也。警句得以有句无章，而《文赋》之'警策'，则章句相得始彰之'片言'耳。《苕溪渔隐丛话》前集卷九引《吕氏童蒙训》以杜诗'语不惊人死不休'说陆机此语，有曰'所谓"惊人语"，即"警策"也。'断章取义，非《文赋》初意也。"

〔九〕李善：必待警策之言，以效其功也。《家语》："公父文伯之母曰：

'男女效绩,愆则有辟。'"

五臣:良曰:故虽众辞已有条序也,必待此警策而效功绩也。

方廷珪:有条有序。绩,功也。

〔一〇〕李善:言其功既多,为累盖寡。故以取足而不改易其文。

五臣:良曰:信功多而累句亦少,故可自取足于一篇,亦不可改易也。

方廷珪:亮,信也。以片言显出一篇之意,故功多。足,即指片言。不易,谓虽片言不可改易也。

许文雨:按原文注语,并苦辞拙。谓取足于此而不另易者,盖申上"极无两致,尽不可益"之旨。理极言尽,故曰取足。无两致、不可益,故曰不易。

程会昌:《尔雅·释诂》:"亮,信也。"篇中有警策语,则功多累寡。功多则言可以足志,文可以足言。累寡则不必更易也。

本段第二小段总论

张凤翼:或文虽繁富,而正意所在,未尝指摘而表出之,及至于终篇已不可复益矣。故必以一言为要领,使通篇因之而鼓动,则辞虽多而有条理,皆因此而效其绩。其有功于文也多,其为文之累也寡。所以为文必取足于此片言而不可易也。

孙月峰:居要。

邹思明:言文必有归重处。

顾施祯:文必有指,尤在居要。或文既繁而理亦富,而意独不能与大指合也。理之极无两致,富何为,文之尽不可益,繁何用。唯得大指,立片言以居要,乃一篇之警策,而能启其关键也。虽众辞之有条,文与理备,必待兹居要之片言而效功。有此片言,亮功多而累寡,故一篇取足于是而不可易。居要不居要,利害岂不分耶?

方廷珪:以上十句谓文必当明出主意。

黄侃:已上言篇中必有主语。

许文雨:以上论立主脑。

程会昌:本节论立警策,文术二。

方竑:文之长短,各有攸宜。一篇之成,应明主旨。所谓万山旁薄,必有主峰,龙衮九章,应挈一领,纲举而目张。片言居要,而众辞效绩。尝观周秦两汉之文,其词繁,其理富,一篇之长,重编累牍,骤观而骇,莫知所向。及细绎其文辞,深究其思理,则恒得其片言之居要,而微晓察其用心,斯亦敷义陈辞者所不可忽也。

徐复观:此小段言文章中有无提掇主旨主题之片言的利害。"或文繁理富"两句,言文理虽繁富,而散漫不集中,使读者抓不到要点,因之对内容不能形成明确的观念。"极无两致"两句,是对上两句的补充说明。为了解决此一问题,陆氏特提出:"立片言以居要"的两句话,意义重大。此处之所谓片言,从两句全般意义看,不应仅作一般之所谓"警句"来理解,在全篇各段落中皆可以出现警句;而且文章的精彩与否,由各段落中有无此警句决定。但这里是就全篇来说的;其作用是给全篇以照明的功效作用。所以此处的片言,到刘彦和而发展为《文心雕龙·附会》篇中下面"务总纲领"的一段话:"凡大体文章(体裁大的文章),类多枝派(必会有多方面的发挥)。整派者依源,理枝者循干。是以附辞会义,务总纲领。驱万涂于同归(将题材各方面的意义,使其涵摄于由提炼而浓缩的一两句话之内,此一两句话,即全篇的纲领),贞百虑于一致(文章中各种思虑,皆出于此一两句之发挥;各种发挥,最后必以此一两句为归宿;所以此一两句是贞定百虑,使百虑得到统一)。使众理虽烦,而无倒置之乖;群言虽多,而无棼丝之乱。"了解上面一段话,便了解到陆氏在这里所说的两句话。此乃自有语言文字以来,所不知不觉地共同要求的共同法则;彦和的话,陆氏事实上已体认到了,但或因赋体的限制,或因观念尚追不上事实,所以说得很简单。"居要"两字很重要。此纲领性的片言,必使其居于一篇中紧要之地,乃可发挥警策全篇的作用。但陆氏在这里说得有点近于含混。片言的纲领,用现代的语言说,即是点出主题(Theme)。由陆氏的话,似乎是在全篇中选择紧要之地来安置此纲领性的片言,这样一来,似乎是由全篇来决定片言所应安置的地位。事实上,当然也有这种写作的方法,但这不是很好的方法。一篇成功的作品,都是由纲领决定全篇构造的形式及相关连的技巧。所以是片言决定全篇,片言之所在,即是全篇之"要"的所在。片言应居于何地的决定在先,全篇是顺随片言所居之地而展开的。这种创作时的顺序,不应加以颠倒。然则纲领性的片言,亦即是点出主题的片言,究应居于何地,《文心雕龙·附会》篇,举出了"或制首以通尾,或尺接以寸附"的两种形式。"制首以通尾",是把片言安置在一文之首,由此以通贯全篇,有如李斯《谏逐客书》:"臣闻吏议逐客,窃以为过矣",即是显著的例子。这种形式,多只能适用于短文,开始的片言,必须千锤百炼,不仅在意义上能笼罩全文,且在气势上也要能震撼全局。"尺接以寸附",是把主题作逐段的发挥,一段皆有一段的片言;这适用于长篇巨制,有如《庄子》内七篇中,除《养生主》一篇(此篇是"制首以通尾")外,多用此一形式。此外,《文心雕龙》各篇,多由三大段构成,点题虽多在首段,而阐明纲领的片言,则多在中段,这是最普通的形式。还有"制尾以通首"的,把阐明纲领的片言,安置在文章收尾的地方;在此以前,多出以"悬疑"之笔,至尾始将纲领——主题点明,使前面的悬疑,至此而得到解释。有如贾谊《过秦论上》的"仁义不施,而攻守之势异也"的两句。在西方现代文学中,有更多的发展研究。总之,阐明纲领,点出主题的片言,有如照明的火炬,全篇赖此而照明。有如人身的大脑,全篇由此而成为有机的统一体。"虽众辞之有条,必待兹而效绩"的意义,应由此而可得到了解。

按:此段讲文章应有明确的中心,并通过警策之语表现出来,使意、辞各有所归,形成一有机整体。

〔一一〕李善:《说文》曰:谓文藻思如绮会。千眠,光色盛貌。

五臣:济曰:绮合,如绮彩之合文章也。芊眠,盛貌。

杨慎:陆机《文赋》"清丽千眠",注:"光色盛貌。"一作"矞绵",望山谷矞矞也,见《说文》。转作"芊绵"。韦庄诗:"可怜芳草更芊绵。"

许巽行:(李善)注《说文》曰",下脱"绮,文绘也"四字。

梁章钜:陈曰:"'《说文》曰'三字,当在'千眠'上。"按六臣本无"《说文》曰"以下十字,是也。

徐复观:"藻思"指富于艺术性(藻)之文思活动(思)。"绮合"之合,指集中于题材而言。因文思如藻,故其合如绮。此句乃补足上句,仍系形容文思之活动。

〔一二〕李善:《说文》曰:"缛,繁彩色也。"又,"绣,五色彩备也。"蔡邕《琴赋》曰:"繁弦既抑,雅音复扬。"

五臣:济曰:五色备曰缛。音韵合和故若繁弦之声。

朱珔:按本书(《文选》)《西京赋》《月赋》《景福殿赋》、刘越石《答卢谌诗》注引《说文》"彩色"皆作"彩饰"。《长笛赋》注引无"繁"字,"色"亦作"饰"。又"绣,五色彩备"句,今《说文》无"色"字。

徐复观:《说文》十上:"炳,明也"。《说文》十三上:"缛,繁采色也。"又:"绣,五采备也。"此句就文章之色而言。《说文》十下:"凄,痛也",于此无义。陆氏殆泛用以形容音节之盛。此句就文章之声而言。

〔一三〕李善:言所拟不异,暗合昔之曩篇。《尔雅》曰:"曩,久也。"谓久旧也。

五臣:济曰:所作篇目或不殊古人之则,辞句暗合于古篇者。

于光华:绮丽之语,恐蹈陈言;孤峭之思,恐难为继。所以见修词之不易也。

雷琳、张杏滨:曩,久也,言古人之作也。

方廷珪:不殊者,如《二京》《南都》《拟两都》之类。

黄侃:(李善)注"暗合昔之曩篇",当作"曩昔之篇"。

程会昌:曩篇,谓先士之盛藻也。人同此心,心同此理。江山物色,千古常新。暗合曩篇,盖有之矣。

李全佳:梁章钜《退庵随笔》:"李文贞(光地)教人作诗,光将十九首之类,句句摹仿,先教像了,到后来自己做出,自无一点不似古人,却又不指出像那一首。"王闿运《论文法答张正旸问》:"学古当渐渍于古。先作论事理短篇,务使成章,取古人成作,处处临摹,如仿书然,一字一句,必求其似。"又《论文法答陈完夫问》:"古之名篇,乃自相袭,由近及远,自有阶梯。譬之临书,当须池水尽墨,至其浑化,在自运耳。晋人行草,大抵相类;汉魏之文,约略大同。知此可以学古矣。"

徐复观:《说文》十二上:"拟,度也。"《汉书·扬雄传》:"常拟之以为文",注:"谓比象也。"辞藻的声色虽盛,必比象于题材而与题材不殊。曩篇指"先士之盛藻",即前人成功的作品。"暗合"乃对"形似"而言,谓在文学之基本原则上,乃与曩篇相契合。

〔一四〕李善:杼轴,以织喻也。虽出自己情,惧佗人先己也。《毛诗》

曰:"杼轴其空。"

五臣:济曰:虽经杼轴,惧他人先我而为。

余萧客:"杼,盛纬器,机丝轴也。"(吕祖谦《唐鉴》注九)

雷琳、张杏滨:此言其文必归于正,苟伤廉愆义,虽杼轴予怀,有可爱之文,而必捐也。

方廷珪:以织喻文。怵,惧也。虽机轴自我,犹惧他人先己而言。

许巽行:《诗》作"杼柚"。《说文》:"杼,机之持纬者。""柚,条也,似橙而酢。"《五经文字》云:"又'杼柚'字见《诗》。"(嘉德案:注引《毛诗》作"杼轴",今《诗》作"杼柚"。《说文》曰:"轴,所以持轮者也。"段注曰:"轴所以持轮,引申为凡机枢之称。若织机之持经者,亦谓之轴。《小雅》'杼轴其空',今本作'柚',乃俗误耳。"据此则张所云"杼柚"见《诗》者,亦据今之俗误本言之也。观注引知李氏犹见古本《毛诗》作"轴"。)

许文雨:《诗·小雅·谷风之什·大东》篇,《释文》:"《说文》云:'杼,盛纬器。'柚音逐,本又作轴。"

袁守定《占毕丛谈》云:"凡得好句当下转自疑,恐其经人道过。陆平原所谓'虽杼轴于予怀,怵他人之我先'也。"

徐复观:谓以织喻作者对作品的经营。

〔一五〕李善:言他人言,我虽爱之,必须去之也。王逸《楚辞》注曰:"不受曰廉。"《说文》曰:"捐,弃也。"

五臣:济曰:"此乃苟且之道,有伤廉耻,复违于义心,故虽爱之必须捐弃也。"

方廷珪:取人之有则伤廉,于事不宜则伤义。他人所言,我虽爱亦必去之。

骆鸿凯:"制同他文,理宜删革,若排人美辞,以为己力,宝玉大弓,终非其有。全写则揭箧,傍采则探囊。"(《文心·指瑕》)

程会昌:按陈言务去,亦非容易。因革之数,惟去甚泰耳。

徐复观:"伤廉"谓取有为题材所不需要之辞;"愆义"谓杂有与题材不切合之辞。

按:徐说非是。此"伤廉"与"愆义"乃承上"怵他人之我先"而来。

本段第三小段总论

张凤翼：或以艳丽之辞，摹拟前人之作，必以暗合为善。故机轴出自吾心，犹惧人之我先也。苟为蹈袭，则取人之有，已为伤廉，而罔知羞恶，未免害义。是以曩篇虽有为吾所爱者，吾宁弃之也。当代若李献吉者，亦未免坐此。

孙月峰：避同。

邹思明：言摹拟之文戒于蹈袭。

顾施祯：文不可袭旧，故宜避同。或藻思如绮之合，既清丽而新，芊眠而盛，其炳焕如五色之缛绣，其凄哀如琴瑟之繁弦。必所揣摩而拟之者，与古不殊，乃文成而暗合乎曩篇，不必蹈袭也。虽杼轴于己之怀，料不与人同，而其心尤怵他人之我先，而或举我作文者之自命若是。苟妄取乎人，以伤不受之廉；引事不合，以愆攸宜之义；虽其藻思可爱，亦必捐之。唯能避同，乃能有利无害乎。

方廷珪：以上十句言摹拟古人，又当不承袭古人。皆文之妍者。通上为一大段。

黄侃：已上言不当剿袭。

程会昌：本节论戒雷同，文术三。

方竑：韩昌黎之言曰："当其取于心而注于手也，惟陈言之务去，戛戛乎其难哉！"信乎为文贵自出心裁，独标新颖，规摹胎化，免蹈因袭。然如李习之（翱）之言（见前三七页骆引），斯又言之过甚者也。夫物色古今所同，悲愉人情所共。古人之作，虽已泄宇宙之秘，穷造化之妙，清辞丽句，脍炙文林。然后贤有作，倘能即势会奇，因方借巧，妙得规摹胎化之诀，自成化腐为新之功。其要在思邃而理得，如剥茧，如琢玉，庸肤既除，至言乃见。纵他人之我先，实无嫌于剿袭。后之所谓袭故而弥新，李文饶所谓文章譬诸日月，虽终古常见而光景常新者，则亦何伤廉衍义之有乎？

李全佳：章学诚《文史通义·辨似》："陆士衡曰：'虽杼轴于予怀，怵他人之我先。苟伤廉而愆义，亦虽爱而必捐。'盖言文章之士，极其心之所得，常恐古人先我而有是言。苟果与古人同，便为伤廉愆义，虽可爱之甚,亦必割之也。韩退之曰:'惟古于文必己出,降而不能乃剿袭。'亦此意也。"全佳按:"必所拟之不殊,乃暗合于曩篇",此似劝人一味摹拟也。"苟伤廉而愆义,亦虽爱而必捐",则又似戒人一味摹拟也。不知所谓暗合者,乃暗合其神理气味,非必章摹句拟也。韩《答刘正夫书》云:"或问:'为文宜何师?'必谨对曰:'宜师古圣贤人。'曰:'古圣贤人所为书具存,辞皆不同,宜何师?'必谨对曰:'师其意不师其辞。'"刘知幾《史通·模拟》篇云:"貌异而心同者,模拟之上也。貌同而心异者,模拟之下也。"又云:"拟古而不类,此乃难之极者。"夫曰师古圣贤,曰师意不师辞,曰貌异心同,曰不类极难,此即勉人为文必须取法乎上,默契前贤,不可剿说雷同,若剿贼然,以致伤廉愆义也。

徐复观:此小段言富有艺术性的语言,必须以能发挥题材内容之要求而始有其意义。作品的艺术性,主要系通过语言的艺术性而见;但语言的艺术性,乃为满足题材内容的要求。这里已含有刘彦和所提倡的"辞尚体要"的意味。也可说由汉代辞赋系统发展下来的辞溢于意的骈俪之文的流弊,陆氏已经感觉到了。

按:徐说与诸家异,可备一说,但此种说法似未把握本段要领。这段讲文章在意和辞两方面都不应抄袭雷同,如有则必须删去。

〔一六〕李善:苕,草之苕也。言作文利害,理难俱美,或有一句,同乎苕发颖竖,离于众辞,绝于致思也。《毛诗传》曰:"苕,陵苕也。"孙卿子曰:"蒙鸠为巢,系之苇苕。"《小雅》曰:"禾穗谓之颖。"

五臣:向曰:谓思得妙音,辞若苕草华发,颖禾秀竖,与众辞离绝,致于精理。苕,草华也。颖,禾秀也。

方廷珪:草茎谓之苕,禾穗谓之颖。发,放。竖,立也。

胡绍煐:按《说文》:"芀,苇华也。"《系传》云:"芀者,抽条摇远,生华而无荂葶也。"苕与芀同。苇华谓之芀,故凡艸华秀亦谓之芀。本书(《文选》)谢灵运《南楼中望所迟客》诗:"瑶华未堪折,兰苕已屡摘。"是兰华亦称苕,不专主苇言也。

许文雨:黄侃补《文心雕龙·隐秀》篇云:"意有所重,明以单辞,超越常音,独标苕颖,则秀生焉。"

王焕镳：以喻精思妙辞，发放竖立也。

徐复观：此处盖指苇苕之苕。《说苑·善说》篇："客谓孟尝君曰：鵁鹢巢于苇苕。"《荀子·劝学》篇"南方有鸟焉，名曰蒙鸠，以羽为巢，而编之以发，系之苇苕"，杨注："苕，苇之秀也"。《礼记·礼运》"五行之秀气也"，疏谓："秀异。"则所谓苇苕者，指苇中之特出秀异者而言。按此两句言作品中若有特异之句（一句或数句），如苕之发，如颖之竖，离出于众词之上（"离众"），非一般思致所能及（"绝致"）。

〔一七〕李善：言方之于影，而形不可逐。譬之于声，而响难系也。《鹖冠子》曰："影之随形，响之应声。"

五臣：向曰：形响难为追系。

闵齐华：形不可逐，形与影不可追逐也。响难为系，言声响不可系著也。

方廷珪：欲再寻一语不得。

徐复观：此处李善以形与影，声与响之关系作解释，似未妥。按形与响，当皆指特异之句中所描写之形，所流露之响（韵律）。李善谓："方之于影，而形不可逐"，按影既随形，无取乎逐。情景交融之形，谓之为情，而其貌实景；谓之为景，而其味实情，常在两者若即若离，若虚若实之间，虚灵幻化，故其形为不可逐，不可逐犹言不可把捉。《说文》八上"系，絜束也"，段注："絜，麻一端也。絜束者，围而束之。"情韵交流之响，飘逸无痕，邈绵无际，声已无而味尚存，故其响为不可系，不可系与不可逐之意正同。

〔一八〕李善：文之绮丽，若经纬相成。一句既佳，块然立而特峙，非常音所能纬也。

五臣：向曰：块，孤貌。特峙，峻也。纬，经纬。言非平常之言所能经纬。

闵齐华：作文者，一经一纬，相错而成。为经者，孤立特峙，为纬者非常音所能配合也。

于光华：何（焯）曰："秀句可存，全文未称，毕意非其至者。"

方廷珪：常音，众人之文。纬，横织者也。如谢灵运"池塘生春草"之类。

李全佳:(释上六句)《文心·隐秀》:"秀也者,篇中之独拔者也。""秀以卓绝为巧。""如欲辨秀,亦惟摘句。""凡文集胜篇,不盈十一,篇章秀句,裁可百二。并思合而自逢,非研虑之所求也。"《文心·附会》:"若首唱荣华,而媵句憔悴。则遗势郁湮,余风不畅。此《周易》所谓'臀无肤,其行次且'也。"

徐复观:按一篇作品中,各句各段,互相呼应,如织之经与纬相成。但此特出之句,因其意境之高,块然孤立而特崎,非其他文句(常音)所得而与之相配。纬本所以配经的。

〔一九〕李善:牢落,犹辽落也。言思心牢落,而无偶掭之意,徘徊而未能也。蔡邕《瞽师赋》曰:"时牢落以失次,咢纰塞而阳绝。"《说文》曰:"掭,取也。"他狄切。协韵他帝切。或为褅。褅,犹去也。

五臣:向曰:然有一句之妙而心失次,旁求偶对,未称所心,意之徘徊,不能撅舍其妙。

方廷珪:无偶者,欲续不能续。不能掭者,欲割不能割。

朱珔:(李善)注引《说文》曰:"掭,取也。"按今《说文》:"擆,撮取也。"前《西京赋》"擆飞鼺"薛注:"捎取之也。"义同。此"掭"字盖"擆"之误。注又云:"或为褅。褅,犹去也。"胡氏《考异》云:"褅当作撅。五臣本可据。"撅,夺也。与去义近,去为取之对。《赋》语谓"心牢落而无偶",则或取或去,徘徊未定也。意并可通。

胡绍煐:按偶之言遇也。言无所遇也。《汉书·霍去病传》:"诸宿将常留落不耦。"耦与偶同。《史记》作"留落不遇。"牢落、辽落、留落,并双声,牢、辽、留又一声之转。

程会昌:洪颐煊《读书丛录》:"掭本摘字,依注当作擆。《说文》:'擆,摘取也。'与所引《说文》义合。"二语盖指通篇不称之苦。一二秀句,独拔篇中,反视余文,悉成词费也。故下即论蒙茸集翠之理。

李全佳:《文心·神思》:"覃思之人,情侥歧路,鉴在疑后,研虑方定。"

按:陆机此二句原意,程说分析较为妥帖。与李全佳所引《文心·神思》之语不尽相同。然而"覃思之人"常多"心牢落而无偶"之状,故录以备考。

〔二〇〕李善：虽无佳偶，因而留之，譬若水石之藏珠玉，山川为之辉媚也。《尸子》曰："水中折者有玉，圆折者有珠。"孙卿子曰："玉在山而木润，渊生珠而岸不枯。"高氏注："玉，阳中之阴，故能润泽草；珠，阴中之阳，有明，故岸不枯。"《广雅》曰："韫，襄也。"

五臣：铣曰：谓上佳句虽无耦对，在众辞之中，如石藏美玉，山必有光；水含明珠，川则有媚。

顾施祯：韫，藏也。辉，光华也。怀，含也。媚，美悦也。

余萧客："《玉书》曰：'金玉隐于山川，气浮于上，日月交光，草木受之为祯祥，鸟兽得之为异类。'"（《灵宝笔法》中）"任恭惠与吕许公同年进士。恭惠登枢，年耆康强。许公时为相，询其服饵之法。恭惠曰：'不晓养生，但中年读《文选》有悟，谓"石韫玉而山辉，水怀珠而川媚"。'许公深以为然。"（宋敏求《春明退朝录·上愚谷老人延寿第一绅言》）

方廷珪：言此一二语之佳，如玉在石，山为之辉；如珠在水，川为之媚。初不在多。

梁章钜：（李善）注："《广雅》曰：'韫，襄也。'"毛本"襄"作"藏"，恐误。今《广雅·释诂》亦作"襄而藏"也。

许文雨：黄侃补《隐秀》篇曰："或状物色，或附情理，皆可谓秀。玉在山而草木润，渊生珠而岸不枯，秀之喻也。"

徐复观：按，此两句系以上述之特出之句比玉与珠，以全篇文字比山与川。言因有此特出之句，而全篇因之生色。

〔二一〕李善：榛楛，喻庸音也。以珠玉之句既存，故榛楛之辞亦美。《毛诗》曰："榛楛济济。"郭璞《山海经注》曰："榛，小栗。"楛木可以为箭。

五臣：铣曰：如榛楛不剪，亦有荣色攒集，成郁然之青也。榛楛，皆木名。翠，青也。

顾施祯：此喻庸句也，勿剪，不削。蒙荣，蒙覆而荣也。集翠，缵集而翠也。

方廷珪：承上。既有一二语佳处，便当足之以成篇。虽余句同榛楛之庸，不可剪去，是何也？既有此一二语之佳，余句亦蒙之而荣，翠色相集，可为此一二语之帮衬，否则不成篇矣。此二句属喻意，下句则以正意足之，此指诗歌一种。

朱珔：按(李善)注云："榛楛，喻庸音。"盖谓与上珠玉美恶不伦。《广雅》："木丛生曰榛。"与"梓"之为小栗者异字，已见《蜀都赋》。《荀子·劝学》篇注："楛，滥恶也。楛与苦通。"《周礼》："典妇功，辨其苦良。"苦则不良矣。《赋》意若草木之丛杂滥恶者未翦除也，不得实指为二木。《诗》之《榛楛济济》，正称其美，岂恶而须翦乎？注似失之。

黄侃：翠即翠鸟。言榛楛恶木而有珍禽萃之，则亦蒙禽之荣而不见划伐也。

许文雨：按谓草木虽有丛杂滥恶，而一旦翠鸟来集，亦可增其美观。喻庸拙之文，亦添荣生色于警策之句也。翠宜解为翠鸟，张铣训为青，实不合。蔡邕《翠鸟诗》云："庭陬有若榴，绿叶含丹荣。翠鸟时来集，振翼修形容。回顾生碧色，动摇扬缥青。"又张翰诗云："青条若总翠。""总"亦"集"意。皆咏集翠之美观也。陆云《与兄平原书》云："兄文章之高远绝异，不可复称言。然犹皆欲微多，但清新相接，不以为病耳。"《文心雕龙·镕裁》篇曰："士衡才优，而缀辞尤繁；士龙思劣，而雅好清省。函云之论机，及恨其多，而称清新相接，不以为病，盖崇友于耳。夫美锦制衣，修短有度，虽玩其采，不倍领袖，巧犹难繁，况在乎拙。而《文赋》以为榛楛勿翦，庸音足曲，其识非不鉴，乃情苦芟繁也。"黄侃《札记》云："此段极论文之不宜繁，自是正论。然士衡所云'榛勿翦，蒙荣集翠'，亦有此一理。古人文伤繁者，不仅士衡一人，阅之而不以繁为病者，必由有新意清气以弥缝之也。"姚永朴云："此谓瑕不能掩瑜者矣。若夫'混妍蚩而成体，累良质而为瑕'，此则又谓瑜不能掩瑕者也。古今文章，自有此二种。后人乃或谓士衡以榛楛为可勿翦，何啻痴人说梦！"

程会昌：《诗·召南》："勿翦勿伐。"传："翦，去也。"《说文》："翠，青羽雀也。"榛楛恶木，若佳禽来集，则人亦不翦伐之。喻篇有秀句，则余文亦连类而佳也。以上四句同意。

李全佳：上云"立片言而居要，乃一篇之警策"，是美辞须待警句而出色也。此云"彼榛楛之勿翦，亦蒙荣于集翠"，是常音待雅奏而克谐，众瑕以大醇而掩质也。语似意殊，足悟为文之道。(引《文心·镕裁》，见上许引)彦和此言，盖不以陆机之榛楛勿翦为然。

按：关于"翠"字，诸家一曰翠色，一曰翠鸟，二说均可通。

徐复观:榛楛,乃树木丛杂之意;"勿翦"犹言"未剪",未剪故丛杂,以喻篇中特出之句以外的文句。翠鸟集于榛楛之上,榛楛亦受其荣。以喻篇中有此特出之句,其他平庸之句,亦因之生色。

〔二二〕李善:言以此庸音而偶彼嘉句,譬以《下里》鄙曲,缀于《白雪》之高唱,吾虽知美恶不伦,然且以益夫所伟也。宋玉《对楚王问》曰:"客有歌于郢中者,其始曰《下里》。"宋玉《笛赋》曰:"师旷为《白雪》之曲。"《淮南子》曰:"师旷奏《白雪》,而神禽下降。"《白雪》,五十弦瑟乐曲名。《下里》,俗之谣歌。《说文》曰:"伟,犹奇也。"协韵禹贡切。

五臣:犹《下里》之词缀《白雪》之曲,知其美恶虽殊,亦足济其所美也。《下里》,鄙辞也。《白雪》,高曲也。伟,美也。

雷琳、张杏滨:如歌者缀鄙曲于高唱,亦以相形而成其奇特也。

顾施祯:《下里》,喻常调也。《白雪》,喻佳句也。

方廷珪:伟,指《白雪》。以《下里》济《白雪》,方得成篇。不可因《下里》并弃《白雪》。

程会昌:宋玉《对楚王问》:"客有歌于郢中者,其始曰《下里》《巴人》,国中属而和者数千人。其为《阳阿》《薤露》,国中属而和者数百人。其为《阳春》《白雪》,国中属而和者不过数十人。……是其曲弥高,其和弥寡。"

本段第四小段总论

张凤翼:或专避蹈袭而辞致新特,若苕毕之发,禾颖之立,绝伦超群,非不足以称美,但使人形影不可追摄,顾乃自处孤特,使寻常杼轴,无此经纬。原其心必牢落而无与为徒,徘徊而无所取裁矣。当代若何大复者,亦未免坐此。此言为文固不必袭旧,亦不在创新。苟臻妙境,自有光彩。辟则石之韫玉,水之怀珠,而山之辉、川之媚,恒必因之也。然常调亦不可废,犹之榛楛勿翦,可以蒙荣而集成翠色。是以《下里》之音,适所以济《白雪》之伟,此皆赋而论也。

孙月峰:以醇掩疵。

邹思明:言独造之文,常调亦不必尽废。

瞿式耜:取裁之要,论得精。

顾施祯：文亦当集美，不必立异。或如苕之发，颖穗之竖，既与众辞相离，亦独致思已绝。来之速也，形不可逐；机之微也，响难为系。块然孤立而特峙，有此奇思，非常音之所能纬以成之也。故其得意之致，心牢落而无偶以并之，意徘徊而患不能掎而去，美句殊自负矣。然至美必伏于广大，故石韫玉而山尽含辉，水怀珠而川悉献媚，珠玉不独处也。彼榛楛之济济，能勿翦之，亦蒙覆成荣，以集聚其青翠，榛楛不可弃也。作文者缀联《下里》之鄙歌，以合于《白雪》之高唱，似难为伍矣，然吾亦借之以济夫所伟，美句何必独矜耶？无过立异，亦有利无害之道也。吾之历论利害者如此。

方廷珪：以上乃一篇中虽属平顺，但有一节可取，亦不失其为妍。通上为一大段。

黄侃：已上言文有佳句，而全篇不称。

程会昌：本节论济庸音，文术四。

方竑：意称辞均，亦篇章之要也。浑集翠于榛楛，缀《白雪》于《下里》，虽如山玉川珠，终有瑜不掩瑕之诮，是亦善作者之所忌也。

徐复观：此段言特出之句在全篇中所能发生的效用。但自《文心雕龙·镕裁篇》有："而《文赋》以为榛楛勿剪，庸音足曲，其识非不鉴，乃情苦芟繁也"之语，成为后人对此段文意了解的大障碍。《文赋》前面分明说过："要辞达而理举，故无取乎冗长"；"考殿最于锱铢，定去留于毫芒；苟铨衡之所裁，固应绳其必当"。"苟伤廉而愆义，亦虽爱而必捐"。岂有在本段中却又"情苦芟繁"之理。这是首应加以廓清的。李善在本段注释中的理路，没有太大错误。但他以"庸音"与"嘉句"相对，认为此段乃指"嘉句"而言，粗略地看，也不可谓不对。但同为嘉句，有层次上的不同。有文字上的嘉句，有意境情味上的嘉句。此段中所说的，指的是最高层次的嘉句，最高层次的嘉句，必然是意境情味上的，而不仅在文字。所以我勉强用"特出"两字。李善依然在"文之绮丽"的文字层次上言嘉句，便对本段"离众绝致"以下六句的注释，都成了问题；对"彼榛楛之勿剪"四句的理解自然无法加以肯定。现试疏释如下：

所谓最高层次的嘉句，我这里只好借用古人所惯用的"神来之笔"加以说明，所谓神来之笔，是某种意境情味，不是顺着运用的理路所得来的，因此，也常不是在酝酿中所预计，甚至也不是由思考想象之力所能达到；而系在写作过程中，作者的心光突然闪开，照射出主题内蕴的极深极高的虚灵绵邈的境界，从而涌现出无暇雕琢藻饰的几句话来，若有若无，若隐若现，漂浮着作者的生命，题材的精液；因为题材中的凝定性的质料，已随作者的精神而镕解为气氛情调了。在这种层次的嘉句，决不是篇篇所能得到，一篇中能得到的也只能一两句或两三句；这可以说是作者心灵偶然性的突破，当然是"非常音之所纬"。但"常音"都由此而点醒，而带活，而"蒙荣于集翠"，而"济夫所伟"。读者读到此处时，只能由自己的感动感触而进入到作者的意境中，随其若有若无，若隐若现的生命气氛以冥合无间；除了勉强用《文心雕龙·辨骚》篇所说的"郁伊而易感"，"怆怏而难怀"的话加以描绘外，还能得到什么？此之谓"心牢落而无偶，意徘徊而不能捬"。但读者因此而感情得到纯化，得到升华。这已经是文学对人生的最大功用，还要得到什么呢？上述的特出之句，必然是感情的。或者是感情化的，所以常常会在感情郁勃的骚赋乃至散文中呈现，我们应由此以读《离骚》以下的词赋及司马迁的散文。而呈现在抒情诗中的较易把握。例如唐王昌龄《从军行》五首之一：

琵琶起舞换新声，总是关山离别情。撩乱边愁听不尽，高高秋月照长城。

王闿运在他的《唐诗选》中，推此首为唐人绝句中第一，虽不必成为定论；但王氏所以作此推许，当然是因为最后一句。试思最后一句，岂能从上三句推演而得？与前三句所述之事与情，到底有无关系，也难于断定。但我们读到最后一句时，断乎不会仅从客观的景物去领会，而自然感到作者的撩乱边愁，与照着长城的高高秋月，若即若离地融合在一起，漂动于边愁秋月之间，而不能，更不必追问到底说的是边秋还是秋月。高高秋月照长城所敞开的境界，是在一片苍白下的荒凉沉寂的无限境界；在此境中漂动的边愁，也因之是在一片苍白中荒凉沉寂的无限边愁。此之谓"石韫玉而山辉，水怀珠而川媚"，此之谓"形不可追，响难为系"，此之谓"心牢落而无偶，意徘徊而不能捬"。而高高秋月照长城七字，浑沦自然，未经雕琢，所以说这不是文字层次的嘉句；至于前三句的叙述，只能说是"庸音"，是寻常人可以写出的。但得最后一句的提点唱叹，使前三句的庸音,也感到精力弥满,不枯不质,此之谓"亦蒙荣于集翠","吾亦济夫所伟"。

　　按:此段讲文章中特别精彩的部分,看起来和其他部分(即"常音",此与《文赋》后文所说"庸音",似不尽相同)似乎不相配,但实际上可以使"常音"部分因此而获得光彩,同时它也需要"常音"来衬托。方竑把此段解释为瑜不掩瑕之病,是与原意不符的。钱钟书释此段后四句云:"前谓'庸音'端赖'嘉句'而得保存,后则谓'嘉句'亦不得无'庸音'为之烘托。盖庸音匪徒'蒙'嘉句之'荣',抑且'济'嘉句之'伟'。'蒙荣'者,俗语所谓'附骥''借重''叨光';'济伟'者,俗语所谓'牡丹虽好,绿叶扶持','若非培塿衬,争见太山高'。……《苕溪渔隐丛话》前集卷九引《潜溪诗眼》:'老杜诗凡一篇皆工拙相半,古人文章类如此。皆拙固无取,使其皆工,则峭急而无古气,如李贺之流是也。'因举《望岳》《洞庭》等篇为例。吴可《藏海诗话》:'东坡诗不无精粗,常汰之。叶集子曰:"不可!其不齐不整中时见妙处,乃佳。"'张戒《岁寒堂诗话》卷上:'王介甫只知巧语之为诗,而不知拙语亦诗也;山谷只知奇语之为诗,而不知常语亦诗也。'赵秉文《滏水集》卷二〇《题南麓书后》:'"岱宗夫如何? 齐鲁青未了。""夫如何"三字几不成语,然非三字无以成下句有数百里之气象;若上句俱雄丽,则一李长吉耳。'魏际瑞《魏伯子文集》卷四《与子弟论文书》:'诗文句句要工,便不在行。'……盖争妍竞秀,络绎不绝,则目炫神疲,应接不暇。如鹏抟九万里而不得以六月息,有乖于心行一张一弛之道。陆机首悟斯理,而解人难索,代远言湮。老于文学如刘勰,《雕龙·镕裁》曰:'巧犹难繁,况在乎拙?'而《文赋》以为'榛楛勿剪,庸音足曲',其识非不鉴,乃情苦芟繁也。则于'济于所伟'亦乏会心,只谓作者'识'庸音之宜'芟'而'情'不忍'芟'。李善以下醉心《选》学者于此茗芋无知,又不足咎矣。"钱说甚是。然此意前人亦有一定的阐发,谓一概"茗芋无知",则又过矣!

释　义

　　这一大段共分四个小段讨论文术,分析了文章写作中常见的几个问题,指出了解决这些问题的方法。归纳起来就是:定去留、立警策、戒雷同、济庸音。

定去留的中心是讲文章的剪裁问题。陆机认为写作过程中必须防止前后矛盾、上下岨峿、意义重复、逻辑混乱等毛病，为此就一定要注意剪裁得当，不能有丝毫的马虎凑合。定去留的基本原则是要看它是否符合文章内容表达上的需要。如《文赋》前面所说的："在有无而僶俛，当浅深而不让。"该留的就必须要留，该删的就一定删。对于那些仰逼先条、俯侵后章的部分，"离之则双美，合之则两伤"，能够割爱，就可以使文章精练顺畅，而不至于有繁杂失统、条理不清之病。

立警策是为了使文章的中心突出。拿诗歌来说，一篇之中若有两句形象鲜明、思想深刻的诗句，往往能把其他各句带动起来，使整篇润泽生辉。"虽众辞之有条，必待兹而效绩。"刘勰《文心雕龙·隐秀》篇说："秀也者，篇中之独拔者也。""秀以卓绝为巧。"这实际也就是讲的立警策的意思。自魏晋以后，我国古代诗文创作中都很注意立警策问题。散文如丘迟《与陈伯之书》中的"暮春三月，江南草长，杂花生树，群莺乱飞"等，诗歌如左思《咏史》"振衣千仞岗，濯足万里流"，刘琨《重赠卢谌》"何意百炼钢，化为绕指柔"，陶渊明《饮酒》"采菊东篱下，悠然见南山"，谢灵运《登池上楼》"池塘生春草，园柳变鸣禽"，谢朓《晚登三山还望京邑》"余霞散成绮，澄江净如练"，等等。唐诗中就更多了，像杜甫的"朱门酒肉臭，路有冻死骨"，已成为千古传诵的名句。这种警策之语的特点，是以极其生动、鲜明的艺术形象来体现全篇的中心思想和具有典型意义的感情，因此能起到带动全篇的作用。警策之语和一般的"秀句""佳句""警语"等不完全相同，即它应当比较突出地体现全篇中心内容，而不是仅仅一般的艺术上比较生动、形象。

戒雷同就是反对模拟、抄袭，强调创新。上文讲"谢朝华于已披，启夕秀于未振"，已发此意。有人认为陆机本人创作中模拟倾向很严重，因此，这里讲的戒雷同，不是指意而只是指辞。也就是说，陆机认为内容是可以因袭的，只是文辞应当稍为作些改变，像韩愈说的"师其意而不师其辞"。其实陆机所说和韩愈并不相同。正像前面"朝华""夕秀"包括意和辞两方面一样，他反对雷同也是包括了意和辞两方面的。陆机的创作确有模拟倾向，但不能把他的创作和理论等同起来。理论和实践有矛盾，这种现象并不少见。像元好问说潘岳一样,古人有不少言行不一的表现。但作为客观存在的文学作品,并不因为作家的实际思想与之有矛盾而失去作用。《闲居赋》没有因潘岳的为人而丧失价值。同样,理论也不会因为与作者创作实践不一致而改变它的内容和所起的影响。《文赋》提出戒雷同也没有因为陆机创作中有模拟倾向而失掉它在理论上的积极意义。

济庸音和立警策有类似的地方。立警策从积极方面来立论,济庸音则从消极方面来阐说。因为一篇文章或一首诗中不可能句句都是警策。当构思之中涌现出了一联精彩诗句或一段妙文之后,其他各句往往跟不上,难于和它配合。"块孤立而特峙,非常音之所纬。"那么,是不是就此罢休,半途而废呢?当然不是。陆机认为榛楛勿翦、蒙荣集翠,只要有突出之处,就可以把"常音"带动起来,不但"常音"因此而生光辉,就是"珠玉"本身也因此而更显特峙。

以上讲的是文章写作中的四个基本技巧问题。它们主要讲艺术表现形式方面的问题,但和内容都是有联系的。

或托言于短韵，对穷迹而孤兴〔一〕。俯寂寞而无友，仰寥廓而莫承〔二〕。譬偏弦之独张，含清唱而靡应〔三〕。

或寄辞于瘁音，徒靡言而弗华〔四〕。混妍蚩而成体，累良质而为瑕〔五〕。象下管之偏疾，故虽应而不和〔六〕。

或遗理以存异，徒寻虚以逐微〔七〕。言寡情而鲜爱，辞浮漂而不归〔八〕。犹弦么而徽急，故虽和而不悲〔九〕。

或奔放以谐合，务嘈囋而妖冶〔一〇〕。徒悦目而偶俗，固声高而曲下〔一一〕。寤《防露》与《桑间》，又虽悲而不雅〔一二〕。

或清虚以婉约，每除烦而去滥〔一三〕。阙大羹之遗味，同朱弦之清泛。虽一唱而三叹，固既雅而不艳〔一四〕。

校　勘

〔徒靡言而弗华〕"徒靡言"，茶陵本、唐陆柬之书、《文镜秘府论》均作"言徒靡"。梁章钜云："尤本'言徒靡'作'徒靡言'，盖倒误也。"胡克家云："袁本、茶陵本'徒靡言'作'言徒靡'。按二本不著校语，盖尤误倒也。"按：《文赋》下云："徒寻虚以逐微"，"徒悦目而偶俗"，此作"徒靡言"与下文相应，或非尤本误倒也。江本作"言徒美"。

〔徒寻虚以逐微〕"以"，茶陵本、《文镜秘府论》、江本均作"而"。茶陵本云：善作"以"。按：两字均可通，从这五小段句法对比来看，似作"而"为好。

〔辞浮漂而不归〕"归"，茶陵本云：五臣作"颐"。江本亦作"颐"。

〔犹弦么而徽急〕"么"，《文镜秘府论》作"瑗"。

〔固声高而曲下〕"声高"，茶陵本云：善作"高声"。茶陵本、唐陆柬之书、《文镜秘府论》均作"声高"。

〔每除烦而去滥〕"而"，茶陵本云：五臣作"以"。江本亦作"以"。

集 注

〔一〕李善:短韵,小文也。言文小而事寡,故曰穷迹。迹穷而无偶,故曰孤兴。

五臣:翰曰:穷迹,谓幽穷之处。

于光华:以下五段言不善也。

方廷珪:以下论文之五病。短韵,短文也。穷迹,谓无事迹。孤兴,意创为文。

按:短韵、穷迹,皆喻文章贫乏、单调,释为短文、无事迹,则过于死板,不确。

〔二〕李善:言事寡而无偶。俯求之则寂寞而无友,仰应之则寥廓而无所承。

于光华:二句发明上穷迹。何(焯)曰:"又推辞语之病,以见合格之难。"

方廷珪:下无典故可据,故无友。上无古人可援,故莫承。此是词意俱竭而强于作者,故下以偏弦譬之。

〔三〕李善:言累句以成文,犹众弦之成曲。今短韵孤起,譬偏弦之独张。弦之独张,含清唱而无应。韵之孤起,蕴丽则而莫承也。毛苌《诗传》曰:"靡,无也。"应,于兴切。

闵齐华:合众弦可以成曲,今偏弦则无应矣。

顾施祯:偏弦,单弦也。清唱,犹单音也。

方廷珪:以下皆以音乐为喻。清唱,曲也。累句以成文,犹众弦之成曲。弦本能应曲,今短韵孤起,譬偏弦之独张,无高下往复之致,不与曲应也。

本段第一小段总论

五臣:翰曰:思虑特起,俯入于寂寞,仰游于寥廓。寻求文辞,辞无遂志,志无所承。如偏弦之独张,清曲无应也。友,志也。唱,曲之通称也。

张凤翼:寂寞无友,谓无所资益于同党。寥廓莫承,谓未尝博取于两间。盖累句成文,犹众弦成曲。今短韵孤起,譬偏弦之独张,含清唱而无应。此文之尚少而流于枯寂者也。

孙月峰:寡之病。

邹思明:此简短之文。

顾施祯:赋言文有利害宜审,更有五病宜戒。一曰寡之病。或不能宏壮而寄言于短韵,则对穷迹而孤兴,一无生发。下既寂寞而无帮衬,上亦寥廓而无呼应,则失之太枯矣。盖文必积累众韵而成,犹声必调合众弦而和。此之短歌孤兴,譬乎偏弦之独张,合清唱而无杂者以应之,岂能成声乎? 则寡必不可也。

方廷珪:以上短促之病。

黄侃:上言清而无应,此文小之故。

许文雨:按以上谓文不照应之弊。

程会昌:按自此以下五节,皆论行文之病,而以音乐为喻。本节论文小事寡,则前后失应,文病一。

李全佳:《文心·丽辞》:"言对为美,贵在精巧。事对所先,务在允当。若两事相配,而优劣不均,是骥在左骖,驽为右服也。若夫事或孤立,莫与相偶,是夔之一足,踸踔而行也。"

方竑:清而靡应,文之至小者也。独帛单彩,未足以成锦。偏弦孤唱,未足以言音。是故短韵孤兴,亦未足以成文章。铸秋师曰:以下四小段似就文之不善者言之。应字、和字、悲字、雅字、艳字,一层深一层,文之能事已毕。不悲谓感人不深也。雅而必艳,斯能华妙。六朝文之能事基于此,六朝人靡靡之音亦基于此矣。

徐复观:此段言文体单寒之病。此处之所谓"偏弦"与"独弦"不同;独弦不能成曲,偏弦则系指偏于(独张)五音中的清细之音而言,故依然可以成曲,依然可以"含清唱"。至于"含清唱而靡应",这是时代的风气及鉴赏者的主观态度问题,似不应列为文章中的一病。隐逸的山林诗人,田园诗人,多是"对穷迹而孤兴",因而在当时是"无友""莫承"的。但对他们而言,完全是不相干的。他们的诗,若表现为七言绝句、五言绝句,正是"托言于短韵",在文学上正有其崇高地位。陆氏此处所反映的是当时求仙采药的隐逸诗在萌芽时代,尚未得到陆氏的理解,或者可以说和他的个性不合。

按:此段讲文章贫乏单调的毛病。李善释"短韵"为"小文",又释"穷迹"为"事寡",似未能体会到陆机用意之所在。后来各家因之,遂释此段为讲"文小"或"文短"之病。钱钟书亦云:"盖短韵小文别于鸿笔巨篇,江河不妨挟泥沙俱下,而一杯之水则以净洁无尘滓为尚。"又谓"短韵"乃"才思寒俭、边幅狭小,如袜线拆下",谓"偏弦"乃"得句而不克成章"。其实,所谓"短韵"及"穷迹",即下文所说"偏弦""清唱"之意,都是一种比喻说法。说明文章在意和辞两方面,都过于单调,独帛单彩,偏弦孤唱,不能从各个角度展开,互相配合响应,使之枝叶更丰,色彩交辉。自然,文章过于短小,容易犯这种毛病,但主要问题还不在短小上,即使较长文章也同样会有这种毛病。李全佳引《文心雕龙·丽辞》之言,把此段说成是缺少工整对仗的毛病,虽不很确切,然亦可备一说。对仗工整在某种程度上也有助于克服此种毛病,但不是根本的办法。

〔四〕李善:瘁音,谓恶辞也。靡,美也。言空美而不光华也。班固《汉书》赞曰:"纤微憔悴之音作而民思忧。"薛君《韩诗章句》曰:"靡,好也。"

五臣:向曰:瘁音,谓托咏于鄙物也。

许巽行:(李善)注引《汉书》"憔悴之音",今《汉书》作"瘨瘁"。

胡绍煐:按:依(李善)注则正文应作"悴",或有"悴与瘁通"四字,而今本脱去。

方廷珪:瘁音,即《礼记》"急微噍杀之音",急疾之音也。靡,抑也。自叙哀情。弗华,则词色不扬。

许文雨:按文无刚健之气,则有同瘨瘁之音。以此为文,诚刘勰所谓"振采失鲜,负声无力",殊失风骨之义。"靡"训为好,"华"为光华。《易·大畜》以为"刚健笃实,辉光乃新"。盖惟健实,始见华耀。陆机、刘勰并同斯旨。若徒有靡好之言,而索莫乏气,失其荣卫,又乌能藻耀而高翔耶?

程会昌:按此当以《文心雕龙·风骨》篇释之。彼文云:"辞之待骨,如体之树骸;情之含风,犹形之包气。结言端直,则文骨成焉;意气骏爽,则文风清焉。若丰藻克赡,风骨不飞,则振采失鲜,负声无力。是以缀虑裁篇,务盈守气,刚健既实,辉光乃新"。此云"瘁音",即"风骨不飞""负声无力"之谓也。"靡言"即"丰藻克赡"之谓也,"弗华"即"振采失鲜"之谓也。救之之道,惟在守气。所谓"气盛则言之短长与声之高下者皆宜"也。

李全佳:《文心·总术》:"凡精虑造文,各竞新丽。多欲练辞,莫肯研术。落落之玉,或乱乎石。碌碌之石,时似乎玉。精者要约,匮者亦鲜。博者该赡,芜者亦繁。辨者昭晰,浅者亦露。奥者复隐,诡者亦曲。或义华而声悴,或理拙而文泽。"

徐复观:按以"恶辞"释"瘁音",似不妥。《说文》七下:"瘁,寒病也。"徐楷引《字书》:"寒噤也。"故瘁音,当为不顺畅之辞。又此处之靡字不应释为"美"或"好"。《礼记·檀弓》"若是其靡也"注:"侈也。"故"侈靡"常连为一词,与奢侈义同。所谓"言徒靡而弗华"者,谓"言徒多而不光华"。

按:"言靡",即指辞采丰美。钱钟书云"两'靡'字异义",与上段"靡应"之"靡"训"无"不同。上段所论之文病,即在不能做到"言靡"。此段又进一步,谓仅仅做到"言靡"是不够的,还应该要有光华。故于光华引何曰:"才矫枉,又失正,不可不知。"许、程等以为"靡言"和"弗华"即刘勰所说的辞藻与风骨的关系,"瘁音"即指"风骨不飞",这是有道理的。然"风清骨峻"者固可使"篇体光华",而陆机所云之"华"字含义似更为宽广一些,不等于即是"风骨",乃泛指华耀而不暗弱之文。刘勰"风骨"之论正是陆机此意的发展。

〔五〕李善:妍谓言靡,蚩为瘁音。既混妍蚩,共为一体,翻累良质而为瑕也。《礼记》曰:"玉,瑕不掩瑜。"郑玄曰:"瑕,玉之病也。胡加切。"

方廷珪:妍谓言靡。蚩谓弗华。良质,谓文之意,瑕,玉之病也,意为文累。

许文雨:按梅曾亮尝述管同语云:"子之文病杂,一篇之中,数体驳见,武其冠,儒其服,非全人也。"即陆氏之说也。

骆鸿凯:前云:"彼榛楛之勿翦,亦蒙荣于集翠",是醇足掩瑕也。此云"混妍蚩而成体,累良质而为瑕",是瑕乃累瑜也。议论颇似相反。作文之法于此等处正宜细辨。

程会昌：《风骨》篇又云："夫翚翟备色而翾翥百步，肌丰而力沉也。鹰隼乏采而翰飞戾天，骨劲而气猛也。文章才力，有似于此。若风骨乏采，则鸷集翰林；采乏风骨，则雉窜文囿。唯藻耀而高翔，固文笔之鸣凤也。"按士衡但论瘠音靡言之病，而彦和更申徒具气骨，亦非至文之理，其说尤精。

李全佳：《文心·总术》："文体多术，共相弥纶，一物携贰，莫不解体。"

徐复观："妍"指有艺术性之语言，"蚩"指缺乏艺术性之语言。将两种语言混在一起以成为文体，蚩者便会累及妍者（良质），使成为文体中的瑕疵。

〔六〕李善：言其音既瘠，其言徒靡，类乎下管，其声偏疾。升歌与之间奏，虽复相应，而不和谐。杜预《左氏传》注曰："象，类也。"《礼记》曰："升歌清庙，下管象武。"王肃《家语》注曰："下管，堂下吹管。"象武，舞也。

闵齐华：下管，堂下之乐。与堂上之乐间奏，则吹管而起，其声偏疾，与众声不和叶。故此文似之也。

方廷珪：此音之过于抑者。故以下管之偏疾象之。言其音既瘠，其言徒靡，类乎下管，其声偏疾。升歌与之间奏，虽复口与心相应，而音节不能高下和调。

梁章钜：(李善)注："下管象武。"六臣本无"武"字，是也。此引《礼·明堂位》文。

徐复观：《管子·七法》："义也，名也，时也，似也，类也，比也，状也，谓之象。"此处之象作似解。《礼记·明堂位》"升歌清庙，下管象"疏："升，升堂也……升乐工于庙堂而歌清庙诗也。下管象者，下堂也，管匏竹在堂下，故云下管也。……堂下吹管，以播象武之诗。"按歌者在上，吹管者在堂下与之相应。下管偏于急，则虽与堂上之歌者相应，但并未能得到谐和。以喻辞之蚩者，不能与妍者取得谐和。

本段第二小段总论

五臣：向曰：言徒侈靡而不华丽，混同美恶，实累风雅之道，如玉之有瑕也。良质，谓风雅也。堂上歌《鹿鸣》，堂下吹下管，管声疾与《鹿鸣》雅声不相和叶,故此文象之也。

张凤翼:瘁音谓倦怠之音也。言徒靡而不华丽,混同美恶,实累风雅之道。如玉之有瑕,又如堂下吹管,其声偏疾,与众声不相和协,此文之尚其多而流于孟浪者也。

孙月峰:杂之病。

邹思明:此冗长之文。

顾施祯:一曰杂之病。或不能精当而寄辞于瘁音,则言徒靡好而弗因精实以生华。既瘁靡合凑而混妍蚩以成体,反累良质而为瑕疵矣。盖文必众美相合,犹乐必众歌相足。此之瘁音徒好,譬乎下管之偏疾,独自成音,应虽应矣,然与升歌叠奏,则歌和缓而管迫促,岂能和谐乎? 则杂必不可也。

于光华:何(焯)曰:"才矫枉,又失正,不可不知。"

方廷珪:以上急疾之病。

黄侃:已上言应而不和,此辞窳之故。

许文雨:按以上谓文不调谐之弊。

程会昌:本节论言靡无骨,则辞义不谐,文病二。

方竑:应矣而不和,是气之不盛也。气不盛者,其形瘁,其辞靡。其实既馁,其光不华。夫五色不调,不足以成锦。弦徽不节,不足以成音。混妍蚩于一体,瑜不掩瑕,瑕反足以掩瑜。盖和者乐之大用,而亦文章之要也。

徐复观:此言一篇所用之辞,在声色意味上未能得到谐和之害。文章以统一谐和而成体;成功的作品,必系成体的作品。成体的条件很多,用辞上声色意味的分量相称,是成体的最后表现。辞的妍蚩,不在辞的自身。仅就辞的自身而言,并无妍蚩的标准;辞的妍蚩,首先决定于它表现题材的效率,次决定于它所处的位置,与上下乃至全篇文辞,是否谐和匀称相得益彰所表现的功能。这里是就后者来说的。例如雅俗相混,俪散相杂,有如今日在一篇文章中文言中夹白话,白话中又夹文言,即是此处所说的"混妍蚩而成体";这种文章,气味不相调,声色不相称,念起来当然涩口,所以称之为"瘁音";"瘁音"者,疟疾时发寒颤之音。不谐和的两种因素,互相牵制、抵消,不能发挥它所含的作用,所以便"言徒靡而弗华"

了。陆氏将这种情形,比喻为堂下吹管,本以应堂上的唱歌;但吹管的节拍过于急促,与堂上唱歌的节拍不相合,所以便"虽应而不和"。

按:此段讲文章辞采丰赡与格调不高、气骨不充之间不相和谐的毛病。盖上段言"含清唱而靡应",此段言"虽应而不和",这就比上段更进了一步。辞采丰茂了,单调贫乏的毛病没有了,但是缺乏刚健的气骨,萎靡不振,仍不是好文章。结果是妍蚩相混,把好的方面也带累坏了。钱钟书认为这两段都是讲的才尽意竭之病,这也有一定道理,然而,这两段毕竟说的是两个不同的问题。

〔七〕顾施祯:存异,存其小异也。

方廷珪:存异,存其异见。寻虚,务为虚饰之辞。逐微,究其细微之事。此欲取径于别者,近人作文不做实理做虚字是也。

许文雨:按《文心·指瑕》云:"晋末篇章,依希其旨,始有赏际奇至之言,终无抚叩酬酢之语。"黄侃举晋以后用字造语依稀之弊曰:"如戒严曰纂严,送别曰瞻送,解识曰领悟,契合曰会心。至如品藻称誉之词,尤为模略:如嵇绍劲长,高坐渊箸,王微迈上,卞壶峰距,王恭亭亭直上,王忱罗罗清疏。叩其实义,殊欠分明,而世俗相传,初不撢究。"

程会昌:李谔《上隋高祖革文华书》:"魏之三祖,更尚文词,忽君人之大道,好雕虫之小艺。下之从上,有同影响,竞骋文华,遂成风俗。江左齐梁,其弊弥甚,贵贱贤遇,唯务吟咏。遂复遗理存异,寻虚逐微,竞一韵之奇,争一字之巧。连篇累牍,不出月露之形;积案盈箱,唯是风云之状。"按如谔之说,则士衡此之所指,乃魏晋以来新奇浮靡之文。《文心雕龙·议对》篇云:"支离构辞,穿凿会巧,空骋其华,固为事实所摈;设得其理,亦为游辞所埋矣。昔秦女嫁晋,从文衣之媵,晋人贵媵而贱女;楚珠鬻郑,为熏桂之椟,郑人买椟而还珠。若文浮于理,末胜其本,则秦女楚珠,复在于兹矣。"《风骨》篇云:"若骨采未圆,风辞未练,而跨略旧规,驰骛新作,虽获巧意,危败亦多。"《定势》篇:"自近代辞人,率好诡巧,原其为体,讹势所变。厌黩旧式,故穿凿取新,察其讹意,似难而实无他术也,反正而已。故文反正为乏,辞反正为奇。效奇之法,必颠倒文句,上字而抑下,中辞而出外,回互不常,则新色耳。夫通衢夷坦,而多行捷径者,趣近故也;正文明白，而常务反言者，适俗故也。然密会者以意新得巧，苟异者以失体成怪。旧练之才，则执正以驭奇；新学之锐，则逐奇而失正。"《序志》篇云："去圣久远，文体解散，辞人爱奇，言贵浮诡，饰羽尚画，文绣鞶帨，离本弥甚，将遂讹滥。"说皆与此相发。

徐复观：按陆机服膺儒术，故此处之所谓"遗理"，乃遗弃伦理之理；"存异"，指存异于儒术之新兴玄学而言。虚，微，正玄学的特色；寻虚逐微，指将虚与微表现于文学作品之上。

〔八〕李善：漂，犹流也。不归，谓不归于实。

方廷珪：情，实也。鲜爱者，无归重之词。浮，犹流也。

许文雨：《文赋义证》："《文心·情采》：'辞人赋颂，为文而造情。……为文者淫丽而烦滥。'"

程会昌：寡情鲜爱，缘多浮滥之辞；漂浮不归，缘无循附之术。

李全佳：《文心·情采》："夫铅黛所以饰容，而盼倩生于淑姿。文采所以饰言，而辩丽本于情性。故情者，文之经，辞者，理之纬。经正而后纬成，理定而后辞畅。"《文心·附会》："附辞会义，务总纲领。驱万涂于同归，贞百虑于一致。"《文心·才略》："殷仲文之孤兴，谢叔源之闲情，并解散辞体，缥缈浮音，虽滔滔风流，而大浇文意。"

徐复观：因玄学超越世务，故表现于文学作品之上，便寡情鲜爱，浮漂于虚微之上而无所归。

〔九〕李善：《说文》曰："幺，小也。"于遥切。《淮南子》曰："邹忌一徽琴，而威王终夕悲。"许慎注曰："鼓琴循弦谓之徽。"悲雅俱有，所以成乐，直雅而无悲，则不成。

方廷珪：急，迫也。丝音本哀而不悲，病在无实。此悲字不是悲凉，乃就琴声借字来说，下同。

胡绍煐：注，善曰："《说文》曰：'幺，小心。'"段氏玉裁曰："《说文》：'纱，急戾也。'疑'幺'当作'纱'。"绍煐按：弦小而徽急，故下云"虽和而不悲"。若"纱"训"急戾"，则是弦急徽急，不能和矣。仍作"幺"为是。

徐复观：《说文》四下："幺，小也"。《说文通训定声》"徽"字下："《扬雄传》'高弦急徽'，注：'琴徽也。'按琴轸系弦之绳，谓之徽。《琴赋》'徽以钟山之玉'，言玉轸也……《文赋》'犹弦幺而徽急'，皆言纠弦也。"故此乃谓弦既小而纠之又急,即张之太紧之意。《汉书·高祖纪》:高祖"谓沛父兄曰:游子悲故乡"注:"悲,顾念也。"故"不悲",犹谓"无感情"。玄言诗,自成一套语言,故"和";但遗弃人伦世务,故"不悲"。

本段第三小段总论

五臣:翰曰:托思于物,必有至情爱好之者,然后形之于言也。若遗其理要,存于小异,务为虚饰以逐微细,言而寡情,情复少爱,则浮辞漂荡不归于事实矣。亦由弦小而调急,虽声和谐则躁烈而不悲也。岂如缓调静雅而悲声可闻乎。徽,调也。

张凤翼:寡情鲜爱,谓寡情实不令人爱也。不归,不归于理也。弦么徽急,以琴喻也。此文之空虚而无用者也。

孙月峰:浮之病。

邹思明:此虚浮之文。

顾施祯:一曰浮之病。文以理为主,或遗理以存其诡异,徒然寻虚泛之词,逐细末之事,则其言也寡情实而少慈爱,辞必至于浮漂而无归宿矣。夫文必原情理,如弦必当大小,徽必尽抑扬。此之遗理存异,犹弦失之于么小,则声不出;徽失之急迫,则弹亦无情,故虽和而不悲也。浮岂可哉。

于光华:何(焯)曰:"此等似是而非,必细辨之。"

方廷珪:以上蹈虚诡谲之病。

黄侃:已上言和而不悲,此理虚之故。

许文雨:按以上谓文不深切之弊。

程会昌:本节论文偏浮诡,则无挚至之情,文病三。

方竑:和矣而不悲,是情之不切也。情之不切,由理之有遗。孔子曰:"修词立其诚。"遗理寻虚,是无诚也。质亡文存,宜其浮漂而不归矣。(下引李谔上书,已见前注〔七〕,此略)《文心雕龙·明诗》篇曰:"宋初文咏,体有因革,庄老告退,而山水方滋。俪采百字之偶,争价一句之奇,情必极貌以写物,词必穷力而追新,此近世之所竞也。"盖皆谓魏晋以后理不实故词不悲也。

徐复观:此小段言当时初兴起的玄言诗之缺失。按玄言诗,虽盛于江左(东晋),但《文心雕龙·明诗》篇:"正始(魏废帝年号,西二四〇—二四八)明道(倡明道家思想),诗杂仙心;何晏之徒,率多清浅。"则正始乃玄学之先河。陆氏作《文赋》,约在三〇一年前后,上距正始五十余年。在这五十余年中,玄学之风更向前发展;以意推之,正始时代的玄学诗也应当随之有进一步的发展。所以陆机在《文赋》中便写下了这一小段的批评。《文心雕龙·明诗》篇又说:"江左篇制,溺乎玄风;嗤笑徇务(徇于世俗之务)之志。崇盛亡(忘)机之谈,袁(宏)孙(绰)以下,虽各有雕采;而辞趣一揆,莫与(能)争雄。"沈约《宋书·谢灵运传论》:"有晋中兴,(东晋)玄风独振;为学穷于柱下(老子),博物止乎七篇(庄子);驰骋文辞,义殚乎此。"两者所述,是上与陆氏此处的批评相通的,而陆氏实烛其机先。

按:此段讲文章缺乏思想内容和真情实感,因而不能感人的毛病。文学作品要求以情感人,以理服人。如果只有华美文词而寡情鲜爱,就不能起到感染人的作用。悲,这里不是指"悲哀"的意思,主要是指能激动人的感情。徐说谓指玄言诗之失,不妥。当时玄言诗尚在初期,未成为一种不良创作倾向。且将陆机之说坐实,亦不恰当。

〔一〇〕李善:《埤苍》曰:"嘈囋,声貌。""囋"与"囐"及"嘶"同,才曷切。

五臣:济曰:谐,和也。妖冶,美丽也。

方廷珪:奔放,纵也。谐合,合时,此病在浮靡者。嘈囋,声烦貌。妖冶,美丽也。此病在装点句调者。俱是声病,与上谬玄黄秩序不同。

许巽行:(李善)注:"《埤苍》曰:'嘈囋,声貌。'"杨用修曰:"余得古本作'嘈哜',今误作'囋'。"按《玉篇》:"哜,五葛、才曷二切,嘈嘈哜哜。"用修之言,盖本诸《玉篇》,不知其误也。《长笛赋》云:"啾咋嘈囋。"注:"《埤苍》曰:'嘈囋,声貌。'"是"囋"字为正。

李全佳:《文心·声律》:"古之教歌,先揆以法,使疾呼中宫,徐呼中徵。""标情务远,比音则近。吹律胸臆,调钟唇吻。声得盐梅,响滑榆槿。割弃支离,宫商难隐。"《文心·诠赋》:"繁华损枝,膏腴害骨,无贵风轨,莫益劝戒。"全佳按:《荀子·劝学》:"故不问而告谓之傲,问一而告二谓之囋。"《新方言·释言》:"通俗谓多声为嘈囋。"奔放谐合,嘈囋妖冶,皆言其文不合宫徵,声繁而音靡也。

徐复观:奔放指爱情之尽情发抒,无所含蓄而言。谐合指写出的文章与爱情相和合。李善:"《苍坤》曰,'嘈啐,声貌。'啐与囋及嘛同。"按《抱朴子·畅玄》:"清弦嘈囋以齐唱";束皙《读书赋》:"抑扬嘈囋,或疾或徐",皆形容韵律的柔和;此处亦当为形容声音之柔和,以与色之妖冶相对。柔和妖冶,皆所以谐合于奔放之爱情。

〔一一〕李善:言声虽高而曲下。张衡《舞赋》曰:"既娱心以悦目。"《广雅》曰:"耦,谐也。"耦与偶古字通。

方廷珪:声虽高而曲则下,近人之文,多犯此病。

许文雨:按《北齐书·文苑列传》曰:"江左梁末,弥尚轻险,始自储宫,刑乎流俗,杂恖滞以成音,故虽悲而不雅。"然则此种文弊,无间晋梁。奔放谐合,即谓轻险之词。《说文》云:"恖滞,烦声也。"胡绍煐云:"嘈囋,盖声盛之貌。"是嘈囋偶俗,固无异于恖滞成音之流俗矣。妖冶下曲,目下桑间、濮上之音。务嘈囋,故声高而盛也。

程会昌:按声高指其调言,曲下指其品言也。

徐复观:柔和妖冶,故可以悦目;对爱情作无含蓄的抒写,故可以骇俗。"高声"五臣注本作:"声高"。此种带有色情之文学,容易博取时誉,故声高;但品格低,故"曲下"。

〔一二〕李善:《防露》,未详。一曰谢灵运《山居赋》曰:"楚客放而《防露》作。"注曰:"楚人放逐,东方朔感江潭而作《七谏》。"然灵运以(原文为"有",据何焯校改)《七谏》有《防露》之言,遂以《七谏》为《防露》也。《礼记》曰:"桑间濮上之音,亡国之音也。"郑玄曰:"濮水之上,地有桑间先,亡国之音于此水上。"(按:此文有误,见下梁章钜释。)

杨慎:(李善)注引东方朔《七谏》谓"楚客放而《防露》作",此说谬矣。若指楚客即为屈原,屈原忠谏放逐,其辞何得云不雅。《防露》与桑间为对,则为淫曲可知。谢庄《月赋》:"徘徊《房露》,惆怅《阳阿》。"注:"《房露》,古曲名。""房"与"防"古字通,以《防露》对《阳阿》,又可证其非雅曲也。《拾翠集》引王彪之《竹赋》云:"上承霄而防露,下漏月而来风,庇清弹于幕下,影媚歌于帷中。"盖楚人男女相悦之曲有《防露》,有《鸡鸣》,如今之《竹枝》。东坡《志林》亦云:"然则《竹枝》之来亦古矣。《诗》云:'野有蔓草,零露漙兮。有美一人,清扬婉兮。邂逅相遇,适我愿兮。'”以此推之，《防露》之意可知。

陈与郊：注引东方《七谏》，谓楚客放而《防露》作，杨用修力辩其非。（下引杨说，见上，此略）而世或引《诗》“野有蔓草，零露漙兮”以释《防露》之意，或又引《诗》“岂不夙夜，谓行多露”以解《防露》之名，正不必深求。第观《防露》与《桑间》并称，其为淫曲审矣。读者会通焉。

何焯：《防露》指“岂不夙夜，谓行多露”，言《桑间》不可与并论，故戒妖冶也。

孙志祖：“房”与“防”古字通。是也。此注（李善）误。

徐攀凤：此段就文体之卑靡者言。故举《防露》之曲，《桑间》之音，为虽悲而不雅者戒。若《召南·行露》乃贞信自持之诗，恐与下文不接。

朱琦：余谓如何（焯）说，一贞一淫，非“与”字之义，杨说近是。然以为皆淫曲，亦非。观下句虽悲不雅，必二者皆悲词。注言“《桑间》，亡国之音”，与悲合，则《防露》疑即《薤露》。宋玉《对楚王问》有《阳阿》《薤露》，《月赋》亦并举之。“徘徊”“惆怅”皆悲意而终非雅曲，故云虽悲而不雅也。

梁章钜：（李善）注：“地有桑间先。”又：“于此水上。”何校有改，以“先”改“者”，“上”改“出”，是也。各本皆误。

胡绍煐：按《楚辞》“初放上葳蕤而防露兮”，注：防，蔽也。不云曲名。盖语有偶同，非此所云也。当以《月赋》注为正。

许文雨：是《防露》亦为曲名，乃楚客屈原被放时所作，当系悲词也。《礼记·乐记》曰：“桑间濮上之音，亡国之音也。”是《桑间》亦悲音。寤，觉也。觉此二种悲音，未归雅正耳。

程会昌：盖《防露》，逐臣之曲；《桑间》，亡国之音，皆哀而且伤，不合中道。故云悲而不雅。雅，正也。梁元帝《金楼子·立言》篇云：“吟咏风谣，流连哀思者，谓之文。”《北齐书·文苑传论》（略，见前注〔一一〕）。此皆足证士衡之说也。

徐复观：按“寤”，乃“寤寐”一词之省；《诗·关雎》：“寤寐求之。”《毛传》：“寤，觉。寐，寝也”，犹言日夜求之。李善：“防露，未详。”按《诗·行露》：“岂不宿夜，畏行多露。”《诗·桑中》：“期我乎桑中”，桑中即桑间。此处之防露与桑间，皆指恋情而言。此句言寤寐（犹今言陶醉）于防露与桑间的恋情,虽有感情(悲),但失其雅正。《乐记》:"桑间濮上之音,亡国之音也。"郑玄援师涓、师旷的故事以为解释。但此故事中并无桑间或桑林,亦失《乐记》原文之本意,更与本文不相干。

本段第四小段总论

五臣:济曰:嘈囋,浮艳声。或有奔驰放纵其思以求和合,务成嘈囋之声以为美丽悦目偶俗而已,此声之虽高而曲下者。乃觉《防露》之雅乐,桑间濮上亡国之音,虽悲而不雅也。谓为文不可苟徒悦目偶俗而已,须穷妙理者也。

张凤翼:此文之淫荡而狥俗者也。

孙月峰:靡之病。

邹思明:此浮艳之文。

顾施祯:一曰靡之病。文必有则,不当淫艳以媚时。或肆情奔放,以谐合时俗,时俗好嘈囋,则务为嘈囋;时俗好妖冶,则务为妖冶。文之成也,徒然悦目而偶称乎俗,要而论之,固声高而曲则下矣。古来淫荡之辞,有《防露》、有桑间,见惩于正音者也。既寤其理,则知此谐合之文,非不有情而悲,然又悲而不雅,则非君子之作矣。靡岂可哉!

方廷珪:以上靡秽之病。

黄侃:已上言悲而不雅,此声俗之故。

程会昌:本节论文伤淫侈,则无雅正之德,文病四。

方竑:应矣和矣悲矣,而尤必其能雅。夫靡靡之乐,鸣鸣之声,虽和且悲,君子不取。《北齐书·文苑传论》曰(略,见前注〔一一〕)。是亦谓声韵之靡弊始于六朝。若夫"心懔懔以怀霜,志眇眇而临云"者,其所作庶乎离俗而雅化乎。

徐复观:此言当时无含蓄的恋歌之失。殆指晋《白纻舞歌诗》、张华《情诗》等作品而言。当时仅发其端,后遂流衍而为梁陈之色情诗,陆机可谓亦能烛其机先。

按:此段讲文章流于轻浮鄙俗,而不合雅正之道的毛病。徐说可备一说。

〔一三〕李善:《左氏传》:"君子曰:'臣除烦而去惑。'"

方廷珪:清虚,不丽。婉约,不博。除烦,削以就简。去滥,去浮溢之词。

许文雨:按剪截浮词,则芜秽不生,见清虚婉约之体。《文赋义证》:"陆云《与兄平原书》:'兄《丞相箴》小多,不如《女史》清约耳。'"

程会昌:(引陆云语,见上)知当时评文,自有此语。除烦去滥者,谓剪截浮词,而无芜秽也。

徐复观:"清虚"就内容言,去粗存液,故清;化实为虚,故虚;清虚皆由题材之提炼而得。婉约就文体言,经提炼后之内容,自然表现为婉顺精约之文体。烦与滥皆在提炼中被淘汰,除内容之烦,去辞句之滥,正所以成其清虚婉约。

〔一四〕李善:言作文之休,必须文质相半,雅艳相资,今文少而多质,故既雅而不艳。比之大羹而阙其余味,方之古乐而同清泛,言质之甚也。余味,谓乐羹皆古,不能备其五声五味,故曰有余也。《礼记》曰:"清庙之瑟,朱弦而疏越,一唱而三叹,有遗音者矣。大响之礼,尚玄酒而俎腥鱼,大羹不和,有遗味者矣。"郑玄曰:"朱弦,练朱弦也,练则声浊。越,瑟底孔;画疏之,使声迟。唱,发歌句者;三叹,三人从而叹之。大羹,肉湆不调以盐菜也。遗,犹余也。"然大羹之有余味,以为古矣。而又阙之,甚甚之辞也。

许文雨:臧励龢《选注》:"大羹,肉汁不调五味者也。言文少质多,比之大羹,尚阙余味,质之甚也。朱弦,瑟之练朱弦也,其声疏越。言方之古乐,同其清泛,亦形其质也。一唱三叹,一人唱,三人从而赞叹之也。"

徐复观:《礼记·乐记》:"清庙之瑟,朱弦而疏越,壹唱而三叹,有遗音者矣。大响之礼,尚玄酒而俎腥鱼,大羹不和,有遗味者矣。"疏:"大羹谓肉湆(羹汁)。不和,谓不以盐菜和之,此皆质素之食,而大飨设之,人所不欲也。虽然,有遗余之味矣。以其有德质素,其味可重,人爱之不忘,故云有遗味者矣。"又:"朱弦,练朱丝为弦练则声浊也。越谓瑟底孔也。疏通之(按注为"疏画之")使声迟。弦声既浊,瑟音又迟,是质素之声,非要妙之响。以其质素,初发首一倡之时,而惟有三人叹之(按叹之,为助其腔调),是人不爱乐。虽然有余遗之音,言以其贵在德,所以有遗余之音,念之不忘也。"按清泛犹清淡。此处以清虚婉约之文,比之太羹朱弦;但比之太羹,而缺太羹之余味;比之朱弦,而其音过于清淡。按此处三叹,言和之者众,不必与上引《乐记》疏同义。《方言》二:"艳,美也。"此两句言此种文章,虽和之者众;但其格虽高雅而缺少声色之美丽。

本段第五小段总论

五臣:良曰:文有专尚清约而质朴者,则如大羹不和五味,同朱弦之清音也。大羹,肉汁。清庙之瑟,朱弦而声淡,雅奏于清庙,一人唱之,三人从而叹之。此雅而不艳也。

孙月峰:质之病。

邹思明:此朴实之文。应、和、悲、雅、艳五字,郎郎相生。

何焯:后之效法陶韦者是也。

顾施祯:一曰质之病。文必文质相辅,过靡不可,过朴不可。或专尚清虚而敷辞婉约,每除其烦冗,去其滥溢,非不简贵也。然文不丰腴,则比乎大羹,尚缺少其遗味,不堪适口,比乎朱弦,但同其清泛,奚能有美音之可听乎?虽如古歌,一人唱之,三人叹之,亦殊合正矣。然太失之无采也,固虽雅而不艳,质又岂可哉?则历论文之害,而害又有如此。

方廷珪:以上从质之病。前段应绳以上是从作文用意指出诸病,此段再从音节指出诸病,以足前段未尽之致。以上五病乃文之蚩而不妍者。

黄侃:已上言雅而不艳,此质多之故。

许文雨:按以上谓文不富丽之弊。

程会昌:本节论文过质实,则无富艳之美,文病五。

方竑:雅而不艳,则其感人也不深,而未足以传世行远。孔子曰:"文质彬彬,然后君子。"彬彬则艳矣。夫道胜者其文自至。文之至者固未可以艳否论。如渊明之诗,不既"朱弦之清泛"乎?然其韵味深长,淡而弥绝。盖出天成,非人力所能及矣。若道有未至,而徒效其辞,庸有当乎?

李全佳:《文心·情采》:"夫水性虚而沦漪结,木体实而花萼振,文附质也。虎豹无文,则鞹同犬羊;犀兕有皮,而色资丹漆,质待文也。若乃综述性灵,敷写器象,镂心鸟迹之中,织辞鱼网之上,其为彪炳,缛采名矣。"

徐复观:此指出简炼之文所易犯的缺失。《文心雕龙·体性》篇之八体中,有精约一体,与此约略相同。而刘彦和以"雅丽"为理想之文体,与陆氏之要求,亦无二致。

按:此段讲文章过于质朴而不够艳丽的毛病。徐复观谓以上五小段"系就是五种不同文体以论其利害所由"。杨牧谓陆机写作此五段,"概以音乐比喻文章,故言'偏弦',言'下管','徽急','声高','一唱'。除音乐之外,又以色彩('妖冶'),以食物('大羹')喻之,引谕比类,无所不用其极。以此段所使用之意象与《文赋》通篇所呈现之意象合观,则除音乐、色彩、食物外,陆机尚提出流泉、游鱼、翰鸟、花朵、树木、走兽、风云、伎匠、马术、苔草、玉石、水珠、翠鸟、舞踊、歌唱、琼玉、菽藿、囊篙、挈瓶、垣墙等等,以华盛其文采,达到雅艳的目的。操斧、伐柯,取则不远。以其人之创作文章体会其人之理论要求,所能言者,具于此云"。

释　义

这一大段分五小段,内容是论五种文病。但是,从陆机对这五种文病的论述中,也反映出他在文学创作上的美学理想。这就是要做到:应、和、悲、雅、艳。这五个方面互相联系,只有做到五美俱全,才是理想的佳作。方竑引杨铸秋云:"应字、和字、悲字、雅字、艳字,一层深一层,文之能事已毕。"这是一个很有见地的看法。

陆机在讲述这五个问题时,有一个共同的特点,就是都用音乐来作比喻。应,在音乐上是指相同的声音、曲调间的互相呼应而构成的一种音乐美。诗歌创作中的押韵,即运用了这个原理。刘勰在《文心雕龙·声律》篇中说:"同声相应谓之韵。"在我国古代美学思想中称之为"同"之美,即《国语·郑语》中史伯论"和同"的"同"。《淮南子·道应训》:"今夫举大木者,前呼邪许,后亦应之,此举重劝力之歌也。"在劳动之际,由相同的呼喊声互相呼应形成节奏,以引起人的美感,这大概在很古的原始社会就已经有了。陆机在这里是借音乐为喻,来强调文学作品在内容或文辞上都应当互相配合呼应,反对单调贫乏,而具有六朝人所提倡的"丰赡"之美。他认为文学作品应如众弦成曲,众色成彩,做到枝叶繁茂、色彩交辉,而不是偏弦孤唱、独帛单彩。这种丰赡之美,也就是刘勰在《文心雕龙·风骨》中所说的"丰藻克赡"。这也正是创作上的时代特色在理论上的反映。

和,在音乐上是指不同的声音互相配合,而构成的一种和谐之美。《文心雕龙·声律》篇讲诗歌的音乐美时说:"异音相从谓之和。"和之美比韵之美(即同之美)更难做到。刘勰说:"韵气一定,故余声易遣;和体抑扬,故遗响难契。属笔易巧,选和至难。缀文难精,而作韵甚易。"我国古代美学讲和与同,也认为和比同更美。史伯对郑王说:"和实生物,同则不继。"认为和是万物所以产生的原因。金、木、水、火、土五种不同物质和合而生万物,五味相和而有美味,六律相和而有佳音。史伯把美看成各种不同的东西和谐统一的表现,并把这个原理应用到政治上,认为帝王应当听取各种意见不同的谏言。《左传》昭公二十年(前522年)记载晏子在遄台,也曾对齐景公比较了和与同的不同作用,认为和乃是对立统一的表现。这和西方美学史上所讲的和谐之美的内容相近。比如赫拉克利特就说过:"对立造成和谐。""互相排斥的东西结合在一起,不同的音调造成最美的和谐。"(参见《西方美学家论美和美感》,北京大学美学教研室编)陆机以音乐上的和之美来比喻文学作品的和之美,着重说明"虽应而不和",只有"言靡"而缺少光华是不好的。"言靡"和"瘁音"不谐调,不能具备和之美。他强调"丰赡"之美要和刚健的气骨相配合,也就是说,不仅要"丰藻克赡",而且要"风骨"高飞,方能有和应之美。"丰藻克赡"是作品形似方面的问题,而"风骨"则是作品神似方面的问题。应和相兼,既有"丰赡"之美,又有"风骨"之美,这样才能做到形神兼备。从这里我们也可以看到陆机和刘勰在美学思想上的继承和发展的关系。

悲,《文赋》这段所述,不是指悲哀,而是指要感动人。愈是能强烈地感动人就愈悲。《韩非子·十过》篇记载,师旷与晋平公论乐时曾说,《清商》之"悲"不如《清徵》,《清徵》之"悲"不如《清角》,这个"悲"即指感动人的意思,而不是指悲哀。《淮南子·齐俗训》云:"徒弦则不能悲。故弦,悲之具也,而非所以为悲也。"这个"悲"也是指感动人。因为悲哀之音最易感动人,所以就由此而引申出用"悲"表示感动人的意思。陆机在这里强调了文学作品必须要有真实、鲜明的感情,强烈的爱憎态度,反对"言寡情而鲜爱,辞浮漂而不归"的倾向,说明他对当时形式主义文风的不满。他所指责的"或遗理以存异,徒寻虚而逐微"的现象,正是当时文坛上的不良风气。许文雨、程会昌在注释中都已指出了这一点。

雅，这是儒家传统的一个文艺批评标准。不过，陆机所说的"雅"，有受儒家思想影响的一面，也有和儒家传统不完全一致的一面。《毛诗序》说："雅者，正也。"儒家所说的"雅"，是指文艺作品从内容到形式都必须符合于儒家正道。拿音乐来说，雅乐是指合于古乐的正声，而不是适应时代需要的新声。《乐记》载魏文侯说："吾端冕而听古乐，则唯恐卧；听郑、卫之音，则不知倦。"雅乐即古乐，它的调子比较舒缓宽宏，声音平和中正。而新乐则比较紧张热烈，低昂互节，易于感动人。儒家所说的"雅"，具有明显的保守性和复古倾向。陆机说的"雅"，虽然有和《防露》《桑间》相对立的含义，但是，他说的角度和传统儒家不尽相同。他指的是比较广泛的意义上的"正"的意思，是针对当时"或奔放以谐合，务嘈囋而妖冶"的风气而言，是为了反对当时片面追求声色之美、内容轻浮、格调低下的偏向，而并不具有儒家那种保守性和复古倾向。陆机本人不但重视"新声"，而且提倡"新声"。陆机《与兄平原书》中说："文章实自不当多，古今之能为新声新曲者，无又过兄。""张公昔亦云兄新声多之不同也。"又评陆机《祠堂颂》云："然此文甚自难事。同又相似，益不古，皆新绮，用此已自为洋洋耳。""《漏赋》可谓清工，兄顿作尔多文，而新奇乃尔。"等等。说明陆机正和杜甫一样，是"不薄今人爱古人"的。

艳，这是陆机美学思想中反映时代特点的重要表现，也是他突破儒家传统美学思想的地方。陆机对儒家所提倡的"朱弦疏越"的古乐和"大羹不和"的淡味并不感兴趣。曹丕在《典论·论文》中一方面说文章是"经国之大业"，另一方面又主张"诗赋欲丽"。陆机则发展了曹丕的思想，既认为文章要起"济文武于将坠，宣风声于不泯"的作用，又强调"诗缘情而绮靡，赋体物而浏亮"，这就正是既雅且艳的要求的具体表现。陆机提倡"艳"，曾招来不少非议，并成为论证《文赋》是形式主义文学理论的一个重要根据。这种看法是不大公允的。文学作品应当讲究"艳"，如果文学作品都写成像"大羹不和""朱弦疏越"一样的东西，怎么能引起人的美感，从而起到它应有的作用呢？刘勰的《文心雕龙》也是肯定"艳"的。他赞扬屈原的作品"气往轹古，辞来切今，惊采绝艳，难与并能"，又说它是"金相玉式，艳溢锱毫"(《辨骚》)，充分肯定了《楚辞》"艳"的特点。"艳"本身并不是不好的，如果片面求"艳"，而忽略内容，那就如刘勰所说"吴锦好渝,舜英徒艳。繁采寡情,味之必厌"(《文心雕龙·情采》)了。那么,陆机是不是只求华艳而忽略内容呢?《文赋》的论述显然不是这样。它讲的明明是"既雅且艳",是"理扶质而立干,文垂条而结繁"。它反对的是"或遗理以存异,徒寻虚而逐微"。他是在重内容的前提下讲"艳"的,这有什么不好呢? 同时,我们还要看到,陆机提倡的"艳",在文学发展上起过的积极作用。六朝文学在艺术上所取得的成就,直接为唐诗艺术高峰的出现奠定了坚实的基础。因此,不能因为六朝文学发展有形式主义倾向,就归罪于陆机《文赋》提倡"艳",那不是一种实事求是的评价。

若夫丰约之裁，俯仰之形，因宜适变，曲有微情〔一〕。或言拙而喻巧，或理朴而辞轻。或袭故而弥新，或沿浊而更清〔二〕。或览之而必察，或妍之而后精〔三〕。譬犹舞者赴节以投袂，歌者应弦而遣声〔四〕。是盖轮扁所不得言，故亦非华说之所能精〔五〕。

校　勘

〔譬犹舞者赴节以投袂〕茶陵本云："赴"，五臣作"趁"。江本亦作"趁"。

〔是盖轮扁所不得言〕"扁"字后，《文镜秘府论》有"之"字。

〔故亦非华说之所能精〕"故亦非"，茶陵本无"故"字，五臣无"亦"字。江本同五臣本。"精"，《文镜秘府论》作"明"。

集　注

〔一〕李善：毛苌《诗传》曰："适，之也。"《楚辞》曰："结微情以陈辞。"《说文》曰："微，妙也。"

五臣：铣曰：丰约，文质也。裁，制也。依仰，谓上下也。因其所宜逐便而变，则委曲而有微情，谓文质相兼也。

孙月峰：善用之妙。

顾施祯：约，俭也。变者，或损或益。适者，随其所之也。

方廷珪：以下论行文之妙。丰约，谓文之详略。意重宜详，意轻宜略。裁，体裁。俯仰，谓文之抑扬。形，变态。宜，谓宜丰宜约。因者，不可执也。变者，谓或俯或仰。适者，无一定。曲，不直致。微，妙也。

程会昌：丰约，指文辞之简繁。俯仰，指文辞之位置。凡此皆属随手之变，运用存乎一心，故曲折而有微妙之情也。

李全佳：此言"丰约之裁，俯仰之形"，皆常神而明之，变通尽利也。若执一不化，则丰者失之繁芜，约者失之孤隘，仰则逼于先倨，俯则侵于后章,而非所语于曲尽其妙者矣。《典论·论文》:"文以气为主,气之清浊有体,不可力强而致。譬诸音乐,曲度虽均,节奏同检,至于引气不齐,巧拙有素,虽在父兄,不能以移子弟。"全佳按:引气不齐,巧拙有素,音乐则然。为文而能因宜适变,亦犹擅长音乐者之巧于引气,曲尽其妙也。(引《文心雕龙·神思》篇文,此略)"精妙通变,其微矣乎",即"因宜适变,曲有微情"之义也。《文心·附会》:"夫文变多方,意见浮杂。约则义孤,博则辞叛。……夫能悬识腠理,然后节文自会,如胶之粘木,豆之合黄矣。"《文心·总术》:"精者要约,匮者亦鲜,博者该赡,芜者亦繁。……按部整伍,以待情会,因时顺机,动不失正。"全佳按:义孤辞叛,鲜繁解体,盖由不知为文之术,不能"因宜适变"也。反之,则"悬识腠理","节文自会","因时顺机,动不失正",是即赋序所谓"随手之变","曲尽其妙"者矣。

徐复观:裁是由字数排列的形式所构成的体裁;体裁有丰(巨制),有约(短篇)。形是由文章的声色所构成的形体仪态,即《文心雕龙》中之所谓"体貌"。俯仰犹高下;文体之体,本援人的形体以相喻。但此处的俯仰须活看,以喻各种不同的体貌。下两句承上两句而言文章体貌之不同,各因其所宜以趋向(《尔雅·释诂》:"适,往也。"此处即趋向之意)于变,而其变并非遵循固定的法则,乃曲折而有微妙的情形。曲对直而言,微情对常情而言。若遵循固定法则以适变,则其变的途径是直线的。这也可以说是在常情之中的变。在固定法则之外以适变,则其变的途径是曲折的。这种变是出于常情以外的微妙之情。

〔二〕李善:孔安国《尚书传》曰:"袭,因也。"《礼记》曰:"明王以相沿。"郑玄曰:"沿,犹因述也。"

五臣:向曰:皆谓文质今古相半也。朴,质,沿,洄也。有袭故事而意乃新者,有因言之浊而更清也。

张凤翼:袭与沿皆因也。言拙喻巧,是以拙而用其巧也。理朴辞轻,是以朴而运其逸也。袭故弥新,沿浊更清,所谓神奇臭腐者也。

邹思明:抉玄洞幽,词采扶疏。

于光华:可药好新好巧之病,然文至此正不易得。

方廷珪:(释第二句)此自出机轴者。(释第四句)此引用前人者。

程会昌:此当加修改之功者。《文心雕龙·神思》篇:"若情数诡杂,体变迁贸。拙辞或孕于巧义,庸事或萌于新意,视布于麻,虽云未费,杼轴献功,焕然乃珍。"是其义也。(后二句)此已得通变之道者,《庄子·知北游》:"万物一也。其所美者为神奇,其所恶者为臭腐,臭腐复化为神奇,神奇复化为臭腐。故曰:通天下一气耳。"因故而更新,因浊而更清,盖以此理也。

李全佳:《文心·物色》:"故后进锐笔,怯于争锋。莫不因方以借巧,即势以会奇,善于适要,则虽旧弥新矣。"全佳按:因方即势,袭故也。借巧会奇,创新也。殆即推陈出新之义。《辨骚》篇称美屈原之文曰:"虽取镕经意,亦自铸伟辞。"此足为袭故弥新之确证,固不限于后进也。

徐复观:"或言拙而喻巧"六句,乃为"曲有微情"之变举例。《史记·陈涉世家》记陈涉为王后"其故人尝与佣耕者闻之"去见他:"入宫,见殿屋帷帐,客(故人)曰:伙颐,涉之为王沉沉者。""伙颐"乃当世楚地俚语,可谓"言拙";但由此而将陈涉为王的气派及乡下人惊叹的情态完全描写了出来,此即所谓"言拙而喻巧"。张衡《西京赋》"轻锐僄狡",注:"谓便利。"《墨子》可谓理朴(质朴)而辞亦朴。论孟、庄、韩,皆可谓理朴而辞轻。朴则重,后人常谓"举重若轻",意与此相近。李白、陈子昂的诗,韩愈的古文,可谓"袭故而弥新";当然还有字句上的袭故而弥新的。浊谓粗俗,乐府来自民歌,民歌近于粗俗;而名家的乐府诗,可谓沿(因袭)浊而更清。

〔三〕五臣:翰曰:谓或初览拙,察见其妙;有研味久,而后知精美。

张凤翼:览之必察,研之后精,咀嚼之而后知其为美者也。

方廷珪:览,谓览其引用之典故。察,察其可否。精,谓去上所指一切诸病。二句是不率易下笔者。

许文雨:(上十句)按丰约犹言繁简,俯仰犹言上下。剪裁之繁简,形制之上下,虽有万殊,要必随时而适用,因宜而通变,即势以会奇,因方以借巧,然后本隐以显,曲见微情,袭故而愈新,沿浊而益清,抑且研思而愈览精美,斯则善运通变之至效也。以言其次:则或拙辞孕以巧义,或真意缘以轻辞。循览之际,须加判察。此又刘勰所谓"情数诡杂,体变迁贸"之所致也。

程会昌:此总束上文,谓其曲变微情,有一览即知者,有精研乃得者。

徐复观:"览之而必察",盖近于《文心雕龙·体性》篇中的"显附"一体。"研之而后精",盖近于《体性》篇中"远奥"或"精约"一体。

〔四〕李善:王粲《七释》曰:"邪睨鼓下,允音赴节。"《左氏传》曰:"投袂而起。"杜预曰:"投,振也。"

五臣:铣曰:文入妙理,譬如善舞者趁节举袖,善歌者与弦相应遗合,其声如一也。投,举。袂,袖也。

张凤翼:赴节投袂,应弦遗声,歌舞之习而安焉者,喻文之妙也。

方廷珪:节,乐之节。投袂,谓舞。应,合也。弦,琴瑟之类。二句承上而赞其中节合度之妙。以上乃一篇中竟体皆妍,而无媸可指者。文至此方为尽善尽美。须合上四段看其用意逐层变化之法,亦以发明序中"述先士之盛藻"意。

徐复观:"赴节以投袂","应弦而遗声",即所谓"因宜适变"。

〔五〕李善:《庄子》曰:"桓公读书于堂上。轮扁斫轮于堂下,释椎凿而上问桓公:'敢问公之所读者,何言也?'公曰:'圣人之言。'曰:'圣人在乎?'公曰:'死矣。'轮扁曰:'然则君之所读者,圣人之糟魄耳。'公曰:'寡人读书,轮人安得议乎?有说则可,无说则死。'轮扁曰:'臣也以臣之事观之,斫轮徐则甘而不固矣,疾则苦而不入矣。不徐不疾,得于手而应于心,口不能言也,有数存焉于其间。臣不能以喻臣之子,臣之子亦不能受之于臣,是以行年七十而老斫轮。'"郭子玄云:"言物各有性,效学之无益也。"李预曰:"齐桓公也。"扁,言音篇,又扶缅切。斫,丁角切。谓斫轮之人,扁其名也。魄,音普莫切。李预曰:"酒滓曰糟。"司马彪曰:"烂食曰魄。"甘,缓也。苦,急也。李曰:"数,术也。"王充《论衡》曰:"虚谈竟于华叶之言,无根之深。安危之际,文人不与,徒能华说之效也。"

五臣:良曰:轮扁,古之善斫轮者。齐桓公堂上读书,扁曰:"读此何为?唯得古人之糟粕耳!且臣斫轮经今七十载矣,徐则甘而不固,疾则苦而不入,各得之于心应之于手而口不能传之于子。于今取古人之言而云达者未之有也。"凡发言不能成功者,谓之华说也。文章之妙,故非此辈所能精察而言也。

张凤翼:轮扁得心应手之妙而于此不得言,言文之妙也至此,而岂华说之所能精哉?

许文雨:(引《庄子》见上,此略。)按"数"谓形而上之技巧,非指形而下之规矩绳墨也。此重申序末所云"随手之变,良难以辞逮"之义。

程会昌:华说,犹美言耳。

李全佳:《文心·神思》:"至于思表纤旨,文外曲致,言所不追,笔固知止。至精而后阐其妙,至变而后通其数。伊挚不能言鼎,轮扁不能语斤。其微矣乎!"《文心·声律》:"故外听之易,弦以手定。内听之难,声与心纷。可以数求,难以辞逐。"

徐复观:《庄子·齐物论》"言隐于荣华",成玄英疏:"荣华者谓浮辨之辞,华美之言也。""华言"当目此出。但意不必与此完全相同。

本段总论

邹思明:"丰约"至"能精",言文之精妙入神也。

顾施祯:赋言五病宜戒,然又有善用之妙。若夫或丰而富、或约而俭之体裁,或俯而下、或仰而上之形态,因其所宜,适其所变,皆曲有微妙之情,难旁谕也,故其致非一。或言拙而所譬喻巧,则拙有微情;或理朴而所运之辞轻,则朴亦有微情。或因袭乎故,以有微情故弥新;或沿循乎浊,以有微情故更清。或览之而必察,理甚浅;或妍之而后精,理甚深。察与精,总亦有微情也。文之微情,即如舞之有节、歌之合弦,此曲之有微情也。譬犹舞者必赴节以投袂,不赴节舞不善也。歌者必应弦而遣声,不应弦歌不协也。是之微妙,盖轮扁所不能言,所云父子不相传受者,固非泛然华说之所能得此情矣。文有微情,庶有利无害也。

于光华:何(焯)曰:"作文之妙处不可言,但去其病处而妙已全矣。赋中历剖病处,正要人从此下手。究竟赴节应声之妙,原不可言。文也几于道矣。"

方廷珪:此段见作文要临机之时,驱遣有法,变化从心,即序中所云"随手之变,良难以辞逮"者。此时得心应手,又非一节之美可尽。末以歌舞为譬,亦是从音节上见。以上将文之妍媸好恶,一一分别详尽,便可接入应感之会一段,指出文机之通塞利害来。

黄侃:已上言随手之变,难以辞逮。

程会昌:前既略陈文术文病诸端,本节复申"随手之变,良难以辞逮"

之旨,盖示学者以不可拘牵也。

方玹:前之所论,其于利弊之端详矣。然文章变化,不可端倪。技之神者,盖未容以法度论也。或拙而弥巧,或朴而能轻,或故而翻新,或浊而更清。斯其运用之妙,盖非肤学所能骤识。要其俯仰先后,曲折步趋,协于声音,本乎天籁。当止者未能流,当流者不可止。所谓舞者赴节以投袂,歌者应弦而遣声,动中法程,而不容有意存,斯其致也。

王礼卿:(自"其为物也多姿"至此段)正论简别妍蚩之道。(会意遣言之妙)亦即详写利害好恶之由。此为赋之要旨所在,一篇之警策也。分五小段:(一)先示会意遣言妍巧之要,为全段纲领。以下各小段均承此意析论之,而以综论妙用为结束。此本段之结构也。(二)首论会意遣言之善(妍)者一端。盖言意之最美者为神理,神理之妙,资于音节而传,故首重音韵之谐调。音韵谐则得会意遣言之善,音韵舛则失会意遣言之妙,故为妍蚩好恶之由,与下四小节为同一义类也。先言其得,后言其失,与下小段反照作章法。(三)分论会意遣言之善(妍)者四端。皆先写其失,后论其得,而其得即由善用其失而来。四端相因而生,次第井然。此皆能得会意遣言之善者,文之所以妍好之由也。(甲)翦裁之妙——次序或舛,辞理有妨,皆文之病。必较其离合之得失,考其毫芒之殿最,虽应绳墨,犹不惜裁而去之,以期辞理次第俱臻至当而后已。盖乖越牴牾不足以为文,故先贵翦裁之当也。(乙)主旨之要——翦裁既得,文理俱丰,而主意不显。譬犹形容虽美,而懵然无神,美亦不存矣。故必以精警之片言,居一篇之典要,而其旨始明,其效始著。故次之以主旨之要。(丙)袭旧之力避——主旨既明,声色亦美,文虽绮丽,或蹈陈言。则优孟衣冠,前人牙慧,于此亦必须割爱,以存我之本来面目,而保其清新之致。故继之以袭旧之力避。(丁)创新之保存——陈言既去,新藻斯生。而孤特之秀句,类非常辞所能俪,虽全篇未称,犹可为平庸处生色。故终之以创新之保存也。能斯四者,可以得其妍矣。(四)分论会意遣言之不善(蚩)者五端。皆先述其故,后断其失。而此失与彼失相因而生,由浅而深,五端亦次第秩然。此皆失其会意遣言之善者,文之所以蚩恶之由也。(甲)枯寂之病——语意贫乏,失于枯寂,故虽清而无应和。才薄学窭者易有此失,故首举之以示戒。(乙)繁杂之病——欲矫枯寂之失,力求丰富,而气微力弱,不足以举之。句虽靡曼,而妍辞与弱音混合,此尚多而繁杂之病。故虽有应和而不谐和。(丙)空虚之病——思矫繁杂之失,又力探虚微。而既无义理,绝少情爱,流于浮荡无归,此空虚不真切之病。故文虽谐和,而无悲切之真情,不足以感人。(丁)不雅之病——思矫空虚之失,又力求奢丽。而徒侈靡悦目,音烦辞荡,流于妖冶,此徇俗不雅之病。故情虽感人,而非雅正之音。(戊)过质之病——思矫不雅之失,又力求清约。而质朴无文,言无余味,流于枯槁,此过质之病。故文虽雅正,而乏美艳。雅而不美,非文之至。去斯五者,可免于蚩矣。以上三段分论会意遣言之得失,亦即妍蚩之所由判。利害既明,下乃进探其无形之妙用。(五)综论会意遣言之妙用,即所谓巧也。为全段结束。此乃丰约不失其当,往复尽得其妙;因其宜而适其变,曲有其微妙之情。运朴拙为轻巧,化臭腐为神奇;意味深长,咀嚼而后知其美;神明变化,应和悉出丁天机,此文章至妙之境,故以巧不能传结之,与序文随手之变难以辞逮相应。全段层层摹写,剖析入微,如建章千门万户,使人目眩。而意若贯珠,辞如云锦,势若长虹,韵如笙簧,笔酣墨舞,一气呵成,极文家之能事矣。

　　徐复观:按此小段乃足补前十小段,与前十小段合在一起,在全文中写第三大段。其所以须补此小段以作此大段之结束,盖论作文利害之所由,则必提出若干原则或法则,以作衡断利害之标准,无标准即不能作批评。但第一,标准固定化,即成为创作的限制;故历来学文者,常由有法始,以无法终,即由有法而归于无法。第二,天才愈高,创作性愈强,一开始即不仅不受一般之所谓法的限制,且能颠倒一般所谓法的标准,化朽腐为神奇。此种人在文学史中世不间出,而文学的创新,常有赖于此。第三,人生价值系统的各领域,如宗教、道德、艺术、文学等,追索到最后时,必感到有某种"可意会而不可言传"的境界。若不将此不可言传的境界指出,即不算是领略到此一领域较完整的存在。此种不可言传的境界,尽管因人因时代而异;而且在某人某时认为难以言诠的,在另一人或另一时代而可将其表诠出来,但这只是将此种境界开拓向更高更深,决不能取消此种境界的存在;因为价值系统,是"无限意味"的系统。所以刘彦和在《神思》篇也以"至于思表纤旨,文外曲致,言所不追,笔固知止……伊挚不能言鼎,轮扁不能语斤,其微矣乎"作结。综上三端,应当可以了解此段的意味。

杨牧：此段承前文而来。文章艺术之渐臻于极致，虽有可分析解释之处，至其奥秘则无从详说。作者沉思转折，可以美恶互救，辞理平衡时更能化解困顿拙怪，提升层次。模仿得法，不但旧知识焕然变新，即使俗陋的调子，也可能超越发光。然而此"法"为文章开创新局面新姿态新风貌的奥秘，正确体会便得之，否则徒然辨说，终难把握。陆机以《庄子》轮扁之言为例，略道追求崇高艺术之辛苦，一方面主张沉潜领会的功夫，一方面也强调积练经验的重要性；这个观念贯穿六朝的文学理论，刘舍人言之极详。进一步视之，陆机也隐约揭示到顿悟之义，千年以后，严沧浪以禅喻诗曰"诗有别趣，非关理也"，又曰"不涉理路，不落言筌"者，参差近之。

释　义

这一段是对上文论文术、文病部分的总结，也是进一步申述小序中所说的"若夫随手之变，良难以辞逮"的意思。说明写文章的技巧以及容易产生的毛病等等，虽然也可以进行很多具体的论述、分析，但是，总不能说尽，也不能局限于这几个条条框框，而一定要根据每篇文章的具体情况来灵活机动地处理。所以，总的原则应当是"因宜适变"。写作过程中常常有许多超出常规的意外情况，往往是不能用语言所能完全表达清楚的。在这一段中，陆机引述了《庄子》中轮扁斫轮的故事，进一步说明了"言不尽意"的道理，强调不要拘泥于《文赋》前面所说的各项具体论述，而应当按照每篇文章的不同特点考虑运用不同的方法去写作。

普辞条与文律,良余膺之所服〔一〕。练世情之常尤,识前修之所淑〔二〕。虽浚发于巧心,或受欤于拙目〔三〕。彼琼敷与玉藻,若中原之有菽〔四〕。同橐籥之罔穷,与天地乎并育〔五〕。虽纷蔼于此世,嗟不盈于予掬〔六〕。患挈瓶之屡空,病昌言之难属〔七〕。故踸踔于短垣,放庸音以足曲〔八〕。恒遗恨以终篇,岂怀盈而自足〔九〕。惧蒙尘于叩缶,顾取笑乎鸣玉〔一〇〕。

校　勘

〔良余膺之所服〕"余",茶陵本作"予",云:善作"余"。唐陆柬之书、《文镜秘府论》、江本均作"予"。

〔或受欤于拙目〕"欤",茶陵本作"欤",云:五臣作"嗤"。唐陆柬之书作"蚩"。《文镜秘府论》、江本作"嗤"。

〔嗟不盈于予掬〕胡克家云:"按'嗟'当作'羌'。凡'羌'字五臣多改作'嗟'字。此必各本以五臣乱善。""予",茶陵本云:五臣作"手"。江本亦作"手"。

〔故踸踔于短垣〕"垣",茶陵本、《文镜秘府论》均作"韵"。

〔顾取笑乎鸣玉〕"乎",唐陆柬之书、《文镜秘府论》作"於"。

集　注

〔一〕李善:《尚书》:"帝曰:'律和声。'"孔安国曰:"律,六律也。"《礼记》:"子曰:'回得一善,则拳拳服膺,不失之。'"

五臣:济曰:普,见。文章之条流及与音律,实我心之所服玩也。膺,当也。

张凤翼:辞条,辞之条干也。文律,文之纪律也。言二者皆吾所佩服而不忘也。

闵齐华:律,法也。条,法中之条目也。

方廷珪:以下言俗见之卑,见当法前修。普,广也。应首段咏世德以下数句,指古人之文。膺,胸。服,著也。谓著于心而不忘。

梁章钜:(李善)注,《礼记》曰(略,见上)。今《礼记》及四子书皆作"回之为人也,择乎中庸,得一善,则拳拳服膺而弗失之矣"。本书(《文选》)《答客难》及《辨命论》二注引,"弗"亦均作"不"。

骆鸿凯:按辞条、文律,义一也。

许文雨:《赋》意亦犹昭明谓"历观文囿,泛览辞林,未尝不心游目想"也。

程会昌:辞条即文律,谓为文之法式也。六臣皆以音律说文律,非也。

徐复观:《玉篇》:"普,包也,遍也。""辞条",谓辞之条理,与《文心雕龙》中"辞理"一词正同。文律,谓文之法则。《中庸》:"得一善,则拳拳服膺,而勿失之矣。"朱《注》:"膺,胸也。奉持而著之心胸之间,言能守也。"此两句自述他之所以写《文赋》,是因为对一切(普)的辞条与文律,有特深的爱好。

按:程说是。此意张凤翼、闵齐华、骆鸿凯等已明白指出。李善及五臣以音律释文律不确。

〔二〕李善:《缠子》:"董无心曰:'罕得事君子,不识世情。'"尤,非也。《楚辞》曰:"骞吾法夫前修,非时俗之所服。"淑,善也。

五臣:翰曰:尤,过也。前修者,前贤也。淑,美也。练,简。时人之常过,乃识前贤之所美也。

张凤翼:前修,谓先代作者。

方廷珪:练,熟习也。世情,世欲作文之情。常尤,常犯之病。前修,古贤。言己作文必法前修,以起下世情之不然。

徐攀凤:何(焯)曰:"(李善)注:'《缠子》董无心。''缠'疑'墨'。又《汉书·艺文志》有《董子》一卷,注云:'无心难墨子。'或《缠子》乃《董子》之误。"按:何说非也。汉自有《缠子》,见《广韵》。

张云璈:陶诗"秋菊有佳色",注亦引《缰子》董无心语,是"缠"正当作"缰"。又按胡元瑞《笔丛》云:"马总《意林》引《缠子》云:'缠子修墨之业,以教于世。儒有董无心者,其言修而谬,其行笃而庸。言谬则难通,行庸则无主,欲事缠子。缠子云:"文言华世,不中利民、倾危、缴绕之辞者,并不为墨子所修;劝善、兼爱则墨子重之。"'皆《缠子》中语。盖二人同时,缠乃墨者,蔑董,自尊其教者也。"《董无心》历朝诸志咸有其目,宋吴秘尝为注释,见《文献通考》中晁氏所纪。盖南渡时尚存。《汉志》列董无心于儒家,谓其难墨,而郑渔仲以为墨氏弟子,谬矣。

程会昌:按《文心雕龙·通变》篇引桓谭云:"予见新进丽文,美而无采,及见刘、扬言辞,常辄有得。"与此同意。

徐复观:练,熟练;尤,过失;"常尤",常犯的遗失。前修,即前贤。此两句自述其具备作此赋之条件。

〔三〕李善:言文之难,不能免累。虽复巧心浚发,或于拙目受蚩。欤,笑也。欤与蚩同。

五臣:向曰:浚,深。谓作文者虽深发巧思,或与拙者见而笑之,言其不知音也。

方廷珪:巧心,即前修之文。世俗不知法前修,反从而笑之。起下前修之文同琼玉之美,原非难识。

梁章钜:五臣"欤"作"嗤",向注可证。胡公《考异》曰:正文当作"蚩"字,善以"蚩"字本不训笑,故取"欤"字为注。本书(《文选》)《咏怀诗》"嗷嗷今自蚩"之注引《说文》云:"嗤,笑也。嗤与蚩同。"考《说文》无"嗤"字,有"欤"字,云:"欤欤,戏笑貌。从欠之声。"此注中"欤,笑也",上亦当有《说文》曰"三字。两"欤"字皆当作"欤"。《咏怀》诗误"欤"为"嗤",当互相订正。

程会昌:薛传均《文选古字通疏证》:"'欤''蚩'皆从'屮'得声,故通。今'欤'字从山者,'山'字即'屮'字之讹。"此谓赏会之难,虽前修不免遭弹射也。

李全佳:(释上四句)《文心·知音》:"知音其难哉!音实难如,知实难逢,逢其知音,千载其一乎。""夫篇章杂沓,质文交加,知多偏好,人莫圆该。慷慨者逆声而击节,酝藉者见密而高蹈,浮慧者观绮而跃心,爱奇者闻诡而惊听。会己则嗟讽,异我则沮弃。各执一隅之解,欲拟万端之变。所谓东向而望,不见西墙也。""昔屈平有言:'文质疏内,众不知余之异采。'见异,唯知音耳。"全佳按:知音难逢,异我则弃,所谓世情常尤,受欤拙目也。《文心·通变》:"夫设文之体有常,变文之数无方。何以明其然耶？凡诗赋书记，名理相因，此有常之体也。文辞气力，通变则久，此无方之数也。名理有常，体必资于故实；通变无方，数必酌于新声。故能骋无穷之路，饮不竭之源。"全佳按：名理有常，体必资于故实，所谓识前修之所淑也。《文心·通变》："今才颖之士，刻意学文，多略汉篇，师范宋集。虽古今备阅，然近附而远疏矣。夫青生于蓝，绛生于蒨，虽逾本色，不能复化。桓君山云：'予见新进丽文，美而无采；及见刘、扬言辞，常辄有得。'此其验也。故练青濯绛，必归蓝蒨，矫讹翻浅，还宗经诰。"全佳按：近附远疏，此不识前修所淑之过也。桓君山服膺刘、扬，所谓前修所淑。归蓝蒨，宗经诰，亦识所淑之义。范文澜《文心雕龙注》："刘勰言资故实，又言酌新声；其意以为法必师古，故曰资故实。放言遣辞，宜补苴古人之阙遗。究之美自我成，术由前授；以此求新，人不厌其新；以此弃旧，人不厌其旧。天动星回，辰极无故；机旋轮转，衡轴常中；振垂弛之文统，而常为世师者，其在斯乎。"（按：此乃范文澜引黄侃《文心雕龙札记》之语。前四句今本《札记》所无，与今本范注文字亦有出入。）

徐复观：浚发犹言创发。此两句言鉴赏之不易。

〔四〕李善：琼敷玉藻，以喻文也。《毛诗》曰："中原有菽，庶人采之。"毛苌曰："中原，原中也。菽，藿也。力采者得之。"

五臣：铣曰：琼敷玉藻，谓文章妙句，其为无限，若中原有菽，采之则有同天地之气无穷并育于中也。菽，豆叶也。

邹思明：中原菽，言多也。

顾施祯：以玉饰藻，故《礼记》曰："天子玉藻。"皆喻文之美也。《诗》曰："中原有菽，庶人采之。"菽，豆也。本兴善道，人皆可行。此喻文之美者，人可至也。

于光华：言妙句无限。

方廷珪：琼敷，犹《诗》言"琼华""琼英"之类。玉藻，贯玉之杂彩丝绳也。以藻饰玉，喻不难辨，易于采取。

朱琦：（引李善注，略。）按《诗》郑笺云："勤于德者则得之。"与毛不异。其上文云："藿生原中非有主也。以喻王位无常家也。"士衡《赋》则当谓琼敷玉藻之文，惟勤学能致。所喻绝非《诗》本旨。又《晋书·凉武昭王传》："经史道德，若采菽中原，勤者多获。"《宋书·武三王传》："张约之上疏曰:'仁义之在天下,若中原之有菽,理感之被万物,故不系于贵贱。'"是此语六朝人习用之而喻意各别耳。

叶树藩:杨慎云:《易·说卦》"震为旉"。"旉"之为言布也。古文作"旉",今文作"华",盖花之蒂。《诗》凡"华"字皆叶音"旉",是其证也。

黄侃:有菽喻易采。

程会昌:"敷"借为"旉",与"华"同。"华",古音敷也。

徐复观:《书·舜典》:"敷奏以言。"琼敷,犹谓敷奏以言之美,有如琼瑶。《礼记》有《玉藻篇》,王者冕旒,以玉为饰,故称玉藻。两者殆皆指藏在古文章中的艺术因人素,即上文的辞条、文律。此两句言从成功作品中可资摄取之琼敷玉藻,随处皆有。

〔五〕李善:《老子》曰:"天地之间,其犹橐籥乎? 虚而不屈,动而愈出。"河上公曰:"橐籥,中空虚,故能育声气也。"王弼曰:"橐,排橐。籥,乐器。"按橐,冶铸者用以吹火使炎炽。《说文》曰:"橐,囊也。"音托。籥音药。

五臣:铣曰:橐籥,天地间气也。罔,犹无也。

张凤翼:谓文章秀句若中原之有菽,取之无穷,又如橐籥之声气并育于天地中而不穷也。

余萧客:"橐,以皮为橐,鼓风以吹火。籥,笛也。"(唐玄宗《道德经疏》一)"橐籥虚而能受,受而能应。"(宋徽宗《道德经解一》、时雍《道德经全解》上)"橐是没底囊,籥是三孔笛,总谓之鼓风鞴。"(李道纯《莹蟾子语录》一)"程大昌曰:'橐也者,嘘气满之而播诸冶炉者也。籥也者,受此吸而嘘之,所以播也。'"(彭耜《道德经集注》二)

方廷珪:承上前修之文,不独美而且多,直与天地之橐籥,发育万物,同其无穷。

许文雨:臧励龢《选注》:"橐籥,冶工用具,即鞴鞴。橐为外之椟,籥为内之管,中空虚,能育声气。老子言其'虚而不屈,动而愈出'。"

程会昌:按此所谓前修所淑,随手可采,终古无绝。

徐复观:按上句喻文章创造之无穷,下句言创造成功的作品,可与天地同其不朽,值得加以评鉴。

〔六〕李善:《毛诗》曰:"终朝采绿,不盈一掬。"毛苌曰:"绿,王刍。两手曰掬。"

五臣:翰曰:纷霭,谓繁多也。文华之词虽繁多于人世,嗟揽之不满于手掬也。

张凤翼:两手捧曰掬。

闵齐华:纷霭,谓文章繁词之多,即上琼敷玉藻是也。言彼自多,而己取独少,故患挈瓶屡空也。

邹思明:"辞条"至"予掬",言发抒华整,含韫广博,揽在一掬中也。

方廷珪:承上唯不知法前修,所以世俗文字虽多,而美者绝少,无可采取。

黄侃:"彼琼敷与玉藻"已下六句,言世间自有佳文,而佳者实鲜。

徐复观:上句言世成功之作品甚多,下句言自己却能从作品中体玩摄取者并不多。

〔七〕李善:挈瓶,喻小智之人,以注在上。何休曰:"提,犹挈也。"《左氏传》曰:"虽有挈瓶之智,守不假器。"《论语》曰:"回也屡空。"《尚书》:"帝曰:'禹亦昌言。'"孔安国曰:"昌,当也。"王逸《楚辞》注曰:"属,续也。"

五臣:济曰:挈瓶,小器也。谓小智之人,才思屡空也。属,缀也。

方廷珪:所贮无多,喻胸无学。故作文不给于用。(下句)言不能畅其所见。

黄侃:挈瓶自喻。昌言,谓古之佳文。此下言古人之文既鲜佳者,己之文亦复然。即此见士衡之谦虚。前云:"恒患意不称物,文不逮意","非知之难,能之难",此节与彼文相应。

许文雨:按《左传》昭公七年杜预注曰:"挈瓶,汲者,喻小智。"《尚书·大禹谟》孔安国《传》:"昌,当也。"盖以昌言为言之当也。

徐复观:《左传》昭公七年:"虽有挈瓶之知,守不假器。"杜注:"挈(用)瓶汲者,喻小智也。"按以瓶汲水,所汲者少,故屡空。此陆氏谦言以自己的才智短少为患。按此以喻过去成功的文章。

〔八〕李善:《广雅》曰:"蹢躅,无常也。"今人以不定为蹢躅。不定,亦无常也。《庄子》曰:"夔谓蚿曰:'吾以一足蹢躅而行,尔无如矣。'"谓脚长短也。蹢,敕甚切。躅,敕角切。《国语》曰:"有短垣,君不逾。"《尔雅》

曰:"庸,常也。"

五臣:济曰:踸踔,迟滞也。短韵,小篇也。言迟滞于小篇,放情常音,务添足曲声也。文有音韵,故通称曲也。

张凤翼:(上四句)谓小智之人,才思屡空,即美句亦莫有续缀。间成一韵,若一足而行,不免以庸常之音足之,其何能文哉。

方廷珪:唯屡空,故短韵,亦见其踸踔。唯难属,故不得不放庸音以足之。

孙志祖:"故踸踔于短韵",何校:"韵"改"垣"。志祖按:据注引《国语》似当作"短垣"。然六臣本亦作"短韵",善注无《国语》一条,而吕延济注有"迟滞,小篇"之语。则非"短垣"之误矣。疑善本有误作"短垣"者,后人遂谬引《国语》注之。汲古阁本只知改正本文,而注则袭而未删也。

朱珔:按胡氏《考异》谓袁茶本垣作"韵",无"《国语》曰"九字,此系尤改。段氏设十不可信以辨之,中言《国语》本作"君有短垣而自逾之",果延之伪注引亦当同,不应乖异。踸踔谓脚短长也。短垣可云踯躅不进,不得施于短韵。《赋》上文既云短韵,此不应复。是写书者涉上文而误,尤本独得之。余谓段说是也。踸踔短韵,殊不成文义。推赋意与上"患挈瓶之屡空",皆为喻语。挈瓶喻小智,故云昌言难属;此谓力薄而放庸音,如踸踔于短垣,未免踯躅之状,总形支绌。二者皆由于才有不逮,故下云"恒遗恨以终篇,岂怀盈而自足"也。孙氏考异亦疑善本之误,皆非。

许巽行:"韵",何改"垣"。按注,李氏本作"短垣",后人不解其义,臆改为"韵"耳。"短垣"与上"挈瓶"皆况比之词。

胡绍煐:济注释"短韵"为小篇,或五臣作"韵",善自作"垣"耳。

黄侃:"故踸踔于短垣"句,言为才分所限。

李全佳:按"踸踔"与"跉踔""跉卓"同。今本《庄子·秋水》篇作"跉踔而行"。成玄英疏:"跉踔,跳踯也。"《释文》"踔"作"卓",引李云:"跉卓,行貌。"夔一足跳踯而行,势必迟滞。才小之人,虽小篇亦觉难为,故以踸踔状之。济说甚是。然李释为"不定""无常""脚长短",有趑趄、踟蹰、徘徊观望意,亦通。

徐复观:按庸音,庸常之音。足曲,犹言成篇。此承上两句自谦谓:

"所以迟滞于此短文(即指自作之《文赋》),只好听任(放)庸常之音以成篇。"

按:从上下文意推究,当以"短垣"较妥,朱琦说得之。

〔九〕李善:言才恒不足也。《答宾戏》曰:"孔终篇于四狩。"

五臣:向曰:谓不工文者,终篇常有遗恨。恨未尽往境,岂有知盈满之分而以为自足也。

张凤翼:谓不能文者,终篇常有遗恨,岂能盈满快足其所愿哉!

方廷珪:言如此之文,必无惬心之处。盈,得意也。自足,自满足。

按:钱钟书释此上八句,于文意有进一步申发,兹录于下,以备参考。其云:"按作而不成,意难释而心不快,无足怪者,作而已成矣,却复快快未足,忽忽有失,则非深于文而严于责己者不能会也。其始也,'鹜八极而游万仞,观古今而抚四海',而兹之终也,'纷蔼此世,而余掬不盈'。盖人之才有涯,文之材无涯,欲吸西江于一口,而只能饮河满腹而已。前言劣手'混妍蚩而累良质',良工则解'缀《下里》《白雪》以济伟',而此叹'昌言难属,庸音足曲'。盖尽善尽美,毫发无憾,虽在良工,勿克臻此,至竟与劣手只如五十步百步而已。初曰'伊兹事之可乐',事毕乃曰'恒遗恨以终篇'。盖事之所能已尽,心之所有亦宣,斐然成章,而仍觉不副意之所期,如丘而止耳,为山尚亏也。事愿乖违(语见嵇康《幽愤诗》、《晋书·宗室传》谯王承《答甘卓书》、刘长卿《北游酬孟云卿见寄》、李后主《浣溪沙》、《仁王经·四无常偈》等),人生常叹,造艺亦归一律。文士之'遗恨终篇',与英雄之壮志未酬、儿女之善怀莫遂,戚戚有同心焉。……《文赋》所'嗟',正是斯情。然文成而得意如愿,复比比多有,如《宋书·范晔传》狱中与甥侄书自誉《后汉书》云:'实天下之奇作,乃自不知所以称之。'《颜氏家训·文章》云:'神厉九霄,志凌千载,自吟自赏,不觉更有旁人。'欧阳修《文忠集》卷四七《答吴充秀才书》云:'盖文之为言,难工而可喜,易悦而自足。'甚且如王昶《国朝词综》卷四六西湖老僧《点绛唇》云:'得意高歌,夜静声偏朗,无人赏,自家拍掌,唱彻千山响。'自得受用,未可因而断言其才高或其趣卑,故能为所欲为,踌躇满志乃尔。李光地《榕村语录》正编卷三〇尝评杜甫:'工部一部集,自首至尾,寻不出他一点自见不足处,只觉从十来岁以至于老,件件都好,这是一件大病。'杜甫于诗亦

'怀盈自足',不似陆机之'遗恨终篇',然二家文章正不以此为优劣也。《史通·自叙》:'每握管,叹息迟回者久之,非欲之而不能,实能之而不敢也。'则文士'遗恨'之又一端,败于人事,非己之咎。两恨孰深,必有能言之者。"

〔一〇〕李善:缶,瓦器,而不鸣,更蒙之以尘,故取笑乎玉之鸣声也。《文子》曰:"蒙尘而欲无昧,不可得也。"李斯上书曰:"击瓮叩缶。"

五臣:良曰:玉,谓玉磬。谓不工文者,若蒙昏尘之中以叩击瓦器,必取笑于鸣玉之人耳。

闵齐华:本无美声,更蒙之以尘,其声愈不美矣,所以取笑鸣玉,结上不盈予掬以下意。

邹思明:"挈瓶"至"鸣玉",言小智之人必见笑于大方。

方廷珪:缶,瓦器,本不善鸣,更蒙之以尘,声愈不扬,所谓自觉形秽也。顾,自顾。叩缶,喻己文之丑。鸣玉,喻人文之美。言自顾其文,知必取笑于人。《国语》:"赵简子鸣玉以相。"

程会昌:按鸣玉犹鸣球。《尚书·益稷谟》:"戛击鸣球。"传:"球,玉磬也。"叩缶,秦人之俗乐,以自喻。鸣球,先王之雅奏,以喻前修。

李全佳:蒙尘,犹言蒙辱也。"击瓮叩缶,真秦之声。"见李斯上书。言其文之不佳,声同叩缶,惧蒙辱也。顾,反也。叩缶,顶上"庸音"言;鸣玉,顶上"昌言"言。盖承上文言文之不佳,如叩缶之庸音,及取笑于古人金声玉振之昌言,为可惧也。或曰蒙尘,用《左传》僖二十四年"天子蒙尘"义,亦有辱意;叩缶,用《史记·廉颇蔺相如列传》"秦王击缻"义。缻,缶同。鸣玉,用《礼·玉藻》"玉锵鸣""鸣佩玉"义,谓雍容知礼之君子;皆借喻。待考。

本段总论

顾施祯:赋言文之微情难得,而时之俗见尤当辟,普哉辞有条例,与文有纪律,实皆予之所服膺而不敢忘者,但练熟世情之常病,无不犯条而失律,益识古贤所善必无此尤也。时俗卑陋,不习条律,常有善作文者,虽深发于巧心,已得微情而合法,或反受嗤于拙目,则俗论不可徇也。夫文之妍者,如琼敷之炳耀,玉藻之连络,似为罕有,岂知彼琼敷与玉藻,若中原之有菽，人得采之，则文之善者，人皆可到也。古今之美文无尽，日出愈新，同橐籥者之鼓气，动而无穷，直与天地乎并育。有天地即常有此文章，岂今人遂不可古人同哉！第今人之文，无不囿于卑近，虽纷蔼于此世，予揽而取之，嗟不满于予之一掬，鲜有若琼敷与玉藻之可赏者。每患乎挈瓶之小智，屡屡触物而空匮，此固病其昌大之言莫续古人矣。故枯寂之胸，蹖踔于短韵，乃放恣庸音以足曲，奚能具其条律、得其微情而称文之善乎？若斯者，恒遗恨以终篇，岂敢怀盈满之心而自足。所以惧文之媸如蒙尘叩缶，其响鄙浊，顾取笑于鸣玉之声，清越不杂也。挈瓶之智，岂不可愧！夫俗见不辟，则有害无利也何疑。

方廷珪：此段明作文不知法前修，只知步趋时下，历指其害。近人束书不观，此病尤多。但彼尚知恨知惧，近人不惟不知恨不知惧，且以自鸣其得意也，噫！通上前修与法前修为一大段。

黄侃：已上言古之佳文难得，而己作亦鲜有佳者。

许文雨：按自此段普辞条文律起，至下段开塞所由为止，乃陆氏《赋》陈文体之后，自述为文甘苦，聊发感慨也。

方竑：此其自道也。"练世情之常尤，识前修之所淑"，伤今而思古也。浚发巧心，受蚩拙目，叹知音之难。昌黎所谓"笑之则以为喜，誉之则以为忧"也。琼敷玉藻，虽纷蔼于此世，而学薄才疏，恒病昌言之难属。蹖踔短垣，庸音足曲，遗恨终篇，取笑鸣玉，则亦谦之甚者也。

王礼卿：附论文章取舍之则，用由妍蚩利害简择之义。首四句领起全段：以辞条音律为衡文之准；以前修所淑，世情常尤，为段之纲领。下分两层承写：先言前修之作，浚发巧心，佳篇至伙，继言世之文辞亦多，而可取者甚少；即偶有昌言，亦难终篇。自浚发巧心至天地并育，承前修所淑言之；自纷蔼此世至段末，承世情常尤言之；且两层首句均以虽字发端，互相对照，章法本甚清晰。而黄侃云："挈瓶自喻，昌言谓古之佳文。"又云："八句言古人之文既鲜佳者，己之文亦复然，即此见士衡之嗛虚。"案挈瓶喻世之小智，昌言指俗文中所偶有之佳句，故下承之以故字，而谓其如蹖踔之不能相称，文意本属一贯。此层以纷蔼二语领起，故此八句皆申明不盈予掬之意，承世情常尤而言。此世、世情两世字紧相呼应，则此层指世俗之文甚明。如解为自谦之辞，则凌乱不成章法矣。黄氏文学湛深，乃亦为此迷惘之论,是知论文之难。士衡所以服膺条律,良有以哉！状前修文之美,与序文先贤盛藻相应。写世俗文之难工,与序文"能之难"相应。全段洒脱朗畅,而条理秩然。

徐复观:此段言评鉴之难,对此段以上所作之评鉴,感到歉然有所不足;此乃从事于评鉴者应有的甘苦之谈。在全文中为第四段。"彼琼敷与玉藻"四句,最为重要。当评鉴文章时,自己悬一权衡以绳墨他人作品的得失,此虽为评鉴时所不能免,但究偏于主观,易枉人从己,且其事甚易。评鉴者虽胸有成法,而不可为成法所拘;必须深入于作品之中,就作品中领悟作者的用心,以吸取其菁英之所在,然后能随作者之创造以不断发现评鉴的新权衡;这样,文学的创作是活的,文学的评鉴也是活的。文学领域由创作而开扩,也由评鉴而开扩。并且创作中的开扩,常为作者所不自觉;由创作的开扩,转为评鉴的开扩,即是由不自觉的开扩,转为自觉的开扩,于是评鉴不仅不致成为创作的桎梏,而且可成为其推动者。"彼琼敷与玉藻"四句的究极意义,是说文学的价值,乃藏在作品的自身,须由评鉴者自己加以发现摄取。由这一基本意义,即可推出我上面所说的意义。但此乃非常困难之事。例如我对中国绘画的传统理论,有相当研究,但从具体作品中提出理论,便常感茫然。明了到这一点,便可明了陆氏此段文字所含的经历过程中的甘苦,而不是故作谦虚之词。

杨牧:此段陆机指出作者之认识和实践是不免有所偏差的。专致诚心之作者服膺文章的规矩和文学的纪律,洞悉世俗之尤,欣赏先士之美,始有劝动文风之志。然而文学的资料虽然丰富无穷,虽然理论上说来,力采者便可得之,便可以融会于自己的作品中,更提升超越使臻于理想的艺术;但各人勉强为之,所得究竟有限,困顿蹉跎,不得不妥协终篇,则不但自己不满意,更深怕遭受古今行家所讥笑,全段之称"舍""予",皆浮指有志向有认识之作者而言,称"篇"亦泛指作者经经营营的文章,其嗟恨则更指作者不能胜任终篇时所产生之常情,均承前文理路而来。惟徐先生以余为陆机自余,以篇为《文赋》此篇,以嗟恨为陆机将总结全文有感于评鉴之难而产生的谦虚之词,似乎主张此段与序文可以互相呼应("非知之难,能之难")虽非必然,也值得参考。

释　义

　　此段中心是感叹人的才能有限,常常不能如愿以偿地写出许多好作品。陆机感到尽管自己对文章写作中的原理与规则,非常了解,非常熟悉,对于一般人创作中的弊病,前贤创作中的优点,也能了如指掌,自己也经常能写出一些好的作品,但那毕竟是很有限的。个人才能限制,虽然世间有许多"琼敷玉藻",而且层出不穷,然而自己能得到的却很少。因此常常只能遗恨终篇,放庸音以足曲。陆机在这里把作家的才能主要归之于天赋,与下文把"应感之会"归之于"天机",是一致的。过分强调"天然",明显是受道家思想的影响。不过,从另一方面看,它也确实反映了真实情况。一个作家即使是很有才能的,也不能篇篇都写得非常如意,总是有成功有失败,而且失败常常多于成功。因为,创作毕竟是一种艰苦的劳动,它的成败要受到多方面因素的影响。

若夫应感之会,通塞之纪〔一〕,来不可遏,去不可止〔二〕。藏若景灭,行犹响起〔三〕。方天机之骏利,夫何纷而不理〔四〕。思风发于胸臆,言泉流于唇齿〔五〕。纷葳蕤以馺遝,唯毫素之所拟〔六〕。文徽徽以溢目,音泠泠而盈耳〔七〕。及其六情底滞,志往神留〔八〕,兀若枯木,豁若涸流〔九〕。揽营魂以探赜,顿精爽于自求〔一〇〕。理翳翳而愈伏,思乙乙其若抽〔一一〕。是以或竭情而多悔,或率意而寡尤〔一二〕。虽兹物之在我,非余力之所勠〔一三〕。故时抚空怀而自惋,吾未识夫开塞之所由〔一四〕。

校　勘

　　〔文徽徽以溢目〕茶陵本云:"以",五臣作"而"。江本亦作"而"。按:当以"以"为是,与下句"音泠泠而盈耳"相配。

　　〔揽营魂以探赜〕"营",《文镜秘府论》作"荧"。日本《真言宗全书》本《文镜秘府论笺》旁注引京都栂尾《高野寺无点本》作"营"。

　　〔顿精爽于自求〕"于",茶陵本作"而",云:善作"于"。《文镜秘府论》、江本均作"而"。

　　〔思乙乙其若抽〕"乙乙",茶陵本作"轧轧",云:善作"乙乙"。《文镜秘府论》作"轧轧"。

　　〔是以或竭情而多悔〕"以",茶陵本作"故",云:善作"以"。江本亦作"故"。

　　〔吾未识夫开塞之所由〕江本"由"下有"也"字。

集　注

　　〔一〕李善:纪,纲纪也。《周易》曰:"不出户庭,知通塞也。"
　　张凤翼:应感,迹也。通塞,遇也。其会与纪,皆文之所由生也。
　　方廷珪:感应,物感我,我从而应之,乃文之题目。会,心与物会合之时。以下论文机之通塞,方是发明序中利害所由意。盖文之妍,未有不出机之通,文之媸,未有不由机之塞。坊注于"其为物也多姿"以下各截,分属利害,在上面则为俯侵后章,在此处则为仰逼先条,是作者先自犯文戒矣,不可不辨。通,机之通;塞,文之塞。纪,文之绪也。二句领下。

许文雨:按刘勰论养气,亦云时有通塞。《礼记·月令》注:"纪,会也。"盖避与前句辞复,易"会"为"纪"耳。

徐复观:应感,是就主客的关系而言。作者的心灵活动是主;由题材而来的内容是客。有时是主感而客应;有时是客感而主应。"会"是主客应感的集结点,亦即是主客合一的"场";这是创作的出发点。通塞,是就心灵活动中的想象、思考而言。想象与思考的结果是意与言;意可以称物,言可以逮意是通,否则是塞。《说文》十三上"纪,别丝也",段注:"别丝者,一丝必有其首,别之是为纪。"按丝之首,即丝之端绪,故《方言》谓:"纪,绪也。"因此,"通塞之纪",即通塞之端。李善以纲纪释之非是。

〔二〕李善:《庄子》曰:"其来不可却,其去不可止。"《毛诗传》曰:"遏,止也。"孔安国曰:"遏,绝。"

五臣:(上四句)翰曰:用情有应感于会合之地者,通塞于纲纪之所者,则思来不可遏而拒之,思去不可止而留之,非人力所致也。

方廷珪:遏,拒而却之也。以下十二句言机之通。止,尼而留之也。上是汩汩而来,此是洒洒而去。

徐复观:"来"指感而斯应,及通而无塞说。反之则为"去"。不可遏(阻止),不可止,意谓此皆出于自然。

〔三〕李善:枚乘上书曰:"景灭迹绝。"《王命论》曰:"趣时如响起。"

五臣:翰曰:思之将藏,若形影之灭没也。将行,如音响之动也。

方廷珪:景,形之影。文之已成。响,声之响。文之入手。

许文雨:郭绍虞曰:"感兴方浓,不能遏止其发露;感兴不来,不能勉强酝酿。此一节形容感兴起灭,确是所谓'每自属文,尤见其情',深知此中之甘苦者。"

程会昌:《论语·述而》篇:"用之则行,舍之则藏。"《集解》引孔曰:"言可行则行,可止则止。"《书·大禹谟》:"惠迪吉,从逆凶,惟影响。"《伪孔传》:"吉凶之报,若影之随形,响之应声,言不虚。"

徐复观:塞则物与意皆隐藏而不见,如影之灭。行即是通,通则意应物而与物相称,言表意而与意相及(逮),有如响的应声。

〔四〕李善:《庄子》:"蚿曰:'今予动吾天机。'"司马彪曰:"天机,自然也。"又《大宗师》曰:"其耆欲深者,其天机浅也。"刘障曰:"言天机者,言万物转动,各有天性,任之自然,不知所由然也。"

五臣:翰曰:比之天机骏利,何乱不理也。天机,自然之性也。纷,乱也。

张凤翼:(上六句)去来行藏,言文思也。莫遏莫止,景灭响起,思之妙也,所谓天机也。何纷不理,言虽纷然而自有条理也。

方廷珪:天机,自然之机。骏利,敏锐。言之短长无不与物之情状相肖,所云举重若轻也。

徐复观:《说文》六上:"机,主发谓之机。"《国语·周语》"耳目,心之枢机也",注:"枢机,发动也。"写作时,想象、思考之始,乃由内向外发动之始,谓之机。不知其然而然的发动,谓之天机。《尔雅·释诂》:"骏,速也。"骏利,是快捷顺畅的发动。想象思考,本是理性的活动。由内向外发动出的想象、思考,能快捷顺畅,则意称物而言逮意,意条理于物,而言又条理于意,更有何纷乱而不能得其条理。

〔五〕李善:《论衡》曰:"吾言滴漉而泉出。"

五臣:向曰:思之发也,如风之起激于胸臆。言之出也,如泉之涌动于唇齿矣。

方廷珪:思之起如风发于胸臆。言之出如泉流于唇齿。思字、言字,断读。

程会昌:《论衡·超奇》篇:"诚实在胸臆,文墨著竹帛。"即此意。

徐复观:喻思为风,喻言为泉;胸臆即是心。此两句所以补足上两句。

〔六〕李善:威蕤,盛貌。驱逿,多貌。《封禅书》曰:"纷纶葳蕤。"毫,笔也。《篡文》曰:"书缣曰素。"扬雄书曰:"赍细素四尺。"

五臣:向曰:纷葳蕤,盛美貌。驱逿,壮貌。皆著于毫素之上。素,帛也。

方廷珪:纷,繁也。驱逿,马行疾貌,极形其骏利。因物肖形,无不如意。

徐复观:按《说文》十上:"駁、马行相及也。"《广韵》:"駁逻,行相及也。"相及犹"相接"。此句言许多(纷)华美之词,相接而至。素犹今日之所谓纸,拟犹向。此句言纸笔想写什么就能写什么。

〔七〕李善:延笃《仁孝论》曰:"焕乎烂兮,其溢目也。"《论语》曰:"洋洋乎盈耳哉。"

五臣:向曰:徽徽溢目,文章盛也。泠泠盈耳,音韵清也。

张凤翼:以上言文机之开也。

方廷珪:徽徽,美貌。泠泠,清也。以上极状文机之通,可谓尽态极妍,乃是利所由也。机通则文愈见其妍。

徐攀凤:(李善)注:"延笃《仁孝论》。"按:此乃延笃《与李文德书》,非《仁孝论》。

许文雨:郭绍虞曰:"以上说感兴来时,酝酿成熟,故能提起锐笔,一呵而就;此所以'或率意而寡尤'。"

徐复观:《说文通训定声》"徽"字下:"又重言形况字。《文赋》:'文徽徽以溢目',犹焕烂也。"又"泠"字下:"又重言形况字。《楚辞》初放'下泠泠而来风',注:'清凉貌。'"此两句言创作之效果。

〔八〕李善:《注春秋演孔图》曰:"诗含五际六情,绝于申。"宋均曰:"申,申公也。"仲长子《昌言》曰:"喜怒哀乐好恶,谓之六情。"《国语》曰:"夫人气纵则底,底则滞。"韦昭曰:"底,著也。滞,废也。"

五臣:济曰:志往神留,谓志思往而神留也。

方廷珪:以下八句言机之塞。志,心之所之。神,心之灵机。神留者,思不入也。下六句反复状此四字。

朱珔:(引李善注《春秋演孔图》及宋均说)按此纬书语,今见《太平御览》所引宋均注:"六情即六义也。一曰风,二曰赋,三曰比,四曰兴,五曰雅,六曰颂。"其说非也。《汉书·翼奉传》载所上封事云:"北方之情,好也,好行贪狼,申子主之。东方之情,怒也,怒行阴贼,亥卯主之。二阴并行,是以王者忌子卯也。南方之情,恶也,恶行廉贞,寅午主之。西方之情,喜也,喜行宽大,巳酉主之。二阳并行,是以王者吉午酉也。上方之情,乐也,乐行奸邪,辰未主之。下方之情,哀也,哀行公正,戌丑主之。辰未属阴,戌丑属阳,万物各以其类应。"《诗大序正义》释六情,亦据奉说。

奉盖传齐诗者，是其本义也。与此注下引仲长子《昌言》云"喜怒哀乐好恶，谓之六情"正合。至宋均以"绝于申"为申公者，陈氏寿祺谓申公之学为鲁诗，"五际六情"之说出齐诗，与申公无涉。或云"绝于申"者，绝于鲁也。绝于鲁者，盖尊齐而绌鲁之辞也。《诗纬》言阴阳术数与齐诗相传。疑鲁齐弟子有互相是非者，故《诗纬》之言如此。此说未当，考《毛诗·采薇》，《正义》引《泛历枢》云："阳生酉仲，阴生戌仲。"绝于申诸，谓五际之道，阳气至申而绝，至酉始生也。宋均注误解耳。

骆鸿凯：(上十句)"故思理为妙，神与物游。神居胸臆，而志气统其关键；物沿耳目，而辞令管其枢机。枢机方通，则物无隐貌；关键将塞，则神有遁心。"(《文心·神思》)"且夫思有利钝，时有通塞，沐则心覆，且或反常，神之方昏，再三愈黩。是以吐纳文艺，务在节宣，清和其心，调畅其气，烦而即舍，勿使壅滞。意得则舒怀以命笔，理伏则投笔以卷怀，逍遥以针劳，谈笑以药勚。常弄闲于才锋，贾余于文勇，使刃发如新，腠理无滞，虽非胎息之迈术，亦卫气之一方也。"(文心·养气》)"陆厥《与沈休文书》曰：'王粲《初征》，他文未能称之。杨修敏捷，《暑赋》弥日不献。''一人之思，迟速天悬。一家之文，工拙壤隔。'夫一人载笔为文，而有迟速工拙之不同者，何也？机为之耳。机豊则文敏而工，机塞则文滞而拙。"(《占毕丛谈》)"文之所起，情发于中。人有六情，禀五常之秀；情感六气，顺四时之序。其有帝资悬解，天纵多能，摛黼黻于生知，问珪璋于先觉，譬雕云之自成五色，犹仪凤之冥会八音，斯固感英灵以特达，非劳心所能致也。纵其情思底滞，关键不通，但伏膺无怠，钻仰斯切，驰骛胜流，周旋益友，强学广其闻见，专心屏于涉求，画缋饰以丹青，雕琢成其器用，是以学而知之，犹足贤乎己也。谓石为兽，射之洞开，精之至也。积岁解牛，莙然游刃，习之久也。自非浑沌无可凿之姿，穷奇怀不移之情，安有至精久习而不成功者焉。"(《北齐书·文苑传论》)

程会昌："留"亦有"滞"义。《吕览·圜道》篇："一不欲留。"注："留，滞也。"《史记·自序》："太史公留滞周南。"亦其证。

徐复观：按底滞，乃郁塞不通之意。心想创作，谓之志往。不能发挥想象思考之力，谓之神留。此与"天机骏利"相反。

〔九〕李善：《庄子》曰："形固可使如枯木，心固可使如死灰。"郭象注

《庄子》曰:"遗身而自得,虽挽然而不持,坐忘行忘而为之,故行若曳枯木,止若聚死灰,是以云其神凝也。"向秀曰:"死灰枯木,取其寂寞无情耳。"《尔雅》曰:"涸,竭也。"《国语》:"泉涸而成梁。"涸,水尽也。

五臣:济曰:兀若枯木,思不动也。豁若涸流,思之竭也。谓豁然空虚,涸而无水。

张凤翼:此状才尽思竭也。

方廷珪:兀,不动之貌。豁,已竭之貌。二句言寂无所遇。所云心似废井。

徐复观:孙兴公《游天台赋》"兀同体于自然",注:"无知之貌。"《广雅·释诂》三:"豁,空也。"李善:"《尔雅》:'涸',竭也。"此处言空无所有。

〔一〇〕李善:自求于文也。《楚辞》曰:"营魂而升遐。"《周易》曰:"探赜索隐,钩深致远。"《左氏传》:"乐祁曰:'心之精爽,是为魂魄。'"《孟子》曰:"使自求之。"

五臣:济曰:营,谓心府中也。观览心腑与魂魄,探赜文理,顿蓄精爽而求之。

方廷珪:魂者,阳之灵,能思,故曰营魂。《易》:"探赜索隐。"赜,杂也。此于心之动处形之。顿,住。爽,明也。精爽,魄也。魄者,阴之灵,能藏精爽之主也。此于心之静处形之。

梁章钜:(李善)注:"《孟子》曰:'使自求之。'"孙氏志祖曰:"疑是'使自得之'异文。周氏广业引作《孟子》逸句。"按《大戴礼·子张问入官》篇有"枉而直之,使自得之;忧而柔之,使自求之"之语,当是因此而误。

黄侃:自求于心也。

徐复观:《广雅·释诂》:"揽,持也。"《国策·秦策》"吾甲兵顿",注:"罢(疲)也。"按精爽犹精神。"自求"与"天机"相对,天机未至而勉力以求之意。此两句言作者运用力之勤苦。

〔一一〕李善:《方言》曰:"翳,奄也。""乙,抽也。"乙,难出之貌。《说文》曰:"阴气尚强,其出乙乙然。"乙音轧。《新论》曰:"桓谭尝欲从子云学赋。子云曰:'能读千赋,则善为之矣。'谭慕子云之文,尝精思于小赋,立感发病,弥日瘳,子云说。成帝祠甘泉,诏雄作赋,思精苦,困倦小卧,梦五藏出外,以手收而内之,及觉,病喘悸少气。"士衡与弟书曰:"思苦生疾。"

五臣:济曰:思逾伏而不发,情若抽而不出。翳翳,暗貌。轧轧,难进也。

方廷珪:上二句是状其入路之苦。此二句是状其出路之难。与上收视反听一段截截相反。轧轧,难出貌。以上极状文机之塞,真有爬腮挖耳苦状,乃是害所由也。机塞则文愈见其媸。

孙志祖:《吹景集》云:"《说文》解乙字云:'象春草木冤曲而出,阴气尚强,其出乙乙也。'松雪行楷作'轧'。'轧'字殊误。"

梁章钜:方氏以智曰:"乙乙,思欲出而屈郁也。通作轧轧。"元结《补乐章叙》曰:"乙乙冥冥,有纯古之声。"乙,亿姞切。《律书》:"乙者,轧轧也。"盖古音转借,即"札札弄机杼",声义亦从"轧轧"来。

胡绍煐:《释名》:"乙,轧也。自柚轧而出也。"《广雅》:"乙,轧也。"《史记·律书》:"乙者,言万物生轧轧也。"《礼记·月令》注:"乙乙之言轧轧也。"并读"乙",同"轧"。盖古音转借。《说文》:"轧,辗也。"义别。今并作"轧轧",或用"札"。

许文雨:按老子《道德经》注:"营,魂也。"盖单言曰魂,重言之则曰营魂,其义一也。《秘府》"营"作"茕",谓茕独之魂,亦助一解。按必"揽营魂""顿精爽"以造文,势必如刘勰所谓"销铄精胆,蹙迫和气,秉牍以驱龄,洒翰以伐性"。故有"扬雄辍翰而惊梦,桓谭疾感于苦思,王充气竭于思虑","曹公惧为文之伤命,陆云叹用思之困神"也。又按陆厥《与沈约书》云"翳翳愈伏,而理赊于七步"。状思理初发之致,盖本于此赋。郭绍虞曰:"以上说感兴未来,或感兴已去之时,即欲勉强作文,而时机未熟,不免徒劳无功。此所以'或竭情而多悔'。"

徐复观:《史记·律书》:"乙者言物生轧轧也。"此两句言天机未至时之徒劳无功。

〔一二〕李善:《左氏传》:"赵武曰:'范会言于晋国,竭情无私。'"《淮南子》曰:"人轻小害,至于多悔。"《论语》:"子曰:'言寡尤,行寡悔。'"包曰:"尤,过也。"

五臣:翰曰:或罄竭情思而犹不佳,故多悔;或率意而理亦通,故少过。

张凤翼:或苦思不得而多悔,或任意偶合而少尤。

方廷珪:竭其心思而不得,故多悔,顶上"塞"。任意而亦通,故少过,顶上"通"。

许文雨:按二句犹刘勰所谓"或率尔造极,或精思愈疏"也。

程会昌:二句总束上文。

徐复观:此两句总述上面的两种情形。

〔一三〕李善:物,事也。勠,并也。言文之不来,非予力之所并。《国语》曰:"勠力一心。"贾逵曰:"勠力,并力也。"

五臣:翰曰:虽文在我心,实难勠力所致。

张凤翼:所谓机非在我也。

于光华:若有神助。

方廷珪:物,指文机。非可强使之遇。

程会昌:兹物,谓文。文思开塞,时系天机。故或非力之所能及。

徐复观:兹物指文章创造之事。《战国策·中山策》:"勠力同忧。"韦注:"勉力也。"两句言文章虽由我所创作;但天机出于自然,却非我以勉强之力所得而致。

〔一四〕李善:开,谓天机骏利。塞,谓六情底滞。

五臣:翰曰:悁,怨也。故时抚怀自怨,我亦未识文章开塞之所由。言至难也。

方廷珪:悁,恨也。大抵多读多作则开,少读少作则塞。六句总结通塞意。

程会昌:《集韵》:"悁,惊叹也。"(引《文心雕龙·神思》,已见前注〔八〕)亦极论开塞之理,嗣更申言守静致虚,即所以调节文心,而《养气》篇言之尤备(引《养气》篇已见前注〔八〕),是开塞之由,虽莫识于一时,而虚静之境,当养之于平日。庶几临文效绩,可以寡悁矣。

徐复观:此两句总结上文。

本段总论

顾施祯:赋言文之利害,尤视乎思之通塞。若夫心与物感应之会,心与理通塞之纪,思之开而通也,来不可遏而拒之,去不可止而留之。其藏也,若影之灭而无迹;其行也,犹响之起而忽震。所以乘其会析其纪者,至神而精。方天机骏利之时,夫何纷而不理耶?既昭晰于一心,则思也如风之发起于胸臆,随在疾驰;言也如泉流涌于唇齿,任机奔赴。故纷然风泉相激,葳蕤而盛,骙遝而多,唯濡毫伸素之所拟,靡不可立就也。文之既成,则文采徽徽而溢满于目,奇韵泠泠而充盈于耳,其通之时如此。及其六情底著而滞废,锐进之志已往,久发之神倏留。兀然不思,若枯木之无情;豁然已竭,若涸流之靡余。当其无可若何之际,揽收其能思之营魂,以探理物之烦赜;顿蓄其内昭之精爽,反而自求,或冀其有得,内外思之,亦极其苦矣。宜其机少动也,乃理则翳翳然其暗,逾伏而不可发明;思则轧轧然其难,苦抽而不得即出也。何能有风发泉流之乐,溢目盈耳之盛哉。其塞之时如此。是以作者或竭情以求之,塞而不能通也,则多悔,或率意以为之,通而无少塞也,则寡尤。虽兹通塞之在我,非有外至,然自有天机,非余所获勠力自主者也。文之机难得,故时抚空怀而自愧,吾亦究未识夫或开或塞之所由来果何在矣。则文有利害亦俟乎机,不可强作耳。

于光华:何(焯)曰:"才有长短,思分通塞,然程才而效伎,在博以充之;意司契而为匠,在深思以运之。从古学士才人不出好学深思四字。"

方廷珪:此段极形文机通塞,与前收视反听一段,尤踞一篇之胜。通上为一大段。

黄侃:已上言文思开塞之殊。

许文雨:姚永朴云:"按以上言作文之甘苦。"

李全佳:(引《文心雕龙·总术》,此略)"因时顺机"数语,即天机骏利,何纷不理,思风发胸臆,言泉流唇齿之意。(引《文心雕龙·养气》,此略。)"理融情畅",即骏利盈溢也。"神疲气衰",即底滞枯涸也。"理融情畅,钻砺过分",则开塞之所由也。"意得",即所谓"天机骏利"也。"理伏",即所谓"理翳翳而愈伏"也。"烦而即舍,勿使壅滞",则必无"六情底滞"之患矣。(引《文心雕龙·神思》,此略。)"枢机方通,则物无隐貌",所谓"天机之骏利,夫何纷而不理"也。"关键将塞,则神有遁心",所谓"及其六情底滞,志往神留"也。("往"犹"遁"也,"留"犹"滞"也,"志往"与"遁心"同义,"神留"与"神行"相反)"无务苦虑","不必劳情",则无翳翳愈伏，乙乙若抽之弊矣。（引《文心雕龙·物色》，此略。）"率尔造极"，即所谓"率意而寡尤"也。"精思愈疏"，即所谓"竭情而多悔"也。（引《颜氏家训·文章》，此略。）"拙文妍思，终归蚩鄙"，"必乏天才，勿强操笔"，所谓竭情多悔，非力所勒了。（引沈约《答陆厥书》，此略。）"天机启则律吕自调"，所谓天机骏利，何纷不理，泉流唇齿，泠泠盈耳也。"六情滞则音律顿舛"，所谓六情底滞，志往神留，翳翳愈伏，乙乙若抽也。（引袁守定《占毕丛谈》，此略。）"机岜则文敏而工"，即所谓天机骏利，风发泉流，溢目盈耳，率意寡尤也。"机塞则文滞而拙"，即所谓六情底滞，若枯若涸，翳翳乙乙，竭情多悔也。（引《文心雕龙·附会》及《神思》，此略。）彦和虽主张"天机""神思"之说，然又言"率故多尤""愈久致绩"，是好学尤贵深思，博学尤贵慎思，初未尝废思考、矜神速也。世人知其一不知其二，才非骏发，而欲造次成功，几何其不为古人所窃笑也。士衡"或竭情而多悔，或率意而寡尤"，语亦须活看。盖为文时虽确有此情形，然不过偶然，而非常然，故"或"之；"或"之者，疑之也，乃不定语气也，岂既竭吾才而终无所就，率尔操觚反斐然成章哉！（引《南齐书·文学传论》，此略。）此言"感英灵以特达，非劳心所能致"，谓文章本天成，妙手乃得之，生知安行，不待困勉者也。与陆氏天机骏利，风发泉流说合。至云"伏膺无怠，钻仰斯切"，"强学广其闻见，专心屏于涉求"，则非戒人"揽营魂以探赜，顿精爽于自求"，且非肯定"兹物非余力之所勒"，"吾未识夫开塞之所由"，又微异夫陆说矣。孔子曰："困而不学，民斯为下。"又曰："安行勉行，成功一也。"子显之意深哉。（按：李误将《北齐书·文苑传论》写为《南齐书·文学传论》，故此"子显"当系李百药之误。）

方竑：此自述其思致通塞之情也。文之至者，多资神力为驱使。有若风雨之来，势不可遏。及其戛然而止，又复宇旷而天清。神之来也，虽率意而寡尤。神之往也，虽竭情而多悔。杜子美诗曰："读书破万卷，下笔如有神。"又曰："笔落惊风雨，诗成泣鬼神。"言其境也。"方天机之骏利"，即昌黎所谓"汩汩然来"者也。故曰："思风发于胸臆，言泉流于唇齿。"及其"六情底滞，志往神留"，则昌黎所谓若思若迷之际也。故曰："理翳翳而愈伏，思乙乙其若抽。"思有通塞之殊，文有易难之别。"竭情而多悔"者，思并而辞逆。"率意而寡尤"者，文顺而意从。此应会之天然,良非己力所能勠也。

王礼卿:进论文思通塞之故,亦申明妍蚩利害之所由也。首六句以通塞两义领起全段。下分两层承写:先言文思通利,则文辞泉涌,色盛音沛。继言文思滞塞,则理伏思涩,竭力亦难有成。顺结塞,逆挽通,顿住。末以通塞不关人力,其理难明作结,与前巧不能言相映照。章法严整,与上段相配。方伯海谓"此段极言文机通塞,与前收视反听一段尤踞一篇之胜"。盖以其摹文思通塞之状,形其难形;而华妙曲当,真传神手也。

徐复观:此在全文为第五段,所以补足第一大段创造历程中所常遭遇的文机有利有钝的问题。盖第一大段先述酝酿中想象思考之功;继述写作时布局、遣辞之术。在此种叙述中,不能解释同在酝酿与写作时何以不能收到同样效果的问题。此问题关系于天资学力的容易解释;但同一作者,亦有时发生此种问题,便不容易解释。陆机未能解释此一问题,所以说:"吾未识夫开塞之所由。"但他感到必将此问题提出,而后对创造历程的叙述,乃为完备。此亦为大画家所常遭遇到的问题。就我个人的经验说,一个题材,今日不知如何下笔。或下笔后不知如何发展,乃至为辞句所窘时,次日早上起来,却茅塞顿开,反难为易。我是如此,他人也会如此。所以陆机将此种情形补出,是很寻常的。郭绍虞昧于全文的结构,又不扣紧字句的训诂,而谓:"这一节论感兴",于是一九七九年,上海古籍出版社印行的王元化《文心雕龙创作论》,最后"释《养气篇》率志委和说"附录一、有"陆机的感兴说",捕风捉影,使《文赋》全文的意理、组织,都受到扰乱。王氏对《文心雕龙》的了解亦是如此。(按:徐复观此处对王元化先生的指责,是片面的带有偏见的。)所谓"感兴",是感于物而兴起的意思,即所谓"即物起兴",或"即境生情"。所以"感兴诗"与"即兴诗"无大分别。这与陆机此段所说,真可谓相去天壤。刘彦和在《文心雕龙》中批评了陆机的《文赋》,但实际是受了《文赋》的影响而向前发展的。所以陆机在此处所提出而未能解决的问题,刘彦和在《文心雕龙·神思篇》中已与以解决。《神思篇》:"是以陶钧文思,贵在虚静。疏瀹五藏(脏),澡雪精神。积学以储宝,酌理以富才,研阅以穷照,驯致以怿辞。""疏瀹五藏,澡雪精神",恰恰是与"六情底滞"相反,甚至可以说是医治六情底滞的。写作时的所以"志往神留",是因为六情底滞。六情底滞,有生理上的原因;董其昌曾说太饱、太饿、太疲劳,皆不适宜于作画。疏瀹五藏,正所以医治生理上的原因。六情底滞,有心理上的原因;杂念纷拿,自然阻遏了精神由专注而深入的想象、思考的功效,澡雪精神,正所以医治心理上的原因。六情底滞,还有的是学力上的问题。《神思篇》:"难易虽殊,并资博练。若学浅而空迟,才疏而徒速,以斯成器,未之前闻。"所以:"积学以储宝"四句,是从学力上解决"六情底滞,志往神留"的问题的。但即使是如此,从根本上解决了陆氏所提出的问题,但并不能因此而完全抹煞陆氏所提出的问题。因为文思的利钝,依然有种不能为人所预计的由内向外发动的"天机"是否呈现。当天机未能呈现时,便常有:"或理在方寸,而求之域表;或义在咫尺,而思隔山河"(《神思篇》),这也即《文赋》所说的:"或竭情而多悔。"然则生理、心理、学力的基本问题都解决了,而天机或有时不能呈现,这又如何解答?我以为写作时有种是"意识层的酝酿",这是《文赋》一开始所竭力描写的;有种是"非意识层的酝酿",甚至可以说是"潜意识的酝酿"。潜意识的酝酿,是把蕴藏在生命底层中相关的能力,从睡眠中开始觉醒,以进入意识层的酝酿,这样便天机呈现出来。否则会出现志往神留的现象。作者只有暂时放下,以待潜意识的跃出。当睡觉时想不出写不出的东西,次日一清早便能想出写出,这一方面是生理心理在疲劳后的恢复;另一方面也可能是在睡眠中有潜意识的酝酿。我这里只能作尝试性的解答。

　　杨牧:天机灵感,不是作者所能完全理会,吾人知其然,不知其所以然;这是陆机所提出的文学体悟,惟有饮水之人知其冷暖也。同样的观念,在西方传统中流行久远,诗人学者承认灵感之存在,却不勇于剖白分析之,以其无从解说之故。史诗诗人墾唤神祇助成,即表示己力有限,谦恭祈求上天赐降灵感神力的意思;但丁转而依靠维吉尔,只是意象上的改换,其本质不变。晚近心理学家透过另一层研究,试图说明灵感的奥秘,言之凿凿,事实上并未能真正解答这个问题。徐先生曰:"陆机在此处所提出而未能解决的问题,刘彦和在《文心雕龙·神思》篇中已与以解决",指生理、心理、学力三管齐下或可奏效云云。然而进一步检验玩味之,我们知道即使勠力如此,天机灵感之神秘性仍然存在,问题并未解决。故徐先生进一步提出"意识层的酝酿"和"非意识层的酝酿"(或"潜意识层的酝酿”)之观念,则暗合西方心理学者之尝试。在彼如何,在此亦然。

释　义

这段中心是讲创作灵感。所谓“应感之会”,就是指灵感冲动,而“通塞”即说的灵感有没有的问题。陆机对灵感来和不来的两种状况作了十分生动的描绘。他指出,作家必须重视灵感,善于在灵感涌现时,抓住时机进行创作。后来不少人受《文赋》启发,很重视这个问题。例如苏轼就很注意在灵感爆发时捕捉形象,他说:“作诗火急追亡逋,清景一失后难摹。”(《腊日游孤山访惠勤惠思二僧》)他讲文与可画竹时说,当胸中构思成熟,竹的形象在脑子里栩栩如生地展现出来时,就要立刻“急起从之,振笔直遂,以追其所见,如兔起鹘落,少纵即逝矣”(《文与可画筼筜谷偃竹记》)。由于创作灵感具有“来不可遏,去不可止。藏若景灭,行犹响起”的特点,因此,如果不抓住灵感涌现时捕捉形象,就很难创作出形象生动、有声有色的好作品来。苏轼曾说:“求物之妙,如系风捕影。”(《答谢民师书》)良机一失,难能再得。王夫之在《夕堂永日绪论·内编》中也说:“以神理相取,在远近之间,才着手便煞,一放手又飘忽去,如物在人亡无见期,捉煞了也。”我国古代文学理论很重视创作灵感的作用。在六朝像刘勰、沈约、颜之推等都有不少和陆机类似的论述(已见上集注),并且,在《文赋》的基础上还有所发展。

陆机认为灵感来否,主要取决于“天机”,人自己是无法掌握的,即所谓“虽兹物之在我,非余力之所勠”。这似乎有些神秘感,但也无可否认,灵感的爆发确实有一定的偶然性。当然,这种偶然性是包括在必然性中的。因为灵感从根本上说,乃是作家长期丰富的生活积累和辛勤劳动的结果。在丰富的生活经验的基础上,受到某一特定生活现象的触发,爆发出某种思想的火花,涌现出极其生动的形象,这就是灵感产生的缘由。杜甫说“忆在潼关诗兴多”(《峡中览物》),正是因为当时恰值安史之乱,杜甫在兵荒马乱之中,颠沛于京洛道上,许许多多的生活现象激动着他,使他写出了著名的“三吏”“三别”等作品。苏轼在《书蒲永升画后》中说,蜀人孙知微在大慈寺寿宁院壁作画,“营度经岁,终不肯下笔”,“一日,仓皇入寺,索笔墨甚急,奋袂如风,须臾而成,作输写跳蹙之势,汹汹欲崩屋也"。这正说明孙知微的灵感是经过长时期的观察、研究,积累了许多生活体会之后,才一旦爆发的。清代袁守定在《占毕丛谈》中说:"文章之道,遭际兴会,摅发性灵,生于临文之顷者也。然须平日餐经馈史,霍然有怀,对景感物,旷然有会,尝有欲吐之言,难遏之意,然后拈题泚笔,忽忽相遭,得之在俄顷,积之在平日,昌黎所谓有诸其中是也。舍是虽刓精竭虑,不能益其胸中之所本无,犹谈珠于渊而渊本无珠,采玉于山而山本无玉,虽竭渊夷山以求之,无益也。"当然,在陆机那个时代,要求他对灵感这样复杂的精神活动现象,作出科学的解释,这是不实际的。他能够首先提出创作中的灵感问题,强调它对创作成败的重要作用,这就是他对文学创作理论的一个很大的贡献。比之于古希腊的柏拉图把灵感说成神灵附身的一种迷狂状态,陆机显然是实际得多,他只是如实地描写了灵感来时和灵感枯竭时的不同情状,深感自己无法掌握而已。后来,刘勰、萧子显等就进一步提出了通过培养虚静的精神境界和积累知识学问来酝酿创作灵感的问题。因此,我们对陆机的灵感论必须给以应有的历史地位和恰如其分的评价。

伊兹文之为用,固众理之所因〔一〕。恢万里而无阂,通亿载而为津〔二〕。俯贻则于来叶,仰观象乎古人〔三〕。济文武于将坠,宣风声于不泯〔四〕。涂无远而不弥,理无微而弗纶〔五〕。配沾润于云雨,象变化乎鬼神〔六〕。被金石而德广,流管弦而日新〔七〕。

校　勘

〔伊兹文之为用〕“之”,唐陆柬之书、《文镜秘府论》均作“其”。

〔恢万里而无阂〕“而”,茶陵本作“其”。唐陆柬之书、《文镜秘府论》、江本均作“使”。

〔仰观象乎古人〕“乎”,茶陵本云:五臣作“于”。唐陆柬之书、《文镜秘府论》作“于”。

〔理无微而弗纶〕“弗”,茶陵本、唐陆柬之书、《文镜秘府论》、江本均作“不”。

集　注

〔一〕五臣:良曰:伊,惟也。惟此文之为用,固乃考众妙之理所因而成。

于光华:归到理字。因,因文以发明也。

方廷珪:以下论文之功用以结之。

程会昌:《文心雕龙·体性》篇:“夫情动而言形,理发而文见,盖沿隐以至显,因内而符外者也。”

徐复观:众理因文而显,故谓“为众理之所因”。

〔二〕李善:言文能廓万里而无阂,假令亿载而今为津。《法言》曰:“著古昔之昏昏,传千里之忞忞者,莫如书。”轨曰:“昏昏,目所不见。忞忞,心所不了。”《小雅》曰:“阂,限也。”

五臣:良曰:使广大万里以为一也,通文章之津梁使得达也。恢,大。

亿,远。贻,遗也。

于光华:(万里句)四海。(亿载句)古今。津,法也。

方廷珪:阂,限也,远迩毕达。津,津梁,人之赖以济者。信今传后,知人论世,皆不能外,故为津。

黄侃:上句言所传者广,下句言所行者久。又文章容时容方,皆修广逾恒也。

程会昌:《说文》:"津,渡也。"

徐复观:按上句以空间言,下句以时间言;《说文》十一上:"津,水渡也。"由此岸到彼岸为水渡。言人之精神可以通于亿载,而文为之津渡。

〔三〕李善:叶,世也。《幽通赋》曰:"终保己而贻则。"《尚书》曰:"予恐来世。"又曰:"予欲观古人之象。"

五臣:良曰:遗法则于来世,是见古人之象也。

张凤翼:(上六句)文必以理为主,理必因文而明,故曰所因。阂,限也。万里无阂,合远近也。亿载为津,通古今也。俯仰之间,为法将来,取法往古,皆兹文为之也。

方廷珪:贻,垂也。则,文之法。来叶,后世。应上先士。必如此之文方可传。观,效也。象,文之体。俯仰,即上下。

程会昌:贻则来叶,谓垂范后世。观象古人,谓取法前修。

〔四〕李善:《论语》:"子贡曰:'文武之道,未坠于地。'"《尚书·毕命》曰:"彰善瘅恶,树之风声。"《毛诗》曰:"靡国不泯。"毛苌曰:"泯,灭也。"《尔雅》:"泯,尽也。"

五臣:良曰:济文武之道,使不坠于地,宜畅风俗,申于颂声,至于不泯灭也。

方廷珪:文武之道,赖文以显。宣,阐扬也。风声,政教之余。

〔五〕李善:《法言》曰:"弥纶天地之事,记久明远者,莫如《书》。"《周易》曰:"《易》与天地准,故能弥纶天地之道。"王肃曰:"弥纶,缠裹也。"

五臣:翰曰:文经天地,故无远不弥,无微不纶。

方廷珪:涂,道也。弥纶,本《易·系辞》语。弥,有终竟、联合之意。涂虽远,文皆有以弥之使近。纶,有选择条理之意。理虽微,文皆有以纶之使显。

〔六〕李善：《论衡》曰："山大者云多，太山不崇朝，辨雨天下。然则贤圣有云雨之智，彼其吐文万牒以上。"贾子曰："神者，变化而无所不为也。"

五臣：翰曰：文德可以养人，故配沾润于云雨；出幽入微，故象变化乎鬼神。

张凤翼：(上四句)文经天地故无远不弥，无微不纶。配、象，言文也。

方廷珪：云雨有沾润万物之功，文有阐扬万物之功，故云配。

许巽行：(李善)注："不崇朝而雨天下。""而雨"，何改"辨雨"。按"辨"与"遍"同。(嘉德按：《集韵》"遍"亦作"辨"。《史记》"瑞应辨至"，注云："辨"与"遍"同。此改"辨雨"，言不崇朝而雨遍天下也。)

徐复观：云雨沾润万物，文章沾润人生，故谓："配(匹，比)沾润于云雨。"鬼神变化不测，文章亦创新尤劣，故谓："象(法)变化乎(于)鬼神。"

〔七〕李善：金，钟鼎也。石，碑碣也。言文之善者，可被之金石，施之乐章。《礼记》曰："金石丝竹，乐之器也。"《汉书》曰："圣王已没，钟鼓管弦之声未衰。"《吴越春秋》："乐师谓越王曰：'君王德可刻之于金石，声可托之于管弦。'"《毛诗》曰："《汉广》，德广所及也。"《周易》曰："日新之谓盛德。"

五臣：翰曰：辞韵流于金石管弦之声。君王德广而不衰，故曰日新。

张凤翼：言文之善者，可被之金石；文之美者，可施之乐章。

于光华：以文之垂久为结。

方廷珪：被，犹布也。金，钟鼎。石，碑。管弦，丝竹。凡人有所德，非文无以被之金石，流之管弦。极赞文之为用大也。

徐复观："德广"，谓文章之功用长久。"日新"，谓文章之价值常存。

本段总论

邹思明：此言文之合远近、通古今、宏奥不测，可传可诵以结之。

顾施祯：赋言文之利害详矣，请终言其功用。维兹文之为用，以文明理，固众理所因以著者。万里之遥，恢之而无阃限；亿载之久，通之而为津梁。俯则贻垂法则于来叶，仰则观效体象于古人。故能济先王之道于将坠。宣先王之教于不泯，即舟车不通之涂，无远而不弥满以达之；毫发所难穷之理，无微而弗论合以显之。其广大微妙如是，则泽之遐布，配沾润之物于云雨，神之运行，象变化之奇于鬼神。国家之盛德，亦赖有文以被之金石而益广，流之管弦而日新，则文之功用何如哉！

黄侃：已上总叹文用。

许文雨：按自"体有万殊"句起，至此篇末，为本文后半篇，所谓"心识文体"者即此。

骆鸿凯："盖文章经国之大业，不朽之盛事。年寿有时而尽，荣禄止乎其身。二者必至之常期，未若文章之无穷。"（《典论·论文》）"爰自风姓，暨于孔氏，玄圣创典，素王述训，莫不原道心以敷章，研神理而设教，取象乎河洛，问数乎蓍龟，观天文以极变，察人文以成化；然后能经纬区宇，弥纶彝宪，发挥事业，彪炳辞义。故知道沿圣以垂文，圣因文以明道，旁通而无滞，日用而不匮。"（《文心雕龙·原道》）

李全佳：挚虞《文章流别论》："文章者，所以宣上下之象，明人伦之叙，穷理尽性，以究万物不宜者也。"《文选序》："《易》曰：'观乎天文以察时变，观乎人文以化成天下。'文之时义远矣哉！"《文心·序志》："唯文章之用，实经典枝条。五礼资之以成，六典因之致用，君臣所以炳焕，军国所以昭明。"

方竑：辞条文律，既备于前，文章之用，又不可略而不言。孔子曰："言之不文，行而不远。"周子曰："文以载道。"今平原曰"众理之所因"，曰"济文武于将坠"，曰"理无微而弗纶"，是载道也。曰"通亿载而为津"，曰"俯贻则于来叶"，曰"涂无远而不弥"，曰"流管弦而日新"，是行远也。其至也，"配霑润于云雨，象变化乎鬼神。"是故文章之用，狭言之，则曰载道行远。广言之，则可曰弥纶万有，细大毕具。文之本原于情之不能已。而民生因之以绵延，教化赖之而演进。君子于以见其志，小人借以文其奸。变化鬼神，于斯征之矣。（引《典论·论文》及《文心雕龙·原道》，已见上，此略）此皆言文章之事，行则放乎天地，卷则原乎道心。君子之欲树德建言，舍此皆莫之能致也。韩昌黎论文之言曰："养其根而俟其实，加其膏而希其光，仁义之人，其言蔼如也。"又曰："行之乎仁义之途，游之乎诗书之源，无迷其途，无绝其源。"欧阳公亦曰："道胜者文不难而自至。"若子云、仲淹勉焉以模言语，以道未足而强言者也。信哉其为知言君子之言也。文有大本。其始也,大本已立,而后飙流余焰发为至文;其末也,则逐于文而遗其本。士衡作《文赋》,述先士之盛藻,因论作文之利害所由,而于文之大本所存,盖略焉未备。然其言曰"颐情志于典坟",曰"漱六艺之芳润",曰"理扶质以立干",曰"仰观象乎古人",则固已揭其要领,读者所未可忽也。周秦以上,未闻以格律声调为言者。魏晋而降,其论愈演而益精以严。然文之至者,终未能逾于三代秦汉,岂古今人果不相及欤? 无亦本末终始,推移分合,运会所趋,有必然之势乎? 是固可以深长思也。

王礼卿:结论文章之功用。以上各段已就文之各端详密析论,题之要义已毕。此特推阐文之功用,以显文章之声价,为全文总束。首标章旨。下用列举递叙:言文能远通万里,贯穿古今,垂法永久,承流邈远,缵扬道化,弥纶妙理,霑润广溥,变化神奇,传流善迹,陶融德性,其功用之宏远有如此者。义周藻密,语壮调响,足为大文总结,更为文章生色。

徐复观:此在全文为第六段,言文章之功用、价值,以总结全篇。中国文学传统,不孤立地看文章的功用、价值,而常系弥纶整个人生活动之所及以为言。较之曹丕《典论·论文》"盖文章经国之大业"一段,此处言切而意义深广。

杨牧:陆机以论文之为用,总结一篇探索文学原理的著作,其态度是绝对正面而肯定的。徐先生指出此处所言文用较之魏文"盖文章经国之大业"更确切更深刻而博通,诚然。惟今日顺作者文气看来,收束二句以文章之德广日新尚有待于金石管弦之助成,则不免觉其敷衍多余。李善引《吴越春秋》乐师谓越王曰:"君王德可刻之于金石,声可托之于管弦";士衡所论文德,实已超越一般君王之德,焉待附庸金石管弦以广显永新之为? 徐先生疏曰:"中国文学传统,不孤立地看文章的功用价值,而常系弥纶整个人生活动之所及以为言。"这一点当然毋庸置疑。然而"弥纶整个人生活动之所及以为言"其实也是西方文学传统看文章功用价值的精髓骨干,质言之,西方传统之看文章,也是不孤立的。这一点亦毋庸置疑。惟吾人检讨西方文学史,不难看到历代都有为诗辩护之作,睿智博学之士每发慷慨反击之声,批判社会俗辈对于文学艺术之误解,并借机重申文章的功用价值;反看中国传统,这种竭力的自卫可谓绝无仅有。中国诗人之信心从容,不必为文章辩护,无非斯艺陈义自高,源远流长,无可掠夺故。孔门说诗之精纯虔敬,非柏拉图等西哲所能望其项背。然而不然,惟其诗人不孤立地看文章的功用价值,欲以之弥纶整个人生活动之所及,诗便不仅是为了温柔敦厚的教养一端而已;诗须拔脱浮俗,教诲时代,须为生民立命,开往继绝;诗须超越而介入,高蹈而参与。诗是赞颂,也是质问、诘难、批判的一种手段,"固众理之所因"。陆机以东吴世家子弟仕事司马氏,性命闪烁危殆,终则被谗伏诛;乃于死前不数年间属笔作《文赋》(公元300—302年间完成),兵马倥偬之际犹"述先士之盛藻,因论作文之利害所由",则作文当然"弥纶整个人生活动之所及"了。

按:杨牧谓《文赋》作于300—302年间,当系用逯钦立、陆侃如、徐复观等人之说。然此说实无确据,陆机此时身系八王之乱,恐无暇作《文赋》。故其说亦不妥。

释　义

《文赋》最后一段论述文章的社会功用。对这个问题的看法,陆机没有提出什么新的见解,基本上是承袭了儒家的传统观点。关于文章的社会功用在《文赋》中不是主要问题,而是附带论到的。有的人(如上方竑说)把陆机说成"载道"派,这是不合适的。陆机在文学思想上对儒家传统有很大突破(参见前面关于"缘情"及提倡"艳"的分析),在创作思想上则受道家影响很大。不过,从这最后一段中,也可以看到他在文学思想上确是儒道并蓄,这也是儒道合流在文艺思想上的反映。

附录一——历代各家对《文赋》的总评

陆云《与兄平原书》第八书：

兄文自为雄，非累日精拔，卒不可得言。《文赋》甚有辞，绮语颇多，文适多，体便欲不清。不审兄呼尔不？

刘勰《文心雕龙·序志》：

陆《赋》巧而碎乱。

又：《文心雕龙·总术》：

昔陆氏《文赋》，号为曲尽，然泛论纤悉，而实体未该。

钟嵘《诗品·序》：

陆机《文赋》，通而无贬。

张怀瓘《文字论》：

陆平原《文赋》，实为名作。

李善《文选》注：

臧荣绪《晋书》曰："机，字士衡，吴郡人。祖逊，吴丞相，父抗，吴大司马。机少袭领父兵，为牙门将军。年二十而吴灭，退临旧里，与弟云勤学，积十一年，誉流京华，声溢四表，被征为太子洗马，与弟云俱入洛。司徒张华，素重其名，旧相识以文。华呈天才绮练，当时独绝；新声妙句，系踪张蔡。机妙解情理，心识文体，故作《文赋》。"

孙鑛(月峰)评《文选》(见《文选瀹注》)：

士衡本文人，知之精，故说之透，皆极深研几之语，谓曲尽其妙，良不诬。

良工苦心，亦几于腐毫钵肝矣。

邹思明《文选尤》：

文之品贵者疱村未闲，华鲜者抽思未彻，至如此《赋》，博洽玄微，周详委曲，殆所谓探颐妙门，精穷奥业者也。

丝理秩秩,艳不伤雅。体致嶙嶙,异不浇淳。气如纤流,迅而不滞。词如繁露,贯而不糅。湛月路以舒光,架云门而擢秀。珠胎莹色,凤彩含姿。

何焯《义门读书记》:

(录李善引臧荣绪《晋书》,此略)按此则此《赋》殆入洛之前所作。老杜云"二十作《文赋》",于臧书稍疏耳。

于光华《文选集评》:

何义门曰:"论文之妙备矣。""心志"字、"意"字、"理"字,皆紧要处。文贵可传,故首坟典,末归于被金石而流管弦也。起言文之原本,次言运思命笔之事,次言体致之各殊,为前大段。中言会意遣言之细,正是利害所由,为后大段。而以文之用为结,此全篇结构也。

方廷珪《昭明文选大成》:

按兹《赋》前后共十二段。若不将序文细分其段落,读者不免望洋而叹,疑前后多复叠矣。首段是序作赋缘起。"其始也"以下三段,是从读古人文而得其用心变化所在,是以己之属文印合古人处。"体有万殊"一段,即言人之作文,用意虽有不同,然作文必当辨体,古人已有程式,起入下文。"其为物也"五段,发明序中"妍蚩好恶,可得而言"意。"普辞条"一段,言近人为文,不及古人处,病由不知法前修;诚知法前修,便知文之有妍媸好恶,其利害全由气机之通塞。末段极赞文之功用大,见古往今来,立德立功立言,无不因文以显,亦从己之咏世德、诵先人及游文章之林府见及,应转首段。细针密线,实开韩柳二家论文之先,且已尽学者作文之利害。故各段落处,先后次序,注脚发明特详,学者亦可知所致力矣。

唐大圆《文赋注》:

文之始为韵言,次质言。韵言之始有歌如《卿云》等。歌之稍整齐者为诗。诗之畅所欲言而体大思精者为赋。然则赋乃韵文之至者也。欲辨文之利病中失,惟赋能备。是故依文为赋,读赋而文理自见;借赋论文,诵文而赋旨愈显。士衡所云"操斧伐柯,取则不远"者,殆谓是与。杜子美云:"陆机二十作《文赋》。"年仅至冠,而能文理密察如是,则今之青年读之,宜可以愧而知勉矣。余以讲课之暇,闵学子于文章之道,无能问津,欲借《文赋》以畅余所欲言,遂为之注,亦犹子玄之注《庄》,不可以形迹求已。

许文雨《文论讲疏》：

李善注引臧荣绪《晋书》曰："机，字士衡，天才绮练，当时称绝，新声妙句，系踪张蔡。妙解情理，心识文体。故作《文赋》。"（按许引臧书与原文似有出入）述《文赋》作期，则如杜甫《醉歌行》云："陆机二十作《文赋》。"评《文赋》体制，则如陆云《与兄平原书》云："《文赋》甚有辞，绮语颇多。"吴讷《文章辨体》辨骚赋云："晋陆机《文赋》，已用俳体。"论《文赋》工拙，则如《文心雕龙·总术》云："昔陆氏《文赋》，号为曲尽，然泛论纤悉，而实体未该。故知九变之贯匪穷，知言之选难备矣。"黄侃则曰："按《文赋》以辞赋之故，举体未能详备，彦和拓之，所载文体，几于网罗无遗。然经传子史、笔札杂文，难于罗缕，视其经略，诚恢廓于平原，至其诋陆氏非知言之选，则尚待商兑也。"又《文心·序志》云："《文赋》巧而碎乱。"黄侃则曰：'碎乱者，盖谓其不能具条贯，然陆本赋体，势不能如散文之叙录有纲，此评或过。"并足备参。究以臧《书》"妙解情理，心识文体"二语，足该《文赋》全体，尤征通识。

骆鸿凯《文选学》：

唐以前论文之篇，自刘彦和《文心》而外，简要精切，未有过于士衡《文赋》者。顾彦和之作，意在益后生；士衡之作，意在述先藻。又彦和以论为体，故略细明巨，辞约旨隐。要之言文之用心莫深于《文赋》，陈文之法式莫备于《文心》，二者固莫能偏废也。往者李善注《选》，类引事而鲜及意义，独于《文赋》疏解特详，资来学以津梁，阐艺林之鸿宝，意至善也。第精理微言，犹未曲畅，张皇补苴，尚待后人。吾友郑石君尝刺取昔贤论文足与《文赋》相印证者汇而录之。今钩稽群籍，就加沾益，注有未备，并为诠释，聊备学者参镜尔。

················

"陆机二十作《文赋》。"（杜甫《醉歌行》）按《文赋》李善注引臧荣绪《晋书》（略，已见前），非谓作《赋》即在此时，杜似误引。

················

《文赋》分段：

"伫中区以玄览"至"聊宣之乎斯文"：以上言作文之由。

"其始也，皆收视反听"至"抚四海于一瞬"：以上言构思之状。

"然后选义按部"至"含毫而邈然"：以上言谋篇之始，部署意辞之状。

"伊兹事之可乐"至"郁云起乎翰林"：以上状文之深闳芳茂。

"体有万殊"至"故无取乎冗长"：以上辨体。

"其为物也多姿"至"故淟涊而不鲜"：以上言会意遣言而详论调声。

"或仰逼于先条"至"固应绳其必当"：以上言去取之术。

"或文繁理富"至"故取足而不易"：以上言篇中必有主语。

"或藻思绮合"至"亦虽爱而必捐"：以上言不当剿袭。

"或苕发颖竖"至"吾亦济夫所伟"：以上言文中特有佳处而全篇不称。

"或托言于短韵"至"含清唱而靡应"：以上言清而无应，此文小之故。

"或寄辞于瘁音"至"故虽应而不和"：以上言应而不和，此辞瘠之故。

"或遗理以存异"至"故虽和而不悲"：以上言和而不悲，此理虚之故。

"或奔放以谐合"至"又虽悲而不雅"：以上言悲而不雅，此声俗之故。

"或清虚以婉约"至"固既雅而不艳"：以上言雅而不艳，此质多之故。

"若夫丰约之裁"至"故亦非华说之所能精"：以上言随手之变，难以辞逮。

"普辞条与文律"至"顾取笑乎鸣玉"：以上言古之佳文难得，故己作亦鲜有佳。

"若夫应感之会"至"吾未识夫开塞之所由"：以上言文思开塞之殊。

"伊兹文之为用"至"流管弦而日新"：以上总叹文用。

程会昌《文论要诠》：

《隋志》载机集十四卷，今通行者，有《汉魏六朝百三名家集》本，小万卷楼丛书本，《四部丛刊》本。萧统颇录机文，《文赋》亦在焉。今笺以李善注为主，参以五臣及诸家之说。刘氏《文心》，与之笙磬同音，故录其足资参证者尤备云。

臧荣绪《晋书》曰："机天才绮练，当时独绝，妙解情理，心识文体，故为《文赋》。"（按程引臧书与原文似有出入）盖单篇持论，综核文术，简要精碻，伊古以来，未有及此篇者也。观其辞锋所及，凡命意、遣辞、体式、声律、文术、文病、文德、文用，莫不包罗，可谓内须弥于芥子者已。诸端随文发义，略可了然。神而明之，是在学者。惟体式之异，今古攸殊，而临文必先定体，则为不易之理。本卷既以制作标目，是宜加以阐发，庶进论文辞之道，更无惑焉。

考体式之辨，乃学文始基。吴讷云："文章以体制为先，精工次之。失其体制，虽浮声切响，抽黄对白，不可谓之文矣。"陈洪谟云："文莫先于辨体，体正而以意为经，以气贯之，以辞饰之。体，文之干也。意，文之帅也。气，文之翼也。辞，文之华也。皆重辨体之说，明贤此论，固不可易也。"征之载籍，文体之论，莫先魏文《典论》。其《论文》篇云："奏议宜雅，书论宜理，铭诔尚实，诗赋欲丽。"事属草创，辨析尚简。及士衡此作，已较恢廓。晋挚虞《文章流别》及梁任昉《文章缘起》出，始有专论文体之书。而挚书今残，就佚文考见者，惟颂、诗、七、赋、箴、铭、诔、碑、哀辞、哀策、图谶、设论诸体。任书今传者，或谓唐张读所补，或疑明陈懋仁所伪，要非原文。八十五题之别，盖未为先梁之旧也。及刘舍人作《文心雕龙》，前二十五篇自《原道》《征圣》而外，有《宗经》《正纬》《辨骚》《明诗》《乐府》《诠赋》《颂赞》《祝盟》《铭箴》《诔碑》《哀吊》《杂文》《谐隐》《史传》《诸子》《论说》《诏策》《檄移》《封禅》《章表》《奏启》《议对》《书记》诸目，皆关文体。《昭明文选》，界义较严，群经子史，悉不入录，而分有赋、诗、骚、七、诏、册、令、教、策问、表、上书、启、弹事、笺、奏记、书、移书、檄、对问、设论、辞、序、颂、赞、符命、史论、史述赞、论、连珠、箴、铭、诔、哀文、碑文、墓志、行状、吊文、祭文，共三十八类，又详于刘。其制名杂碎重叠，世之讥弹者，不乏其人。然以甄录既佳，流布尤广。故后来师厥成规者，亦代有之。若宋李昉《文苑英华》、姚铉《唐文粹》、吕祖谦《宋文鉴》、元苏天爵《元文类》、明程敏政《明文衡》，皆号为善本者也。至明吴讷为《文章辨体》，徐师曾为《文体明辨》，则纲目苛细，尤胜齐梁，竟达百余体，分析之繁，至是遂极。穷则变，变则通，而有清姚、曾之法兴焉。姚氏《古文辞类纂》分类凡十有三。曰论辨、曰序跋、曰奏议、曰书说、曰赠序、曰诏令、曰传状、曰碑志、曰杂记、曰箴铭、曰赞颂、曰辞赋、曰哀祭。曾氏《经史百家杂钞》分门三：曰著述、曰告语、曰记载，门各有类。著述三类，则论著、辞赋、序跋是也。告语四类,则诏令、奏议、书牍、哀祭是也。记载四类,则传志、叙记、典志、杂记是也。近世言文者,率以二家类例为宗。亦以其执简驭繁,较易考论耳。余杭先生往为《文学论略》篇,病近世言文学者,陈议过弇,乃本修辞立诚之训,推广封域。及于无句读文,尝列为左表。以言包络,则广于《文心》;以言条秩,则胜于吴徐。今之衡文体者,设能折衷其说,亦庶几近之矣。

无句读文
- 图书
- 表谱
- 簿录——簿录与表谱殊者,以不皆旁行缀系故。
- 算草

有韵文
- 赋颂——无韵之颂即入符命类、述序类中。
- 哀诔——祭文附此。
- 箴铭——无韵之铭即入款识类中。
- 占繇——如《周易》《易林》《太玄》《灵棋》之属。
- 古今体诗
- 词曲

无韵文

小说——文言俗语诸体均属之。

杂文
- 符命——如封禅、告天、剧秦、典引之属，不皆有韵。
- 论说——连珠之类亦属此。
- 对策
- 杂记
- 述序
- 书札——私订契约不关公牍者亦属此。

典章
- 书志——如正史各志及通典、通考之属。
- 官礼——如《周礼》六典、会典之属。
- 律例
- 公法
- 仪注——如仪礼、江都集礼、书仪之属。其经学家专说礼者，即入疏证类中。

公牍
- 诏诰——《尚普》之《康诰》《酒诰》之类亦属此。
- 奏议——《尚书》谟、训之类亦属此。
- 文移
- 判批
- 告示——一切教令皆属此。
- 诉状
- 录供
- 履历
- 契约——如条约、地契、引帖之属。其私立者即入书札类中。

历史
- 纪传——《尚书》《帝典》之类皆属此。
- 编年
- 纪事本末
- 国别史——如《国语》之属。
- 地志
- 姓氏书
- 行状
- 别传
- 杂事——报章中纪事亦属此。
- 款识——如鼎彝碑志之属。
- 目录——书目之无说者，列入簿录科。
- 学案

学说
- 诸子——九流及近世科学诸说并附于此。
- 疏证——凡随文解义及著书考古者皆属此。
- 平议——如《史通》《文心雕龙》及一切文评、史评之属。

原夫文体之辨析,盖有三难。一者,体式之孳乳,与日俱新,如词曲戏剧之属,先梁所无,则依挚、任、刘、萧之分类,势难归纳。二者,观念之锢蔽,贤者不免。如小说青词之类,或近鄙俚,或近迷妄。前者姚、曾不取,后者提要不收。三者,体义之混淆,自来即尔。如《西清诗话》载介甫讥东坡《醉白堂记》为韩白优劣论,东坡斥介甫《虔州学记》为学校策,虽相诋诃,要亦实情。即此之故,不惟综览前文之不易,抑亦厘定己作而为难。近人乃多有主依西人之法,以"用"代"体"为标准,而区文为说理、记事、抒情之三类者。此在吾国,宋真德秀著《文章正宗》,分辞令、议论、记事、诗歌四类。宋祁笔记论汉代作家,谓"贾谊善言治,鼂错善言兵,董仲舒善推天人,司马迁叙事,相如扬雄文章,刘向父子博洽"。杨慎《丹铅录》释之云:"迁者纪事之文,董者说理之文,马、扬者游说讽谏之文。"钱大昕《与友人书》亦谓文有四用,曰明道、经世、阐幽、正俗,皆大略相近。此虽划分周浃,无所不包,而其病则过嫌阔疏,使人无从取法。昔张融有"文无常体,有体为常"之说,引已见前,而金王若虚《滹南遗老集》亦云:"或问:'文章有体乎?'曰:'无。'又问:'无体乎?'曰:'有。'然则果何如?曰:'定体则无,大体须有。'"二君之论,可谓通方之谈。学者苟能多诵名篇,知文章虽无定体,而以有体为常,则制作之顷,虽神明变化,终合规矩准绳,斯为善矣。

李全佳《陆机〈文赋〉义证》:

钟嵘《诗品序》云:"陆机《文赋》,通而无贬。"……全佳按:《文赋》论文,亦有寓褒贬、显优劣者,但不如《诗品》之直指其人耳。赋体自如此,未可以不优劣少之。钟说似未允。

黄侃《中国文学概谈》云:"自古之文,叙述简明者多,叙述细意者少。"陆士衡之《文赋》,细意之多,前之所无,所谓"符采复隐,精义艰深"者是也。

王礼卿(《文赋课征》):

详论文章作法,显示文之利害。以法之所在,即文之妍蚩好恶之由也。虽其巧不可言传,而规矩方圆可以指说。故先从立本、运思、组织、体裁,逐步阐论,或总或分,层层抽剥,以示为文之宏纲,行文时之次第。为利害所由,妍蚩好恶之判奠其基。是为第一大幅。次就会意遣言之妙,作正反综合之剖判。何者应首务谐调？何者应布置适宜？何者摄全文之要？何者虽美而应弃？何者虽畸而应留？何者为文章之病？而此病与彼病之差异何在？浅深之次序又如何？曾意遣言善用之妙又如何？莫不辨析毫芒，剖分疑似。以示为文之细目，行文时所当简别。为利害所由，妍蚩好恶之判明其故。是为第二大幅。至此已发挥尽致，极论文之妙用矣。故下只就取舍通塞两端言之，以示为文者所可去取，行支时所不能勉强。为利害所由，妍蚩好恶之判申其义。末则推极于文之大用结之。是为第三大幅。综观三幅：涵义宏深，包罗万有，文事妙理，几尽其中。而总不外利害所由四字，是为一线穿成。惟古今评此文者，多能识其各章段落，罕能明其大幅结构与纲领，及全篇意匠之经营；则古赋鉴定之难也。然不明乎此，则但见其条分缕析之纤悉，不得其一气贯注之要旨，无由会此赋之妙。故必经分纶合，抉其各幅之纲维要义，始可与于论文赋也。全文以赋为论，排纂恣肆，波澜层叠；而论议精审，析理入微，调逸辞妍，气畅味永，诚千秋之绝调也。善乎何义门氏之论曰："作文之妙处不可言，但去其病处，而妙已全矣。赋中历剖病处，正要人从此下手。究竟赴节应声之妙，原不可言，文也，几于道矣。"盖巧不能传，而规矩可述；规矩既陈，弊病斯见；弊病既去，其巧自显，此不传之传，不言之教也。禅宗于真如之显，无法言说。但令人于禅定时观照妄心，一妄心起，照之使去；妄心既尽，真如自显。此赋传不传之巧，即禅宗所用之秘诀也。士衡真才士哉！而何氏能慧眼察微，深入文心，实为士衡千古知己，洵可谓知言者矣。

附录二——《文赋》研究论著目录

论　文：

西谛《文赋》(读书杂记)　(《小说月报》14 卷 5 期)

朱东润《陆机年表》　(《武大文哲季刊》1 卷 1 册)

荀魄《陆机〈文赋〉论》　(《中国文学》〔温州中学〕第 2 期)

陈柱《讲陆士衡〈文赋〉自记》　(《学术世界》1 卷 4 期)

方竑《文赋绎意》　(《中国文学》〔重庆〕1 卷 3 期)

杨树芳《陆机〈文赋〉书后》　(《协大艺文》3 期)

朱绍安《〈文赋〉论文》　(《励学》5 期)

李廷玉《广陆机〈文赋〉》　(《国学》〔天津〕1 卷 4 期)

唐大圆《文赋注》　(《德言月刊》第 1 期)

李全佳《陆机〈文赋〉义证》　(《中山学报》2 卷 2 期)

诸有琼《陆机〈文赋〉论"创作的准备"》　(《经世日报》1947 年 11 月 5 日)

诸有琼《陆机〈文赋〉论"运思"》　(《经世日报》1947 年 11 月 19 日)

诸有琼《陆机〈文赋〉论"辨体"》　(《经世日报》1948 年 2 月 18 日)

范宁《陆机〈文赋〉与山水文学》　(《国文月刊》66 期)

逯钦立《〈文赋〉撰出年代考》　(《学原》2 卷 1 期)

陆侃如《关于〈文赋〉——逯钦立先生〈文赋撰出年代考〉书》　(《春秋》1949 年 4 期)

卢润祥《读〈文赋〉笔记》　(《厦门大学学生科学研究》1957 年 3 期)

陈世骧《关于〈文赋〉疑年的四封讨论信》　(《民主评论》1958 年 7 月 9 卷 13 期)

景卯《关于〈文赋〉一些问题的商榷》　(《光明日报》1959 年 9 月 13 日)

吴震亚《如何评价〈文赋〉》（《光明日报》1959 年 12 月 27 日）

胡国瑞《谈谈陆机的〈文赋〉》（《光明日报》1960 年 4 月 17 日）

陆侃如《陆机〈文赋〉二例》（《文学详论》1961 年 1 期）

潘铮《陆机》（《雨花》1961 年 4 月）

饶宗颐《陆机〈文赋〉理论与音乐之关系》（日本京都大学《中国文学报》1961 年 14 册）

陆侃如《陆机的创作理论和创作实践》（《文汇报》1961 年 8 月 1 日）

振甫《谈陆机〈文赋〉》（《文艺报》1961 年 7 期）

周振甫《陆机〈文赋〉试译》（《新闻业务》1961 年 3 期）

郭绍虞《对〈文赋〉所谓"意"的理解》（《文汇报》1961 年 8 月 12 日）

郭绍虞《论陆机〈文赋〉中之所谓"意"》（《文学评论》1961 年 4 期）

刘禹昌《陆机〈文赋〉译注》（《长春》1962 年 1、2 月号）

夏承焘《关于陆机〈文赋〉的三个问题》（《文艺报》1962 年 7 期）

万曼《读〈文赋〉札记》（《光明日报》1962 年 9 月 2 日）

周汝昌《陆机〈文赋〉"缘情绮靡"说的意义》（《文史哲》1963 年 2 期）

吴调公《〈文赋〉的艺术构思论》（《南京师范学院学报》1963 年 1 期）

郭绍虞《关于〈文赋〉的评价》（《文学评论》1963 年 4 期）

郭绍虞、马南屏等《关于〈文赋〉评价》通信（《文学评论》1963 年 6 期）

车相辕《陆机的文学理论》（韩国《中国学报》1964 年 2 辑）

王礼卿《〈文赋〉课征》（《人生》1966 年 30 卷 10 期）

李三荣《陆机〈文赋〉诠意》（《中华学苑》1968 年 2 期）

藤原尚《〈文赋〉的理论的根据》（日本《中国学研究》1970 年 30 号）

张亨《陆机论文学的创作过程》（《中外文学》1973 年 1 卷 8 期）

高大鹏《关于陆机〈文赋〉的几个问题》（《幼狮月刊》1977 年 45 卷 2 期）

曹济平《陆机的〈文赋〉》（《江苏文艺》1978 年 3 期）

王纯庵《〈文赋〉初探》（《辽宁第一师范学院学报》1978 年 2 期）

吴功正《陆机的〈文赋〉》（《长春》1978 年 3 期）

张文勋《关于〈文赋〉的几个问题》（《思想战线》1978 年 5 期）

袁千正《精骛八极,心游万仞——陆机对形象思维的认识》（《延

河》1978 年 7 期）

刘存璞《说〈文赋〉》（《菏泽师专学报》1979 年 1 期）

顾启、姜光斗《〈文赋〉今译》（《宁波师专学报》1979 年 2 期）

赵盛德《也谈〈文赋〉里的"意"——与陆侃如、郭绍虞同志商榷》（《学术论坛》1979 年 2 期）

邱世友《离方遁圆,穷形尽相——陆机论艺术形象》（《文学评论丛刊》1 辑）

蓝天《〈文赋〉译注》（《河北大学学报》1979 年 2 期）

王梦鸥《陆机〈文赋〉所代表的文学观念》（《中外文学》1979 年 7 月）

牟世金《〈文赋〉的主要贡献何在?》（《文史哲》1980 年 1 期）

姜涛《试论陆机的〈文赋〉——兼与郭绍虞同志商榷》（《辽宁大学学报》1980 年 2 期）

梁溪生《〈文赋〉今译》（《江苏师范学院学报》1980 年 1 期）

刘广发《陆机及其〈文赋〉》（《齐齐哈尔师院学报》1980 年 2 期）

傅庚生《陆机〈文赋〉今译》（《西北大学学报》1980 年 4 期）

克冰《"榛楛勿翦"释》（《文学评论》1980 年 5 期）

毛庆《〈文赋〉创作年代考辨》（《武汉大学学报》1980 年 5 期）

张少康《谈谈关于〈文赋〉的研究》（《文献》1980 年 2 辑）

耕敏《陆机〈文赋〉今译》（《艺谭》1981 年 2 期）

周舸岷《陆机〈文赋〉阐析》（《台州师专学报》1981 年 1 期）

张连第《〈文赋〉——理论批评史上第 1 篇完整系统的创作论》（《春风》〔长春〕1981 年 7 期）

张武扬《〈文赋〉写作年代考略》（《江淮论坛》1981 年 5 期）

曾祥芹、查洪德《从结构入手重解〈文赋〉》（《安阳师专学报》1981 年 2 期）

吴景和《〈文赋〉的意、物、文概念及其关系浅议》（《延边大学学报》1981 年 4 期）

许晓林《〈文赋〉中"难"字误作"不能"证》（《阜阳师院学报》1982 年）

周勋初《〈文赋〉写作年代初探》（《文学遗产增刊》1982 年 14 辑）

郝立诚《从〈文赋〉谈陆机的修辞理论》（《徐州师院学报》1982年1期）

李伯勋《〈文赋〉琐谈》（《青海社会科学》1982年2期）

蒋祖怡《陆机〈文赋〉札记》（《宁波师专学报》1982年2期）

徐寿凯《陆机〈文赋〉注译》（《阜阳师院学报》1982年2期）

冯春田《〈文赋〉"物""体""方""圆"再释——兼谈陆机论"物""意""文"的关系》（《聊城师院学报》1982年3期）

解从志《"感物"与"称物"——读陆机〈文赋〉札记》（《台州师专学报》1982年2期）

吕大中《探索艺术构思的规律——漫谈陆机的艺术构思论》（《天山》1982年4期）

谢常青《从〈文赋〉看陆机的文学主张》（《唐山师专学报》1982年4期）

刘溶《陆机〈文赋〉及其写作实践》（《信阳师院学报》1983年1期）

吴孟复《读〈文赋〉私记》（《艺文志》1983年1期）

樊德三《陆机〈文赋〉的美学思想》（《盐城师专学报》1983年2期）

李德钧《陆机的艺术构思论——读〈文赋〉札记》（《济宁师专学报》1983年2期）

夏传才《〈文赋〉笺注今译》（《河北师院学报》1983年4期）

王靖献《陆机〈文赋〉校释》（《文史哲学报》1983年32号）

王新华《陆机〈文赋〉所触及的写作问题》（《中国语文》1983年52卷第3号）

蔡育曙《我国最早的创作论——〈文赋〉》（《边疆文艺》1983年8月）

周伟民《陆机〈文赋〉三题议》（《华中师院学报》1983年6期）

毛庆《〈文赋〉研究中的几个问题》（《武汉师院学报》1983年6期）

孙耀煜《〈文赋〉的理论价值和特色》（《文科教学》1983年4期）

裴晋南、李漱卿《陆机的〈文赋〉和他的创作实践》（《齐齐哈尔师院学报》1983年4期）

马芒《谈谈陆机"缘情"说的功过得失》（《艺谭》1983年2期）

黄正瑶《〈文赋〉的艺术构思论》（《山西师院学报》1983 年 3 期）

钟翔《〈文赋〉是怎样探索创作规律的》（《文史知识》1983 年 7 期）

王良惠《创作论的丰碑——〈文赋〉蠡测》（《牡丹江师院学报》1983 年）

严定暹《陆机〈文赋〉之文学理论研析》（《湖南文献》1984 年 12 卷第 2 期）

吴调公《〈文赋〉二题》（《克山师专学报》1984 年 1 期）

张少康《应、和、悲、雅、艳——陆机〈文赋〉美学思想琐议》（《文艺理论研究》1984 年 1 期）

陈汉《平理若衡，照辞如镜——评刘勰论陆机诗文》（《广东民族学院学报》1984 年 1 期）

宋谋玚《〈文赋〉"夸目者尚奢"四句小释》（《光明日报》1984 年 11 月 13 日）

夏传才《〈文赋〉札记三题》（《河北学刊》1984 年 2 期）

梁成林《从陆机〈文赋〉谈文章的构思》（《广西民族学院学报》1984 年 2 期）

亦云《陆机的〈文赋〉》（《自修大学学报》1984 年 5 期）

郁沅《评陆机的唯物主义美学观》（《江汉论坛》1984 年 9 期）

卞斋《诗缘情而绮靡》（《上海广播电视文科月刊》1984 年 8 期）

徐中玉《论陆机〈文赋〉的进步性及其主要贡献》（《古代文学理论研究》1984 年 9 辑）

牟世金《从〈文赋〉到〈神思〉：六朝艺术构思论研究》（《中国文艺思想史论丛》1 辑）

敏泽《陆机的〈文赋〉》（《电大文科园地》1984 年 8 期）

李怀霜《为陆机"缘情"辨——与马芒同志商榷》（《艺谭》1985 年 1 期）

向秉常《对陆机〈文赋〉中构思问题初探》（《梧州地区教师进修学院学报》1985 年 1 期）

王英志《陆机"诗缘情而绮靡"说诗例 1 则：简析〈招隐诗〉》（《名作欣赏》1985 年 3 期）

黄源《〈文赋〉中的风格论》（《泰安师专学报》1985 年 2 期）

陈必胜《妙解情理，心识文体——评陆机的文学创作理论》（《中山大学学报》1985 年 2 期）

汪正章《开拓衢道，瑕不掩瑜：陆机〈文赋〉评介》（《石家庄市教育学院学报》1985 年）

董国柱《〈文赋〉收视反听刍议》（《学习探索》1985 年 2 期）

吴调公《陆机略论》（《南通师专学报》1985 年 2 期）

廖半林《开拓新的审美领域：魏晋南北朝审美观变革及〈文赋〉新解》（《集美师专学报》1985 年 2 期）

宫源曾《从陆机对灵感的论述谈起》（《洛阳师专学报》1985 年 2 期）

石磊《陆机〈文赋〉的修辞观》（《修辞学习》1985 年 3 期）

韦平《我国古代艺术想象理论的滥觞——〈文赋〉〈文心雕龙·神思〉札记》（《教与学》1985 年 2 期）

李庆甲《〈文赋〉研究综述》（《文史知识》1985 年 5 期）

金世焕《〈文赋〉研究——注释 1》（韩国釜山大学《人文论丛》1985 年 27 辑）

徐中玉《论陆机的〈文赋〉》（《古代文艺创作论集》，中国社会科学出版社 1985 年版）

李建国《陆机与刘勰创作论比较》（《贵州师大学报》1985 年 4 期）

谢波夫、王樯《情曈昽而弥鲜，物昭晰而互进——〈文赋〉艺术创作情物论初探》（《文艺论丛》1985 年 21 辑》）

刘溶《读〈文赋〉札记》（《文学论丛》1985 年 2 辑）

陆钦南《"诗缘情而绮靡"：〈文赋〉中创作心理学探微》（《淮阴师专学报》1986 年 1 期）

赵盛德《〈文赋〉写作年代考析》（《河池师专学报》1986 年 1 期）

裘惠楞《陆机论"创作情绪的酝酿"：〈文赋〉第一小节释义新探》（《浙江师大学报》1986 年 1 期）

郭丹《刘勰对陆机艺术构思论的继承与发展》（《龙岩师专学报》1986 年 1 期）

金家兴《论陆机对诗歌形式美的追求》 (《孝感师专学报》1986 年 1 期）

吴枝培《说〈文赋〉"体有万殊,物无一量"节》 (《南京大学学报》1986 年 2 期）

顾农《〈文赋〉二题》 (《江汉论坛》1986 年 6 期）

吴台锡《〈文赋〉——陆机的文学论》 (《韩国《中国语文学》1986 年 11 号）

陈亚丽《〈文赋〉的文章论》 (《唐山教育学院学报》1987 年 3 期）

杨隽《谈陆机〈文赋〉》 (《南充师院学报》1987 年 5 期）

杨隽《陆机〈文赋〉三题》 (《南充师院学报》1987 年 3 期）

张天来《"收视反听,耽思傍讯"——从〈文赋〉至艺术感觉新天地》（《中山大学学报》1988 年 3 期）

阳海洲《陆机创作论今探》 (《荆门大学学报》1988 年 2 期）

罗龙岩《主情:〈文赋〉美学思想的核心》 (《南通师专学报》1988 年 3 期）

胡四芽《〈文赋〉中的文学创作心理学思想》 (《宜春师专学报》1988 年 3 期）

胡晓明《〈文赋〉新论——骈体特征的内化与思维优势的形成》（《华东师大学报》)1988 年 4 期）

余铁成《〈文赋〉的艺术心理学试探》 (《心理学报》1988 年 20 卷 4 期）

张少康《陆机评传》 (载 1988 年中州古籍出版社出版《中国古代文论家评传》)

刘琦《〈文赋〉——中国古代文艺心理学研究的起点》 (《长春师院学报》1989 年 2 期）

刘溶《〈文赋〉评议》 (《驻马店师专学报》1989 年 2 期）

徐达《陆机〈文赋〉"方圆"说——兼论文体之常态》 (《云南民院学报》1989 年 3 期）

潘立勇《从〈文赋〉的"能之难"说看文学意识的自觉》 (《浙江大学学报》1989 年 2 期）

陈炜湛《关于唐写本陆机的〈文赋〉》 （《中山大学学报》1989 年 4 期）

吴林伯《〈文赋〉义疏》 （《齐鲁学刊》1989 年增刊）

兴膳宏《从文学理论史的角度看〈文赋〉》 （日本《未名》〔中文研究会〕1989 年 7 号）

郭可楠《〈文赋〉在创作上的贡献》 （《福建师大学报》1990 年 2 期）

温天成《陆机〈文赋〉的艺术辩证意识》 （《西北大学学报》1990 年 2 期）

张国庆《〈文赋〉与〈神思〉的艺术想象论》 （《思想战线》1990 年 4 期）

滕福海《〈文赋〉"实体未该"非"知言"么》 （《广西大学学报》1990 年 5 期）

徐达《陆机〈文赋〉"知""能"说》 （《贵州大学学报》1991 年 1 期）

张贤莒《〈文赋〉论艺术构思的规律》 （《赣南师院学报》1991 年 2 期）

吴林伯《检讨〈文赋〉》 （《武汉大学学报》1991 年 4 期）

李同旭《〈文赋〉——中国第一部"写作心理学"》 （《石油大学学报》1992 年 2 期）

兴膳宏《试谈〈文赋〉抄本系统》 （《文选学论集》1992 年）

祁海文《陆机、刘勰的艺术想象论探微》 （《延边大学学报》1992 年 3 期）

刘忠惠《〈文赋〉的艺术美体系链》 （《北方论丛》1993 年 2 期）

陆邦凤《〈文赋〉创作构思论探微》 （《安徽师范大学学报》1993 年 3 期）

刘忠惠《历代文论家关于"绮靡"说批评的批评》 （《黑龙江教育学院学报》1993 年 3 期）

王黎明《试谈意、物、文三者的关系:〈文赋〉学习札记》 （《蒲峪学刊》1993 年 4 期）

王大辉《超越语言(陆机、刘勰的文学语言创造论)》 （《社会科学辑刊》1994 年 2 期）

胡国瑞《论陆机在两晋及南北朝的文学地位》（《文学遗产》1994 年 1 期）

阳海洲《陆机〈文赋〉与形式主义:兼与游国恩、吴调公先生商榷》（《贵阳师专学报》1994 年 1 期）

罗宗强《〈文赋〉义疏》 （《道家道教古文论谈片》,台北,文津出版社 1994 年版）

刘忠惠《〈文赋〉的艺术美建构基础》 （《东北师大学报》1994 年 5 期）

张文生《论陆机的〈文赋〉》 （《锦州师范学院学报》1994 年 2 期）

魏晋风《"缘情"说及其它》 （《松辽学刊》1994 年 3 期）

孙蓉蓉《论"绮靡"说》 （《徐州师范学院学报》1994 年 3 期）

顾兆禄《魏晋玄风与陆机的〈文赋〉思辨性》 （《南京社会科学》1994 年 10 期）

俞灏敏《陆机与魏晋文学自觉的演进》 （《阴山学刊》1994 年 4 期）

俞灏敏《吴中文化与陆机创作心态》 （《吴中学刊》1994 年4 期）

蒋方《陆机、陆云仕宦迹考》 （《湖北大学学报》1995 年 3 期）

张佩玉《论陆机的文学思想及其历史意义》 （《新疆大学学报》1995 年 1 期）

李逸泽《俄罗斯汉学家对〈文赋〉的接受和阐释》 （《齐齐哈尔师范学院学报》1995 年 3 期）

潘连根《陆机〈文赋〉的进步性与局限性》 （《电大教学》1995 年 4 期）

钱志熙《论〈文赋〉体制方法之创新及其历史成因》 （《求索》1996 年 1 期）

吴绍礼《陆机〈文赋〉新探》 （《佳木斯师范专科学校学报》1996 年 1 期）

张来斌《陆机的艺术表现论》 （《中国青年政治学院学报》1996 年 2 期）

李逸津《陆机〈文赋〉"夸目尚奢"四句辨义》 （《天津师范大学学报》1996 年 3 期）

黄岳杰《从〈神思〉看刘勰对陆机想象论的继承与发展》（《杭州师范学院学报》1996 年 4 期）

毛庆《试论陆机〈文赋〉之文化背景》（《中州学刊》1997 年 3 期）

高勤丽《"诗缘情而绮靡"：论陆机的诗歌美学思想》（《安徽农业大学学报》1997 年 1 期）

毛庆《略论〈文赋〉对我国古代文论表达方式的贡献》（《江汉论坛》1998 年 3 期）

詹福瑞《"诗缘情"辨义》（《河北大学学报》1998 年 2 期）

徐公持《陆机论》（《传统文化与现代化》1998 年 1 期）

胡耀震《刘勰声律论的〈文赋〉引文问题》（《临沂师专学报》1998 年 2 期）

土开国《陆机〈义赋〉二题》（《重庆师范学院学报》1998 年 3 期）

朱宁嘉《"诗缘情"的现代解读》（《韩山师范学院学报》1998 年 3 期）

钟光贵《〈文赋〉——我国第一篇文学创作论》（《广东教育学院学报》1998 年 4 期）

杨保春《〈文赋〉为文用心论》（《青岛大学师范学院学报》1998 年 4 期）

彭彦琴《〈文赋〉之文艺心理学思想探析》（《九江师专学报》1999 年 2 期）

按：1991 年以后研究论文目录，系由河北大学博士生姜剑云提供，谨此致谢！

专　著：

杨牧《陆机〈文赋〉校释》（台北，洪范书店 1985 年出版）

张怀瑾《〈文赋〉译注》（北京出版社 1984 年出版）

董国柱《〈文赋〉纂论》（黑龙江人民出版社 1990 年出版）

周伟民、萧华荣《〈文赋〉〈诗品〉注释》（中州古籍出版社 1985 年出版）

刘忠惠《〈文赋〉研究新论》（东北师范大学出版社 1993 年出版）

后　记

本书于 1984 年出版后,受到国内外读者欢迎,初版 14500 册,两三年后即已售完。许多朋友来信询问,希望再版,也许是由于经济的原因吧,所以始终没有再印。1987 年台湾汉京文化事业有限公司盗版翻印,当时我一点也不知道。1988 年秋在广州的《文心雕龙》国际学术讨论会上,香港大学陈耀南先生告诉我此事,我曾写信给汉京文化事业有限公司询问,但如石沉大海,毫无音讯。感谢陈耀南先生从台湾买了两本送给我,才见到书样。

从 1982 年我完成书稿至今,已经整整 14 年了。在此期间,中国古代文论的研究有了飞跃的发展,对陆机《文赋》的研究也非常之多。据不完全统计,有专著 5 种,论文 130 多篇。由于海峡两岸学术交流的发展,我也看到了一些原先没有办法见到的台湾学者的研究著作。这次修订,仍侧重于对原文理解,而对陆机《文赋》中提出的理论问题之发挥,学者见仁见智,各不相同,且内容庞杂,难以摘取,故一概不收入。关于对原文的理解,最重要的是台湾徐复观先生的《陆机〈文赋〉疏释》,徐著发表于 1980年,后又收入其《中国文学论集续编》(1981 年台北学生书局出版),比我撰写本书早一点,可惜我当时没能见到。徐著学术价值较高,诚如钱钟书先生所说:"注则训诂精博,疏则解析明通。"(见徐著书后所引)在徐著之前,台湾于 1966 年有王礼卿先生之《〈文赋〉课征》,注释简洁,疏义清晰,然其见解新义不多。徐著之后,台北洪范书店于 1985 年出版了杨牧的《陆机〈文赋〉校释》,其中附有陈世骧先生的英译。杨著以徐著与英译作比较,间亦有自己的发挥。故本书修订主要是补入徐著的内容,亦取王著、杨著对每段大意之分析,这大致可以代表台湾方面对《文赋》原文的研究。这样不至于影响本书原有的体例,又可反映台湾学者研究的主要成果。此外,这次修订也对原书个别错误不当之处作了订正,并增加了附录中近十多年来的研究论著目录。

　　本书修订过程中承台湾师范大学蔡宗阳教授及北京大学毕业的台湾皮述平博士的帮助,为我从台湾复印了不少研究《文赋》的资料,谨致深挚的谢意!

张少康

二〇〇二年一月

于北京大学蓝旗营寓所

夕 秀 集

自　序

　　自 1988 年中国社会科学出版社出版我的论文集《古典文艺美学论稿》至今，已经整整十年了。在此期间，我除了写作《中国文学理论批评史》上下卷、修订增补《文赋集释》之外，也发表了不少单篇专题研究文章，其中有一部分是我参加国内外学术会议所写的论文。现在我选择其中比较重要的文章共十八篇收入本书，名之曰《夕秀集》，取陆机《文赋》"谢朝华于已披，启夕秀于未振"之意也。

　　收入本书的文章按照内容分为六个部分：第一部分的两篇是关于古代文论和当代文艺学建设关系的文章，是针对当前正在讨论的古代文论的现代转换问题而写的。第二部分的三篇文章是探讨中国古代文艺美学思想的传统特点的，都是根据我在几次学术会议上的讲演稿整理而成的。第三部分是关于中国古代文艺思想发展中的某一阶段或某个重要问题的专题研究文章，其中包括了我对某些已经成为学界定论的观点之不同看法，比如关于"文学的独立和自觉非自魏晋始"的问题。第四部分是关于《文心雕龙》研究的文章，这都是在我的《文心雕龙新探》一书出版后所写的文章，除《刘勰及其〈文心雕龙〉》一文是为北京大学名著导读课所写的讲稿外，其他是在对《文心雕龙》几个重要问题作了进一步深入研究后所提出的一些新看法。第五部分是关于中国古代艺术理论批评及其与文学理论批评关系的研究文章。很多年来我一直在国内外的一些学术会议上强调文学理论批评史的研究必须与艺术理论批评史的研究结合起来，因为这两方面在中国古代有非常密切的联系，有很多文学理论批评上所运用的重要概念、范畴，都是从艺术理论批评中移植过来的。不研究这两者的关系，文学理论批评史的研究是无法深入的。这些文章就是我在这方面所进行的部分研究工作之成果。第六部分是关于古代文学理论批评文献资料的整理和考证。文学理论批评史的研究必须建立在扎实的文献学研究基础上，而我国古代的文学理论批评的许多著作在真伪、版本等方面,还存在很多没有解决的问题。我关于皎然《诗式》的论述及《吟窗杂录》等文章,也只不过是沧海一粟而已,希望借此能引起文学批评史研究者对这方面的重视。

编辑完本书,正值京城酷暑,挥汗写序,不禁心潮起伏,感慨万千。学术研究是需要有决心,有勇气,有毅力的。要安于清贫的生活,要有为学术奉献一切的精神,要有严谨踏实的治学态度,而不为名利追求轰动效应。一部学术著作的价值,学界和广大读者自有公论,如果要借助于媒体的炒作,实在是很可悲的。真正有价值的书,是会不胫而走的。所以我的书从来不请人写书评,但我衷心希望学界同行和读者对我书中的错误及不当之处给予批评指正,这才是对我的最大帮助。

张少康
1998 年 8 月于北大承泽园

古代文论和当代文艺学的建设问题

古代文论的研究有多方面的重要意义,它对弘扬中华民族的传统文化,对促进古典文学和古典美学研究的深入,对发展比较文学、比较诗学的研究,对研究古代文艺创造的艺术经验,提高当代文艺创作的艺术水平,对建设具有中国特色的当代文艺学等,都有十分重大的作用,而其中最为突出的是和当代文艺学的关系问题。

当代文艺学的发展从新中国成立以来经历了一个曲折的过程:"文革"以前,我们的文艺学基本上是以苏联为模式的,大抵都没有超出以季莫菲耶夫的《文学原理》、毕达可夫的《文艺学引论》等为代表的文学理论体系。"文革"以后,我们出版了很多种文艺学著作,着重吸收了西方现当代的文艺学和美学理论,原来的苏联模式是基本上打破了,"左"的影响也大都消除了,但又有了一些大体接近的新的西方模式。多少年来我们总说我们的文艺学是马克思主义的文艺学,然而如果说马克思主义是普遍真理,那么它还是要同中国的实际相结合的,否则也就不能指导中国的实践。总之,过去使我们感到中国的文艺学缺少中国的气息、中国的特色。香港中文大学的黄维樑先生在不久前的一篇文章中说:"在当今的西方文论中,完全没有我们中国的声音。"(《〈文心雕龙〉"六观"说和文学作品的评析》)其他许多中国的学者也都感到了这一点,我以为这个原因就在于当代文艺学的建设中没有把中国传统的文学理论放到应有的地位。虽然有些文艺学著作也引了不少古代文论的语句,但是说得不好听一点,中国古代文论都只是起着一种点缀、装饰的作用,只是放置在西方文论体系(包括苏联文论)上的几个小花环,我们的文艺学始终没有走出"五四"以来"西学为体"的误区。

一个国家和民族的文学艺术,如果不植根于自己国家和民族的文化土壤,是不可能形成自己特色,并在世界上占有一定地位的。文艺理论也是如此,西方的文艺理论是在柏拉图、亚里士多德一直到康德、黑格尔的基础上发展起来的,苏联的文艺理论是在赫尔岑、别林斯基、车尔尼雪夫斯基、杜勃罗留波夫的基础上发展起来的，可是，我们的当代文艺理论却与我们的祖先无缘，且不要说与上古的孔子、庄子等影响了我们几千年的文艺思想家无缘，与中古能和西方亚里士多德的《诗学》相比美、代表东方美学的刘勰《文心雕龙》无缘，甚至也与二十世纪初已经接受了西方影响的王国维无缘。我这样说，不是说我们的文艺学著作没有引用过他们的某些名言、某些概念，而是说在根本的体系上与之无缘。从"五四"以来，在"打倒孔家店""桐城谬种""选学妖孽"这些口号的影响下，在反封建的同时，把我们自己优秀的传统文化也反掉了。我们接受马克思主义的指导，但并没有和中国文艺传统的实际相结合，并没有把中国传统文论作为当代文艺学的母体和本根，并在此基础上按照现实的需要，建构具有中国特色的文艺理论体系，我们在文艺理论、文艺批评方面都用的是西方或苏联的体系和"话语"，我们当代的文艺学不是在我们自己传统文艺理论的基础上发展起来的，而是"借胎生子"的产物。

在我国古代文学理论批评的发展中，总结了丰富的文学艺术创作经验，并作了相当精确而深刻的理论概括，涉及文艺学的各个方面，可以毫不夸张地说，我国古代的文学理论在几千年的发展过程中，形成了一个具有民族传统的，并且是代表了东方美学特色的、和西方极不相同的理论体系。我们的传统文论在内容的丰富性、深刻性上也绝对不比西方差，比俄国就更不知要高出多少倍，我们的古代文艺理论总结了许多西方所没有涉及的重要艺术经验，有我们自己的理论体系和名词、术语，但是它在"五四"以来的将近八十年中特别是新中国成立以来的将近五十年中，始终没有得到当代文艺学的足够重视，它在当代文艺学中失去了自己应有的地位。本来我们的文艺学是应当在自己民族传统的基础上，吸取西方文艺和美学理论的有益营养，并在马克思主义的指导下加以发展的，但是我们所走的其实并不是这样一条路，我们文艺学的理论体系和名词概念全都是从西方贩运来的。难道我们的传统真的都不如西方吗？就拿文艺学中最常用的概念——形象来说，我们古代也并不是没有形象的概念，然而中国古代不用形象的概念，而是用意象（不同于西方的意象概念）、兴象和意境的概念，我以为这比西方的形象概念要精确得多、科学得多。形象的概念本身分不清客观世界存在的形象和艺术作品中的形象，而我国古代则把前者称为物象,后者称为意象,不仅清楚地对二者作了科学的区分,而且深刻地揭示了艺术形象主客体相结合的美学本质,并且还指出了文学意象的构成包含意、象、言三个部分,它表现在音乐美学上就是本、象、饰。至于意境则是一种特殊的意象或是意象特殊组合的产物,是一种体现了中国传统美学特征的艺术形象。又比如典型的概念,中国古代也有过这样的名词,但是我国古代也不用它来评论文艺作品,我们传统的方法是讲形神、形似和神似,其实,我们的形神论中就包含了典型论中的许多重要内容,又远比典型论有更广泛和更深刻的内容。从顾恺之的"以形写神"到苏轼的"得其意思所在"以及"常形""常理"论,不都为我们阐明了艺术形象创造的基本方法吗?苏轼所说的"得其意思所在"也许比黑格尔到恩格斯的"这一个"更容易为中国人所接受。我们有不少的文艺理论问题远比西方要发展得更早,例如关于文学的风格学,早在公元五六世纪刘勰的《文心雕龙》中就有了相当完整和深刻的论述。他的《体性》篇讲的就是文学风格和作家才性的关系,明确指出了风格就是人的个性的体现,"各师成心,其异如面",风格就是人,这远比西方类似的思想要早得多。刘勰还对作家才性的形成从才、气、学、习四个方面作了分析,区分了文学风格的基本类型,并提出了"因性以练才"的重要思想。我们完全没有必要拜倒在西方人的脚下,跟着他们亦步亦趋,甚至从蹩脚的译文中搬来一大堆生造的名词、叫人头疼和似是而非的概念,运用半通不通佶屈聱牙的语句,毫无分析地推销西方已经过时的货物。有时支离破碎地讲一点传统文论,也只是为了去印证和注解西方理论。如果我们的文艺学沿着这样的道路走下去,只能是死路一条,最终是要被历史所淘汰的。

我这样说,决不是反对学习西方的文艺和美学理论,也绝没有贬低西方文艺和美学理论价值的意思,相反地,我是主张要认真地学习西方的文艺和美学理论的,要吸取其科学的内容和有价值的理论思想的。比如西方近现代以来流行的精神分析、结构主义、阐释学、符号学等都有不少科学的合理的内核,其中有些也是我们中国古代就已经接触到或已经提出了的,像"诗无达诂"就是讲的阐释学方面的问题,"易象"就有符号学方面的问题,而重视直觉感受和潜意识的内容,更是我们传统文论中经常碰到的问题。我们可以也必须通过比较研究吸收其有益成分,发展我们的传统文论。但是,我们也必须看到西方文学理论和美学理论中有不少片面的和不科学的内容。而且我们还必须清醒地认识到:无论是中国还是外国的文化发展历史都充分证明了,任何一种外来文化都必须经过改造,使之适合于本国本民族的状况,才能成为有益于本民族文化发展的营养剂。印度佛教传到中国,先是与中国的玄学相结合,经过中国传统文化的改造,后来才发展成为中国化的佛教——禅宗,并得以在中国广泛流传。同时,中国文化的发展也必须充分吸收各种外来文化的进步的、科学的内容,但不能喧宾夺主,颠倒了主次,把我们自己的传统文化变成西方文化的附庸,那样,自然也就没有了我们自己的文化,也就没有了我们自己的文艺学。所以吸取西方的文艺和美学理论,一是必须辨别其正确和谬误,不能把那些早已被西方抛弃了的垃圾当作珍宝,二是应当取其精华,经过改造,为我所用,而决不能以此来否定和代替我们传统的文艺和美学理论。

为了建设真正具有中国特色的当代文艺学,我以为必须坚决地、毫无保留地走出"西学为体"的误区,彻底抛弃以西方的文艺和美学理论为基本体系的做法,把颠倒了的历史再颠倒过来,要在中国传统文艺和美学理论的基础上,正确地吸取和改造西方文艺和美学理论,在马克思主义世界观的指导下,重新建立我们的当代文艺学。为此,我们应当认真地从以下几方面入手去做:第一,应当把研究我们传统的文艺和美学理论放到第一位,弄清楚我国古代文艺和美学理论的体系、特点及其发展历史,把握中国古代文论的基本精神,弄清楚我国传统的一系列文艺和美学理论的名词、概念、范畴的正确意义。第二,认真研究西方文艺和美学理论的成就和不足、正确和谬误,作出真正科学的、批判性的评价。第三,严肃地回顾和检讨当代文艺学的发展历史,不要回避它所存在的一些带有根本性的错误和缺点。第四,马克思主义是指导思想,但必须要和中国的实际相结合。马克思和恩格斯对文艺问题的论述主要是从欧洲文学发展的情况提出来的,他们并没有总结中国文艺和美学发展的历史经验。如果我们能够正确对待上述问题,我相信我们不仅能建设好具有中国特色的当代文艺学,而且一定能在世界文学理论论坛上使人们听到更多的中国的声音。

(原载《陕西师范大学学报》1997年第1期)

走历史发展必由之路

——论以古代文论为母体建设当代文艺学

我们当代文艺学的发展,从"五四"以来走过了一条曲折的道路。"五四"时期提倡反帝反封建、学习西方的科学民主,这是基本正确的,但是也有"全盘西化"的片面性,否定了继承和发扬我们优秀传统文化的必要性。在"打倒孔家店""桐城谬种""选学妖孽"这些反封建的口号下,把我们具有民主性精华的民族文化,内容极为丰富深刻的传统文论,也都否定掉了,我们的文艺学从理论体系到名词概念大都是搬用西方的。新中国成立后,我们大学的文艺学是以苏联为模式,是按照季莫菲耶夫、毕达可夫的文艺学体系建立起来的。"文革"以后,苏联的模式基本上打破了,极"左"的影响也有所消除,但是随着大量引进西方近现代的文艺和美学理论,我们的文艺学又有了大体接近的西方模式。总之,七八十年来我们的文艺学始终没有走出以"西学为体"的误区。西方文论的引进是完全必要的,西方文论有许多值得我们吸取的科学内容,有不同于东方文论的长处和优点,这正是我们发展当代文艺学所必须学习、借鉴的。但是,西方文论和美学特别是近现代文论和美学中也有许多片面和不科学的内容,不能毫无批判地接受。更为重要的是,吸取西方文论和美学的科学内容,不是用它来代替我们的文论和美学,抛弃我们自己民族的文论和美学传统,而是为了丰富和发展我们民族的文论和美学传统,建设适合于我们时代需要的有中国特色的文论和美学。现在有些研究者盲目崇拜西方的文论和美学,甚至从思维方式到"话语"全部都是西方化的,离开了西方这一套,几乎就说不了话,写不了文章。中国人研究文艺学而不懂中国的传统文论,而只会跟着西方人亦步亦趋,用西方的"话语"说话,实在是令人啼笑皆非,这也就难怪在世界文论中听不到中国的声音了。现在文论界的有识之士和一些学界的老前辈,清醒地认识到这种局面再也不能继续下去了,提出要使当代文艺学走出困境,在世界文论讲坛上有中国的声音,必须"改弦更张",要在中国传统文论的基础上发展,要有我们自己的"话语",实现古代文论的"现代转换",我以为这是非常正确的,因为这才是建设当代文艺学的历史必由之路。

一、当代文论建设必须以古代文论为母体和本根

每一个国家和民族的文化发展都不是孤立的、单一的,它总是在现实需要的前提下,吸取各种外来文化的营养,对自己原有的文化加以改造。但是,中外文化发展的历史也充分证明了任何民族文化的发展必须以本民族的传统文化为母体和本根,否则就不可能得到真正的发展,也不可能有新的创造。文学理论和文学批评的发展也是如此。中国古代曾经有过多次民族文化的融合。上古时代我国南方民族和北方民族在文学风貌上有很大的差异,刘师培在《南北文学不同论》一文中说:"善乎《吕览》之溯声音也,谓'涂山歌于候人,始为南音;有娀谣乎飞燕,始为北声。'(按:刘氏此处引自《文心雕龙·乐府》,源出《吕览》)则南音之始起于淮、汉之间;北声之始,起于河、渭之间。"随着相互间经济、政治、军事等活动的增多,南北民族文化的交流也日益频繁。中国多民族国家的形成,也使各民族的文化相互融合,南北交汇,融为一体,但是仍保留着南北不同的特色:北方民族的文学刚健笃实,南方民族的文学婉丽多情。产生于战国时代的《楚辞》,是南方楚文化的代表。由于楚国从它成为周王朝的诸侯国起,就和北方民族有了很多交往,春秋时的楚庄王还曾伐郑围宋,虎视华夏,称霸中原,问鼎周室,所以战国时的楚文化已经吸收了许多中原文化的有益内容,大大地丰富和发展了自己的文化,使之有了更广阔的全国性意义。但是《楚辞》仍保有自己浓厚的南方文学特色,并没有用北方中原文化来代替自己原有的文化。刘勰《文心雕龙·辨骚》篇对此作了相当深刻的分析,他说:"故其陈尧、舜之耿介,称禹、汤之祗敬,典诰之体也;讥桀、纣之猖披,伤羿、浇之颠陨,规讽之旨也;虬龙以喻君子,云霓以譬谗邪,比兴之义也;每一顾而掩涕,叹君门之九重,忠怨之辞也;观兹四事,同于风雅者也。至于托云龙,说迂怪,丰隆求宓妃,鸩鸟媒娀女,诡异之辞也;康回倾地,夷羿弹日,木夫九首,土伯三目,谲怪之谈也;依彭咸之遗

则,从子胥以自适,猖狭之志也;士女杂坐,乱而不分,指以为乐,娱酒不废,沉湎日夜,举以为欢,荒淫之意也;摘此四事,异乎经典者也。故论其典诰则如彼,语其夸诞则如此。"所谓同乎经典的四事,就是说的受北方中原文化影响的表现,而异乎经典的四事,正是它作为南方文学的特色之所在。它之所以能够继《诗经》之后成为新时期中国文学的代表,正在于它既继承了《诗经》的精神,又保留了自己的传统文化特色,它仍然是在楚文化土壤上开放出来的鲜艳花朵。汉族的形成本是以华夏民族为主而与其他民族融合的结果,汉民族文化本身就包含有其他民族文化的成分,在大汉帝国形成之后,它又吸收了许多周边国家和民族文化的有益营养,丰富和发展了汉民族的文化,然而并没有因此丢掉自己的传统文化。例如汉乐府中的鼓吹铙歌实际就是胡歌、夷乐,既非雅乐,亦非楚声,但是它已经融入汉代的乐府而成为其一部分了。东汉以后,佛教的传入是中国文化发展中的一件大事。佛教是一种外来文化,它在中国的传播并不是取代中国的原有文化,而首先是与中国的本土文化相结合。在六朝时期佛教是借玄学思想来发展的,六朝时期的许多名僧如庐山的慧远等,都是精通玄学的,玄佛合一同归虚无,用玄学思想来解释佛学的义理,佛教才得以生存下来,而到唐代的禅宗则已是中国化的佛教了。在文学创作上,如著名的山水诗人谢灵运就是对玄学与佛理都有精深研究的,他把佛教的空静观和玄学的虚无观结合起来,融入优美的山水胜境之中,使诗歌创作有了新的重大发展。在绘画方面,与谢灵运同时的著名画家和绘画理论家宗炳是一个虔诚的佛教徒,但他不仅精通佛学也精通玄学,他的《明佛论》就是用中国传统思想特别是《易经》和老庄玄学来阐述佛教的神不灭论的。他的画论著作《画山水序》所提出的"畅神"论、"应目会心"论和"旨微于言象之外"论,都明显地受到佛教的"神不灭"论、心物关系论、"言语道断,心行路绝"论的影响,但又是和老庄玄学的形神论、物化论、言意关系论完全一致的。从文学理论来说,比如关于创作构思过程中的主体修养问题,中国古代特别讲究"虚静""空静",它就体现了中国传统的老庄思想和外来的佛教思想的相互融合,如果说陆机的"伫中区以玄览"(《文赋》)、刘勰的"陶钧文思,贵在虚静"(《文心雕龙·神思》),主要还是道家思想影响的话,那么,刘禹锡的禅定离欲论(《秋日送鸿举法师寺院便送归江陵引》：“能离欲，则方寸地虚；虚而万景入。”“因定而得境，故翛然以清；由慧而遣词，故粹然以丽。”）、苏轼的“欲令诗语妙，无厌空且静”（《送参寥师》），则显然是释老相结合的思想影响之表现了。至于近代的梁启超和王国维在吸收和引进西方文学观念和文学理论的时候，也没有忘记在中国传统的诗词和小说理论批评的基础上，努力使两者有机地结合起来。总之，吸收外来文化是为了更好地发展自己的传统文化，而不是用它来取代传统文化。

如果我们认真考察二十世纪以来西方和苏联文艺理论的发展的话，可以清楚地看到他们也都没有抛弃自己的传统。近现代西方的文艺理论和美学理论虽然流派众多，此起彼伏，有各种各样的新的体系和理论建构，诸如精神分析、结构主义、阐释学、符号学等等，然而，他们的思维方式和整套“话语”，实际上都离不开从柏拉图、亚里士多德一直到康德、黑格尔，乃至叔本华、尼采、弗洛伊德等的传统。马克思主义文艺观是对欧洲文艺传统的革命改造，马克思主义的三个来源和三个组成部分中就有德国的古典哲学，马克思评拉萨尔的《济金根》，就要求他“更加莎士比亚化”一些，而不要“席勒式地把个人变成时代精神的单纯的传声筒”。恩格斯也要求拉萨尔“不要为了席勒而忘掉莎士比亚”，他讲典型就引用了黑格尔的“这一个”，并且给了巴尔扎克以崇高的评价，称之为伟大的“现实主义大师”。俄国十月革命后的文学理论接受了马克思主义的指导，但仍然是在十九世纪俄国革命民主主义思想家和文学家赫尔岑、别林斯基、车尔尼雪夫斯基、杜勃罗留波夫等的基础上的发展。列宁和斯大林对俄国革命民主主义者的思想和文学，都给予了非常高的评价。列宁在《纪念赫尔岑》一文中说他是“举起伟大的斗争旗帜来反对这个蟊贼（指沙皇君主制度）的第一人”，“无产阶级纪念赫尔岑时，以他为榜样来学习和了解革命理论的伟大意义”。在讲到每一个民族有两种文化时，特别强调了“以车尔尼雪夫斯基和普列汉诺夫为代表的大俄罗斯文化”的意义（参见《关于民族问题的批评意见》）。不管是历史上还是在近现代，是中国还是外国，没有一个民族的文化不是在自己的传统基础上更新发展的，马克思主义的文艺观也要与各国的实际相结合，也是对本国本民族的传统文艺观进行革命改造的结果。

可是我们将近八十年来文学理论批评的发展，却始终没有正视这一点，成了"借胎生子"的产物。进入二十世纪八十年代以来，我们古代文论的研究有了空前巨大的发展，取得了相当可观的研究成果，古代文论本来应该成为建设当代文论的母体和本根，可是实际上它与当代文论仍然是两张皮。当代文论仍然走的是以"西学为体"的道路，而与古代文论不搭界，最多也就是摘抄几句名言或用几个概念术语作为装饰，并且随着改革开放以来西方现当代文艺和美学理论的大量引进，当代文论所用的"话语"愈来愈"欧化"，加上许多翻译得似懂非懂的生涩词语，往往把作者一些很有见地的观点和闪光的思想也给淹没了。我们现在是两支队伍，研究古代文论的队伍和研究当代文论的队伍，它们是互相分离的，其实我们本来是一支队伍，只是研究的侧重点不同而已，是应该紧密结合的。现在还有人说研究古代文论和当代文艺学是没有关系的，不是一个专业，我看他们根本不懂文艺学，甚至缺乏起码的常识。我以为许多研究当代文论的年轻人都是很有才华的，他们比专门研究古代文论的人往往视野更为开阔，更熟悉当代文艺的现状，如果能以传统文论为基础，使当代文论植根于我们民族文化的土壤，吸取西方文论的有益营养，创造出具有我们民族特点的文论"话语"，来构建具有中国特色的当代文艺学，一定会在世界文论讲坛上唱出中国的最强音，在二十一世纪改变世界文论以欧洲为中心的局面。

二、正确认识和深入研究中西文论的异同

要在中国古代传统文论的基础上，而不是按照西方的体系模式，来建设具有中国特色的当代文艺学，也不是说把古代文论清理一番，按照原样拿来就用，而是要研究它的体系和特点，认真吸取其精华，在继承古代文论优秀传统的同时，充分认识其弱点和不足，努力吸取西方文论的科学内容，按照现实的需要对传统文论加以改造，才能构建新的文艺学理论体系和创造我们自己的"话语"。为此就必须正确认识中西文论的异同，了解其各自的长处和短处。关于中西方在学术研究上的差别，早在二十世纪初的王国维就已经提出来了，这对我们研究中西文论异同是很有参考价值的。我在 1988 年出版的拙作《古典文艺美学论稿》里《论王国维的〈人

间词话〉》一文中曾经说过这样一段话："王国维在《论新学语之输入》一文中，主张把中西在学术研究方法上的特点结合起来。他说我国古代学术的特点是'实际的也，通俗的也'，而西方学术的特点则是'思辨的也，科学的也'。西方'长于抽象，精于分类'，而我国长于实践之方面，以具体知识为满足，于理论方面'不欲穷究之也'。西方之缺点在'泥于名而远于实'，为'一大弊'，而我国则'用其实而不知其名'，'乏抽象之力'，这些都是有片面性的。为此，王国维认为应当中西结合，取长补短，以便使学术研究有新的突破。"王国维这里所说的学术研究方法上的差异，其实就是指思维方式上的差异。王国维是基于他深厚的国学功底和对西方学术的认真研究而提出这个问题的，他不仅指出了中西思维方式的不同特点，而且还批评了它们各自的不足，没有作简单概括而使人感到缺乏说服力。他的说法是否全面、确切是可以研究的，不过应当看到这样一个事实：虽然已经过去了将近一个世纪，我们现在对中西思维方式差异也有不少说法，但我看还没有王国维说得比较符合实际，他的观点从文学理论的角度看是经得起实践检验的。

为了进一步探讨王国维论述的得与失，认真研究中西文艺和美学的异同，这里我想对近年来有关这个问题的几种流行观点，说一点纯外行的粗浅看法。我对西方的文论虽然也大体读过一些，但没有作过深入的研究，因此我不敢作也没有能力作中西文论全面的比较研究，我只是想从研究中国古代文论的体会中来谈一点认识，而且也偏重在中国古代文论方面。

首先，是所谓西方重在再现、中国重在表现。这种说法曾经一度比较红火，但是现在已经冷落下去了，其原因是不符合中国古代文学思想发展的实际，也无法解释大量中国古代文学创作现象。中国很早就有文学模仿自然的思想，这从《周易》八卦的"观物取象"中便可以看出来。孔老夫子的"诗可以观"，《毛诗大序》的"治世之音安以乐，其政和；乱世之音怨以怒，其政乖；亡国之音哀以思，其民困"，白居易《与元九书》的"文章合为时而著，歌诗合为事而作"，都是强调文学要具体真实地反映现实生活。从司马迁《史记》的史学写作上的"实录"，到曹雪芹《红楼梦》的文学创作上的"实录"，难道能够从重表现而不重再现来解释吗？至于古代文学创作就更不能用这种说法来概括了,即使是像《西游记》《聊斋》这样的浪漫主义作品,也十分注重体现现实的"人情物态",更不必说白居易的新乐府、孔尚任的《桃花扇》、吴敬梓的《儒林外史》了。如果说中国古代诗词中叙事性的作品较少,抒情性的作品较多,这倒确是事实。但是,这里有汉语语言特征所形成的文体特性问题,由于汉字是方块的表意和表音相结合的文字,汉语在语音上有声调的差别,所以中国古代诗歌要求有整齐的字句,特别重视对偶、声律之美,对偶结合典故运用,声律讲究抑扬平仄,诗句以五、七言为主,特别是近体诗中的律诗绝句,字数都很有限,这种形式美的严格规定,显然更适宜于抒情文学的创作,而对叙事文学创作是很不方便、也是很受限制的。此外,这也和中国古代特殊的社会政治、文化思想状况有关。中国古代的文学家大都同时又是政治家、思想家,诗歌作为正统的文学形式,和政治教化有着不可分割的密切联系,强调"言志""缘情",这种情志还不能越出礼义规范,所以不重视叙事,也不习惯于叙事。然而在戏剧、小说中就不能说是以抒情为主了,虽然小说中也夹有诗词,戏剧更是不脱离歌唱,但基本上是以叙事为主的了。其实西方的文学思想和文学创作也并非只重再现不重表现,这一点我想研究外国文学和外国文论的人是很清楚的。不过,这里倒有一个值得我们注意的问题:中国古代在肯定文学模仿自然、反映现实的同时,始终没有忽略这种模仿和反映都必须通过创作主体的认识和体验,认为"物"都要经过"心"的改造才能表达出来,也就是说,文学创作是作家"妙造自然"(司空图《二十四诗品》)的产物。从《乐记》的"人心感物"发展到刘勰《文心雕龙》的"情以物兴""物以情观",到王夫之的"情景交融",心与物"互藏其宅",大概都说明了文学既是再现也是表现,从来没有把它们对立起来。中国古代始终十分明确、十分重视表现主体和再现客体的辩证结合,这倒也许是我们不同于西方的一个重要特点。

其次,是所谓在思维方法上西方是认知,中国是体知,或者说西方是理性的逻辑思维,中国是感性的直觉思维。这种说法我以为也是很不确切的。人类的思维活动是随着生产的进步、生活的提高、科学技术的发展、文明程度的增加,而不断地丰富、复杂、扩大、深化的,各个国家和民族虽然由于自然、社会条件的不同,文化传统的差异,人们的思维方式也各有不同的特点,但是从思维规律的一些基本方面来说是有共同性的,特别是在一定的历史阶段,这种思维共同性就愈多。认知和体知、理性的逻辑思维和感性的直觉思维,都是人类思维方法的基本形态,在思维的过程中这两者是不可能截然分开的,如果只有一方是无法完成对世界的认识和把握的。简单地把西方归结为理性的逻辑思维,把中国古代归结为感性的直觉思维,这本身就是形而上学的,是违背人类的认识规律和思维规律的。中国古代在自然科学方面曾达到了非常高的水平,就连外国的科学家也赞叹不已,这难道仅仅是靠感性的直觉思维就能实现的吗?在社会科学方面,我们且不说具有高度理性概括的中国古代哲学和内容极为丰富的传统史学,就以古代文学理论批评状况来说,也决不像有些研究者所说都是体知的结果,是感性直觉思维的产物。像陆机的《文赋》虽然是对文学创作过程的形象描绘,但是都得出了经过理性抽象的结论,如“理扶质以立干,文垂条而结繁”,“谢朝华于已披,启夕秀于未振”,“体有万殊,物无一量”,“其为物也多姿,其为体也屡迁”等等。至于《文心雕龙》就更不能用直觉思维去概括了,刘勰所提出的一系列重要美学范畴和理论命题,都是经过抽象理性思维的结果,而不是仅仅依靠感性直觉得来的。例如“神思”“体性”“定势”“隐秀”“奇正”“通变”“文质”“三准”等美学范畴以及“神与物游”“杼轴献功”“率志委和”“杂而不越”“因性练才”“乘一总万”“情以物兴”和“物以情观”、心“随物以宛转”和物“与心而徘徊”等含义深刻的理论命题,都是对我国古代丰富的文学创作经验的高度理论概括。即使是像“风骨”这样带有感性直觉色彩的范畴,也是对许多文学创作现象的一种理论概括,不过是用一种形象的比喻来阐述而已。司空图的《二十四诗品》是对二十四种诗歌意境风格的描绘,从表面上看确实带有感性直观的色彩,然而它在实质上具有很深刻的哲理性,它把以老庄为主的哲理境界和不同风貌的艺术境界融为一体了。中国古代确实很重视直觉在文学创作中的意义和作用,这也许比西方强调直觉还要早些,从钟嵘的“直寻”、司空图的“直致”之奇,到严羽的“妙悟”、王夫之的“现量”,都明显地体现了对直觉在触发诗人灵感、把握艺术三昧中的重要性的认识。然而他们都没有否定理性的逻辑思维的必要性,钟嵘主张“陈诗展义”“长歌聘情”“情兼雅怨,体被文质”,岂能无理性思维乎!

严羽反对宋人的"以理为诗",但又明确指出："诗有词理意兴",主张"尚意兴而理在其中"。王夫之则总结了这场绵延达数百年的情、理之争,把"理"区分为"诗人之理"和"经生家之理",特别赞扬了《诗经·周南·桃夭》,认为它不仅"得物态",而且"穷物理",他说："王敬美(王世懋)谓'诗有妙悟,非关理也',非理抑将何悟?"(按:王夫之此处引文出处有误,此本王世贞引严羽语。)这里也许可以用王国维的话来说,中国古人是比较讲究实际的,他所抽象出来的文学理论也是和文学创作实践紧密联系的,是直接用来指导创作实践的。中国古人不喜欢像西方的康德那样作远离实际的纯粹抽象思辨的阐述(王国维认为这实是西方一大弊病),但是,中国古人并不是不善于抽象的理性思维,更没有认为文学创作只要感性的直觉思维,不要抽象的理性思维。其实中国古代从哲学到文学都是非常重视理性的抽象逻辑思维的,无论是老庄的有无还是墨家的明辨,玄学的本末还是理学的心性,不管是刘勰的《文心雕龙》、严羽的《沧浪诗话》、王夫之的《姜斋诗话》还是叶燮的《原诗》,都可以看得很清楚。不过不是向纯思辨的方向发展,而是努力使它能结合实际、指导实践。因为这样,常常在抽象的理性阐述方面如王国维所说的就发展得不够。不过,西方纯思辨的抽象理论分析,虽然在理性阐述方面比较充分,但也存在严重的缺点,这就是脱离具体的创作实际。

再次,是季羡林先生所说的："西方的思维方式是分析的,而东方的以中国为代表的思维方式是综合的。"季老这个说法比上述两种说法要更深入,也是很有启发性的,但能否这样概括,我以为尚可斟酌。由于才疏学浅我可能领会得不准确,说得不合适请季老教正。我体会季老指的是西方人喜欢把事物分解为各个部分来研究,分析各部分的不同特点;而东方人则注重于把事物作为一个整体来研究,注重于各部分之间的有机联系。比如西医和中医大概就有这种不同,中医从综合的整体的人出发,善于调和人体内的各个方面关系,但对自己的经验往往缺少很科学的说明;西医偏重局部患处的科学诊治,但往往从人体总的协调上考虑不够,所以我们提倡中西医的结合。因此真正的科学研究对分析和综合这两者来说都是不可缺少的,不管是西方还是中国,凡是有成就的自然科学家和社会科学家,都不可能单靠一个方面来达到,不能只有分析没有综合,也不能只有综合没有分析。人类的思维是随着对客观世界认识的逐步深化而不断发展、不断进步的，经历了一个由低级到高级的演变过程，这也许可以用"综合—分析—综合"的公式来表示。当生产力发展水平还比较低，人们对十分复杂的事物认识得还不是很清晰、不是很科学的时候，他只能运用一种比较模糊、笼统的方法来表述，这也是一种综合，但是属于低级阶段的综合。当生产力水平有了较高的发展，人们的认识和思维有了进一步发展的时候，就必然要求对事物作精细的分析，把整体分解为不同的部分，研究它们的各自特点；然而分析得愈来愈细密，又容易忽略事物各部分之间的有机联系与相互制约，于是又要求在一个更高的层次上的综合，从总体上来作全面的把握，西方模糊学的提出可能就属于这种性质。所以我们不能把处于不同历史阶段的东方和西方的思维方式特点拿来比较，这本身就是不科学的，它违背了思维方法本身也是历史的、发展的、变化的事实。中国古代有些综合思维还是处于低级阶段，本身还存在不很科学的方面，把它同今天西方的模糊学、混沌学相比恐怕是不妥当的。中国古代也并不是只有综合，也有很多精细的分析，以文论来说，刘勰的《文心雕龙》就是最突出的代表。全书条分缕析，极为细腻，诚如他自己所说："及其品列成文，有同乎旧谈者，非雷同也，势自不可异也；有异乎前论者，非苟异也，理自不可同也。同之与异，不屑古今，擘肌分理，唯务折衷。"这里的"擘肌分理"大概不能说不是分析而是综合。又比如他从"文如其人"思想出发，用分析人体构成的方法来分析文学作品的构成，其《附会》篇说："夫才量学文，宜正体制：必以情志为神明，事义为骨髓，辞采为肌肤，宫商为声气。"神明、骨髓、肌肤、声气是人体构成的不同部分，但相互之间又是不可分割的；情志、事义、辞采、宫商是文学作品构成的不同因素，然而也都是统一在一部作品中的。情志、事义属于内容，前者指主体意识，后者指客体事物；辞采、宫商属于形式，前者指语言之美，后者指声律之美。对广义的文章之内容和形式，刘勰在《宗经》篇中更详细地分为情、风、事、义、体、文六个方面，并且分别提出了具体要求："情深而不诡，风清而不杂，事信而不诞，义直而不回，体约而不芜，文丽而不淫。"我们能说这样的思维方式只是综合而不是分析吗？

在思维方式上，中国和西方的差异是存在的，现在我们再回到王国维的论述来看,似乎还是他的说法比较妥善。西方比较喜欢抽象的思辨,作详尽的理性分析;而中国虽有抽象的理性概括,但更重视具体的实践。西方的缺陷在脱离具体的实际,而中国的弱点则在理论阐述之不足。因此,我们要在古代文论的基础上建设当代文艺学,就应该在发扬我们传统优点时看到不足,取西方之长,补自己之短,既不要崇洋媚外,也不要妄自尊大。但是,研究中西文论的差异,只强调思维方式的不同,我以为还是很不够的,这也正是王国维的不足之处。也许我这是一种皮相之论,然而实际上造成这种差异的还有很多其他的原因,比如由于经济发展的差别、社会制度的差别、道德观念的不同、宗教信仰的不同,形成了不同的文化传统,造成了审美观念的差异,因而在文学思想、文学理论上也有很多不同。比如在文学的真实性问题上,中西都很重视,但是含义不同。西方讲文学的真实性重在文学作品的客观内容和现实生活是否一致,而中国古代讲文学真实性则重在作家的思想感情和作品中所表现的思想感情是否一致。刘勰在《文心雕龙·情采》篇中要求文学创作"写真",反对"忽真",他严厉批评了"志深轩冕,而泛咏皋壤,心缠几务,而虚述人外"的创作倾向,并指出:"况乎文章,述志为本,言与志反,文岂作征?"所以后来元遗山在《论诗绝句》中就嘲讽潘岳道:"心声心画总失真,文章宁复见为人? 高情千古《闲居赋》,争信安仁拜路尘!"西方只就作品本身而论,中国则首先要看作家的思想和作品的思想倾向是否相符。这大概与中国历来强调道德、文章并重是有关系的。又比如:在艺术形象的创造方面,西方主要讲"典型",讲个性和共性的统一;但是中国古代则着重讲形神,强调以传神为主,形神并茂,即唐代诗人张九龄所说的:"意得神传,笔精形似。"形神本是哲学上的概念,后来运用到人物品评上,又发展到艺术批评上,先是评人物画,后来又扩展到所有的画,并从绘画领域发展到文学创作领域,从诗文创作到小说戏剧创作。在这个过程中对形神的理解也有发展,逐渐认识到不仅人有形和神,物也有形和神,一切宇宙间的事物都有形和神。形神论中包含有西方典型论的某些内容,比如从顾恺之的"传神写照,正在阿堵中"及画裴楷像的"益三毛如有神明",到苏轼《传神论》中所说传神必须把握"得其意思所在"的形的特征,事物不仅有"常形"而且有"常理"(这"常理"也是指某一事物不同于别的事物的特殊的

"理"),都十分重视刻画创作对象的特殊性,这和西方典型论之强调个性特征,是比较一致的。但是,形神论和典型论的角度和含义是很不一样的,形神论并不包括典型论中的共性内容、典型概括内容,形和神的关系也不是典型论中个性和共性的关系。艺术上的形神论把艺术形象分解为外在显现的和内在蕴藏的两部分,但这两部分之间不是等同的关系而是暗示、象征的关系,如东晋顾恺之提出的"以形写神",是从玄学的言意关系("言为意筌")中派生出来的,形本身并不就是神,但是神可借助于形的暗示、象征而体现出来,也不是所有的形都能体现神,而只有某个特殊的形才能传神(参见下文关于古代审美理论的核心的论述)。形和神本是不可分的,但也可以分解开来研究,这和典型可分解为共性和个性一样,都是有分析也有综合,它们的差别不是思维方式不同所造成的。我这里只是举一两个例子,实际上中西文论的差别还有很多,比如中国古代的审美理论就是在老庄、玄学和佛学思想的基础上建立起来的(此点下文还要详论),所以也和西方有很大的不同,这些并不是都能用思维方式不同来解释的。我的这些看法也许是很浅薄的,大都是破而不是立,但我说这些是为了说明:对中西文论的差别不要作简单概括,而要作认真的深入的研究,这也许不是短期内能解决的,因为我们如果对比较的双方都并不很熟悉,特别是对中国传统的文论缺乏全面的考察,而所依据的材料也还不够充分的话,得出的结论恐怕是不会有很强说服力的,也不能解释许多古代文论的现象。

三、中国古代文论的主要精神和当代价值

要以中国古代文论为母体来建设当代文艺学,必须认真地探讨中国古代文论的主要精神及其当代价值。我以为古代文论的主要精神和当代价值是两个既有联系而又不完全相同的问题。现在大家比较喜欢讲"天人合一""人文精神",这样来概括中国古代文论的主要精神,也不能说没有道理,但我认为并不是很确切的。"天人合一"主要是哲学思想方面的问题,它对古代文论确是有很大影响的,但它毕竟不是文论的本身。"人文精神"是从西方引进的概念,它本是欧洲文艺复兴时期提出的,是体现特定历史阶段文化思潮的,用它来概括中国古代长期封建社会的进步文

化思潮,是否合适是值得研究的。当然,欧洲文艺复兴时期的人文精神也是人类文明发展的结果,也有它的历史渊源,和欧洲封建时代的进步文化思潮也有不可分割的联系,但是用它来概括中国的文化思想传统,总给人以用西方观念来套的感觉。我认为中国古代文论的主要精神还是要从中国古代文学创作和文学思想发展的实际来考察,在中国古代文论中贯穿始终的最突出思想就是:建立在"仁政""民本"思想上的,追求实现先进社会理想的奋斗精神和在受压抑而理想得不到实现时的抗争精神,也就是"为民请命""怨愤著书"和"不平则鸣"的精神,它体现了我们中华民族坚毅不屈、顽强斗争的性格和先进分子的高风亮节、铮铮铁骨。早在先秦时代,孔子就在"仁者爱人"和"节用而爱人,使民以时"的思想基础上提出了诗"可以怨"的问题,肯定下民可以批评上政。后来孟子发展了孔子的思想,提出"仁政"理想,主张"民为贵,社稷次之,君为轻",要以民为本,"与民同乐"。先秦儒家的"民本"思想和"仁政"理想在实际上是很难真正实现的,但它却可以成为反对专制独裁的黑暗暴政的思想武器,一直到明清之交那些具有民主主义色彩的启蒙思想家,如黄宗羲、戴震等也还是以此为正面理想的。从这个角度说,它和欧洲文艺复兴时期的"人文精神"确也是相通的,然而我们又何必一定要用西方的观念来概括呢?

中国古代的文学家和文学理论批评家,大都受到先秦儒家"民本"思想和"仁政"理想的深刻影响。屈原在《离骚》中发出的感叹:"长叹息以掩涕兮,哀民生之多艰!"这就是"民本"思想的体现。"彼尧舜之耿介兮,既遵道而得路。何桀纣之猖披兮,夫唯捷径以窘步。"这就是对"仁政"理想的向往。屈原正是在"仁政"理想不得实现的极度压抑情况下才"发愤以抒情"的。汉代遭受残酷宫刑折磨的司马迁赞扬屈原的"直谏"精神,提出著名的"发愤著书"说,就是对孔子的诗"可以怨"和屈原的"发愤以抒情"的发展。刘勰、钟嵘之所以提倡"风骨",并以此作为文学创作重要的审美标准,就因为"风骨"正是这种奋斗精神和抗争精神在文学审美理想上的体现。刘勰所说的"风清骨峻"不只是一种艺术美,更主要是一种高尚的人格美在文学作品中的体现,它和中国古代文人崇尚高洁的精神情操、刚正不阿的骨气,是分不开的。这一点在六朝的人物品评中就已经表现得很清楚。如《宋书·孔觊传》中说:"少骨梗有风力,以是非为己任。"《世说新语·赏誉》说："王右军目陈玄伯，垒垒有正骨。"又其注中引《晋安帝纪》说"羲之风骨清举也"。刘勰在《文心雕龙·风骨》篇中说："结言端直，则文骨成焉；意气骏爽，则文风清焉。"又在《檄移》篇中说陈琳所写的《为袁绍檄豫州》一文揭发曹操罪恶"壮有骨鲠"，又在《铭箴》篇中说崔骃、胡广的《百官箴》"追清风于前古"，也都具有这种特点。钟嵘在《诗品》中以曹植为最有"风骨"的五言诗人典范，并称他的诗作"骨气奇高，词采华茂，情兼雅怨，体被文质"。曹植正是一个有"戮力上国，流惠下民"的远大理想和政治抱负的诗人，由于受曹丕的猜忌和迫害不得实现，满怀愤激不平之气，故其诗中洋溢着强烈的慷慨悲壮之情，"雅怨"蕴于内，"骨气"显于外。"建安风骨"就是建安诗人对动乱现实的悲忧和对壮志抱负的歌颂在艺术风貌上的表现。李白对"蓬莱文章建安骨"的赞赏，是与他"济苍生""安黎元"的政治理想分不开的。杜甫、白居易提倡以诗来"为民请命"，杜甫称赞元结说："道州忧黎庶，词气浩纵横。两章对秋月，一字偕华星。"（《同元使君春陵行》）他著名的"三吏""三别"诗即是他民本思想的形象体现，他的《自京赴奉先县咏怀五百字》《北征》等诗作都深深地浸透了"仁政"的理想。白居易在《与元九书》中强调诗歌创作必须要起到"救济人病，裨补时阙"的作用，就是在其"民本"思想基础上发展起来的，这从白居易的《策林》七十五篇中可以看得很清楚。为了使"下人之病苦闻于上"，他"不惧权豪怒，亦任亲朋讥"，不怕"骨肉妻孥皆以我为非"，这种精神是很感动人的。韩愈提出的"不平则鸣"思想，为这种奋斗精神和抗争精神找到了具有普遍规律性的根据。他说："大凡物不得其平则鸣。草木之无声，风挠之鸣；水之无声，风荡之鸣。""人之于言也亦然。有不得已者而后言，其歌也有思，其哭也有怀。凡出乎口而为声者，其皆有弗平者乎！"（《送孟东野序》）"不平"，就是对现实黑暗、落后现状的不满，要求改革和进步；"鸣"，就是对现实的一种积极的干预，当人们为进步理想而"鸣"时就是奋斗，在遭到压抑迫害而"鸣"时就是抗争，而且真正"善鸣"者不是"气满志得"的"王公贵人"，而是"羁旅草野"的有识之士，故而"欢愉之辞难工，而穷苦之言易好也"（《荆潭唱和诗序》）。正是"不平则鸣"的思想激励了许多处于逆境中的文人奋起，写下了无数可歌可泣的优秀篇章。宋代欧阳修十分欣赏韩愈的这个观点，他在《梅圣俞诗集序》中说："诗人少达而多穷"，"非诗之能穷人，殆穷者而后工"，"愈穷则愈工"。苏轼也说过："秀语出寒饿，身穷诗乃亨。"（《次韵仲殊雪中游西湖》）文学创作要"言必中当世之过"（《凫绎先生诗集序》），"非能为之为工，乃不能不为之为工"（《江行唱和集序》）。明清时期随着封建制度的没落，这种思想表现得尤为激烈。李贽说："《水浒传》者，发愤之所作也。"金圣叹说《水浒》之作，是"怨毒著书，史迁不免"。李贽怀着对封建道学的极度愤恨，对黑暗腐朽的强烈不满，在《杂说》中说："且夫世之真能文者，比其初皆非有意于为文也。其胸中有如许无状可怪之事，其喉间有如许欲吐而不敢吐之物，其口头又时时有许多欲语而莫可所以告语之处，蓄极积久，势不能遏。一旦见景生情，触目兴叹；夺他人之酒杯，浇自己之垒块；诉心中之不平，感数奇于千载。"明末抗清英雄、爱国诗人陈子龙正是在民族危亡之秋，提出了"诗之本"乃是"忧时托志之所作"的主张，并热烈地赞扬杜甫的诗歌"序世变，刺当途，悲愤峭激，深切著明，无所隐忌，读之使人慷慨奋迅而不能止"。这种追求先进理想的奋斗精神和反对压迫抨击黑暗的抗争精神，贯穿了我国古代文学创作和文艺思想发展的全部历史，我以为这就是我国古代文论的主要精神和光辉传统，这在今天仍然有着重大的现实意义，我们应当继承和发扬这种精神，使当代文论为振兴中华，为我们的国家、民族重新站在世界的前列，作出应有的贡献。

我国古代文论的当代价值除了上面所说的以外，我认为还有很重要的一面，这就是它的具有民族特色的审美理论，这对我们今天建设当代文艺学也许是更为迫切的。中国古代文论的特点诚如前面所说，它是紧密联系文学创作实际，总结文学创作的艺术经验，注重对创作实践的具体指导的。中国古代文论涉及文艺学的各个方面，特别是在审美的方面不仅有自己的体系，而且提出了一系列不同于西方的重要名词术语、美学范畴和理论命题，也就是说有自己的一套"话语"，它虽然没有朝思辨的方向去作进一步的展开，没有从理论上作出详细的科学阐述，但是它并不是不能作出科学的分析和阐述的。我不赞成把古代文论说成都是模糊的、混沌的，这是不符合事实的。比如我们前面提到的《文心雕龙》中的那些美学范畴和理论命题都不是模糊的、混沌的，而是有着很清楚的科学理论内容的。此外，像"言志""缘情""比德""美刺""中和""本色""直寻""兴寄""兴象""意境""传神""滋味""现量""义法"，以及"迁想妙得""意在笔先""应目会心""成竹于胸""常形""常理""妙观逸想""技道两进""随物赋形""境与意会""幻中有真""以意役法"等，也都是如此。至于有少数概念和范畴，例如"神""气""风骨""神韵""妙语"等，之所以难以阐述得很清楚，是因为一则这些概念都是跨不同领域的，如哲学、宗教、艺术等，本身有多义性，二则作者在不同情况下运用这些概念时有不同的含义，三则我们对它们的研究还很不够，如果我们能够考虑到不同时代、不同领域、不同作者、不同场合，联系这些概念的纵向历史发展和横向文艺思想特点，结合具体的文学创作实践，我以为也都是可以讲清楚的。至于有些对文学作品艺术风格的描绘和形容，例如说李白"豪放飘逸"、杜甫"沉郁顿挫"，以及司空图《二十四诗品》中的"雄浑""冲淡"等，我想西方文论中讲作家和作品的风格也未见得不用这一类的语词。如果说到梅尧臣之提倡"平淡"、严羽之提倡"雄浑"、陈廷焯之提倡"沉郁"等，实际上都是有其时代的原因和文艺思想的原因的。这里还有中国古代对文学的风格学特别重视的问题，这倒是和西方有所不同的。但即使这些都属于模糊的、混沌的概念，也不能用风格理论中的这一点来概括整个中国古代文论，更何况古代的风格理论中无论是讲风格的主观因素还是客观因素，是讲文体风格还是时代风格，在理论上都是很清晰的，只要读读《文心雕龙》的《体性》《定势》《才略》《时序》几篇就都明白了。

中国古代文论中的审美理论内容是十分丰富的，它有自己的体系和特点，这需要作专门的研究，不是我这篇文章所能做到的，我也只是刚开始在思考这个问题。这里我想就我国古代文论中审美理论的核心思想说一点不成熟的想法。我以为中国古代文论中的审美理论虽然也受到儒家思想的影响，但和先秦的老庄思想、魏晋的玄学思想和隋唐以来的禅宗思想，有着更为密切的联系。中国古代总是把合乎自然作为最高的审美理想，把"物化"作为最高的艺术境界，也就是后来文艺家所说的"逸品""化工""化境"。这可能是与"天人合一"的哲学思想有关的，但其直接的思想来源则是老庄强调的"自然之道"，是老子的"大音希声，大象无形"和庄子的"天籁""天乐"美学思想。老庄认为这种境界是无法凭借人力来达到的，只能顺应自然，而人力作为反而会对天然美起破坏作用，庄子说："擢乱六律，铄绝竽笙，塞瞽旷之耳，而天下始人含其聪矣。灭文章，散五采，胶离朱之目，而天下始人含其明矣。毁绝钩绳，而弃规矩，俪工倕之指，而天下始人有其巧矣。"（《胠箧》）然而，艺术本来就是人为创造的成果，没有人的创造也就没有了艺术。不过，老庄并不是真的要否定艺术，只是要求创造出一种合乎自然、同乎天工的艺术。为了达到这个目的，除了要求创作者在精神上进入虚静状态，使主体的心与客体之道合而为一，达到"以天（主体的自然）合天（客体的自然）"的"物化"境界外；从作品方面来说，要做到无和有的统一，道和物的结合，要从"有"去体会"无"，从"物"去体会"道"，以有形表现无形，以有声表现无声，要不受艺术创造中具体描绘出来部分的局限，而能从这一部分的启发、暗示、象征中去体会更广阔的还没有表现出来或难以表现出来的、合乎自然的、完整的美的境界。萧统在《陶渊明传》中说："渊明不解音律，而蓄无弦琴一张，每酒适，辄抚弄以寄其意。"陶渊明如果解音律，琴又有弦，那他所能弹出的音乐美、所寄托之意，总归还是有限的，虽有所成，必有所亏，如庄子在《齐物论》中所说："有成与亏，故昭氏之鼓琴也；无成与亏，故昭氏之不鼓琴也。"而他不解音律，抚弄无弦琴，则其所寄之意便是无穷的，可以任凭人们去自由地想象，因此也是完美的，"但识琴中趣，何劳弦上声！"所以中国古代审美理论的核心，艺术创造的最高目标，不在艺术创作已经具体地描写出来的部分，而要追求在它以外的、由它引发出来的、可以让欣赏者通过自己想象去补充的、具有更为深远丰富内容的艺术世界。因而，中国古代文论中一再提倡的是："文外之重旨""文已尽而意有余""境生象外""情在词外""味外之旨""韵外之致""象外之象，景外之景""不著一字，尽得风流""状难写之景如在目前，含不尽之意见于言外""言有尽而意无穷""《史记》如郭忠恕画天外数峰，略有笔墨，然而见而使人心服者，在笔墨之外也"等等。绘画、书法艺术理论中也是如此，绘画着重强调的是"画外之画""画在有笔墨处，画之妙在无笔墨处""虚实相生，无画处皆成妙境"，书法着重强调的是"计白以当黑，奇趣乃出""字外之奇""点画之间皆有意"等。中国古代文论中所说的意和言、神和形、虚和实、隐和秀这些对立的范畴，都是从无和有、道和物派生出来的。所以它强调的是

"寄言出意""以形写神""由实见虚""秀中含隐"，言并不就是意，形并不就是神，实并不就是虚，秀并不就是隐，它们两者之间不是一般的形式和内容的关系，而是言为意之筌，形为神之蹄，实为虚之筌，秀为隐之蹄，是一种暗示和象征的关系。中国古代的风骨、意境、兴趣、神韵等美学范畴，都很集中地体现了这种艺术审美理想。中国古代最反对文艺创作"意尽言内"，言就是意，最看不起赤裸裸地写尽说尽的作品，宋代张戒在《岁寒堂诗话》中批评白居易的诗歌虽"道得人心中事"，但把什么都"道尽"，"略无余蕴"，所以就显得"浅露"。艺术的妙处就在含而不露，然而，中国古代文论所强调的还不仅仅是一般艺术表现上的含蓄，而是要创造出一个存在于想象中的完美的艺术境界。中国古代最重视的不是"实"的、"有"的作用，而是"虚"的、"无"的作用，恰如王士祺所说：诗如画龙，把整条龙都画出来，首、尾、爪、角、鳞、鬣，无一不具，那么它只是一条死龙、假龙，如果只画它在云雾中露出的一鳞一爪，让人去想象龙的全貌，那才是活龙、真龙、神龙(参见赵执信的《谈龙录》)。这种境界可以说是由作者和读者共同创造的，对于不同时代、不同鉴赏者来说，它永远有着说不完、道不尽的深远意义，永远会给人以新的无穷的艺术享受。我国古代文论中的审美理论有十分丰富的内容，在艺术创造的各个方面都作出了重要的理论概括，提出了许多如上文已说过的深刻的理论命题，但它们大都是围绕着上述这个中心来展开的。我以为这就是中国古代文论中最有民族特色而不同于西方的地方，也是我们今天特别值得借鉴并加以发扬的方面。古代文论的当代价值不仅在它的主要精神，而且还在它的审美理论，后者对我们构建有中国特色的当代文艺学，有着更为直接的现实意义。

在马克思主义世界观和文艺观的指导下，以中国古代文论为母体和本根，吸取西方文论的有益营养，建设有中国特色的当代文艺学，这就是我们的目标。但是要实现这个目标是需要时间的，我们还要走很长的一段路。因为这不只是一个理论建设问题，也是一个文艺创作实践问题。如果文艺创作中没有解决好，理论建设也是很难完成的。而且，即使从理论建设来说，也要有一个比较长的过程，还有许多工作需要我们去做：第一，要深入研究中国古代文论，探讨它的体系和特点，要站在今天的理论高度来阐明它的成就和不足;第二,要深入研究西方文艺和美学理论,正确判别它的科学内容和谬误所在,认真搞清楚中西文论的异同;第三,要研究今天文艺创作实践中所提出的理论问题。这些都要作艰苦的努力,不可能一蹴而就。但是,如老子所说,"千里之行,始于足下",只要方向对头,就一定会较快地改变当代文论的面貌,让中国文论在世界文论领域中获得自己应有的地位。

(原载《文学评论》1997 年第 2 期)

中国古代哲学思想与文学思想之联系

中国古代哲学思想和文学思想之间,有着极为密切的联系,中国早期文学思想大都是从中国古代哲学思想中派生出来的,一些主要文学思想流派和哲学思想流派是一致的,如儒、道、墨、法等。这是中国传统文化发展中的重要特点之一。我们应当从文化史、思想史的角度来研究文学思想的发展,其实,中国古代的许多学者都是把文化思想、学术思想和文学发展联系起来进行研究的,例如齐梁时代杰出的文学理论巨著——刘勰的《文心雕龙》,本身就具有文化史的意义,也可以说是一部最早的文化史著作。

先秦时代文史哲是不分的,当时那些有代表性的哲学著作,同时也都是优秀的散文作品。许多著名的哲学家,同时也是杰出的文学家。尤其是《庄子》,运用了很多生动的寓言故事、神话传说,如庖丁解牛、梓庄削木为镰、黄帝游赤水而遗其玄珠、浑沌凿七窍而死等,来说明深奥的哲理,揭示"道"的自然本性,指出人只有在达到"虚静"的精神状态时,才能进入道的境界。他的哲学观点都浸透在文学形象之中,而并不是直截了当地说出来的,需要我们从分析文学形象的过程中才能体会到,这样就把文学和哲学非常自然地融合在一起了。

先秦是中国古代文学思想发展的奠基时期,后代文学思想发展中的一些基本理论观点,大都是在这个时期确立的。而先秦时期的文学思想正是当时各派哲学思想体系中十分重要的组成部分。儒、道、墨、法几家主要哲学思想派别,都包含着与他们的本体论、认识论、方法论等相适应的文学思想,它对后代的文学思想发展影响十分深远。尤其是儒、道两家的文学思想,前者侧重文学的外部规律,对文学与社会政治、人伦道德的关系,文学的教育功能等论述比较多。后者侧重于文学的内部规律,对文学的创作与构思、文学的审美艺术特征、创作方法等影响比较大。魏晋以后,玄学的兴盛又促进了道家文学思想的发展。佛教的传入和发展,特别是唐代禅宗的勃兴,促成了诗与禅在文学理论和文学创作两方面的结合,成为中国古代文学思想发展中的重要特点之一。禅宗接受了中国传统文化中庄学和玄学的一些重要思想,它们在哲学和美学上有很多相通的地方。中国古代的文学家和艺术家在文艺思想上受庄学和玄学的影响很深,因此对禅学也有很浓厚的兴趣,他们不仅在创作中引入禅宗意识,而且还运用禅宗的思维方式来进行创作,中国古代的文艺创作思想本来是在庄学基础上发展起来的,所以也就很自然地和禅学结合起来了。所以从儒、道、佛三家来说,道家和佛家在文学思想上是比较接近的,有很多一致的地方,和儒家的差别则比较大。道家和佛家都主张出世,游心物外,隐迹江河,寄情山水,促进了田园山水隐逸文学的繁荣发展。他们强调言不尽意,而以言为意之筌蹄,直接导致了文学创作上追求"言有尽而意无穷"艺术意境的审美传统的形成。禅学的广泛传播进一步扩大和发展了庄学对文学思想的影响。然而,在中国古代文学思想的发展过程中,儒家和释老又常常是互相吸收、互相补充的,许多文人在人生处世上采取了"外儒家而内释老"的态度,以儒家的观点论文学的社会作用和教育功能,又以释老的观点论文学的审美特征和创作方法,从而构成为中国古代文学思想的主流。因此,我们可以说中国古代文学思想,正是在儒、道、佛三家思想的交互影响下发展起来的,离开了对儒、道、佛三家思想的研究,就很难弄清楚中国古代文学思想发展的特点与规律,也很难真正了解中国古代文学发展的民族传统。

中国古代哲学思想对文学思想的影响,我们认为主要表现在以下几个方面:

一、关于文学的本源

中国古代关于文学的本源主要有两种说法:一是本于心,二是源于道,而究其原委实出于儒道两家之哲学观和文学观。先秦时代流行的"诗言志"说,就其对文学本源的认识来看,即指文学本源于人心。代表正统儒家文学观的《毛诗大序》说:"在心为志,发言为诗。""情动于中而形于言。"心动情发,借语言作为工具,这就是诗。然而人的感情之激动,系受外界事物之所触发。《礼记·乐记》在解释音乐产生原由时说道:"凡音之起,由人心生也。人心之动,物使之然也。感于物而动,故形于声。"此原理亦通于诗。不过,物感只是促使人心发生由静而动的变化之条件,人的喜怒哀乐等七情六欲,乃是人心所固有的,不过因物感才使之由隐而显而已,故诗之源非在物乃在人之心。扬雄在《法言·问神》篇中说道:"故言,心声也;书,心画也;声画形,君子小人见也。"中国古代讲文学的真实性,不是讲的文学作品的内容是否符合客观现实生活的真实,而是讲的文学作品的思想感情是否真实地反映了作者内在的心灵世界。元好问在《论诗绝句》中说:"心画心声总失真,文章宁复见为人? 高情千古《闲居赋》,争信安仁拜路尘。"就是批评西晋诗人潘岳人品和文品不统一的。著名的文学理论批评家刘勰在《文心雕龙·情采》篇中尖锐地批评了"为文而造情"的不良倾向,认为当时那种"志深轩冕,而泛咏皋壤,心缠几务,而虚述人外"的现象是违背了文学创作的真实性原则的。"夫以草木之微,依情待实;况乎文章,述志为本,言与志反,文岂足征?"刘勰所说的"述志为本",正是对文学要描写人的心灵世界的一个很好的概括。不过,刘勰对文学本源的看法,最终还是认为文源于道。

文学之源于道,有两种不同的含义。一是指文学的本源为具有宇宙规律意义的自然之道,二是指文学源于儒家的社会政治之道,亦即六经之道。后者可以传统的"文以载道"言之,这个"道"不是抽象的哲理性的道,而是具体地体现了儒家政治思想、人伦道德的道,亦即圣人之道,而圣人之道则是圣人之心的体现,所以它和"诗言志"在文学本源上有共同之处,都是指文学本源于人心。这里我们讲的文学源于道,是指前者,即是指文学源于具有宇宙规律意义的自然之道。这是属于道家对文学本源的认识。道家认为宇宙间万物皆源于道,文学自然也不例外,也是道的一种体现。所以,庄子认为一切文学艺术都只有达到了合乎自然之道的境界,才是最高最美的境界。他把音乐上的"天籁""天乐"、绘画上具有"解衣般礴"精神境界的画家的创作、文学上能超乎言意之表的境界,作为文学艺术的最高理想。这种观点表现在文学理论上,就是刘勰在《文心雕龙·原道》篇所说的,人文的本质乃是"道之文",这"道"即是指与天地万物根源一致的自然之道。然而,持这种观点的,并不否认文学是人的心灵之创造,只是认为人的心灵最终也是自然之道的一种体现。故而主张文源于道者,也常常以人心作为中介。刘勰就是如此。他曾肯定"诗言志"说,认为人文是人的性灵所钟之表现。但人也和宇宙万物一样,也是自然之道的一种体现。人和万物的区别只是在人是有灵性的,是"有心之器",而不像万物一样,是没有灵性的,是"无识之物"。所以文也是"道之文"。为此,我们可以如下公式来表示儒道两家对文学本源的认识:

儒家:人心→感物→文学

道家:自然之道→人心→文学

只是儒道两家对文学产生最终根源的看法上侧重点不同,一在人心,一在自然之道,但都承认文学是人的心灵创造之结果。这是符合于文学创作实际的。

二、关于文学创作的构思

中国古代有关文学创作构思的理论,都强调作家在构思以前必须要具有"虚静"的精神状态,认为这是使构思得以顺利进行的首要条件。刘勰在《文心雕龙·神思》篇中说:"陶钧文思,贵在虚静,疏瀹五藏,澡雪精神。"虚静,原是中国古代哲学思想中的一个重要范畴,它指的是人在认识外界事物时的一种静观的精神境界。老子在《道德经》中提出了"致虚极,守静笃"的思想,《管子》一书中,在论述心作为思维器官的作用时,也分析过虚静的问题。庄子则极大地发展了老子的虚静学说,认为它是进入道的境界时所必须具备的一种精神状态。庄子认为虚静必须在"绝学去知"的基础上方可达到,然而也只有达到虚静,才能对客观世界有最全面最深刻的认识,进入"大明"境界。庄子的虚静是排斥人的具体认识与实践的,但是他在运用虚静的学说去分析许多技艺神化故事(如庖丁解牛、轮扁斫轮、津人操舟、吕梁丈夫蹈水、疴偻者承蜩)时,这些故事本身却又说明了只有在大量具体的认识和实践基础上,方能达到出神入化的高超水平。因为庄子论虚静时本身存在着这样的内在矛盾,所以,当后代文学家用这些神化的技艺故事来说明虚静对文学创作的重要作用时,并不排斥具体的知识学问,而只是强调排除对创作不利的主观、客观因素干扰,集中精力、专心致志地去进行创作构思的必要性。道家在认识论上的虚静学说又被儒家所吸收和改造,荀子论虚静就不排斥知识学问,他所提出的"虚一而静"是和他的"劝学"相统一的。所以在文学理论上论虚静都是与知识学问并列在一起的,陆机在《文赋》中开篇时就说:"伫中区以玄览,颐情志于典坟。"这里的"玄览"就是静观,就是虚静,而"典坟"就是指知识学问。刘勰在《文心雕龙·神思》篇中就把虚静与"积学以储宝,酌理以富才,研阅以穷照,驯致以怿辞",并列为"驭文之首术,谋篇之大端"。在佛教传入中国以后,道家的虚静说又和佛教的空静观相融合,唐代诗人刘禹锡在《秋日过鸿举法师寺院便送归江陵引序》中曾说:"梵言沙门,犹华言去欲也。能离欲,则方寸地虚,虚而万景入。人必有所泄,乃形乎词;词妙而深者,必依于声律。故自近古而降,释子以诗名闻于世者相踵焉。因定而得境,故翛然以清;由慧而遣词,故粹然以丽。信禅林之花萼,而诚河之珠玑耳。"禅定去欲,则内心虚空,此即是虚静境界。内心虚空则能容纳万景,这样就能产生清丽的诗作。于是,文学理论批评中就有了许多以空静论创作的说法,如宋代苏轼在《送参廖师》一诗中说:"欲令诗语妙,无厌空且静。静故了群动,空故纳万境。咸酸杂众好,中有至味永。诗法不相妨,此语当更清。"宋代理学是儒学在新的历史条件下的发展,道学家论诗也很注重虚静。

由于儒道佛三家都强调虚静,所以中国古代不论是文学创作还是绘画、书法等艺术创作,均把虚静视为创作主体修养的最基本条件。例如东晋著名的书法家王羲之在论书法创作时就曾说过:"欲书者,先乾研墨,凝神静思,预想字形大小、偃仰、平直、振动,令筋脉相连,意在笔前,然后作字。"(《题卫夫人笔阵图后》)明人吴宽在《书画筌影》中说王维之所以能做到"诗中有画,画中有诗",正是因为他"胸次洒脱,中无障碍,如冰壶澄澈,水镜渊渟,洞鉴肌理,细观毫发,故落笔无尘俗之气,孰谓画诗非合辙也"。文学艺术创作上的虚静,目的在于使作家艺术家摆脱名利等各种杂念的影响,以便充分驰骋自己的艺术想象,在构思中形成最优美的艺术意象。"意在笔先"是中国古代文学艺术创作的重要原则,但它必须在虚静的前提下方能实现。《庄子·天道》篇说:"圣人之静也,非曰静也善,故静也。万物无足以挠心者,故静也。水静则明烛须眉,平中准,大匠取法焉。水静犹明,而况精神?圣人之心静乎,天地之鉴也,万物之镜也。"由此可见,中国古代哲学上的认识论是多么深刻地影响着文学创作!

三、关于文学的创作方法

中国古代的文学创作方法,有自己的民族传统特点,这就是重在言外之意,要求有"文外之重旨"(刘勰《文心雕龙·隐秀》篇),使文学作品能让人体会到"味在咸酸之外"(司空图《与李生论诗书》),既能"状难写之景如在目前",更要"含不尽之意见于言外"(欧阳修《六一诗话》引梅尧臣语),这也是中国古代文学创作意境论的核心内容。刘禹锡提出创造意境的关键是要做到"境生于象外"(《董氏武陵集纪》),司空图要求诗歌具有"象外之象,景外之景"(《与极浦书》),即是就其意在言外的特色而说的。这正是受道家和佛家对言意关系认识影响之结果。

言意关系的提出,本来并不是文学创作理论问题,而是哲学上的一种认识论。人的思维内容能否用语言来作最充分最完全的表述,这是和人能否正确地认识客观世界相关联的。先秦时代在言意关系上儒道两家是对立的。儒家主张言能尽意,道家则认为言不能尽意。《周易·系辞》说:"子云:'书不尽言,言不尽意。'然则圣人之意其不可见乎?子曰'圣人立象以尽意,设卦以尽情伪,系辞焉以尽其意。'"《系辞》所引是否确为孔子所说,已经不可考。然而《系辞》作者讲得很清楚,孔子认为要做到言尽意虽然很困难,但圣人还是可以实现的。后来扬雄曾发挥了这种思想,他在《法言·问神》篇中说:"言不能达其心,书不能达其言,难矣哉!惟圣人得言之解,得书之体。"道家则主张要行"不言之教",《老子》说:"知者不言,言者不知。"庄子则发展了这种观点,他在《齐物论》中指出:"道隐于小成,言隐于荣华。""道"是不能用语言文字来说明的。《天道》篇说,圣人之意也无法以言传,用语言文字所写的圣人之书不过是一堆糟粕而已,故轮扁的神奇凿轮技巧,不但"不能以喻其子",其子"亦不能受之于"轮扁,"是以行年七十而老斫轮"。因此,他认为言本身并不等于就是意,而只是达意的一种象征性工具。《外物》篇说:"筌者所以在鱼,得鱼而忘筌。蹄者所以在兔,得兔而忘蹄。言者所以在意,得意而忘言。吾安得忘言之人而与之言哉!"魏晋玄学中的言意之辩是这种争论的继续,王弼在《周易略例·明象》篇中就是用《庄子·外物》篇的观点来解释言、象、意三者之间关系的。所以他说:"故言者,所以明象,得象而忘言;象者,所以存意,得意而忘象。犹蹄者所以在兔,得兔而忘蹄;筌者所以在鱼,得鱼而忘筌也。"佛教、特别是禅宗,也和庄学玄学一样,注重言不尽意,对文学的影响就更大了。

但是,文学是一种语言的艺术,言能不能尽意,直接涉及文学创作是否有价值、有意义的问题。中国古代文学创作主要受"言不尽意"论的影响,但又并不因此而否定语言的作用,更不否定文学创作,而是要求在运用语言文字表达构思内容的时候,既要充分发挥语言文字的作用,又要不受语言文字表达思维内容时局限性的束缚,而借助于语言文字的暗示、象征等特点,以言为意之筌蹄,寻求在言外含有不尽之深意。特别是从盛唐诗人王维开始,以禅境表现诗境,把禅家不立文字、教外别传的思想融入文学艺术创作之中;南宋严羽在《沧浪诗话》中以"妙悟"论诗,提出"禅道惟在妙悟,诗道亦在妙悟",认为"以禅喻诗,莫此亲切"。这就更进一步促使追求言外之意的创作方法得以繁荣发展,从而构成了中国古代文学传统中的重要审美特征——讲究创造含蓄深远的艺术意境。

四、关于塑造文学形象的美学原则

中国古代文学创作中形象塑造的美学原则,其核心是以传神为主而形神兼备。这种从形神关系出发而提出的审美原则,也是接受中国古代哲学思想的影响而来的。庄子的形神论即是重神而不重形的,他所说的形和神,是指事物的内在精神实质和外在物质表现形式的关系。庄子认为对一个人来说,其形体是存是灭、是生是死,是美是丑,都是无所谓的,而最重要的是他的精神能否与道合一,达到完完全全的自然无为,所以,他"以生为附赘悬疣,以死为决疴溃痈",认为人应当做到"外其形骸",不拘泥于物(《大宗师》)。因此,他在《养生主》《德充符》等篇中,以公文轩见右师、卫人哀骀它、闉跂支离无脤等故事,来说明虽形残而神全,并不影响其真美,真正的美在神不在形。不过,庄子的形神观又有片面强调神的重要,而否定形的意义与作用的倾向。汉代《淮南子》中有关形神关系的论述,又对庄子的观点有所修正,以神为形之君,以传神为主而不否定形的作用,并且把这种思想运用到了艺术创作中。如《说山训》说:"画西施之面,美而不可说;规孟贲之目,大而不可畏;君形者亡焉。"

《说林训》提出"画者谨毛而失貌"的问题,也是这个意思。高诱注道:"谨悉微毛,留意于小,则失其大貌。""微毛"说的是形的问题,而"大貌"则是指神的问题。

这种新的发展,对中国古代文艺思想的影响是非常深远的。东晋著名的画家顾恺之正是在此基础上提出了绘画理论上的"传神写照"和"以形写神"说,后来这种绘画理论又被运用到了文学创作之中。唐代诗人张九龄在《宋使君写真图赞并序》中提出"意得神传,笔精形似"的主张,盛唐诗人的创作都非常重视传神的艺术美,杜甫就曾多次以神论诗,晚唐的张彦远和司空图则分别从绘画和诗歌创作的不同角度,明确地强调了重神似不重形似的美学原则。北宋的苏轼不仅在《传神记》中发挥了顾恺之的"以形写神"论,指出必须描写好"得其意思所在"的形方能传神,也就是说,只有抓住了最能体现对象神态的、具有典型意义的、不同一般的特殊的"形",并把它真实、生动地描绘出来了,才能够达到"传神写照"的效果。苏轼还在《书鄢陵王主簿所画折枝》中指出重在传神这一点上,诗和画是一致的。他在这首诗中提出的:"论画以形似,见与儿童邻。赋诗必此诗,定非知诗人。"曾在宋元明清的诗话中,就如何理解神似和形似关系的问题,引起了一场争论。但自唐宋以后,传神思想已进一步发展成诗、文、小说、戏曲等各种形式的共同审美传统。

五、关于文学的风格美

中国古代文学的风格美,一般分为阳刚之美和阴柔之美两大类,它渊源于中国古代哲学上的阳刚阴柔说。文学风格上的阳刚美和阴柔美之说,早在建安时代,曹丕《典论·论文》提出的文章有"清气"和"浊气"之分,就已初见端倪;继之,刘勰在《文心雕龙·体性》篇中说作家个性中"气有刚柔"的差别,是形成文学风格不同的重要原因之一。南宋严羽《沧浪诗话》中将诗歌的风格分为"沉著痛快"和"优游不迫"两大类,实际也是指阳刚之美和阴柔之美。到了清代,桐城派的代表姚鼐则更明确地提出文学风格可以归纳为阳刚和阴柔两大类,他说:"其得于阳与刚之美者,则其文如霆,如电,如长风之出谷,如崇山峻崖,如决大川,如奔骐骥;其光也,如杲日,如火,如金镠铁;其于人也,如冯高视远,如君而朝万众,如鼓万勇士而战之。其得于阴与柔之美者,则其文如升初日,如清风,如云,如霞,如烟,如幽林曲涧,如沦,如漾,如珠玉之辉,如鸿鹄之鸣而入寥廓;其于人也,漻乎其如叹,邈乎其如有思,暖乎其如喜,愀乎其如悲。"并且清楚地说明他的依据就是《周易》经传中的阳刚阴柔说。他在《海愚诗钞序》中说:"吾尝以为文章之源,本乎天地。天地之道,阴阳刚柔而已。苟有得乎阴阳刚柔之精,皆可为文章之美。"在《复鲁絜非书》中说:"鼐闻天地之道,阴阳刚柔而已。文者天地之精英,而阴阳刚柔之发也。"阳刚之美和阴柔之美虽是不同的两大类,但对于具体的作家和作品来说,则并不是"一有一绝无",往往是"刚柔相济"的,不过是有所"偏胜"而已。这也是因为"天地之道,协合以为体,而时发奇出以为用者,理固然也"(《海愚诗钞序》)。所以,作家的个性也是阴阳相济而有所偏,体现在文章中自然也就有了这样的特色。可见,姚鼐正是运用了中国哲学史上传统的"天人合一"说来说明文学风格的分类的。他在《敦拙堂诗集序》中就说:"夫文者艺也,道与艺合,天与人一,则为文之至。"

以上所说只是文学思想受哲学思想影响的几个主要方面,实际上文学思想受哲学思想影响远比这些要广泛得多、深刻得多。但从上述分析就足以说明中国古代哲学思想和文学思想的联系是多么紧密,这是我们研究中国传统文化不可忽略的重要方面之一。希望我的这篇小文能对这方面的研究起到抛砖引玉的作用。

1993 年 12 月初稿写于日本京都
1994 年 6 月定稿于北京大学承泽园

(原载台湾正中书局出版的《东亚文化的探索》,此书是 1994 年日本福冈东亚传统文化国际会议的论文集,收入本书时有删节)

中国古代各民族文学思想的交流与融合

中国是一个多民族的国家,中华民族几千年来光辉灿烂的文化是汉族和众多的兄弟民族共同创造的。具有东方特色的中国古代文学和中国古代文学思想在其发展过程中,同样也经历了各民族文学和文学思想的交流与融合,是汉族和各兄弟民族文学和文学思想之间相互影响,取长补短,从而才逐渐丰富,并形成了自己不同于西方的独立体系。

早在辛亥革命前,著名学者刘师培就在《国粹学报》上发表过《南北文学不同论》一文,指出南北文学不同实始于上古时代,他说:"善乎《吕览》之溯声音也,谓'涂山歌于候人,始为南音;有娀谣乎飞燕,始为北声。'则南音之始起于淮、汉之间;北声之始,起于河、渭之间。"这里所说的"南音"和"北声",实际上就是指上古时代北方民族和南方民族不同风格的歌谣。刘师培是从地理环境不同的角度来立论的,但实际上更重要的是民族的不同,民族性格、风俗习惯的不同。《文心雕龙·乐府》篇还说:"夏甲叹于东阳,东音以发;殷整思于西河,西音以兴。"亦系据《吕氏春秋·音初》篇,也是讲的不同地区不同民族文学风貌之差异,因为当时中国北方和南方都有很多不同的民族。中国古代最早也是作为有文字记载的第一部诗歌总集《诗经》,其中就包括了当时中国各个不同地区民族的不同诗歌。刘师培还说:"惟《诗》篇三百则区判北南,雅颂之诗起于岐丰,而国风十五太师所采,亦得之河济之间,故讽咏遗篇,大抵治世之诗从容揄扬,衰世之诗悲哀刚劲,记事之什雅近典谟,北方之文莫之或先矣。惟周召之地,在南阳、南郡之间,故二南之诗感物兴怀,引辞表旨,譬物连类,比兴二体厥制亦繁,构造虚词不标实迹,与二雅迥殊。至于哀窈窕而思贤才,咏汉广而思游女,屈宋之作,于此起源。《鼓钟》篇曰,以雅以南,非诗分南北之证欤?"而《诗经》作为中国文学的源头,它就是中华民族所包括的许多兄弟民族共同的创造,但是以北方各民族的文学占主导地位。大体说来,北方民族的文学刚劲笃实,南方民族的文学婉丽多情,所以《诗经》中的大、小《雅》和十五《国风》呈现出不同的艺术风貌,不过以体现北方民族文学特色的为多。《楚辞》则完全是荆楚地区南方民族的文学,它和中原地区北方民族的文学,是很不同的。楚民族的历史是很悠久的,早在商代,楚人和商人就有过接触和交往,到了西周时往来就更多了。当时楚民族是在汉水流域和长江中游一带,我们从考古发现的材料来看,周人已向河南南部和长江旁边发展,所以和楚民族发生过许多冲突和争战。据《竹书纪年》及《吕氏春秋·音初》篇的记载,周昭王曾征伐楚人,但结果大败,全军覆没,昭王也死于汉水之中。《楚辞》和以二《雅》、一部分《国风》为代表的北方民族文学确是很不同的,然而它又是在《诗经》基础上的发展,是吸取了《诗经》的艺术经验的。因为《楚辞》产生于战国中后期,比《诗经》的时代要晚得多,这时,楚国的文化已经有了很大的发展。楚国从西周时成为周王朝的诸侯国之一起,和中原各诸侯国交往甚多,特别值得我们注意的是,春秋时的楚庄王是一位具有雄才大略的政治家和军事家,在他统治下的楚国,在政治、经济、军事等方面都有了极大的发展,国力强盛,虎视华夏,曾吞并和打败了许多大诸侯国家,伐郑围宋,一度称霸中原,并问鼎于周王,据《左传·宣公三年》记载:"楚子伐陆浑之戎,遂至于雒,观兵于周疆。定王使王孙满劳楚子。楚子问鼎之大小轻重焉。"企图取周而代之。因此也很自然地接受了许多北方民族文化的影响,到战国时楚文化显然已经吸收了很多中原文化的有益方面。所以,《楚辞》在艺术上既有自己的特色,又有许多和《诗经》相近的地方。刘勰在《文心雕龙·辨骚》篇中,曾对此作了很好的总结,认为《楚辞》和代表中原北方民族文化的儒家经典有四同和四异:"故其陈尧舜之耿介,称汤武之祗敬,典诰之体也;讥桀纣之猖披,伤羿浇之颠陨,规讽之旨也;虬龙以喻君子,云霓以譬谗邪,比兴之义也;每一顾而掩涕,叹君门之九重,忠怨之辞也:观兹四事,同于风雅者也。至于托云龙,说迂怪,丰隆求宓妃,鸩鸟媒娀女,诡异之辞也;康回倾地,夷羿𢽾日,木夫九首,土伯三目,谲怪之谈也;依彭咸之遗则,从子胥以自适,狷狭之志也;士女杂坐,乱而不分,指以为乐,娱酒不废,沉湎日夜,举以为欢,荒淫之意也:摘此四事,异乎经典者也。"由此可见,北方民族文化和南方民族文化的融合和相互影响,同时《楚辞》这种不同于《诗经》的方面,也正好丰富和发展了以北方民族为主的中原文化,使中国古代文学更加绚丽多彩,为大汉帝国"润色鸿业"的汉代辞赋,就是在《楚辞》的直接启示下发展起来的。刘勰在《文心雕龙·时序》篇中曾说:"爰自汉室,迄于成哀,虽世渐百龄,辞人九变,而大抵所归,祖述《楚辞》,灵均余影,于是乎在。"汉族严格说也是许多民族融合而发展起来的,汉族文学也是包含了许多民族文学的特色在内的。《诗经》和《楚辞》成为中国古代文学发展史上具有典范意义的巨著,两千多年光辉灿烂的中国文学就是沿着风骚的传统发展起来的。所以,中国古代文学从一开始就是汉族和各兄弟民族共同创造的,中国古代文学的传统就是各民族共同的文学传统。

文学思想和文学本身的发展也是完全一致的。从先秦文学思想发展的状况来看,如果说儒家的文学思想主要是北方民族的文学思想的话,那么,道家的文学思想则可以说是代表南方民族的文学思想。老子据司马迁《史记》说是楚国苦县厉乡曲仁里人,庄子是宋国蒙人,离楚国不远,楚庄王称霸时,曾于公元前594年围困宋国达九个多月,最后宋臣服于楚。庄子的思想虽然和老子思想不完全相同,但确是在老子思想基础上的发展,所以,庄子的文学思想和《楚辞》的文学思想是有很多共同之处的,其特点是寓实于虚,荒诞谲怪,想象奇特,文采斐然,都具有南方文学的浪漫主义色彩。而儒家的文学思想则重在经世致用与政教合一,讲典雅庄重,质朴笃实,具有北方民族的文化思想特征。在言意关系上,儒家认为言是能尽意的,虽然要真正做到言尽意是不容易的,但是圣人是可以也有能力做到的;道家则认为言是不可能尽意的,因此求妙理(道)于言意之表,认为一切书本知识都不过是糟粕。他们这种对言意关系的不同认识,反映了不同的思维特征,北方民族讲究务实,所以注重语言在达意上的确切性,以便真实反映事物的形态特征;南方民族富于幻想,所以追求言意之外的妙理,以便于充分发挥想象的作用。

秦汉时期建立了统一的封建帝国,自夏、商、周以来中原地区民族逐渐融合了北方和南方一些其他民族而发展起来的汉族,得到了进一步的稳定和发展,成为中国境内人数最多、最大的民族。汉代以经学为主体的文化成为统一的民族文化,而文学思想也以原道、征圣、宗经为基本原则,即使受《楚辞》影响发展起来的汉赋也以讽谏为目的,在浏亮体物的同时，都要加上一个讽谏的尾巴。《毛诗大序》的"六义"和美刺讽谏说，以扬雄、班固为代表的以经学为准则的文学思想，成为汉代的正统文学观。然而在这个大前提下，汉代文学思想也明显地表现了儒道结合的倾向，从司马迁的《史记》、刘安主持的《淮南子》，一直到扬雄，都可以鲜明地看到这一点。应该说，这是中国历史上南北民族大融合、文化大融合，也是文学思想大融合的时代。魏晋南北朝时期经历了所谓"五胡乱华"的西北少数民族内迁和汉族的大批南移，形成了南北朝对峙的政治局面。北朝是匈奴、羯、鲜卑等少数民族先后建立政权统治汉族，而南方则是汉族执政而统治南方的其他少数民族。北方原有的文化受西北少数民族文化的影响，愈来愈趋向于质朴刚劲，而南方则因原来汉族文化受南方文化的影响，愈来愈趋向于华靡艳丽。南北文风形成十分鲜明的对照，但是这种南北民族文化的差异，并不是绝对地对立和排斥的，而更重要的是存在着相互羡慕学习的一面。刘师培在《南北文学不同论》一文中说："自子山（庾信）、总持（江总）身旅北方，而南方轻绮之文，渐为北人所崇尚。又初明（沈炯）、子渊（王褒）身居北土，耻操南音，诗歌劲直，习为北鄙之声，而六朝文体，亦自是而稍更矣。"由此可见，庾信、王褒等人对南北民族文化的交流，曾经起了重大的作用，其功绩是不可抹杀的。当时北朝的许多文人就其民族来说并非属于少数民族，仍是汉族人，但由于生活在少数民族统治的北方，在文化思想上深受其影响，因此在文学思想上和南方迥然不同；而南迁到长江流域及其南边的汉族文人，则深受南方少数民族文化思想影响，逐渐改变了原来文化思想的面貌和特点。所以，虽然南北文学思想的一些主要人物都是汉人，但是他们所代表的文学审美观点之民族文化思想渊源是很不同的。

隋唐时期中国全境重新又在汉族的统治之下组成了统一的多民族国家，所以这一历史时期的文化思想和文学观念之基本特征是南北的融合和统一，这在魏徵的《隋书·文学传序》中说得非常明白，他说："江左宫商发越，贵于清绮；河朔词义贞刚，重乎气质。气质则理胜其词，清绮则文过其意。理深者便于时用，文华者宜于咏歌。此其南北词人得失之大较也。若能掇彼清音，简兹累句，各去所短，合其两长，则文质斌斌，尽善尽美矣。"魏徵是辅助唐太宗建立强大的唐帝国之重臣，他的这种文学主张实际上成为唐代文学发展的重要指导思想。如果说唐代是一个多民族和谐共处的国家的话，那么，唐代的文化思想和文学观念也是体现了各民族的共同的文化思想和文学观念的。唐代是中国历史上极为繁荣昌盛而又疆域广阔的时代，汉族和少数民族，特别是西南、西北各少数民族之间的文化交流得到极为广泛的发展，各少数民族深受汉族文化的影响，而唐代文化在其发展过程中也不断地从各少数民族文化中吸取营养。像回鹘、吐蕃、南诏、新罗等国都和唐朝有频繁的交往，其中有不少国家后来都加入了中华民族的大家庭。他们接受了唐朝比较先进文化的影响，并把他们有民族特色的文化艺术带到唐朝，唐玄宗时就曾"杂用胡夷里巷之曲"演奏乐府新声，受到特别的重视(参见《旧唐书》卷三十《音乐志》)。白居易的诗就曾传播到许多兄弟民族和兄弟国家，元稹《白氏长庆集序》中曾说："及鸡林(即新罗)贾人求市颇切，自云，本国宰相每以百金换一篇，其伪甚伪者，宰相辄能辨别之。"

宋元明清时期，汉族和其他兄弟民族文化交流有了更大的发展，金元和清代都是汉族以外的兄弟民族统治中国的时代，所以，汉族和各兄弟民族的文化得到了进一步的交流、融合和发展，许多兄弟民族的杰出文学家对中国古代文学和文学思想的发展曾经起了重大的推动作用。中国历史上有不少伟大的思想家和文学家都是汉族以外的兄弟民族子弟，如元结、元好问、李贽、蒲松龄、纳兰性德等，他们对中国古代文学发展史上所作出的贡献将是永垂史册的，是我们中华民族的骄傲。从中国古代文学思想发展史来看，元好问和李贽是两个最突出的代表，对中国古代文学思想的发展，起了很大的推动作用。下面我想以元好问和李贽为例来说明我国古代少数民族对中国古代文学思想发展所作出的重大贡献。

元好问，字裕之，号遗山，其先世为北朝鲜卑贵族拓跋氏，自北魏孝文帝迁都洛阳，遂改姓元，为唐代著名诗人元结之后裔。元好问是金代著名诗人，并写有《论诗绝句》三十首，纵论诗歌发展历史，提出了自己很有特色的诗学主张。论诗绝句这种诗歌批评形式，始自杜甫的《戏为六绝句》，但直接标明"论诗绝句"者，在元好问以前是很少的，只有戴复古的《论诗十绝》，至元好问之《论诗绝句》三十首出，始产生深远的影响。郭绍虞先生说戴、元二人皆"源本少陵"，然"戴氏所作，重在阐说原理；元氏所作,重在衡量作家"(商务版《中国文学批评史》下册之一,101页)。这大体是符合实际情况的。不过,戴氏十绝也有论作家的,而元氏也往往是在论作家过程中引申出重要文学创作原理,或是论原理而举作家为例,似亦难以绝对区分。元明清时期,特别是清代,论诗绝句数量浩瀚,尤其是王士禛有著名的《戏仿元遗山论诗绝句三十二首》,在诗论史上有十分重要的地位,后如袁枚等又有仿元遗山论诗绝句之作,因此元遗山的《论诗绝句》也就更为人们所重视。所以他在丰富和发展论诗绝句这种形式方面,是有很大功绩的。

元好问的诗歌美学思想明显地带有北方民族的英雄豪迈、刚劲有力的审美特征。他特别推崇《敕勒歌》,他说:"慷慨歌谣绝不传,穹庐一曲本天然。中州万古英雄气,也到阴山敕勒川。"那种"天苍苍,野茫茫,风吹草低见牛羊"的景象,体现了北方民族那种粗犷、豪放、爽朗的性格和精神气质,他认为这种英雄气概和汉族北方人民的传统风格是一致的。所以他喜欢有风云壮阔的英雄气概的作品,而对缠绵悱恻的儿女情长之作不太感兴趣,他说:

> 曹刘坐啸虎生风,四海无人角两雄。可惜并州刘越石,不教横槊建安中。
>
> 邺下风流在晋多,壮怀犹见缺壶歌。风云若恨张华少,温李新声奈尔何!

他推崇"建安风骨",赞扬晋代继承了"建安风骨"的刘琨、王敦。他深受钟嵘《诗品》的影响,欣赏刘琨体现爱国激情的"清刚之气"。据《世说新语》记载,王敦每逢酒后,辄吟咏曹操的诗句:"老骥伏枥,志在千里;烈士暮年,壮心未已。"并以如意打唾壶,壶口尽缺。他对张华的评价,也和钟嵘相近,其诗下自注云:"钟嵘评张华诗,恨其儿女情多,风云气少。"他认为三曹七子的"风骨",比江东诸谢的风韵要更有价值。其《自题中州集后》第一首云:"邺下曹刘气尽豪,江东诸谢韵尤高。若从华实评诗品,未便吴侬得锦袍。"他对那些描写儿女情长的作品是很看不起的。所以说:"有情芍药含春泪,无力蔷薇卧晓枝。拈出退之山石句,始知渠是女郎诗。"由此可见,元遗山论诗重在有雄心壮志,有爱国思想,强调内容的充实,反对只追求形式的华艳。他又说:"斗靡夸多费览观,陆文犹恨冗于潘。心声只要传心了,布谷澜翻可是难。"其诗下自注云:"陆芜而潘净,语见《世说》。"诗歌的目的是在充分传达内心的感情,而不是为了斗靡夸多,堆砌辞藻。他的评诗标准是华实并重,而以实为主的。

他和严羽一样不满意宋代江西诗派只注重从古人的诗作中去"夺胎换骨,点铁成金"的创作思想,对他们只在诗眼、句法、字法上下功夫非常看不起,他说:"古雅难将子美亲,精纯全失义山真。论诗宁下涪翁拜,未作江西社里人。""池塘春草谢家真,万古千秋五字新。传语闭门陈正字,可怜无补费精神。"对江西派祖师黄庭坚和重要代表陈师道给予了尖锐的讽刺和批评。虽然他在研究诗歌创作的审美特征方面不如严羽那样深入,但是他在重视诗歌要表现真情实感和艺术描写的逼真方面,有严羽所不及之处。他说:"心画心声总失真,文章宁复见为人?高情千古《闲居赋》,争信安仁拜路尘。"特别强调文品和人品的统一。他又说:"眼处心生句自神,暗中摸索总非真。画图临出秦川景,亲到长安有几人!"主张诗人应当对所描写的现实内容有亲身经历和体验,认为创作的源泉是在生活之中。他的这种诗学思想对纠正江西诗派的弊病,使诗歌创作走上健康发展的道路,起了积极的推动作用。

明代的李贽,又名载贽,号卓吾,又号宏甫,别署温陵居士,回族人,是一位杰出的思想家和文学家。明代后期出现的反对复古摹拟、主张抒写真实性灵的文艺新思潮,是在嘉靖、万历时期思想文化界掀起的反理学、反传统浪潮中发展起来的,李贽是这股体现了人性觉醒、思想解放浪潮的主要代表人物。他在接受阳明心学、特别是泰州学派思想的基础上,发展为对封建礼教和传统观念的激烈批评,特别是他所提出的、著名的"童心说",为这股文艺新思潮奠定了哲学政治思想和文艺美学思想的基础。由于李贽是从反理学、反传统,提倡有人性解放色彩的"自然之性"出发,来反对文艺上的复古思潮的,所以具有前所未有的深刻性。

李贽对中国封建社会后期以宋明理学为代表的官方正统思想,作了十分尖锐激烈的揭露和批判,并进而对以孔子为代表的儒家传统观念提出了大胆的怀疑和批评,而且鲜明地要求维护"人欲",主张男女平等,他的这些异端思想在当时具有很强烈的叛逆性,带有启蒙主义的思想解放色彩。他曾无情地揭发了口不离程朱理学、标榜"存天理、灭人欲"的道学家的极端虚伪性,指出他们不过是"欺世盗名",借"道学以为富贵之资",故"阳为道学,阴为富贵,被服儒雅,行若狗彘"(《三教归儒说》),"口谈道德而心存高官,志在巨富",表面上自诩要"厉俗而风世",实际上他们正是"败俗伤世者"(《又与焦弱侯》)。特别可贵的是,他对把孔子尊为至高无上圣人的传统观念提出了怀疑,他认为千百年来之所以是非不分,黑白不辨,乃是因为人们都不敢相信自己的是非标准,而"咸以孔子之是非为是非,故未尝有是非耳"(《藏书·世纪列传总目前论》)。李贽并不是否定孔子,他曾很明白地说过:"人皆以孔子为大圣,吾亦以为大圣。"(《题孔子像于芝佛院》)但他认为孔子也是普通人,而不是神,他除了"唯酒无量,不及乱"之外,"其余都与大众一般"(《四书评》)。虽然孔子是圣人,但不能"以孔夫子之定本行罚赏"(《藏书·世纪列传总目前论》),别人也不一定就没有高过孔子的见解。他认为圣人和凡人应该是平等的,"圣人不曾高,众人不曾低"(《复京中友朋》),"麒麟与凡兽并走,凡鸟与凤凰齐飞"(《答耿司寇》)。他这种看法并不是贬低圣人,而是提高凡人的地位,强调凡人中也不是没有才华出众、智慧过人、与圣人不相上下之辈。他在《答以女人学道为见短书》中,表现出了某种程度的男女平等思想,认为女子之识见未必都比男子低下,他说:"谓人有男女则可,谓见有男女岂可乎?谓见有长短则可,谓男子之见尽长,女人之见尽短,又岂可乎?"他以历史事实为例说:"自今观之:邑姜以一妇人而足九人之数,不妨其与周、召、太公之流并列为十乱;文母以一圣女而正《二南》之风,不嫌其与散宜生、太颠之辈并称为四友。"这在当时也确是石破天惊之语。更为值得我们注意的是,他针对程朱理学"存天理、灭人欲"的基本纲领,专门提出了重视人欲、保护人欲,并使它得到自由发展的重要思想。他主张要顺应人的"自然之性"(《初潭集》卷八),充分满足人们自然的欲望要求。他认为人人都有私心,也就有私欲,这是"自然之理"(《藏书·德业儒臣后论》),所以他提倡"率性之真"(《答耿中丞》),任其自然地发展,而不应当限制它、束缚它,这是以带有个性解放色彩的观念来反对封建的禁欲主义。他认为满足人们的基本物质要求,是人们的起码欲望,而这就是"天理",不应该把天理和人欲对立起来。他还曾在《答邓石阳》中说:"穿衣吃饭即是人伦物理,除却穿衣吃饭,无伦物矣。"他从肯定人欲的角度出发,所以也很同情农民起义,十分痛恨贪官污吏,因为百姓之所以"铤而走险",乃是由于被官吏逼迫而基本生活欲望得不到满足。他在《因记往事》中说当时横行海上三十余年的林道乾,虽为"海盗"而实际上是英雄,有二十分才、二十分胆、二十分识,"唯举世颠倒,故使豪杰抱不平之恨,英雄怀罔措之戚,直驱之使为盗也"。因为国家专用那些"只解打恭作揖,终日匡坐,同于泥塑",或学为奸诈,"又挨入良知讲席,以阴博高官"之人,他们"一旦有警,则面面相觑,绝无人色,甚至互相推委",于是林道乾之辈"横行自若"。国家如果不弃置像林道乾之辈"有才有胆有识之者",并"用之为郡守令尹,又何止足当胜兵三十万人已耶?""又设用之为虎臣武将,则阃外之事可得专之,朝廷自然无四顾之忧矣。"正是从这种思想出发,他十分同情水浒英雄,冠《水浒传》以"忠义"之名。李贽这种思想的产生和形成,主要是当时历史条件下的产物,是经济、政治和思想文化发展的必然结果,但也与他作为少数民族子弟不像汉族文人那样受传统思想束缚深有关系。

李贽的文艺思想正是建立在这样具有叛逆性的社会政治思想基础上的,其核心是提倡"真情",反对"假理",它集中反映在《童心说》一文中。他认为凡"天下之至文",都是出自未经理学"闻见道理"之类污染的"童心"。什么是"童心"呢? 即是天真无瑕的儿童之心。"夫童心者,绝假纯真,最初一念之本心也",故而"夫童心者,真心也"。世界上只有初生儿童之心是所谓"赤子之心",它没有一点虚假的成分,是最纯洁最真实的,没有受过社会上多少带有某种偏见的流行观念和传统观念影响。而当时一般人则都失却了童心,这是因为"盖其方始也,有闻见从耳目而入,而以为主于其内而童心失。其长也,有道理从闻见而入,而以为主于其内而童心失"。而这种"道理闻见,皆自多读书识义理而来也"。古代的圣人并非不读书,但是他们读书是为了"护此童心而使之勿失焉",不像当时那些"学者","反以多读书识义理而反障之也"。他所谓的障碍童心的"闻见道理",是针对道学家所崇奉的封建伦理道德以及与此相关的传统观念而说的。"童心既障,于是发而为言语,则言语不由衷;见而为政事,则政事无根柢;著而为文辞,则文辞不能达。非内含于章美也,非笃实生辉光也,欲求一句有德之言,卒不可得,所以者何?以童心既障,而以从外入者闻见道理为之心也。"李贽所说的"童心",正是指人的本性,人的自然之性。"童心"之美,亦即人性之美,自然本性之美。以"童心"为"天下之至文"之源,也就是强调作家必须写出摆脱了理学桎梏的人性之美,方为最美之佳作。童心一失,"以闻见道理为心矣,则所言者皆闻见道理之言",全都是"以假人言假言,而事假事文假文"了。"言虽工,于我何与?"所以,凡"天下之至文,未有不出于童心焉者也"。出于童心,即出于真心,其所表达者即是"真情",而出于"闻见道理"、丧失童心之文,即是假文,其所表达的则是"假理"。提倡"真情",反对"假理",亦即是肯定"人欲"而反对"天理",提倡人性而反对理学"理性",要求恢复被封建礼教扭曲了的人的自然本性。毫无疑问,这是一种对封建礼教具有叛逆性的、有启蒙思想色彩的文艺主张,它反映了由社会政治思想上的解放而导致文艺思想上的解放!

从"童心说"出发,李贽认为真正的文学创作决不是像道学家所说的"代圣贤立言",更不是为了进行虚伪的仁义道德说教,而应当是人们郁结于胸中的真情实感不得不发之产物,是内心"绝假纯真"的"童心"之流露。其《杂说》一文中说:"且夫世之真能文者,比其初皆非有意于为文也。其胸中有如许无状可怪之事,其喉间有如许欲吐而不敢吐之物,其口头又时时有许多欲语而莫可所以告语之处,蓄极积久,势不能遏。一旦见景生情,触目兴叹;夺他人之酒杯,浇自己之垒块;诉心中之不平,感数奇于千载。"可见呈现"真心"(即"童心")的文学,必须是胸中真实感情之自然流露,这才是好作品,而矫揉造作、虚伪雕琢者,皆非真心的文学。他甚至对古代圣人的著作,也敢于提出相当尖锐的批评,他说:"然则《六经》《语》《孟》,乃道学之口实,假人之渊薮也,断断乎其不可以语于童心之言明矣。"所以,他坚决反对复古模拟之作,认为并不是古人的一定就好,今人的就一定不好,从表现"童心"出发,他认为对古人亦步亦趋必然要丧失"童心"。他说:

　　苟童心常存,则道理不行,闻见不立,无时不文,无人不文,无一样创制体格文字而非文者。诗何必古选,文何必先秦。降而为六朝,变而为近体,又变而为传奇,变而为院本,为杂剧,为《西厢曲》,为《水浒传》,为今之举子业,皆古今至文,不可得而时势先后论也。故吾因是而有感于童心者之自文也,更说甚么《六经》,更说甚么《语》《孟》乎!

在这段著名的论述中,他非常有力地批驳了盛行于当时文坛的复古主义文学思潮,在论述文学历史发展的时候明确地强调了"变"的观念,文学作品的优劣不是以古今来分的,不能以时势先后来论,只要出于童心,即使是举子业也无可厚非。任何时候任何人都有自己的"童心",因此也有自己的"至文",文学都是随着历史的发展而发展的,各个时代都有自己的代表性作品,不能说只有先秦之义、盛唐之诗才是最好的。李贽的这些思想对明代后期文艺思想发展的影响是非常大的,诗文方面的公安三袁,戏曲方面的汤显祖,小说方面的冯梦龙、凌濛初等,都曾受到他的深刻影响,他的这些进步思想整整培育了一代人,他的小说评点甚至对清初金圣叹的小说评点也产生了难以估量的重要作用。

从上面我们对元好问和李贽的简要分析中,就可以知道我国古代的少数民族文学家对文学思想发展所起的作用和所作出的巨大贡献。接受了汉族文化的少数民族文学家往往能运用自己民族文化的长处来纠正汉族文化的偏颇和补充汉族文化的不足,这也可以从元好问和李贽的例子中看出来。中国古代文学思想和文学理论批评,其内容是十分丰富的,而且具有东方特色,和西方很不相同,而这种东方文艺美学发展的历史,乃是我国汉族和各个兄弟民族共同创造的精神财富,也是我国各民族长期共处、友好交往、相互学习,共同创造中华民族灿烂文化的明证。

(原载《文苑纵横》,云南人民出版社出版)

先秦两汉文学思想发展的特点

我国古代的文学理论批评遗产,是我们灿烂的古代文化的重要组成部分。它的内容、特点以及其产生、发展过程,都是和我国古代文化的内容、特点及其发展的历史轨迹互相契合的,这在先秦两汉时期尤为明显。那时的文学理论批评还处于萌芽和生长时期,文学思想和文学理论批评大都体现在对总体文化的论述之中,而不是纯粹的、单一的。当时文化本身的发展还不充分,意识形态和文化领域内的各个不同部门还没有清晰的界限。《诗经》作为一部诗歌的总集,自然是纯粹的文学作品,但在先秦,尤其是春秋以前,人们并不把它看作一部单纯的文学作品,而是把它作为一部政治、伦理、道德、文化的百科全书来对待的。《左传·僖公二十七年》记载,赵衰曾说:"诗、书,义之府也;礼、乐,德之则也。"《论语》中记载孔子对他的儿子说:"不学诗,无以言。"《左传》中所叙述的大量"赋诗言志"故事,都可以充分说明,《诗经》在他们心目中,乃是进行政治、军事、外交活动时必须熟练掌握的一种工具与手段。诗在当时是配乐的,诗、乐、舞三位一体,而音乐在那时也和诗一样,首先不是作为艺术品,而是作为政治、伦理、道德修养的一种方式而存在的。故《论语》记载孔子说:"兴于诗,立于礼,成于乐。"

从另一方面看,当时人们在对总体文化的一般性论述中,也包含着对文学艺术的许多重要看法与认识,对后来的文学理论批评给予了直接启示,并产生了重大影响。例如,《论语》中有关"文质彬彬"的论述,本来并非论文学,而是指人的思想品德与文化修养之间的关系,但这里涉及对内在本质与外在形式之间关系的看法,它直接影响到对文学创作的内容与形式关系的理解,形成文学创作的内容与形式的重要理论概念,同时也可以用来指文学创作的质朴与华丽的不同风貌。又如先秦关于"言"与"辩"的论述,就其本意来说,是指一般性的语言表达与辩说才能问题。能言与善辩,是说的人们既思维敏捷,又有很强的驾驭语言的能力,超乎常人之上，原也无关于文学。同时，提出这个问题，也大都是从政治、外交等方面的需要出发，作为衡量一个人才能高下的标准，并没有和文学创作联系起来。然而，文学是语言的艺术，是以语言、文字为工具和媒介的，而在当时，人们又不把它作为纯粹的艺术，因此，文学也是被包括在"言""辩"的范围之内的。有关"言""辩"的看法，实际上也包含了对文学的看法；对"言""辩"的要求，也包含了对文学创作的要求。所以，像墨子、庄子、荀子、韩非等对"言""辩"的论述，其中就反映了十分重要的文学思想与文学理论批评见解。

意识形态和文化领域内各部门界限不清楚，文史哲混而不分，在一定的历史阶段，这是一种必然的现象。但是随着社会的发展与进步，经济、文化的繁荣发展，意识形态和文化领域内各不同部门的特点势必会愈来愈鲜明，它们必然要逐步地独立出来，形成各个特殊门类。这个过程在先秦、两汉时期表现得非常清楚，它比较明显地开始于战国中期，而到西汉末期已大体完成。当然，这是就其基本状况来说的，实际上这个过程是从有文字记载开始一直到今天仍在不断变化发展的。

意识形态和文化领域各部门的逐渐分离，首先是从对传统"六经"之不同特点的认识开始的。《诗》《书》《礼》《乐》《易》《春秋》中包括了哲学、政治、历史、文学、艺术等不同的科学部门。战国以前，人们还没有注意到它们之间的区别，到荀子才开始研究了"六经"之间的不同特点。《荀子·儒效》篇中说："圣人也者，道之管也。天下之道管是矣。百王之道一是矣。故诗、书、礼、乐之（道）归是矣。诗言是其志也，书言是其事也，礼言是其行也，乐言是其和也，《春秋》言是其微也。"荀子指出这"五经"都是明"道"的，这是它们的共性；但"五经"在如何明"道"方面又是各不相同的，各有自己的不同角度、不同方式，这是它们的个性。荀子的论述虽然还不是对"五经"所属的不同学科特征的科学概括，但已经清楚地说明了它们在具体内容上是各不相同的。这个问题的提出，客观上反映了意识形态和文化领域内各部门独立性加强这一历史现状。从文史哲的关系来看，战国后期和春秋末期相比，已经有了很大变化。像《荀子》《商君书》《韩非子》这些书，文学性显然已大为减弱，再晚一些，像《吕氏春秋》就没有人把它当作文学作品来看待了。然而，这个过程也不是直线发展,而是相当曲折的,不过总的趋向是很清楚的。

西汉前期,文史哲不分的情况依然存在,但它们之间的区别毕竟是更为鲜明了。司马迁《史记》中的人物传记有相当一部分是文学性很强的、极为优秀的传记文学,其水平也远远超过了《左传》,然而,司马迁是为了继《春秋》而撰《史记》,并非是写文学作品。《史记》中的表、书,以及相当多的一部分本纪、世家、列传,实际上也不能被认为是文学作品。至于汉代的子书,可以说基本上已没有什么文学性,像董仲舒的《春秋繁露》、刘安主编的《淮南子》等,是不会有人把它们当作文学作品的。自从《楚辞》代替《诗经》雄踞文坛之后,由于其中大部分作品是不合乐的,因此,诗歌、音乐、舞蹈三位一体的状况从根本上已被打破了。意识形态和文化领域中各主要部门的独立,在刘向的《别录》、刘歆的《七略》及班固的《汉书·艺文志》中得到了更加鲜明的反映,并在图书分类上被确认了。《别录》中区分了经传、诸子、诗赋、兵书、术数、方伎等类;《七略》则修订而为《辑略》《六艺略》《诸子略》《诗赋略》《六书略》《术数略》《方伎略》。东汉班固《汉书·艺文志》即依《七略》而删其要。当然这种分类还不细,也并不很科学,如《六艺略》中即包含有不同门类,但是毕竟比先秦有了新的很大的进展,特别是诗赋作为专门一类独立出来,表明文学的特点已经为人们所充分注意,并且已经从学术文化中分离出来了。到了东汉,文史哲的界限就更加清楚了。班固的《汉书》中有文学性的篇章就已很少,而此后的史书则与文学完全分离,子书更没有和文学作品相混的了,即使如王充的《论衡》也不会有人把它当文学作品。由于先秦两汉正处于各个意识形态与文化领域的部门从混同不分到逐渐分离的过程,因此我们研究这一时期文艺思想发展及文学理论批评状况,也要从这一实际出发,不能把范围局限在单纯的有关文学的论述之内,对先秦两汉文论的选文标准,也要按这个原则由宽到窄,有所不同。

与此相联系的是,先秦两汉时期人们的文学观念也有一个演进过程。我国最早的“文”的概念之本义,大约就是后来《说文》中所解释的:“文,错画也,像交文。”也就是说,“文”的基本意义是指由“错画”而形成的一种带有修饰性的形式。有人认为这大约与原始社会的编织纹的发展有关,这是有道理的。随着社会生活的发展,物质生产水平的提高,人们认识能力、想象能力的加强，"文"的用法逐渐扩大，其含义也就更加丰富了。到春秋时代，"文"的内容被引申得极为广泛，任何事物的形式，只要具有某种"错画"性或修饰性，均可称之为"文"。《国语·郑语》中史伯说的"物一无文"，便是从这个意义上说的。后来刘勰在《文心雕龙·原道》篇中说的，"日月叠璧"为"天文"，"山川焕绮"为"地文"，"傍及万品，动植皆文"，正是说的这种最广义的"文"。自然事物有"文"，社会事物亦有"文"，政治礼仪、典章制度、文化礼乐，均可称"文"。人的服饰、语言、行为、动作，亦皆可为"文"。所谓："服，心之文也。"（《国语·鲁语》）"言，身之文也。"（《国语·晋语》）"动作有文。"（《左传·襄公二十一年》）甚至以"文德"为"文"，主张"昭文德"（《左传·襄公二十七年》）、"修文德"（《论语·季氏》）。这种广泛的"文"的概念在某种程度上是与"美"的概念接近的，是指事物的一种美的形式。刘勰《文心雕龙·情采》篇中正据此而分艺术之美有"形文""声文""情文"。

对后世文学观念发展影响最直接的是比上述广义的"文"稍为狭隘一些的文化之"文"。《论语》中记载孔子所说的："郁郁乎文哉，吾从周。"以及"天之将丧斯文也"中的"文"，都是指西周的文化。孔子所说的："行有余力，则以学文。"指的是文化修养。《论语》中说孔子的弟子中，"文学：子游、子夏。"此"文学"乃指对西周文化的学习与研究。《左传》中引孔子所说"言之不文，行而不远"，这种对语言的修饰是指能体现有很高文化修养的语言，而不是粗野的语言。从文化的角度与范围所说的"文"，自然是包括了纯粹的文学在内的，但又不能等同于纯粹的文学。郭绍虞先生说先秦时期的"文"包含了博学与文章两个方面，这就文化之"文"的含义来说，有一定的道理，但实际上"文章"的含义所占比重是很小的。到战国以后，由于私家著述的繁荣发展，百家争鸣的热烈展开，文章写作的地位显著地提高了，文章写作的含义在"文"的概念中之比重，才有了较大的份量。所以，吕不韦主持编辑的《吕氏春秋》，才"布咸阳市门，悬千金其上，延诸侯游士宾客有能增损一字者，予千金"（《史记·吕不韦列传》）。这里应该说已经表现出学术与词章分离的征兆，可以看出已经有了不是以研究学术为主而以擅长词章写作为主的文人。

汉代的文人中，或向讲解、注释经书方向发展，或向文章写作方向发展,学术与文章的分野就更为明朗了。这就是郭绍虞先生所指出的汉代"文学之士"与"文章之士"的不同。然而,我们必须看到,"文学"所指学术,主要是指儒学而言,"文学之士"主要是研究儒学的儒生。所谓"文章之士"并非专指擅长一般辞章的文人,同时也包括子书及史书的作者。也就是说,"文章"的概念中仍包含着学术的因素。因此,简单地说汉人的文学观念中已将学术排除出去了,是不确切的,也是不科学的。只能说汉人的文学观念中,已排除了部分明显的学术因素,而使文章写作凸显出来了。他们关于"文章"的观念中,既包含着诗歌辞赋等纯文学,也包括了一般的公文、应用文,也包括着史传、子书的写作。而这种"文章"的观念一直延续到魏晋六朝。萧统编《昭明文选》提出要以"事出于沉思,义归乎翰藻"为选文标准,而不选"姬公之籍,孔父之书","老庄之作,管孟之流","贤人之美辞,忠臣之抗直","记事之史,系年之书",这对先秦文史哲不分情况虽有考虑不周之处,而从文学观念的发展演进来说,实是一大进步。汉人的"文章"概念虽然包括很广,然其重心转到词章方面,这不能不说是一个带有根本性的重大变化。而在汉以后的一千多年中,"文"的内涵虽有很多人企图作进一步的界定,但并没有起到改变文学观念的作用,"文章"的含义大体还是和汉代接近的,这就是近人所谓的杂文学观念。

先秦时期文艺思想和文学理论批评发展的一个重要特点,是与哲学、政治思想有非常直接的密切的关系。先秦时期各种有代表性的文艺思想派别,都是从著名的哲学、政治思想派别中派生出来的,有些重要思想甚至是蕴含于哲学、政治的思想体系中,而不是以论文艺的形式表现出来的。先秦是我国思想史上一个最为繁荣的时期,百家争鸣的深入展开,为我国两千多年思想文化的发展奠定了基础,而其中几个主要学派像儒、道、墨、法等,在他们的理论体系中都包含着比较完整的对文学艺术的看法。他们除对文学艺术有许多直接的论述外,还有不少虽非直接论述文学艺术,而是属于对哲学、政治等问题的论述,但对文艺创作和文学理论批评却发生了直接的重大的影响与作用。例如儒家的"仁政"学说不仅直接导致"与民同乐"的美学思想之产生,而且成为后代提倡"风雅比兴"与"实录"原则的思想基础。庄子关于"虚静""物化"的论述,关于"有无"

"形神"关系的论述,关于语言与思维关系的论述,都成为后代文艺创作理论的主要根据。《管子》中对思维器官——"心"的作用及虚静的重要性的论述,对道、气、神关系的论述,都直接涉及文艺创作的构思以及对重要文学批评术语的理解。由于这种原因,先秦时期一些表面看来并非论文艺的文章,实际上却是非常重要的美学和文艺的理论批评。我们研究先秦的文艺思想和文学理论批评,离开了这些内容,就不能正确地全面地反映其真实面貌。

与上述情况相类似的,先秦时的文学思想和艺术思想、文学理论批评和艺术理论批评之间,也是难于截然分开的。早在还没有文字记载的时代,在我们先民的原始艺术中,诗、乐、舞就是紧密结合的。这种情况一直持续到很晚。因此,许多关于乐、舞的理论批评,实质上也都是文学理论批评。譬如,"季札观乐"表面上是音乐批评,实际上奏乐同时配有诗与舞,又是十分重要的文学批评。孔子、孟子对音乐的许多批评,也都是对《诗经》的批评。墨子的《非乐》、荀子的《乐论》自然是关于音乐的论争,然而,毫无疑问,这也是他们对诗、对文学作用的不同看法之争论。一直到《礼记·乐记》,它虽是儒家音乐美学思想方面的代表作,又何尝不是儒家反映其文学思想基本特点的纲领性文献呢? 可以说,排除了音乐理论,就无法反映先秦两汉文学批评的真面目。

从文学与书法理论之间的关系来说也是如此。我国早期在文字创造中就包含着丰富的文学思想。因为我国文字的特点是由象形发展到指事、会意,发展到形声、转注、假借。直至今天,汉字仍是声意并重的。文字的创造是由模仿客观物象而来的。古人把八卦看作最早的文字,当然,这种看法是不正确的,但是他们认为八卦之产生乃是"观物取象"的结果,伏羲氏"仰则观象于天,俯则观法于地,观鸟兽之迹与地之宜",以作八卦;黄帝之吏仓颉,"见鸟兽蹄远之迹,知分理之可相异也,初造书契"。这都是和文学创作之描写客观物象相通的,故许慎说:"文者,物象之本。"(以上均见《说文解字·叙》)文学创造过程中的"六书",实质上包含了赋、比、兴的方法在内。象形、指事、会意等方法中显然具有直书、比喻、象征的特点。易象与文字创造相类似,也是一种比喻、象征,不过更为抽象,并且符号化罢了。所以清代的章学诚一再指出:"易象通于诗之比兴。"(《文史通义·易教》)因此,书法理论和文学理论不仅是相通的,而且在早期也是很难截然分开的。像许慎的《说文解字·叙》、崔瑗的《草书势》、蔡邕的《篆势》等文字和书法理论中都包含了与文学理论相通的重要内容。书法理论中所讲的"势"后来就成为十分重要的文学理论概念,刘桢、陆云、刘勰所讲的"势"就正是从汉代书法理论中移植过来的。

从绘画理论批评来说也是如此。由于我们有"书画同源"的传统,书法和绘画始终是紧密联系在一起的。先秦广义的"文"的概念中就包括了绘画,甚至"文"的概念最早也是由绘画(如陶器上的编织纹图饰)的启发而产生的。因此,我国最早那些有关绘画的重要论述,也都是与文学理论批评相通的,孔子以"绘事后素"论诗即是很好的说明。一些重要的绘画理论,直接启发了重要文学理论的出现。不仅庄子的"解衣般礴"主张和韩非的"画犬马难,画鬼魅易"思想曾深刻地影响了文学创作思想,而且像《淮南子》中关于画西施与孟贲所提出的重在传神、以神为形之君的思想,更成为后来文学理论批评的重要指导原则。刘勰在《文心雕龙》中就把《淮南子》中"画者谨毛而失貌"的思想直接用于论文学创作中,在《附会》篇中借此说明文学创作中重视整体结构美之意义。韩非的画论所包含的现实主义精神,对司马迁的"实录"精神就有直接的启发。我们选入这些内容,可以更清楚地反映出先秦两汉文艺思想的真实面貌及其对后代的深刻影响。总之,我们的研究必须放眼于整个文化,放眼于整个文艺领域。这也是先秦两汉这个阶段的历史特点决定了我们必须这样做的。

现在我们来讨论先秦两汉时期文艺思想发展与文学理论批评发展的基本线索。

先秦时期的文艺思想发展以及文学理论批评状况,可以春秋末期孔子为界分为两个阶段。孔子以前,严格地说还没有什么正式的文学理论批评,但是从文艺思想发展上看,又是一个重要时期,它为孔子和孔子以后文艺思想及文学理论批评的发展准备了条件。这一阶段从原始社会到奴隶制崩溃,在漫长的岁月中,由野蛮时期到文明时期,艺术的产生与发展,已经为我国具有民族特色的文艺传统展示了最初的雏形,并且在文学艺术的创作实践中体现了一些基本的文艺思想,有了处于萌芽状态的有关文艺的论述。我国原始的舞蹈、绘画、音乐、歌谣中,青铜时代的雕塑艺术中，都反映了当时人们对文艺和劳动、文艺和宗教、文艺和自然、文艺和社会政治等许多方面的重要认识，这些和后来有文字记载的对文艺问题的论述，有极为密切的关系。这一阶段有文字记载的对文艺问题的论述，主要是《周易》《诗经》《尚书》中的一些意见，而这些观点的产生，乃是在长期文艺发展实践的基础上出现的。如果我们要追溯先秦影响最大的儒道两家文艺思想之历史渊源，也正是在这里。

《诗经》中关于作诗目的的论述，虽然是很简略的，但从文艺思想发展上看，却起着一种承上启下的作用。我国原始文艺最初以表现人们简易的生活与劳动为主，作为他们向自然作斗争、以获得必需的生活资料之余的一种娱乐，或是展示他们劳动生活的场景，或是表现他们企图提高与自然斗争的能力、提高生活水平的愿望与要求，具有十分淳朴的特点。后来随着原始宗教的兴盛，文艺和宗教之间的关系愈来愈密切了，不少作品是适应图腾崇拜之需要而出现的。人们把文艺看作可以沟通人与神的一种方式。由反映劳动生活到表现宗教感情，这是一个很大的变化，这种变化本身又促进了艺术的繁荣，大大扩展了艺术表现的范围，它在青铜器雕塑艺术中表现得相当突出。商周之际，随着社会的发展，神的权威逐渐淡化，人的地位不断提高，上帝主宰一切的思想开始动摇了，人在一步步取代神的地位。这时文艺思想的发展又有了一个重大的变化，由表现宗教感情进而发展为表现社会政治内容，描写人的遭遇和命运，这大约是和社会矛盾日益尖锐、激烈直接有关的。运用文艺来达到一种社会政治的目的，把文艺和广阔的社会生活内容紧密结合在一起，要求文艺作品对它所描写的现实生活内容作出颂扬或讽刺的表示，这是《诗经》中所体现的重要文艺思想特点。后来《左传》中记载的季札观乐时所发表的评论，正是对《诗经》中重视文艺和社会政治关系思想的进一步发展，并且直接导致了以孔子为代表的儒家文艺思想的产生。《尚书》中就有和《诗经》类似的见解，但因其时代比《诗经》早，没有《诗经》那么明显。

《周易》中经的部分早于《诗经》，大约产生于殷周之际。伏羲画八卦之说虽不可靠，但八卦的创造是比较早的，当在文王演《易》之前。八卦是"观物取象"的产物，这大约是可信的；而文王演《易》，由八卦发展为六十四卦，三百八十四爻，对它作了进一步发展，使之成为一个符号体系，用来象征复杂的自然事物,这无论如何是一个伟大的创造,它对文学创作是有重要启发的。语言也是一种符号,它也是用符号来反映客观事物的。文学作为语言的艺术,自然就与易象有某种相通之处。不过,文学是一种更为复杂得多的符号体系罢了。用符号组成的"象"来象征宇宙万物,这是《周易》中经的部分的重要思想,而它对后来道家文艺思想有十分深刻的影响。老庄以自然为最高的美,认为真正美的文艺应当和自然同体;完全合乎自然之道,这大约也与《周易》的启发有关。老庄主张言不尽意,《庄子·外物》篇中把"言"作为"得意"之筌蹄,是一种工具和手段,这实际上就是把"言"看作一种象征性的符号。他们所倡导的"大音希声,大象无形"的境界,认为用具体的"声""象"来表现自然,总不如自然本身更为生动丰富,则是在《易经》美学思想基础上的进一步发展。同时,我们还可以看到老子所提出的"象"的概念,显然也是受到"易象"的启发的。罗根泽先生曾经指出,模拟自然的意向早在八卦及文字画中已经有了,而后来《易传》中这种鲜明主张,则多少是受道家影响的结果。这个看法是很有道理的,从《易经》到道家,从道家到《易传》,在美学和文艺思想上是有很深刻的内在联系的。

从春秋末期的孔子开始,我国古代文艺思想与文学理论批评的发展,进入了一个极为重要的历史阶段,它对我国两千多年文艺思想和文学理论批评的发展,具有奠基作用。这时文艺思想上出现了明显的不同派别,互相之间也有激烈的论争。然而,从总的方面来看,仍是以儒道两家为中心,其他各个派别虽各有所长,具备自己的特殊形态,也往往免不了徘徊于儒道之间,不像儒道两家那样完整系统,而又有广泛深入的影响。

儒家文艺思想及其文学理论批评的特点是着眼于文艺的社会政治与伦理道德价值,因此他们对文艺的论述注重于其外部规律的探讨,即较多地阐述了文艺与政治教化的关系、文艺与伦理道德修养的关系,他们的文艺批评主要是一种社会学的批评,而较少属于审美方面的批评。儒家所理想的文艺都是直接与德治、仁政联系在一起的。从孔子的"兴观群怨"说,到孟子的"与民同乐"说,到荀子的明道宗经说,都贯穿了这样一条基本线索。他们的文学理论批评核心,是强调文艺可以影响人心善恶而决定政治的良窳。这在孔子有关文艺的论述中已经十分清楚,经过孟子的发挥,到荀子的《乐论》得以系统化,形成了一个"文艺→人心→治道"的基本模式,后来经过《吕氏春秋》的补充,在《礼记·乐记》中以"治世之音安以乐,其政和;乱世之音怨以怒,其政乖;亡国之音哀以思,其民困"的概括而定型。他们的一切有关文艺问题的论述,包括对文艺形式方面的一些论述,也都是围绕这一中心而展开的。儒家文艺思想中也接触到了一些文艺的特征及其审美作用方面的问题,例如孔子讲的"诗可以兴"和"兴于诗",荀子论音乐是人的感情之表现等,但都比较简略,没有作进一步的发挥。孔子论"辞达"及"言之不文,行而不远",也都在强调形式要为内容服务,并未对形式本身进行审美的探讨。因此,儒家文艺思想中明显地表现了对艺术本身规律不重视的缺点。先秦儒家文艺思想在发展过程中也是有变化的。孔子文艺思想中复古的、保守的倾向是比较明显的,强调"述而不作",严重地妨害了文艺创作的独创性之发挥。他反对新声新乐,斥责郑卫之音,对文艺的健康发展显然是不利的。但是,到了孟子和荀子时,由于时代不同,他们对孔子的文艺思想已经有了新的发展。孟子就不反对新声新乐,他说:"今之乐由古之乐也。"今乐即古乐,只要能"与民同乐",即是好乐。荀子主张"法后王",而不是"法先王",他重视事物的发展变化,肯定历史是不断前进的,并大胆批评了《诗》《书》《礼》《乐》等经典,认为它们虽是圣人之作,但不一定适合今天已变化了的现实,"《礼》《乐》法而不说,《诗》《书》故而不切"。荀子强调文学要"明道",但是他所说的"道",和孔、孟的"道"相比已不一样了。荀子的"道"不仅包含了道家自然之道的含义,而且从社会政治之道的角度说,不只是先王之道,而更主要是现实的后王之道。与荀子时代接近的《易传·系辞》,也是标榜遵循儒家思想的,但它比荀子更多地接受了其他各家思想特别是道家、法家、阴阳五行家思想的影响,并因此而对儒家文艺思想有了更大的发展。《系辞》从哲学的高度,肯定了变的必然性,认为《易》就是讲变的,这对后代重视文学的发展变化,提供了哲学理论根据。《系辞》受阴阳五行思想影响,以天道解释人事,以自然现象来说明社会现象,表现了明显的"天人合一"思想,并依此来解释文学的起源,这对汉代儒学与阴阳五行学说的合流,具有先导作用。

道家文艺思想在先秦是与儒家并列的一个大派别。在我国两千多年文艺发展史上，从对我国文艺的民族传统特点的形成方面说，其实际作用也许是比儒家要更为巨大、更为深刻的。道家文艺思想的基本特点是着眼于文艺的审美特性以及文艺的创造过程，特别是对文艺创作的主体修养问题，从心理、生理等角度作了多侧面、多角度的阐述，把理想的审美境界和道的境界统一了起来，所以，道家文艺思想更多的是研究艺术的内部规律问题。他们的文艺批评主要是一种审美的、心理的批评。道家文艺思想从其源流上看，是由老子奠定基础的。老子的时代比孔子略早一些，他的年岁比孔子大，所以，孔子还专门去向老子问"礼"。应该说老子的文艺美学思想形成比孔子要早，但是从实际情况看，儒家文艺思想的发展与影响又显然早于道家。这是因为孔子以前，从《诗经》到《左传》记载的季札观乐，已经为儒家文艺思想的形成与发展奠定了基础，一些基本思想已经提出，而孔子则起着一种总结与发展的历史作用。而《易经》对老子的文艺美学思想只有某种启发，道家的基本文艺思想在《易经》中是看不到的。同时，我国的私学和私家著述，是从孔子才开始的，《老子》一书的成书时间，决不会早于《论语》。学术界对《老子》一书的写定时代，颇有争议，但书中杂有战国时期的思想，则是显而易见的。《论语》《老子》均是孔子、老子的学生编撰的，而《老子》的影响与作用亦显然在《论语》之后。而且我们还应当看到，道家思想之真正成为一大派，主要是在庄子。如无庄子对道家思想的发展，《老子》恐怕也不会有后来那么大的影响。从文艺思想的发展来看，由社会的、政治的、伦理的批评，而逐渐进一步发展到心理的、审美的、艺术的批评，也是符合于文艺理论批评本身的发展规律的。

《老子》一书中有关文艺美学方面的思想主要有二：一是对"象"的论述，一是对"虚静"的论述。前者是从审美的角度对艺术创造的客体所要达到的标准的描述；后者是从心理的角度对审美主体所提出的要求。而这两方面又都是建立在以"自然之道"为中心的哲学本体论基础之上的。《老子》中提出的"大音希声，大象无形"的境界，主要是强调"象"的绝弃人工、委任自然的审美特征，把它看作一个有无相生、虚实相成的天生化成之完美整体。它含有无穷的妙趣，使人体会不尽，给人以丰富的想象余地，而其中又包含着审美客体的高度真实感。《老子》中对审美主体的

"致虚极,守静笃"要求,使主体的审美心胸达到"涤除玄览"的境界,进入一种能包容整个宇宙,而没有各种主客观因素干扰的心理状态。这些在《管子》的《心术》《内业》等篇中得到进一步发展,并且接触到了心的虚静对思维与语言的影响,这在道家思想由老子到庄子的发展过程中,起着一种中介作用。

《庄子》一书对道家文艺美学思想作了全面和系统的发挥,从而建立了完整的理论体系。从表现上看,庄子似乎是更激烈地反对文艺的。他比老子所说的"五色令人目盲,五音令人耳聋,五味令人口爽"更为片面,甚至提出"擢乱六律,铄绝竽瑟,塞瞽旷之耳,而天下始人含其聪矣。灭文章,散五采,胶离朱之目,而天下始人含其明矣。毁绝钩绳,而弃规矩,攦工倕之指,而天下始人有其巧矣"。但是,实质上他是为了反对人为的文艺,而提倡天然的文艺。然而文艺都是人为创造的,否定了人为的文艺,还有什么文艺呢? 庄子认为人只要能从精神上达到"道"的境界,实现心与道的统一,能"独与天地精神往来",使"天地与我并生,而万物与我为一",那么他的所作所为也就能"以天合天",虽是人为的文艺亦即天然的文艺。为此,他借助于一系列技艺故事,阐明了以"心斋""坐忘"为特征的"虚静"的心理状态与精神境界,可以使人在审美地把握宇宙时达到"大明"的高度,把审美主体与审美客体高度统一,进入物我两忘的"物化"境界。《庄子》一书从有无相生、以无为本的哲学本体论出发,论述了形神关系问题,鲜明地表现了重神轻形的思想。"形固可使如槁木,而心固可使如死灰乎?"《庄子》所提出的"指穷于为薪,火传也,不知其尽也"成为后来齐梁之交形神关系大辩论中说明形灭神不灭的著名课题。它为后代文学理论批评中的形神论奠定了哲学和美学思想基础,同时也启发了虚实结合、以虚为主的艺术表现方法的形成。与形神关系相联系的是,《庄子》一书在《老子》所说"知者不言,言者不知"的基础上,进一步阐述了"言不尽意"的思想,把"言"看作"得意"之筌蹄,主张要"得意忘言"。这种对语言和思维关系的看法,对文学创作理论产生了不可估量的巨大影响。文学作为语言的艺术,和语言的能否尽意,关系极大。对言和意之间关系的理解,势必要直接涉及文学应如何创作的问题。我国古代的文学创作和理论批评,都特别注重于要表现"言外之意",做到"言有尽而意无穷"，着意于塑造具有"象外之象，景外之景"的艺术意境，都是在这种"言不尽意"论的启发之下产生和形成的。以老庄为代表的道家文艺和美学思想是我国古代艺术精神的核心和灵魂。他们所标举的那种"大音希声，大象无形"、"解衣般礴"、超乎"言意之表"的理想的文艺和美学境界，两千年来一直是历代文艺家所企求达到的最高目标。

除儒、道两家外，先秦重要的文艺思想派别还有墨家和法家一系。墨、法两家属不同的思想体系，但在文艺主张上有共同之处，观点是比较接近的。他们都注重功利实用，批评儒家的繁文缛节，因此把文艺看作消极的、无用的，不承认文艺的精神作用与娱乐作用可以影响功利与实用，具有十分明显的片面性与狭隘性。墨子有"非乐"之论，而韩非则列文学为"五蠹"之一。他们认为："食必常饱，然后求美；衣必常暖，然后求丽；居必常安，然后求乐。"（《说苑·反质》篇引墨子语）"故糟糠不饱者，不务粱肉；短褐不完者，不待文绣。夫治世之事，急者不得，则缓者非所务也。"（《韩非子·五蠹》）他们虽然出发点不同，墨子是从小生产者的狭隘功利主义出发去否定文艺的，韩非是从破坏法治、惑乱人心的角度去否定文艺的，但是他们的结论却是比较一致的。他们的美学观也很接近，都是重质不重文，认为美不在文，而在质，不在貌，而在情。他们这种偏激的观点中也有一些合理的因素，例如墨子反对音乐成为统治阶级奢侈腐化的享乐品，韩非主张文学应以功用为之的彀等。这些主张在我国文艺思想发展史上，在反对形式主义、唯美主义过程中是起过积极作用的。但是，从总的方面来说，影响并不大。墨、法两家文艺思想比较起来，法家文艺思想的积极意义要大一些，他们不像墨家那样根本否定文艺，而是强调要为法治服务。同时法家哲学思想上注重实际的特点以及重视发展变化的思想，对文艺思想的发展起过进步作用。

战国时期值得我们重视的，还有《楚辞》中所体现的文艺思想。《楚辞》中的文艺思想主要是从创作中反映出来的。历来许多文学史研究者都把庄、骚并列作为中国古代浪漫主义文学的源头，而把《诗经》作为现实主义文学的源头。其实，从文艺思想上来看，《楚辞》和《庄子》的差别是很大的，而《楚辞》与《诗经》所反映的文艺思想，倒有很多接近之处，是在《诗经》基础上的发展。屈原在思想上还是以儒为主的，他的政治理想实

际上就是儒家的"仁政"。他在《离骚》中曾非常明确地说道："彼尧舜之
耿介兮,既遵道而得路。何桀纣之猖披兮,夫唯捷径以窘步。"《离骚》虽
然在艺术表现上是浪漫的、夸张的,上天入地,富于幻想,但其基本内容还
是现实的,有很强的政治性,伦理道德色彩也很浓,是积极入世的。艺术
表现上虽然瑰丽多姿,然而仍是以比兴为基本表现手法的。不过,《诗经》
重在言志,《楚辞》重在抒情。"发愤以抒情",这是《楚辞》的特点。从"言
志"到"抒情",这是一个重大发展,但其内容都没有超出表现政治抱负以
及一己穷通出处。就其对文学,特别是诗歌的感情因素的重视上,说明当
时对文学的本质与特征的认识,有了进一步提高。在这一点上,《楚辞》和
《荀子》是接近的。荀子论乐也重在情,"夫乐者,乐也,人情之所必不免
也"。他指出了音乐是以抒情来言志的,而《楚辞》也正是如此。与重抒
情相联系的,是《楚辞》对华美形式的倾心,它比较自觉地追求形式美。在
对待艺术美的理想上,《楚辞》注重的不是《庄子》所向往的天然之美,而
是和儒家思想接近的人工修饰之美。"纷吾既有此内美兮,又重之以修
能。扈江离与辟芷兮,纫秋兰以为佩。""佩缤纷其繁饰兮,芳菲菲其弥
章。"对艺术本身独立性的重视,是战国后期意识形态与文化领域各部门
独立性愈来愈明显所产生的一种必然现象,也是反映了艺术发展的一种
进步倾向。屈原的思想也有受法家思想影响的方面,所以他尊重现实,主
张发展变化,坚持规矩法度,"循绳墨而不颇"。他既继承了《诗经》的传
统,又有新的创造发展,表现了对传统的突破,在艺术实践中体现了革新
精神。因此,后来刘勰在《文心雕龙》中论《楚辞》就突出了一个"变"字。

　　战国后期阴阳五行思想的发展,对文学思想也产生了不小的影响。
阴阳说和五行说在春秋时代都是一种朴素的宇宙起源说,同时也以它来
解释文艺的起源,那时所讲的"五声""五色""五味"等,都是和"五行"相
配的。但是到战国中期以后,阴阳说与五行说互相结合,并以"天人感应"
的思想来解释自然现象和社会现象,同时也依此来解释文艺现象。这种
思想以邹衍为代表,它比较集中地反映在《吕氏春秋》中,即所谓"五德终
始说"。这不仅影响到《系辞》,而且对汉代文艺思想发展有十分深刻的
影响。不过在先秦,反映在文学理论批评方面的直接论述并不多。

　　先秦文艺思想发展到战国中期以后,各派文艺思想之间的相互吸收、

相互融合的现象，就愈来愈明显了。荀子的思想中是以儒为主，又杂有道、法两家的内容，而且正好是吸收道、法思想的积极方面，突破了儒家传统中的保守方面。《楚辞》也是如此。《周易·系辞》中更是清楚地表现了儒、道、法、阴阳五行等各家的融合。《吕氏春秋》则杂糅各家于其中，很难说是以那一家为主了。这种现象反映了我国古代文化传统中的一个重要特点，即各派文化思想不是互相排斥、绝对对立，而是善于在发展过程中互相吸收、互相融合。从秦汉一直到明清，始终都是如此。

两汉时期文艺思想的发展和文学理论批评的发展，从总的方面看，是先秦的继续，又是在先秦基础上的进一步深化。由于社会情况的变化，特别是封建大一统帝国的出现，以及它的繁荣发展，势必要对文艺思想及文学理论批评产生重大的影响。然而，汉代儒家文艺思想在发展过程中，内部也有不同的倾向，这与今文经学、古文经学之争也有一定关系，并且促进了像桓谭、王充那样具有"异端"色彩的反传统的进步文艺思想的出现。汉代文艺思想与文学理论批评的发展，大致可以分为三个阶段，各有其不同特点。

第一，从汉初到汉武帝罢黜百家、独尊儒术以前，是道家文艺思想比较活跃的时期。像贾谊、刘安、司马迁等，在文艺思想上都是以道家为主的，特别是刘安主编的《淮南子》，乃是这一时期体现道家文艺观的代表作。西汉前期统治阶级崇尚的黄老之学，和先秦的老庄之学相比，已有很大的不同。当时所提倡的清静无为，是适应于政治上主张安定、经济上实行与民休息政策的需要的，无为的目的乃是有为。文艺思想上也是如此，汉代道家文艺思想和先秦的老庄亦不完全相同，而是根据当时政治思想和文艺创作的特点，着重强调了先秦道家文艺思想中的某些方面，同时又给予了某些新的发展。例如，结合汉代文艺创作受《楚辞》影响较深的情况，从道家观点出发，对屈原及其作品进行了多方面的评论，着重发挥了道家对黑暗现实所持的愤世嫉俗精神，充分肯定了屈原作品中的"怨"的特征，赞扬了他不与污浊尘世相妥协的高洁情操，然而也不赞成屈原对君王过于执着的态度，认为应当"同生死，轻去就"，不必太拘泥于儒家的君臣之道。这一时期道家文艺思想的更重要之点，是在继承先秦道家文艺思想的积极方面的同时，又在一定程度上避免和克服了先秦道家的某些片面性。这在刘安主编的《淮南子》一书中有非常集中和鲜明的表现。《淮南子》对先秦的老庄所提倡的"虚静""物化"在文艺创作中的作用，是充分肯定的，但是，它又不像老庄那样强调只有"无知无欲""绝圣弃智"，才能进入这种境界。《淮南子》在论述到有无、形神、虚实、言意等关系时，也和老庄一样特别突出以无为本，注重神、虚、意的重要地位与作用，但是，它不否定有、形、实、言的必要性，也充分肯定了其意义与作用，而主要是强调了这几组关系中，应当以无、神、虚、意为主，明确其主次不同，做到以无统有、以虚出实、以神君形、以意辖言，而不是为了前者，就否定和抛弃后者。应该说，这是比老庄之论要更为辩证一些、更为科学一些的。汉代的道家文艺思想还有一些重要特点，很清楚地体现了道儒结合的特征。像上述刘安、司马迁在对《楚辞》的评论中，就同时表现了儒家思想的某些影响，如说"《国风》好色而不淫，《小雅》怨悱而不乱，若《离骚》者，可谓兼之矣"等等。《淮南子》同样有这样的特点，它把文学作品看作"愤于中而形于外"的产物，这显然是与儒家思想的影响有关的，儒家认为文艺是人的内在情性之外在表现，即《乐记》所说"和顺积中而英华发外"。但是，《淮南子》又把"情发于中，而声应于外"的过程，看作完全是一种自然的过程，如"水之下流，烟之上寻"，则又是显然受道家崇尚自然思想影响的表现。西汉前期道家文艺思想的盛行，还在其他不少文艺论著中有所反映，例如陆贾的《新语》、韩婴的《韩诗外传》等，决不仅仅只是《淮南子》而已。西汉道家文艺思想发展中的这些新特点，直接启示了魏晋玄学的文艺观与美学观，成为由庄学文艺美学向玄学文艺美学过渡的中介。汉代道家文艺思想在汉武帝确立儒家独尊地位后，就明显地衰落了。但是，从西汉中期一直到东汉末期，儒家古文经学派中的某些人，如扬雄、桓谭、王充等的文艺思想中，还是吸收了道家思想的某些内容的，而在魏晋之际儒家思想一统天下的局面被打破之后，则又有了极大的发展。

第二，从汉武帝罢黜百家到东汉班固主持白虎观会议，是儒家文艺思想发展的极盛与高潮时期。不同于先秦儒家的新的儒家文艺观之确立，是这一时期文艺思想发展的最重要特点。汉武帝独尊儒术毫无疑问是出于维护大一统帝国的封建秩序之需要，他需要有一种官方的统治思想,而儒家思想则是最合适不过的了。在这个经学时代,既然儒家思想处于指导一切的正统地位,那么,它自然也一定会成为指导文艺创作的唯一原则。但是,汉代儒家思想和先秦儒家思想已有很大的不同。从文艺思想方面来说,汉儒在继承先秦儒家文艺思想的基本内容同时,又有许多新的发展和新的特点。这些主要表现在以下几方面:

首先,与先秦儒家文艺思想相比,汉代儒家文艺思想的保守倾向增强了,批判性减弱了。汉儒所崇奉的"温柔敦厚"的"诗教",其实已和孔子的思想有相当的距离了。《礼记·经解》篇所引孔子这段关于"诗教""乐教"的话,朱自清先生早已指出"未必真是孔子的话"(《诗言志辨》),我们只能看作汉儒的思想。汉儒开始对孔子所说的"兴观群怨"的"怨"作了明显的限制。"温柔敦厚"也好,"主文而谲谏"也好,"发乎情,止乎礼义"也好,都是为了强调对上层统治者及其政治措施的批评必须要限制在统治者可以接受的范围之内,对社会黑暗的揭发,不能越出封建伦理道德规范,不能触及统治者的地位和妨害封建秩序的稳固,必须严格遵守"礼义"的界限,不许越雷池一步。这种封建的"诗教"成为长期封建社会中文艺发展的桎梏,使文学变成了儒家经学的附庸。与此相关的是,曾经被荀子所批评的那种复古主义和"述而不作"的倾向不仅是复活了,而且大大地发展了。

其次,与整个儒学发展的特点一样,汉代儒家文艺思想上的神学迷信色彩也加重了。汉代儒学的神学化,是从董仲舒开始的。董仲舒把具有神学意味的阴阳五行说引入儒家,大讲灾异迷信、天人感应,提出:"道之大原出于天,天不变道亦不变。"他用神的意志来解释自然现象和社会现象。因此,在有关文艺的论述中也深深地打上了这种烙印。而后谶纬学说的盛行,又进一步扩大了其影响。按照这种神学化的儒家文艺观,文艺的产生与发展,也都是天神的意志之体现;而且文艺现象和自然现象、社会现象三者之间存在着一种神秘的、必然的内在联系。在他们看来,心物交感乃是阴阳五行思想所说的"同类相动""同气相感"的结果。因此,他们所说的文艺可以"感天地,动鬼神",并非是对文艺作用的一种夸张说法,而认为确实是这样的。这些和先秦儒家当然是不完全相同的。

再次,汉代儒家文艺思想发展了先秦儒家文艺思想中的一些科学的、积极的、进步的内容,作了更加深入、更加系统的阐述,并充实了许多新内容,使之更趋成熟,也更为完整了。具体地说,主要表现在以下几个方面:

(1)在总结《诗经》艺术经验的基础上,进一步完善并明确提出了美刺讽谏说。汉儒对《诗经》艺术经验的总结,由于受传统儒家伦理道德观念的束缚,不是很科学、很客观的,无论是三家诗说也好,《毛诗序》也好,在解释诗的本义方面,有很多牵强附会和主观主义的地方,并且也影响到艺术分析,但是,汉儒提出的"风、赋、比、兴、雅、颂"的"六义"说,强调诗歌的美刺讽谏作用,对后来文艺的发展是起过积极的进步作用的。一些进步的文艺家如唐代的白居易等强调文学作品要反映人民疾苦,揭露现实的黑暗,正是由此出发的。汉儒总结了《诗经》在艺术表现方法上的特点,对赋、比、兴作了具体的解释,使之成为我国古代诗歌创作的基本艺术方法,其意义是十分深远的。当然,汉儒也有用美刺来解释比兴(如郑玄),混淆思想和艺术界限的缺点,但总的说来还是功大于过的。

(2)对诗歌本质的认识更为深化了。先秦以儒家为中心,普遍认为诗是"言志"的,但这个"志"主要是指政治抱负,是从文学表现思想的角度去看待文学的本质问题的。荀子虽已接触到文学创作的"志"与"情"的关系问题,但还不明朗。《楚辞》实际上提出了抒情言志的问题,但并没有从理论上作明确的表述和概括。汉代的文学理论批评中则对此有了相当明白的论述。汉儒在总结《诗经》的艺术经验过程中,明确地指出了诗歌是通过"吟咏情性"来"言志"的。《毛诗大序》中既肯定"诗者,志之所之也",同时又指出诗是"吟咏情性"的,"情动于中而形于言"。实际上是从理论上把"情"和"志"统一了起来。更为重要的是,汉儒论诗,"情"的重要性强调得十分突出。例如翼奉说:"诗之为学,情性而已。"《诗纬》中说:"诗者,持也。"这个"持"就是指要"持人情性"。此点刘勰在《文心雕龙·明诗》篇中已说得很清楚。刘向在《说苑》中说诗歌是思积于中,满而后发的结果,所谓"抒其胸而发其情",《九叹》中说"舒情敶诗",都说明了感情是诗歌的灵魂,诗乃是人的感情的表现,而"志"是体现在"情"之中的。《春秋纬说·题辞》中在解释"诗言志"时说,诗是"天文之精,星辰之度,人心之操",则是从"天人合一"的角度来探讨诗的本质了。汉儒在论述诗歌是人的感情之表现时,对"情"是作了限制的,这就是要求"发乎情,止乎礼义",这是儒家思想作为统治思想带来的局限。魏晋以后,"缘情"说的兴起,其实质就是要打破束缚于"情"上的"礼义"枷锁,所以陆机才受到了所谓"不知礼义之所归"的责备。

(3)明确阐述了文学与现实、文学与时代的关系。从《礼记·乐记》到《毛诗大序》所强调的"治世之音安以乐,其政和"等论述,是对先秦儒家有关文艺与现实、文艺与时代思想的总结,《毛诗大序》中对变《风》、变《雅》的论述,则是据此而作的具体发挥。东汉时班固在解释汉代乐府诗的创作时提出的"感于哀乐,缘事而发,亦可以观风俗,知薄厚",以及何休解释《诗经》时说的"男女有所怨恨,相从而歌。饥者歌其食,劳者歌其事",都表明了在孔子诗"可以观"的基础上有了具体发挥,从而形成了对文艺与现实、文艺与时代的比较完整的认识。

(4)总结了文艺创作过程中的心物关系特征,提出了有深远影响的"物感"说。《乐记》中说:"凡音之起,由人心生也。人心之动,物使之然也。感于物而动,故形于声。"对于物之为什么会感动人心的解释,汉儒大都是从阴阳五行学说的"同类相动""同气相感"来说明的,此点已见前述。然而,"物感"说本身确是看到了人的感情及其变化是受外物、受客观现实影响的事实。因此,"物感"说在客观上对文艺的源泉问题作出了一种重视现实生活作用的解释。

以上几个方面,充分说明汉代儒家文艺思想决非对先秦儒家文艺思想的简单重复,而是把儒家文艺思想发展到了一个新的阶段。

第三,从东汉初年开始,汉代文艺思想的发展又有了新的特点,这就是反传统的文艺思潮的出现,这可以桓谭、王充作为代表。由西汉到东汉谶纬神学迷信思想进一步泛滥,但同时也引起了一些尊重科学的思想家的激烈反对,并对它展开了批判。汉代儒家内部的今文经学和古文经学两派的分歧,实质并不仅仅是今文与古文的问题,而是包含着一些重要的思想原则的差别的,其中的核心问题是如何对待儒家的传统和谶纬神学的问题。古文经学家一般说是反对谶纬神学的,主张比较严格的遵循先秦儒家传统;而今文经学家的重要特点之一是把儒学神学化,提倡谶纬学说。比较早地批评了神学迷信思想的是西汉末期的古文经学家扬雄。东汉的桓谭和王充激烈反对谶纬神学,他们是沿着扬雄的路子往前走的,但他们并不像扬雄那样矩守传统,而是在批评神学迷信思想过程中对先秦儒家传统又有许多重大突破,已经大大超越了古文经学家,而成为具有反传统精神的异端思想家,不过他们确乎在许多方面和古文经学家有着思想上的联系。由于这种特点,他们成为汉代文艺思想发展上一支颇有生气的、思想新颖的异军。从文艺思想发展的渊源上看,他们较多地继承了先秦荀子的思想,重视文艺的现实作用,强调文艺的发展变化。在汉代,他们比较多地吸收了司马迁的文艺思想,发挥了"发愤著书"和"实录"的精神。他们文艺思想的新特点主要有以下几方面:

(1)主张文学作品必须有高度的真实性,坚决反对虚妄不实之作。王充曾一再指出,他们这种主张是和司马迁完全一致的。他们提倡真、善、美的统一,认为真是基础,善是目的,美是结果,三者是不可分的。

(2)反对复古模拟,主张发展变化,认为文学和整个社会一样是不断进步的,不是愈古愈好,而是后代总比前代更加丰富、更加完美,这是后来六朝"踵事增华"说的先驱。

(3)推崇自然之美,认为文学作品乃是人内心思想感情的自然流露,"文由胸中出,心以文为表"。事物之美是由其天生禀赋所决定,"各以所禀,自为佳好",是自然而然的,因此也各有自己特点。"美色不同面,皆佳于目;悲音不共声,皆快于耳。"

(4)提高"作"的地位,突破儒家"述而不作"的传统,充分肯定独创性,认为"鸿儒"的特点是能"造论著说",而不是"因成纪前,无胸中之造"。要求把文学从烦琐的经学中解放出来,给人们以自由创作的广阔天地。

(5)他们继承了儒家文艺思想中一些合理的、科学的方面,例如内容和形式的统一,文学要起积极的社会教育作用等,但又很少儒家那些要合乎封建礼义的说教。

(6)他们在文学语言方面,提倡通俗化,反对艰深古奥,突破了儒家传统所要求的"雅言"框框。

上述这些方面,对魏晋以后文艺思想的发展有很大的积极意义。

第四,汉代各派文艺思想之间的相互融合、相互吸收,比先秦要更加突出、更加鲜明。从汉初开始,许多文人的文艺思想就不是单一的,而是多元的。虽然各人都有一个主要的倾向,但并不对其他思想采取排斥的态度。像贾谊、陆贾等是兼有儒、道两家思想的,间或也有一些法家思想。至于《淮南子》,虽以道家思想为主干,但也糅合了儒、墨、法等多种思想。司马迁按班固的说法是"论大道则先黄老而后《六经》",其实应该说是儒道两家思想影响都很突出的。而从司马迁思想的总体来说,也并非儒道两家所能概括得了的,他有自己的特色。扬雄论文以儒家的道、圣、经为宗,但也明显地受道家思想影响,也注重自然之美。董仲舒在使儒家学说与阴阳五行学说融合为一方面起了很大作用,同时也在此基础上提出了自己的许多新见解。至于东汉的王充则更是博采众家之长,而形成自己独立之一家。在汉代除了在对待谶纬学说上有明显的分歧之外,先秦时期形成的各种不同的文化思想派别,发展到汉代已很少有公开的对立和论辩,而更多的是在注意吸收对方的积极因素,寻找互相之间的联结点。这种倾向从汉代开始,一直到明清都始终是如此。当然,这样说并不是否定汉以后文化思想和文艺思想发展中的矛盾和斗争,而是说这些矛盾和斗争最终不是导向分裂,而是导向统一。

从汉代文艺思想和文学理论批评的实际情况来看,无论是文学创作还是文学理论批评,都已经有了自己独立的地位,已经进入了文学的自觉时代,因此过去所说的到魏晋方进入文学自觉时代之说,是应该重新加以研究和探讨了。以前那种说法,最早是鲁迅先生提出来的,见其《魏晋风度及文章与药及酒之关系》,但他并没有对此作过严格的学术论证。后来大家沿用此种说法,也没有从文学思想和文学创作实际作深入研究,特别是对汉代文艺思想和文学理论批评状况缺少全面深入研究,因为历来对先秦两汉文艺思想发展的考察大都是粗线条的,很少作细致的剖析,同时也缺乏在扎实的微观研究基础上进行宏观的理论把握。汉代是各个意识形态和文化领域的不同部门开始独立发展、文史哲明确分家的时代,文学作为一个独立的部门,已经有了专门的作家队伍,有了丰富的创作实绩和自觉的理论批评。到了魏晋只是由于学术思想的变迁而引起文学思想的新变化和文学理论批评侧重点的转移而已,而这些实际在汉代后期亦已开始。但是,基本的文学观念,并无根本性的变化,对"文"的概念和范围的理解,仍是一致的。因此不能说由汉末到魏晋有一个文学观念上的不

自觉到自觉的变化,更不能说只有到魏晋之后才有独立的文学理论批评。这一点我们还可以从下面几点中得到更为充分的证明:

第一,汉人把文人分为"文学之士"和"文章之士",前者指学者,后者即指文学家。

这个"文章"的内涵与范围是和魏晋以后的"文章"概念一致的。曹丕的《典论·论文》、陆机的《文赋》、刘勰的《文心雕龙》基本上是沿用的汉代关于"文章"的概念,而《文心雕龙》中"文"的概念实际上比汉代"文章"概念要更广。从文学观念的发展来看,传统的"文章"亦即较为广义的文学概念,是从汉代开始的,并一直沿用了将近两千年。汉代"文章"概念出现是和"文章"本身从学术中分离出来而成为一个独立部门这一现实分不开的。从汉代开始,可以说有了专门以写作"文章"为主的文人,也就是说初步有了专业的作家队伍。如果说像贾谊、陆贾等还不明显的话,那么,到枚乘、司马相如、司马迁、东方朔等,就非常清楚地是以"文章"显赫而成名的了,而后有刘向、扬雄等一大批人。至东汉末年的蔡邕更是著名的"文章"家了。汉代的一大批辞赋作家大都不是学者,亦非以"官"为主。这支作家队伍的出现,正是文学的独立和自觉的最好证明。所以,在《后汉书》中已分别列为"儒林"与"文苑"两传。此后史书均依此例。所谓"文苑"传即是记载以创作"文章"为主的作家情况的。唐代姚思廉在《梁书·文学传》中就说:"昔司马迁班固书并为《司马相如传》,相如不预汉廷大事,盖取其文章尤著也。固又为贾、邹、枚、路传,亦取其能文传焉。范氏《后汉书》有《文苑传》,所载之人,其详已甚。"

第二,从文学理论批评本身来看,汉代已有了大量专门的文学理论批评著作。从《毛诗大序》、刘安的《离骚传叙》开始,以《诗经》《楚辞》、汉赋为中心,文学理论批评是比较繁荣的。刘向《说苑》《新序》中的一些篇章,扬雄《法言》中的一些篇章,都是比较集中地论述文学问题的。许多辞赋作家为自己的作品所写的序,其实也是文学理论批评文章。而像《淮南子》《史记》《春秋繁露》等学术著作中有关文学的论述,也与先秦学术著作中涉及文学的著作不同,由于文学观念的变化,文章写作的逐渐独立,这些著作中的论述也就不都是从学术角度出发,而是从文章角度出发来论述了。到了东汉,专门的文学理论批评文章就更多了。像班固、王逸都有不少篇专论汉赋、《楚辞》的文章。桓谭、王充的著作中专门论文章写作的部分也相当多,尤其是王充,他的《论衡》中有许多重要篇章都是专论写作问题的。蔡邕的《铭论》《独断》等则讨论了广义的散文之写作问题。此外据《西京杂记》记载,早在西汉前期,司马相如就发表了著名的关于赋的创作问题的见解。与文学理论批评专著繁荣的状况相类似的,是书法、绘画等艺术理论批评的专著也出现了不少,如崔瑗的《草书势》、蔡邕的《篆势》《用笔论》等。这种文学理论批评发展的状况,与魏晋以后是一致的,只不过是魏晋以后专门的论著更多,讨论的问题更深入罢了。专门的理论批评著作的出现,是文学作为一个自觉的独立的部门的重要标志。

第三,从文学理论批评所涉及的内容来看,汉代已经相当广泛,亦已比较全面。诚如前面已经讲到的,从文学的外部规律来说,无论是文学与时代、文学与现实、文学的社会教育作用等,都在先秦儒家简要论述的基础上有了较大的发展,形成了较为全面、系统的理论体系,并且一直影响长期封建社会中的正统文艺思想。从文学的内部规律方面说,例如关于创作中的主客体关系(心物关系)的研究,提出了"物感"说;关于创作中的艺术构思问题,提出了"赋心"论;关于文学的艺术表现方法,总结了"赋比兴"说;关于文学的本质问题,把先秦的"诗言志"说发展为情志统一论;此外对文学的独创性、文学的风格论、文学的体裁论等也都有不少研究和论述。在文学批评方面,提出了"诗无达诂"说,充分重视了批评者、欣赏者的主体作用问题。我们可以看到,魏晋以后文学理论批评中所涉及的一些重要问题,大都可以在两汉时期找到它的历史发展痕迹,很多问题在汉代就已经提出来了。

第四,过去强调从魏晋才开始有自觉的文学理论批评,其中很重要的理由之一是魏晋开始才有了对文学本身规律的研究,而其重要表现之一是文体的分类及其特征的研究。但是论者很少涉及这样一个问题,即文章内部区分为各种不同文体,是从什么时候开始形成和发展的? 其实,后来所说的包括在"文章"范围内的各种不同文体的形成与成熟,恰恰正是在汉代。如果我们认真研究一下刘勰在《文心雕龙》中上半部分的二十篇文体论,就可以清楚地看到,刘勰所涉及的三十四种不同文体,其中绝大部分都是在汉代正式形成和成熟的。它们在先秦都不明显或根本没有,而在汉代则正式出现,并形成一种独立文体。例如颂、赞、祝、盟、铭、箴、诔、碑、哀、吊、谐、讔、论、说、檄、移等皆是如此。而像诏、策、章、表、奏、议以及七辞、连珠、对问等,都是汉代才产生的。因此,文体的繁荣正是在汉代,魏晋以后正是在此基础上的发展。而且在汉代已经开始了对这些文体特征的研究。例如刘向说赋的特点是"不歌而颂",班固说是"古诗之流"。刘歆分赋为屈原赋、陆贾赋、孙卿赋、客主赋四类,正是根据各种不同的赋的内容与形式特点而提出来的。据《后汉书·周荣传》记载,当时(安帝永宁年间)有一个叫陈忠的人曾论述了诏令这种文体的特征。东汉末年的蔡邕不仅有《铭论》专论铭这种文体的特点,而且在《独断》中详细地剖析了策、制、诏、戒、章、奏、表、驳议八类文体的特征。后来曹丕把文体分为四类八种,陆机《文赋》分为十类,而挚虞《文章流别志》、刘勰《文心雕龙》、萧统《文选》分得更细,都是在汉代基础上的进一步发展。由此也可以充分说明汉代才真正是文学独立和自觉的时代,而魏晋只是它的继续和发展。那种把魏晋才称作文学的独立和自觉时代的说法是不大符合事实的。

以上是我们对先秦两汉文艺思想发展的基本特点和主要线索,以及文艺理论批评大致轮廓的简要分析,这也是本书的编选意图与宗旨。

(本文发表于日本九州大学《中国文学论集》第十九号,
题名为《先秦两汉文学思想发展的特点
——兼论文学的独立与自觉非自魏晋始》)

论文学的独立和自觉非自魏晋始

关于文学的独立和自觉非自魏晋始的问题，我在 1990 年为日本九州大学文学部《中国文学论集》第十九号所写的《先秦两汉文学思想发展的特点》一文和《中国文学理论批评史（上卷）》中均已有所论及，但是由于不是专论此题，所以不够充分。现再详论如下。

文学的独立和自觉始自魏晋的说法，自鲁迅在《魏晋风度及文章与药及酒之关系》一文中提出来后，现在已为各种文学史和批评史所通用①，凡论及此一问题的文章也大都沿用这个观点，似乎已成确凿无疑的定论，然而我认为这个说法实际上是不准确的，也是不符合文学发展实际的。我在五年前就已经说过，鲁迅这个说法是没有经过严格的科学论证的。鲁迅在他的文章中曾说道："他（按：指曹丕）说诗赋不必寓教训，反对当时那些寓训勉于诗赋的见解，用近代的文学眼光看来，曹丕的一个时代可说是'文学的自觉时代'，或如近代所说是为艺术而艺术的一派。"如果把文学的自觉等同于为艺术而艺术，作为魏晋时的特点，也许还可以备一说，但是要说文学作为一个独立部门，并且有了自觉的创作，是从魏晋开始的话，则是很值得商榷的。文学的自觉与否和要求"寓训勉于诗赋"，并无必然的关系。文学的自觉和独立有一个发展过程，这是和中国古代文学观念的演变、文学创作的繁荣与各种文学体裁的成熟、文学理论批评的发展和专业文人队伍的形成直接相联系的。魏晋之际，经学的衰微和玄学的兴起对文学思想和文学理论批评自然是有很大影响的，但它并不是在决定文学是否独立和自觉的方面。实际上文学的独立和自觉不

---

① 如游国恩等主编《中国文学史》第一册说建安时代"表现了文学的自觉精神"（第 198 页）。王运熙、杨明《魏晋南北朝文学批评史》说："鲁迅曾将这一时期概括为'文学的自觉时代'，确是十分精当的。"（第 7 页）蔡钟翔等《中国文学理论史》第一册说王充"之后一个世纪，中国文学进入了'自觉时代'"（第 147 页）。李泽厚《美的历程》不仅认为"文学的自觉"是"魏晋的产物"，而且说"非单指文学而已。其他艺术，特别是绘画与书法，同样从魏晋起都表现着这个自觉"（第 97 页、第 100 页）类似说法在有关的论文中更比比皆是。

是从魏晋才开始，而是要更早得多，我们综合上述各种与此直接相关的情况来看，文学的独立和自觉是从战国后期《楚辞》的创作开始初露端倪，经过了一个较长的逐步发展过程，到西汉中期就已经很明确了，这个过程的完成，我以为可以刘向校书而在《别录》中将诗赋专列一类作为标志。

一、文学的独立和自觉是文学观念发展演进的必然结果

人们对文学的特征之认识，能否把文学和历史、哲学等不同部门区分开来，是文学独立和自觉的基本前提。人类社会发展的早期，都有一个从文史哲混同不分，到逐渐形成为各个独立部门的过程。中国古代在战国中期以前，文化领域内各部门的界限是不明确的，也很难把文学和历史、哲学等区分得很清楚。《庄子》是一部哲学著作，但是却运用了文学的形象描写方法来阐明深奥的哲理，以很多生动的寓言故事、神话传说，如庖丁解牛、梓庆削木为鐻、黄帝游赤水而遗其玄珠、浑沌凿七窍而死等，来揭示"道"的自然本性，他的哲学观点都浸透在文学形象之中，而并不是直截了当地说出来的，因此，也可以说大部分是优美的文学散文。《左传》本是一部历史著作，但它也运用了不少文学创作方法来记事和描写人物，也采用了一些神话传说和寓言故事的内容，并且有许多生动的对话，所以，其中有不少也可以说是纪事性的文学散文。《诗经》虽是一部纯文学的诗歌总集，然而，当时人们却并不把它作为纯文学来看，而是把它当作一部政治、伦理、道德、文化修养的百科全书来看待的，成为人们立身行事、言语动作的准则，故孔子对他的儿子说："不学《诗》，无以言。"这在当时的社会条件下是完全可以理解的必然现象。但是随着社会的进步和发展，经济、文化的繁荣，文、史、哲等不同部门的特点势必会愈来愈鲜明，这一点在荀子的时代就表现出来了。传统的六经实际上就包括了政治、历史、哲学、文学、艺术等不同部门，荀子在《儒效》篇中对除《易经》以外的五经之不同特点就作了分析，认为它们虽都是体现圣人之道的，但是又各有不同："《诗》言是其志也，《书》言是其事也，《礼》言是其行也，《乐》言是其和也，《春秋》言是其微也。"这里反映了当时文化领域内各部门独立性已大大加强的历史现状，战国后期一些哲学、历史、政治著作的文学性已有所减弱，特别是《楚辞》的出现，它已经不再像《诗经》那样被当作君子必

须熟读的百科全书来看待了。

对"文"的观念及其内涵的理解在战国中后期也有了变化。春秋时代文的概念是非常宽广的。天文、地文、人文都是文，从人文来说，大约相当于文化之文。郭绍虞先生说这个文包括了博学和文章两个方面，大致是不错的，但这两者的比重从春秋到战国有较大的变化。春秋时期博学的比重较大，而文章的比重较小，而到战国中后期，文章的比重就渐渐加大了。所以，秦时吕不韦主持编辑《吕氏春秋》，将它"布咸阳市门，悬千金其上，延诸侯游士宾客，有能增损一字者，予千金"（《史记·吕不韦传》）。可见，文章写作得到相当的重视，并且已经表现了学术和文章分离的征兆，开始出现了不是以研究学术为主而是以擅长词章写作为主的文人。汉代文学观念发展的重要特点是学术和文章的分野日益明显，有了郭绍虞先生所说的"文学之士"和"文章之士"的不同。"文学之士"以注释经书、研究学术为主，而"文章之士"则以词章写作为主。这"文章"的概念中，诗歌辞赋当然是其重要方面，但又不等同于纯粹的艺术文学，而是包括了非文学的一般文章（如应用文、政论文等）在内的，甚至也包括了史传、诸子等的词章写作在内。值得我们注意的是：这个"文章"的概念一直延续到魏晋南北朝，和曹丕《典论·论文》与陆机《文赋》所说的"文"，挚虞《文章流别论》的"文章"，乃至刘勰《文心雕龙》的"人文"①，其含义和范围都是基本一致的。南朝虽然有过文笔之争②，有过萧统《文选》中"事出于沉思，义归乎翰藻"的"文"，有过萧绎《金楼子·立言》篇所说的"文"，但自唐宋以来一直到明清，多数人仍是沿用汉代比较宽泛的"文章"概念。所以从文学观念演变发展来看，汉魏之交并没有什么新的变化。而与学术相分离、以词章写作为主的"文章"，则和先秦之"文"有根本性的不同，这种文学观念是在西汉逐渐地明朗起来的，它也和文、史、哲各部门的区分愈来愈明确，有着不可分割的关系。西汉时文章和学术的分离，为文学的独立和自觉奠定了文学观念发展的基础。

① 《文心雕龙》中"人文"的含义比《典论·论文》《文赋》中文的概念似要更宽广一些，它也包括了史传、诸子的词章写作。

② 文笔之争的实质是为了区分汉代以来广义的"文章"中纯文学和非文学的文章之不同。参见拙作《中国文学理论批评史》上卷第七章第三节。

各个不同学术部门的分别独立,它们各自的特点和相互之间区别之被认识,也清楚地表现在当时的图书分类上。刘向的《别录》就将图书分为经传、诸子、诗赋、兵书、术数、方技六类。刘歆的《七略》则加以修订而为辑略、六艺略、诸子略、诗赋略、兵书略、术数略、方技略。他们都把诗赋独立为一类,而与经传、诸子等相并列,说明他们已经明确肯定了文学不同于政治、哲学、历史等的独立地位。东汉前期的班固在《汉书·艺文志》中对图书的分类,即是依据刘歆《七略》而"删其要"。汉人在图书分类上所列的"诗赋"一项是指除《诗经》以外的所有诗歌和辞赋。刘向等人之所以把传统的六经专门列"经传"或"六艺"一类,并非不知道六经中包括了哲学、政治、历史、文学、艺术等不同门类,而是为了尊重六经在当时的重要地位,特别是汉武帝排斥百家、独尊儒术之后,六经更被看作高于一切的圣典,例如扬雄就把它看作其他所有文章、著作之源,而且研究、注释六经著作之众多,也造成了六经和其他书籍很不相同的特殊性,自然不可能把它们分别列入各个不同门类之中。但既把包括《楚辞》在内的诗赋单列为一类,说明他们在文学观念上和先秦相比已经有很大的发展,认识到了文学(尤其是诗赋)有其不同于其他学术和文章的特点。

二、专业文人创作的出现和专业文人队伍的形成是文学独立和自觉的重要标志

文学的独立和自觉不只是体现在文学观念的发展和演进方面,它必须有专业的文学创作和专业的文人队伍为基础。也就是说,专业作家的自觉的文学创作本身,是文学的独立和自觉的重要标志。从中国古代文学的发展来说,先秦时期的《诗经》和古谣谚,大部分都还属于民间诗歌,《诗经》中虽有一些作品有作者可考,但都不是专业文人的创作,诸子散文和史传散文也都不属于专业的文人创作,其性质主要还是思想史和历史著作,而只有战国后期《楚辞》中屈原和宋玉等的作品,才可以说是具有了专业文人创作的特点。当然中国古代的文学家往往也都是官场上的重要人物,我们所谓的专业文人,并不排斥他们可以是政治上的重要人物。但是他在历史上的地位,主要是由于在政治上所起的作用,还是主要由于文学创作上的成就,这是不一样的。像屈原虽然也曾是楚国怀王的

左徒,然而后来他被流放,在穷愁潦倒中才愤激至极而进行文学创作,他在历史上的地位主要是由他的《离骚》《九章》等文学作品的伟大成就所决定的,至于宋玉则更明显是以辞赋创作而著名的了。这种专业的文人创作之出现,是与荀子对五经不同特点的分析相应的,《楚辞》中的"发愤抒情"说①,也正是对诗歌创作特点的很深刻阐述,这都表现了文学的独立和自觉的最初的萌芽。不过,从总的方面说,在当时文学和学术还没有完全分离,在各诸侯国还没有形成普遍的专业文人队伍,除楚国外还很少专业文人的文学创作。

到了汉代,专业文人创作和专业文人队伍都有了很大的发展。西汉时期不仅文章和学术相分离,而且有了不少专门以文章写作为主的文人,特别是辞赋的创作有了很大的发展。我们可以说战国时在楚国首先发展起来的专业文人创作,在汉代扩大到了全国,并形成了一支专业文人队伍。如果说贾谊、陆贾还不明显的话,那么,到枚乘、司马相如等就非常清楚是以文章(主要是辞赋)著名的了,而后又有刘向、扬雄等一大批人。唐代姚思廉在《梁书·文学传》中曾非常精辟地指出:"昔司马迁、班固书并为司马相如传,相如不预汉廷大事,盖取其文章尤著也。固又为贾、邹、枚、路传,亦取其能文传焉。范氏《后汉书》有《文苑传》,所载之人,其详已甚。"此处姚思廉所说"贾、邹、枚、路",即指西汉著名文人贾山、邹阳、枚乘、路温舒,这些人都是因为"能文"而被班固载入《汉书》列传的。其实在《汉书》中因"能文"而立传的还远不止姚思廉所举出的这些,像王褒、扬雄等也都是以"能文"著名的。到了东汉,这种以文章写作为主的文人就更多了,所以,范晔《后汉书》中就在《儒林传》外又专门增加了《文苑传》。实际上除《文苑传》以外,别的列传中也有不少是著名的文学家,如桓谭、王充、张衡、蔡邕等。汉代一大批辞赋作家,多数不是学者,亦非以"官"出名,而是以文学创作使之声名流传于后世的。

汉代所形成和发展的专业文人创作队伍,是以辞赋创作为主体而兼及诗歌、散文的。最著名的文人大多数是辞赋作家,而汉代辞赋在艺术形式上,已在《楚辞》的基础上有了很大的发展,由《楚辞》的"缘情"而向"体

---

① 参见拙作《中国文学理论批评史》上卷。

物"的方向发展,而且按刘歆的说法,还有"屈原赋""陆贾赋""孙卿赋""客主赋"等不同类型。不管是西汉铺陈的大赋还是东汉抒情的小赋,大都属于专业文人的创作。从战国后期到东汉后期,辞赋实际上是这一历史阶段的主要文学形式,同时也是中国文学史上辞赋的最繁盛时期。班固在《两都赋序》中所说"言语侍从之臣",实际上就是当时专业文人。他说:"故言语侍从之臣,若司马相如、虞丘寿王、东方朔、枚皋、王褒、刘向之属,朝夕论思,日月献纳。而公卿大臣御史大夫倪宽、太常孔臧、太中大夫董仲舒、宗正刘德、太子太傅萧望之等,时时间作。或以抒下情而通讽谕,或以宣上德而尽忠孝,雍容揄扬,著于后嗣,抑亦《雅》《颂》之亚也。故孝成之世,论而录之,盖奏御者千有余篇,而后大汉之文章,炳焉与三代同风。"辞赋创作之多、作家之众,对汉帝国起了"润色鸿业"的重要作用。从中国文学史的发展来看,在不同的历史阶段都有一、两种文学形式处于主导地位,如汉赋、唐诗、宋词、元曲、明清小说等,如果我们不是有意贬低汉代辞赋的话,怎么能说已经有了这么多辞赋作品和辞赋作家的汉代,而文学居然还没有独立的自觉,这岂不是很可笑的事吗?

三、多种文学体裁的发展和成熟是文学独立和自觉的重要佐证

汉代不仅是辞赋的时代,而且也是多种文学体裁产生、发展和成熟的时代。诗歌在汉代正处于由《诗经》的四言形式向五、七言形式发展、过渡的阶段,所以在汉末以前并不发达,专业文人的创作很少,如西汉李陵、班婕妤之作及《古诗十九首》中所谓枚乘作的几首,都已经学者考证为伪托。汉代的诗歌主要是汉武帝设立的乐府所收集的民歌,据班固《汉书·艺文志·诗赋略》记载:"凡歌诗二十八家,三百一十四篇。"这是根据刘向校书时收集到的作品而说的,其中主要是宗庙歌诗和民间歌诗,如刘勰所说:"朝章国采,亦云周备。"(《文心雕龙·明诗》)可是这些诗歌,特别是其中杂言的乐府诗,对五、七言诗的发展和成熟曾经起过重要的作用,这是中国古代诗歌发展过程中必然要经过的阶段。从当时汉武帝设立乐府采集民歌和刘向等将诗与赋合为一类的情况来看,诗歌实已成为仅次于辞赋的一种重要文学形式,所以上自朝廷君臣,下至黎民百姓,都有诗歌创作:刘邦有《大风歌》,韦孟有《讽谏

诗》，各地"有赵代秦楚之讴"。

除辞赋、歌诗之外，其他许多文学体裁在汉代也有很大的发展。汉代的文章概念如上所说比较宽广，其中所包括的各种文体形式，有相当一部分是非文学的一般应用文章，但诗赋仍是最主要的形式。刘勰在《文心雕龙》中自《明诗》至《书记》二十篇文体论中，共论述了三十四种文体，而有些种类里还包含了很多的小类，如《杂文》中就有《对问》《七》《连珠》三小类。所以实际论到的有六七十种之多。在刘勰所论的这些文体中，大部分是在汉代发展成熟的。例如颂、赞虽可追溯到先秦，然而主要是在西汉定型的。《文心雕龙·颂赞》论颂云："至于秦政刻文，爰颂其德；汉之惠景，亦有述容；沿世并作，相继于时矣。若夫子云之表充国，孟坚之序戴侯，武仲之美显宗，史岑之述熹后；或拟《清庙》，或范《駉》《那》，虽浅深不同，详略各异，其褒德显容，典章一也。"又论赞云："故汉置鸿胪，以唱拜为赞，即古之遗语也。至相如属笔，始赞《荆轲》。及迁《史》固《书》，托赞褒贬，约文以总录，颂体以论辞；又纪传后评，亦同其名，而仲治《流别》，谬称为述，失之远矣。"而汉以后的颂赞都是由此而沿续下去的。又比如《文心雕龙·杂文》篇中的《对问》体虽始自宋玉，实发达于汉代。"东方朔效而广之，名为《客难》，托古慰志，疏而有辨。"其后，有扬雄之《解嘲》、班固之《答宾戏》、崔骃之《达旨》、张衡之《应间》、蔡邕之《释诲》等，皆是问答式的宋玉《对问》之发展。《七》体是首先由枚乘创造的，他的《七发》，李善《文选》注说："七发者，说七事以起发太子也，犹《楚词·七谏》之流。"从内容上说，《七发》是接近《七谏》的，从形式上说，也是一种对问体，可以说是对宋玉《对问》的一种发展，故刘勰将之与《对问》并列在《杂文》篇，置于《对问》之后。继《七发》之后，傅毅有《七激》，崔骃有《七依》，张衡有《七辨》，崔瑗有《七厉》，曹植有《七启》，王粲有《七释》，七体也是汉代成熟的。连珠这种文体是扬雄首创的，据《文心雕龙》所云，汉代杜笃、贾逵、刘珍、潘勖等也皆有此体之作。但是杜、贾、刘之作已佚，《全后汉文》辑有杜、贾《连珠》各两句。魏晋以后如陆机等都有《连珠》之作，此种文体也成熟于汉代。

此外，还有许多文体虽其源在先秦，而其内容和形式实际都是在汉代才有了重大发展，并奠定基础的。比如铭是一种纪叙功德的文体，先秦已有,但最著名的是班固的《封燕然山铭》。汉代铭文大都用韵,也有少数不用韵的,有骚体,有四言体,有五言体,而后逐渐向四言有韵的方向发展。箴是一种讥刺过失、以示警诫的文体,源于先秦《虞箴》,战国时期"箴文委绝","至扬雄稽古,始范《虞箴》,作《卿尹》《州牧》二十五篇"(《文心雕龙·铭箴》)。现存二十一篇,其中五篇有残缺。于是为箴体发展立下规模,东汉崔骃又仿扬雄补作七篇,其子崔瑗又补作九篇,胡广补作三篇,箴体遂得到充分的发展。诔是一种在达官贵人死后纪叙功德、赞扬忠烈的文体,先秦已有,然其繁盛亦在两汉。比较著名的,如扬雄之《元后诔》,杜笃的《吴汉诔》,傅毅的《明帝诔》,苏顺、崔瑗的《和帝诔》等。特别是杜笃在写此诔时正在牢中,因为其"辞最高"(光武帝因大司马吴汉死,令诸儒为诔),"帝美之,赐帛免刑"(《后汉书·文苑传·杜笃传》)。碑在先秦原是帝王封禅祭天竖石称碑,后世遂为刻石纪功。又,宗庙树木亦称碑,然而"事止丽牲,未勒勋绩"。像后代以碑文纪叙死者功德者,据张华《博物志》记载,西汉就有了,但"自后汉以来,碑碣云起,才锋所断,莫高蔡邕"。最著名的是他为杨赐写的《司空文烈侯杨公碑》、为郭泰写的《郭有道碑》、为陈寔写的《陈太丘碑文》等。哀辞是哀悼死者的,吊文原为慰问生者遭凶祸的,到汉代也发展为悼念死者之文,如贾谊的《吊屈原文》,而后司马相如、扬雄、桓谭、班彪、胡广等也都有这一类文章。其他的文体,如论、说、诏、策、檄、移、章、表、奏、启等等,也都是在汉代得到极大的发展,而为后代此种文体的写作立下楷模的。由此可以充分说明,文学的独立和自觉决不可能是从魏晋才开始的。难道我们能说在这多种文体繁荣发展的汉代,文学还没有独立和自觉吗?

四、汉代文学理论批评发展的新特点表明文学已经独立和自觉

汉代文学理论批评的发展和先秦相比有很不同的状况,严格地说,先秦还没有自觉的专门的文学批评,因为那时人们还没有明确的文学观念,文学、哲学、历史、政治等不同部门没有清晰的界限,对文学的看法是隐含在对总体文化的认识之中的。我们现在所讲的先秦时代诸子百家的文学思想和文学批评,都是从他们有关整个思想文化的论述中分析出来的。孔子虽然对《诗经》有过不少论述,但由于《诗经》在当

时非常特殊的地位,它远远超出了作为一部文学作品的意义,在当时人们的眼中,它不是作为审美的艺术品出现的,而是作为人们形象地学习礼仪、学习如何立身行事的百科全书来看待的,所以,孔子对《诗经》的批评,并不是纯粹的文学批评,而主要是一种政治的、伦理的、道德的批评。简单地说,那时人们对《诗经》不是当作"诗"来看待,而是当作"经"来看待的。

但是,这种情况到汉代有了很大的变化。汉代的文学批评是围绕着《诗经》《楚辞》《汉赋》展开的,而且比较明显地具有自觉的文学批评之性质。战国后期的《楚辞》并不是以"经"的面貌出现的,而是以纯文学的面貌出现的,所以汉人对《楚辞》的评论也是作为文学作品来评价的,故褒贬不一,并产生了争论。虽然刘安说它兼有"《国风》好色而不淫,《小雅》怨诽而不乱"的特点,王逸说"《离骚》之文,依托五经以立义",要把它抬高到"经"的地位,但这只是要给它以较高的评价,并没有改变它作为文学作品的基本性质。汉代辞赋是在《楚辞》基础上的发展,这是以"能文"为本所创作的词章之典范,毫无疑问应当是纯粹的文学作品了。汉人对辞赋评价也是有争议的:扬雄后期对它的评价较低,认为是"童子雕虫篆刻","壮夫不为",并提出"诗人之赋丽以则,辞人之赋丽以淫"的问题;班固对辞赋的评价则比较高,认为它充分体现了汉帝国繁荣兴旺的盛况,并且使"大汉之文章,炳焉与三代同风"。但是,不管对汉赋的评价是高是低,这种批评属于自觉的文学批评是显而易见的。汉代对《诗经》的批评也和先秦有所不同,虽然《诗经》还是处于"经"的地位,但从《毛诗大序》来看,所论主要是总结《诗经》的艺术经验,比较系统地论述了诗歌的本质特征及其艺术表现方法和社会教育作用,提出了诗歌既是"志之所之"的表现,又是"吟咏情性"的产物,"情动于中而形于言",以"风、雅、颂、赋、比、兴"的"六义"说,概括了《诗经》的类别和表现手法,强调了诗歌的美刺讽谏作用。这样,就把先秦那种对《诗经》的政治的、伦理的、道德的批评转换为文学的、艺术的批评,并从中可以清楚地看出文学观念的变化。诗歌批评方面的这种新发展,也是和汉代除《诗经》外还产生了许多其他诗歌作品有关的。汉代的乐府诗其性质实际上是和《诗经》一致的,也是为配乐而采集的民歌,然而它只能作为纯粹的文学作品,如班固所说"感于哀乐,缘事而发"之作,谁也不会将其当作"经"来看待的。这正是文学创作本身的发展促进了自觉的文学批评的形成。

由于自觉的文学批评之形成和发展,所以汉代文学理论批评所涉及的内容是比较广泛的,在文学的内部规律和外部规律两方面都有比较全面的论述。从文学的外部规律来说,无论在文学和时代、文学和现实、文学的社会教育功能等方面,都有了较大的发展,从《毛诗大序》、司马迁到扬雄、班固,形成了比较完整的理论体系。从文学的内部规律来说,汉代对文学创作过程中的一些基本问题有相当深入的研究,并作了比较充分的理论阐述。例如关于文学创作中的主体和客体关系,也就是心物关系,提出了著名的"物感"说;关于文学创作中的艺术构思问题,司马相如提出了"赋心"说①;关于文学创作的表现方法,诗歌方面总结为"赋比兴"说,散文方面总结为"实录"方法;关于文学本质的研究,则进一步突出了"情"的重要地位和作用;关于文学的批评鉴赏,提出了"诗无达诂"说。此外在文学的真实性、独创性、风格美以及文学的内容和形式、文学的体裁和语言等方面,也都有不少重要的论述。我们可以说魏晋以后文学理论批评中许多重要问题,都可以在汉代找到它的历史发展轨迹。汉代文学理论批评的新发展,从另一个侧面证明了文学的独立和自觉始自魏晋的说法,是完全不能成立的。

从东汉末年到魏晋之交,文学思想和文学创作确实发生了很大的变化。经学的衰微和玄学的兴起,使文学摆脱了儒家礼教的束缚,获得了自由发展的更加广阔天地,从而在文学创作主题上开始由表现社会政治内容发展到刻画个人内心世界,在文学创作思想上出现了从"言志"到"缘情"的变化,在文学创作和文学理论批评上都强调要充分表现作家的创作个性,并大大加强了对文学的艺术形式之研究②,然而,这些和文学本身的独立和自觉是两回事。魏晋之际文学思想和文学创作的这种变化,主要在于使文学由重视和强调文学作品的思想内容和社会教育作用,向重视

---

① 此说见《西京杂记》,其可靠性当然还需要研究,但目前也还没有材料可以说明它不可靠。
② 关于这一时期文学创作的特点和文学思想的变迁,我在《中国文学理论批评史》上卷第六章第一节中有专门论述,此不赘说。

和强调文学作品艺术形式方面转化。所以,对文学的独立和自觉始于何时必须重新加以探讨。笔者上述看法还只是一些初步的思考,不当之处敬请同行专家批评指正。

(原载《北京大学学报》1996 年第 2 期)

六朝文学的发展和"风骨"论的文化意蕴

"风骨"论是六朝时期文学理论批评中所提出的一个十分著名的文学理论批评标准。它首先由刘勰提出,后来钟嵘又有所发展。《文心雕龙》中的风骨论是历来研究者所特别重视的,它也确实是刘勰文学理论体系中的重要组成部分,然而,风骨的含义究竟是什么,却一直是众说纷纭,始终没有一个能为大家所认同的解释。原香港大学教授陈耀南先生在《文心风骨群说辨疑》①一文中曾将六七十家之说归纳为十余类,近年来又有一些新的解释,但没有什么大的发展。我在《齐梁风骨论的美学内容》一文及后来的《文心雕龙新探》一书中也提出过自己的看法。现在回顾和检讨有关风骨论的研究,我认为以往我们的研究有一个根本性的缺点,就是偏重于从文学理论批评中有关"风骨"的论述,来对"风骨"的具体含义作诠释,而较少从广阔的中国历史文化背景上来考察"风骨"的意义与价值,因此这种具体的诠释往往就失去了其正确的导向,而不能揭示其深层意蕴,也容易在表层意义解释上产生某种片面性,难以使人信服,也不可能得到多数人的认同。

刘勰对风骨的重视和他提出的"风清骨峻"审美理想,和中国的文化传统中所表现的主要精神,有十分密切的关系。在中国古代文化传统中我们可以看到,在先进知识分子的精神品格上有非常可贵的一面,这就是:建立在"仁政""民本"思想上的,追求实现先进社会理想的奋斗精神和在受压抑而理想得不到实现时的抗争精神,也就是"为民请命""怨愤著书"和"不平则鸣"的精神,它们体现了我们中华民族坚毅不屈、顽强斗争的性格和先进分子的高风亮节、铮铮铁骨。"风骨"正是这种奋斗精神和抗争精神在文学审美理想上的体现。中国古代文论特别讲究人品和文品的一致,刘勰在《文心雕龙·情采》篇中,曾严厉地批评了人品和文品不

---

① 见台湾学生书局出版的《文心雕龙综论》第37—72页。

统一的创作倾向，他说："故有志深轩冕，而泛咏皋壤；心缠几务，而虚述人外；真宰弗存，翩其反矣。夫桃李不言而成蹊，有实存也；男子树兰而不芳，无其情也。夫以草木之微，依情待实；况乎文章，述志为本！言与志反，文岂足征？"刘勰所说的"风清骨峻"不只是一种艺术美，更主要是一种高尚的人格美在文学作品中的体现，它和中国古代文人崇尚高洁的精神情操、刚正不阿的骨气是分不开的。文学批评中的"风骨"本是源于人物品评的，在六朝人物品评中"风骨"是一个常用的概念。例如《宋书·孔觊传》中说："少骨梗有风力，以是非为己任。"《世说新语·赏誉》说："王右军目陈玄伯，垒块有正骨。"又其注中引《晋安帝纪》说："羲之风骨清举也。"《宋书·武帝纪》说高祖刘裕"身长七尺六寸，风骨奇特"。人物品评中所说的这些"风骨"，正是指一种高尚人品的表现。而这种特点又是和我国的文化传统，特别是知识分子的人格理想、精神情操紧紧地联系在一起的。《论语·子罕》中记载孔子说："岁寒，然后知松柏之后凋也。"这是从松柏之不畏严寒来比喻人应当有不怕强暴的坚毅品格。故刘勰《征圣》篇说："夫子风采，溢于格言。"孟子说过："富贵不能淫，贫贱不能移，威武不能屈；此之谓大丈夫。"（《滕文公下》）能成为这样的"大丈夫"，才富有骨气，具备了理想的人格精神。"大丈夫"的社会政治理想是建立在"民贵君轻"思想基础上的"仁政"，为此，就要加强道德修养，使自己具有"配义与道"的"浩然之气"。刘勰对孟子的思想人格是很佩服的，其《时序》篇云："齐开庄衢之第，楚广兰台之宫，孟轲宾馆，荀卿宰邑；故楼下扇其清风，兰陵郁其茂俗。"庄子对当时社会的黑暗腐朽有非常清醒的认识，他在《在宥》篇中曾说："今世殊死者相枕也，桁杨者相推也，刑戮者相望也。"所以，楚王虽派人以"千金"聘他为相，但是，他为了保持自己清高的骨气情操，坚决地拒绝了，他说："我宁游戏污渎之中以自快，无为有国者所羁，终身不仕，以快吾志焉。"（《史记·老子韩非列传》）屈原之所以"发愤以抒情"，正是出于对腐朽黑暗现实的不满，"长太息以掩涕兮，哀民生之多艰"，为了实现"仁政"的理想，他"虽九死其犹未悔"，宁"从彭咸之所居"，而不与恶浊小人同流合污。他这种高洁品质在汉代受到刘安、司马迁等的高度评价——"虽与日月争光可也"。刘勰说屈原的作品，"观其骨鲠所树，肌肤所附，虽取熔经意，亦自铸伟辞"。"故能气往轹古,辞来切今,惊采绝艳,难与并能矣。"(《辨骚》)正是说明屈原的作品有《风骨》篇所强调的以风骨为主、辞采为辅的艺术美。汉代的司马迁遭受残酷宫刑折磨,能够"就极刑而无愠色","虽万被戮,岂有悔哉!"(《报任安书》)为的就是把自己理想寄托于《史记》的写作。他赞扬屈原"直谏"精神,认为"屈平之作《离骚》,盖自怨生也"。并结合自己的切身遭遇,提出了著名的"发愤著书"说,充分体现了不屈服的奋斗精神。刘勰称其《报任安书》"志气槃桓"而有"殊采"(《文心雕龙·书记》),也是赞扬他作为一个有正义感的知识分子的骨气。

六朝文学是在先秦两汉文学基础上的发展,特别是建安文学把中国古代文学的优良传统发展到了一个新的辉煌时期,而其主要特色正是在于:把自先秦以来知识分子的这种追求实现先进社会理想的奋斗精神,和在受压抑而理想得不到实现时的抗争精神,从诗歌创作中极其鲜明地突现了出来。但是,后来六朝文学的发展并没有完全沿着建安文学的道路前进,在某些方面则背离了建安文学注重"风骨"的传统,而朝着追求华丽绮靡的形式美方向发展,刘勰和钟嵘都对这一点有所不满,以他们为代表的六朝"风骨"论的提出,正是为了解决这个问题。他们对建安文学都给予了崇高的评价,对其主要特色的理解和认识也是一致的。钟嵘所概括的"建安风骨",就是建安诗人对动乱现实的悲忧和对壮志抱负的歌颂在艺术风貌上的表现。以三曹和七子为代表的建安诗人在汉魏之交都是有理想、有抱负的政治家和文学家。故刘勰说:"观其时文,雅好慷慨,良由世积乱离,风衰俗怨,并志深而笔长,故梗概而多气也。"(《文心雕龙·时序》)这里所说"志深而笔长,故梗概而多气",也就是钟嵘所说"建安风骨"。曹操是建安文学的创始者,他在几首著名的诗中,非常鲜明地表现了他对这个动乱时代的深沉感慨,以及实现统一、振兴国家的理想愿望。他对民生凋敝的现状十分关切,"白骨露于野,千里无鸡鸣。生民百余一,念之断人肠"(《蒿里行》);为此感到深深的忧虑,"慨当以慷,忧思难忘。何以解忧?唯有杜康";同时也表现了"山不厌高,水不厌深。周公吐哺,天下归心"(《短歌行》)的雄心壮志。钟嵘说:"曹公古直,甚有悲凉之句。"这种慷慨悲凉的特色也就是"建安风骨"的主要内容。曹植被钟嵘称为五言诗人最杰出的代表,也是体现"建安风力"的典范,《诗品》说他

"骨气奇高,词采华茂,情兼雅怨,体被文质"。曹植是一个有远大理想抱负的诗人,在《与杨德祖书》中说他的志愿是:"戮力上国,流惠下民,建永世之业,流金石之功。"如果这种政治理想不能实现,他也要"采庶官之实录,辨时俗之得失,定仁义之衷,成一家之言"。由于受到曹丕的排挤和迫害,他郁郁不得志,心情十分凄苦,所以在诗中充满了强烈的愤激之情、悲壮之气。他感慨世态的炎凉:"高树多悲风,海水扬其波。利剑不在掌,结友何须多?"(《野田黄雀行》)他苦于壮志不遂:"江介多悲风,淮泗驰急流。愿欲一轻济,惜哉无方舟。"(《杂诗》之五)他满怀豪情然而又不得施展:"抚剑而雷音,猛气纵横浮。泛泊徒嗷嗷,谁知壮士忧!"(《鰕䱶篇》)他内心积压着深深不平:"鸱枭鸣衡轭,豺狼当路衢。苍蝇间黑白,谗巧令亲疏。"(《赠白马王彪》)"不见鲁孔丘,穷困陈蔡间。周公下白屋,天下称其贤。"(《豫章行》)从曹植的诗中可以看出他为实现进步理想而与命运拼搏的奋斗精神和坚毅性格,这就是他的"骨气奇高"之所在。建安七子中,钟嵘对刘桢的评价最高,说他:"壮气爱奇,动多振绝。真骨凌霜,高风跨俗。"早在建安时代,曹丕曾在《典论·论文》中说:"刘桢壮而不密。"又在《与吴质书》中说:"公幹有逸气,但未遒耳,其五言诗之善者,妙绝时人。"谢灵运《拟魏太子邺中集诗·刘桢》诗序中也说他:"卓荦偏人,而文最有气,所得颇经奇。"刘勰在《文心雕龙·体性》篇中说:"公幹气褊,故言壮而情骇。"他们和钟嵘的看法是一致的。刘桢现存的诗并不多,比较有代表性的诗作是《赠从弟》三首之二,其云:"亭亭山上松,瑟瑟谷中风。风声一何盛,松枝一何劲。冰霜正惨凄,终岁常端正。岂不罹凝寒,松柏有本性。"它通过对松柏不畏严寒的歌颂,表现了作者不与世俗同流合污的高洁情操和坚贞骨气。唐人也常常曹、刘并提,如杜甫说:"方驾曹、刘不啻过。"(《寄高适》)元稹在《唐故工部员外郎杜君墓系铭并序》中曾说杜甫"气吞曹、刘"。宋人严羽于是有所谓"曹刘体"之说,其特点就是重在气骨,也就是风骨。后来,元遗山《论诗绝句》因谓"曹、刘坐啸虎生风,四海无人角两雄"。其实,这都是强调曹植、刘桢诗中所体现的传统知识分子的理想人格精神。

　　建安之后,以阮籍、嵇康为代表的正始文学,虽然艺术风貌和建安文学有所不同,但基本上是承继了"建安风骨"的精神的,阮籍和嵇康同为

"竹林七贤"的代表人物,他们都是胸怀大志,醉酒佯狂,啸傲山林,不拘礼法,品格高尚,而不满于污浊、黑暗的现实的有骨气的知识分子。阮籍的《咏怀诗》也有建安文学那种慷慨悲凉的情调,但是由于他处在司马氏专权的黑暗恐怖的险恶政治环境之下,所以写得较为隐晦曲折,诚如钟嵘所说:"可以陶性灵,发幽思。言在耳目之内,情寄八荒之表。洋洋乎会于《风》《雅》,使人忘其鄙近,自致远大。颇多感慨之词。厥旨渊放,归趣难求。"其《咏怀诗》八十二首之一云:"夜中不能寐,起坐弹鸣琴。薄帷鉴明月,清风吹我襟。孤鸿号外野,翔鸟鸣北林。徘徊将何见,忧思独伤心。"其中多处可看出所受曹植、刘桢、王粲等诗歌影响①,在思想艺术风貌上均与建安诗歌十分接近。他在《咏怀诗》第三十九首中写道:"壮士何慷慨,志欲威八荒。驱车远行役,受命念自忘。良弓挟乌号,明甲有精光。临难不顾生,身死魂飞扬。"这就明显地表现了建安时代那种慷慨悲凉的特色。从正始以后,文学创作如钟嵘所说"陵迟衰微",刘勰《文心雕龙·明诗》篇也说:"晋世群才,稍入轻绮,张潘左陆,比肩诗衢,采缛于正始,力柔于建安,或析文以为妙,或流靡以自妍。"也就是说文学创作的词采愈来愈华靡,而风力则愈来愈薄弱。不过还没有把"建安风骨"完全抛弃。据钟嵘《诗品》的论述,他直接讲到有"建安风骨"影响的至少还有左思、刘琨、陶渊明等人。他在论陶渊明诗时说"又协左思风力",说明左思的诗作也是有"风骨"的。左思是一位对六朝门阀社会"上品无寒门,下品无世族"的封建等级制度十分不满的诗人,他在《咏史》诗中曾说:"世胄蹑高位,英俊沉下僚。地势使之然,由来非一朝。"又说:"被褐出阊阖,高步追许由。振衣千仞冈,濯足万里流。"这种对门阀世族压迫的抗争和布衣之士的清高之气,是传统知识分子理想人格的体现,也是他的"风力"之所在。钟嵘说刘琨的诗有"清刚之气""清拔之气",都是指"风骨"而言的,这显然是和刘琨的诗歌表现了他与祖逖"闻鸡起舞"的爱国主义情操分不开的。刘琨是一个具有报国壮志,为反抗外族入侵勇猛战斗的英雄,他在《扶风歌》中写道:"系马长松下,发鞍高岳头。烈烈悲风起,泠泠

---

① 如首二句源于王粲《七哀诗》"独夜不能寐,摄衣起抚琴"。三四句与刘桢《赠五官中郎将诗》"明灯曜闺中,清风凄已寒"颇为相似。后四句则明显受曹植《杂诗》"孤雁飞南游,过庭长哀吟","形影忽不见,翩翩伤我心"影响。

涧水流。挥手长相谢,哽咽不能言。浮云为我结,归鸟为我旋。去家日已
远,安知存与亡。慷慨穷林中,抱膝独摧藏。……惟昔李骞期,寄在匈奴
庭。忠信反获罪,汉武不见明。我欲竟此曲,此曲悲且长。弃置勿重
陈,重陈令心伤。"慷慨悲壮之情溢于言表。但他壮志未酬而为段匹䃅所
害,临死前所写的《重赠卢谌》中云:"功业未及建,夕阳忽西流。""何意百
炼刚,化为绕指柔。"正是对他奋力抗争、至死不渝的精神气质和高尚品德
的真实描写。钟嵘所说陶渊明"又协左思风力",也是针对陶渊明的崇高
人格的赞美。陶渊明也有济世安民的雄心壮志,他在《杂诗》中说:"忆我
少壮时,无乐自欣豫。猛志逸四海,骞翮思远翥。"他也曾投身仕途,但他
深刻地认识到当时政治的腐败,不愿与黑暗的现实同流合污,遂辞官隐居
躬耕田园,以保持自己高洁的情操,而决"不为五斗米折腰"。他在《杂
诗》中说:"芳菊开林耀,青松冠岩列。怀此贞秀姿,卓为霜下杰。"这不仅
是对大自然的赞美,也是对自己理论人格的歌颂。虽然他也为自己的"猛
志"不得实现感到悲哀,"日月掷人去,有志不获骋;念此怀悲凄,终晓不能
静"(《杂诗》)。但是他更为自己能摆脱世俗羁绊,远离污浊的社会,回到
纯朴的大自然中去获得心灵的净化和解脱,感到无比的高兴。他说:"久
在樊笼里,复得返自然。"(《归田园居》)"静念园林好,人间良可辞。"
(《庚子岁五月中从都还阻风于规林》)所以他的诗突出地体现了他作为
深受儒、道两家思想影响的士大夫之骨气。从阮籍、嵇康到陶渊明,都比
较鲜明地表现了魏晋名士的风流旷达。这种名士风流与建安时代的豪情
壮志,表现在文学风貌上是颇有不同的,但是它们都是在不同的社会政治
环境下知识分子的人格美理想的体现。刘勰和钟嵘都是强调以风骨为
主、辞采为辅的,要求两者完美的结合。他们认为在六朝文学发展的过程
中,逐渐出现了忽略风骨而偏重辞采的倾向,而且有愈来愈严重的趋
势,所以他们特别强调风骨的重要。刘勰和钟嵘都不否定华艳辞采的意
义与作用,他们是很重视文学作品的华艳辞采的,但是他们认为必须要正
确处理好风骨和辞采的主从关系。刘勰《文心雕龙·风骨》说:"若风骨
乏采,则鸷集翰林;采乏风骨,则雉窜文囿;唯藻耀而高翔,固文章之鸣凤
也。"钟嵘在《诗品·序》中说文学创作必须要"干之以风力,润之以丹
采",方能"使味之者无极,闻之者动心"。陆机是西晋初期具有代表性的

重要诗人，钟嵘曾说他"为太康之英"，说他"才高词赡，举体华美"，但又严厉地批评他："气少于公幹，文劣于仲宣，尚规矩，不贵绮错，有伤直致之奇。"刘勰在《文心雕龙·议对》篇中说："及陆机断议，亦有锋颖，而腴辞弗剪，颇累文骨。"上引《明诗》篇文亦有类似批评，这些都是说的陆机作品缺少风骨，而偏重于辞采的华美。钟嵘对张华、潘岳的评价也是如此。其评张华诗云："其体华艳，兴托不奇。巧用文字，务为妍冶。虽名高曩代，而疏亮之士，犹恨其儿女情多，风云气少。"而评潘岳云："《翰林》叹其翩翩然如翔禽之有羽毛，衣被之有绡縠，犹浅于陆机。"东晋的玄言诗人作品则"理过其辞，淡乎寡味"，"平典似《道德论》"，自然也毫无风骨可言。

经过上面的分析，我们再来看刘勰的《文心雕龙·风骨》篇以及其他各篇中有关风骨的论述，也许可以有一点新的体会和认识。刘勰在《风骨》篇中说："昔潘勖锡魏，思摹经典，群才韬笔，乃其骨髓峻也；相如赋仙，气号凌云，蔚为辞宗，乃其风力遒也。"这是刘勰在全篇中所举出的唯一的"骨髓峻"和"风力遒"的作品范例。潘勖《册魏公九锡文》是为汉献帝写的封赐曹操的符命，今存《文选》卷三十五，文中历数曹操护卫皇室、平定各路诸侯叛乱、统一天下的功绩，基本上是符合事实的，文辞典雅而有力量，故说是"骨髓峻也"。刘勰对曹操的评价是比较公正的，虽然不赞成他的专权暴虐，但无论在政治上还是文学上都肯定了他的历史作用，并没有封建正统的偏见，所以他评陈琳的《为袁绍檄豫州》一文时说："陈琳之檄豫州，壮有骨鲠；虽奸阉携养，章实太甚，发丘摸金，诬过其虐，然抗辞书衅，皦然露骨矣。敢指曹公之锋，幸哉！免袁党之戮也。"既有肯定也有批评，认为它有过于偏激而失实之处。而所谓"壮有骨鲠"，是指陈琳敢于在曹操威震天下之时，"抗辞书衅"，毫不惧怕地大胆揭发其专横暴虐行为。很有意思的是：潘勖和陈琳的这两篇文章在对曹操的态度上是尖锐对立的，然而刘勰却认为它们都具有骨力，这当然是因为曹操作为一个历史人物本身存在着矛盾的双重性，但同时也可以看出刘勰不论是评人还是评文，都重在全面圆通、不落一端、折中于自然情理的思想方法特点。凡是表现出了作者义正词严的人格力量的文章，刘勰都认为是有骨力的好作品。司马相如的《大人赋》，见《史记·司马相如传》，是一篇意在讽谏汉武帝"好仙道"的作品，"相如以为列仙之传居山泽间，形容甚癯，此非帝王之仙意也,乃遂就《大人赋》",故以"大人"喻天子,而写其游仙之状,指挥众神,气度恢弘,目的在说明这种游仙实际上是不可能的,然而结果却正好相反:"相如既奏大人之颂,天子大说,飘飘有凌云之气,似游天地之间意。"(《史记·司马相如传》)从《大人赋》本身来看,它是模仿骚体的作品,颇有屈原《离骚》翱翔九天的壮阔气势,体现了鄙弃世俗的高洁情操,故刘勰说它是"气号凌云,蔚为辞宗",因而说是"风力遒也"。刘勰在《风骨》篇中提出的"风清骨峻"的审美理想,也很具体地表现在《文心雕龙》全书对许多作家作品的评论中。以"风清"而论,如《时序》篇说"稷下扇其清风",即指孟子学派所体现的"浩然之气";《诔碑》篇云"标序盛德,必见清风之华",说明"清风"正是"盛德"之体现;《铭箴》篇说崔骃、胡广等的《百官箴》有周代辛甲之遗风,善于针砭天子过失,故能"追清风于前古";《宗经》篇提出的"六义"中,"情深而不诡"与"风清而不杂"分列为两条,可见"清风"正是指一种高尚的精神情操和人格美而言的。以"骨峻"而论,《文心雕龙》讲到文骨的地方,都是指作品的"事义"所表现的和经典相近的思想力量而论的。例如《诔碑》篇说蔡邕的《司空文烈侯杨公碑》"骨鲠训典",即指其善用《尚书》典故叙述杨赐生平事迹,充分表现了他清正廉明的政绩,树立了高大形象,碑文很有说服力量。《封禅》篇说封禅之文的写作,必须"树骨于训典之区,选言于宏富之路;使意古而不晦于深,文今而不坠于浅;义吐光芒,辞成廉锷,则为伟矣"。此处所说的"骨"正是就文章的事义之高古而有光芒而言的。《奏启》篇说:"杨秉耿介于灾异,陈蕃愤懑于尺一,骨鲠得焉。"说明杨秉和陈蕃为人忠贞耿直,敢于对天子进行直谏和大胆地揭露时弊,所以他们的奏启"骨鲠得焉"。由此可见,"风骨"实是指作家的高尚人格在作品中的体现,而它又是和中国文化传统中先进知识分子的精神面貌有着不可分割的密切联系的。

"风骨"的这种深层文化意蕴也可以从刘勰、钟嵘以后的有关"风骨"论述中得到证明。陈子昂感叹:"汉魏风骨,晋宋莫传。观齐梁间诗,彩丽竞繁,而兴寄都绝。"(《与东方左史虬修竹篇序》)他强调"风骨"是和他提倡"兴寄"分不开的,而这种"兴寄"又是和他的民本思想与仁政理想密切联系在一起的。他在《感遇诗》中尖锐地批评了当时政治的弊端,表现了对人民苦难的同情，既有"感时思报国，拔剑起蒿莱"的豪情壮志，也有"岁华尽摇落，芳意竟何成"的忧伤悲叹。特别是他的名作《登幽州台歌》："前不见古人，后不见来者。念天地之悠悠，独怆然而涕下！"充分展示了一个忧国爱民的志士感世伤时的深沉情怀。所以，陈子昂所赞美的"汉魏风骨"，也就是指三曹七子诗歌中对理想抱负的追求，对残破社会现实的悲慨，对壮志不得实现的怨愤，对世态炎凉、人情菲薄的感叹，以及由此而形成的"慷慨悲凉""梗概多气"的特征。李白对"蓬莱文章建安骨"的赞赏，是与他"济苍生""安黎元""安社稷"的政治理想分不开的。杜甫称赞元结的《舂陵行》和《退贼示官》时说道："道州忧黎庶，词气浩纵横。两章对秋月，一字偕华星。"（《同元使君舂陵行》）这就是元结诗中的"风骨"。杜甫并在诗序中说他"知民疾苦"，认为有了元结这样的爱民之吏，"天下少安可待矣"，可见元结诗中浩气纵横的特色，正是他"为民请命"的抗争精神之表现。从六朝到盛唐时文学思潮中对"风骨"的推崇，不仅仅是对一种艺术美的追求，而是有着很深刻的文化思想背景的，它上承先秦两汉时期"发愤抒情""发愤著书"的传统，下启"为民请命""不平则鸣"的奋斗精神，是先进的知识分子所理想的有强烈正义感、始终不屈服的人格精神的表现，这种人格精神需要有与之相适应的文辞来表现，因为文学是语言的艺术，一切都要通过语言来表达，所以风骨和辞采都是不可缺少的，但是它们之间有主次之分，必须以风骨为主而以辞采为辅，这一点在刘勰的《文心雕龙·风骨》篇中阐述得很清楚。从中国文化传统的特点来看待"风骨"的意义与价值，不仅可以把握刘勰提倡"风骨"的深层意蕴，而且可以比较正确地理解《文心雕龙·风骨》篇的内容以及刘勰对"风骨"的解释，特别是可以清楚地认识到"风即文意，骨即文辞"以及由此派生出来的各种说法实是不确切的。刘勰说"怊怅述情，必始乎风"，"情之含风，犹形之包气"，"深乎风者，述情必显"，都是讲"情"和"风"的关系，说明作者有高尚的人格理想和精神情操，则其"情"必然含有"风"，故"意气骏爽，则文风清焉"。刘勰又说道"沉吟铺辞，莫先于骨"，"辞之待骨，如体之树骸"，"练于骨者，析辞必精"，都是讲"辞"和"骨"的关系，说明作者有义正词严的思想立场，文章有刚直有力的叙述内容，则其"辞"中必然有"骨"，故"结言端直，则文骨成焉"。所以，"风骨"虽是对作品的一种美学要求,但它的基础是在作者的人品,它是中国知识分子的高尚人格理想的体现。

　　以上是我近年来对"风骨"论研究的一点新体会,现提出来向各位专家学者请教。

（原载《中国文化研究》1998 年第二期）

刘勰及其《文心雕龙》

今天我们要向大家介绍的，是中国南朝齐梁时代著名的文学理论批评巨著《文心雕龙》。公元五、六世纪，正当西方文艺理论和美学的发展进入黑暗、停滞的中世纪时，在东方却出现了一位具有世界历史意义的伟大的文学理论批评家刘勰。他的《文心雕龙》是东方美学和文艺理论的代表作，诚如鲁迅先生所说的，它可以和古希腊的亚里士多德的《诗学》相比美，"解析神质，包举洪纤，开源发流，为世楷式"。而且从某种意义上说，《文心雕龙》比《诗学》是要更为了不起的一部著作，它有更为严密的理论体系，更加丰富的具体内容。它不仅是一部文学理论著作、文章学著作，也是一部最重要的古典美学著作，同时也是一部文学史和文化史的著作，它已对我国从上古一直到齐梁时期文化发展作了全面的总结，现在《文心雕龙》的研究已经成为一门具有国际性的显学，被大家称为"龙学"。它被广泛地翻译成各种文字，据我们所知目前已有三种日文译本（户田浩晓、目加田诚、兴膳宏），两种韩文译本，英文译本、意大利文译本、西班牙文译本各一种，此外，在美国、法国、德国、瑞典、俄罗斯等都有部分篇章的翻译，可以说世界上各重要国家大都有研究《文心雕龙》的学者。去年七月末，由北京大学和中国《文心雕龙》学会在北京召开的规模空前的《文心雕龙》国际学术讨论会，共有国内外学者一百多人，其中海外学者有将近五十人。自新中国成立以来到现在，据不完全统计，国内（不包括台、港）研究《文心雕龙》的专著已经出版了五十多部，发表研究论文有一千多篇，其中"文革"以后有将近四十部专著和将近九百篇论文。从这几个简单的数字中，就可以看出《文心雕龙》研究的繁荣兴旺之盛况。

在介绍《文心雕龙》这部书之前，我们先要介绍一下它的作者刘勰。可惜目前保存下来有关刘勰身世的材料太少了，根据《梁书·刘勰传》的记载，刘勰（约 468 年—532 年），字彦和，其祖先为东莞莒人，即现在的山东莒县。不过刘勰本人并未到过山东，而一直是"世居京口"，即现在的江苏镇江。因为当时中国南北分裂，北方为少数民族所统治，汉族地主、贵族和一部分百姓，随着西晋的灭亡和东晋王朝在建康（今南京）的建立而纷纷南迁，刘勰的祖先就是其中之一。晋明帝曾在南徐州侨立东莞郡，镇京口。在当时政治形势下，刘家是不可能再回山东祖籍的，所以刘勰也可以说是镇江人。唐代曾到过中国的日本和尚空海在《文镜秘府论》中说他是"吴人"，即就其侨居地而说。刘氏一族由山东南迁后，在南朝刘宋时代曾有过两个人做了大官：一个是刘勰的曾叔祖刘穆之，曾经辅助刘裕为刘宋王朝的创建，立下了汗马功劳；一个是刘穆之的从兄子、刘勰的叔祖刘秀之，曾经是南朝宋代的司空，为三公之一，相当于宰相地位。刘勰的祖父刘灵真据《梁书》记载是刘秀之的弟弟，但《宋书·刘秀之传》记其兄弟有钦之、粹之、恭之，却没有灵真，而且名字也不是"之"字辈，所以可能不是秀之的亲兄弟。他的父亲只做过一个小小的军官——越骑校尉，而且在刘勰很小的时候就去世了。因此刘勰的一脉，其家境历来是不佳的，早已没落，所以《梁书·刘勰传》说他"早孤"，"家贫不婚娶"。然而，刘氏一族毕竟属于官宦之家，书香门第，所以刘勰从小"笃志好学"，在政治上有积极寻求出路的强烈愿望，这也是他青年时代思想的主流。他在《文心雕龙·程器》篇里对此说得很清楚。但是在南朝的门阀社会里，"上品无寒门，下品无世族"，官位大都是世袭的，或是用钱买的，像刘勰这样家境贫寒的文人，要想做官，在政治上有所发展，真是谈何容易！晋代著名的诗人左思《咏史诗》中早就感叹过："世胄蹑高位，英俊沉下僚。地势使之然，由来非一朝。"刘勰在《文心雕龙·程器》篇中也就此发表过深深的感慨："然将相以位隆特达，文士以职卑多诮；此江河所以腾涌，涓流所以寸折。"（将相因为地位高大而特别显达，而文人因职位低下多受讥讽，犹如江河之波浪汹涌，而溪流之曲折寸断也。）鲁迅在著名的《摩罗诗力说》一文中曾借刘勰的这段论述尖锐地批评了这种"东方恶习"。刘勰在二十岁左右就到南京钟山（紫金山）定林寺帮助当时著名和尚僧祐整理佛经，与之相处达十余年之久。他聪明好学，才华横溢，深得僧祐信任，《梁书·刘勰传》说他"博通经论"，并把众多的佛经，"区别部类，录而序之"，当时定林寺的藏经，都是他所编定的。现在我们见到的署名僧祐编定的《弘明集》《出三藏记》等佛经总集，大概主要是刘勰编定的。由于刘勰精通佛理,当时京城的许多佛寺碑志和一些名僧的墓碑,都是他所写的。那么,刘勰为什么年纪轻轻的就进了佛寺呢?是因为信佛吗?他是信佛的,但并不是为此而进定林寺,他在佛寺这么多年并没有出家当和尚。是因为家贫吗?在佛寺可以免交赋税,这是事实,不过刘勰大约还不至于到这步田地。真正的原因是为了通过一条曲折的道路寻求政治上的发展。前面我们已经讲到刘勰所处社会地位在当时是比较低下的,如果没有权贵的提携,要想做官是很难的,而他又没有这种关系,而佛寺却可以为他提供某种契机。南朝齐梁时期是一个佛教极其繁荣昌盛的时代,唐朝诗人杜牧曾说:"南朝四百八十寺,多少楼台烟雨中。"信佛是当时官僚贵族引以自傲的事,拜名僧为师是他们的时髦风尚,梁武帝萧衍就曾三次舍身佛寺。定林寺是当时京师最有名的大佛寺,历史悠久,名僧辈出,南朝的王亲贵戚、官僚名流,莫不接踵山门,争做佛家的虔诚信徒。僧祐主持定林寺,是当时最有名的和尚,他的老师法颖是佛教律学大师,曾被齐高帝萧道成封为僧主,他死以后由僧祐继承其业,南齐的许多官僚贵族都曾拜他为师,特别受到当时执掌国政大权的竟陵文宣王萧子良敬重,请他在京师讲论佛法,因而声名大振。围绕在萧子良周围的贵族文人如竟陵八友都和僧祐关系密切,其中就有后来做了梁代开国皇帝的梁武帝萧衍和他的弟弟萧宏、儿子萧绩等和刘勰关系密切的人。僧祐在南齐作轰动一时的讲论佛法,约在永明五六年,刘勰进入定林寺则是在南齐永明八九年,正是僧祐受到朝野敬重、最红火的时候,这自然不是偶然的。刘勰正是在定林寺时结识梁武帝及其家人,所以在萧衍代齐建立了梁朝后,就离开了定林寺"起家奉朝请",不久做了萧衍的儿子中军临川王萧宏的记室。记室是王府掌管文书的要职,说明他和萧宏的关系非同一般。后又为太末县令(即今浙江衢县),"政有清绩"。没有多久又任萧衍另一个儿子南康王萧绩的记室,随后又任昭明太子萧统的东宫通事舍人,说明梁武帝对他是非常重视的,是把他当作亲信来看待的。所以,刘勰正是依靠了和僧祐的关系,才得到了梁武帝的提拔,可见,他之入定林寺还是有明显的政治目的的。

　　刘勰在定林寺的十年,不仅对他以后的政治生涯起了很大的作用,而且对他在学术上的发展也有重要的影响。当时的佛寺是藏书非常丰富的地方,刘勰在整理佛经的同时,也得以有机会方便地饱览中国古代的各种典籍,获得渊博的学识,他的《文心雕龙》就是在定林寺期间写成的。刘勰离开定林寺在梁代入仕为官的二三十年中,也并没有放弃他对中国古代学术文化的研究。他大部分为官是在王府和东宫做文书工作,同时,也和定林寺的僧祐保持着密切的联系,参与许多佛事活动,如现存他的佛学论著《灭惑论》和《梁建安王造剡山石城寺石像碑》等都是在这一时期写的。除了佛学活动以外,他的主要精力是在文学方面,他的《文心雕龙》是用精美的骈文写成的,他不仅是一位文学理论批评家,也是一位很了不起的散文作家。由于他在文学上的高深造诣,在任东宫通事舍人期间深得太子萧统的赏爱。萧统非常喜欢文学,他虽然早死,只活了三十岁,但他对文学发展曾作出了重大的贡献。他主持编选了中国古代影响最大的一部文学总集《昭明文选》,他还慧眼独识,对当时人们都不重视的伟大诗人陶渊明给予了极高评价,专门为他写了《陶渊明传》。萧统编辑《昭明文选》,自然不需他亲自动手,而是他属下的一些文人帮他编成的,如刘孝绰等,而且刘勰很可能也参与了编选工作,这不仅因为他是萧统的东宫通事舍人,而且从《昭明文选》的选文内容来看,与刘勰在《文心雕龙》论文学发展时所举的作品例子比较一致。刘勰后半生与萧统的关系十分密切,萧统死后,梁简文帝萧纲新立为太子,按照惯例,东宫职事均要换人,原来提拔过他的萧宏、萧绩等也都已去世,这时刘勰也已六十多岁,遂奉梁武帝之命,与慧震沙门在定林寺撰经。撰经完成后,刘勰要求出家,得到梁武帝准许,改名慧地,以后不到一年就去世了。

刘勰一生虽然与佛教联系甚多,但是他的主要成就并不在佛学方面而是在文学方面,他的不朽巨著《文心雕龙》,使他成为中国古代的文化名人。《文心雕龙》的书名意思是什么呢?"文心",说的是"为文之用心",即是说文章写作过程中作者的艰苦用心,他所付出的辛勤劳动。"雕龙",说的是像建筑上雕饰的龙纹那样华丽精美的文章。总起来说是:作者在创作华丽精美的文章中所付出的精力心血和他所运用的方法技巧。这里,我们先介绍一下《文心雕龙》的总体结构:《文心雕龙》全书五十篇,可分为上下两编,共三万七千多字。其中除最后一篇《序志》为全书之序言外,大体可以分为三个部分:

（一）上编包括两部分，前五篇为总论，阐述文学的本质和起源以及后代文学创作应当遵循的基本原则和革新创造的正确途径，提出了"原道""征圣""宗经"的文学思想。所谓"原道"是指一切文章皆原于"道"，"道"是文的本原，不管是天文、地文、人文，都是"道之文"。这个"道"指的是一种不以人们意志为转移的自然规律。所谓"征圣"，是指古代圣人（以孔子为代表）的文章已经为后代文章写作提供了基本法则，所以，后代一切文章写作都应该严格遵循圣人的这些法则。所谓"宗经"，是指儒家的"六经"是后代各类文章的源头，也是其创作的楷模和范例。但是，这并不是要求后人简单地模拟因袭，而是要在不违背这些基本原则的前提下有所创造和发展，也就是说既要通，又要变。怎样变才是正确的，怎样变就离谱了，刘勰在第四篇《正纬》和第五篇《辨骚》中作了具体说明。像纬书那样背离了经书的原则，是不对的，而像《楚辞》那样不违背经书的原则而有新的创造才是对的。

（二）上编从第六篇到第二十五篇是论各类文体的历史发展。这里我们首先要说明的是刘勰所说的"文"的概念和我们今天所说的"文学"概念不同，是讲的广义的文章，比今天的"文学"概念要宽广得多，它包括了差不多所有用语言文字写作的文章。因此他在这二十篇文体论中共叙述了三十四种文体的历史发展状况。其中有的文类如"杂文""书记"等还包含了一些小的文类，实际涉及的有六七十种。当然作为那时主要文学形式的诗、赋，占有着主要的地位，所以他在文体发展史的论述中，把《明诗》《乐府》《诠赋》放在最前面，然后再论述众多的散文体式。在各类形式的散文中，除文学散文外，也包括了非文学的一般应用文章，如公文、书信、碑志等，此外，还包括了哲学、历史、政论等著作的写作，而且不仅仅是论说其写作，还接触到这些学术文化部门的历史发展状况，如《史传》《诸子》《论说》等篇实际上是对我国古代自先秦到齐梁的史学史、思想史、政论史的总结，所以我们说《文心雕龙》的性质，已经远远超出文学理论的范围，而具有文化史的意义。

刘勰在论述各类文体历史发展时，都包括了四个方面的内容：（1）"释名以章义"，即首先解释这一类文体的名称及其含义，例如说诗的本质是抒情言志，"在心为志，发言为诗"，"诗者，持也，持人情性"；而赋的特征是体物寓意，"赋者，铺也；铺采摛文，体物写志也"。(2)"原始以表末"，详细地阐述这一类文体的历史发展状况，指出其不同的发展阶段之特点，如诗的发展四言、五言、杂言等不同形式，及其演变的轨迹和原因。(3)"选文以定篇"，指出这一类文体的有代表性的典范篇章，包括它的各种类型和各个不同历史时期、各个发展阶段的代表作。(4)"敷理以举统"，论述这一类文体的性质和创作基本特征，以及其和类型接近的文体之异同。特别值得我们注意的是，刘勰在论述各种文体历史发展和源流变化时，能够运用历史的比较的方法，因而他的分析特别清晰和深刻。他在《明诗》篇中说："故铺观历代，而情变之数可监；撮举同异，而纲领之要可明矣。""故铺观历代"，即是指通过阐明这类文体的起源和历史发展状况的方法，来研究它演变过程中的不同阶段及其特点；"撮举同异"，即是指用比较的方法，来考察此种文体和相近文体之间的异同，从而更清楚地说明此类文体独有的特点。例如《明诗》篇中，他对诗歌起源发展的论述，正是先从原始社会先民表现其劳动生活的歌谣说起，然后分析它由四言到五言等不同形式的发展，不同时代诗歌思想内容和艺术形式上的特点。在《乐府》《诠赋》两篇中，他又对乐府诗、辞赋和诗歌的异同作了比较分析，指出乐府诗是诗的一种，它在抒情言志方面和诗歌没有什么不同，不过，乐府诗是配乐的，"凡乐辞曰诗，诗声曰歌；声来被辞，辞繁难节"。歌辞应当精练，不能繁褥，声律上的要求也要比一般诗歌严格一些。赋也是诗的一个分支，刘勰引用班固的说法指出："赋者，古诗之流也。"赋是不配乐的，也不能歌唱，所以他指出赋有"不歌而颂"的特点。在艺术表现特征方面，诗歌是重抒情而富于文采，即陆机所说"缘情而绮靡"，辞赋则是"铺采摛文，体物写志"，重在以华丽的文辞描绘客观事物而寓意于其中。这样经过对这几种相近文体的写作特征之比较分析，把它们各自的特点清晰地呈现了出来。在一千五百多年前就能够运用这样科学的研究方法，确实是很了不起的。

（三）全书下编二十五篇，除最后一篇是总序外，其他都属于文学创作论、文学发展论、文学批评论、作家才性论等综合性的理论论述，分别阐述了创作过程中作家的构思和想象、文学作品中艺术形象的创造及其特征、文学创作中主体和客体的关系、作家的才性和文学的风格、"风清骨峻"的文学审美理想、文学创作的继承借鉴和创新、文学作品的内容和形式、文学的体裁和种类、文学创作的写作技巧(如结构、布局、比喻、夸张、声律、对偶、用典等)、文学的历史发展、文学的鉴赏和批评、作家的才能和个性等一系列重大问题。在阐述这些文学理论批评问题的时候,他都能从总结文学创作的历史经验和分析当时的文学创作现状出发,提出自己精辟、独到而富有理论深度的见解,批评不良创作现象,并指出正确的创作方向。刘勰对文学理论批评发展所作出的影响深远的重大贡献,特别突出地体现在《文心雕龙》的下编中。刘勰《文心雕龙》在文学理论批评上的主要成就,概括地说,就是为中国古代文学理论创建了一个完整、系统的体系,并且是具有东方特色和体现了我国民族传统审美特征的文学理论体系。下面我们就《文心雕龙》的文学理论体系的基本框架和其中比较精彩的、富有独创性的理论见解与文艺美学范畴,从义学的本体论、创作论、发展论、批评论等几个方面,作一个扼要的介绍。在讨论这些问题之前,我们必须要了解刘勰写作《文心雕龙》距离现在已将近一千五百年,那时文学创作的主要形式是诗赋散文,戏曲小说还没有发展起来,文学理论批评的论述也还不多,比较著名的就是曹丕《典论·论文》和陆机《文赋》,还没有出现过有分量的专著,因此在这样的条件下出现《文心雕龙》就更加难能可贵了。

　　第一,文学的本体论。所谓文学的本体论即是指对文学本质的认识,其目的在说明文学究竟是什么。在刘勰以前,中国古代关于文学本源主要有两种说法:一是本于心,二是源于道,诗"言志"说和诗"缘情"说,其实质都是说文学(诗歌)的本源在人心,是人心之体现,即所谓"在心为志,发言为诗","情动于中而形于言",心动情发,借语言作为工具,这就是诗。然而人的感情之激动,系受外界事物之所触发。《礼记·乐记》在解释音乐产生原由时说道:"凡音之起,由人心生也。人心之动,物使之然也。感于物而动,故形于声。"此原理亦通于诗。不过,物感只是促使人心发生由静而动的变化之条件,人的喜怒哀乐等七情六欲,仍是人心所固有的,不过因物感才使之由隐而显而已,故诗之源非在物仍在人之心。扬雄在《法言·问神》篇中说道:"故言,心声也;书,心画也;声画形,君子小人见也。"文学之源于道,有两种不同的含义。一是指文学的本源为具有宇宙规律意义的自然之道,二是指文学源于儒家的社会政治之道,亦即六经之道。后者可以传统的"文以载道"言之,这个"道"不是抽象的哲理性的道,而是具体地体现了儒家政治思想、人伦道德的道,亦即圣人之道,而圣人之道则是圣人之心的体现,所以它和"诗言志"在文学本源上有共同之处,都是指文学本源于人心。这里我们讲的文学源于道,是指前者,即是指文学源于具有宇宙规律意义的自然之道。这是属于道家对文学本源的认识。这两种说法都有它合理的方面,也有它的不足的方面。

刘勰对文学本源的论述,正是在上述两种说法基础上,所提出的更为全面而科学的文学本体论。刘勰认为"文"既"载心"又"原于道",也就是说,文学既是人心灵世界之表现,又是反映了客观世界的原理和规律的。他认为文是以心为本的:"文果载心,余心有寄"(《序志》),"心生而言立,言立而文明,自然之道也"(《原道》),"心既托声于言,言亦寄形于字"(《练字》)。人之所以能创造文学和艺术,是因为人和万物不同,人是有灵性、有思想、有感情的,有认识客观世界的能力,不是"无识之物",而是"有心之器"。天地万物也都有"文",但是不能和人之"文"相比。像"日月叠璧"的天文,"山川焕绮"的地文,龙凤虎豹之姿、草木花卉之华这样的"动植之文",都只不过是事物外在的形态之美,而用语言文字所创作的文学作品则是人的心灵之美的表现,它要更加伟大得多。刘勰所说的文以心为本的"心",体现了人的心灵世界的各个不同侧面,如神、理、情、意、志等,也就是说,文学创作所载之"心"是人的思维活动、精神活动,人的理性认识,人的感情状态,人的潜在意念,人的思想抱负等的综合表现。但是,人的"心"及其所蕴含的神、理、情、意、志等并不都是主观的,它从根本上说,也是作为客观世界的原理和规律的一种体现,所以他说不论是天文、地文还是人文都是"道之文"。因为人心之动,是受外物所感的结果,而天地万物都有其内在的自然规律,都是体现"自然之道"的,故而人心也不例外,也是"道"的一种体现。文学作品所载的作家之心不仅是道的体现,而且要借助对外物的描写呈现出来,这个物不只是风花雪月这些自然事物,也包括了广阔的社会生活、种种纷纭复杂的"世情"。从创作的角度说,就是所谓"拟容取心"。对于物的描写是借助于语言为工具的,所以必须使"辞为心使","辞共心密",让它充分地表达心的思维内容。文学作品的辞还有它自己的特点,其直接目的是创造意象,使构思中的意象物质化,即所谓"玄解之宰,寻声律而定墨;独照之象,窥意象而运斤"。由此我们可以知道刘勰的文学本体论可概括为一个简要的公式:心→道→物→辞→象,它以心为本,体现了主体和客体的结合,并包括了文学本身的特点及其所运用的工具,而这个心又包括了神、理、情、意、志等不同的因素。

从这样一个文学本体论出发,刘勰对文学创作过程中的美学特征——主体和客体的结合,从各个不同角度作了相当深刻的分析。他认为文学创作过程从根本上说,也就是心和物的辩证结合过程。由于心包含了神、理、情、意、志等各个侧面,而物又是借辞来表现的,所以心和物的关系,在不同的角度也可以有不同的称谓,例如从构思过程中的精神活动特点说,可以称为神和物的关系;从文学作品的具体创作上说,可以称为情和物的关系、意和物的关系、理和辞的关系、情和采(辞)的关系、志和文的关系等。他指出从美学的角度来说,在文学的构思和创作过程中,心和物呈现一种交互影响的辩证关系:心"随物以宛转",物"与心而徘徊","物以貌求,心以理应";从情物关系说,"情以物兴","物以情观"。心主宰着物,物也影响着心,有如明末清初王夫之所说的"景生情","情生景",文学作品正是在心物交融的过程中产生的。作家的心意情志往往是受外界事物的触发,而表现为喜怒哀乐等不同形态,这也就是我们常常说的"触景生情",例如曹丕《燕歌行》开头说:"秋风萧瑟天气凉,草木摇落露为霜,群燕辞归雁南翔,念君客游思断肠,慊慊思归恋故乡,君何淹留寄他方。"秋风萧瑟、群雁南翔的景象触动了孤守在家的妻子对远游在外的丈夫的思念之情。但是文学作品中所描写的外界景物都是带着作家主观的情意而出现的,是人化了的物,而已经不是原来的物了。这个物就是高尔基所说的"第二自然"。例如李白的《独坐敬亭山》:"众鸟高飞尽,孤云独去闲。相看两不厌,只有敬亭山。"敬亭山也有了人的感情,它看李白也看不厌。又如杜甫的《春望》:"国破山河在,城春草木深。感时花溅泪,恨别鸟惊心。"草木花鸟都带上了国破家亡的悲伤哀痛。五代冯延巳的词《鹊踏枝》说:"泪眼问花花不语,乱红飞过秋千去。"花好像也在悲伤流泪。从美学的角度说,就是马克思在《1844年经济学哲学手稿》中所说人的对象化和对象的人化,心物关系实际上也就是哲学和美学上所说人和自然的关系。

第二,文学的创作论。有关文学创作的理论是刘勰《文心雕龙》文学理论体系的核心部分,他在这方面的贡献我们可以从下列几点来加以论述:

1. 文学创作过程中的构思和想象。

刘勰对文学创作中的思维活动特点,有十分精辟的论述,他指出文学创作的思维活动和一般思维活动是很不同的,它不是一种纯理性的抽象思维,而是一种具体的形象的思维,始终是和外界生动的物象紧密地联系在一起的,对此他提出了一个著名的论断:"神与物游。"神就是指创作过程中的精神活动,也就是思维活动,物就是外界的客观物象。主体的精神和客体的物象在一起遨游,互相交流,融合为一,这就是刘勰对文学创作形象思维特征的极为生动的论述,他把这种"神与物游"的思维活动称为"神思"。他指出作家在神思过程中可以开展极为丰富的、超越时空限制的广泛的艺术想象活动:"故寂然凝虑,思接千载;悄焉动容,视通万里。"这是对陆机《文赋》中所说的"精骛八极,心游万仞"的发展。按后来苏轼的说法,这是一种"妙观逸想"(见惠洪《冷斋夜话》转述)。而这种丰富的想象活动又是始终和作家的感情之波澜起伏紧紧地结合在一起的,所谓"登山则情满于山,观海则意溢于海"。例如曹操的诗《观沧海》:"东临碣石,以观沧海。水何澹澹,山岛竦峙。树木丛生,百草丰茂。秋风萧瑟,洪波涌起。"山水都带上了曹操的情和意。神思的结果是构成"意象",意象这个概念是刘勰首先提出的,它说的是作家内在的心意情志和外界客观的物象之结合,大体上相当于我们今天所说的艺术形象的概念,但是它比艺术形象的概念,要更为清楚地体现了文学创作中主体和客体结合的特点。神思活动的顺利开展,需要有虚静的精神状态,内心空明寂静,没有任何杂念干扰,摆脱了功名利禄的考虑和一切世俗的是非争端,这样才能使自己的脑海中最大限度地容纳客观世界的千景万象,从而逐渐形成体现作家美学理想的奇特艺术形象。意象在构思中的形成是不能离开语言的,两者往往是同步的,语言是思维的直接现实。刘勰说:"玄解之宰,寻声律而定墨;独照之匠,窥意象而运斤。"但是,构思中的意象要用语言体现出来,并不是很容易的,因为思维和语言不可能达到完全的同一,两者之间还是有距离的,所以中国古代很早就提出了言能不能尽意的问题。儒家认为要做到言尽意是很困难的,然而圣人还是可以做到言尽意的;道家则认为言是不能尽意的,言只是象征意的一个工具。刘勰在言意关系上也是持言不尽意的观点,但又主张要用一切办法努力使言尽可能地表达好意。他说:"意翻空而易奇,言征实而难巧也。是以意授于思,言授于意,密则无际,疏则千里,或理在方寸,而求之域表;或义在咫尺,而思隔山河。"怎么才能解决好这个问题呢?刘勰认为作家必须要加强两方面修养。一是养气保神,培养灵感。神和气顺合乎自然,才能使自己具备适宜于创作的心态,促进创作灵感的涌现,这就叫作"率志委和";而心情烦躁,劳神苦思,反而会使自己思路闭塞,影响创作灵感的萌发,不可能找到合适的语言文词来表达构思中所形成的意象。二是要有广博深厚的知识学问的积累,要有丰富的生活实践和经验阅历,要有善于明辨事理的聪明智慧,以及高超的驾驭语言文字的能力。与此同时,刘勰还指出文学构思过程中有一个作家如何对生活素材进行提炼、加工,使之去粗取精、去伪存真,从而将之改造制作成艺术精品的问题,这样,"拙辞或孕于巧义,庸事或萌于新意",原本平常的普通生活现象,经过作家的精心描绘赋予深意,可以成为光彩夺目的艺术形象,就像丝和麻经过精心的纺织,就可以成为绚丽多彩的丝绸麻布,做成漂亮的服装,这就是刘勰所说的"杼轴献功"。

2. 文学形象的艺术特征。

刘勰认为凡是优秀的文学作品都有"隐秀"的特点,这正是说的文学作品中艺术形象的特征。文学作品不同于科学著作和理论文章,它是以形象来说话的,作家的思想观点、感情愿望都是借助于形象而流露出来的。前面我们说过,文学的本质是心借物而呈现出来,作家内心的思想感情通过对现实生活的形象描写而传达给读者,这也是一个由隐到显、从内到外的过程,即所谓"沿隐以至显,因内而符外"(《体性》)。文学作品的"隐秀"特征,正是从文学本体的心物结合原理而来的,也是从形象(意象)构成的意和象两方面而来的。隐,指心应当隐藏于物之中;秀,指物的描写应当生动鲜明。刘勰在《隐秀》篇中说道："隐也者,文外之重旨者也;秀也者,篇中之独拔者也。隐以复义为工,秀以卓绝为巧,斯乃旧章之懿绩,才情之嘉会也。"秀,是当时文学批评中的一个为大家所普遍运用的概念,刘勰在《文心雕龙》中也常常用来批评作家作品。秀,有两层相互联系的含义。一是指诗文中的秀句,例如曹植诗中的"明月照高楼,流光正徘徊",谢灵运诗中的"池塘生春草,园柳变鸣琴",谢朓的"余霞散成绮,澄江静如练"。散文如丘迟《与陈伯之书》的"暮春三月,江南草长,杂花生树,群莺乱飞"等。二是泛指作品的整体之美,如说"词秀""文秀"等,也可以指有才华的作家,如称前代成就高的作家为"前秀"等。上述这两者是互相联系而不可分的,"秀句"也可以泛指佳篇,如杜甫赞美王维的诗歌"最传秀句寰区满,未绝风流相国能"(《解闷》),而作品的秀美也往往更突出地体现在它的一些名句之中。总之,秀是对文学作品中自然景象、客观事物的形象描写之美而说的,所以要求"卓绝"之巧,后来宋代诗人梅尧臣对秀的含义曾作了具体的阐述,认为它指的就是要能"状难写之景,如在目前"(见欧阳修《六一诗话》所引)。隐,也有两层意思:一是指心要寓于物中,意要隐于象中,它强调作家主体意识必须融入客体物象之内,作家的褒贬倾向不需要自己来讲述,而要让它在作品的形象描写中自然而然地流露出来。二是指文学作品中应当有使读者感到回味无穷、含蓄不尽的深意,作家不要把意思都说尽,而要给读者留有自己去想象的余地,让读者能够按照自己的生活经验去补充、去进行再创造。梅尧臣就说"隐"的特点是"含不尽之意见于言外",例如陶渊明的诗"采菊东篱下,悠然见南山",正像他自己说的,"此中有真意,欲辩已忘言",这"真意"是什么,就要靠读者自己去想象。又如王维的《送元二使安西》(即《渭城曲》):"渭城朝雨浥轻尘,客舍青青柳色新。劝君更尽一杯酒,西出阳关无故人。"诗中只写了送别,劝朋友多喝一杯酒,但它可以使读者联想到塞外荒凉寂寞、黄沙满天、渺无人烟的景象,远去边塞后饥寒交迫的艰苦生活,是否还有回归家乡的一天,能不能健康地活着回来,等等,确有含蓄不尽的深意。也就是说,文学作品的价值不只是作者的创造,也包含了读者鉴赏过程中的再创造。因为文学作品具有"隐"的特点,让人感到味外有味,"言有尽而意无穷",这也就是为什么文学作品会产生永久的、不朽的魅力。文学作品中的"隐"和"秀"是统一在完整的艺术形象之中的,也就是说,隐寓于秀中,秀是为了更好地体现隐。所以,"隐秀"是刘勰对文学形象的美学特征之十分深刻的理论概括。

3. 文学的风格。

文学作品的风格是文学作品内容和形式特征的综合表现,文学风格的形成是作家艺术上成熟的标志,并不是任何作家作品都有鲜明的风格,也不是每一个作家都能形成自己独特的风格。但是文学史上比较有成就的杰出作家都有自己的风格特色。比如李白的飘逸,杜甫的沉郁。那么这种风格是怎样形成的呢?究竟是哪些因素造成了文学作品风格的千差万别呢?刘勰对此作了相当全面的分析,他指出:文学风格差异的根本原因是作家才性不同,因为文学作品原本是"载心""原道"的产物,文如其人,所以作家的才能和个性决定了他作品的风格特色。刘勰在《体性》篇中认为,作家的才性是由才、气、学、习四个方面所形成的:才,指作家的天赋才华;气,指作家的气质和个性;学,指作家的学问和教养;习,指作家的家庭和环境影响。"才有庸俊,气有刚柔,学有浅深,习有雅郑。"故而文学作品的"辞理"有庸俊之别,"风趣"有刚柔之异,"事义"有浅深之差,"体式"有雅郑之分。作家才性的形成既是"情性所铄",又是"陶染所凝",其中才、气是先天的,学、习是后天的,"才有天资,学慎始习"。天资各人不同,难以改变,但是天资不足,可以通过后天正确的勤奋的学习、接受良好的教育和获得高雅环境的熏陶来加以补救。形成文学作品风格特色的原因,除了作家才性这个主要方面外,也还受到作品体裁形式不同的影响。每一种文体有它自己的内容和形式特点,曹丕在《典论·论文》中曾说,"盖奏议宜雅,书论宜理,铭诔尚实,诗赋欲丽";刘勰《定势》篇中说,"模经为式者,自入典雅之懿;效骚命篇者,必归艳逸之华",这乃是"自然之势"。所以各类文体都有它独特风格:"章、表、奏、议,则准的乎典雅;赋、颂、歌、诗,则羽仪乎清丽;符、檄、书、移,则楷式于明断;史、论、序、注,则师范于核要;箴、铭、碑、诔,则体制于弘深;连珠、七辞,则从事于巧艳;此循体而成势,随变而立功者也。"此外,文学的风格还受到时代的政治、经济、思想、文化、艺术,乃至统治者的政策、爱好等各方面的影响,刘勰在《时序》篇中论述文学和时代关系时,就深刻地指出了文学风格的时代特色。他对影响文学风格的主观因素和客观因素都作了相当全面深入的分析。

4. 文学创作的内容和形式。

《文心雕龙》中著名的《情采》篇，是刘勰对文学创作过程中如何处理内容和形式关系的论述，刘勰的基本思想是要求做到以内容为主导，形式为内容服务，但又兼顾形式的相对独立性，使内容和形式相统一，文质并茂。他的原则是学习圣人的文章，"衔华而佩实"，以"雅丽"为最高标准。他提倡"为情而造文"的创作思想，反对"为文而造情"，这对克服文学发展史上片面追求形式美的创作倾向，是有重要意义的。他指出："夫铅黛所以饰容，而盼倩生于淑姿；文采所以饰言，而辩丽本于情性。故情者，文之经；辞者，理之纬。经正而后纬成，理定而后辞畅。此立文之本源也。"强调在内容和形式关系上必须要分清主次，而不能喧宾夺主。他认为文学作品的美和人的美一样，对于美女来说，胭脂花粉、服装款式只是装饰其外表的，真正的美还是在她自身的身材、容貌等自然体态，不过，外表装饰也并不是没有作用的，只有内外表里相统一，才是最完整的美。他还认为文学创作不仅要从"为情而造文"出发，而且要能够体现出高度的真实性。刘勰所说的文学的真实性和西方文学理论中所说的真实性不同：西方文论中所说的真实性，是指文学作品中所描写的生活内容和现实生活实际是否一致；而刘勰所说的真实性是指文学作品中所表现的思想感情、观点倾向和作家本人的思想感情、观点倾向是否一致。这也是中国古代文学理论中论文学的真实性不同于西方之处。刘勰批评文学创作上"采滥忽真"的错误，反对那种"志深轩冕，而泛咏皋壤，心缠几务，而虚述人外"的"真宰弗存"倾向，而这在六朝时期还是不少的。比如西晋诗人潘岳就是一个很典型的例子，他在《闲居赋》中表现了鄙弃高官厚禄、隐身江湖的高洁人格，但实际上却是一个不惜用一切手段来攀附权贵的小人，经常在权贵贾谧出来时，拜倒在路旁，希望得到他的提携。后来元好问在《论诗绝句》中就说："心画心声总失真，文章宁复见为人？高情千古《闲居赋》，争信安仁拜路尘！"中国古代特别讲究文品和人品的统一，这应该说是我们一个优秀的文艺美学传统。

5. 文学创作的技巧。

刘勰在《文心雕龙》中十分重视文学创作的艺术技巧,他在《文心雕龙》下编的许多篇章中讲的都是文学创作的艺术表现技巧问题。他对文学作品的结构、布局、比喻、夸张、声律、对偶、用典等,都有过很精彩的阐述。特别值得我们注意的是他在论述这些艺术技巧问题时,都是从强调作品整体美的前提下,来作出恰如其分的分析和提出合乎实际的要求的。他认为文学创作要讲究表现技巧,就像下棋的人需要讲究技巧方法,而不能像赌博的人那样去碰运气。"是以执术驭篇,似善奕之穷数;弃术任心,如博塞之邀遇。"各种艺术技巧的运用,都必须服务于全篇作品的整体美,要"弃偏善之巧,学具美之绩"。所以从全篇的布局来说,要符合"杂而不越"的美学原则,这就是讲的部分与整体的关系,也就是一和多的关系,要使文章的各个不同部分和谐地统一在一起,构成一个完整的艺术形象。比喻、夸张、声律、对偶、用典等,都是为了达到这个总的目的,不能离开这个总目的去片面地追求比喻、夸张、声律、对偶等,否则就会损害作品的整体美。

第三,文学的发展论。刘勰在《文心雕龙》中对文学历史发展的论述,主要有两个问题:一是文学发展中的继承传统和革新创造关系问题,二是文学的发展和时代的发展之间关系问题。一个国家和民族的文学发展,不可能抛开自己的传统,每一个时代的文学创作都是在总结前代文学创作经验的基础上产生的。但是文学的发展又不能只是因袭传统、复古模拟,而必须在继承优秀传统基础上有所突破,要有新的改革和新的创造。没有创新也就不是真正的继承,要发扬传统而不是恪守传统。比如,《诗经》中有"怨"的特点,也就是"怨刺上政",对当时的黑暗统治、政治弊病表示了不满,进行了尖锐的批评,这是一个进步的传统,孔子也说:"《诗》可以怨。"后来《楚辞》继承了《诗经》的"怨"的传统,但是在艺术表现上和《诗经》完全不同,形成了一种新的文学体裁,大大地扩展了《诗经》的表现方法,从形式上看和《诗经》大不相同了,但又是真正继承了《诗经》传统的。刘勰对这一点认识得十分清楚,他非常深刻地提出了"通变"的思想,既要通,又要变,"文律运周,日新其业。变则堪久,通则不乏"。中国古代由于儒家思想的影响,往往强调"通"比较多,因为孔子说过："述而不作，信而好古。"只有圣人才能"作"，一般人只能对圣人之作进行解释，这就是"述"，所以文学发展中常常出现严重的复古模拟倾向；而反对复古模拟的人，又往往矫枉过正，丢掉了传统中的优秀部分。这两种偏向曾在文学史上反复出现过，刘勰的"通变"说则对继承和革新作了较为辩证的全面的论述，它对文学创作的健康发展，无疑是起了积极作用的。

刘勰对文学发展和时代的关系，也作了极为深刻而精辟的分析。他曾提出了一个著名的论断："文变染乎世情，兴废系于时序。"强调文学是随着时代的发展变化而发展变化的，他又说："故知歌谣文理，与世推移，风动于上，而波震于下者。"可见，他对文学和现实的关系有相当深刻的认识。文学发展对时代的这种依赖关系，说明文学创作的源泉在现实生活。时代不仅可以影响到文学发展是繁荣还是萧条，而且可以直接影响到文学创作的思想内容和艺术形式。刘勰在具体论述从上古到齐梁的文学发展和时代关系时，曾涉及时代发展中各种不同因素对文学发展的影响。例如政治的治乱、经济的盛衰、社会的风俗习气、学术思想的变迁、帝王的重视与否、文化政策是否得当、科学和艺术的发展等。他指出西汉初期文学的萧条，是由于刘邦在以武力得天下后，忙于稳定局面，巩固其统治，还来不及去考虑发挥文学的作用。到汉武帝时大一统的封建帝国形成，为了"润色鸿业"，就需要发展文化，文学发展才有了较大的起色。东汉前期，神学迷信思想泛滥，文人忙于用天人感应的观点去解释儒家经书，所以文学也不发达。而到汉魏之交，由于汉帝国走向崩溃，儒家思想衰落，政治上动乱分裂，经济发展遭到严重破坏，许多有识之士胸怀振兴国家、救民于水火之中的理想抱负，往往借文学来抒发其豪情壮志，而曹操、曹丕等统治者又爱好和提倡文学，所以文学得到空前的繁荣发展。到了东晋时期由于玄学思想的泛滥，诗歌创作也往往空谈抽象的玄理，因而枯燥无味，文学发展又呈衰落态势，至刘宋时由于宋武帝、宋文帝都爱好文学，诗歌创作由玄言向山水过渡，文学发展方出现中兴气象。这说明刘勰对文学发展历史的研究是十分深刻的，他善于把文学发展放在社会发展的大背景下来加以考察，而不是孤立地局限于文学本身。从他对社会历史演变的认识来看，他的眼界也是非常开阔的。在那个时代，他就能对文学发展的历史作出如此深刻的分析,确实是不容易的。

第四,文学的批评论。刘勰在《文心雕龙》中对文学的鉴赏和批评也提出了比较系统的重要见解。文学作品产生之后,就有一个如何鉴赏、批评的问题,也就是读者怎样才能有效地接受它的问题。刘勰非常深刻地指出,文学鉴赏批评的过程和文学创作的过程,有很不同的特点。他在《知音》篇中说:"夫缀文者情动而辞发,观文者披文以入情。"文学创作过程是一个由情到文的过程,作家从现实生活中获得感受,经过构思想象活动,凝聚成艺术形象,然后用文辞把它表达出来,作家的思想感情、理论愿望是隐藏在艺术形象中的。文学的批评鉴赏过程,则正好与此相反,读者在欣赏文学作品时,则是先接触它的文辞,了解它所构成的艺术形象,然后再从艺术形象中去领略和体会作家的思想感情、理想愿望,因此是一个由文到情的过程。文学作品的艺术形象是包含着作家的主观因素和现实生活的客观因素两方面的,而作家的主观因素又是隐藏在作品所描写的现实生活内容之中的。读者在接触艺术形象时,必然是先了解其所包含的现实生活内容,也即艺术形象的客观因素,然后才进一步去体会其中所体现的作家的主观情意和褒贬态度。由于读者的生活、思想、教养、经历等往往与作者不同,因此他对作品艺形象中所描写的现实生活内容,就可能有不同于作者的评价,中国古代所说的"诗无达诂"即是指此而言的。所以在文学的鉴赏和批评中,鉴赏者和批评者总是带有很强烈的主观色彩的,故而常常会对作品作出不够客观的评价。刘勰总结了历代文学批评发展的情况,比较尖锐地批评了几种主观、片面的文学批评倾向,这就是:(1)"贵古贱今",这是受传统思想影响的结果。(2)"崇己抑人",这是缺乏自知之明的表现。(3)"信伪迷真",这是批评者学识浅薄所造成的。所以真正的"知音"是很少的,也是很不容易的,他说:"知音其难哉!音实难知,知实难逢;逢其知音,千载其一乎!"

文学的鉴赏和批评中,鉴赏者和批评者可以也应该有自己的看法,也应当允许他有不同于作者的看法,但是不应当以自己的主观好恶,任意地对作品进行褒贬,作出不公正的评价。为此,刘勰提倡客观的、科学的、公正的批评,认为鉴赏者和批评者应当"无私于轻重,不偏于爱憎"。要做到这一点,鉴赏者和批评者应当加强自身的修养,提高自己的鉴赏和批评能力,应该懂得文学,了解它的特点和规律,刘勰指出:"凡操千曲而后晓声,观千剑而后识器,故圆照之象,务先博观。"只有听过大量优美乐曲的人,才能懂得音乐的美与不美;只有看见过无数锋利宝剑的人,才知道什么样的宝剑最好。"博观"是进行高水平的文学鉴赏和文学批评的首要条件。但是仅仅有"博观"是不够的,还必须要懂得文学鉴赏和文学批评的方法,也就是说,要知道从哪些方面去考察文学作品的好坏。对此,刘勰提出了"六观"的问题,他认为要从下列六个方面去观察和判断文学作品的优劣:"一观位体",要看文学作品的体裁风格和它所包含的内在情理是否协调一致;"二观置辞",要看文辞形式的运用能否充分表达作品的思想内容;"三观通变",要看文学作品在继承和创新方面,是否做到了在继承前人优秀成果的基础上有所创造、有所前进;"四观奇正",要看文学作品在内容和形式上是否做到了内容纯正、形式新奇;"五观事义",要看文学作品所描写的客观现实生活内容和作家的主观思想感情是否吻合;"六观宫商",要看文学作品的声律是否和谐。刘勰提出的"六观"是和当时文学发展的状况有关的,主要是针对诗赋和散文创作来说的,因为那时还没有严格意义上的小说和戏曲,而当时他所理解的散文范围又是很宽广的,所以从今天来看就不够全面了。不过,他所说的"六观"对我们考察文学作品的优劣,仍是很有参考价值的。

刘勰的《文心雕龙》不仅为我们构建了一个具有东方特色和民族传统的文学理论体系,而且还在阐述这个体系的过程中,提出了一系列重要的文艺美学范畴和具有丰富理论内涵的名词术语,例如神思、意象、体性、风骨、隐秀、定势、通变、情采、物色,以及"情以物兴""物以情观""神与物游""杼轴献功""拟容取心""杂而不越""率志委和"等,对后来中国文艺美学的发展产生了十分深远的影响。

(本文为北大名著导读课讲稿,原载华夏出版社《智慧的感悟》一书)

文心略论

刘勰以"文心雕龙"题其著作,其意何在,学者研究颇多,然而大都偏重探讨"雕龙"之义,而对"文心"解释,似无异议。因为刘勰在《序志》篇中曾说:"夫文心者,言为文之用心也。昔涓子《琴心》,王孙《巧心》,心哉美矣,故用之也。"刘勰的书旨在阐明文学创作规律及为文用心之甘苦,此与陆机《文赋》序中所说"余每观才士之所作,窃有以得其用心"当无二致。但是,细绎全书,更以今天的美学理论来考察,刘勰"文心"含义实较《序志》所说,要丰富得多。所谓"文心",乃以心为文之本,反映了刘勰对文学本体论的认识与见解。诚如王元化先生在《文心雕龙创作论》中所指出,刘勰认为"人(圣人)通过自己的'心'创造了艺术美","'文'产生于'心',故'心'这一概念是最根本的主导因素"(第48—49页)。的确,"心"在《文心雕龙》中是一个地位极其重要的核心概念。然而,刘勰又没有简单地把文看作仅仅是心的表现,而是以心为文之本作为基点,进一步阐明了心与道、物、辞、象之间的关系,从而把心之文与自然规律、客观事物、语言形式、艺术形象有机地结合在一起,使文学的表现论、再现论、形式论融为一体,形成了他自己具有鲜明特色的文学本体论。

《序志》篇曰:"文果载心,余心有寄。"这固然是说的"为文之用心",也未尝不可以说是对文以心为本的一种概括。《原道》篇云:"心生而言立,言立而文明,自然之道也。"由心到文的过程,如《体性》篇所说,是一个"沿隐以至显,因内而符外"的过程。文以心为本的思想实导源于汉代之扬雄。《法言·问神》篇云:"言,心声也;书,心画也;声画形,君子小人见矣。"又云:"言不能达其心,书不能达其言,难矣哉!惟圣人得言之解,得书之体。"此所谓书,即文也。如果再往前追溯,则"诗言志"说已早就体现了此种看法,故《毛诗大序》云"在心为志,发言为诗"。刘勰《文心雕龙》中对心与文的这种关系有极为广泛的论述。例如《章表》篇云:"原夫章表之为用也,所以对扬王庭,昭明心曲。"《练字》篇云:"心既托声于言,言亦寄形于字。"《知音》篇云:"觇文辄见其心。"《情采》篇云:"心术既形,英华乃赡。"这种关系体现在文学风格上,则如《体性》篇所云:"各师成心,其异如面。"故《才略》篇云:"嵇康师心以遣论。"甚至文学创作中之对偶形式亦反映此种心与文之关系,《丽辞》篇云:"夫心生文辞,运裁百虑,高下相须,自然成对。"

刘勰认为心即性灵,人之有心说明人是有灵性的,是人区别于宇宙万物之所在。他在《原道》篇中说,人"为五行之秀,实天地之心",是"性灵所钟",故云:"夫以无识之物,郁然有彩;有心之器,其无文欤!"心乃是人所独有的特质之所在。心的具体内容则又可以包括神、理、情、意、志等各个方面,这是就心的不同角度和不同侧面来说的。从心的思维活动方面说,即是神。《神思》篇云:"古人云:'形在江海之上,心存魏阙之下。'神思之谓也。"故又云:"文之思也,其神远矣。"此神即为心。"神与物游"也就是"心与物游"。《物色》篇中所说心"随物以宛转"、物"亦与心而徘徊",正是"神与物游"的特点。"神居胸臆,而志气统其关键。"说明神即存在于心中,不过神比心更为虚无、空灵而已。理,是作者之心在文学作品也是广义的文章中的重要表现,指心在抽象思维、理性认识方面的内容。《书记》篇云:"并述理于心,著言于翰。"《论说》篇云:"必使心与理合,弥逢莫见其隙。"《知音》篇云:"心敏则理无不达","心之照理,譬目之照形"。《情采》篇云:"心定而后结音,理正而后摛藻。"情,是指作者之心所包含的感情内容。从文学作品来说,是以表现感情为主的,所以一般文章以埋为主而带有情,而文学作品则以情为主而理在其中。故情在《文心雕龙》中的地位非常突出。刘勰在《物色》篇中以心物对举,而在《诠赋》篇中则以情物对举,提出"情以物兴""物以情观",这与"随物宛转""与心徘徊"一样都是讲的创作中的主客关系问题。《明诗》篇中则明确指出:"人禀七情,应物斯感,感物吟志,莫非自然。"《情采》篇中提出"为情造文"与"为文造情"两种倾向。这些地方说的"情"其实也都是心,不过侧重其感情因素而已。意,也是心的一个侧面,指人内心的意念、欲望等,它既有理的因素,也有情的因素,更有情、理所不能包括的各种潜意识的心理活动内容。《养气》篇云:"意得则舒怀以命笔。"《论说》篇云:"赞者明意。"《通变》篇云:"刻意学文。"《文心雕龙》全书中很多地方以意与辞对举,其实也是讲的心与文之关系。由于意的内容很丰富,而且其中有些是难以用语言确切表达出来的,因此刘勰《神思》篇中感叹"意翻空而易奇,言征实而难巧"。"意授于思,言授于意,密则无际,疏则千里。"志,指人心中的志向、愿望,它也是兼包思想与感情两方面内容的。由于受传统"诗言志"含义之影响,它往往与人的理想抱负有联系,故与理、情、意等角度义不同。《情采》篇云:"况乎文章,述志为本,言与志反,文岂足征!"又说:"故有志深轩冕,而泛咏皋壤,心缠几务,而虚述人外。"刘勰要求志与言(文)的统一。《明诗》篇云:"民生而志,咏歌所含。"《物色》篇云:"吟咏所发,志惟深远。"《诠赋》篇云:"体物写志。"《书记》篇云:"记之言志,进己志也。"综上所述,我们可以看到刘勰所指述的神、理、情、意、志等为文的关系,实质上又都是说的心与文的关系,由此可见,心为文之本确是刘勰一个极为重要的基本思想。

然而,刘勰对心的理解,并不纯粹都是主观的。他认为人内在的心也是主宰宇宙万物之道的一种表现。《原道》篇中说,天上的"日月叠璧",地上的"山川焕绮",都是"道之文也"。"龙凤以藻绘呈瑞,虎豹以炳蔚凝姿","云霞雕色","草木贲华",也都是"道之文"故云"旁及万品,动植皆文"。如果以上这些是"形文"的话,那么"林籁结响,调如竽瑟;泉石激韵,和若球锽",则为"声文",而人文则为"情文",这些也都是"道之文"。也就是说,一切的文都是道的文。刘勰认为宇宙间的天地万物都不过是道的一种外化。人虽高于万物,是万物之灵,但也是道的体现,所以人的心是道的最高最美的表现。心是合于自然之道的,从这个意义上说,心即是道,"道之文"在"人文"方面的表现即是"心之文"。文以心为本,从根本上说也是文以道为本。从人文来说,心是由道到文的中介。对于道的理解,学术界较为分歧。我对道的看法已见拙作《文心雕龙新探》一书的《原道论》一节,不再赘述。但从《文心雕龙·原道》篇中宇宙万物之文均为道之文的论述来看,无论如何不能说此即是儒家之道。它显然是老庄那种自然之道,是宇宙万物之内在原理与规律。心既然是这种道的体现,那么,心自然不仅是主观的,同时也是反映了客观的。刘勰通过对心与道关系的论述,把文学的表现主观与反映客观统一了起来。而这种认识还进一步体现在他对心与物关系的论述中。

刘勰很清楚地认识到了在文学创作中,心(包括神、理、情、意、志等)并不是一种直接的抽象的表达,而总是要借助于对物的描绘而呈现出来的,也就是说,心是寓于物之中的。为此必须要做到心与物的和谐统一,使两者水乳交融,不分彼此。这里,心既要受到物的感兴、触发,受物的制约;物又要被心所改造、加工,受心的主宰,即所谓心必"随物以宛转",物"亦与心而徘徊"。这里显然有反映客观的方面,亦有表现主观的方面。刘勰所说的物的内涵,从《物色》篇来看,主要是指自然事物,但是,从全书来看,物的含义要广阔得多,它也包括社会现实生活内容。从《明诗》篇看,"应物斯感,感物吟志"的物更主要是指社会现实生活。比如,他分析建安诗歌时说:"暨建安之初,五言腾踊,文帝陈思,纵辔以骋节;王徐应刘,望路而争驱;并怜风月,狎池苑,述恩荣,叙酣宴,慷慨以任气,磊落以使才,造怀指事,不求纤密之巧;驱辞逐貌,唯取昭晰之能:此其所同也。"又《时序》篇云:"文变染乎世情,而兴废系乎时序。"这些均可说明刘勰所谓"感物"之物,和钟嵘在《诗品·序》中所说"感物"之物,是完全一致的。钟嵘曾明确指出"物之感人"的内容不仅是"春风春鸟,秋月秋蝉"这些自然事物,更主要是"楚臣去境,汉妾辞宫"等社会生活内容。这里,我们还应当看到的是刘勰对道与物的关系之认识。刘勰在《夸饰》篇中曾引用了《系辞》的话:"夫形而上者谓之道,形而下者谓之器。"这里的器即是物。《原道》篇所说:"夫以无识之物,郁然有彩;有心之器,其无文欤!"此处物与器显然为互文,实际是一回事。故而道和物的关系也是一种形而上与形而下的关系。物皆是道的体现,道亦必寓于物中,须借物以形。因此文学作品中所描绘的物,既是心的表现,又是道的反映。

心是道的体现,又要借物而呈现出来,但这还不行,它总是要有一定的形式来表达的,对文学作品来说,这种形式便是语言文字,即辞。没有辞就不能使之成为现实。从这个角度说,必须通过辞,心才能展示于人们的眼前。为此,刘勰也一再论述了心与辞的关系问题。《章表》篇云:"辞为心使。"《附会》篇云:"心敏而辞当。"《论说》篇云:"辞共心密,敌人不知所乘。"《养气》篇云:"夫耳目鼻口,生之役也;心虑言辞,神之用也。"他认为辞必须正确地表达心,文学创作不能只追求文辞之丰富华丽。《情采》篇云:"采滥辞诡,则心理愈翳。"《镕裁》篇云:"凡思绪初发,辞采苦杂,心非权衡,势必轻重。"又云:"若术不素定,而委心逐辞,异端丛至,骈赘必多。"总之,无论是心,还是道,还是物,都不能离开辞,没有辞这种形式,也就没有了"文"。刘勰虽然充分认识到了辞作为形式的重要性,但他并没有夸大形式的作用;虽然他在《文心雕龙》中用了大量篇幅来研究文学作品的形式美(例如《情采》《镕裁》《声律》《章句》《丽辞》《比兴》《夸饰》《事类》《练字》《指瑕》等),但他始终强调辞的修饰不能离开正确、鲜明、生动地表达心这个基本原则。刘勰这种文学形式观具有很大的代表性。过去我们的文学史研究中把很多作家、理论批评家扣上"形式主义"的帽子,这是一种极左思潮的表现,其实,严格地说,我国古代纯粹的形式主义理论与创作是极少的,相反,由于受儒家不重视艺术形式思想的影响,我国古代轻视和贬低形式作用的理论和创作倒是很不少的。

刘勰不仅重视心与辞的关系,更为重要的是他提出了"意象"的问题。他认为辞的直接目标是要使构思中的意象物质化,使其得到最充分表达。心、道、物、辞最终都统一于具有审美特征的意象之中。所谓"玄解之宰,寻声律而定墨;独照之匠,窥意象而运斤"(《神思》)。刘勰在《文心雕龙》中虽然只有这一处提到"意象"概念,但是在不少地方说到"意"或"象"的概念时,实际上都有"意象"的内涵。例如《神思》篇中讲"意翻空而易奇,言征实而难巧",此"意"即指构思、想象中的"意象",它决不是抽象的意,而是与物象相结合的具体形象的意。《时序》篇中讲屈原的作品,"炜烨之奇意,出乎纵横之诡俗",此意亦是指屈原作品中奇妙之意象而言。此外,如《风骨》篇中讲"虽获巧意"的"意",《诔碑》篇中讲"潘岳构意"的"意"等,亦皆含意象之内涵。而《神思》篇讲"神用象通"之"象",自然也是指意象。意象概念的提出,是与易象有密切关系的,从模仿客观物象来说,它们有共同之处,八卦是一种符号,语言也是一种符号。不过,易象和物象之间是一种非常抽象的、没有直接联系的象征关系,而语言和意象之间关系则要密切得多了,语言是意象的十分具体的直接现实。心(包括道与物)是要凭借用辞构成的意象来体现的。

这样,我们就可以清楚地看到在刘勰的思想里,文学的本体乃是作为主体的心和作为客体的道与物以及作为形式的辞与象之和谐而完整的统一体。文学是人的一种审美的创造,因此在这个统一体中,心是起主导作用的,由此可见刘勰对文学创作中的主体作用是相当重视的。然而心的主导作用又是受道和物的制约的,而不是完全任意的、主观的。人的这种审美的创造总是和一定的自然环境与社会生活相联系的,并且是通过艺术的语言这种形式来表现的。

关于刘勰的文学本体论,我在《文心雕龙新探》一书中曾作过一些分析,但对于他文以心为本的思想论述得不够。故作此文补充说明之。不当之处,愿求证于方家。

（原载上海书店出版《文心雕龙研究荟萃》）

刘勰《文心雕龙》对意境理论形成发展的贡献

　　中国古代艺术意境理论的正式形成和提出是在唐代,但是它的哲学思想、美学思想渊源是很早的,大约可以追溯到先秦,特别是道家的"有无相生"论和"大音希声,大象无形"论,为后来意境理论的产生奠定了哲学思想和美学思想的基础,而魏晋玄学的兴起和发展,佛教的广泛传播和深入人心,尤其是言意之辩和形神之争,直接影响到意境理论的产生和形成。六朝是由中国古代的哲学和美学思想逐渐演化出系统文学理论的转折时期,也是意境理论发展出哲学、美学思想基础向文学艺术理论转化的时期,《文心雕龙》正是这方面具有代表性的著作。

　　意境理论的正式提出,是从王昌龄的《诗格》开始的。对意境美学特征的研究,在中晚唐时期已经有了相当重要的理论成果,其主要代表是刘禹锡的"境生于象外"论和司空图的"象外之象,景外之景"论。而他们这种诗歌意境理论的历史渊源则是在六朝,是在刘勰《文心雕龙》中的情物关系论、"隐秀"论的基础上发展起来的。刘勰在《诠赋》篇里提出的"情以物兴""物以情观"论和《物色》篇中的心"随物以宛转"和物"与心而徘徊"论,提出了意境的基本构成要素及其相互关系。《隐秀》篇中对"隐"和"秀"含义的分析,特别是关于"文外重旨"和"义生文外"的论述,正是后来有关意境美学特征论述的滥觞,其说一方面曾受到刘宋时期宗炳《画山水序》"旨微于言象之外者,可心取于书策之内"说的影响,另一方面也启发了钟嵘《诗品·序》解释"兴"时所说的"言有尽而意无穷"的提出。刘勰的这些理论对后来意境论的产生有极为重要的意义。

　　所以,如果我们全面考察意境理论的历史发展状况,必须充分注意到刘勰对意境的形成和发展所作出的不可忽略的重要贡献。意境理论包含着两个方面的内容:一是意境作为艺术形象的基本构成要素及其关系,二是意境作为一种特殊的艺术形象之美学特征。前者是意境作为艺术形象的普遍性方面,后者则是意境作为艺术形象的特殊性方面。从前者来说,意境是由意和境的结合而产生的,是情和景的融合,心和物的相合,也就是说,它是创作主体和创作客体的统一。王国维就把情和景,或意和境,作为文学构成的两个基本原质,所以我们常说意境是情景交融的产物。不过,意境不是一般的情和景的结合,也不是一般的心和物的统一,而是一种特殊的情和景的结合、心和物的统一。但它的基础是建立在对艺术创作中情和景、心和物辩证关系认识之上的。或者说,从情和景、心和物到意和境有一个历史发展过程。因此,刘勰对文学创作过程中情物关系或心物关系的论述,对意境理论的形成和发展有十分重要的意义。

对文学创作中情物关系或心物关系的认识,在中国古代文艺思想史上有悠久的历史。早在殷周之际《易经》八卦所包含的"观物取象"思想中,已经反映出了主体和客体结合的特征,即借客体物象来体现主体的意向。这个"象"是象征客观事物的,但它又是体现了主体的某种"意"的。所以《系辞》解释"易象"时说:"圣人设卦观象,系辞焉而明吉凶。""圣人立象以尽意,设卦以尽情伪,系辞焉以尽其意。""象"既是模拟客观物象的,又是体现主观意图的,而言辞则是说明"象"的。《周易》中这种以"言"为工具的"象"和"意"的结合,直接为后来文学创作中的情物关系说和心物关系说奠定了思想基础。易象并不是文学的形象,但它的构成原理和文学形象是一致的,都是人发挥其想象功能所创造的,都是主体和客体相结合的产物。春秋战国之际,"诗言志"说相当流行,不但诗是言志的,音乐也是言志的,荀子在《乐论》中说过:"君子以钟鼓道志,以琴瑟乐心。"诗言志是作者寓志于对自然物象和社会生活景象的描写之中,乐言志则是寓志于有节奏、曲调的声音之中,可当时对诗歌的形象还没有作出理论性的概括,而对音乐的形象倒反而有比较明确的认识。荀子在《乐论》中就提出了"声乐之象"问题,并指出:"夫乐者,乐也,人情之所必不能免也。"他又说:"凡奸声感人,而逆气应之;逆气成象,而乱生焉。正声感人,而顺气应之;顺气成象,而治生焉。""声乐之象"之内寓有"人情","人情"则有正邪善恶,它们都能构成形象。由于当时诗乐还没有严格分界,对音乐形象的这种认识也可通于诗。西汉初期的《乐记》进一步发展了荀子《乐论》思想,一方面强调了音乐起源于人心感物,提出了著名的"物感"说,明确地阐述了文艺创作中的主体与客体相结合的问题;另一方面又对"声乐之象"的构成作了更细致、更深入的分析,其云:"乐者,心之动也;声者,乐之象也,文采节奏,声之饰也。君子动其本,乐其象,然后治其饰。"这里实际上说的就是音乐形象的构成,心动情生为"本",指音乐的内容;"声乐之象"使人得到美的享受,指音乐的艺术形式;文采节奏则是构成音乐形象的手段,指"声乐之象"的表现方式。这里,音乐形象的"本""象""饰",实际即文学形象的"意""象""言"。"本",即是指人之情,与文学的情或意是一致的。"饰"和"言"则表现了音乐和文学的不同物质手段。

对文学形象构成之认识,西晋陆机在《文赋》中有十分重要的论述。他在《文赋》的小序中曾提出了文学创作中经常出现的"意不称物,文不逮意"问题。这里的"意"是指构思中形成的意,不是和"理"一样抽象的意,而是具体的意,即是与物象相结合的意,它相当于意象的含义。这个"物"也不一定都是外界的客观物象,而是指文学创作所要表现的对象。这里的"文"即是指文学的物质手段——语言。陆机所说的物、意、言关系,包含了文学形象是由主体的意和客体的物相结合的意思。他在论述文学创作的构思过程时这种思想更为明确,经过了作家"精骛八极,心游万仞"的艺术想象活动后,于是"情瞳昽而弥鲜,物昭晰而互进",艺术形象逐渐形成。由此可以清楚地看出:文学形象正是由主观的"情"和客观的"物"结合而成。不过陆机所说是构思过程中的情和物之结合,它还不是具体作品中情和物之结合,在情的鲜明和物的昭晰之后,必须用贴切的语言文字把它描写出来,努力使"文"能"逮意",这样方能"笼天地于形内,挫万物于笔端",写出完美的作品。这里,值得我们注意的还有西晋挚虞在《文章流别论》中曾说赋的特点是"假象尽辞,敷陈其志"。他所提出的志、象、辞三者的关系,实际上就是文学创作中意、象、言的关系,也就是《乐记》中说"声乐之象"的本、象、饰问题,这个"象"已经不是《周易》中的"象",而是说的文学形象,它是作家用"辞"描绘出来的,而作家之"志"正是寓于"象"中的。

刘勰在自先秦以来有关文学本质和艺术形象构成论述的基础上,作了系统的总结和发挥,这主要表现在以下三个方面:第一,刘勰明确地提出了"意象"的概念。《神思》篇中,他在陆机所说的"意不称物,文不逮意"基础上,提出了"意授于思,言授于意,密则无际,疏则千里"的问题。

刘勰所说的思、意、言关系和陆机所说的物、意、文关系是一致的,因为作家构思过程本来是主体的"思"和客体的"物"的结合过程,也就是"神与物游"的过程,神思和物象这两者的融合统一形成了具体的"意",也就是"意象",然后才能用"言"或"文"把它落实下来。刘勰所说的"玄解之宰,寻声律而定墨;独照之象,窥意象而运斤",就是讲的如何运用语言文字使构思中的"意象"物质化的问题。刘勰在这里提出"意象"的概念,虽然还不是很自觉的一种理论概括,但说明他对文学本质和形象的构成已经有了很深刻的认识。第二,刘勰指出了文学创作中主体和客体间是一种辩证的关系,心和物是互相影响、互相促进的。他在《物色》篇中说:"是以诗人感物,联类不穷;流连万象之际,沉吟视听之区;写气图貌,既随物以宛转;属采附声,亦与心而徘徊。"心随物以宛转,是说主体是受客体影响而产生某种特定的思想感情的;物与心而徘徊,是说客体是随着主体的需要而展示的。这种对心物关系的论述比《乐记》中的物感说要全面得多,是对《乐记》思想的一个极为重要的发展。而这种对主体作用的重视,对主体驾驭客体作用的强调,是与魏晋以来玄学和佛学思想的广泛传播和影响分不开的(这一点我在《文心雕龙新探》一书的《物色论》部分已作过详细的分析)。刘勰这种对文学创作中主客体关系的认识,也具体体现在他对文学形象构成的分析中。他在《诠赋》篇中论述赋的创作时曾说:"原夫登高之旨,盖睹物兴情。情以物兴,故义必明雅;物以情观,故词必巧丽。"所谓"睹物兴情",即《乐记》讲音乐起源时说的"凡音之起,由人心生也。人心之动,物使之然也"。但是刘勰认为"睹物兴情"的过程中,不只是心受物的感触而生情,也有物随心的需要而受心支配的一面,也就是说,不只是"情以物兴",而且也是"物以情观",从某些方面说,这后一点是更为重要的,因为归根到底文学艺术不是人对客观世界(物)的被动反映,而是人借助于表现客观世界而体现自己主观的心意情志,并且对客观世界起到积极的能动作用。情虽是因感物而起,然而最终还是借物以抒情,物只是作为情的观照而出现的,它已经失去了自己的本来面目,如《二十四诗品》中所说的已经是诗人"妙造自然"的产物。可见刘勰对文学创作特点确已有了相当深刻的了解。第三,刘勰在《文心雕龙》中把他对文学创作美学特性的认识,即主体和客体的辩证结合的思想,贯穿于整个文学理论体系之中,从而形成了一系列对立统一的理论范畴。例如:文学本体上的"道心"(人心所体现的自然之道)与"形""象",人与自然关系方面的"心"与"物",文学想象中的"神"与"物",文学构思过程中的"意"与"象",文学形象构成上的"情"与"物",它们在文学作品中展示的特点便是"隐"与"秀",而表现在文学创作方法上则是"触物圆览"与"拟容取心"。这里,心、神、意、情都是"隐"的方面内容,是"触物圆览"而产生的;而形、物、象则是属于"秀"的方面内容,是"拟容取心"的结果。由此可知,刘勰对艺术形象的本质及其具有普遍性意义的特点有非常明确的认识,并且作出了很有深度的理论概括,它也是作为艺术形象的意境的基本特性。

不过,意境并不是一般的艺术形象,而是一种特殊的艺术形象,因此它还具有一般艺术形象所没有的艺术美。这就是"境生象外""象外之象,景外之景"所形成的"义生文外""言有尽而意无穷"的特点,它是在中国传统文化的孕育下逐渐形成的。所以,要了解这种特点应当从中国古代的哲学、美学和文学艺术的历史发展中来加以考察。《周易》中的"象"是由观察宇宙万物及其发展变化而来的,《系辞》中说道:"古者包牺氏之王天下也,仰则观象于天,俯则观法于地,观鸟兽之文与地之宜,近取诸身,远取诸物,于是始作八卦,以通神明之德,于类万物之情。"又说:"圣人有以见天下之赜,而拟诸其形容,象其物宜,是故谓之象。"这里"拟诸其形容"是指万物的外在形态,而"象其物宜"则是指万物的内在发展变化之规律,前者是指事物的表象,而后者则是指事物的本质。对易象这种"观物取象"的特点,平常我们只注意其象是源于物的意义,往往忽略了这种象和物之间并不是形象的、具体的反映关系,而是一种运用抽象符号来象征的关系。因此,象和物之间实际上并没有直接联系,或者说象并非物的形象具体再现,而是要通过想象才能理解象和物之间的关系,象在这里只是引导和启发人们去联想到它所象征的物的一种工具和手段,象并不是物、也不等于物。其实,艺术形象都只能表现它所描写的事物的一部分,而绝不可能是事物的全部,所以,如果用抽象象征的方法,而不是用具体描写的方法,也许在想象中所获得的事物面貌更为丰富、更接近于事物的原貌。

《周易》中所包含的这种审美观念,后来在老庄思想中得到了极为充分的发展。《老子》中提出的著名的"大音希声,大象无形"说,就是受到《周易》启发的。老庄从强调"天道自然无为"出发,其美学思想的核心,都是提倡自然本色之美,而贬低人为造作之美的,之所以如此,正是因为他们看到了人为造作总有它的局限性,不如自然本色美更全面、更完善。老子所说的"大音希声",就是说最高最美的音乐就是"无声之乐",王弼注云:"听之不闻名曰希,不可得而闻之音也。有声则有分,有分则不宫而商矣。分则不能统众,故有声者,非大音也。"一有了具体的声音必然会有一定的限度,不可能把所有的声音之美都表现出来,而只能表现其中的一部分,如果没有具体的声音,而完全靠听众自己去想象,就不会有这种局限性,反而有可能体会到全部声音之美。所以,庄子在《齐物论》中说:"有成与亏,故昭氏之鼓琴也;无成与亏,故昭氏之不鼓琴也。"昭氏虽是古代著名音乐家,但他鼓琴时对已弹奏出来的音乐之美是有所成了,而对他所没有弹奏出来的音乐之美则又是有所亏了。为此郭象解释道:"夫声不可胜举也,故吹管操弦,虽有繁手,遗声多矣。而执篱鸣弦者,欲以彰声也。彰声而声遗,不彰声而声全。故欲成而亏之者,昭文之鼓琴也;不成而无亏者,昭文之不鼓琴也。"可见"大音希声"正是要使人通过想象而获得"不彰声而声全"的效果,这也就是为什么后来陶渊明要抚弄无弦琴。"大象无形"也是如此,有形就有了局限,总只能表现对象的一部分,而不可能是对象的全体。比如画嘉陵江山水,画面上所展示的只可能是它的一部分,至多是表现一些最突出的山水美,不可能把整个嘉陵江的山水美都完美地表现出来。如果能运用象征的方法使人在想象中感受到"形"的整体美,岂不是比只有局部的"形"之美更好吗?

这种思想反映在言意关系上就是"言不尽意"说。从言意关系来说,言是外在的有形的,意是内在的无形的。所以老子提倡"不言之教",他曾说:"知者不言,言者不知。""道"是无法言说的,只能从内心去体认。庄子发展了老子的这种思想,他在《齐物论》中说:"道隐于小成,言隐于荣华。"他认为由于言不能尽意,所以圣人的书乃是一堆糟粕,因为圣人之意不能言传,用语言文字写出来的书,自然也不能真正传达圣人之意,故而世人虽珍视圣人之书,其实是不值得珍贵的。语言是表达思维内容的,但它并不是一个很称职的工具,不可能把所有的思维内容都表达出来,不论是抽象思维还是形象思维,都有一些是语言所无法表现的,更不要说人的一些潜意识的内容了。老庄是看到了这一点的,所以强调不能拘泥于语言所能表达的部分,而要求之于语言文字之外,得"妙理"于"言意之表",入于"无言无意之域",方能达到"道"的境界。其实儒家也是看到了语言不能完全达意的一面的,《系辞》中曾说:"子云:书不尽言,言不尽意。"不过,儒家和道家在如何解决言意关系的矛盾上,有完全不同的方法和途径。儒家力求正确、鲜明、生动地运用语言来最大限度地表达思维内容,所以虽然常人难于做到言尽意,圣人还是能够做到言尽意的。所以扬雄《法言·问神》篇中说:"言不能达其心,书不能达其意;难矣哉!惟圣人得言之解,得书之体。"以老庄为代表的道家虽然否定言的达意作用,但也并不废弃言。他们则认为言不能尽意,也并不就是意,然而可以把言作为得到意的一种象征性的工具,在得到意之后就应该忘记作为工具的言,不因言的局限性而影响对意的全面把握。庄子在《外物》篇说:"荃者所以在鱼,得鱼而忘荃。蹄者所以在兔,得兔而忘蹄。言者所以在意,得意而忘言。吾安得忘言之人而与之言哉!"言只是得意的荃和蹄,只是得意的一种手段而不是目的,必须得意而忘言,忘言方能得意。所以,言和意之间是一种启发象征的关系,而不是直接表述的关系。真正的意并不是言所具体表达的部分,而是由此而联想起来存在于想象中的部分,故而意不在言内,而在言外。比如《周易》的易象是体现具体物象的,乾卦代表天、帝、男等,坤卦代表地、后、女等,但它本身并不是物象而仅仅只是一个个的符号。"立象以尽意",但象并不就是意。魏晋之际的玄学思想发展了老庄的言意关系说,王弼在《周易例略·明象》篇中运用庄子《外物》篇的思想对言、象、意关系作了系统的阐发,他说:"言者,象之蹄也;象者,意之荃也。是故存言者,非得象者也;存象者,非得意者也。""然则,忘象者,乃得意者也;忘言者,乃得意者也。得意在忘象,得象在忘言",产生在"言不尽意"论认识上的这种言、象、意关系论,直接影响到文学艺术形象的创造,并为意境理论的形成奠定了哲学和美学思想基础。

意境是意和境的融合,是主体的意和客体的境的统一。意和境从其表现特征上看也是一种情和景的结合,但是又不同于一般的情和景的结合,所以说意境就是情景交融是不够的。意境中的情具有"情在词外"的特点,意境中的景具有"景外有景"的特点。意境的最基本美学特征,我在十多年前写的《论意境的美学特征》一文中说过:"以有形表现无形,以有限表现无限,以实境表现虚境,使有形描写和无形描写相结合,使有限的具体形象和想象中无限丰富的形象相统一,使再现真实实境与它所暗示、象征的虚境融为一体,从而造成强烈的空间美、动态美、传神美,给人以最大的真实感和自然感。"(参见拙作《古典文艺美学论稿》)而这种美学特征就是在《周易》、老庄、玄学的文艺美学思想基础上发展起来的,而刘勰的"隐秀"说就是对意境美学特征的最早理论概括。隐和秀是针对艺术形象中的情和景、意和象而言的,它包含有两层意义:一是情隐于秀丽的景中,意蕴于幽美的象中,这是指的一般艺术形象的特点;二是宋人张戒《岁寒堂诗话》所引《文心雕龙·隐秀》篇残文:"情在词外曰隐,状溢目前曰秀。"现存《文心雕龙·隐秀》篇有残缺,不过我们认为张戒所引当为原文所有,因其与现存本中刘勰的论述是一致的。刘勰说道:"隐也者,文外之重旨也;秀也者,篇中之独拔者也。隐以复义为工,秀以卓绝为巧,斯乃旧章之懿绩才情之嘉会也。"秀是指对艺术形象的生动卓绝的描写,这里特别值得我们注意的是他关于隐的解释,刘勰所说的隐不是一般艺术形象的情隐于景中之意,而是指"情在词外",有"文外之重旨",所谓"隐以复义为工",也就是说词外有情,文外有旨,言外有意,这种情、旨、意显然不是指艺术形象中具体的实写的部分,而是指受这具体的实写的部分暗示、象征的启发,而存在于作者和读者想象中的情、旨、意。所谓"重旨"和"复义",即是有实的和虚的两层"旨"和"义",而刘勰认为这后一层虚的"旨"和"义",显然是更为重要的,它具有更加深刻的美学内容。这种"情在词外""文外重旨"的提出,毫无疑问是受"大音希声,大象无形"和"言为意筌""得意忘言"思想的影响而来的。刘勰在《文心雕龙·隐秀》篇中说道:"夫隐之为体,义生文外,秘响旁通,伏采潜发,譬爻象之变互体,川渎之蕴珠玉也。"可见,隐的含义正是从易象而来,它不仅是体现了一种象征的意义,而且是象外有象,义生文外。易象本身是一种象征性的符号,而易象的构成也是隐含着"复义""重旨"的,这就是刘勰所说的"爻象之变互体"。易象是由八卦两两组合而成,共有六十四卦,每一卦有六爻,如乾卦☰,坤卦☷。每一卦的六爻之中,又隐藏着两个卦象:"二至四,三至五,两体交互各成一卦,先儒谓之互体。"(孔颖达《周易正义》)例如观卦☰,二至四爻为艮卦☶,三至五爻为坤卦☷,此即为互体。也就是说,观卦除本身含有其意义之外,还隐藏着两个别的卦所包含的意义。这种"复义""重旨",说明观卦具有卦中有卦亦即卦外有卦的特点。这种特点运用到文学艺术形象的创造中,其意义就不是一般的思想感情隐藏在形象描写中所能包括得了的了,它要求由实象引出虚象,由具体的文本意义导向幻觉中的想象意义,而这正是意境所具有的不同于一般艺术形象的特殊美学内容。所以,刘勰虽然没有明确提出意境的概念,但是他的"隐秀"说实际上已对意境的美学特征作出了重要的理论概括,并在唐宋时期意境理论形成发展过程中产生了极为深刻的影响。

从刘勰的"隐秀"说发展到唐宋的意境论,这条线索在唐人有关意境的论述中可以看得很清楚。唐代的诗歌意境论并未用"意境"的概念,而是用"境"或"诗境"的概念。文学理论上意境概念的出现最早见于《吟窗杂录》所载王昌龄《诗格》,但《吟窗杂录》本《诗格》是否王昌龄所作颇值得怀疑,其真伪不能确定,而且其中"三境"论所说"意境"并非一般意义上的意境,只是和情境、物境并列的三种不同类型意境中一种。(《文镜秘府论》所引王昌龄《诗格》当是可靠的,但其中未提到意境概念。)然而唐人所说的诗境实际就是意境,这是无可置疑的。最早从文学创作角度涉及诗境的,当推诗人王昌龄和《河岳英灵集》的编选者殷璠。殷璠着重还是论诗歌的"兴象",由"兴象"而接触到诗境"远出常情之外""唯论意表"的特点。他论王维诗时说:"在泉为珠,着壁成绘,一字一句,皆出常境。"所谓"皆出常境",即指王维诗中那种难以用语言文字来描绘的禅悟境界。不过"兴象"论本质上也就是一种意境论,比刘勰稍后的钟嵘在《诗品·序》中对"兴"已经作了不同于传统经生家的解释:"文已尽而意有余。"这和刘勰所说的"隐"的"义生文外"和有"文外之重旨"是一致的,"兴象"指的也就是具有这种"兴"的特征的艺术形象。王昌龄则相当集中地论述了诗境的创造问题,强调了诗歌中意和境的融合实际上也就是心与物的结合。《文镜秘府论》引王昌龄《诗格》云:"夫置意作诗,即须凝心,目击其物,便以心击之,深穿其境。"又说:"取用之意,用之时,必须安神净虑。目睹其物,即入于心;心通其物,物通即言。"这正是在刘勰所说"情以物兴""物以情观"和心"随物以宛转"、物"与心而徘徊"说的基础上,对意境的本质和创造所作的具体论述。《吟窗杂录》中引王昌龄《诗格》的"诗有三境""诗有三格"条论构思和意境的形成,主要也是说的思与象、心与境、神与物的融洽会合。中唐时期对王昌龄意境论作了重大发展的是诗人皎然和刘禹锡。皎然不仅强调了"诗情缘境发"的特点,而且着重说明了诗境的主要美学特征是"采奇于象外","情在词外""旨冥句中",并指出了这就是"隐秀"的意思。他在《诗式》中说:"客有问予谢公二句优劣奚若? 予因引梁征远将军记室钟嵘评为隐秀之语,且钟生既非诗人,安可辄议? 徒欲聋瞽后来耳目。且如'池塘生春草',情在词外;'明月照积雪',旨冥句中。风力虽齐,取兴各别。"(此外文字据北图所藏毛晋校《诗式》抄本,别本无"记室钟嵘"四字。皎然记忆有误,"隐秀"非钟嵘之语,乃刘勰所提出。)此处"情在词外"据张戒所引当即由刘勰对"隐"的解释而来,"旨冥句中"当是由宗炳《画山水序》中"旨微于言象之外者,可心取于书策之内"而来,而刘勰所说的"隐秀"则又和宗炳的"旨微于言象之外"说有很明显的内在联系。皎然实际上是把意在言象之外、"文外之重旨"看作诗歌意境的最主要美学特征,所以,他又说:"若遇高手,如康乐公览而察之,但见性情,不睹文字,盖诣道之极也。"此所谓"但见性情,不睹文字",不仅含有禅宗"不立文字,教外别传"的意思,而且也是指诗歌意境的"义生文外""情在词外"之美学特征。诗人权德舆和刘禹锡所说的"意与境会""境生象外",则也是在刘勰所论基础上的进一步发展。"意与境会"就是对刘勰有关"情以物兴"和"物以情观"思想在意境分析上的具体运用,而"境生象外"则是对"隐秀"说的发挥,强调了意境在具体描写的实的境象之外,还有一个存在于想象之中的虚的境象,也就是后来司空图所说的"象外之象,景外之景",它使人感到"言有尽而意无穷",具有"韵外之致",其诗味在于"咸酸之外"。由此可以充分说明,刘勰虽然没有明确地提出意境的概念,但他的心物交感说、"隐秀"说,实际上就是对意境美学特征的最早的比较全面而深入的阐述,他为意境理论的形成和发展,作出了不可磨灭的重要贡献。

(原载《临沂师专学报》1996年第5期)

关于刘勰晚年是否北归东莞的问题

——刘勰故乡莒县访问记

关于刘勰晚年是否曾回到故乡东莞莒县的问题，海内外"龙学"研究者所出版的著作中都没有涉及过，虽然 1984 年萧洪林、邵立均在《文史哲》杂志第五期发表的《刘勰与莒县定林寺》一文中提出并肯定这个问题①，但龙学界对此似乎没有多少反映，据我所知，看过萧、邵文章的，除牟世金同志有所保留外，都是持否定态度的，认为不值得一谈。1986 年安徽屯溪中国文心雕龙学会第二届年会时，我曾问过牟世金同志，他说莒县的同志作过很多调查，民间也有不少传说，由于他没有去莒县作过考察，不好发表意见。从那时起我就很想去作一番实地考察访问。1993 年我们在山东枣庄开学会第四届年会时，曾组织去莒县定林寺参观，但由于当天来回时间很紧，既没有去东莞镇，也没有来得及向莒县的有关同志作具体了解。

今年 10 月中旬，中国文心雕龙学会第五届年会在山东日照召开，我和学会秘书长、人民文学出版社编审刘文忠同志因筹备工作需要，提前于 10 月 8 日到日照。莒县现归日照市管辖，10 月 9 日在日照市文化局刘联合副局长的陪同下，我和文忠专程去刘勰的故乡莒县东莞镇访问。莒县在日照的西边，略靠北。路上刘联合同志向我们介绍说，关于刘勰的故乡有两种说法：一是在三庄，三庄现属日照市，靠近莒县。三庄原名三公庄，传说刘勰排行第三，故称刘三公。一是在东莞镇，在莒县的最北边。六朝时莒地属东莞郡，现在东莞只是一个镇，属于莒县管辖。为什么说刘

---

① 萧洪林、邵立均同志的文章的主要内容和材料，是由莒县博物馆副馆长苏兆庆同志提供的。苏兆庆同志在 1996 年 11 月 24 日给我信中说："邵立均是我的老友，今已不在了，当年本人把刘勰北归的一些设想材料讲给邵老听，他又查阅了刘勰世系，后撰写一稿，送山大，可能是牟先生让萧洪林先生整理发表，原始材料我至今还保存着。"因此最早提出这个问题和看法的，应当是苏兆庆同志。萧、邵文章发表后，《文史哲》也在 1987 年发表过一些不同意见的来稿摘登。

勰的故乡是三庄呢？因为三庄发现一块清代乾隆时立的碑，说此地就是刘勰的故居。刘联合同志告诉我们说，这碑现在被砌在一家人家的院子围墙上。因为顺路，我们的车子先到了三庄，在刘联合同志的带领下，我们找到了这块碑。碑文中间大字书"梁通事舍人刘三公故里"，左边字体较小，"公讳勰字彦和著有文心雕龙行世"，右边用同样小字，"乾隆二十三年岁次戊寅九月谷旦"，旁书立碑人有三个，因为碑文剥落，已看不清楚名字，只能看出左右两人姓牟，中间一人姓张，名字下书"熏沐敬志"。我们向刘联合同志建议把这块碑放到莒县博物馆里去，但刘联合同志说尚未能征得主人同意，这是一件很可惜的事。离开三庄后，我们到了莒县县委宣传部，刘树芬副部长和莒县博物馆副馆长苏兆庆同志非常热情地陪我们一起去东莞镇。

从莒县县城到东莞镇比较远，一直往北有一百多里，路也不大好，汽车走了一个多小时才到。镇党委书记老马同志早已在镇外等候我们，随即带我们到了新落成的刘勰塑像前。塑像建在东莞镇中心附近，旁边是一池清水，一片花草，镇里计划要修成一个公园，使这里成为一个有历史文化意义的风景点。在镇党委会议室休息的时候，老马同志送给我们每人一本他们翻印的《文心雕龙》今译本，他希望刘勰家乡的人都知道这本名著。老马同志告诉我们，刘勰的故里在镇西北的沈刘庄，为什么叫沈刘庄呢？苏兆庆同志和老马同志告诉我们，这是由于刘勰的《文心雕龙》受到沈约的赞赏，因而刘勰和他的书都出了名，为了感谢沈约，其家乡的人把刘庄改为沈刘庄，其实沈刘庄的人都姓刘，并没有姓沈的。此点苏兆庆同志的文章《刘勰晚年北归和浮来山定林寺的创建》作了详细论证，并有1885年出土的明代刘茂墓志为证。随即我们驱车到了沈刘庄。这是一处三面环山的小村庄，不过，山都不很高。老马同志指着南面的小山告诉我们说：这叫"文山"，是纪念刘勰的《文心雕龙》的。传说刘勰的故居当地称为"小楼"，门前有一条小河，河对面有一棵银杏树。我们先到银杏树下，看到此树确实古老，估计最少也有一千多年，树干有三人合抱那么粗，二三十米高，至今枝叶繁茂，形成很大的一块树荫。离银杏树大约二三十米远，便是一条小溪，据村民说雨季时水还是很大的，形成一条很有气势的河，所以溪上有较宽的石桥。过桥的溪边便是传说中的刘勰故居遗址,现在是一家农户的住宅。就在这里的桥头,我们随便访问了几位路过的村民,一位是七十多岁的老婆婆,一位是五十多岁的老大爷,另一位是二十多岁的青年妇女,他们都知道刘勰,并说他的故居叫"小楼",也都说这桥头的房子就是在"小楼"的遗址上盖的。至于为什么叫"小楼",什么时候传下来的,他们都讲不清了,只说是老人们的说法。老马同志又带我们到村长的家里,我们看到村长家里也放着《文心雕龙》的今译本。村长请来了两位熟悉此地流传的有关刘勰事迹的村民,其中有一位刘汉卿是拖拉机手,四十多岁,对刘勰的事迹特别熟悉。据他说刘勰是出生在沈刘庄的,因为刘家是大家族,虽然刘勰的祖先在南北分裂时去了南方定居在京口,但是仍有很多亲属在东莞,有很多土地、房产在这里,家属之间南北往来还是不少的。他说刘勰不仅幼年生活在沈刘庄,而且晚年确是回到了家乡,并修建了定林寺的。他说村里曾出土一块清代碑文,是记载这里武三庙历史的,传说刘勰曾在武三庙里抄书,但是这块碑现在已经被毁了,不过,他还能背诵其中的一段。由于他背得很快,又有浓厚的山东土话口音,我没有能听得很清楚。但说明关于刘勰到过家乡的说法,并非现代人所提出,而是早在明清以前在莒县就已经流传。

关于刘勰的出生和家世情况,《梁书·刘勰传》记载比较简单,只说:"刘勰,字彦和,东莞莒人。祖灵真,宋司空秀之弟也。父尚,越骑校尉。勰早孤,笃志好学。家贫不婚娶,依沙门僧祐,与之居处,积十余年,遂博通经论。因区别部类,录而序之。今定林寺经藏,勰所定也。"现在海内外"龙学"专家们所说他"世居京口",并非《梁书·刘勰传》所载,乃是《宋书·刘穆之传》和《宋书·刘秀之传》指刘穆之和刘秀之而说的,因为他们和刘勰都属东莞刘氏一族,有亲戚关系,所以说刘勰的祖先也是"世居京口"。其实,刘穆之和刘秀之在刘宋时代都位列三公,是刘家显赫的望族,他们的祖辈由东莞莒县南迁"世居京口",未必刘勰的祖辈也一定南迁。《梁书·刘勰传》不说他"世居京口",也许并不是偶然的。因此也不能说没有这样的可能:刘勰一系的祖先可能还是在东莞莒县,而只是到他祖父或父亲时才南下投奔其在京口的亲属,所以刘勰幼年出生在莒县,也不是完全没有可能,这是一个值得研究的问题。《梁书》记载刘勰身世有些问题并不很清楚,例如说他祖父刘灵真是刘秀之的弟弟,可是《宋书·

刘秀之传》记载刘秀之的兄弟有钦之、粹之、恭之，却没有灵真，其名字也与穆之、秀之兄弟都是"之"字辈习惯不同，我在拙作《文心雕龙新探》一书中也讲过这个问题，怀疑灵真是否为刘秀之的亲弟弟。《南史》删去"祖灵真，宋司空秀之弟也"这一句，不能认为是"删繁就简"，因为刘秀之位列三公，刘勰之祖父是不是他弟弟，涉及刘勰的社会地位和身份，李延寿很可能是对它的真实性有怀疑。现在我们也许可以从另一个角度提出问题：刘灵真不仅可能只是刘秀之的远房族弟，而且也可能并不在京口，而是在山东的东莞莒县，所以《宋书·刘秀之传》就没有提到他。1969年江苏句容出土的刘岱墓志铭，说明刘秀之及其弟粹之（刘岱之父）一系，在他们曾祖刘抚时就已南迁京口，但刘勰如并非刘抚一系，或刘抚的子孙并未都南下，刘勰一系就并不一定是"世居京口"，也不能说《梁书·刘勰传》之"东莞莒人"，是侨置南徐州之东莞郡莒县了。这次我和文忠访问莒县东莞镇的过程中，日照市文化局刘联合副局长也和我们说到这样的意思：当时南北分裂，北方士绅南迁的很多，但像刘氏这样的大家族，不见得全部都离开故乡南下，一定会有一些分支留下，不愿意放弃土地和家业。即使刘勰的祖先南下了，也会有不少的亲戚留在故乡，所以刘勰晚年在政治上不得意的情况下，出家后回到故乡莒县的可能性也是存在的。我以为这也是有道理的。我曾经在拙作《文心雕龙新探》中说过："萧统一死，刘勰在政治上失去依靠，且东宫易主，刘勰自然也不可能再在东宫任职。""刘勰在政治上已无大的发展前途，且梁武帝后来与萧统亦有矛盾，故而刘勰在这种情况下退出政治舞台，再次入定林寺撰经，并表求出家，是完全合乎情理的事了。"刘勰的晚年在政治上受到冷落，其景况是比较凄凉萧条的，既然在南朝的都城建康（即今南京）不受重视，燔发出家后，回到北方故乡去定居、传播佛学也是有可能的。

要研究刘勰晚年是否北归？有两个问题是必须作出解释的。第一是《梁书》所说的出家以后"未期而卒"是否错了。第二是当时南北分裂，刘勰能否北归。如果对这两个问题不能作出肯定的回答，那就没有讨论的前提。我以为苏兆庆同志的文章对此作了很好的答复。他指出：《南史》修改了《梁书》，删去"未期而卒"一句，不是"删繁就简"，而是对它的"质疑和否定"，认为它"失实"，我认为是有道理的，至少可备一说。萧、邵的文章也曾指出了这一点："此记载关系到刘勰的卒年,而生、卒年乃列传中十分重要的生平资料,任何史家都不会轻忽的。"刘勰如果晚年离开建康钟山定林寺北归莒县,由于南北对峙的政治格局,他可能并没有告诉别人,故而京城建康并没有人知道他北归。《梁书》说他"未期而卒",也可能是因为他出家后不久就不见了,遂以为他已经去世才这样写的。《南史》则认为缺少根据,就将此句删去。这里就要涉及第二个问题,当时有没有可能从南方回到北方? 苏兆庆同志的文章对此也作了比较有力的回答,他指出当时南北双方在官方和民间都有不少的往来,并从《梁书》记载中找出了大量例证,还进一步说明当时僧人往来南北更为自由,因此刘勰北归在客观上是有可能性的。这一分析和论证应该说有道理的。要证明刘勰晚年是否北归东莞莒县是需要作深入研究的,目前材料还不够充分,但这确是非常值得我们重视和研究的问题。对此采取不屑一顾的态度是不对的,至少我们要把它作为一个重要方面列入刘勰身世研究的课题。

中国文心雕龙学会在日照召开第五届年会期间,又组织全体代表到莒县参观博物馆和浮来山定林寺。这是我第二次到浮来山定林寺了。浮来山是莒县的名胜,早在《春秋》中已经有记载,鲁隐公八年,"九月,辛卯,公及莒人盟于浮来"。定林寺在山中林木茂密之处,寺内有古老的银杏树,树干粗达十几米,有七八个人合抱那么宽,枝叶参天,如巨大绿色圆顶,形成宽阔的树荫。传说莒、鲁会盟即在此树下,这当然不一定可靠,但此树当有几千年的历史,是没有问题的。据苏兆庆同志说,此树经林业部专家鉴定,实为"全国银杏第一树"。定林寺的创建也是比较早的,大约是在北魏时期,与刘勰出家后时间接近,这从萧、邵文章和苏兆庆文章的论证和出土文物尚存照片可以说明。但寺庙是否为刘勰所创建,则尚需作进一步研究。自萧、邵据苏兆庆提供的材料所写的文章发表后,《文史哲》1987年第一期又发表过刘心健的《刘勰和莒县定林寺质疑》和王汝寿、刘家骧的《莒县定林寺非刘勰创建》两文摘要,不过,他们主要是对刘勰北归创建莒县定林寺说有不同意见,而对莒县定林寺的建立约在北魏,和刘勰出家后时间相近,并未提出不同意见。这次苏兆庆同志的文章反驳了他们认为刘勰北归没有客观可能性的说法,并对刘勰创建莒县定林寺又提出了一些新的参考材料。萧、邵和苏兆庆的文章都认为刘勰后来就死在定林寺,并以墓塔遗址、"彦和碑"、"象山树"石刻题辞等加以论证,苏兆庆还特别提出1996年他参加发掘的墓塔出土文物为证。这里确还存有很多疑问,也带有一些猜测成分。"象山树"石刻题辞者是否为刘勰,尚需作进一步研究。苏兆庆认为是"隐仕慧地题",刘心健等据《重修莒志》认为是"怀仁蒇休题",由于石刻本身早已剥落,难于确切辨认,然从模糊的遗迹看,《重修莒志》所说似较有可能,故此可以不论。"校经楼",刘心健等人指出清代称为"毗卢阁",有寺内石碑作证,亦可以不论。但是,萧、邵、苏等的文章也确给我们提出了许多值得思考的问题,比如:

一、根据道宣《续高僧传》中《昙观传》的记载,莒县定林寺在隋仁寿年间已有记载,因此苏、萧、邵等认为它创建的时间大约在北魏,是比较可信的。而且它和刘勰曾长期在那里整理佛经、并最终在那里出家的建康钟山定林寺同名,确是一个颇为值得思考的问题,刘勰是唯一可以使它们联系起来的人物。钟山定林寺分为上、下两寺,先有下寺,上寺为宋元嘉十二年(435年)昙摩蜜多(法秀,号连眉禅师)所创建(见慧皎《高僧传·宋上定林寺昙摩蜜多传》)。萧、邵文章中说:"南定林寺创建在前,北定林寺出现在后,故寺名只能是北学南,而不可能相反。"这是对的。所以不能完全排斥刘勰晚年参与创建并定居在莒县定林寺的可能。

二、莒县定林寺西怪石峪山崖上所存康熙十年(1671年)的题咏:"铁佛悯莒归地府,彦和碑碎遗荒坟。"说明在康熙以前此地就有了"彦和碑"和刘勰墓,其中所说"彦和碑",可以有两种解释:或是指刘勰所写创建莒县定林寺碑,或是指后人为刘勰墓塔所写的碑。所谓"荒坟"当指刘勰之墓,当然它不能证实莒县定林寺为刘勰所创建。而且它的可靠性和真实性究竟如何,也是需要考证研究的。不过,它可以证明刘勰晚年回到莒县并死于浮来山定林寺的说法,并非近人所杜撰,而是早在康熙以前就有了。

三、刘勰创建说现在见到的最早提出者是清光绪年间的莒州学正李厚恺(见莒县定林寺三教堂院内卧碑),他所说"考史,定林寺实萧梁刘舍人彦和所创建",是否真有确凿可靠的材料,现在还难以考证清楚。然而我们也不能像王汝寿、刘家骥文中所说那样,因为李厚恺不知道刘勰校定经藏是在钟山定林寺,就完全否定他刘勰创建莒县定林寺的说法,从上述怪石峪山崖题咏来看,他可能还是有一定历史根据的。同时,清代嘉庆元年(1796年)修的《莒州志》载有署名乐安李焕章的《游浮来山记》一文,他是知道"江南寺亦有定林"的,但也在文中说:"余少时读《春秋》隐公八年与莒子盟于浮来,其地在莒西二十里。后阅载记云东莞刘勰彦和校经于浮来之定林寺,心窃慕之。"又说:"刘彦和罢通事舍人,改僧名慧地,翻经其下,著《文心雕龙》。"李焕章在文章中曾说过"天启辛酉(1621年)从先大夫观察秦陇","康熙戊午(1678年)晋中赵城见娲皇庙",可见他是明末清初人。文中有明显错误,如说刘勰在浮来山定林寺校经和著《文心雕龙》之类,但可说明在明清之际刘勰晚年回到东莞莒县的说法是很流行的。至于它是否能站得住则是另一个问题。

四、所谓莒县定林寺最后一任主持佛成指认刘勰墓塔遗址及乌龟碑座即彦和碑的说法,显然带有传说成分不可轻信。1996年在佛成指认之地出土墓塔基石,据参加发掘、对莒县文物考古很有研究的苏兆庆同志判断,认为可能是北魏时期的遗物,这也有待于作进一步科学鉴定,更不能认为这些遗物就是刘勰墓塔遗物。但也不能完全排除这种可能性,说明尚可作更深入的考证和研究。

根据我实地考察访问和查阅文献资料的情况来看,对刘勰晚年出家后是"未期而卒"还是潜归故里隐居浮来山,确是值得重新加以认真研究的。从目前来看,后一方面的说法还缺乏很确凿的材料,但也并不是完全没有根据的。把它看成没有学术价值的、仅仅是乡里攀附名人的无稽之谈,也是不妥当的。所以我希望在苏兆庆同志的文章发表之后,能有更多海内外"龙学"研究者来关心和研究这个问题,同时也不妨亲自去莒县看看,作一些具体的调查访问和研究工作。

(原载《北京大学学报(哲学社会科学版)》1997年第3期)

《文心雕龙》研究的现状和问题

对《文心雕龙》的现代的科学研究是从二十世纪初开始的,现在当新的二十一世纪即将来临之际,认真地总结和回顾一下本世纪《文心雕龙》研究的状况及其存在的问题,也许对进入新世纪后《文心雕龙》研究的深入发展是很有好处的,也是很有必要的。

二十世纪运用新的科学方法研究《文心雕龙》,最早当推辛亥革命后刘师培、黄侃在北京大学的讲授,特别是黄侃先生的讲义《文心雕龙札记》,至今仍是研究《文心雕龙》的主要参考书。黄侃先生的学生范文澜所著《文心雕龙注》,出版于二十世纪二十年代,可以说是近代以来《文心雕龙》注释方面的经典之作,四五十年代又有刘永济的《文心雕龙校释》及王利器的《文心雕龙校证》(后者成书于1950年,修订出版于1977年)。二十世纪二十至七十年代,有很多研究《文心雕龙》的专著和论文发表。而近二十年来,中国和东亚地区对《文心雕龙》的研究之发展尤为迅速,在二十世纪已经发表的一千五百多篇文章和出版的一百多部著作中,至少有三分之二以上是属于这个时期的。中国在1983年成立了民间学术团体"中国文心雕龙学会",对推动和促进《文心雕龙》研究的发展起了很重要的作用。学会现共有会员一百五十多人。学会编辑的不定期研究论文集《文心雕龙学刊》,共出版七辑。自1993年起改为《文心雕龙研究》,现已出版两辑。学会成立十四年来,共举办过五次国内学术研讨会,并分别与复旦大学、暨南大学、北京大学,在1984年、1988年、1995年,举行过三次国际学术研讨会,其中以1995年北京国际学术研讨会的规模最大,到会代表有一百一十多人,包括日本、美国、韩国、加拿大、新加坡、马来西亚等国,以及中国海峡两岸暨香港的学者。1988年国际会议曾出版了会议论文集《文心雕龙研究荟萃》,1995年国际会议的论文则分别发表在《文心雕龙研究》第二、三辑上(三辑将于今年出版)。学会还编辑了研究论文选集《文心雕龙研究论文集》,与大型《文心雕龙》研究资料《文心雕龙学综览》。香港、台湾地区的《文心雕龙》研究也同样有很大的发展，在六七十年代由于受"文革"影响，有关《文心雕龙》的研究成果很少，而台湾、香港地区则发表了很多专著和论文，许多著名学者如潘重规、饶宗颐、徐复观、王梦鸥、王叔岷、黄锦鋐、张立斋、张严、李景嵘、王更生等，都有过很有分量的著作或论文。1987年台湾曾经举办过"以《文心雕龙》为中心的中国文学批评研讨会"，并出版了研讨会论文集《文心雕龙综论》，80年代的研究专著和学术论文就更多了，其中尤以王更生先生的研究成果最为突出，他的几部代表性著作，例如《文心雕龙研究》《文心雕龙新论》《文心雕龙导读》等在学术界均有较大影响。国外的《文心雕龙》研究以日本最为突出，共出版过三种《文心雕龙》的全译本（译者分别为兴膳宏、目加田诚、户田浩晓）。在理论研究方面，老一辈学者中如目加田诚、户田浩晓都曾发表过一些重要论文，特别是目加田诚有关风骨的论著是很有深度的。中年一代当以兴膳宏先生最为突出，他的《文心雕龙的自然观》《文心雕龙与出三藏记集》等论文有较高的学术价值，中国大陆出版过《兴膳宏〈文心雕龙〉论文集》。此外，在美国有施友忠的英译本，宇文所安也翻译过一些重要篇章，意大利有珊德拉的意大利文译本。韩国方面有两种译本，均以日本兴膳宏译本为蓝本，并没有参考中国的众多重要注本。在理论研究方面，近年来美国和欧洲的一些学者也发表过一些论文，韩国近年来一些年轻学者也注意研究《文心雕龙》，其中较有代表性的是留学中国台湾的金民那女士的《文心雕龙的美学》一书（系其博士论文）。

综合中国和其他东亚地区有关刘勰和《文心雕龙》的研究状况来看，大体可以分为以下五个方面：

一、生平研究。有关刘勰生平的研究专著，已二十余种，考订最细、最有影响的是杨明照先生的《〈梁书·刘勰传〉笺注》（初见于1941年之《文学年报》第七期，1958年收入其《文心雕龙校注》，后扩展增补了很多内容，作了较大修改，1979年刊载于《中华文史论丛》，后收入1982年的《文心雕龙校注拾遗》又有一些修订），对刘勰的家世和生平的基本情况已经大体论述清楚。而中国台湾张严、王更生、李曰刚，日本兴膳宏，以及中国大陆的李庆甲等的年表、年谱、身世考索等，也都各有所贡献，牟世金先生所著的《刘勰年谱汇考》一书(巴蜀书社 1988 年出版),已经把这些成果汇集在一起,并提出了他自己的一些看法,为我们的进一步研究提供了方便。目前对刘勰家庭谱系的研究已经比较清楚,学者们基本上没有什么大的分歧,大家都同意刘勰家庭在他的祖父一辈已经败落,但对刘勰祖父刘灵真是否与刘秀之为亲弟兄、刘勰是庶族出身还是士族出身还有些分歧。如有些学者认为刘灵真并非刘秀之亲弟,和刘秀之一系没有直接关系。又如王利器先生认为刘勰系出身士族,见其《文心雕龙校证》序录。王元化先生在《文心雕龙讲疏》中则认为他出身寒族。对刘勰的生年虽然各家所定略有不同,但考定方法是一致的,都是根据《文心雕龙·序志》篇中"齿在逾立,则尝夜梦执丹漆之礼器,随仲尼而南行","于是搦笔和墨,乃始论文"之说,按照清代刘毓崧有关《文心雕龙》成书时间之说推算出来的。对刘勰早年入定林寺原因也有不同看法,或认为家贫(王元化说),或认为信佛(杨明照说),或认为借僧祐以寻求政治上出路(张少康说)等,颇不一致。对刘勰在定林寺期间是否曾为僧祐所编佛教典籍(如《弘明集》《出三藏记集》等)"捉刀",学者也颇有争议。范文澜、杨明照、兴膳宏等均持"捉刀"说,而饶宗颐先生则认为不应剥夺僧祐的著作权。至于对刘勰卒年的研究,各家的分歧则比较大,范文澜推断为 521 年(见《文心雕龙注》),李庆甲推断为 532 年(见《刘勰卒年考》,载于其《文心识隅集》),杨明照先生推断为 538 年(见其《文心雕龙校注拾遗》)。同时这也影响到对刘勰后期思想和活动的认识和了解,比如他晚年的政治活动和生活状况,及为什么要出家皈依佛门等。此外,还有学者认为他晚年曾回到祖籍山东莒县,并修建莒县定林寺(苏兆庆说,见《北京大学学报》1997 年第 3 期),但是多数学者不同意此说。对刘勰《文心雕龙》的成书年代历来有南齐和梁初两说,多数学者同意清代刘毓崧的看法认为写定于南齐末年,然而近期也有人提出成书于梁初,或谓修订于梁初(如《文心雕龙研究》第一辑贾树新文)。关于刘勰的著作《灭惑论》的写作时代也还存在不同看法,或谓作于南齐,或谓作于梁代,争论直接涉及刘勰前后期思想是否有变化,以及佛教思想和《文心雕龙》的关系问题,然争论双方也还没有确凿的证据足以驳倒对方。80 年代中还曾有过《刘子》一书是否为刘勰所作的争论,但绝大多数学者否定了《刘子》为刘勰所作的看法,肯定者也没有什么有力的根据。

二、思想研究。关于刘勰和《文心雕龙》的思想,学者的看法也颇有分歧。过去在这方面的研究中,或认为以儒家为主(如范文澜说,王元化则强调主要为儒家古文经学,持此说者最多),或认为以道家思想为主(如张启成等人说,后来也有不少人支持此说),或认为以佛家为主(如马宏山说,但认为佛家思想对刘勰有深刻影响的,提出较早,如饶宗颐先生等)。以儒家为主说的主要根据是《文心雕龙》前三篇(《原道》《征圣》《宗经》)和《序志》中梦见孔子说,以及《程器》篇中强烈的仕进愿望等。以道家为主说主要根据是《文心雕龙·原道》篇中所说的天地万物都是"道之文",以及全书中以自然为最高美学原则,特别是他在《神思》等篇中所表现的在创作思想上所受的老庄思想影响。以佛家思想为主说的主要根据是刘勰的生平经历,他的《灭惑论》《石像碑》两篇佛学著作与《文心雕龙》在思想上的联系(如"神理"等),《文心雕龙》和《出三藏记集》的关系,《文心雕龙》中研究方法上不落一端的"圆通"特点,以及全书逻辑严密、体系完整的特征与佛教因明学思想的联系。(因明学作为一种逻辑科学传入中国是比较晚的,但是它体现在许多佛教经典中,这些佛经在刘勰时已经被大量翻译过来了。)近年来,大家的看法逐渐有所接近,多数人认为刘勰的思想并不是单一的,而是融会了儒、释、道(包括玄学)三家思想而写成《文心雕龙》的,特别是齐梁时代所出现的三教调和的思想文化特点,对刘勰及其写作《文心雕龙》的思想有明显的影响。但对各家思想在《文心雕龙》中的比重,看法还是有所不同。有的学者认为刘勰的思想前后期有所不同,前期以《文心雕龙》为代表,以儒家思想为主;后期以《灭惑论》和《石像碑》为代表,佛学思想比较突出,但也有的学者认为刘勰思想并没有这种变化,而且对《灭惑论》的写作时间也认为应该是在南齐,并在《文心雕龙》写作之前。最近一个时期大家比较注意把《文心雕龙》放到当时的历史文化大背景下去研究,考察《文心雕龙》和悠久的中国文化传统的内在联系。同时,有些学者对《文心雕龙》中佛学思想影响之研究有新的进展(如《文心雕龙研究》第二辑汪春泓文和《文心雕龙研究》第三辑邱世友文),也有一些学者开始重视对《文心雕龙》中玄学思想影响的研究。此外,有关刘勰《灭惑论》撰写年代及其与《文心雕龙》思想关系的考论,也受到了某些年轻学者的注意,成为他们博士论文的一部分,我们希望不久可以公之于世。

三、文本研究。对《文心雕龙》文本的研究,可以包括注释、今译和理论问题研究两个方面。关于文本中的理论问题研究在下一部分再谈,这里先谈注释和今译的情况。对文本的正确理解是理论研究的基础,二十世纪上半叶最重要的注本当推范文澜的《文心雕龙注》(1925年初版名《文心雕龙讲疏》,1929年修订为《文心雕龙注》)。范注是由明清时期梅庆生、黄维俭、黄叔琳等的传统注释向现代注释转变的开始,它的主要优点是在继承和发展传统注释优点的基础上,受其老师黄侃《文心雕龙札记》的影响(《札记》的贡献我们将在下一部分论述),在注释中进一步突出了对全书理论意义的阐发,引用和提供了大量可以帮助我了解《文心雕龙》理论渊源和思想观点的极为丰富的材料,并且对书中的重要名词概念和理论术语作了比较清楚的阐述,提出了许多具有较高学术价值的深刻见解。但范注也有一些不确切之处,而在具体释义方面也还不够细致,颇感不足。中国台湾王更生先生专门有《文心雕龙范注驳正》一书。40年代后期,比较重要的有刘永济先生的《文心雕龙校释》,其于校勘没有多少成就,但在释义方面则颇多简明扼要而有启发性的见解。从50年代以来中国大陆和中国台湾的学者在文本研究方面都做了大量的工作,取得了很大的成就。其中王利器的《文心雕龙校证》、杨明照的《文心雕龙校注》、李景嵘的《文心雕龙新解》、潘重规的《唐写本文心雕龙残本合校》、杨明照的《文心雕龙校注拾遗》、王叔岷的《文心雕龙缀补》、陆侃如和牟世金的《文心雕龙译注》、周振甫的《文心雕龙注释》(另有今译本)、李曰刚的《文心雕龙斠诠》、王更生的《文心雕龙读本》、王礼卿的《文心雕龙通解》、詹锳的《文心雕龙义证》等,是比较有代表性的著作。王利器、杨明照二书,在《文心雕龙》的版本校勘方面收集资料极为丰富,考订精深。杨书还广泛收集了历代对《文心雕龙》的引用,这都是他书所不及的。但是,他们都没有在此基础上从义理上作发挥。陆、牟二位的《译注》始于60年代而成于80年代初,注释严谨扼要、语译清楚明白,是一本既通俗而又有较高学术水平的著作。周振甫的注释本在严格考订典故出处的前提下,在文义的细致阐述上作了较多的发挥,对我们深入理解文本的正确含义是很有帮助的。但这两种书在对刘勰文学理论体系的全面把握上尚有所欠缺，对一些文艺美学范畴和名词术语的解释，也还不能尽如人意。中国台湾李曰刚的《斠诠》篇幅庞大，是比较早的一部注释方面的集大成之作，在范注基础上补其不足，有所拓展，并有不少自己的灼见。不过，《斠诠》也有过于烦琐不够精练的缺点。其后的王更生的《文心雕龙读本》，善能综合上述各家之长，避其所短，以严谨踏实的态度，采用简明的解题、精要的注释、流丽的语译相结合的方式，融入自己的研究心得，是一部既有很强的学术性，又较为平易通俗的优秀著作。詹锳的《文心雕龙义证》出版于1989年，比上述各家较晚，全书共一百三十多万字，在版本校勘、字义疏证方面，堪称集大成之作。对古今中外各家之说，均酌情采录，研究了已出的各种注本以及重要学术专著，对不同见解也有所评述。略感不足的是，在采录各家说法时，选择尚有不够精当之处。综观各家注释、今译，也还存在一些有待进一步改进的地方，比如注释中有一些难点并没有解决，特别是对一些重要的理论概念和名词术语，各家解释颇多分歧，往往还缺乏既有理论深度，又能为大家所认同的较为妥善的说法。这也许和许多有深厚国学根底的学者对现代文艺和美学理论不太熟悉有关，今译的工作也存在着类似的问题。看来，如果对《文心雕龙》文学理论体系没有深入而确切的全面把握，如果对刘勰所提出的重要文艺美学范畴不能从历史发展的角度和中西比较的角度作出科学的解释并给予准确的分析，文本研究也难以有新的重大突破。

此外，关于现存《文心雕龙》的篇次是否符合原著编排的问题，从范文澜开始在中国学者中一直是有争议的，日本学者安东谅和甲斐胜二也发表过有关的论文。

四、理论研究。对《文心雕龙》文学理论的研究，当以黄侃的《文心雕龙札记》为最早最有深度的著作。它在三十一篇《札记》中除对文本作了部分重要注释外，对每篇的主旨都作了相当深刻的阐述，为《文心雕龙》的现代科学的文学理论研究奠定了基础。近年来这方面的研究发展很快，专著和论文都很多。理论研究的深度和广度都有所加强，这主要表现在以下几个方面：

一是重视了理论体系的研究，如对《文心雕龙》文学理论的整体建构及其理论思想历史渊源的探讨,在已经出版的许多全面研究《文心雕龙》的著作中都有较大篇幅的论述,也有不少这方面的专题研究著作。但相对于以校勘、注释、今译为主的文本研究来说,这种系统的理论研究,其总体水平要比较差一些,似乎还没有多少为大家所认同的权威性著作。以刘勰文学理论体系为中心对《文心雕龙》的全面研究,中国台湾王更生先生的《文心雕龙研究》和中国大陆牟世金先生的《文心雕龙研究》是两部比较有代表性的重要著作。王著视野开阔,从《文心雕龙》的美学、史学、子学论到其文学理论,并从文原论、文体论、文术论、文评论,研究了刘勰的文学理论体系,是比较全面又很有特点的。牟著则对刘勰《文心雕龙》的文学理论体系作了相当深入细致的分析,立论严谨中肯。这两部书都是他们长期研究《文心雕龙》心得体会的理论总结,有许多富有独创性、启发性的精彩见解。对《文心雕龙》文学理论体系的专题研究,近年来成为一个热点,论著是很多的,如缪俊杰、石家宜、韩湖初等均写过这方面的专著,我本人也写过《文心雕龙新探——刘勰文学理论体系及其渊源》一书,但是目前还缺少具有突破性的高水平著作。

二是扩大了理论专题的研究,如对《文心雕龙》创作论、文体论、风格论、批评论、作家论、文学发展论等各方面,都有了不少综合研究的著作。创作论方面最有成就的当推王元化先生的《文心雕龙创作论》(后经修订改名为《文心雕龙讲疏》),书中的创作论八说释义,精简扼要地阐明了《文心雕龙》创作论的基本思想,特别是在每一说的几篇附录里,与西方文论中的有关问题作了对照分析,颇有启发意义。风格论方面则以詹锳的《文心雕龙的风格学》一书探讨得较为深入,他对《文心雕龙》中的才思与风格、时代与风格、文体与风格等都作了比较全面的分析。批评论方面则有中国台湾沈谦的《文心雕龙批评论发微》,对刘勰《文心雕龙》中的批评原理、批评方法等都从现代文学理论和美学理论的高度,作了全面细致的分析。在文学发展论方面,张文勋先生的《刘勰的文学史论》一书比较系统地论述了刘勰对文学历史发展的基本看法。不过,要使《文心雕龙》中这些理论专题研究进一步深化,必须把它放到中国古代文学理论批评发展的长河中去考察,既探索它的形成之历史发展渊源,又指明它对后来文学理论批评发展的影响,给它以正确的历史地位,这些显然都还做得很不够。

三是深化了理论范畴的研究,例如对《文心雕龙》中的神思、体性、风骨、隐秀、奇正、通变、定势、情采、熔裁等重要文艺美学范畴,已发表了大量的专题研究论文,并开展了不同意见之间的热烈争论。然而对这些重要文艺美学范畴的研究,也存在着一些需要改进的地方,这就是如何把文献资料的正确运用和提到现代文艺美学高度来认识真正有机地结合起来,否则往往容易出现或是堆积资料、或是空谈理论的毛病,甚至造成某种理论上的混乱。同时,这些理论范畴其实并不只是文学理论中运用,在其他艺术理论批评(如书、画、乐论等)中也是常用的,但我们还很少能把它们贯穿起来研究,并对它们在不同艺术领域中的差别作出分析比较,所以也影响了对它们研究的深度。对《文心雕龙》中理论范畴作系统深入研究的专著,以中国台湾王金凌的《文心雕龙文论术语析论》和中国大陆最近出版的寇效信遗著《文心雕龙美学范畴研究》两书较为突出。有关各个理论范畴研究的专题论文相当多,内容也十分丰富,其中有很多精彩的论述,见解也颇为分歧,但也有许多一般化的平庸之作。因为过于分散和庞杂,无法在这里作一一介绍。

四是扩大了对《文心雕龙》中专篇的理论内容研究。《文心雕龙》一共有五十篇,除《序志》外,每一篇都是一个独立的课题,包括《序志》在内,都值得作专门的研究。现在除文体论方面还有少数篇章没有见到专门研究文章外,几乎都有数量不等的专篇研究论文,特别是涉及一些重大理论问题的篇章,例如《原道》《辨骚》《神思》《体性》《风骨》《情采》等篇,均有数十篇至上百篇的研究论文。这种微观的研究包括的范围很广,既有助于对文本的深入理解,又加强了对《文心雕龙》中的各个具体的文学理论问题的细致考察,进一步促进了《文心雕龙》文学理论体系研究的深化。不过,目前对《文心雕龙》中单篇的研究还很不平衡,有的篇章研究较多,论述得也比较深入,有的篇章研究则比较少,水平也不太高。

五是加强了刘勰文学理论在中国文学理论批评史上的影响和地位的研究。这方面杨明照先生的《文心雕龙校注拾遗》中的"附录"部分收集了极为丰富的资料,王更生先生的《文心雕龙研究》中有专章论述,在许多研究《文心雕龙》的专著论文中也都有所涉及,此外还有过一些专题研究论文。但是，具体深入地联系中国古代文学理论批评发展状况，来全面地考察刘勰文学理论批评的地位和影响，需要对中国文学理论批评发展的历史相当熟悉，并有较为深入的研究，而多数《文心雕龙》研究者还是局限于《文心雕龙》本身和六朝时期的文学理论批评，对中国文学理论批评史缺少全面的了解，所以这方面的研究还是很不够的，尚有待于进一步加强。

五、比较研究。对刘勰文学理论和西方文学理论的比较研究，是近二十年来刚开始发展起来的。王元化先生的《文心雕龙创作论》对推动比较研究起了比较大的作用，由于他对中西两方面的文学理论都有较深的功底，因此他的比较研究是符合实际而较为确切的。香港中文大学的黄维樑先生在这方面也做了不少努力，取得了可喜的成果（参见他的新著《中国古典文论新探》中有关《文心雕龙》的论文）。他试图从研究《文心雕龙·知音》篇的"六观"出发，来建立具有中国特色的文学批评学，是很有意义的一种尝试。中国台湾的学者在这方面也做过很多工作，有不少很有启发性的见解。去年北美"从当代眼光看《文心雕龙》"会议提出从跨文化、跨学科的角度来研究《文心雕龙》，虽然还不能说是纯粹的比较研究，但与会北美汉学家对西方文化和文论都比较熟悉，因此他们的论文都具一定的比较研究的性质，对促进《文心雕龙》的比较研究，起了很重要的作用。会议主持人、伊利诺伊大学蔡宗齐教授近年来致力于《文心雕龙》的比较研究，已经发表了几篇很有价值的文章。不过，从总的方面说，比较研究还刚刚起步，中国大陆不少有关这方面的研究还很粗糙，原因是研究者对比较的双方都还缺乏深入研究和确切了解，特别是有些比较文学研究者对中国古代文论和《文心雕龙》并不熟悉，因此往往引用的材料就不正确，自然难以达到理想的效果。

《文心雕龙》的研究虽然取得了很大的成绩，但是为了使《文心雕龙》研究向纵深发展，从一个更高的标准来要求，正如我们上面所说的，也还有不少问题需要进一步解决。此外，为了进一步推进《文心雕龙》研究的发展，就目前的研究状况来说，也还有一些与研究有关的问题值得我们注意。首先，要吸引更多的学者特别是青年学者来研究《文心雕龙》，扩大和加强《文心雕龙》的研究队伍。在中国和日本，许多老一辈专家年事已高,都陆续退出了《文心雕龙》研究领域。中国大陆一些很有成就的中年学者(如牟世金、李庆甲、寇效信等),相继因癌症去世,在青年学者中专门从事《文心雕龙》的研究,并已取得较好成绩的还很少,缺少比较拔尖的人才。如果我们着眼于《文心雕龙》研究发展的前景,应当加紧培养青年"龙"学家的工作。在日本和韩国的汉学家中,现在专门从事《文心雕龙》研究的学者也比较少。而欧美各国研究《文心雕龙》的学者则更少。其次,这种情况的产生也许是和另外一个问题相联系的,这就是目前研究《文心雕龙》很难有新的突破。近年来虽然研究著作和论文很多,但是多数在学术水平上比较一般,特别是对《文心雕龙》中的一些基本文学理论问题和概念范畴的研究,有深度的著作还很少,新发现的有价值资料也不多。如何使《文心雕龙》研究走出现阶段的低谷,需要我们认真地加以思考,总结《文心雕龙》研究发展的历史经验,寻找新的研究角度和切入点,这样才有可能使《文心雕龙》研究跨上一个新的台阶。再次,《文心雕龙》作为一部杰出的文学理论著作,现在已经受到世界各国学者的注意,有了英文、日文、韩文、意大利文、西班牙文的全译本,并有某些篇章被译成德文、法文、俄文等,因此,如何进一步发展《文心雕龙》研究的国际交流和合作,不仅是必要的也是非常重要的,这将有可能使《文心雕龙》的研究,在东西方文化的交融中获得新的生命力,进一步向纵深方向发展。这就需要中国学者和世界各国的汉学家特别是对《文心雕龙》感兴趣的学者,一起作出更大的努力。我认为这是一件非常有意义的事。

(本文为1998年5月北京大学校庆一百周年
国际汉学会议论文,载本次会议论文集)

中国古代的诗论和画论①

　　中国古代的文学理论批评是以诗论为主体的,这是与中国古代是一个诗的国家、中国古代的文人都会写诗这种状况分不开的。而中国古代诗论的发展又深刻地受到各种艺术理论的重大影响,其中尤以画论的影响最为突出。诗论中的许多重要美学概念(如风骨、形神、虚实、体势、神思等),大都是从画论中移植过来或受画论的影响而有所发展的。因此,不研究画论,就无法真正了解诗论发展的历史,也无法了解整个文学理论批评发展的历史。

　　宋代的大文学家苏轼曾说过:"诗画本一律,天工与清新。"(《书鄢陵王主簿所画折枝》)诗和画在创作根本原理上是完全一致的。中国古代的文人大都是诗画兼通的,很多诗人同时又是画家,如王维、苏轼等,许多画家同时又是诗人,如文同、董其昌、郑板桥等。中国古代最早的画论是《庄子·田子方》中提出的"解衣般礴"说②,它说的是画家的精神境界,但同时也是诗人和文学家应有的精神境界。这种境界的特点是虚静恬淡、顺乎自然,而这正是中国古代文学理论批评中对诗人和文学家在创作过程中主体精神的基本要求。刘勰在《文心雕龙·神思》篇中说:"陶钧文思,贵在虚静,疏瀹五藏,澡雪精神。"《韩非子·外储说左上》中提出的"画犬马难,画鬼魅易"的观点,表现了重视真实的思想,它直接影响了司马迁"实录"原则的提出,而"实录"精神对中国古代文学创作的影响是异常巨大的,唐代白居易的诗歌创作理论的基本特点就是强调"实录"。他说他的《新乐府》诗"其事核而实,使采之者传信也"(《新乐府序》)。《秦

---

① 本文是根据我 1991 年 5 月 25 日在京都东方学会第三十六次会议上所作的学术报告修改而成的。

② 《庄子·田子方》:"宋元君将画图,众史皆至,受揖而立,舐笔和墨,在外者半。有一史后至者,儃儃然不趋,受揖不立,因之舍。公使人视之,则解衣般礴,臝。君曰:'可矣,是真画者也。'""解衣般礴"是指画家的精神境界达到与道合一,与自然造化同趣的一种状态。

中吟》是"直歌其事"(《秦中吟序》)。他提出的"直书",也就是"实录"。汉代《淮南子·说山训》中所说:"画西施之面,美而不可说;规孟贲之目,大而不可畏;君形者亡焉。"①对后来文学理论批评中强调以传神为主,反对片面追求形似的思想,产生了很大的影响。《说林训》中说:"画者谨毛而失貌。"高诱注道:"谨悉微毛,留意于小,则失其大貌。"刘勰在《文心雕龙·附会》篇中曾经引用这个典故来说明文学创作重视整体美的重要性。他说:"夫画者谨发而易貌,射者仪毫而失墙,锐精细巧,必疏体统。"所以必须"弃偏善之巧,学具美之绩"。刘勰所论虽指广义的文章,但是诗歌仍是其中主要部分。

魏晋以后,画论有了更大的发展,对诗论的影响也更为明显。东晋著名的画家和画论家顾恺之在《论画》中提出的"以形写神"的"传神"论,非常深刻地影响了中国古代的文学创作,成为中国古代具有民族特色的重要艺术表现方法。他在《魏晋胜流画赞》中提倡绘画要有"天骨""生气""天趣""奇骨"等,实际上讲的就是"风骨",对文学创作中"风骨"的提出是有影响的,也为我们研究文学创作中的"风骨",提供了依据。南朝宋代宗炳的《画山水序》是一篇著名的山水画论,但它与文学创作和文学理论批评的发展也有十分密切的关系。它所提出的有关艺术创作过程中心物关系的论述,和刘勰《文心雕龙》中有关心物关系的认识,有很明显的联系。宗炳认为艺术家的"神思"(心)和山水的"万趣"(物)的融合统一是山水画创作的主要特点,这和刘勰论"神思"的特点"神与物游"的主旨是互相吻合的(《文心雕龙·神思》)。它所提出的"应目会心"说与《文心雕龙·物色》篇所说的"目既往还,心亦吐纳"以及《神思》篇所说的"登山则情满于山,观海则意溢于海"之论,也是完全一致的。宗炳认为山水画要达到"畅神"的目的,必须"闲居理气",这和刘勰提出的"神思"必须以"养气"为基础(《文心雕龙·养气》),也是相同的。南齐谢赫的《古画品录》是中国古代最早的一部完整系统的论画著作,它所提出的"气韵生动"的美学原则,是对顾恺之"传神"论的进一步发展,它对文学创作上重神似、

---

① 据高诱注,"君形者"即"精神"也。这里所说正是指绘画必须以"神似"为主,而不能只以"形似"为高。

不重形似的创作思想,也有很大的影响。

初盛唐时期,诗歌创作中的文艺美学思想有两个重要特点,其一是讲究"风骨",其二是重视自然,而这两方面都是与初盛唐的绘画美学思想发展有关系的。初盛唐的绘画美学思想也是以提倡"风骨""自然"为其主要内容的。彦悰是由唐入隋的弘福寺高僧,他的画论著作《后画录》中特别推崇谢赫"六法",提倡"骨气""风神",注重"风骨",又不废弃形似,强调以神似为主、形神并重。同时主张要合乎自然造化,其评唐李凑画云:"挥毫造化,动笔合真。"李嗣真的《续画品录》中也表现了同样的思想,他说顾恺之的画"思侔造化,得妙物于神会",又说唐李元昌的画"颇得风韵,自然超举"。这些和初盛唐的诗论显然是有着某种内在联系的。陈子昂、李白、殷璠、杜甫的诗论中,也都表现了提倡"风骨""传神",主张自然清新、合乎造化的特点。陈子昂在《与东方左史虬修竹篇序》中主张以"汉魏风骨"来矫正"彩丽竞繁",赞美东方虬《咏孤桐篇》"骨气端翔""光英朗练"。李白在《宣州谢朓楼饯别校书叔云》中说:"蓬莱文章建安骨,中间小谢又清发。"《赠江夏韦太守良宰》中说:"清水出芙蓉,天然去雕饰。"其《古风》第三十五首中又说:"一曲斐然子,雕虫丧天真。"殷璠在《河岳英灵集序》中认为盛唐诗歌的主要特点就是"声律""风骨"均备。他说高适的诗"多胸臆语,兼有气骨";崔颢"晚节忽变常体,风骨凛然"。杜甫论诗的最高艺术境界是"神",他要求诗歌有神情风韵,达到出神入化的艺术水平。他说:"下笔如有神"(《奉赠韦左丞丈二十二韵》),"篇什若有神"(《赠太子太师汝阳郡王琎》),"诗成觉有神"(《独酌成诗》)。杜甫强调诗歌要传神的思想,其重要来源之一,便是对绘画与书法传神艺术的体会与理解。他曾赞美曹霸的画说"将军画善盖有神"(《丹青引赠曹将军霸》),又在《李潮八分小篆歌》中说"书贵瘦硬方通神"。唐代最重要的画论家是张彦远,他和唐代最重要的诗论家司空图在文艺思想上的联系,是一个非常值得研究的课题。他们都是晚唐人,张彦远比司空图略早。张彦远字爱宾,是盛唐时宰相张嘉贞、张延赏、张宏靖的后代。张家收藏历代书画真迹甚丰,彦远本人也博学多识,且善书画。他的画论名著《历代名画记》,成书于唐大中初(公元847年前后),同时还有一本辑录唐元和以前书法理论资料的《法书要录》。《历代名画记》中的文艺思想,和司空图《二十四诗品》一样,深受老庄美学思想的影响。他认为绘画创作的关键在画家的精神状态必须进入虚静境界,然后方能"凝神遐想,妙悟自然,物我两忘,离形去智",与"庖丁发硎,郢匠运斤"①一样,使绘画创作达到神化水平。这与司空图所言"不知所以神而自神"(《与李生论诗书》)的诗歌境界中所体现的老庄精神境界,是完全一致的。司空图在《二十四诗品·冲淡》中说:"素处以默,妙机其微。"孙联奎《诗品臆说》中释道:"静则心清。""心通造化,自然妙契希微。"司空图在《高古》一品中所说的"畸人",《自然》一品中所说的"幽人",《飘逸》一品中所说的"高人",也都有这种老庄的精神品格。《庄子·大宗师》云:"畸人者,畸于人而侔于天。""畸人"胸中无半点"机心""机事",嗒然遗身,物我两忘。当然,司空图的这种思想并非直接来自张彦远的《历代名画记》,但从对艺术创造主体的精神境界要求的共同性上看,《历代名画记》和《二十四诗品》显然有着某种内在的思想联系。从张彦远对绘画艺术的美学要求来看,主要是发挥了南齐谢赫《古画品录》的绘画美学思想,强调"气韵"和"传神"。张彦远说:"古之画,或能移其形似,而尚其骨气,以形似之外求其画,此难可与俗人道也;今之画,纵得形似,而气韵不生,以气韵求其画,则形似在其间矣。"他又说:"至于鬼神人物,有生动之可状,须神韵而后全。若气韵不周,空陈形似,笔力未遒,空善赋彩,谓非妙也。"(《论画六法》)这种对绘画的美学要求,与司空图对诗歌的美学要求,也是一致的。司空图在《二十四诗品》中对具有"象外之象,景外之景"的诗歌的美学要求,也重在"气韵生动"和"传神写照"。其《精神》一品说:"生气远出,不著死灰。"其《形容》一品强调要写出"风云变态,花草精神。"其《流动》一品说:"若纳水辂,如转丸珠。"这些都是要求诗歌也要具有"气韵生动"的意思。他在《冲淡》一品中说:"脱有形似,握手已违。"在《形容》一品中说:"离形得似,庶几斯人。"则正是要求诗歌必须以传神为主,而不能以形似为尚。张彦远的绘画美学思想对唐以后的诗论也有很

① 《庄子·养生主》:"庖丁为文惠君解牛,手之所触,肩之所倚,足之所履,膝之所踦,砉然响然,奏刀騞然,莫不中音,合于桑林之舞,乃中经首之会。"庖丁的解牛技巧之所以能达到这种神化水平,是因为他解牛时目无全牛,"以神遇而不以目视,官知止而神欲行",故而他的刀"十九年矣,所解数千牛矣,而刀刃若新发于硎"。

重要的影响。例如，他说绘画创作要做到"不滞于手，不凝于心，不知所以然而然"，又说绘画创作"不患不了，而患于了。既知其了，亦何必了，此非不了也。若不识其了，是真不了也"。① 他认为绘画创作过程中，必须做到心与手的统一，而在"了然于心"与"了然于手"两者之中，"了然于心"有更重要的地位，是起主导作用的。后来苏轼在《答谢民师书》中所说"求物之妙"，既要"了然于心"，又要"了然于口与手"，就正是对张彦远这种思想的继承与发展，而且纠正了张彦远对"了然与手"重视不够的缺点，指出了"了然于口与手"与"了然于心"有同样重要的地位。

宋元明清时期，无论是诗论还是画论都比唐以前有了更大的发展，内容极其丰富，要全面地论述诗论和画论的关系，是这篇小文所难以承担的，因此本文只能就几个比较突出的问题，作一点简要的分析。中国绘画史的发展，在北宋出现了文人画和画院画的分野。文人画的特点是诗与画的结合，文人不仅善画，亦善诗文书法。他们在画上按画意题诗，也常常按诗意来作画，使诗与画产生相得益彰的效果。因此，诗论与画论之间的关系也更加密切了，并且明确提出了"诗画本一律"（苏轼《书鄢陵王主簿所画折枝》）的思想。在苏轼的文艺论著中，诗论和画论在实际上已经很难区分，因为他的画论均可通于诗，而诗论亦都可通于画。他在《次韵吴传正枯木歌》中说："古来画师非俗士，妙想实与诗同出。"认为诗与画的构思过程都要求艺术家驰骋艺术想象，才能创造出精彩的艺术形象。宋代惠洪在《冷斋夜话》中曾说苏轼的诗和文都有"妙观逸想"，而苏轼对艺术想象的这种看法，又显然和顾恺之的"迁想妙得"论（《魏晋胜流画赞》②），以及五代荆浩《笔法记》中说的"思者，删拨大要，凝想形物"，有明显的历史渊源关系。苏轼在《文与可画筼筜谷偃竹记》一文中说文同"画竹必先得成竹于胸"的论述，也完全适用于诗歌创作的构思。他的《文说》和《书蒲永升画后》，一论文，一论画，但都提出了"随物赋形"的创

---

① 这里的几个"了"字含义不同："不患不了，而患于了"的"了"和"亦何必了"的"了"，是指人为的了解；其他几个"了"，则是指合乎天然的了解，即人在精神上达到与道合一时对宇宙万物的透彻把握。

② 顾恺之的"迁想妙得"论，张彦远《历代名画记》载为《论画》中语，盖误。张彦远在《历代名画记》中把《论画》和《魏晋胜流画赞》颠倒了。

作原则。① 他的《书鄢陵王主簿所画折枝》论"传神",也是既论画又论诗,而对后来诗论的影响更为巨大。中国古代在绘画的品第上,唐代张怀瓘曾提出神、妙、能三等的区分方法,到张彦远则将"自然"置于神、妙、能三品之上,"夫失于自然而后神","自然者为上品之上"。北宋的黄休复则在《益州名画录》中明确地将"逸品"(即自然)列于神、妙、能三品之上,认为:"画之逸格,最难其俦。""得之自然,莫可楷模,出于意表,故目之曰逸格尔。"以合于造化为绘画之最高境界。这种思想对后来诗论的影响也极为深远,像苏轼等许多诗论家都把合乎自然看作诗歌艺术的最高境界。

明代的董其昌是中国古代画论史上一位具有代表性的重要人物。他关于绘画分南北二宗的论断,曾经对后来三百多年的绘画和绘画理论的发展,产生了重大影响。其实,中国古代不仅有南宗画,也有南宗诗。南宗诗就是在庄学和禅学思想影响下以山水田园隐逸诗为主要代表的那种意在言外、超脱空灵的诗歌创作。不过,南宗诗没有像南宗画一样在诗歌创作中占有统治地位,也没有人明确地提出过南宗诗的概念。我们这里所说的南宗诗是就其美学思想特征以及与南宗画的美学特征相比较而说的。从司空图、严羽到王士禛以庄学和禅学为思想基础的诗歌理论,虽然并不是专就山水田园隐逸诗来立论的,但他们的诗歌理论所提倡的正是这种以山水田园隐逸诗为主要代表的、意在言外、超脱空灵的诗歌创作,所以,实际上就是南宗诗论。他们的诗歌理论和董其昌的画论一样,都是以禅宗之分南北,来区分诗歌和绘画的优劣,抬高南宗,贬低北宗,以惠能的顿悟来论诗和论画,要求艺术创作做到不落痕迹、耐人寻味,具有"言有尽而意无穷"的意境。董其昌的绘画美学思想不仅深刻地影响了明清两代的绘画创作的发展,而且对明代后期以公安派为代表的文艺新思潮也有很明显的影响。董其昌和李贽、袁氏兄弟都是很好的朋友,在文艺思想上有很多一致与相近的地方。董其昌的绘画美学思想核

---

① 《文说》云:"吾文如万斛泉源,不择地而出,在平地滔滔汩汩,虽一日千里无难。及其与山石曲折,随物赋形,而不可知也。所可知者,常行于所当行,常止于不可不止,如是而已矣。"《书蒲永升画后》云:"唐广明中,处士孙位始出新意,画奔湍巨浪,与山石曲折,随物赋形,尽水之变,号称神逸。"

心,是主张文学作品应当具有"平淡天真"之美,要求生动传神,合乎自然造化,极其推崇"逸品"。而这又是和他主张文学创作应当"师心""写真"分不开的。他在《诒美堂集序》中表现了对以李攀龙、王世贞为代表的后七子的不满,赞美刘祝之文"其撰造,皆肖心而出",能"游乎自然之途而化其镕裁之迹,则文品之最真者"。这和李贽《童心说》中主张文学作品必须是人的童心亦即真心之自然流露,是完全一致的。也和袁宏道在《叙小修诗》中所说"独抒性灵,不拘格套,非从自己胸臆流出,不肯下笔",是相同的。公安派从诗歌是真性灵、真感情之自然流露出发,亦以"淡"为最高美学原则。袁宏道在《叙呙氏家绳集》一文中说:"苏子瞻酷嗜陶令诗,贵其淡而适也。凡物酿之得甘,炙之得苦,唯淡也不可造;不可造,是文之真性灵也。"认为"淡"才合乎"本色"美。这与董其昌在《书品》中所说的"淡乃天骨带来,非学可及",《容台别集·杂记》中说淡"非钻仰之力,澄练之功",又何其相似!袁中道论诗文绘画亦重在天真平淡的逸品,他在《马远之碧雪篇序》中说:"夫画家重逸品,如郭忠恕之天外澹澹数峰是也。世眼不知,乃重许道宁辈金碧山水,不亦谬乎?吾观远之文,盐味胶青,若有若无,比之忠恕之画,气类相同。"在公安派的文艺思想中,这种天真平淡的逸品乃是他们所倡导的真实心灵自然流露的产物。董其昌的文艺美学思想对公安派的影响,我们还可以从袁宏道自己的论述中看出来。袁宏道在《序竹林集》一文中说:"往与伯修(袁宏道)过董玄宰(董其昌)。伯修曰:'近代画苑诸名家,如文徵仲、唐伯虎、沈石田辈,颇有古人笔意不?' 玄宰曰:'近代高手,无一笔不肖古人者,夫无不肖,即无肖也,谓之无画可也。' 余闻之悚然曰:'是见道语也。' 故善画者,师物不师人;善学者,师心不师道;善为诗者,师森罗万象,不师先辈。"所谓"森罗万象"者,即自然造化也。这与董其昌《画旨》中所说"画家初以古人为师,后以造化为师",认为画家虽在学画初期要模仿古人,但最终要以师法造化为主,也是一致的。董其昌的绘画美学思想,实际上成了以公安派为代表的文艺新思潮的重要先导之一。

清初最重要的画论家当推石涛。石涛(约 1640 年—1718 年),又称道济、苦瓜和尚。他的《画语录》是中国古代画论中一部最完整、最系统、也是最深刻的重要著作。正像清代的诗论可以说是对中国古代诗论的总结一样,石涛的画论也是对中国古代画论的一个重要理论总结。他从哲学的高度分析了绘画艺术创作中的基本规律,并对绘画艺术的具体技法和艺术表现的传统经验作了总结。他提出的"一画之法",是指艺术家在创作过程中,必须使创作主体(心)和客体(自然之道)融合、统一,进入一种最高的理想审美境界,从而使自己能充分把握宇宙万物内在规律及其外在自然形态,这是从艺术创作的角度对庄子的虚静、物化境界的阐述和发展,也是对艺术创作中运用禅宗妙悟说的发展。据《五灯全书》卷七十一记载,石涛的老师旅庵本月和玉林通琇有一段对话:"琇问:'一字不加画,是什么字?'师(旅庵本月)曰:'文采已彰。'琇领之。"这段话中的禅意非常清楚,即说一切有文采的形象皆源于"一"。"一"就是老子说的"无极",亦即"天地之道"。故石涛说:"一画也,无极也,天地之道也。"画家之心合乎天地之道,乃是绘画创作也是 切艺术之根本。"立一画之法"于心,则于"山川人物之秀错,鸟兽草木之性情,池榭楼台之矩度",都可以"深入其理","曲尽其态"。所以石涛的"一画之法"也正是对司空图"不著一字,尽得风流"从哲理上的概括。因此,后来王士禛之特别推崇"不著一字,尽得风流",也就很容易理解了。在艺术表现方法上,石涛提倡活法,反对死法。他在《大涤子题画诗跋》中说:"无法之法,乃为至法。"他在《画语录》中指出,拘泥于死法就会成为"法障",能"立一画之法"于胸中,则"法自画生,障自画退",因此,"法无定相"。他的这种思想正是对宋明以来文艺创作和文艺批评中提倡以自然为法的一个理论总结。苏轼在《诗颂》中曾说:"冲口出常言,法度去前规。"吕本中在《夏均父集序》中对"活法"的解释是"有定法而无定法,无定法而有定法"。袁中道在《中郎先生全集序》中说袁宏道主张"以意役法",反对"以法役意"。王夫之最反对死法,提出"非法之法"(《夕堂永日绪论内编》),以能否"自然即为人心"为法。石涛的"无法之法"正是对上述这些论述的继承和发展。石涛在《画语录》的"变化"章中反对复古模拟,"泥古不化",强调要"借古以开今",和叶燮《原诗》中反对复古、主张变化的思想,也是一致的。《画语录》中关于绘画技巧方面的论述,如"虚灵"和"受实"(即虚和实)、"质"和"饰"(即神和形)、"一以分万"和"万以治一"(即一和万)等,也都适合于文学创作。这些都可以看出,诗论和画论在文艺思想发展过程中不可分割的密切关系。

　　从上述简要分析中,可以充分说明,中国古代诗论是与艺术理论特别是画论是在互相影响中发展的,而这种互相影响主要表现在艺术创作理论和表现技巧方面,其内容则偏重在受庄学、禅学美学思想影响而形成的特点上。我们可以说,离开了对画论和其他艺术理论的研究,是无法全面地、深入地对诗论发展的状况作出合乎实际的科学分析的。我们提出这个问题,正是为了使中国古代诗论和整个文学理论批评史的研究,能在现有基础上向前推进一步。至于上述所论的不当之处,也请同行专家们批评指正。

1992 年 1 月,改定于福冈鸟饲寓所

嵇康的《声无哀乐论》及其
在中国文艺思想史上的意义

　　嵇康(223—263),字叔夜,是正始时期一位著名的文学家,也是一位重要的思想家。他的《声无哀乐论》是一篇杰出的音乐美学论著,也是玄学的文艺美学思想方面的代表性著作,对魏晋南北朝文学思想与文学批评有极为重要的影响。

一

　　嵇康的《声无哀乐论》是采用辩难的形式来写的,分析细密,论述透彻,有一定的思辨色彩。文中假设"秦客"对声无哀乐提出质问,而由"东野主人"来回答,并加以辩驳。文章共分八个部分,一问一答,使论辩一层层深入,作者以"主人"身份,对声无哀乐问题作了系统的阐述。嵇康提出"声无哀乐"的论点是针对《礼记·乐记》的基本思想而发的。所以,文中"秦客"质问时所依据的即是《乐记》,而嵇康以"东野主人"身份所作的反驳,也就是对《乐记》的一种批评。因此,我们可以说《声无哀乐论》中"秦客"和"东野主人"的这场辩论,正是儒道两家在音乐美学和文艺思想方面的一场大辩论。

　　《声无哀乐论》的中心思想是要阐明音乐与人的感情不能混为一谈,两者之间并无必然的联系。"心之与声,明为二物","声之与心,殊途异轨,不相经纬"。嵇康认为音乐由一定的声音排比组合成为乐曲,表现声音的自然和谐之美,它本身并不存在有哀乐之情。他说:"音声之作,其犹臭味在于天地之间。其善与不善,虽遭浊乱,其体自若而无变化也。岂以爱憎易操、哀乐改度哉!"哀乐之情是人所具有的,它蕴藏于人的心中,在一定的条件下,遇声音而假托以显。音乐和人情哀乐之间没有直接关系,因此,不能把声音和人的哀乐之情看成同一物。

　　嵇康指出,音乐的"善与不善",是乐曲的声音和谐不和谐的问题,人们在欣赏音乐时所产生的美或不美的感觉,是对乐曲和谐不和谐的一种反应,它们都与爱憎哀乐无涉。音乐艺术美有其自身的价值和标准,并不随人情哀乐变化。同样的声音之美可以引起不同的哀乐之情。"夫会宾宴堂,酒酣奏琴,或欣然而欢,或惨然而泣;非进哀于彼,导乐于此也。其音无变于昔,而欢戚并用,斯非'吹万不同'耶?"嵇康在这里用庄子关于"天籁"的论述来说明他的观点。庄子在解释什么是"天籁"时曾说:"夫吹万不同,而使其自己也。咸其自取,怒者其谁耶?"(《齐物论》)自然之风吹过自然界各种形状不同的众窍,就会发出各种不同的优美声音。音乐就像这种"自然之风",形态各异的众窍就像心情不同的各个欣赏音乐的人,由于他们心态各异,于是产生了不同的哀乐之情。故而音乐和哀乐之情,也像自然之风与众窍的不同自鸣一样,不能等同为一。这种思想,嵇康在他的《琴赋》中也有过同样的表述,《琴赋》中云:"是故怀戚者闻之,莫不憯懔惨凄,愀怆伤心,含哀懊咿,不能自禁。其康乐者闻之,则欢愉欢释,抃舞踊溢,留连澜漫,嗢噱终日。若和平者听之,则怡养悦愉,淑穆玄真,恬虚乐古,弃事遗身。是以伯夷以之廉,颜回以之仁,比干以之忠,尾生以之信,惠施以之辩,给万石以之讷慎,其余触类而长,所致非一,同归殊途。"同样的琴声对不同的人,产生了完全不同的效果。对"怀戚者",琴声使之悲哀不能自禁;对"康乐者",琴声使之欢愉雀跃而不可止;对"和平者",则因琴声而更加虚静恬淡、置身物外。同样的琴声在伯夷是"廉",在颜回是"仁",在比干是"忠",在尾生是"信",这些不正说明了音乐的声音之美和人情之喜怒哀乐不是一回事吗?再从不同的地区来看,声音和哀乐的对应状况更不一样。"夫殊方异俗,歌哭不同,使错而用之,或闻哭而欢,或听歌而戚;然其哀乐之怀均也。今用均同之情,而发万殊之声,斯非音声之无常哉?"由于各地风俗人情的差异,"均同之情"发之于音,则有"万殊之声",可见音乐之美和感情之状是不能等同为一的。嵇康还进一步用口与味的关系来说明情与声的关系,他说:"夫曲用每殊,而情之处变,犹滋味异美,而口辄识之也。五味万殊,而大同于美;曲变虽众,亦大同于和。美有甘,和有乐,然随曲之情,尽乎和域;应美之口,绝于甘境,安得哀乐于其间哉!"食物有各种各样不同滋味,人们也有各自不同爱好,这是因为五味虽有万殊,而都有甘美的特性,人们对味的嗜好虽有差别，而都愿品尝甘美，它和人情之喜怒哀乐无关。音乐亦同此理，"曲用每殊"犹"滋味异美"，其"大同于和"犹味之"大同于美"，人情虽随曲而变，然其终皆在于对"和"之爱好，音乐本身并无哀乐的不同。

嵇康认为和谐之美是音乐的一种自然属性，是不依赖于人情之哀乐而存在的。他说："夫天地合德，万物资生；寒暑代往，五行以成，章为五色，发为五音。"又说："夫五色有好丑，五声有善恶，此物之自然也。"按照中国古代一般认为的宇宙发生论，原始的浑沌之气在其运转过程中，清气上升，浊气下沉，是为天地，阴阳二气之和合乃产生了万物。声音也是一种气之流动的结果，故而声音之美即在其"自然之和"。这里，嵇康实际上也是吸收了《乐记》中"大乐与天地同和"的思想的。不过他认为音乐只是表现和谐与否，由此决定其善恶，而无关于人之喜怒哀乐。这正像人有贤愚之别，它也是人的自然属性，而并不因人的爱憎之情而存在。"今以甲贤而心爱，以乙愚而情憎，则爱憎宜属我，而贤愚宜属彼也。可以我爱而谓之爱人，我憎而谓之憎人，所喜则谓之喜味，所怒则谓之怒味哉！由是言之，则外内殊用，彼我异名，声音自当以善恶为主，则无关于哀乐；哀乐自当以情感，则无系于声音。""至于爱与不爱，人情之变，统物之理，唯止于此，然皆无豫于内，待物而成耳。"

那么，人的感情又是怎样与音乐发生某种联系的呢？嵇康认为人的哀乐之情是先因有某种具体事情的影响而蕴藏于内心，它不过是借音声之和的形式而呈现出来罢了。故而说："至夫哀乐，自以事会，先遘于心，但因和声以自显发。"可见，哀乐之情是假借"和声"以发见，所以它可以借其发哀情（或乐情），亦可以借与其不同的和声来表现。对人的哀乐之情来说，声音是"无常"的。他又说："夫哀心藏于内，遇和声而后发，和声无象，而哀心有主；夫以有主之哀心，因乎无象之和声，其所觉悟，唯哀而已。岂复知'吹万不同，而使其自己'哉！"由于强调"声"之传"情"，是"无常"的，所以社会人事、自然事物，大都不能用声音来直接模仿与表现。"文王之功德与风俗之盛衰"，当然也是无法"象之于声音"的，儒家传统所说的"季子听声，以知众国之风；师襄奏操，而仲尼睹文王之容"，"此皆俗儒妄记，欲神其事而追为之耳"。在嵇康看来，音乐只是人的感情的一个载体，它本身并不就是感情，这和传统的儒家观点是鲜明地对立的。

稽康承认声音对人确实是有感发作用的，而且这种作用还非常之大，但它并不是直接引起人的哀乐之情，而是像酒一样可以使人兴奋激动，或喜或怒，但究竟是喜还是怒，则又因人而异，并无绝对标准。他指出音乐之和，有单、复、高、埤、善、恶之不同，它对人性来说，可以有使之躁、静、专、散等不同效应，然而不是能决定人情哀乐之要素。他说声音"以单、复、高、埤、善、恶为体，而人情以躁、静、专、散为应"，但"声音之体，尽于舒疾，情之应声，亦止于躁静耳"。各种不同的乐器，其声动人之情状也不一，例如："琵琶、筝、笛，间促而声高，变众而节数，以高声御数节，故使人形躁而志越。""琴瑟之体，闻辽而音埤，变希而声清，以埤音御希变，不虚心静听，则不尽清和之极，是以听静而心闲也。"所以说"声音有大小，故动人有猛静也"。稽康肯定音乐对人的心理、生理会产生感应作用，但认为这种感应作用并不涉及人的感情的具体倾向，也不会产生某种观念的和理性的具体认识，因为音乐有不同于其他艺术的特点，它不可能充分地、全面地模仿自然现象和社会生活内容。他说："躁静者，声之功也；哀乐者，情之主也，不可见声有躁静之应，因谓哀乐皆由声音也。"可见，稽康对音乐和人心之间关系的考察是比较细致而深入的，与《乐记》中对这个问题的考察相比，是大大地前进了一步，是音乐美学史上对音乐特点研究的新发展。

在对心与声关系的论述中，稽康的说法有合理的方面，但也有不太合理的方面。他认为音乐和人心的联系，是在于音乐不论"猛"或"静"，均有其和谐的特点，而这种音声之和能引导和感发人们藏于内心的哀乐之情，使之显露出来。"声音虽有猛静，各有一和；和之所感，莫不自发。"又云："声音以平和为体，而感物无常；心志以所俟为主，应感而发。"这种状况和喝酒能使人的喜怒被诱发出来一样。他说："然和声之感人心，亦犹酒醴之发人情也。酒以甘苦为主，而醉者以喜怒为用。其见欢戚为声发，而谓声有哀乐，犹不可见喜怒为酒使，而谓酒有喜怒之理也。"但酒的酿造与音乐的创作，毕竟还是很不相同的。各人酿的酒虽然有所不同，而都有"醉人"的属性，但确实不会带上酿酒者的喜怒感情；可是人所创造的音乐，却和自然之声音不同，当音乐家作曲之时，在音声的和谐配合过程中，是这样配合还是那样配合，用高音还是低音，是急促还是缓慢，往往是和作曲家的情感表达有一定关系的,因而欣赏音乐的人就会因作曲家的感情之传达而受到影响。当然,作曲家用什么样的音声来传达欢乐的感情,用什么样的音声来传达哀伤的感情,也是因人而异的,然而,欣赏者在听音乐的时候并不只是欣赏其自然之和,也会受到作曲家的感情之传染,这是不可否认的事实。所以,音乐之"感人"和酒之"醉人"又不能相提并论。

儒家从强调音乐是人的感情之直接表现、肯定声有哀乐的角度出发,把音乐的社会功用提得很高,认为音乐可以产生"移风易俗"的巨大效果。嵇康也不否定音乐可以有"移风易俗"的作用,但是他在解释为什么可以"移风易俗"和怎样达到"移风易俗"方面,则和以《乐记》为代表的儒家看法,是完全不同的。《乐记》认为音乐本身具有哀乐之情,是"生于人心"的,因此也可以引起和感化人的感情,然后影响到社会政治、民情风俗。而嵇康则认为音乐之美在"自然之和",这种"和声"是一种至高的美。圣人假借它来显发自己的平和之心。他说:"古之王者承天理物,必崇简易之教,御无为之治,君静于上,臣顺于下。玄化潜通,天人交泰。枯槁之类,浸育灵液;六合之内,沐浴鸿流。荡涤尘垢,群生安逸;自求多福,默然从道;怀忠抱义,而不觉其所以然也。和心足于内,和气见于外,故歌以叙志,儛以宣情,然后文之以采章,照之以风雅,播之以八音,感之以太和。导其神气,养而就之;迎其情性,致而明之;使心与理相顺,和与声相应,合乎会通,以济其美。故凯乐之情,见于金石;含弘光大,显于声音也。若以往则万国同风,芳荣齐茂,馥如秋兰,不期而信,不谋而成,穆然相爱,犹舒锦彩而粲炳可观也。大道之隆,莫盛于此;太平之业,莫显于此。故曰:'移风易俗,莫善于乐。'乐之为体,以心为主,故无声之乐,民之父母也。至八音会谐,人之所悦,亦总谓之乐,然风俗移易不在此也。"由此可见,嵇康在政治上的理想是道家的"无为之治"。君主清静无为,臣民顺乎自然而不争,天人安泰,万物化育,一切都合于自然之道。在这样的社会里,人有和谐的精神充实于内,以平和的气貌现之于外,用歌唱来表达怡然自得的心意,以舞蹈来体现自己安乐恬淡的情感,然后用经过文采修饰的语言文字,写成《风》《雅》,借助于音乐来传播,导引人的精神,涵养人的情性,使"人与理相顺,气与声相应",做到内心与物理、气貌与声音的谐和统一，达到"移风易俗"的目的。所以，"移风易俗"乃是"心"的作用，而非"声"的作用。

稽康既提倡"无为之治"，又肯定"移风易俗"，这也可看出他思想中以道为主，又融合儒道的特点。他还指出音乐的和谐之美是人们所竭力追求的，"人情所不能已者也"。古人懂得"情不可放""欲不可绝"，因此就要有一定控制，使之合中适度，故要做到礼、乐、言、行的互相统一。"使丝竹与俎豆并存，羽毛与揖让俱用，正言与和声同发；将使听是声也，必闻此言；将观是容也，必崇此礼。"于是，"言语之节，声音之度，揖让之仪，动止之数，进退相须，共为一体"。这里既是说明言行、礼仪只是借声音以传播，声音又受言行、礼仪之节制；同时也可看出稽康在重视人性自然之外，也要求人性应受礼仪、道德之规范，而不可放纵，这也是将儒道糅合为一的一种表现。特别是他对"郑声"的看法更可说明这一点。儒家对"郑声"从内容到形式都加以否定，是把它作为"雅乐"的对立面来看的。但是，稽康则不然，他提出"若夫郑声是音声之至妙"的观点。他认为"郑声"从音乐本身来说，是音乐发展过程中音声和谐配合的新发展，是一种新的最美的乐曲，它也并不体现某种感情或观念。但正因为是一种"妙音"，而"妙音感人，犹美色惑志，耽乐荒酒，易以丧业，自非圣人，孰能御之"。人对音乐美的无限制追求，可能导致人的感情的放纵而失去控制，"先王恐天下流而不反，故具其八音，不渎其声；绝其大和，不穷其变；捐窈窕之声，使乐而不淫，犹大羹不和，不极勺药之味也"。圣人区分雅乐和郑声，是为了使人心志平和，以达到虚静无为，而合乎自然之道。"然所名之声，无中于淫邪也。淫之与正同乎心，雅郑之体亦足观矣。"声音无淫正，而人心有淫正，所以稽康既肯定"郑声"的和音之美，又不反对儒家对"雅乐"与"郑声"的区分及其意义。这也是当时文艺美学思想上以道为主，又援儒入道之重要表现。

二

稽康的《声无哀乐论》是中国古代音乐美学思想发展中一篇划时代的重要文献，它对整个中国文艺思想的发展，有十分深远的重大意义。这主要表现在以下几个方面：

首先，他的"声无哀乐"说从对音乐本身理论的阐述出发，否定了儒家以《乐记》为代表的基本文艺思想。诚如文章开篇"秦客"质难时所说："闻之前论曰：'治世之音安以乐，亡国之音哀以思。'夫治乱在政，而音声应之，故哀思之情表于金石，安乐之象形于管弦也。又仲尼闻韶，识虞舜之德；季札听弦，知众国之风。斯已然之事，先贤所不疑也。今子独以为声无哀乐，其理何据？"如果声无哀乐，则《乐记》所谓"治世之音安以乐"等皆不能成立。儒家正是从声音有哀乐出发，强调音乐可以感化人心，而直接决定政治的良窳。嵇康则正是从声无哀乐出发，尖锐而直接地批评了儒家"音乐→人心→治道"的文艺思想模式，并指出了音乐可以直接对自然现象、社会政治产生作用的荒谬，不赞成儒家夸大音乐的社会作用甚至将其神秘化的各种论述。例如他在驳斥"秦客"所说"葛卢闻牛鸣，知其三子为牺；师旷吹律，知南风不竞，楚师必败；羊舌母听闻儿啼而审其丧家"时，都曾非常清楚地表明了音乐不能直接起社会政治作用的思想。

葛卢之事见《左传》僖公二十九年："介葛卢闻牛鸣，曰：'是生三牺，皆用之矣，其音云。'闻之而信。"嵇康不相信这种说法，他说：按这种说法，鲁国的牛是知道了它的三个牛犊都成了祭品而死去，所以悲哀地向葛卢哭诉。可是，"牛非人类，无道相通"，怎么能使人知道其情意呢？"若谓鸣兽皆能有知，葛卢受性独晓之，此为称其语而论其事，犹译传异言耳，不为考声音而知其情。"声音和人感情之间并无必然联系，所以不能从声音中直接了解社会人事方面的内容。师旷吹律事也是如此。此事见《左传》襄公十八年："晋人闻有楚师，师旷曰：'不害，吾骤歌北风，又歌南风；南风不竞，多死声，楚必无功。'"嵇康对此也不信，他指出："师旷吹律之时，楚国之风耶，则相去千里，声不足达；若正识楚风来入律中耶，则楚南有吴越，北有梁宋，苟不见其原，奚以识之哉？"而且风是阴阳二气相激而成，随地而发，为什么一定要自楚至晋呢？更何况乐律是一定的，定音高低有一定标准，不会因为吹的风不同而变化。如果师旷真能预测"楚必无功"，那可能是他"多识博物，自有以知胜败之形，欲固众心，而托以神微"之故，而并非"吹律"所知。至于《左传》昭公二十八年记载羊舌叔向之子杨食我被晋国所杀之事，据《左传》所述，杨食我刚生之时，叔向之母听其号哭,曾说:"其声豺狼之声,终灭羊舌氏之宗者,必是子也。"后来,杨食我参与祁盈之叛乱,遂全家遭害。嵇康以为羊舌母听声之说也不可靠。他指出,如果说这是因为羊舌母"神心独悟暗语而当",那么"虽曰听啼,无取验于儿声矣"。如果说这是因为羊舌母"尝闻儿啼若此,其大而恶;今之啼声似昔之啼声,故知其丧家",则是"以甲声为度,以校乙之啼也",当亦非啼声本身有什么意义。他又说:"圣人齐心等德,而形状不同也。苟心同而形异,则何言乎观形而知心哉?""啼声之善恶,不由儿口吉凶,犹琴瑟之清浊,不在操者之工拙也。"故而"求情者不留观于形貌,揆心者不借听于声音也。察者欲因声以知心,不亦外乎?"由此可见,以《乐记》为代表的儒家文艺思想中之基本观念:"治世之音安以乐,其政和;乱世之音怨以怒,其政乖;亡国之音哀以思,其民困。"从"声无哀乐"的角度看,就完全站不住脚了。因此,《声无哀乐论》正是对《乐记》的全面否定,是中国文艺思想发展由经学时代向玄学时代转变的重要标志。

其次,"声无哀乐"论的提出与当时玄学思想有十分密切的联系。在对声与心关系的认识上,和玄学家对言与象、象与意关系的认识是一致的。玄学家认为言与象、象与意之间不是一种等同的关系,而只是一种寄托的关系。言象只是得意之筌蹄,如王弼在《周易略例·明象》篇中所说:"言者,象之蹄也;象者,意之筌也。是故存言者,非得象者也;存象者,非得意者也。……然则,忘象者,乃得意者也;忘言者,乃得象者也。"因此,非言即象、象即意也。这原理运用于声及心、音乐与人情,则声与心、音乐与情,亦非为一物,而不过是心假声以显,情假音而现,声为心之蹄,音为情之筌。嵇康在《声无哀乐论》中曾经明确指出:"心不系于所言,言或不足以证心也。""夫言非自然一定之物,五方殊俗,同事异号,举一名以为标识耳。"语言本身只是一种符号,它与事物本身并无必然的联系。人们可以用这个符号来指这种事物,也可以用这个符号来指另一种事物;反之,同一事物在不同民族、不同地区,所用的语言符号就可以完全不同。这和声与心、音乐与人情之间关系是一致的。言象与心意之间是有联系的,但又是十分复杂的,不能简单地把言象看作意,认为有了言象就有了意。音乐与人情之间也是有联系而又十分复杂的,因此也不能认为有了音乐就有了人情。当然,音乐和语言也有不同,语言可以表现理性概念,而音乐则不行。但从语言是象征、暗示意的符号来说,语言则和音乐有类似之处。正像玄学家把言象看成仅仅是得意之工具,片面强调它们之间的区别,而看不到它们之间在特定条件下还是有联系的一样,嵇康完全否认音乐与人情在一定条件下有重要联系,也是错误的。语言作为人们约定俗成的产物,它在一定的民族、地区、人群中,是有明确的意义的。音乐虽然本身是一种自然之和的表现,但在长期的社会生活发展过程中,某种乐曲表示哀伤、某种乐曲表示欢乐,也同样具有约定俗成的特征,这是不可否认的。

从玄学本体论的角度说,玄学家把道与物、无与有的关系,看作一种体用关系。嵇康在论述声音与哀乐关系时,实际上也体现了这种观念。他认为音乐本身乃是一种"自然之和",亦即自然之道的表现,人的哀乐之情亦借之以为用。故云:"和声之感人心,亦犹酒醴之发人情也。酒以甘苦为主,而醉者以喜怒为用。"音乐以和声为主,而人情则以哀乐为用。声音为体,哀乐为用,故"声"与"哀乐"之关系,也就是一种体用关系。因此,我们可以说,"声无哀乐"论正是建立在玄学本体论与方法论(言为象蹄、象为意筌是玄学认识方法论核心)基础上的一种音乐美学思想。

再次,"声无哀乐"论的提出,重视了对音乐艺术形式美的研究,同时也推动和促进了当时整个文艺领域对艺术本身特征的探讨。按照《乐记》的思想,虽强调音乐是人情感的表现,但感情变成决定一切的主要内容,因而也就忽视了音乐艺术自身形式美的重要性。音乐艺术决不是简单的感情传声筒,它之所以有独立存在的价值,是和它自身的形式美分不开的。嵇康"声无哀乐"论的提出,强调了音乐的美在于"自然之和",人的哀乐之情只是借和声以显发,声与心是二物而不是一物,实际上也就是要求人们重视艺术的审美客体和审美主体的差别性,不能把它们混同为一。按照这种看法,对音乐艺术美的探讨,应当侧重于研究如何才能使之达到最高水平的自然之和,亦即音乐艺术的形式美规律问题。毫无疑问,这对六朝文艺创作和文艺理论批评的重心转向如何提高文艺的形式美,是有十分重大的影响的。

"声无哀乐"论也涉及音乐不同于其他艺术的特点问题。嵇康认为音乐如不配合诗、舞等，亦即纯音乐，是不能直接表现道德内容、伦理内容、政治内容的，和人的思想观念、感情倾向也没有必然的联系。纯音乐是否只有音声和谐的问题，这是一个值得深入研究的课题，它实际上也是一个如何认识音乐艺术特点的问题。嵇康看到了音乐是不能具体表现各种复杂的现实事物形象的，所以他不相信"师襄奉操，而仲尼睹文王之容；师涓进曲，而子野识亡国之音"之类的说法。但是，他没有看到声音也是组成宇宙间自然现象和社会现象的重要内容之一，音乐可以模拟自然界和社会生活中的声音现象，按照音乐家的需要把它们组织起来，创造出新的乐曲。这种乐曲和自然之音就会有根本性质的不同。然而尽管嵇康的结论有许多不科学、不确切的地方，他能提出这样一个重要的理论问题，这本身就是音乐美学思想发展的一大进步，也是对音乐艺术特点研究进一步深化的表现。

更值得我们重视的是，嵇康提出"心之与声，明为二物"时，只是强调声音本身没有哀乐，而并没有根本否定音乐与感情之间的联系，没有否定音乐对人的情绪有作用。他指出音乐能使人的情绪起"躁"或"静"的变化，能使人的精神发生"专"或"散"的状态。他认为这才是音乐的功能。那么，这种心理和生理上的反应和人的感情又有什么样的关系，就很值得研究。嵇康对此没有再作更深入的探讨，他只是指出在音声和人情之间还有这样一个中介，因此音声本身并无哀乐之常态。但在他那个时代能对音乐的特点进行这样深入的研究，已经是非常不容易的了。

最后，我们应当提到的是，嵇康的《声无哀乐论》和奥地利著名音乐美学家汉斯立克（1825—1904）的《论音乐的美》这部著名的著作，在一些基本观点上是非常接近的。汉斯立克提出："音乐的内容就是乐音的运动形式。"他在书前的序中说："音乐作品的美是一种为音乐所特有的美，即存在于乐音的组合中，与任何陌生的、音乐之外的思想范围都没有什么关系。"他认为音乐不能"表现某一明确的情感"，它只能表现情感的"力度"，如快、慢、强、弱、升降等，"像爱情、愤怒、恐惧等一类观念也不能在乐器中体现出来，因为这些观念和优美的乐音组合间没有必然联系"。他也认为音乐可以对人的生理、心理起作用，人们可以假音乐来寄托自己的情感，但音乐不直接表现情感。汉斯立克的这些观点和嵇康是非常一致的。

当然,他在理论的系统性、深刻性和透彻性方面,都比嵇康要高出许多。但是嵇康在比他早一千六百多年时就已经提出了这些思想,实在是难能可贵的。

1991 年 2 月于福冈鸟饲寓所
(原载台湾大学《中外文学》第 20 卷第 1 期)

董其昌的文艺美学思想

——兼谈山水画的南北宗问题

董其昌(1555年—1636年),字玄宰,号思白,华亭(今上海市松江县)人,又称香光居士,曾官至礼部尚书,死后谥文敏,后人称之为董文敏,亦称董华亭、董思翁、董宗白、董太史等,是明代著名的画家、书法家、文学家。董其昌的绘画美学思想对明代后期至清代的三百多年中的绘画美学产生了极为重大的影响,其地位之重要有如文学批评史上之严羽,甚至更为突出。他的绘画美学思想核心是倡导山水画的南北分宗论,即以禅宗之南顿北渐为喻,来区分山水画的派别,抬高南宗,贬低北宗。山水画的南北宗问题,是我国绘画创作和绘画美学思想发展史上的重大问题,与我国古代的文艺美学传统有密切关系。

历来对山水画的南北宗问题颇多争论。二十世纪三十年代以来,不少研究绘画和绘画理论的学者,对董其昌的南北分宗论,均持否定态度。如童书业《中国山水画南北宗说辨伪》①一文认为"其支离而不可信",并说"这个毫无历史根据的说法竟能维持它的威权至数百年之久","是很可怪的"!俞剑华《中国山水画的南北宗论》一书亦持相同观点。滕固、启功等也都反对山水画分南北宗说。近年来出版的伍蠡甫《中国画论研究》、葛路《中国古代绘画理论发展史》、温肇桐《中国绘画批评史略》等亦在略有肯定的同时以批评为主。其实,这是极不公允的。对董其昌与山水画的南北宗问题,给予重新评价,我以为是十分必要的。

一、董其昌和山水画的南北宗问题

山水画的南北宗问题究竟是谁最先提出的?学术界有不同看法。因为董其昌《画旨》中那段论南北宗的名言,同样见于莫是龙《画说》。莫是

---

① 此文原载《北平考古学社社刊》第四期,后又收入其《唐宋绘画谈丛》一书,作为附录。

龙(约1537—1590)比董其昌年长一些,也是华亭人。董其昌的论画著作,现存有《画旨》《画眼》《画禅室随笔》等几种不同本子,实际上只有《画旨》是他生前已定,见于其《容台别集》。《容台集》和《容台别集》是董其昌的孙子董庭所编,有董其昌的好友陈继儒(1558—1639)在崇祯三年(1630)写的序。《画眼》与《画禅室随笔》内容一样,后者为清人杨补辑录而成①。《画旨》与《画禅室随笔》的主要部分是相同的,但也有一部分不同。据陈继儒《容台集叙》所言,董庭曾以"悬金募之"的方法收集董其昌的题跋等文字,并"呈公省视,乃始笑为己作",是经过董其昌审阅的。当时董其昌虽然"七十有五余,至今手不释卷,灯下能读蝇头书、写蝇头字",可见精力尚好。所以,《画旨》应当说是最可靠的,然而《画旨》中亦有明显不是董其昌的个别条文,如俞剑华所指出,有两条即宋代赵希鹄《洞天清禄集》中文字。大约董其昌时已年迈,没有分辨清楚,有的可能是董其昌所题别人的话。因此,莫是龙的画论混入董其昌《画旨》的可能性不能排除。但是,现在的问题是莫是龙《画说》的全部十六条均重见于董其昌《画旨》,董其昌和莫是龙虽是忘年之交,但总不至于把比自己年长的莫是龙之画论全部据为己有。何况《画旨》共有一百五十多条,内容比《画说》要丰富得多了。《画说》最早见于署名陈继儒编辑之《宝颜堂秘笈》续集。实际上,《宝颜堂秘笈》乃是绣水人沈德先、沈孚先兄弟所编定、刻印的,时间在万历三十四年(1606)左右,前有沈德先《镌眉公秘笈序》及其友颖川陈万言之序,均写于丙午年(1606)之夏及秋。沈德先序中说"眉公(继儒号)文不胫而走",而"不眉公文以眉公行"的"赝鼎腊璞"之作已不少。他也是在项稚玉家"益得搜其秘,乃稍为取所杂著,厘订合而行之"。而续集之编辑刊行更在正集之后,沈德先在《续秘笈叙》中说"余既镌汇秘笈,犹然不疗饕癖,复从陈眉公簏中索得若干种","而家弟更从荆邸寄我数编"云云。沈孚先从荆州收集一部分是实,其《续秘笈题辞》中也说到此事,而所谓"复从眉公簏中索得",则不见得很确切,恐亦非直接从陈眉公处索得,只是从别人处搜集而称为陈眉公秘笈而已!

---

① 伍蠡甫先生《中国画论研究》一书中谓"董其昌着有《容台集》《容台别集》以及《画禅室随笔》《画旨》《画眼》",盖误。

正集与续集中的每一种书前均非直接书陈眉公校定,而都是书陈继儒与另一人一起校定,而这另一人则各种书都不相同,如《画说》即书《华亭陈继儒仲醇、绣水陈天保定之校》。我以为这与陈继儒并列之另一人实为该书之真正持有者,而将陈继儒列于前面,不过是假其名罢了! 所以,《秘笈》之正续集前均无陈继儒之序。我们可以设想,如果《秘笈》真是陈继儒亲自编定,是不会不写一篇序的,而且续集之后更有广集,收的品种更多。所以,《宝颜堂秘笈》(包括正集、续集、广集)实是沈德先兄弟假陈继儒之名而刊行的一部丛书,而《画说》很可能就是他们从同乡绣水陈天保处搜集来的。《宝颜堂秘笈》出版比《容台集》要早一二十年,而陈继儒是亲自审看过《容台集》并为之作序的,如果董庭把莫是龙的《画说》全当作了董其昌《画旨》的一部分,陈继儒是一定能发现的,而且陈继儒也是华亭人,亦是华亭画派的重要人物,与莫是龙也熟识。《秘笈》编辑刊行距莫是龙去世已二十余年,而董其昌还活着,官也挺大,因此有人私自收集其画论而以莫是龙名义编印,是完全有可能的。当然,最终确定这个问题是需要进一步考证研究的,但是我们可以肯定华亭画派是主张南北分宗论的,而董其昌正是他们的代表人物,故实际上倡导南北分宗论的主角是董其昌,这是没有疑问的。

董其昌在《画旨》中说:

> 禅家有南北二宗,唐时始分。画之南北二宗,亦唐时分也,但其人非南北耳。北宗则李思训父子着色山水,流传而为宋之赵幹、赵伯驹、伯骕,以至马、夏辈。南宗则王摩诘始用渲淡,一变构研之法,其传为张璪、荆关、董巨、郭忠恕、米家父子,以至元之四大家。亦如六祖之后有马驹、云门、临济儿孙之盛,而北宗微矣。要之摩诘所谓云峰石迹,迥出天机,笔意纵横,参乎造化者。东坡赞吴道元、王维画壁亦云:吾于维也无间然。知言矣。

这段有关南北分宗的代表性论述中,有几个要点值得我们注意:第一,对山水画的南北宗之区分,是以禅宗之有南北而来的,那么,两者之间有没有内在的思想上的联系? 还是只是形式上的比喻? 我们认为这里绝不只是一个形式相类的比方，而是有深刻的思想上内在联系的。禅宗之南顿北渐，其讲"悟"的特点是很不相同的。北宗主渐悟，要靠人为之修行，修行功夫到家，方可领悟佛法至理；而南宗讲顿悟，则是重在天机相契，感灵默会，自然悟道，不借人为之修行。可以说南北二宗在禅家有重人为与重自然之别，画论中之南北宗正是受此影响而来，故北宗偏于人工精密修饰，而南宗则偏于自然天机神到。即以王维、李思训的创作来看，就有这样明显的差别。唐朝朱景玄《唐朝名画录》记载说：

> 明皇天宝中，忽思蜀道嘉陵江山水，遂假吴生驿驷，令往写貌，及回日，帝问其状，奏曰："臣无粉本，并记在心。"后宣令于大同殿图之，嘉陵江三百余里山水，一日而毕。
>
> 时有李思训将军，山水擅名，帝亦宣于大同殿图，累月方毕。明皇云："李思训数月之功，吴道子一日之迹，皆极其妙也！"

吴生即吴道子，他与李思训实际上代表了绘画上重写意与重工笔两种不同倾向。李思训的画以金碧山水出名，重在色彩浓郁鲜艳，所谓"金碧辉映，为一家法"（元夏文彦《图绘宝鉴》）。明代汪珂玉《珊瑚网》说："李将军、赵千里（南宋赵伯驹）先勾勒成山，却以大青绿着色，方用螺青苦绿碎皴染，兼泥金石脚。"这种"金碧山水"是山水画中工笔画一派的主要特色。李思训的儿子李昭道"变父之势，妙又过之"，是指他更加工细精巧，《唐朝名画录》说他"繁巧智慧，笔力不及思训"。李氏父子虽重在人工，但亦可达到极妙境界。然而吴道子则不同，他是以天然神化为其特点的，重在写意。《历代名画记》说他"神假天造，英灵不穷。众皆密于盼际，我则离披其点画；众皆谨于象似，我则脱落其凡俗。弯弧挺刃，植柱构梁，不假界笔直尺"。所谓"守其神，专其一，合造化之功，假吴生之笔，向所谓意存笔先，画尽意在也"。张彦远认为他的创作境界与庄子所说"庖丁发硎，郢匠运斤"一样，"凡事之臻妙者，皆如是乎，岂止画也！"故而，吴道子之画，"笔才一二，象已应焉。离披点画，时见缺落，此虽笔不周而意周也"。吴道子虽亦是设色山水，但不是浓笔重彩，而如郭若虚《图画见闻志》所说，是"傅彩简淡""轻拂丹青"的"吴装"。一密一疏也是反映了工笔与写意在绘画创作中的重要区别的。

王维虽也学李思训的工笔，但更擅长于吴道子的写意，诚如苏轼所说比吴道子更为过之，这就在于他开始擅长用水墨渲淡法，而不再以设色山水为主，显然这是更适合于表现写意画特点的方法，同时也更加突出地体现了重在自然天工的创作思想。董其昌以王维为南宗之祖，而不以吴道子为南宗之祖，其原因可能就在这里。水墨渲淡法，不重钩斫，而以墨色浓淡表示色彩深浅以及山的阴阳向背，它带有更强烈的想象色彩，因而使人感到意趣无穷。传说王维作的《山水诀》，其中云："夫画道之中，水墨为最上，肇自然之性，成造化之功。"《山水诀》实际上恐不是王维所作，但这种思想是符合王维创作实际的。《旧唐书·王维传》说他的画是："笔踪措思，参于造化；而创意经图，即有所缺，如山水平远，云峰石色，绝迹天机，非绘者之所及也。"王维之画重在天然神到，他画花亦不辨四时，"往往以桃杏芙蓉莲花同画一景"，"意到便成，故造理入神，迥得天意"（沈括《梦溪笔谈》）。董其昌在《画旨》中对王维的赞扬，要害也正在这里。和王维差不多同时的张璪也是以水墨渲淡法见长的，故荆浩《笔法记》说他"真思卓然，不贵五彩"。张彦远说他作画"惟用秃笔，或以手摸绢素"。据米芾《画史》记载，当时钱藻收藏有张璪画一幅，下有流水涧松，上有诗一首，其云："近溪幽湿处，全借墨烟浓。"说明他也是善用水墨渲淡法的，但没有王维突出。张璪的绘画思想受老庄影响很深，符载在其《观张员外画松石序》一文中讲得很清楚。他说："观张公之艺非画也，真道也。"他所描绘的张璪在创作时的精神状态，完全合乎庄子的"物化"境界："遗去机巧，意冥玄化，而物在灵府，不在耳目。故得于心，应于手，孤姿绝状，触毫而出，气交冲漠，与神为徒。"这种与天然造化合一的特点，和王维完全一致，所以也受到董其昌的重视。

由此可见，山水画南北宗之分，并不是以画家之祖籍来分的，也不能从表面的笔法来分，主要应当从南北宗绘画中所体现的不同创作思想、美学原则来加以考察。钩斫、渲淡只是具体绘画方法，本来，王维也不乏细致工笔，北宗画家也并非不用水墨渲淡，关键是在艺术思想和审美理想方面，一重人工，一重自然；一主精工雕饰，一主天生化成；一主具体形象的真实细腻之美，一主像在画外的想象之美。一般说，北宗画受儒家美学思想影响较多,而南宗画则受老庄思想影响很深。唐宋以来绘画创作和绘画美学思想上的这种对立,实质上正是六朝文艺思想上"错采镂金"和"芙蓉出水"两种对立的美学观之继续与发展。

第二,董其昌所分的山水画之南北宗,在实际绘画发展史上是不是确实反映了两个不同的流派?许多绘画理论研究者不同意南北宗之说,大都从这一点上发难,认为根本不存在这样两个流派,并且说明代以前根本就没有这种说法。其实这个问题也是与上述第一点有联系的,如果仅仅把南北宗看成画法上的钩斫与渲淡、着色与水墨之分,这自然就说不清了。因为南宗一派并非没有着色山水之画,北宗一派也有不少水墨渲淡之作。然而,从创作思想和美学原则的主导方面说,我们认为确实存在着南宗与北宗的明显差别。王维确有学李思训的一面,但其基本倾向则是和吴道子一致的,他的成就是进一步发展了吴道了的写意特点,开创了水墨渲淡的绘画新路。又比如五代著名画家郭忠恕画亭台楼阁,确有近李思训的地方,如宋代李鹰《德隅斋画品》中所说,"以毫计寸,以分计尺,以尺计丈,增而倍之,以作大宇,皆中规度,曾无小差,非至详至悉,委曲于法度之内者,不能也"。但是,郭忠恕的主要特点是能够运用虚实结合、以虚为主的艺术表现方法,创造画外有画的深远意境,给人以极为丰富的艺术想象余地。清代神韵派代表人物王士祯说:"郭忠恕画天外数峰,略有笔墨,然而使人见而心服者,在笔墨之外也。"(《带经堂诗话》卷三)他的楼阁画之所以"最为独妙",并非由于学李思训之精工,而是"栋梁楹桷,望之中虚,若可提足;阑楯牖户,则若可以扪历而开阖之也"(《德隅斋画品》),具有虚实相生之无穷趣味。所以,董其昌将他列为南宗画派中之一员。

王维在南宗画史上的地位及其绘画美学思想的影响,早在宋代就已受到重视,并不是董其昌的发明。苏轼在《题王维吴道子画》一诗中说道:"吴生虽妙绝,犹以画工论。摩诘得之于象外,有如仙翮谢笼樊。吾观二子皆神俊,又于维也敛衽无间言。"董其昌推王维为南宗之祖显然也是从苏轼那里得到启发的。苏辙、黄庭坚也都极为推崇王维的画,而沈括则更为突出。他在《梦溪笔谈》卷十七中说王维"书画之妙,当以神会,难以形器求也",又说王维之《黄梅出山图》画黄梅(五祖弘忍)、曹溪(六祖慧

夕秀集

389

能)二人，"气韵神检，皆如其为人"。对于王维一系的画家也早有论述。其《图画歌》云："画中最妙言山水，摩诘峰峦两面起，李成笔夺造化工，荆浩开图论千里，范宽石澜烟树深，枯木关同极难比，江南董源僧巨然，淡墨轻岚为一体。"此处所论诸人，皆为董其昌所论到的南宗画家，而他们山水画创作的美学思想特征即"笔夺造化工"，以"淡墨轻岚为一体"。此种观点和董其昌如出一辙。董其昌所论南宗画家，在《画旨》中另有一条涉及的面更宽。其云：

> 文人之画，自王右丞始，其董源、巨然、李成、范宽为嫡子。李龙眠、王晋卿、米南宫及虎儿皆从董、巨得来，直至元四大家，黄子久、王叔明、倪元镇、吴仲圭，皆其正传。吾朝文、沈，则又远接衣钵，若与、夏及李唐、刘松年，又是大李将军之派，非吾曹当学也。

这条和上述"禅家有南北二宗"一条中所列南宗画家互有出入，应当看作一种互补的关系，而不应当像徐复观在《中国艺术精神》一书中所说是时间先后不同而看法有发展。因为这两条中并无南北宗画家之间互混的情况，而是讲的角度不同，一从文人画角度论，一从与禅宗南北宗相比角度论，而举例略有不同罢了。而这两条中所列南宗画家在绘画美学思想上均有共同特点。下面我们从董其昌所论各时期南宗主要画家的绘画美学思想特点，逐一作简要分析。

一是五代时期的荆浩与关仝。荆浩自称是唐末人，现存有重要山水画论著作《笔法记》，其中非常突出的一点是强调水墨画的重大意义。其云："如水晕墨章，兴吾唐代。故张璪员外，树石气韵俱盛。笔墨积微，真思卓然，不贵五采，旷古及今，未之有也。"他又称赞王维之画是"笔墨宛丽，气韵高清，巧写成象，亦动真思。"而对李思训则作了批评，认为："李将军理深思远，笔迹甚精。虽巧而华，大亏墨彩。"他评项容山人画云："用墨独得玄门，用笔全无其骨。然于放逸，不失真元气象。"又评麴庭与白云尊师画云："气象幽妙，俱得其玄。"又评吴道子画云："笔胜于象，骨气自高，树不言图，亦恨无墨。"他提出的山水画创作之"六要"，集中反映了他受庄学、玄学影响，而崇尚自然、意趣的绘画美学思想，强调"心随笔远"，"隐迹立形"，"凝想形物"，"搜妙创真"，"如飞如动"，"文采自然"。从这里可以看出，由着色山水到水墨山水，是山水画发展的一大变化，而这种变化又是绘画美学思想上向庄学、玄学的靠拢分不开的。荆浩自己的画也是以水墨山水为主的。他在《答大愚诗》中说："笔尖寒树瘦，墨淡野云轻。"《图画见闻志》记载，他自己就说过："吴道子画山水有笔而无墨，项容有墨而无笔。吾当采二子之所长，成一家之体。"

关仝是荆浩的大弟子，李廌《德隅斋画品》中说他的画："笔墨略到，便能移人心目，使人必求其意趣，此又足以见其能也。"《宣和画谱》对他的绘画美学特征分析得更为充分，其云："尤喜作秋山寒林，与其村居野渡，幽人逸士，渔市山驿，使其见者悠然如在灞桥风雪中、三峡闻猿时，不复有市朝抗尘走俗之状。盖仝之所画，其脱略毫楮，笔愈简而气愈壮，景愈少而意愈长也。而深造古淡如诗中渊明，琴中贺若，非碌碌之画工所能知。"古淡的品格正是庄学、玄学影响之结果。苏轼《听武道士弹贺若》云："琴里若能知贺若，诗中定合爱陶潜。"贺若之琴、渊明之诗、关仝之画在美学趣味上是一致的。所以，荆关并称，决非偶然。

二是五代宋初的董源和巨然。他们都是南唐时人，以画江南山水为主，而不像荆、关以画中原山水为主。董其昌之分南北宗并不是像某些人所说的那样，以山水内容的地域来区分。否定董其昌南北分宗论的研究者，大都举董源为例，说他是学习李思训的。这并不错，董源有学习李思训而创作的优秀的着色山水画。但是，董源之真正成为名家，却是水墨山水。《图画见闻志》说他："水墨类王维，着色如李思训。"而《宣和画谱》则进一步指出："然画家止以着色山水誉之，谓景物富丽，宛然有李思训风格。今考元所画，信然，盖当时着色山水未多，能效李思训者亦少也，故特以此得名。"这后几句话泄露了天机，原来是因为当时李思训式的着色山水不多，能学好的更少，所以董源才出了名。但他真正的成就却是在学王维的水墨山水方面，此点米芾《画史》讲得非常之清楚。他说："董源平淡天真多，唐无此品，在毕宏上，近世神品，格高无与比也。峰峦出没，云雾显晦，不装巧趣，皆得天真；岚色郁苍，枝干劲挺，咸有生意；溪桥渔浦，洲渚掩映，一片江南也。"可见，董源之画，也是与李思训一派完全不同的，其美学风貌与王维更近。

巨然是师法董源的。米芾《画史》说:"巨然师董源,今世多有本,岚气清润,布景得天真多。巨然少年时多作矾头,老年平淡趣高。"而沈括《梦溪笔谈》中对董、巨一派的评论更值得我们重视。他说:"大体源及巨然画笔,皆宜远观,其用笔甚草草,近视之,几不类物象,远观则景物灿然,幽情远思,如睹异境。如源画《落照图》,近视无功,远观村落,杳然深远,悉是远峰晚景之顶,宛有返照之色,此妙处也。"由此可知,董、巨绘画的主要特点是在写意,而不以工笔见长。

三是米氏山水。米芾与米友仁父子的山水画其侧重点也是在写意,水墨渲淡,重在天趣。邓椿《画继》说:"其一纸上横松梢,淡墨画成,针芒千万,攒错如铁。"宋人钱端礼题米芾《潇湘白云》,认为米氏之画可以达到"墨妙天下,意超物表"之妙。宋人赵希鹄《洞天清禄集》中说其画得"天趣","其作墨戏,不专用笔,或以纸筋,或以蔗滓,或以莲房,皆可为画"。这似乎有点近于西方现代派的作画了,然而米氏虽不用笔,形象仍然是清晰的,不过是意趣横生,其妙无穷罢了。明人李日华《书画谱》中说:"乃苏玉局(苏轼)、米南宫辈,以才豪挥霍,借翰墨为戏具,故于酒边谈次率意为之而无不妙,然亦天机变幻,终非画手。"米芾主张"信笔"画去,"多以烟云掩映,树木不取工细,意似便已"。这"意似"两字正可以概括米芾父子绘画美学的特点,而且也正是南宗画的主要特点。米友仁自题《潇湘奇观图卷》云:"余平生熟潇湘奇观,每于观临佳处,辄复得其真趣,成长卷以悦目。"说明他绘画目的仅写"真趣",而非真实再现"奇观"。

四是元四家。元代黄公望、倪云林、王叔明、吴镇四家的山水画风格比较相近,而他们的艺术思想也是相当一致的,董其昌认为他们都是"以天真幽淡"为宗。清人王原祁以"自然平淡天真"六字概括黄公望之画(见《麓台画跋》),实际上也反映了他们四家的共同特点,他们讲究气韵生动,多象外之趣,故恽格说:"痴翁(黄公望)画、林壑、位置、云烟、渲晕,皆可学而至,笔墨之外,别有一种荒率苍莽之气,则非学而至也。"(《南田论画》)又说王蒙(叔明)秋山萧寺图,"其写红林,点色得象外之趣"。说黄公望"以潇洒之笔,发苍浑之气,游趣天真,复追茂古,斯为得意"(同上)。王原祁在《麓台画跋》中说得更为清楚:"大痴得董巨三昧,平淡天真,不尚奇峭。""大痴画至富春长卷,笔墨可谓化工,学之者须以神遇,不以迹求。"他又说元人之画"奇中有淡,而真趣乃出。四家各有真髓,其中逸致横生,天机透露,大痴尤精进头陀(倪瓒)也","大痴不取刻画,平淡天真,别开生面,此又一变格也","想其吮毫挥笔时,神与心会,心与气合,行乎不得不行,止乎不得不止,绝无求工求奇之意,而工处奇处斐亹于笔墨之外"。这岂不是和符载所描写的张璪画松石进入了同一境界吗? 真道也,非艺也! 这都可以充分说明元四家上承王维、张璪,下学荆、关、董、巨,以平淡天真之自然真趣为宗,显然也正是庄学、禅学美学思想之具体表现。

董其昌分宗论的意义,还在于他强调了文人画与画院画的严格区别。这也是一个十分重大的问题。实际上,他所说的南宗即是指文人画家,而北宗则以画院画家为主。文人画或称士人画,它和画院画之区别,从表面上看,是文人画家都不入画院,注重于诗画并重,不仅善画亦均善诗文书法等,与画院之画工以画为主不同,然而,更主要的是在美学风貌、审美理想方面的差异。一般说,文人画以写意、传神为主,与画院画之以形似、精工为胜,有较明显的不同。文人画多表现诗情,体现画家的意趣,而画院画则重在合乎法度,刻画细腻。邓椿《画继》中曾说:"图画院四方召试者源源而来,多有不合而去者。盖一时所尚,专以形似。苟有自得,不免放逸,则谓不合法度,或无师承。故所作止众工之事,不能高也。"又说:"至宋徽宗皇帝,专尚法度,乃以神、逸、妙、能为次。"以逸品放在第一位,还是以神品放在第一位,也是南宗与北宗的重要区别之一,此点下文还要详论。院画又以设色山水为重,故十分注重精工。这种特点可以在董其昌所提到的北宗代表人物身上反映出来。董其昌说:"李昭道一派,为赵伯驹、伯骕,精工之极,又有士气。后人仿之者,得其工不能得其雅。……(余)行年五十,方知此一派画,殊不可耳,譬之禅定,积劫方成菩萨,非如董、巨、米三家,可一超入如来地也。"董其昌五十岁前学北宗亦不少,故画论中对北宗并非全否定,但如此条言,他五十岁以后不再学北宗,其原因在体会到北宗特点是人工精巧,属"渐悟"一派,而非"顿悟"一派,少天工逸趣。赵伯驹(1119—1185)字千里,其弟伯骕(1124—1182)字希远,他们的山水画以金线勾勒,均为青绿着色工笔画。这是由李思训、李昭道一派发展下来的。《画继》也说他们"善青绿山水"。

董其昌将南宋画院的四大名家李唐、刘松年、马远、夏圭划入北宗，遭到的非议很多。但是，我们也不能由此否定董其昌的分宗论。这四大名家从画史发展系统上看，有受李思训着色山水影响之方面，也有学习王维、荆关等的水墨渲淡之方面。董其昌之将他们划归北宗主要是因为他们是画院画家，而非文人画家，又以青绿山水学李思训之故。董其昌之论述有片面性，但也不是毫无道理。同时，对他们的水墨画亦不否定。宋高宗《题李唐长夏江寺图卷》中说："李唐可比李思训。"而刘、夏、马等则受李唐影响极深。明代曹昭《格古要论》说："（李唐山水）初法李思训，其后变化，愈觉清新。多喜作长图大障，其名大斧劈皴。"然而他又有另一方面，元代吴镇说他的《关山行旅图》"取法荆、关，盖可见矣。近来士人有画院之议，岂足谓深知晞古（李唐之字）哉！"他有"以泥金点苔"之作，但也有不少淡彩与水墨之作。刘松年亦有"金碧山水"及"丹青焕赫"之作，在设色上学习李思训，但是他也学王维，有清远萧散之作，认为他完全是画院习气，是不妥当的。马远与夏圭则亦是以水墨画为主的，而且很富有意境，所谓"马一角""夏半边"，不仅以"残山剩水"比喻南宋之偏安，有爱国主义思想，而且也是运用了虚实结合、有无相生之艺术表现方法的，所以他们的画有简淡清新之趣。然而，李、刘、马、夏之所以被董其昌贬斥，并不仅仅因为他们是画院画家，并学习李思训的青绿山水，而且也是因为他们在美学风貌上确实有画院画的特点，即使是水墨山水也与南宗画不尽相同。他们的画一般说都重在精工、典雅。明代居隆《画笺》说："画家虽以剩水残山目之，然可谓精工之极。"他们山水画的风格具有刚劲壮阔和凝重雄伟的特点。他们的水墨画，线条宽大，沉健有力，用墨上水分多，速度快，有水墨淋漓、墨气袭人之感。滕固先生《唐宋绘画史》曾指出他们对自然的态度与南宗画家有别，他们构造自己的强烈意志所追求的自然，剪裁自然，使之顺从自己，"在丰富和伟丽上机智地表现自然"，"构图有定法，皴法有定法"，用的是"劲爽径直的笔法"。这些特征显然和南宗崇尚的"自然平淡天真"很不相同。董其昌贬斥他们是不对的，他们的画自有其重大价值，但是他们确实和南宗画是不属于一路的。

　　由此可见，董其昌倡导的南北分宗论虽然在具体论述中时有不妥善、不确切之处，但是他确实清楚地认识到了南宗画与北宗画在美学思想上是存在着一些重要的原则分歧的。所以董其昌的好友陈继儒在《偃曝余谈》中对此曾作了较为明确的论述。他说："李派（指李思训）板细无士气，王派（指王维）虚和萧散，此又慧能之禅，非神秀所及也。"因此，董其昌的南北分宗论在具体论述中虽有许多疏漏不当之处，然而从根本上说是有道理的，提出了绘画发展史上的一个重大问题，其历史功绩是不能抹杀的。

二、董其昌的绘画美学思想

提倡山水画的南北分宗论，是董其昌绘画美学思想的一个中心点和重要组成部分。但是，他的绘画美学思想并不仅仅表现在有关南北宗的论述上，也反映在他关于一般绘画创作的论述中。因此，为了深入理解和认识董其昌南北分宗论的实质和意义，我们必须进一步深入研究他的全面的绘画美学思想。

董其昌的绘画美学思想核心，用他自己的话来说，可以"气韵生动""平淡天真"八字来概括。他的画论是从阐发谢赫的"六法"入手的。《画旨》中说："画家六法，一曰气韵生动。气韵不可学，此生而知之，自然天授。然亦有可学得处，读万卷书，行万里路，胸中脱去尘浊，自然丘壑内营，成然郢鄂。随手写出，皆为山水传神。"这里，气韵生动、传神写照，都是《古画品录》中主要精神，也是在庄学、玄学影响下的艺术创作思想之重要表现。董其昌气韵天生之说，正是强调艺术创作最高境界当如化工造物，而非营营人力所能为也。而要达到此种境界，唯有使艺术家在人格修养上与自然造化相契合，在主观精神上进入庄子那种"天地与我为一"的境界。在自然天授与读书阅世的关系上，董其昌重自然天授，但亦不废读书阅世，这也表现了在创作上调和儒道的趋向。不过，董其昌的"读万卷书，行万里路"，乃是为了充分地认识自然，以净化内心精神，使"胸中脱去尘浊"，心灵得到开拓、涵养，而不是为了严格地摹写自然。在"读万卷书，行万里路"的过程中，艺术家的心灵摆脱了一切尘世俗念，而与山川丘壑物化，这时自然写出即能传神。这是吴道子的嘉陵江山水，而非李思训的嘉陵江山水。诚如明代李日华《紫桃轩杂缀》中所说："绘事必以微茫惨淡为妙境，非性灵廓彻者，未易证入。所谓气韵必在生知心此虚淡中所含意多耳。其他精刻偪塞，纵极功力，于高流胸次间何关也。"清代周亮工《读画录》又引李日华说云："大都古人不可及处，全在灵明洒脱，不挂一丝，而义理融通，备有万妙。断断非尘襟俗韵所能摹肖而得者。以此知吾辈学问，当一意以充拓心胸为主。"这可以作为董其昌上述论述的注脚。

在传神的问题上，董其昌主要是发挥了东晋顾恺之的"以形写神"论，认为绘画以传神为主，而又离不开"形"。他说："传神者必以形，形与心手相凑而相忘，神之所托也。""神"总是要借助于一定的"形"才能体现出来的，然而又要不拘泥于"形"，"形"既要与心手"相凑"，而又要相忘。这正是王弼《周易略例·明象》篇中说的，一方面是"言者所以明象""象者所以存意"，而另一方面则又要"得象而忘言""得意而忘象"。传神的目的对山水画来说就是要创造一个生机勃勃、富有"象外之趣"的艺术意境。所以董其昌十分赞赏王维山水画那种"云峰石迹，迥出天机，笔意纵横，参乎造化"的特点，同时也极为赞同苏轼关于吴道子在"象外之趣"方面不如王维的观点。董其昌还提出："画之道，所谓宇宙在乎手者，眼前无非生机，故其人往往多寿。至如刻画细谨，为造物役者，乃能损寿，盖无生机也。"所谓宇宙在手，眼前一片生机，实际上也即是张璪那种"遗去机巧，意冥玄化，而物在灵府，不在耳目"的"得心应手"之创作境界，认为创作必须顺乎自然，不能以人为强力为之。故而，他竭力反对"为造物役"，人为地刻画、模仿的创作倾向。他的多寿、损寿之说，也很容易使我们想起刘勰《文心雕龙·养气》篇中提出的"率志委和"说："率志委和，则理融而情畅；钻砺过分，则神疲而气衰。""是以曹公惧为文之伤命，陆云叹用思之困神，非虚谈也。""秉牍以驱龄，洒翰以伐性，岂圣贤之素心，会文之直理哉！"细谨刻画，必致伤神损命；兴会神到，则可怡情养性。

从上述思想出发，在相传的绘画品第上，董其昌是完全同意逸、神、妙、能的排列次序的，与画院之以神品列第一不同。唐代张怀瓘在《画断》中提出书品的神、妙、能三等，是以"风神骨气者居上，妍美功用者居下"的原则来分的，这是对谢赫《古画品录》的发展。后来，朱景玄在《唐朝名画录》中，又于神、妙、能之外提出"其格外有不拘常法，又有逸品"的问题，但还没有明确把"逸品"置于三品之上。到了晚唐张彦远《历代名画记》，始将"自然"高置于神、妙、能三品之上。其云："夫失于自然而后神,失于神而后妙,失于妙而后精,精之为病也而成谨细。自然者为上品之上,神者为上品之中,妙者为上品之下,精者为中品之上,谨而细者为中品之中。"张彦远之"自然"即为"逸品",而"精品"即为"能品"。这是以自然天工为最高、以人工雕琢为最下的美学原则来划分的。尔后,北宋黄休复在《益州名画录》中更明确地将《逸品》置于神、妙、能三品之上,认为:"画之逸格,最难其俦。得之自然,莫可楷模,出于意表,故目之曰逸格尔。"以合乎自然造化的程度和水平作为绘画高下的基本标准,这种思想也直接影响到文学理论批评,如金圣叹在《水浒传序》中提出文章三境说,以"化境"为最高极则,以"神境"为其次,以"圣境"为再次,所谓"化境"即合乎自然的"逸格",而"圣境"即以人工为主之"能品"或"妙品"也。董其昌正是继承了绘画理论上这种以逸、神、妙、能为次第的品评原则,并把它作为区别山水画南北宗的重要美学原则之一。他说:"画家以神品为宗极,又有以逸品加于神品之上者,曰失于自然而后神也。此诚笃论。恐护短者窜入其中。士大夫当穷工极研,师友造化,能为摩诘,而后为王洽之泼墨。能为营邱(李成),而后为二米之云山。乃是关画师之口,而供赏音之耳目也。"自然逸品在董其昌心目中具有最高的地位,不过他不排斥人为的"穷工极妍",认为可以由此而进一步达到默契造化的自然逸格。

绘画上的逸品乃是画家在主观精神上达到物我合一境界后的产物,因此,董其昌主张绘画创作应当以师法造化为主,而不是以师法古人为主。他明确提出:"画家初以古人为师,后以造化为师。"这是为了说明画家必先有一个学习模仿过程,但最终还是要以造化为师,取法自然,方能真正有所成就。有些研究绘画史的学者往往因为董其昌的绘画有模拟前人倾向,遂认为他在艺术上也和前后七子一样主张复古,这是不符合实际的。董其昌的绘画创作的主要方面并非模拟之作,而师法古人作为绘画创作初期来说,也是无可非议的。同时,我们还要看到,一个艺术家在理论和创作上存在一定的矛盾,这也是常有的现象。董其昌认为绘画创作最终必须师法自然造化,方能宇宙在手,而不为物役,所谓自然真率,出于性情也。如果只是模仿古人,也就绝不可能达到参乎造化、迥出天机的境界。其实,董其昌在文艺思想上是对前后七子表示了不满情绪的,他的朋友也大都属于反前后七子最力的一批人。在这方面,他和莫是龙有较明显的不同。

由于提倡自然逸品,故而在绘画风貌和审美理想上,董其昌竭力提倡"天真幽淡"或"平淡天真"。这也是他区分南北宗的重要标准。在元四家中,他最推崇倪云林(瓒)。他说:"迂翁(云林)画在胜国时可称逸品,昔人以逸品置神品之上。历代唯张志和、卢鸿可无愧色。宋人中米襄阳在蹊径之外,余皆从陶铸而来。元之能者虽多,然禀承宋法稍加萧散耳。吴仲圭(镇)大有神气,黄子久(公望)特妙风格,王淑明奄有前规。而三家皆有纵横习气,独云林古淡天然,米痴后一人而已。"所谓的"纵横习气"大约和后来王夫之所批评的诗文中的"霸气"类似,指诗文书画中世俗味道较重,同时主观色彩太浓,而与造化契合、自然平淡的特点较少的表现。他之推崇倪云林正是其"古淡天然"的美学风貌。故他又说:"独倪迂一种淡墨,自谓难学。""盖倪迂书绝工致,晚年乃失之,而聚精于画,一变古法,以天真幽淡为宗,要亦所谓渐老渐熟者,若不从北苑(董源)筑基,不容易到耳。纵横习气,即黄子久未能断。幽淡而言,则赵吴兴(孟頫)犹逊迂翁,其胸次自别也。"董其昌认为这种"平淡天真"的最高美学境界之获得,是很不容易的,有一个由工而淡的过程,正好像要先师古人而最终师法造化一样。这种美学思想也是受苏轼影响的结果。他曾说:"诗文书画少而工,老而淡,淡胜工,不工亦何能淡。东坡云:笔势峥嵘,文采绚烂,渐老渐工,乃造平淡。实非平淡,绚烂之极也。"董其昌对工和淡的关系之论述,也和他对气韵天生而又要"读万卷书,行万里路"的论述一样,并不因提倡淡而否定工,重视两者之间的辩证关系。后来清代郑板桥的"必极工而后能写意"(题画竹)之论,正是对董其昌这种思想的进一步发挥。

这种以自然、平淡、天真为中心的审美理想,也清楚地体现在董其昌的书法与诗文理论批评之中。他在《书品》中说:"淡乃天骨带来,非学可及。内典所谓无师智,画家谓之气韵也。"这里他非常明确地告诉我们,淡即天生气韵所表现的一种美学风貌。他极为推崇颜真卿的书法:"鲁公行书在唐贤中独脱去习气。盖欧(欧阳询)、虞(虞世南)、褚(褚遂良)、薛(薛道衡)皆有门庭,平淡天真,颜行第一。"他又赞扬张旭、怀素之草书,其云:"余谓张旭之有怀素,犹董源之有巨然,衣钵相承,无复余恨,皆以平淡天真为旨,人目之为狂乃不狂也。"据杜甫《饮中八仙歌》云:"张旭三杯草圣传,脱帽露顶王公前,挥毫落纸如云烟。"张旭经常醉后狂走号呼,索笔挥洒,如有神助,甚至于酒酣之际,"以泼濡墨作大字",人称张癫。怀素之草书则"若惊蛇走虺","骤雨狂风","字字飞动","宛若有神"(参见《宣和书谱》)。他们这种气韵生动、栩栩传神的艺术风貌,在董其昌看来,也都是崇尚平淡天真的结果。在文学创作方面,他在《容台文集》卷一的《诒美堂集序》一文中也有重要的论述。他说:"昔刘邵《人物志》,以平淡为君德。撰述之家,有潜行众妙之中,独立万物之表者,淡是也。世之作者,极其才情之变,可以无所不能;而大雅平淡,关乎神明,非名正薄而世味浅者,终莫能近焉,谈何容易?《出师》二表,表里《伊训》;《归去来辞》,羽翼《国风》。此皆无门无迳,质任自然,是之为淡,乃武侯之明志,靖节之养真者何物;岂澄练之力乎? 六代之衰,失其解矣。大都人巧虽饶,天真多复;宫商虽叶,累黍或乖。思涸,故取续凫之长;肤清,故假靓妆之媚。或气尽语竭,如临大敌而神不完,或贪多务得,如列市肆而韵不远。乌睹所谓立言之君乎?"董其昌在这一大段论述中,强调了文学创作中平淡天真的美学风貌,实际上乃是艺术家的人格之体现。作家的性情品格达到了淡的境界,则其作品也必能"质任自然",此绝非"澄练之力",而是"养真""明志"的天然流露。神完韵远的作品得之于"天真"而非"人巧"。这不是儒家所崇尚的人格之体现,而是庄学、玄学所标举的人格之体现。

　　董其昌所理想的这种艺术品的精神品格,是与他本人的思想风貌一致的。正如陈继儒在《容台集叙》中所说,他平生"视一切功名文字直黄鹄之笑壤虫而已",他"日与陶周望、袁伯修游戏禅悦",后来更不愿为官,引退归乡。因此当魏忠贤当权之际,大家都佩服他有远见,不致掺杂其中。他的为人,亦如陈继儒所说:"凡诗文家客气、市气、纵横气、草野气、锦衣玉食气,皆鉏治抖擞,不令微细流注于胸次,而发现于毫端;渐老渐熟,渐熟渐离,渐离渐近于平淡自然。而浮华刊落矣,姿态横生矣,堂堂大人相独露矣。"董其昌的思想深受庄学、玄学、禅学的影响,他认为庄学、玄学、禅学的本旨是相通的,而平淡自然正是他们共同向往的美学风貌。

他在《容台别集》的《禅悦》卷中曾以禅旨来疏解《老子》，并认为"禅典都从庄子书翻出"乃朱熹之妙论。其《墨禅轩说》一文说："庄子述齐侯读书，有诃以为古人之糟粕。禅家亦云须参活句，不参死句。书家有笔法，有墨法；惟晋唐人具是三昧。"又说："古人云：清心不如省事，养身莫若寡欲，二语可谓玄禅二藏大总持门。终身诵之，立跻圣地。"（《禅悦》）他把庄、玄、禅学都看作对人生持一种超脱态度，不与人间是非相联系，而与大自然相化合的人生哲学。因此，要求在艺术上体现这样一种人格精神，形成平淡天真的审美境界，不以人工之巧，而以天工自然作为艺术创造的最高原则。他的文艺美学思想是对司空图、苏轼、严羽的继承与发展。他在《容台别集》的《禅悦》卷中说，苏轼之所以"文章妙古今，虽韩欧却步"，乃是因为他精通禅理，而韩欧则于"内典"尚"未精"，故他称苏轼为"文字般若"。其"书品"中又说苏轼"因其深入禅悦，故文字光焰万丈，直掩韩欧"。而苏轼平生最崇尚艺术的淡泊境界，曾赞扬韦应物、柳宗元之诗"发纤秾于简古，寄至味于澹泊"（《书黄子思诗集后》）。认为这正是司空图"味外之旨"之所在。司空图《与王驾评诗书》亦说："右丞苏州趣味澄敻，若清风之出岫。"《与李生论诗书》又说："王右丞、韦苏州澄澹精致，格在其中。"董其昌之推崇苏轼正为其淡也！为此，他发展了严羽的借禅论诗，亦借禅论文，借禅论书画。他在《赵升之制义序》一文中说："严仪卿借禅喻诗，余亦借禅论文。"在《戏鸿堂稿自序》中说："至岁丙戌，读曹词语录编正宾主互换份触之旨，遂稍悟文章宗趣，因以师门议论与先辈手笔印之，无不合者。"董其昌特别喜好禅学，认为只有深明禅理，方能写好文章，作好书画，但他是以庄学、玄学来理解禅学的，故其文艺美学思想的根子最终还是在庄子那里。其在《题画寄吴浮玉黄门》一诗中说："林水漫传濠濮意，只缘庄叟是吾师。"

三、董其昌的文艺美学思想与明代后期文艺美学思想发展之联系

董其昌的文艺美学不仅与前代文艺美学思想发展有深刻的历史联系，而且与明代后期受启蒙主义思想影响的文艺新思想，亦有极为密切的联系，并且是其重要表现。董其昌所处的时代正是李卓吾和公安派以提倡"童心""真情"为中心的文艺美学思想的发达时期。董其昌与李卓吾、

袁氏兄弟都是很好的朋友，并且在思想上是比较一致的。董其昌曾说，1598年(戊戌)春，他曾和李卓吾见过一面，在都门外兰若中，"略披数语，即许可莫逆，以为眼前诸子惟君具正知见，某某皆不足尔也"。当时李贽已有七十一岁高龄，而董其昌则刚四十三岁，可谓忘年之交。他和袁氏兄弟更为亲近，万历年间过往甚密。董其昌和李贽、公安三袁一样，在文艺上都是反对以前后七子为代表的复古模拟思潮的。陈继儒《容台集叙》说："往王长公(王世贞)主盟艺坛，李本宁与之气谊声调甚合。董公方诸生，岳岳不肯下。"不愿附和后七子之论。他在《凤凰山房文稿序》中赞扬归有光的文章说："嘉(靖)隆(庆)间有归熙甫者，庶几豪杰之士。观其所书古文，前非李何，后非晋江(指王慎中)毗陵(指唐顺之)，卓然自为一家之书，时人不具眼，稍为王李所掩，终当行于异世。"他在这里明显地表现了对前后七子的不满，同时也可以看出他对唐宋派的态度。董其昌是很欣赏唐宋八大家之古文的，但他的着眼点是在"自为一家"上，这是和李贽、公安派的观点接近的。特别是在《诒美堂集序》一文中，他借赞美刘祝，表现了他对后七子的不满，反映了和公安派一致的文艺思想倾向。他说："自隆(庆)万(历)以来，历下琅琊(指李、王)，悬衡天下，横诋前人，几无余地，滔滔末流，且过其历。一二君子有意挽之，乃盘盎之水不能起粘天之波，只为河伯所笑。"他赞美刘祝之文，"其撰造，皆肖心而出"，能"游乎自然之途而化其镕裁之迹，则文品之最真者"。这正是公安派所倡导的"师心""写真""自然"之主张。

董其昌和公安派在提倡平淡天真的美学风貌方面，也是完全一致的。三袁之诗文理论以"独抒性灵，不拘格套"为宗旨，重视真性灵、真感情之真率自然流露，故亦以淡为最高美学原则。袁宏道于《叙呙氏家绳集》一文中作了十分生动而全面的论述，其云：

苏子瞻酷嗜陶令诗，贵其淡而适也。凡物酿之得甘，炙之得苦，唯淡也不可造；不可造，是文之真性灵也。浓者不复薄，甘者不复辛，唯淡也无不可造；无不可造，是文之真变态也。风值水而漪生，日薄山而岚出，虽有顾、吴，不能设色也，淡之至也。元亮以之。东野、长江欲以人力取淡，刻露之极，遂成寒瘦。香山之率也，玉局之放也,而一累于理,一累于学,故皆望岫焉而却,其才非不至也,非淡之本色也。

里呙氏,世有文誉,而遂溪公尤多著述。前后为令,不及数十日,辄自罢去。家甚贫,出处志节,大约似陶令,而诗文之淡亦似之。非似陶令也,公自似之。公之出处,超然甘味,似公之性;公之性,真率简易,无复雕饰,似公之文若诗。故曰公自似者也。

今之学陶者,率如响搨,其勾画是也,而韵致非,故不类。公以身为陶,故信心而言,皆东篱也。余非谓公之才遂超东野诸人,而公实淡之本色,故一往所诣,古人或有至有不至耳。

袁宏道在这篇文章中,对"淡"的特点作了相当充分的论述,这和董其昌的思想是一致的。首先,他认为"淡"的本质在体现人之自然本性,即所谓"真性灵""真变态"。"淡"之"不可造",是因为像董其昌所说的那样是"天骨"带来,"非钻仰之力,澄练之功"(《容台别集·杂纪》)所能获得。"淡"又"无不可造",是因为顺乎自然,故有千姿百态。其次,他指出像孟郊、贾岛那样苦吟诗,"刻露之极",欲以"人力取淡"是根本不可能的。至于白居易诗之"累于理",苏轼诗之"累于学",也都非"淡"之本色。再次,他强调要达到"淡"的艺术境界,要求艺术家必须具备"淡"的精神品格。"公以身为陶,故信心而言,皆东篱人。"性情"真率简易,无复雕饰",则诗文必臻淡之极境。又次,他认为陶诗之淡,是淡而有"韵致",它是无法从表面形式上去学的。这些看法与董其昌在《诒美堂集序》中所论,如出一辙。

袁中道对于"淡"的问题也发表过许多重要意见。其《珂雪斋前集》卷十《程晋侯诗序》一文中提出了诗文美学风貌中的"绘"和"素"的问题。所谓"绘",即是指人工雕饰之美;所谓"素",即是指天然真率之美,亦即淡。他说:

诗文之道,绘素两者耳。三代而上,素即是绘。三代而后,绘素相参。盖至六朝而绘极矣。颜延之十八为绘,十二为素;谢灵运十六为绘,十四为素。夫真能即素为绘者,其惟陶靖节乎?非素也,绘之极也。宋多以陋为素而非素也。元多以浮为绘,而非绘也。国朝乘屡代之素,而李何绘之,至于今而绘亦极矣。

袁小修还指出由于陶渊明能"即素为绘",故最能"得恬澹之趣者也"。他对六朝之追求"绘"而失"素"的批评,与董其昌批评"六代之衰","人巧虽饶,天真多复",又何其相似!"绘"即"人巧","素"即"天真"也,故均以陶潜为淡之祖。袁小修于《餐霞集小序》一文中又指出:"至平常,至绚烂,至绚烂,至平常,天下之至文无以加焉。"这与董其昌对苏轼所说绚烂之极归于平淡的倾心,亦是完全相同的。所以,袁小修在绘画方面的看法,也和董其昌一致。其《马远之碧雪篇序》说:"夫画家重逸品,如郭忠恕之天外澹澹数峰是也。世眼不知,乃重许道宁辈金碧山水,不亦谬乎?吾观远之义,盐味胶青,若有若无,比之忠恕之画,气类相同。今欲取合世眼,降格作许道宁辈浓腻之笔,吾固知远之不为亦不愿远之为之也。"这种重逸品,以水墨渲淡为上,以金碧山水为下的观点,不正是董其昌所提倡的南宗画之特点吧?又其《成元岳文序》说:"时文虽云小技,要亦有抒自性灵,不由闻见者。古人云——从自己胸臆中流出,自然盖天盖地,真得文字三昧,盖剪彩作在与出水芙蓉,一见即知,不待摸索也。"可见抒写性灵,从胸臆中流出,正是为了追求"出水芙蓉"之美,崇尚平淡天真的意趣。

从上述董其昌和公安派文艺美学思想的比较中,我们可以看出董其昌正是明代后期文艺新思潮的一位十分重要的代表人物,他在绘画和书法领域中踞有领导地位,而倡导南宗画则正是这股文艺新思潮在绘画领域中的突出反映。山水画南北宗问题的提出,是有绘画创作发展和绘画美学思想发展的历史根据的,它本身是一种客观存在,而它在明代后期的提出,又是与当时崛起的文艺新思潮相联系的。董其昌也正因为这一点,所以在我国文艺思想发展史上具有十分重要的地位。

(原载香港《中华国学》创刊号)

董其昌的画论和王渔洋的诗论

　　王渔洋的诗论很明显地受到董其昌画论的影响,这在王渔洋所写的《芝麈集序》一文中可以看得很清楚。如果董其昌的画论可称为南宗画论的话,那么,王渔洋的诗论则可称为南宗诗论。他们在文艺美学思想上是一致的。

　　说南宗画,大家都很熟悉;而南宗诗呢,则文学批评史上似乎没有明确地成为专门术语,但实际上它在唐人诗论中就已经提出了。空海《文镜秘府论》南卷"论文意"条说:"自此以后,则有《毛诗》,假物成焉。夫于演《易》,极思于《系辞》,言句简易,体是诗骨。夫子传于游、夏,游、夏传于荀卿、孟轲,方有四言、五言、效古而作。荀孟传于司马迁,迁传于贾谊。谊谪居长沙,遂不得志。风土既殊,迁逐怨上,属物比兴,少于《风》《雅》;复有骚人之作,皆有怨刺,失于本宗。乃知司马迁为北宗,贾生为南宗,从此分焉。"则是以《诗》《骚》为北宗南宗。此段当是王昌龄《诗格》中文字。可见,诗论中的南北宗之说,早在盛唐时期已经提出,比画论中的南北宗之说要早得多。又托名贾岛的《二南密旨》有"论南北二宗例古今正体"一条,其云:"宗者,总也。言宗则始南北二宗也。南宗一句含理,北宗二句显意。"又说:"南宗例,如毛诗云:'林有朴樕,野有死鹿。'即今人为对,字字的确,上下各司其意。如鲍照《白头吟》:'由黜褒女进,班去赵姬升。'如钱起诗:'竹怜新雨后,山爱夕阳时。'此皆宗南宗之体也。北宗例,如毛诗云:'我心匪石,不可转也。'此体今人宗为十字句对,或不对。如左太冲诗:'吾希段干木,偃息藩魏君。'如卢伦诗:'谁知樵子径,得到葛洪家。'此皆宗北宗之体也。诗人须宗于宗或一联合于宗,即终篇之意皆然。"这是从对偶的角度讲南北宗。晚唐释虚中《流类手鉴》中"诗有二宗"条云:"第四句见题是南宗,第八句见题是北宗。"徐寅《雅道机要》有"南宗则二句见意,北宗则一句见意"之说,又举例云:"北宗句,诗曰:'一为嵩岳客,几葬洛阳人。'南宗句,诗曰:'睡逢明月尽,愁对好山销。'"以上这些有关诗歌中南北宗的论述,角度各不相同,似乎只是借用禅宗南北宗之说,并无内在的思想联系。由于诗论中的南北宗之说没有形成明确的美学思想上的差别,所以并未对后代诗论发生影响,这是和画论中南北分宗论的不同之处。

董其昌的绘画美学思想集中表现在他对南宗画美学思想特征的论述中。他之所以推崇南宗画,是因为南宗画在美学思想上具有平淡天真、合乎自然造化的美学特征,而水墨渲淡的写意画则更易于充分体现这种美学特征,他之以王维为南宗之祖,也是因为他的画"云峰石迹,迥出天机,笔画纵横,参乎造化"(《画旨》)。王维以下的南宗各个主要画家(例如荆浩、关仝、董源、巨然、郭忠恕、米芾、米友仁、元代四家等),也均有这种美学思想特征,其基础则是庄学和禅学。我在《董其昌的文艺美学思想——兼谈山水画的南北宗问题》一文中已作过详细分析,此不赘述(该文载于香港《中华国学》创刊号,1989 年 6 月)。在诗歌发展史上,以王、孟为代表的山水田园隐逸诗比较突出地体现了这种美学思想特征。晚唐司空图特别推崇这种诗歌,他在《与王驾评诗书》中说:"右丞、苏州趣味澄复,若清沇之贯达。"司空图实际上就是南宗诗论家,但是这种美学风貌并不与雄浑劲健相对立,在冲和淡远中含有雄浑劲健,就更不容易了。所以,司空图对王昌龄、李白、杜甫也是十分推崇的。他说唐诗自"沈、宋始兴之后,杰出于王江宁、宏肆于李、杜,极矣"!(同上)恰如南宗画系之不仅有董源、巨然,而且有荆浩(洪谷)、李成(营丘),范宽(华原)、郭熙(河阳)一样。所以,南宗诗和南宗诗论实际上是存在的。北宋的苏轼十分推崇司空图的诗论,他在《书黄子思诗集后》一文中认为"李太白、杜子美以英玮绝世之姿,凌跨百代",而"独韦应物、柳宗元发纤秾于简古,寄至味于澹泊,非余子所及也"。可见也是主张平淡天真、合乎造化自然,而并不排斥豪放雄健的。所以一定要说严羽的《沧浪诗话》是宗王、孟还是宗李、杜就很难了,因为他虽倾心王、孟,也很赞赏李、杜的。他的美学思想虽倾向"优游不迫",但并不排斥"沉著痛快","优游不迫"中而有"沉著痛快",岂不更好?所以董其昌的南宗画论中,虽以王维为宗师,而同样把李成、范宽、元代四家等列为南宗画派的重要成员。明白了这一点,再来看王渔洋的《芝廛集序》,就可以清楚地了解其思想来源了。

《芝廛集序》是王渔洋为王揆的诗集所写的序。王揆让其子原祁去请王渔洋写序,王原祁带去了自己画的画,并谈了自己一些看法。渔洋在序中先阐述了王原祁的画论思想,并将其引申来讲诗,其云:"大略以为画家自董、巨以来,谓之南宗,亦如禅教之有南宗。云得其传者元代四家,而倪、黄为之冠;明二百七十年来擅名者,唐、沈诸人称具体,而董尚书为之冠;非是则旁门魔外而已。又曰:凡为画者,始贵能入,继贵能出,要以沉着痛快为极致。予难之曰:吾子于元推云林,于明推文敏,彼二家者,画家所谓逸品也,所云沉着痛快者安在?给事笑曰:否,否,见以为古淡闲远而中实沉着痛快,此非流俗所能知也。予闻给事之论,嗒然而思,焕然而兴,谓之曰:子之论画也至矣,虽然,非独画也,古今风骚流别之道,固不越此,请因子言而引伸之可乎?唐、宋以还,自右丞以逮华原、营丘、洪谷、河阳之流,其诗之陶、谢、沈、宋、射洪、李、杜乎?董、巨其开元之王、孟、高、岑乎?降而倪、黄四家以逮近世董尚书,其大历、元和乎?非是则旁出,其诗家制有嫡子正宗乎?入之出之,其诗家之舍筏登岸乎?沉着痛快,非惟李、杜、昌黎有之,乃陶、谢、王、孟而旁下莫不有之。子之论论画也,而通于诗,诗也而几于道矣。"此段内容亦见渔洋《居易录》。王原祁的画论是宗董其昌的,他的画学其祖王时敏,而王时敏早年深受董其昌、陈继儒的赏识,其画亦深受董其昌的影响。从表面上看来,渔洋是受王原祁的启发而有所领悟,其实是渔洋借此来说明其诗论思想的深层内涵。标举"逸品",本是南宗画论的重要宗旨之一,"逸品"的特点是化工自然,唐代张彦远《历代名画记》中说:"失于自然而后神。"北宋黄休复《益州名画录》中说:"画之逸品,最难其俦。""得之自然,莫可楷模,出于意表,故目之曰逸格尔。"这是受老庄思想影响的表现。董其昌《画旨》中说:"画家以神品为宗极,又有以逸品加于神品之上者,曰失于自然而后神,此诚笃论也。"王渔洋也是十分欣赏"逸品"的,他在《古夫于亭杂录》中曾说"郭忠恕画山水入逸品","诗文当以是推之"。"逸品"一般说是以"古淡闲远"为其主要美学特征的,这也和王渔洋的"神韵"说相一致。然而"逸品"而又不排斥"沉著痛快",陶、谢、王、孟也都有"沉著痛快",则常常是论王渔洋"神韵"说者所忽略,而实际上却是王渔洋诗论、也是"神韵"说的更深一层含义。这正是对严羽诗论的发挥,也是深受南宗画论影响的结果。

王渔洋论诗重"神韵",指的是诗歌的一种艺术境界,其基本美学特征是天工自然,而无人工造作的痕迹,这从"神韵"一词的原始意义中就可看出来。神韵,初见于南朝谢赫的《古画品录》,后又为晚唐张彦远《历代名画记》所发挥,均指自然传神而言。明代胡应麟在《诗薮》中多次论到神韵,也都指自然神到、韵味深远而言,所谓"神韵超然,绝去斧凿"(卷五论七言)是也。明末清初王夫之在他的诗文中也多次论到神韵,均是指神理自然之意。王渔洋论神韵,也并未离开其本意,但把它作为一个重要的专门概念来运用,其含义就比原来的神韵要丰富得多了。本文不拟对神韵的含义作全面的分析,仅就神韵是否只是指冲和淡远之作说一点看法。渔洋论神韵,从早年编《神韵集》(时渔洋仅28岁),至后来编《唐贤三昧集》(时渔洋55岁),可谓一生中贯穿始终的主张,其间他的诗论与创作虽有三变,如俞兆晟《渔洋诗话序》所说,早年宗唐,"中岁越三唐而事两宋",晚年则以盛唐之"大音希声""约淫哇锢习",然在美学思想上以"神韵"为标的,则并未变化。此亦可见,神韵非仅指一个时代、一个流派的作品而言,不同时代不同流派的作品也可以有神韵。

然而,在渔洋论神韵的言论中,确实大都是指冲和淡远之作。特别是他在编《唐贤三昧集》时,以司空图,严羽诗论为标准,取"隽永超诣"者,以王、孟为代表,而不选李、杜;在《池北偶谈》中以"清远"论神韵;《香祖笔记》《蚕尾续文》中论诗禅一致,所举均为王孟一类山水田园隐逸诗。故翁方纲《七言诗三昧举偶》中有"(先生)盖专以冲和淡远为主,不欲以雄鸷奥博为宗"之说。不过,严格地说,翁方纲这个说法是比较表面的。渔洋确实喜欢冲和淡远之作,这固然有他政治思想方面的原因,但更主要的是这类作品比较突出地体现了"逸品"亦即以天工自然为尚的美学特征。渔洋论神韵的中心内容是在天工自然的前提下,要求在诗歌意境的创造中充分发挥"虚"的作用,诚如赵执信在《谈龙录》中所说,王渔洋认为"诗如龙然",而神龙不需要全部画出,只要画出它在云雾中的"一鳞一爪",那么龙的全体即可由读者想象而得到。神龙"见其首不见其尾",虽只"一鳞一爪",而"龙之首尾完好,故宛然在也"。有神韵的作品必须有深远的"言外之意",亦即《二十四诗品》所谓"不著一字,尽得风流"也。故渔洋特别欣赏郭忠恕"画天外数峰,略有笔墨,然而使人见而心服者,在笔墨之外也。诗文之道,大抵皆然"(《香祖笔记》)。渔洋之所以强调诗禅一致也在其有"得意忘言之妙"。而此类诗歌在创作上是兴会神到、顺乎自然,而非苦吟强作而得。故渔洋生平服膺萧子显《自序》中说的"有来斯应,每不能已。须其自来,不以力构";以及王士源序孟浩然集云,"每有制作,伫兴而就"。所以他自己"未尝为人强作,亦不耐为和韵诗也"(参见《带经堂诗话》卷三"伫兴类")。他特别欣赏越处女与勾践论剑术时说的"妾非受于人也,而忽自有之"和司马相如论赋时所说的"赋家之心,得之于内,不可得而传",认为"诗家妙谛,无过此数语"。又说陈伯玑所说"偶然欲书","最得诗文三昧",并推崇庄子的"解衣般礴"说,云"诗文须悟此旨"。可见,渔洋诗论的思想基础是庄学和禅学的文艺观。从这一点来说,他和董其昌的南宗画论是一致的。的确,冲和淡远的诗歌大都体现了这种文艺创作思想。但是,"沉著痛快"(或谓"雄鸷奥博")之作也并不是不能体现这种文艺创作思想。因此,王渔洋诗论的核心不是在"冲和淡远"或"沉著痛快"("雄鸷奥博"),也不是在宗唐或是宗宋,而是在他与南宗画论一样的美学思想上。

南宗与北宗在画论思想上的区别,并不是在冲和淡远还是雄浑劲健方面,而是在重天工还是重人工,是合乎自然造化还是侧重人为雕饰,是偶然欲书、伫兴而就还是苦吟强作,是在能否做到有象外之妙、画外之趣。南宗讲顿悟,即在天机相契,感灵默会,自然悟入,而不假人为之修行。南宗画家也是如此,沈括《梦溪笔谈》中说王维的画,"意到便成,故造理入神,迥得天意"。张璪的画,则如符载在《观张员外画松石序》一文中所说:"遗去机巧,意冥玄化而物在灵府,不在耳目。故得于心,应于手,孤姿绝状,触毫而出,气交冲漠,与神为徒。"《宣和画谱》说关仝的画"其脱略毫楮,笔愈简而气愈壮,景愈少而意愈长也。"米芾《画史》评董源的画说:"峰峦出没,云雾显晦,不装巧趣,皆得天真。"宋人钱端礼题米芾《潇湘白云》云:"墨妙天下,意超物表。"南宗画家的画并非只有冲和淡远之作,也有雄浑劲健之作。所以,从南宗画论和渔洋诗论的比较中,比较容易看清楚渔洋诗论特别是他的神韵说的核心意义所在。

王渔洋的诗论,内容十分丰富,本文只就其中一个方面提出一点不成熟的看法,以就正于各位专家。

(原载《桓台国际王渔洋讨论会论文集》)

皎然《诗式》版本新议

皎然,姓谢,字清昼,当时人称昼上人,是唐代著名诗僧,也是十分重要的诗歌理论批评家。他的诗论著作有《诗式》《诗议》等,种类、版本比较混乱,也比较复杂。学术界对此虽已有不少研究,但仍有不少问题没有解决。本文拟就《诗式》的版本提出一些初步看法,同时也涉及《诗式》和皎然其他诗论著作的关系问题。

《诗式》是皎然最主要的诗论著作,它的写作年代,据《诗式·中序》所云,贞元初皎然居东溪草堂,"欲屏息诗道","世事喧喧,非禅者之意","所著《诗式》及诸文笔,并寝而不纪",则当在贞元以前;又据《诗式》中"齐梁诗"条所说:"大历末年,诸公改辙,盖知前非也",知当在大历末年之后;由此可以确定《诗式》写作约在公元779年至785年之间。《中序》又说贞元五年(789)原御史中承李洪改迁湖州长史,十分赞赏《诗式》,皎然在诗人吴季德帮助之下重新编定《诗式》,并经李洪审阅,"有不当者,公乃点而窜之,不使琅玕与砇砆参列,勒成五卷,粲然可观矣",则《诗式》之最后增补编定当在贞元五年。

关于皎然诗论著作,历代著录不太一样,明以前的著录情况大致如下:

> 李肇《国史补》:吴僧皎然……著《诗评》三卷。
>
> 王尧臣《崇文总目》:昼公《诗式》五卷。
>
> 《新唐书·艺文志》:昼公《诗式》五卷,《诗评》三卷,僧皎然撰。
>
> 《宋四库阙书目·别集类》:僧皎然《诗评》一卷。
>
> 郑樵《通志·艺文略·诗评类》:昼公《诗式》五卷,僧皎然《诗评》一卷。
>
> 陈振孙《直斋书录解题》:《诗式》五卷,《诗议》一卷,唐僧皎然撰,以十九字括诗之体。

《宋史·艺文志》:僧皎然《诗式》五卷,又《诗评》一卷。

辛文房《唐才子传》:昼公《诗式》五卷,《诗评》三卷。

从上述著录来看,《诗式》应为五卷,当是没有问题的。但《诗议》和《诗评》,皎然本人没有提及,亦无单本流传。唯《吟窗杂录》载有皎然《诗议》《评论》《诗式》三种,如果这《评论》就是《诗评》的话,那么《诗式》五卷本和吟窗本《诗评》是互有交叉的,而《诗评》和《文镜秘府论》所引《诗议》也有交叉,空海于《文镜秘府论·地卷》之"十四例"下自注:"皎公《诗议》新立八种对十五例,具如后。"(《文镜秘府论》将其中的"十四避忌之例"移入《西卷》之"文二十八种病")又《东卷》之"二十九种对"中第十八至二十五后云:"右八种对,出皎公《诗议》。"这与《吟窗杂录》卷七所载的《诗议》"八种对""十五例"是相同的,《南卷》"论文意"条目"或曰:夫诗有三四五六七言之别"至"振颓波者,或贤于今论矣",当为皎然《诗议》之文,其中"可以对虚,可以对实"以前部分与《吟窗杂录》所载《诗议》"诗对有六格"以前部分基本一致(《吟窗杂录》文字略简)。而"或曰:今人所以不及古者,病以俪词"至"古人后于语,先于意","或曰:诗不要苦思"至"况通幽含变之文哉","古人云:具体唯子建、仲宣"至"或贤于今论矣"三段,与《吟窗杂录》卷七《评论》中前三段基本相同。可见《诗议》与《评论》是一部著作还是两部著作,很值得研究。《诗式》"诗有五格"条中"不用事第一"下自注:"已见评中。"在"作用事第二"下自注:"亦见评中。"现存《诗式》各种版本均无《文镜秘府论》所引《诗议》内容(包括《吟窗杂录》评论部分前三条),可是在"用事"条及其后各条论述前都有"评曰"二字,而且都是和《吟窗杂录》中《评论》部分内容一致的。因此,《诗评》是《诗式》中的一部分,还是另一部著作,或是《诗议》的别名,也是一个值得研究的问题。但这些都需要先弄清楚《诗式》版本上的混乱原因,才能得出比较符合实际的结论。

目前流传的《诗式》,有三种不同的本子:一是《吟窗杂录》本(简称吟窗本),《诗法统宗》(即《格致丛书》本)、《诗学指南》本均出于此。《吟窗杂录》目录中卷七列有《诗议》《中序》,然本文中实为《诗议》和《评论》两部分,《中序》只是《评论》中一条。卷八至卷十为《诗式》,而其中"诗有五格"所包括的诗例占了绝大部分篇幅。或谓此为三卷本,其实此卷数为丛书统编号,卷十中还收有李洪宣《缘情手鉴诗格》、徐衍《风骚要式》,《诗式》本身不分卷。《诗法统宗》本将《诗议》和《评论》合为《诗议》,《诗学指南》本则仍将两者分开,但改《中序》为《评论》。二是五卷本,通行的是清人陆心源的《十万卷楼丛书》本、《丛书集成初编》所收即此本。五卷本将吟窗本《评论》部分的内容除前三条(此三条见《文镜秘府论》)所引《诗议》外,全部收入《诗式》,把《中序》以前的部分列入第一卷"诗有五格"后,并在"三不同:语、意、势"前增加了"对句不对句"条;《中序》及以后部分分别列入后四卷的卷首和有关诗例前,第五卷卷首增"夫诗人造极之旨"及"复古通变体"两条,卷末加"立意总评"一条。三是一卷本,如《续百川学海》本、《唐宋丛书》本、《说郛》陶珽本等,何文焕《历代诗话》所收即此本,它实是五卷本的简本,收入五卷本中卷一《中序》以前理论部分的内容,但删去其中所有诗例,以及卷首总序。有的研究者认为它在版本上和吟窗本均属于同一系统,都是一卷本,这是不对的。

由于《十万卷楼丛书》刊刻较晚,其所载五卷本《诗式》和吟窗本差别较大,所以,过去研究者对五卷本《诗式》的可靠性颇有怀疑。或谓"今本五卷《诗式》,从编次来看,颇有零散舛乱之感,疑是全书在流传过程中有所散失,由后人采掇辑补的结果"(李壮鹰《诗式校注·前言》)。然《十万卷楼丛书》本《诗式》底本,据陆心源《皕宋楼藏书志》卷一百十八所说,此系卢文弨所藏旧抄本,并说卢氏有手跋,写于乾隆四十二年(1777年)八月。陆心源认为:"此本首尾完具,知为罕觏之秘笈矣。"陆氏皕宋楼专门收藏宋元珍本,当是可靠的。过去《诗式》的研究者没有注意将此本与北京图书馆善本室所藏三种明清五卷本《诗式》抄本作比较,其实,这对进一步说明五卷本的可靠性是很有价值的。北图明抄本系明末毛晋校本,与陆刊卢本相比,仅有个别文字传抄错误,末有缺页,少最后九条诗例及"立意总评"条前三十六字和后四十一字。卢本则抄漏两条诗例:卷二沈佺期《赦到不得归题江上石》(吟窗本题为《骦州作》),卷三谢灵运《经湖中》(《文选》题作《于南山往北山经湖中作》)。清抄本一本书后有"补遗",为《诗议》一条,文字与吟窗本同,书后有明嘉靖六年(1527年)东吴阊门柳金的跋和崇祯三年(1630年)吴县叶奕的跋。柳跋谓:"嘉靖间得文集于鬻书生庞佑,得《诗式》于陆元大隐君,三年之间为合璧矣。诗系宋抄,元欠数首,敢以本集序文数目为考,猎弘秀等集足之,题下书一'补'字是也。"只言诗为宋抄本,未言《诗式》是否宋抄本,但说明嘉靖初年已有五卷本流传。此本与毛晋校本相比,亦仅有个别文字传抄错误,其他均同。叶跋云:"崇祯三年四月,得是书于冯氏,冯从牧斋借得,余授奚静宜诸徒分写,八月六日晚归余。"可知柳本后归钱谦益绛云楼所有,《绛云楼书目》载:"皎然《诗式》五卷,又《诗议》一卷。"又云:"冯钝吟老人极称其叙置详尽。"疑叶奕所说冯氏即冯班(钝吟)。毛晋少曾游钱氏门下,其所校本与钱藏柳本,当为同一种本子。北图另一清抄本为铁琴铜剑楼藏书,首尾都盖有铁琴铜剑楼图章。今据瞿镛《铁琴铜剑楼藏书目录》云,此书为"邑人顾文宁藏本","卷首有'臣荣之印''文宁'二朱记"。北图所藏的抄本正有此二朱记。顾士荣,字文宁,常熟人,生于康熙二十八年(1689年),死于乾隆十六年(1751年)。可知此抄本时代也很早,它与柳、叶本相比,仅有个别诗例次序不同,以及个别文字传抄错误。此外,据傅增湘《藏园群书经眼录》,藏园所藏《诗式》五卷本在柳、叶跋后还有钱嘉锡写于雍正元年(1723年)的跋,谓系从太仓顾湄(字伊人)所藏转抄。顾湄为顺治、康熙时人,其父顾梦麟(1585—1653),字麟士,系有名藏书家。这说明五卷本《诗式》从明代嘉靖以来在苏州府地区有很广泛的流传。由此可见,《十万卷楼丛书》五卷本《诗式》是有充分根据的,从柳跋开始也已经有二三百年的流传历史。陆心源把它作为宋元珍本收入的宋楼,也许不无道理吧! 由此也可证明我们前面所说的一卷本为五卷本之简本,是完全可以成立的。因此,现存《诗式》实际上只有两种不同类型:即吟窗本和五卷本。研究者或谓吟窗本为皎然《诗式》原本之删节本,诚然,《吟窗杂录》在收入诗论著作时,有的是经过删节的,观其所收钟嵘《诗品》即可知,但如果五卷本是符合皎然《诗式》原貌的话,吟窗本就不可能是它的删节本,因为两者差别较大。我们认为要弄清楚吟窗本和五卷本的不同,需要从研究《诗式》的成书过程来加以考察。

《诗式》有一个由"草本"到"勒成五卷"的发展过程,这常常是被《诗式》版本的研究者所忽略的。"草本"系贞元以前写成的,而五卷定本则在贞元五年(789年),其间相距有五年至十年,以皎然当时的名声、地位、交游状况来看,"草本"很可能也已流传出去。而更为重要的是从"草本"到五卷定本,究竟作了些什么修订和补充,这对确定现存五卷本是否符合原貌是很有关系的。与吟窗本相比,五卷本当是更符合原貌的,这不仅是由于其卷数和皎然《中序》所言及历代著录相符,而且也与《中序》所说成书过程相符。据《中序》所说,李洪在看贞元前"草本"时,说它比沈约《品藻》、汤惠休《翰林》、庾信《诗箴》都好,这三种著作均已亡佚,但据书名来看,大概都是品藻、赏析诗文之作,其中必举很多作品为例。《诗式》体例当是和它们相似的。但《诗式》宗旨在:"洎自西汉以来,文体四变,将恐风雅泯灭,辄欲商较以正其源。"(《诗式》首序)因此,它也有不少理论方面的论述。"草本"是不分卷的,皎然在几次说到它时都不提卷数,而重新编录后方说"勒成五卷,粲然可观",说明分为五卷是重新编录的结果。而其编著重心亦稍有变化,分为五卷实际是在"草本"的基础上突出品级等第,将原"不用事"等五格各扩为一卷,按优劣高下分为五等。这可由五卷本第五卷序中得到证明:"今所撰《诗式》,列为等第,五门互显,风韵铿锵,使偏嗜者归于正气,功浅者企而可及,则天下无遗才矣。"重新编录时分五等品第扩为五卷,自然会对诗例和评论有不少修订、补充。

根据上面我们对重新编录《诗式》情况的分析,再来考察吟窗本与五卷本的差别,就可以发现吟窗本《诗式》部分所依据的可能是贞元前《诗式》的"草本",而五卷本所依据的可能是贞元五年重新编录的定本。这两个本子之间的差异不是属于传抄讹误,也不是吟窗本作了删节,而是体现了《诗式》成书过程中"草本"与"定本"的不同。这可从下列几点得到证明:

第一,五卷本总的说比较完整、比较系统。它是按五等品级分为五卷:"不用事第一格"(情格并高可称上)、"作用事第二格"(不用事而措意不高,黜入第二格)、"直用事第三格"(其中亦有不用事而格稍弱,贬居第三)、"有事无事第四格"(于第三格情格稍下,故居第四)、"有事无事情格俱下第五格"(情格俱下,可知也)。五卷本将有关诗歌创作基本法式的论述置于第一卷的第一格前面,这与钟嵘《诗品》在上卷之前的序中总论五言诗的历史发展与创作原则,体例是一样的。置《中序》于第一卷理论部分之后、第一等品级之前说明成书过程,在第二卷首说明品第问题,在第三卷首驳"道丧五百年而有陈君(陈子昂)"说,在第四卷首论齐梁诗,又在第五卷(末卷)首总叙编录《诗式》之意图,这也和钟嵘之在中品序说明品第,下品序中列举五言警策之作,每卷前着重论述一个理论问题很相似。以等级品第为中心,这和皎然自己所说重新编录《诗式》的情况完全相符。然而,吟窗本是在论述诗歌创作基本法式之后,列举"诗有五格"的每格诗例,亦无评论。虽然诗例不少,但是给人印象还是以诗歌创作法式为主,诗例只是一种附录。可是诗例所占篇幅,又大大超过创作法式的论述,所以从体例结构上说,也不如五卷本安排妥善、条理清楚。吟窗本虽收有《中序》,但并不在《诗式》中,而是在《评论》中,这正好表明吟窗本《诗式》系"草本",因为《中序》是五卷本编定时才写的,"草本"中当然没有。《中序》当时可能有单篇流传,如赞宁《高僧传·唐湖州杼山皎然传》一文中就曾用其大部分,但文字与吟窗本、五卷本有差别,故吟窗本将其收入《评论》中。

第二,从吟窗本到五卷本所引诗例变化,可以清楚地看出增订、补充、修改的痕迹。这种差别不能用吟窗本是删节本的说法来解释。① 五卷本引用诗例比吟窗本要多得多,从所引诗例内容的完整性方面看,五卷本比吟窗本也要好得多。吟窗本除极少数几例(共八例)引四句、一例引三句以外,其余全部都只引两句,常有诗歌含义不明白或不充分的毛病,而五卷本则对许多诗例都增加了引文,以增加两句为最多,增加四句以上的也不少,甚至有引全诗者。每一例所引诗句是否增加、增加多少,均以能否相对完整地、清楚明白地表达诗意为标准。如不用事第一格中引蔡伯喈《饮马长城窟行》,吟窗本为:

---

① 这里有一点需要说明:《诗式》引用诗例达五百多例,是不是吟窗本除上述九例之外的,把它们都一律改为两句了呢? 我们认为这是不大可能的。从《吟窗杂录》所收唐人诗格、诗式著作来看,一般引用诗例均为两句。例如李峤《评诗格》、王昌龄《诗格》、贾岛《二南密旨》、白乐天《文苑诗格》等。可见,唐人这类著作引用诗例的习惯都是两句。《诗式》"草本"当亦系沿用这一习惯而写成。徐衍《风骚要式·君臣门》曾引"古诗云:'行行重行行,与君生别离'"下曰:"皎然云此有四重意。"与《诗式》原引两句同,又王玄《诗中旨格》中有"拟皎然十九字体"一条,为皎然十九字诗体每一体举诗例一条,也均为两句,皎然重新编录《诗式》时,因有吴季德的帮助,李洪作指导,可能感到只引两句有很多弊病,才对诗例作了补充、修改。

蔡伯喈诗

青青河畔草，绵绵思远道。　　　　情也。

又诗

呼儿烹鲤鱼，中有尺素书。　　　　情也。

五卷本则为：

> 蔡伯喈诗："青青河畔草，绵绵思远道。"又："客从远方来，遗我双鲤鱼。呼儿烹鲤鱼，中有尺素书。"情也。

吟窗本只引"呼儿"两句，显然诗意不完整，经五卷本这样一修改，就很清楚了。类似这样的例子非常之多，如五卷本："古诗：昔我同门友，高举振六翮。不念携手好，弃我如遗迹。"吟窗本只引了后两句。五卷本引曹植《赠徐幹》四句："惊风飘白日，忽然归西山。圆景光未满，众星粲已繁。"吟窗本只引后两句。五卷本引古诗："行行重行行，与君生别离。相去万余里，各在天一涯。道路阻且长，会面安可期。胡马嘶北风，越鸟巢南枝。相去日已远，衣带日已缓。浮云蔽白日，游子不顾返。"吟窗本只引其中第一三四五句，显然不妥。

再从吟窗本和五卷本所引诗例的全貌来看，其间增订、补充、修改的痕迹就更加清楚了。现将五卷本各卷所引诗例和吟窗本的不同，用统计数字列表如下：

五卷本	相同	增为四句	增至四句以上	新增
卷一	14	15	7	0
卷二	27	51	38	4
卷三	21	42	25	36
卷四	16	38	9	74
卷五	6	16	5	48
总计	84	162	84	162

从上述统计数字中可看出：首先，诗例保留原来两句面貌的共 84 例，基本上都是属于本身意义相对比较完整的，如上引蔡伯喈诗"青青河

畔草"两句，又谢惠连《楼上望月》："亭亭映江月，浏浏出谷飙。"江淹《望荆山》："寒郊无留影，秋日悬清光。"等等。其次，由两句扩为四句者最多，共162例，这是因为古代诗歌绝大部分以四句构成一个相对完整的意义。扩为四句以上的共84例，这是因为有些诗扩为四句尚不足以充分说明原引两句的深远意义。例如，五卷本引鲍照《东门行》："食梅常苦酸，衣葛常苦单。丝竹徒满座，忧人不解颜。长歌欲自慰，弥起长恨端。"吟窗本只引"长歌"两句，如扩为"丝竹"四句，含义不如上引六句更为含蓄深沉。又如，五卷本引何逊《见征人分别》："凄凄薄暮时，亲宾皆伫立。征人拔剑起，儿女牵衣泣。候骑出萧关，追兵赴马邑。且当横行去，谁论裹尸人。"吟窗本只引末两句，如扩为"候骑"四句，意思仍不充分，故五卷本引全诗。再次，从增加诗例的情况来看，五卷本共增加了162例，数量是很大的。值得我们注意的是，五等品级中的一二两等增加诗例甚少，只有四例。这说明皎然《诗式》"草本"对一二等水平较高的，选择诗例花的功夫很大，取录甚精，而对三四五等诗例，选录比较随便一些，所以重新编录时增加颇多。从所增诗例的时代看，隋唐部分占三分之二左右，这也说明重新编录时对本朝作品尤为重视。

第三，一卷本所收各条在内容和文字上均与五卷本基本相同，而与吟窗本有差异。在收吟窗本《中序》前各条时，和五卷本一样增加"对句不对句"一条，也放在"三不同：语、意、势"条前。我们如将五卷本、吟窗本与一卷本对照，可以发现一卷本文字虽和五卷本也有个别差异，但在一些关键之处，均与五卷本相同。如"诗有二废"条，五卷本在"欲废巧尚直""欲废言尚意"两句前均有"虽"字。一卷本同，而吟窗本无。"诗有七德"条，吟窗本每句均有"曰"字，如"一曰识理"等，而五卷本、一卷本均无"曰"字。"诗有五格"条，吟窗本每句均有"为"字、"格"字，如"不用事为第一格"等，而五卷本、一卷本无"为"字、"格"字。"诗有六至"条，吟窗本为"诗有七至"，多"七曰至难而状易"一句，每句前均有"一曰""二曰"等，而五卷本、一卷本均为"诗有六至"，无末一句，亦无"一曰"等字。至于各条内容繁简，一卷本均与五卷本同。由此可见，一卷本虽简，却与五卷本为同一版本系统，与吟窗本不同。不过，它只选五卷本第一卷中论诗歌创作基本法式的内容，突出其理论部分的意义与价值，和五卷本之强调品级等第不同。由此，不仅可以说明五卷本的可靠性，而且可以知道五卷本之所以较少流传的原因。因为五卷本的精华是在第一卷"不用事第一格"前面理论论述部分，其五等分类及举例价值不大，且很烦琐，而一卷本所选正是其精华部分，影响最大的也是这个本子。一卷本的广泛流传，必然使五卷本逐渐不为人所知。

第四，五卷本论述诗歌理论批评的各条，与吟窗本相比，内容要多得多。这是不是因为吟窗本作了删节呢？如果我们仔细地认真地研究一下这两个本子文字和内容上的差别，可以看出绝非吟窗本作了删节，而是五卷本作了增补、修订。① 首先，从大段文字差异来看，吟窗本如果是删节，不应该把一些重要部分删去，"明势"条无"或极天高峙"以后部分，"明四声"条无"沈休文酷裁八病"以前部分，这两条文字并不长，也不烦琐。如从增补角度来看则痕迹明显。"明势"条后一部分方把前一部分意思点透。"明四声"条前一部分显然是为了把皎然对四声的看法阐述得更全面，说明他对四声并不否定，只是不赞成沈约的"碎用"而已。又如"李少卿并古诗十九首""用事""取境"等条，亦是如此。其次，更为明显的是，吟窗本如果删节不可能把"诗有六至"反变为"诗有七至"，并在此条和"诗有七德"条的每一句上加"一曰""二曰"等字，"诗有五格"条每句加"为""格"两字。再次，"重意诗例"条，吟窗本共有"一重意""二重意""三重意""四重意"四种诗例，而五卷本则无"一重意"，而将吟窗本"一重意"的诗例（宋玉"晰兮如姣姬，扬袂郸日而望所思"）并入"二重意"诗例。这是最明显不过的修改，因为"重意"是说诗有"文外之旨"、言外之意，即最少有两重意。所谓"重意""一重意"，实

---

① 《吟窗杂录》对所收某些诗论著作的理论内容也有删节，但一般说，重要内容还是保留的。例如它在收入钟嵘《诗品》时，虽对上品序删去较多，有些今天看是比较重要的，但这可能与《吟窗杂录》编者的文学观和我们今天不同有关，对中下品序他还是保留了其主要理论部分的内容，特别是对 122 位诗人的评语基本上都保留了原著精华，删去的大都是次要内容。至于它所收的其他诗论著作，因原本大都没有流传下来，无法考证它是否作过删节。然从它所收入的贾岛《二南密旨》、王昌龄《诗格》《诗中密旨》就本身来看，并无删节的痕迹。空海《文镜秘府论》所引"王氏论文云"，有的内容不见吟窗本王昌龄《诗格》，有的见《诗中密旨》，但空海只说带回《诗格》，未提及《诗中密旨》，故疑吟窗本《诗格》恐非王昌龄原作，《诗中密旨》恐亦为后人据王昌龄《诗格》的某些内容而伪作的。《吟窗杂录》编者并不一定对它们作过删节。

际就是"两重意"。故五卷本将吟窗本"评曰:重意已上"改为"评曰:两重意已上"。在"跌宕格"的"骇俗"条,吟窗本在"评曰"段末有"今举一二"句,五卷本则无,其下举诗例有四,并非一二,故五卷本删去此句。此外在一些文字的差别上也可以看出修改意图。如吟窗本"诗有四离"条:"虽欲道情而离深僻,虽欲经史而离书生,虽欲高逸而离迂远,虽欲飞动而离轻浮。"五卷本将第一句改为"虽有道情而离深僻",第三句改为"虽尚高逸而离迂远",这样表达更确切,文字也不死板。五卷本第五卷所增加的三条评论,为吟窗本所无,这也很说明问题。因为第五卷卷首一条,明显是五卷定本时所写,其中讲到"今所撰《诗式》,列为等第,五门互显""时在吴兴西山"云云,吴兴即湖州府所在地。这当然是"草本"中没有的,故吟窗本无此条。此条下的"复古通变体"条与卷末"立意总评"条,是全书具有总结性的理论条目,显然也是后来增补的,故吟窗本均无。

　　现在我们再来研究《诗式》与《诗议》《诗评》的关系。《文镜秘府论》作者空海游学唐朝,从中国带回去的书中,有皎然《诗议》,这可以从日本文人记载中得到证明。王利器先生《文镜秘府论校注前言》曾引江户时代汉学家市河宽斋《半江暇笔》所说:"唐人诗论,久无专书,其数见于载籍,亦仅仅如晨星;独我大同中,释空海游学于唐,获崔融《新唐诗格》、王昌龄《诗格》、元兢《髓脑》、皎然《诗议》等书而归,后著作《文镜秘府论》六卷,唐人卮言,尽在其中,但惜不每章题曰谁氏之言,使后世茫乎无由采择矣。"可见皎然《诗议》是确有此书的,而且《文镜秘府论》所引《诗议》也是可靠的。从所引《诗议》部分看,不仅与各种版本《诗式》无重复之处,而且内容也与《诗式》不同。罗根泽先生曾说:"《诗议》偏于评议格律,《诗式》偏于提示品式。"(古典文学出版社1957年版《中国文学批评史》第二册第40页)从前引明以前的著录看,除唐李肇《国史补》只言皎然有《诗评》三卷、《宋四库阙书目》只言有《诗评》一卷外,都说皎然有《诗式》五卷,另有《诗议》或《诗评》一卷或三卷。此也可证明皎然于《诗式》外确有其他论诗著作。各种著录或谓《诗评》,或谓《诗议》,都未曾同时言既有《诗评》又有《诗议》者,而《吟窗杂录》卷七的《评论》部分前三条见《文镜秘府论》引《诗议》,其他均见五卷本《诗式》,现在我们找不到既不见于《诗式》也不见于《诗议》的《诗评》(或《评论》)内容。故罗根泽先生说："评议义近,盖即一书。"(同上)这是很有道理的。《诗议》虽以评议格律为主,但也涉及创作理论。此点《文镜秘府论·南卷》引文可证,故在流传过程中与《诗式》中评论互窜,或者有人将《诗式》中某些评论与《诗议》合并,编为一卷或三卷,改称《诗评》,也很有可能。《诗法统宗》将吟窗本中《诗评》并入《诗议》,也许并不是毫无根据的。因此,皎然除《诗式》《诗议》外,并无《诗评》(或《评论》)著作,吟窗本卷七所收可能是当时流传的、经过篡改的《诗议》(或称《诗评》),而第八至第十卷所收《诗式》则可能是皎然写于贞元前的《诗式》"草本"。应该说陈振孙《直斋书录解题》所说皎然有《诗式》五卷、《试议》一卷,是比较确切而符合实际的。《文镜秘府论》是一部侧重于论述诗歌格律的著作,其绝大部分内容为摘引编录隋唐人论诗歌格律著作,例如隋刘善经《四声指归》、无名氏《文笔式》、唐上官仪《笔札华梁》、元兢《诗髓脑》、崔融《唐朝新定诗格》、王昌龄《诗格》、皎然《诗议》等。这也可说明《诗议》确是一部以评议格律为主的著作。现存日本高野山三宝院藏古抄本《文镜秘府论》在《西卷》"文二十八种病"中"第二十三支离"旁注云:"《诗式》六犯:一支离,二缺偶,三相滥,四落节,五杂乱,六文赘。"按"文二十八种病"第十三为"缺偶病",第二十四至二十七为相滥、落节、杂乱、文赘,其中"支离""缺偶"条曾举"犯诗""不犯诗"例,"相滥"条举"犯诗"例。由于三宝院本注引《诗式》之文不见于现存皎然《诗式》,而三宝院本又未言明此《诗式》作者是谁,故日本学者兴膳宏教授《文镜秘府论译注》采取慎重态度,指出:"撰者未详。"(见该书第 652 页)又于书后《解说》中说明现行本《诗式》无相当内容,故《文镜秘府论》有关此六病的论述恐源于别人撰述,而非来自皎然《诗式》(参见该书第 1128 页)。但是从目前我们所能见到的资料来看,还没有发现有与皎然《诗式》书名相同的诗论著作。皎然死于贞元后期,贞元九年(793 年)集贤殿御书院征其文集时,他还请编集者于頔为其写序(参见于頔《吴兴昼上人集序》),故皎然卒年当在贞元九年以后。空海是贞元二十年(804 年)到中国,元和元年(806 年)返回日本的。空海到中国时距皎然卒年最多不过十年,距《诗式》最后编定最多也不过十五六年,所以不仅他带回的《诗议》是可靠的,而且也可能会看到比较可靠的《诗式》。在此以前,不大可能会有除皎然《诗式》以外的别的《诗式》著作,因此,我们认为三宝院本注引《诗式》"六犯",仍可能是皎然《诗式》的内容,但它是今本《诗式》的佚文,还是贞元以前《诗式》"草本"的内容,就很难确定了。如果它是属于"草本"的内容,则很可能由于讲的是格律问题,所以在重新编定时被删去了,或已移入《诗议》,而《诗议》目前已无全本。另外,宋代何汶《竹庄诗话》曾引《诗式》一段文字,内容是讲诗歌音乐美的,亦不见于今本《诗式》,其原因可能和上述相类似。

以上是我对皎然《诗式》的版本和他其他诗论著作情况,所提出的一点新看法,由于资料的缺乏,上述结论在某些方面还带有一定的推测性,但从情理上说也许是比较符合实际的,至于能否解释清楚现存版本上的许多难点,把十分混乱的情况清理出一个头绪来,则笔者自己也还不敢下肯定的结论,只是提供一点资料,作一点比较分析,发表一点不成熟的见解,以就正于方家。

（原载《国学研究》第 2 卷）

关于《吟窗杂录》及其版本问题（附校记）

《吟窗杂录》是一部保存了大量唐人有关诗格诗式论著的最早的丛书,它和日本空海的《文镜秘府论》同为研究唐代诗论的重要参考资料,但是大家只把它作为资料来引用,而对这部书的全貌则很少进行总体的研究。其实,《吟窗杂录》不仅为我们收录了北宋初期以前的许多重要诗论著作,而且在以《历代吟谱》为主的其他著作中,还包含了编撰者对诗歌历史发展及诗歌创作的许多评论,实际上是一部很重要的诗话,因此,值得我们来作一番认真的研究。首先,需要考察的是它的编撰者和版本问题。

一、《吟窗杂录》的编撰者

今本《吟窗杂录》题为《陈学士吟窗杂录》,内署"状元陈应行编",前有南宋绍熙五年(1194 年)浩然子序,据序中所说:"余于暇日编集魏文帝以来至于渡江以前,凡诗人作为格式纲领以淑诸人者,上下数千载间所类者,亲手校正,聚为五十卷,旷分鳞次,具有条理,目曰吟窗杂录。"似浩然子即为陈应行,也有人怀疑浩然子未必是陈应行,王重民在《中国善本书提要》中说:"此书实出宋代坊贾之手","浩然子未必即为陈应行号也"(第 704—705 页)。陈振孙《直斋书录解题》说此书为三十卷:"莆田蔡传撰。君谟之孙也。取诸家诗格诗式之类集成之。又为《吟谱》,凡魏晋而下,能诗之人,皆略具其本末,总为此书。麻沙尝有刻本,节略不全。"《文献通考》从陈录亦为三十卷。又明末毛晋曾跋齐己《风骚旨格》云:"莆田蔡氏《吟窗杂录》,载诸家诗格诗评类三十余种,大略真赝相半,又脱落不堪读。丙寅春,从云间了予内父遗书中简得齐己《白莲集》十卷,末载《风骚旨格》一卷,与蔡本迥异,急梓之,以正诸本之误云。"(《历代诗话续编》)蔡襄(1012 年—1067 年),字君谟,天圣八年(1030 年)进士,官至端明殿学士。蔡传为其孙,当为北宋末年人，所著三十卷当是可靠的。王重民谓题蔡传所撰亦系伪托："是宋代别有题蔡传撰之三十卷本。陈氏谓《吟谱》为传所撰，此本（按：即指北图所藏十册明抄本，北图另有八册明抄本，王氏未见）自卷十九至卷三十四为《历代吟谱》，则题为'陈应行撰'。盖宋代坊间原有此书，递有麻沙翻刻，其托之蔡传者，则《吟谱》题为传撰；托之应行者，则《吟谱》题应行撰。或蔡本早于陈本，故浩然子序或题绍兴，或题绍熙。"然而王说亦为臆断，一则北图十册明抄本目录前本已题"状元陈应行编"，《历代吟谱》前均为收录前人诗格诗式著作，并已注明作者，《吟谱》下署"陈应行撰"是很自然的；二则两种嘉靖刻本均未署陈应行撰，亦未署为蔡传撰，故不能依据《吟谱》署名来否定蔡或陈是《吟窗杂录》的编撰者。罗根泽先生在《中国文学批评史（二）》中说："陈录通考都作三十卷，此本作五十卷，或者'三十'是'五十'之误；否则蔡传原书至吟谱而止，古今才妇以下，出陈应行续补，所以陈录未曾题及。"罗说今本《吟窗杂录》为蔡编陈续比较符合实际，《吟窗杂录》收集唐五代北宋诗格诗评是相当齐全的，还包括了许多重要的论诗文章，特别是《历代吟谱》及以下各部分虽不是理论价值很高的诗话，但可充分说明著者对汉魏以来一直到北宋前期诗人及其创作是十分熟悉的，对这一时期的诗论，包括诗格诗评和专门的理论批评，也是很了解的，而且是作过相当认真研究的。它虽对某些著作（如钟嵘《诗品》）作过删节，但重要的评语还是保留了。至于对《诗品序》删节则有一个文学观点不同的问题。《吟谱》中所引殷璠《丹阳集》序和评语，因原书已佚，为我们保存了研究殷璠文学批评的重要资料。因此，说《吟窗杂录》是宋代坊贾所编，是不妥的。作者是一个对诗歌的理论和创作都有比较深入研究的文人。但是，罗根泽先生所说蔡传原书为三十卷，而今本题陈应行编，此本至吟谱共二十九，其余一卷当为卷三十五以下之句图及卷四十二以下之续句编，这是不确切的。今本《吟窗杂录》吟谱实至二十九卷中而止，二十九卷下半为"古今才妇"，至三十一卷止。这中间有两点值得我们注意：一是今本三十一卷开首题"吟谱"两字，说明"古今才妇"实际也是《历代吟谱》中一部分。二是今本《吟窗杂录》中《历代吟谱》自十九卷开始至二十五卷，每卷前均署"历代吟谱"，自二十六卷起至三十卷,每卷前均无此四字,而三十一卷前则署"吟谱"。又,三十一卷末"古今才妇"最后一人为侯夫人,系隋炀帝宫女,显然是后来补上去的。因为古今才妇是按时代排列的,三十卷到薛涛、刘云为止,三十一卷自张文姬、葛鸦儿起,均为唐人。由此看来,"古今才妇"很可能是经过陈应行增补的。蔡传原本三十卷,《历代吟谱》最后收有"古今才妇",但只到薛涛、刘云。自三十一卷起则为陈应行所续,陈除对"古今才妇"作了补充以外,还增加了"古今诗僧""古今武夫""夷狄""本朝诗人",均属《历代吟谱》。以下又增加了"古今杂体""联句""谜""句图"等许多部分。那么,陈应行对《吟谱》以前所收的诗格诗评等是否也作过修订呢?我们认为基本上没有改动过。今本《吟窗杂录》所收诗格诗评类著作数目,两种嘉靖刻本均为二十六种,而两种明抄本则为二十七种,在第十五卷徐寅《雅道机要》前多陈子昂撰《琉璃堂墨客图》一种,为嘉靖本所无,此是嘉靖本所据原本有缺页而造成的。虽然在这二十七种中,文彧《诗格》和《论诗道》实是一种,因为《论诗道》是《诗格》中的一部分。此外,皎然《中序》在第七卷中为《评论》,《中序》是《评论》中的一部分。但是,从目录上看,确是二十七种,这与陈振孙《直斋书录解题》在《杂句图》一卷下注中所说"自魏文帝《诗格》而下二十七家已见《吟窗杂录》"是一致的。(见文末注)说明今本《吟窗杂录》前三十卷确系蔡传所撰。故王重民先生所说"是宋代别有题蔡传撰之三十卷本","或蔡本早于陈本,故浩然子或题绍兴,或题绍熙",似亦不确。按,"或题绍兴"之说,当系由《四库全书总目》之错误所造成。《四库全书总目》卷一百九十七"吟窗杂录"条云:"旧本题状元陈应行编,前有绍兴五年重阳后一日浩然子序。序末有嘉靖戊申孟夏崇文书堂家藏宋本刊字。"查今存嘉靖戊申崇文书堂(现存北京大学图书馆)刊本所题为"绍熙"而非"绍兴"。现存四种明刊本均题"绍熙",王氏据《四库全书总目》说,盖误。蔡传卒年不可考,也可能在南宋初,但浩然子肯定不是蔡传,其时代自然要晚一些,故"绍熙"是可靠的。浩然子是否即陈应行?目前无法断定,不过,就序的内容来看,浩然子当亦非一般坊贾,而是一个很有学识的文人。

二、《吟窗杂录》的版本

1993 年 12 月，我应兴膳宏教授的邀请，到日本京都大学访问期间，在京大人文科学研究所东洋文献研究中心图书馆，见到内阁文库所藏明嘉靖辛酉年（1561 年）金陵书坊所刊宋本《吟窗杂录》的复印本。我非常感谢人文科学研究所斋藤希史先生的热情帮助，斋藤先生不仅为我复印了一份内阁文库本《吟窗杂录》，还帮我从京都大学中央图书馆借来了日本文政九年（1826 年）刊行的昌平本《吟窗杂录》，昌平本是据嘉靖四十年（1561 年）本复刻的，但经过比勘，文字上还是有些不同。国内北京图书馆、北京大学图书馆、上海图书馆有明版《吟窗杂录》。1994 年 4 月我回到北京后，将内阁文库所藏嘉靖四十年本与北京大学图书馆所藏明嘉靖戊申（1548 年）崇文书堂所刊宋本作了比较，发现这两个本子版本完全相同，都分甲、乙、丙、丁、戊、己、庚、辛、壬、癸十册，每页十二行，行二十字，字体完全相同，连错字也都相同，说明金陵书坊本系用崇文书堂原版翻印。但内阁文库所藏金陵书坊本阙页、阙字比较多，有的字也不清楚，而北大所藏崇文书堂本则比较全，且字迹清楚，可补内阁文库本不足。经查上海图书馆善本书目，其所藏明刊本《吟窗杂录》与北大藏本相同，亦为嘉靖戊申崇文书堂刊本。经请复旦大学汪春泓君帮我到上海图书馆核查，确为戊申本，但序阙首页，第四十五卷有损页。同时，我又去北京图书馆善本特藏室查阅两个明抄本的情况，发现这两个明抄本显然也是按照嘉靖本所依据的宋本抄录的，但是在文字上又有些不同。下面我想对这几个本子的不同，作一些比较和说明。

为叙述方便起见，我们将日本内阁文库所藏嘉靖辛酉金陵书坊本简称为内阁本，日本文政九年昌平本简称为昌平本，北京大学所藏嘉靖戊申崇文书堂本简称为北大本，北京图书馆所藏十册明抄本简称为十册明抄本，北京图书馆所藏原铁琴铜剑楼藏八册明抄本简称为八册明抄本。

1. 内阁文库本与昌平本

这两个本子是一样的，后者是据前者复刻的。但内阁文库本有的地方有阙字,有的字模糊不清,而昌平本则把有的字补出来了。内阁文库本有些明显的错字,昌平本也改过来了。但内阁文库本的阙页,昌平本也同样阙损。有些则是昌平本的错误。今校核如下:

序第三页第一行"宗",当为"宋"之误,昌平本改为"宋",是。

卷二第九页第五行"在曹刘闻","闻"误,当为"间",昌平本为"间",是。

卷二第九页第十六行"衣彼","彼"误,当为"被",昌平本为"被",是。

卷三第二十页第八行"外意随篇目白彰","白"昌平本为"自",当为"自"。八册明抄本正作"自"。

卷三第三十页第十行"由来灌缨处","灌"昌平本为"濯",是。

卷七第十一页第十行"与晋相公","公"昌平本为"沿",是。

同上第十二行"时有月言只句","月"昌平本为"片",是。

卷七第十七页第二十行"其休",昌平本为"具体",当为"其体"。"公韩",昌平本为"公幹",是。"子手",昌平本为"子平",当作"平子"。明抄本作"平子"。

卷七第十八页第二行"烟婉",昌平本为"炳婉",是。

同上第十一行"其克古",昌平本为"其貌古",是。

卷七第十六页第二十四行前三字不清,昌平本为"故人心"。北大本同。

卷七第十九页第十八行"杨袂",昌平本为"扬袂",是。

卷七第二十页第十二行"香不可羁","香"昌平本为"杳",是。明抄本同。

卷八第二十六页第五行"指意",昌平本为"措意",是。第七行"昨所企及",昌平本"昨"为"非",是。两明抄本均为"措"及"非"。

卷八第三十五页第十七行"未光",昌平本为"末光",是。明抄本亦为"末光"。

卷九第四十九页第十四行"蒲蜀道","蒲"昌平本为"满",是。

卷十第五十五页第十行"阴阴",昌平本少一"阴"字。

卷十第十一页第十四行"林",昌平本为"霖"。

卷十一第十八页第十九行昌平本少"僧而意见老僧"六字。

卷十二第十九页第九行"底含雨",昌平本为"低含雨",是。两明抄本亦均为"低含雨"。第十三行"是意俱不到",昌平本"意"下多"句"字,是。第二十行"底",昌平本为"低"。八册明抄本同,十册明抄本为"花"。

卷十三第二十四页第四行"面",昌平本为"而"。八册明抄本无此字。

卷十三第二十五页第二十行"比则",昌平本为"此则",是。两明抄本同。

卷十三第三十三页第二行"云寺门",昌平本为"云门寺",是。

卷十四第四十一页第十四行"帝儿",昌平本为"帝畿",是。

卷十四第四十五页第五行"气真云梦泽","真"昌平本为"蒸"。八册明抄本同。

卷十四第四十八页第四行昌平本无"也"字。

卷十四第五十三页第八行下昌平本无"山"字。

卷十四第五十六页第四行"入浦"下阙一字,昌平本补"迟"字,八册明抄本为"深"。

卷十四第六十一页第一行"详",昌平本为"计"。第六行"偈",昌平本为"写",八册明抄本同。第七行"情"下原空一字,昌平本为"一"。第十行昌平本无"血"字。

卷十五第六十六页第九行"花开花落"下阙一字,昌平本补"时"字,两明抄本同。

卷十七第六页第二十三行"鸿影",昌平本为"孤影"。"雨",昌平本为"数"。

卷十八第二十二页第一行"干",昌平本为"于"。

卷十八上第二十三页第一行"第一句对第三"下,昌平本多一"句"字。明抄本同。

卷十八上第二十五页第八行"二者",昌平本为"二曰",是。

卷十八下第三十五页第二十一行"屐",昌平本为"履"。

卷十九第四十一页第十七行昌平本无"章"字。

卷十九第四十二页第三行"灯"，昌平本为"烧"，两明抄本为"燃"。第七行昌平本无"楚"字。第二十二行"避难鱼州"，昌平本"鱼"为"鲁"。

卷十九第四十六页第三行昌平本无"载其祖宗之德"六字。第九行"者述"，昌平本为"著述"，是。

卷二十一第三页第十八行"了元故人之怀"，"元"昌平本为"无"。

卷二十一第四页第十六行"言"，昌平本为"手"。第二十二行"天"，昌平本为"夫"。八册本均同。

卷二十一第十一页第六行"对回"，昌平本为"对曰"。八册本"言"下缺四字。

卷二十一第十三页第六行"用"，昌平本为"由"。

卷二十二第十五页第十九行"精"，昌平本为"睛"。

卷二十二第十六页第十三行"咸"，昌平本为"威"。

卷二十二第十八页第二十四行"传"，昌平本为"愽"。

卷二十二第二十一页内阁本"者"下三字不清楚，昌平本为"万余言"。北大本同。

卷二十二第二十四页第十七行"子处道"，昌平本"子"为"字"。八册本同。

卷二十三第二十八页第五行"西"，昌平本为"面"。

卷二十三第三十页内阁文库本与第三十一页错版，昌平本不错。各本均不错。

卷二十三第三十四页第十二行"十六韵"前，昌平本无"寺"字。

卷二十四第四十页第二十行"岛"，昌平本为"鸟"，误。

卷二十四第四十五页第十一行，昌平本"诏"前无"谢"字。

卷二十五第五十三页第十五行"两"，昌平本为"雨"。八册明抄本同。

卷二十五第五十五页第五行"建为释缚"四字，昌平本无。第十六行首二字内阁本不清楚，昌平本第一字为黑版，北大本和两明抄本为"日侧"。

卷二十五第五十八页第十二行"田东邻"，昌平本"田"为"由"。

卷二十五第五十九页第十行"静"下昌平本无"欲"字。

卷二十六第四页第十九行"莫深乎义",昌平本为"莫深乎文"。

卷二十六第六页第二十一行"杨",昌平本为"扬"。八册本同。

卷二十六第七页第十四行"花"下昌平本无"诗"字。第十八行"人",昌平本则为"又"字。第二十三行"玄",昌平本为"云"。

卷二十六第十页第一行"体调高高险",昌平本为"体调高险"。八册本同。

卷二十六第十二页第七行第一字内阁文库本黑版,昌平本为"堂"。两明抄本同。

卷二十七第十五页第二十一行末一字"善"及第二十二行第一字"歌",为衍文,昌平本为黑版。第二十二行末一字"饯",昌平本为"钱",误。

卷二十七第二十二页第十八行"车",昌平本为"东"。

卷二十八第二十六页第十一行"钧",昌平本为"钓"。八册本同。

卷二十九第三十九页第十一行"枯",昌平本为"砧"。八册本同。

卷二十九第四十六页第三行"拟青河畔草",昌平本为"拟青青河畔草",八册本同。第八行末字"颜",昌平本为"韵",十册本同。

卷三十一第一页第八行"北君",昌平本为"此君"。八册本同。

卷三十一第四页第七行"笑",昌平本为"哭"。

卷三十一第五页第二十一行"束",昌平本为"东"。"大",昌平本为"夫"。两明抄本两字均同昌平本。

卷三十一第六页第三行"比",昌平本为"此"。两明抄本为"北"。十三行"二",昌平本为"三"。

卷三十一第七页第十九行"曷",昌平本为"渴"。

卷三十一第十二页第六行"妻",昌平本为"女"。

卷三十二第十八页第四行"帝",昌平本为"常",误。有红笔改为"帝"。

卷三十二第二十页第十三行"斯",昌平本为"渐"。

卷三十二第二十一页第十四行"省",昌平本为"尚"。

卷三十四上第四十三页第二十二行昌平本少"演"字。

卷三十四下第四十九页第二十行"谓"字昌平本无,为黑版。

卷三十四下第五十页第二十四行首字内阁本不清楚,昌平本空白,北大本两明抄本为"菊"。

卷三十五第六十三页第二十三行"曰",昌平本为"日"。

卷三十五第六十八页第十三行"志",昌平本为"忘"。两明抄本同。

卷三十六第六页第十七行"目",昌平本为"日"。

卷三十七第十七页第二行昌平本无"肥字损文"四字。

卷三十八第二十三页第四行昌平本无"况"字,为黑版。

卷三十八第二十八页第七行昌平本无"回旋但兀兀,开间惟铿铿"两句。

卷三十九第三十四页第二十二、二十三、二十四行"柑",昌平本均为"柑"。

卷三十九第三十八页第十一行"目"字,昌平本空白。

卷四十第四十四页第一行"晓"字,昌平本为黑版。

卷四十第四十五页第二十四行"裴"字,昌平本为黑版。

卷四十一第一页第六行"革"字,昌平本为黑版。

卷四十一第一页第二十三行"考",昌平本为"老"。

卷四十三第二十四页第二十三行第一字"惊",不清楚,昌平本为黑版。

卷四十三第二十五页第八行"鸩",昌平本为黑版。

卷四十三第三十三页第五行"咏"下小字"畲音式车反",昌平本无。

卷四十四第三十四页第十一行下句"湘水非故人",昌平本无。

卷四十五第四十七页第五行昌平本无"公相继游"四字。

卷四十五第四十九页第十二行"硕",昌平本为"顾"。

卷四十五第五十一页第五行"推",昌平本为黑版。

卷四十五第五十二页第十九行"放",昌平本为黑版。

卷四十六第三页第十二行"城",昌平本为"轼"。

卷四十六第六页第十六行"遗恨",昌平本为"惆怅"。第十八行

"白玉瓜"，昌平本为"碧玉花"。

卷四十六第七页第二行"彻"，昌平本为"接"。第十一行"佳""寒"，昌平本为"驻""香"。第十二行"葛"，昌平本为"玉"。十七行"及"，昌平本为"破"。

卷四十六第八页第十一行"编""上清"，昌平本为"偏""兴来"。第十二行"施驰旌节旋升天"，昌平本为"文妃为伴上重天"。第十四行"随"，昌平本为"乘"。第十五行"国""颗"，昌平本为"谷""尺"。第十七行"玉叶""亦龙""闲飞""紫柴"，昌平本为"玉蕊""赤龙""东飞""紫梨"。第十八行"走""苏"，昌平本为"吃""韩"。

卷四十七第十二页第六行"末"，昌平本为黑版。

卷四十七第十六页第十一行"王"，昌平本为"玉"。

卷四十七第十七页第三行"饮招"，昌平本为"招饮"。

卷四十八第二十三页第八行"过"，昌平本为黑版。

卷四十八第二十七页第十三行"言与"，昌平本为"言兴"。八册明抄本同。

卷四十八第三十页第二十二行"陆贾"，第二十三行"其"，昌平本均为黑版。

卷四十八第三十三页第七行"一声"，昌平本为"三声"。第九行"其"，昌平本为"共"。

卷四十九第三十九页第八行"言"，昌平本为"真"。

卷四十九第四十页第九行"华"，昌平本为"鬲县"。"至隔"，昌平本为"在鬲"。

卷四十九第四十一页第二十二行"筠"，昌平本为"云"，误。

卷四十九第四十二页第四行"洲"，昌平本为"浦"。

卷四十九第四十三页第二十行"铢"，昌平本为"诔"。

卷五十第四十七页第十一行"诗"，昌平本为黑版。第十七行"家冢"，昌平本为"官寺"。

卷五十第四十八页第一行"不"，昌平本为黑版。第六行"无"下一字不清楚，昌平本为"尽"，两明抄本同。"流"下一字不清楚，昌平本为"日"，八册本同。

卷五十第四十九页第十四行"级",昌平本为黑版。第十六行"空",昌平本为黑版。

卷五十第五十页第九行"未",昌平本为"末"。

卷五十第五十三页第七行"愁",昌平本为"差"。

卷五十第五十七页第十七行"影重",昌平本为"弄影"。第二十行"影",昌平本为"弄影"。"压",昌平本为"幕"。"柳径无人堕风絮无影",昌平本为"堕絮轻无影"。

2. 内阁文库本与北大本

内阁文库本的阙页,北大本基本上不阙,可以补其不足。两明抄本以下各页也都有。今将内阁文库本所阙,据北大本列举如下:

第二十卷第五十五页

咏嵇康云

鸾翮有时锻龙性谁能驯

咏阮籍云

物固不可论途穷能无功

咏阮咸云

屡荐不入官衣麾乃出守

咏刘伶云

韬精日沉饮谁知非荒宴

颜延之尝闻鲍昭己与灵运优劣昭曰谢五言如发芙蓉自然可爱君诗若铺锦列绣亦雕绩满眼议者以延之灵运自潘岳陆机之后文士莫及江右称潘陆江左称颜谢焉

颜测

延之之子亦以文章见知官至诸暨令

沈怀文

字思明善为文章时为连句诗怀文所作尤美

荀昶

字茂祖元嘉初以文义至中书郎

戴法兴

能为文颇行于世

　　区惠恭

本胡人作双枕诗以谢惠连惠连深嘉之

　　顾迈

第二十九卷第四十二页

篷瀛上客颜如玉手探月轮为返烛笑顾嫦娥玉兔言谓折一枝情
未足

　　周匡物

　　有谢恩门诗

中夜自将形影语古来吞灰是何人

　　萧膺

　　土圭诗

白日在重云如何分曲直

　　邵楚苌

　　题马侍中亭

日影迟迟丽香阁洞户佳人卷罗幕

　　许稷

字君苗尤工歌篇为江南春三首

　　第一首

江南正月春花早梅花柳花夹长道

　　第二首

江南二月春光半杏白桃红香蕊散

　　第三首

江南三月春光暮蝴蝶闲飞绕深圃

　　林铎

　　送郑逞州诗（按："逞"，八册明抄本作"郢"。）

官从书府拜吏向武间迎

　　詹雄

　　咏蝉诗

第二十九卷第四十三页

雨余翼敛槐烟薄风急声翻柳巷深

咏柳诗

自从彭泽先生后翠叶芒条只自春

王肱

有无题五十首篇云

茆屋江山上夜来梦吴月岩溜穿白云桂花落明月（按："岩"，八册明抄本作"嵒"。）子规啼空山一声一滴血何事　秋风出门又离别

李滂

咏愁诗

应缘心里难停住化作新丝出鬓边

吴翊

字子充有凤凰集盛行于世

游塞云

此地古今存何年苦战频

又云

秋烧黄云黯暮尘夜深闻鬼哭一一是忠臣（按："秋"前八册明抄本有"白骨连"三字，他本无。）

征妇诗

尘鉴经春掩霜衣隔岁裁

陈文弼

字处仁有诗三百篇行于世

咏海潮诗

百谷朝宗处朝昏洶涌时未尝闻失信不省与谁期
落势分江岛来声震海涯鱼龙争会合鸥鹭竞相随
卷钓人眠待贪程客怪迟幸通篷网路孤棹去何疑

第三十二卷第十六页

古墓碑表折荒垄松柏稀

福建还梨岭作

秋深知气正家近觉山寒

　　九日作

山僧不记重阳日因见茱萸忆去年

　　延平津怀古

今非古狱下莫向斗间看

　　归湘南诗

山边水边待月明暂向人间借路行如今还向山边去唯有湖水无行路

　　芙蓉园新寺诗

径来白马寺僧到赤乌年

　　谪汀州作

青蝇为吊客黄犬寄家书

　　韦丹赠诗

王事纷纷无暇日浮浮苒苒只如云已为平子归休计五老岩前必共闻

　　彻奉酬

年老身闲无外事麻衣草履亦容身相逢尽道休官去林下何曾见一人

　　僧鸾

有伐枫篇雄拔人服之

　　虚中

　　题马侍中池亭

第三十七卷第十五页

　　反对为优

　　正对为劣

　一曰言对

　谓双比空辞者也

　长卿上林赋云

修容乎礼园翱翔乎书圃

    此言对也

    二曰事对

    谓并举人验者也

    宋玉神女赋云

毛嫱反袂西施掩面

    此事对也

    三曰反对

    谓理殊趣合者也

    仲宣登楼赋云

钟仪幽而楚奏壮舄显而越吟

    此反对也

    四曰正对

    谓事异议同者也

    孟阳七哀云

汉祖想粉榆光武思白水

    此正对也

    言对为美贵在精巧

    事对所先务于允当

第三十八卷第二十六页

巧匠斫山骨刬中事煎烹

    右刘师服

直柄未当权塞口且吞声

    右侯喜

龙头缩菌蠢豕腹涨彭烹

    右道士弥明

外苞乾薛文中有暗浪惊

    右刘师服

在冷安自足遭焚意弥贞（按："冷"，八册、十册明抄本作

"泠"。)

　　　　　右侯喜

　　谬当鼎鼐间妄使水火争

　　　　　右道士弥明

　　大似烈士胆圆如战马缨

　　　　　右刘师服

　　上比香炉尖下与镜面平

　　　　　右侯喜

　　秋瓜未落叶冻芋强抽萌

　　　　　右道士弥明

　　一块元气闭细泉幽窦倾

　　　　　右刘师服

　　不值输写处马知怀抱清(按："马"，八册明抄本作"焉"。)

　　　　　右侯喜

　　方当洪炉然益见小器盈

　　　　　右道士弥明

第四十二卷第十页

　　　　　王随闻笛

　　雨霁烟波帆桂晓月明楼阁笛横秋

　　　　　王随闲居

　　诗酒一生唯　道田园数顷敌封侯(按：八册明抄本"唯"下有
"乐"字。)

　　　　　王随晚望

　　列岫萦回青霭合层江空澜碧天垂

　　　　　王随初冬

　　孤影渐高云外月寒声特起竹间风

　　　　　王随秋雨

　　满窗寒影云生岳一枕秋声雨滴阶

　　　　　王随远望

晚细雨余岚叠翠碧江风细浪成纹（按：八册、十册明抄本"晚细"作"晚岫"。）

又诗山寺

印苔多鹤迹题壁半僧名

望月

余残花落席吟次月生楼

幽居

杜门憎庆绝枕石梦魂清（按："庆"，八册、十册明抄本作"爱"。）

晚江

波动月光碎岸遥烟色声

书事

史闲衙放早事简印开稀

山院

住僧忘岁月游客悟尘劳

第四十二卷第十二页（此页十册明抄本缺）

夏日

松窗晴似雨竹径夏如秋

又诗

苔光浮乳石花影倒寒潭

竹径

径竹烟横素庭沙露缀珠

李遘闽中

霜严欲裂地到底日短不行天正中

仙都观

几函道藏金壶墨一片秋云玉井笼

清晖亭

山上白云如有雪水中明月似无泥

梅尧臣

和希深见过

有客过颜巷无贫似阮家

　　和子聪夜雨

寒气微生席轻风欲度帘

　　观理稼

来时露沾屐归去月侵锄

　　别墅

看竹曾留凤携朋不为鸢(按:"鸢",八册明抄本作"鹜"[鹅]。)

　　广福阁

晓涨林烟重春归野水平

　　游园

卷四十八第二十九页

若见雷州寇司户人生何处不相逢

　　江陵几日

林逋傲许洞二作诗嘲之曰(八册本"二"为小字。)

寺里掇斋饥老鼠林间咳嗽病猕猴豪民送物伸鹅("猕",十册本
为"獭")项好客观门缩鳖头

　　王禹玉曰

荆公被召王石甫有诗寄之曰("诗",八册本为"请"。)谢
公不起苍生望今日苍生奈谢安

　　荆公切恨之

李克谒宋齐丘宋以子卒左右不通克乃题

　　一绝于客次云

今日丧雏犹解泣让皇眷合何如("眷",八册本为"春"。)

　　郭忠恕嘲聂崇义曰

近贵方成瞆攀龙即作聋虽然三个耳其奈不成听("瞆",十册本
为"瞆"。八册本为"瞆"。"听",八册本为"聪"。)

　　崇义对曰仆不能为诗即以一联奉答云

勿笑有三耳全胜有二心

吴善长恢伟肖富相有轻薄子赠之诗曰（两明抄本无"诗"字。）

文章却似呼延赞风貌全同富相公

范景仁曰

石中正好谈谐杨文公置酒作绝句招之末（"杨"，石册本为"伤"。）

云

好把长鞭便一挥

石留其仆和曰

寻常不召犹相造况是今朝得指挥（"造"八册明抄本为"簹"。）

第五十卷第五十一页

可遵题温泉

直待苍生总无垢我方清净混常流

洪驹父过李公择墓

鹿场兔经白画静稻垄松竹青草深

元章简公题碧落堂

九重侍从三明主四此乾坤一老臣

罗邺咏牡丹

买栽池馆恐无地看到子孙能几家

王遽酒旗诗

下临广陌三条阔斜倚危楼百尺高

谢学士吟蝴蝶诗

狂随柳絮有时见舞入梨花无处寻

又诗

江天春晓暖风细相逐卖花人过船（按："船"，八册、十册明抄本作"舡"。）

又诗

陌上斜飞去花间倒舞回

荔枝诗

琢成白玉无瑕类炼出丹砂有刺芒若把东闽比西

洛便将陈紫敌姚黄

    杂咏

    陈纯游桃源沿桃溪遇灵源夫人时中秋各

    赋诗灵源询纯曰近世中秋月诗可举一两

    句纯曰

莫辞终夕看动是来年期

    八册明抄本上述各页均有,十册明抄本阙四十二卷第十二页,其他各页亦都不阙。

3. 内阁文库本与两种明抄本

    两种明抄本还有内阁文库本和北大本都阙损的几页,今抄补如下:

    第十三卷第三十五页

        又诗

    往往语复默微微雨洒松

        隔句对格

        诗曰

    今年从辟命春物遍岑阳

        又诗

    昔去候温凉秋山满院香

        璞玉格

    如玉未琢同天真也

        诗曰

    寡妻存子息破宅在林泉

        又诗

    别离同雨夜道路近云州

        又诗

    须知重钓者半是苦耕人

        又诗

有家从小别无寺不言归

　　又诗

池塘生春草园柳变鸣禽

　　又诗

忘机一病客冥目坐秋山

　　又诗

　　雕全格（按：十册明抄本"全"作"金"。）

犹如真金加乎雕饰也

卷十六第一页前有

琉璃堂墨客图

　　诗仙陈子昂

荒唐穆天子好与白云期

　　王孝友

上山下山入溪谷山中日落留我宿

　　诗夫子王昌龄

明堂坐天子月朔朝诸侯

　　孟浩然

八月湖水平涵虚混太清

　　诗宰相李白

女娲弄黄土团作愚下人

（下有空缺四页两版、十册明抄本下有空缺六页三版。）

残月　　　　　比佞臣也

珠珍　　　　　比仁义也

鸳鸯　　　　　比君子也

荆榛　　　　　比小人也矣

以上物象不能一一偏举（按："不"字，十册明抄本无。）

卷十六第一页倒第三行前嘉靖本缺下一页

此别又千里少年能几时

道情门

　　诗曰

谁来看山寺自要扫松门

　　得意门

　　诗曰

此生还自喜奈事不相便

　　背时门

　　诗曰

白发无心镊青山去意多

　　正风门

　　诗曰

一春能几日无雨亦无风

　　返本门

　　诗曰

远意诸峰顶曾请此性灵（按："请"，十册明抄本作"谘"。）

　　贞孝门

　　诗曰

无家全托梦主祭不从人

　　薄情门

　　诗曰

君恩秋后木日夕向人疏

　　忠贞门

　　诗曰

　　在文字上，两种明抄本与内阁文库本也有一些不同。今列举如下：
（以下凡属因形讹而不同之字，均用繁体，而于括号中以简体字标明。）
　　序第二页第三行"子"，两明抄本为"予"。
　　序第五页末一字第六页第一字"性情"，两明抄本为"情性"。
　　门类第三页第四行"诗中旨格"，十册明抄本为"诗中百格"。第
十二行"雅道机要"前，两明抄本有"琉璃堂墨客图""陈子昂撰"两行。

门类第五页第十六行樂(乐)，两明抄本为藥(药)。

门类后两明抄本有详细目录三卷，此为他本所无。

卷一第三页第十二行"正名"下，十册明抄本有"一"字。

卷一第四页第二十四行"正經(经)"，两明抄本为"正紐(纽)"。

卷二第八页第五行"李陸(陆)"，十册明抄本为"李陵"。

卷二第九页第十六行"衣彼"，两明抄本为"衣被"。

卷二第十九页第五行及第六行"祐"，八册明抄本为"祐"，十册本为"柘"。

卷三第一页第八行"白"，八册本为"自"。

卷三第二十一页第十八行"庚"，八册本为"謏(谀)"，十册本为"諛(谀)"。

卷三第二十二页第二十行"潘"，两明抄本为"藩"。

卷四第三十三页第二十二行"解二句"，两明抄本为"解第二句"。

卷四第三十七页第八行"三格"，两明抄本为"三思"。

卷五第四十三页第七行"此褒体也"，两明抄本为"此贬体也"。

卷五第五十二页第一行两明抄本无"三曰用气"句。

卷六第七页第五行"與(与)切"，两明抄本为"典切"。

卷七第十五页第二行"此牙成"下，两明抄本有"也"字。

卷七第十七页第二十行"公韓(韩)子手"，八册本为"公韓(韩)平子"，十册本则为"公幹(干)平子"。

卷七第十八页第十一行"克"，两明抄本为"貌"。

卷七第二十四页第二行"一"，十册本为"下"。第三行"未"，两明抄本均为"末"。

卷七第二十五页第二行"洪"，两明抄本为"鸿"。

卷八第二十六页第六行"戡"，八册明抄本为"藏"。

卷八第二十六页第十四行前十册明抄本有"或极天高峙萃焉不群气腾势飞合沓相属(按:下有双行小字'奇势在工')或修江耿耿万里无波欻出高深重复之状(按:下有双行小字'奇势互发')古今逸格皆造其极矣"一段，第十五行"千变万化"下有双行小字:"文体开阖作用之势"。第二十一行前有"乐章有宫商五音之说不闻四声近自周颢刘口绘流出宫商畅于诗体轻重低昂之节韵合情高此之未损文体"一段。

卷八第二十八页第十六行下有双行小字:"已见评中。"第十七行下有双行小字:"亦见评中其有不用事而措意不高者黜入第二。"第十八行下有双行小字:"其中亦有不用事而格稍下贬居第三。"第十九行下有双行小字:"此于第三格中稍下故入第四。"第二十行下有双行小字:"情格俱下有事无事可知也。"

卷八第二十九页第十七行两明抄本无"为"字。

卷八第三十一页和三十二页,两明抄本错版。

卷八第三十三页前,两明抄本均有"作用事第二格"一行,两嘉靖本此行则在卷九前面为"作事用格"。两明抄本卷九前亦有"作事用第二格"一行,当是因嘉靖本而衍。

卷九第四十五页第二行"自",两明抄本为"息"。

卷九第四十六页第十一行两明抄本"记"下有"室"字。第十三行"刘孝"下四字内阁文库本不清楚,两明抄本为"标还石头"。第十四行"树枝"下五字内阁文库本不清楚,两明抄本为"取毙王孙弹"。

卷九第四十七页后十册明抄本错入第五十三页。

卷十第五十八页第五行"集",两明抄本为"隼"。

卷十第六十一页第十六行"出",八册明抄本为"山"。

卷十一第四页第二行"吞",八册明抄本为"齐"。

卷十一第六页第七行"護(护)",八册明抄本为"謾(谩)"。

卷十一第八页第十二行"隐显",两明抄本为"显隐"。

卷十一第十页第二十一行"震",两明抄本为"处"。

卷十一第十一页第十八行"犹",两明抄本为"游"。

卷十一第十二页第二十一行"赖",十册明抄本为"懒"。

卷十一第十三页第二十一行"禖",两明抄本为"衿"。

卷十一第十四页十册明抄本阙,第六行"深",八册明抄本为"齐"。

卷十一第十八页第十二行"心",八册明抄本为"吟"。

卷十二第二十一页第五行"狮掷",八册明抄本为"狮子返踯势",十册明抄本"踯"为"掷"。第二十二页第二十二行"掷",八册本亦为"踯"。

卷十二第二十三页第三行"心"，两明抄本为"云"。

卷十三第二十四页第二十四行"题目"，两明抄本为"格"。

卷十三第二十六页第十三行"九衢岐"下两明抄本有"路"字。

卷十三第二十八页第二十一行"风"，两明抄本为"峰"。

卷十三第二十九页第十六行"君"下两明抄本有"不正也"三字。

卷十三第三十一页第四行"天"，两明抄本为"夫"。

卷十三第三十四页第十二行"白"，两明抄本为"田"。

卷十三第三十六页第十二行"空"，两明抄本为"室"。第十七行"水"，八册明抄本为"冰"。第二十页"润"，八册明抄本为"谩"，十册本为"馒"。第二十四行"药"，八册本为"石"，十册本为"不"。

卷十三第三十七页第二十二行"只"，八册本为"尺"。

卷十三第三十九页第八行"海清"，两明抄本为"海涛"。第十六行"椰"，八册本为"椰"。第十一行"天"，八册本为"夫"。

卷十三第四十一页第十五行"摘"，八册本为"指"。

卷十四第四十二页第四行"伐"，两明抄本为"代"。第五行"王"，八册本为"主"。第六行"沖湘"，八册本为"缣细"。第二十二行"主"，八册本为"王"。

卷十四第四十三页第三行"阂"八册本为"阅"。第十五行"慕"，八册本为"纂"，十册本为"綦"。

卷十四第四十四页第二行第五字不清楚，昌平本空白，两明抄本为"篠"。"后"，八册本为"复"。"合"，八册本为"今"。第二十四行"此"下两字不清楚，八册本为"刺伤"。

卷十四第四十六页第五行"粘"，八册明抄本为"枯"。第二十四行"侯"，两明抄本为"候"。

卷十四第四十七页第一行"贯"，八册本为"贾"，误。第五行"侧"，八册明抄本为"倒"。第十二行"惟"，八册本为"维"。

卷十四(内阁本中缝错刻为十三，下同。)第四十八页第六行"午"，八册明抄本为"千"。

卷十四第四十九页第十六行"暑"，八册本为"渚"。第二十一行"一"，两明抄本为"正"。

卷十四第五十二页第十五行"豪"下,两明抄本有"家"字。第二十四行"荔",八册本为"薜"。

卷十四第五十四页第二行"番",两明抄本为"潘"。

卷十四第五十五页第四行"王",两明抄本为"玉"。第十六行"闌（阑）",八册本同昌平本为"關（关）",十册本为"闔（闻）"。第十七行"格",八册本为"终"。

卷十四第五十六页第三行题下八册本有"郑谷"两字,第七行题下有"王玄"两字。"徐",八册本为"余"。第八行"庭"下阙一字,昌平本为黑版,八册本为"闲"字。第十行"诚",八册本为"诚"。第十五行题下有"贾岛"两字。第十六行"道"下阙一字,昌平本为黑版,八册本为"芽"字。第二十行"鬓"下阙一字,昌平本为黑版,八册本为"髭"字。

卷十四第五十七页第十五行"修",两明抄本为"脩"。第二十行"瓯",两明抄本为"鸥"。

卷十五第五十八页第二十二行"戰（战）",两明抄本为"載（载）"。

卷十五第五十九页第三行"声",两明抄本为"韵"。第四行"予",两明抄本为"吊"。第十一行"高"下为黑版,两明抄本同北大本为"迈"字。第十八行"国",八册本为"固",十册本为"国"。

卷十五第六十页第十六行"香",两明抄本为"杏"。第二十行"黄"下阙字为黑版,两明抄本同昌平本为"蝶"。第二十一行"计",八册本为"讦",十册本为"评"。

卷十五第六十一页第一行"详",八册本为"讦"。第十四行"隋",两明抄本为"阶"。第二十一行八册本"王梦简"下有"撰"字。第二十三行"畫（画）",八册本为"畫（昼）"。

卷十五第六十二页第一行"宜",八册本为"直"。第六行"于",两明抄本为"干"。

卷十五第六十三页第六行"秩",八册本为"秧"。

卷十五第六十四页第四行"右"下两明抄本多一"王"字。第八行"林",两明抄本为"杜"。

卷十五第六十五页第十二行"岚",八册本为"风"。

卷十五第六十六页第二十三行"瀼",八册本为"壤",十册本为"漢

（汉）"。

卷十五第六十七页第三行"入"，两明抄本为"人"。第十一行"诮"，八册明抄本为"绡"。

卷十五第六十八页第七行"门"，两明抄本为"阔"。

卷十五第六十九页第二行"祐"，两明抄本为"枯"。第三行"荀"下八册明抄本有"鹤"字。第十二行"家"，八册本为"象"。第十五行"蹯"，两明抄本为"踏"。

卷十六第一页第三行两明抄本无"所"字。第二十三行"敕"，八册本为"救"，十册本为"教"。

卷十六第二页第二十二行"花落花开时"，两明抄本为"花开花落时"。

卷十八第三页第丨行"清"，两明抄本为"谙"。

卷十六第四页第九行"行"，两明抄本为"句"。

卷十七第五页第十七行"心"，两明抄本为"山"。

卷十七第八页第十四行"卷"，两明抄本为"春"。

卷十七第九页第一行"時（时）"，两明抄本为"暗"。第二十四行内阁本末三字不清楚，两明抄本同北大本为"独踟蹰"。

卷十七第十页第二十三行"蜑"，八册本为"蚩"，十册本为"蚕"。

卷十七第十五页第二十二行"好"，两明抄本为"行"。

卷十八上第二十一页第七行"背"，两明抄本为"皆"。

卷十八上第二十三页第二行两明抄本无"九"字。

卷十八上第二十四页第十三行"時（时）"，两明抄本为"诗"。

卷十八上第二十五页第六行"化下"两字不清楚，昌平本为"一纪"，两明抄本为"一统"。

卷十八上第二十六页，两明抄本错版至第二十七页后。

卷十八下第三十一页第十行"徵"，两明抄本为"催"。

卷十八下第三十六页第十八行"恬"，两明抄本为"怯"。第二十行"金"，两明抄本为"全"。第二十四行"此从"，两明抄本为"从此"。

卷十八下第三十七页第十二行"凉"，两明抄本为"深"。

卷十九第四十页第二十三行"足"，两明抄本为"促"。

卷十九第四十一页第四行"摧",八册本为"崔"。

卷十九第四十四页第一行末字不清楚,昌平本黑版,两明抄本为"诃"。第七行"怅",八册明抄本为"畅"。

卷十九八册明抄本将第四十七页错至四十四页后。

卷十九第四十五页第五行"修",两明抄本为"脩"。

卷十九第四十六页第三行"风"下,两明抄本有"诗"字。第五行"诸",八册本为"诣"。

卷十九第四十七页第十行"于"下内阁本阙一字,昌平本黑版,两明抄本有"世"字。

卷十九第四十八页第二行两明抄本有"字绍统少笃学为散骑侍郎"一行字,内阁本、北大本无。

卷二十第五十页第五行"儒",八册本为"偶"。第十七行"達(达)",两明抄本为"逵"。第二十行"音",两明抄本为"意"。

卷二十第五十二页第十九行"惠连",两明抄本为"灵运",误。第十一行"竟日"之"竟"不清楚,两明抄本为"竟日",昌平本误为"意日"。

卷二十第五十三页第二十四行"赋"下三字不清楚,内阁本为黑版,八册本为"诗文独",北大本同。

卷二十第五十四页第八行"瞻",两明抄本为"瞻(赡)"。

卷二十一第一页第二十三行末一字内阁本不清楚,昌平本黑版,两明抄本北大本为"与"字。

卷二十一第三页第十三行"风",八册本为"虱"。

卷二十一第四页第九行"斌",八册本为"□"。

卷二十一第九页第二十四行八册本"府"下无"其平生之所作"六字,昌平本"所作"两字为黑版,内阁本"平"下不清楚,北大本及十册本六字清楚。

卷二十二第十七页第十七行"富",八册本为"當(当)"。

卷二十二第十八页第五行"于"下八册本有"时"字。

卷二十二第十九页第六行"希",八册本为"僖"。第二十四行内阁本首两字不清楚,昌平本首字为黑版,两明抄本和北大本为"常与"。

卷二十二第二十一页第十行八册本"寺"下有"诗"字。

卷二十二第二十二页第十六行"帝"，八册本为"书"，误。

卷二十二第二十三页第十四行"达"，昌平本为"匹"，八册本为"世"。第二十二行"古"，八册本为"石"，误。

卷二十二第二十四页第十行八册本"见志"下有"为"字。第十七行"薛"，八册本为"师"，误。

卷二十二第二十五页第十行"真"，八册本为"贞"。

卷二十二第二十六页第八行"成"下八册本有"门"字。

卷二十三第二十八页第八行八册本"焉"上有"萃"字。第十一行"尹师鲁"下两字内阁本不清楚，昌平本为"堂谓"，八册本为"尝论"。第二十行首字不清楚，十册本为"丁"，八册本为"十"。第二十三行"有"，八册本为"百"。

卷二十二第三十一页第二十四行"与"下八册本有"末"字。

卷二十三第三十四页第十五行"上"，八册本为"工"。

卷二十三第三十六页第七行末字内阁本不清楚，其他各本为"清"。

卷二十四第三十九页第十四行"富"，八册本为"當（当）"。

卷二十四第四十页第三行"亭庄"，八册本为"毫轻"。第六行末"随"，八册本为"堕"。第七行"遂"，八册本为"遷（迁）"。第二十二行"船"，八册本为"舡"。

卷二十四第四十五页第一行"近"字下内阁本有一空白，两明抄本有"来人"两字。第十行"揄"，八册本为"榆"。

卷二十四第四十七页第十四行"青"，八册本为"情"。

卷二十五第四十九页"大"，八册本为"太"。

卷二十五第五十页第十二行"恩"下昌平本有一黑版，八册本有一"重"字。第十九行"酒"，八册本为"洒"。

卷二十五第五十一页第五行"芉"，八册本为"芋"。

卷二十五第五十二页第十二行"廷"，第十三行"廷"，八册本均为"庭"。

卷二十五第五十三页第十三行"巳"，两明抄本为"己"。"宾优"，八册本为"宾佐"。

卷二十五第五十五页第二十行"百"，八册本为"首"。

卷二十五第五十七页第二十行"辈",八册本为"輩(辈)"。

卷二十五第五十八页第十二行"人",八册本为"住"。"田",八册本为"由"。

卷二十六第二页第二行末字内阁本不清楚,八册本北大本为"器"。第四行"曲",八册本为"文"。

卷二十六第三页第十九行"援",八册本为"暖"。

卷二十六第四页第一行"董",八册本为"垂"。第十一行"声人",两明抄本为"人"。第二十四行末字内阁本空白,昌平本黑版,八册本北大本为"通"。

卷二十六第五页第一行"忘",八册本为"志"。第十一行"瞻",八册本为"贍(赡)"。第十六行"一",八册本为"二"。第二十三行"按",八册本为"桉"。

卷二十六第六页第二十二行"未能也",十册本为"未能出"。第二十四行末三字内阁本不清楚,昌平本为"中警起",北大本两明抄本为"中驚(惊)起"。

卷二十六第七页第十三行"悝",八册本为"俚"。第十七行"处",八册本为"后"。第二十四行"菜",八册本为"果",十册本为"采"。

卷二十六第八页第四行"心",昌平本黑版,八册本为"公"。

卷二十六第九页第二十行"揺",八册本为"摇"。

卷二十六第十页第三行"巾",八册本为"中"。

卷二十六第十二页第二行"苑",八册本为"怨"。第四行"吹",八册本为"愁"。第七行首字内阁本不清楚,昌平本为"堂",北大本和两明抄本均为"堂"。第十四行"风"下一字内阁本不清楚,其他各本为"吹"。

卷二十七第十四页第二行首二字内阁本不清楚,各本均为"道由"。第二十一行"疑",八册本为"凝"。

卷二十七第十七页第二行"值",八册本为"直"。第十四行"標(标)",八册本为"摽"。第十七行"扬",八册本为"杨"。第二十二行"時(时)",八册本为"诗"。

卷二十七第十八页第七行"章"下一字内阁本不清楚,其他各本为"擢"。

卷二十七第十九页第十四至十五行八册本无"工于诗辞又工于画而辞尤精"十二字。第四行后八册本多一行："惆怅兴亡系绮罗世人犹自选青娥越王解破夫差"。

卷二十七第二十一页第十一行"右"，八册本为"布"。

卷二十七第二十二页第六行"舡"，八册本为"船"。第八行"此"，八册本为"比"，十册本旁添"比"。"鬼"，八册本为"儿"，十册本旁添"儿"。

卷二十七第二十三页第四行"穀"，八册本为"榖"，十册本为"穀"。第九行"前"，八册本为"下"。第十二行"贵"，八册本为"青"。

卷二十八第二十五页第八行"千"，八册本为"干"。第九行"光"，八册本为"飞"。第十五行"心"，八册本为"春"，误。第十六行"子"，八册本为"丁"。

卷二十八第二十六页第九行"夜"，八册本为"液"。

卷二十八第二十七页第十二行"舊(旧)"，八册本为"蒨"。第十九行"缺"，八册本为"阙"。

卷二十八第三十页第一行首二字内阁本不清楚，北大本两明抄本为"紫阁"。第三行"陪"下内阁本空白，北大本两明抄本为"昶"。

卷二十八第三十一页第五行"凝狱"，八册本为"疑狱"。第八行"远"，八册本为"进"。第十三行"句"，八册本为"勺"。第十七行"春"，八册本为"卷"。第二十二行"归"下字不清楚，各本均为"棹"。

卷二十八第三十二页第七行"时"，八册本为"世"。"自"，八册本为"不"。

卷二十八第三十三页第九行"词"，八册本为"祠"。第十五行"火"下字不清楚，各本为"自"。

卷二十八第三十六页第十四行"柘"，八册本为"初"。第二十三行"少"下一字不清楚，北大本十册本为"不"。第二十四行"后"下一字不清楚，北大本两明抄本为"更"。

卷二十八第三十七页第六行"阮"，八册本为"□"。

卷二十九第三十八页第三行"国庠"，八册本为"图序"。

卷二十九第四十页第十六行"舡"，八册本为"船"。第二十三行

"仲",八册本为"伸"。

卷二十九第四十一页第二十一行"有镜",八册本为"径有"。第二十四行"架",八册本为"棨"。

卷二十九第四十四页第十四行"九",八册本为"元",十册本为"尤"。

卷二十九第四十六页"泠泠",八册本为"泠泠"。第六行"青",八册本为"音"。

卷二十九第四十七页第二十行后有"相接辞关泪至今犹未燥漠使汝南来殷勤为人道"中一行,无原二十一行"何氏"。十册本同内阁本。

卷二十九第四十八页第十二行"花",八册本为"华"。第十五行"巳",八册本为"已",十册本为"己"。第十七行"遠(远)",八册本为"達(达)"。第二十行"合",八册本为"今"。

卷二十九第四十九页第一行"研",八册本为"妍"。第十三行"城",八册本为"诚"。

卷三十第五十一页第八行"離(离)",八册本为"雖(虽)"。第十一行"朝",八册本为"朗"(写作"朗")。"复明",八册本为"复鸣"。

卷三十第五十二页第十二行内阁本首字不清楚,北大本八册本为"巳",十册本为"中",昌平本为"巳"。第十四行"選(选)",八册本为"迳"。

卷三十第五十三页第一行"釣(钓)",八册本为"鈎(钩)"。第二十一行"娥",八册本为"蛾"。

卷三十第五十四页十册明抄本缺本页。第二行"辘轳"、第四行"缀"、第六行"落墀"、第七行"鹊"、第八行"畴"、第九行"拾"、第十行"纤",内阁本不清楚,北大本八册本昌平本均为上述各字。第二十一行"田",八册本为"困"。

卷三十第五十五页第六行"何",八册本为"荷"。第十六行"羔",八册本为"黑"。

卷三十第五十六页第二十三行"井",八册本为"并"。

卷三十第五十八页第六行"宁醉",八册本为"宁酬"。第十八行"□",八册本为"泪"。

卷三十第六十页第五行"感"上一字不清楚,十册本昌平本为"自"。

卷三十一第二页第二十二行首二字内阁本不清楚,北大本十册本为"草色"。第二十四行首三字、末五字不清楚,北大本两明抄本首三字为"根老藏",末五字为"惊梦复添愁",昌平本首三字空白,末五字同北大本。

卷三十一第四页第二十一行"朝",两明抄本为"献"。第二十三行首字内阁本不清楚,各本为"元"。

卷三十一第六页第二行"娘",第十八行"娘",两明抄本均为"□"。

卷三十一第八页第四行"逼",八册本为"遍"。

卷三十一第九页内阁本与第十页错版,北大本亦错,两明抄本不错。

卷三十一内阁本第九页第七行"言"下,两明抄本有"者"字。

卷三十一第十一页第五行"嫁王元甫"四字两明抄本在下行上面。第二十二行"妄",两明抄本为"妄"。

卷三十一第十二页第二十一行两明抄本无"好"字。

卷三十二第十三页第八行"王",八册本为"玉"。

卷三十二第十四页第九行"木",两明抄本为"未"。

卷三十二第十七页第十二行"青",两明抄本为"清"。第二十三行"首",两明抄本为"皆"。

卷三十二第十九页第一行"忘",八册本为"忌"。第十一行"英",八册本为"吴"。

卷三十二第二十页第十八行"抉",八册本为"扶"。

卷三十二第二十一页第三行末三字内阁本不清楚,北大本两明抄本为"秘演曰"。第十二行"倚",八册本为"侍"。

卷三十二第二十二页第十三行"畫(画)",八册本为"盡(尽)",误。

卷三十二第二十三页第一行"肯",昌平本为"肯",十册本为"旨"。第十一行末字,昌平本为黑版,其他各本为"帘"。

卷三十二第二十四页第五行"大",两明抄本为"火"。

卷三十三第二十六页第六行"中",八册本为"花"。

卷三十三第二十八页第六行"十",两明抄本为"千"。第八行"允",两明抄本为"凡"。第二十行"九"下内阁本为黑版,北大本两明抄本为"首"字。

卷三十三第三十一页第二十四行"博",两明抄本为"搏（抟）"。

卷三十三第三十二页第十三行"黑",八册本为"赭"。

卷三十三第三十三页第三行两明抄本无"人"字,八册本空一字,第四行八册本无"花"字,空一字。

卷三十三第三十四页第二行"工",八册本为"二"。

卷三十三第三十六页第五行"胀",两明抄本为"肠"。

卷三十四上第三十八页第九行"无"下有七字内阁本不清楚,北大本八册本昌平本为"党害边功河原欲"。

卷三十四上第四十页第十八行"特",两明抄本为"時（时）"。

卷三十四上第四十二页第三行"比",两明抄本为"北"。

卷三十四上第四十六页第十行"畫（画）",两明抄本为"盡（尽）"。第十二行"遭"下八册本有"有"字,十册本空一字。

卷三十四上第四十七页第八行"绣",两明抄本为"诱"。

卷三十四上第四十八页第二行"章",两明抄本为"书"。

卷三十四下第三十六页内阁本与第三十七页错版。

卷三十四下第四十九页第九行"泊",八册本为"汩"。第十行八册本题下有"日休"二字。第十二行"泊",八册本为"汩"。第十四行"幌",八册本为"愰"。

卷三十四下第五十页第二十三行首字内阁本不清楚,昌平本为"千",两明抄本为"十"。

卷三十四下第五十三页第五行"书"下两明抄本有"舍"字。第二十四行"班"下四字不清楚,各本均为"左愧游陪"。

卷三十四下第五十四页第三行"孟"下两明抄本有"阳"字。

卷三十四下第五十七页第三行"吏",八册本为"更",误。"高"下三字为黑版,北大本八册本为"僧擁（拥）衲"。第九行"纤纤",第二"纤"字内阁本昌平本不清楚。第十二行"落",两明抄本为"落落"。第十四行"南"下黑版,北大本两明抄本为"曲"。第十九行"笛",昌平本两明抄本为"笛"。

卷三十四下第五十八页第十九行"堕",两明抄本为"随",误。

卷三十四下第五十九页第十一行"缯",两明抄本为"糟"。第十三行

"石",北大本八册本为"右"。第十七行"右"下不清楚,各本均为"概得悲字"。

卷三十四下第六十页第四行"巨"下两明抄本有"川"字。第六行"皎"下有"然"字。

卷三十四下第六十一页第十四行"杭",八册本为"抗"。

卷三十五第六十二页第六行题下两明抄本有"张籍"二字。第十四行"柱",两明抄本为"桂"。第十五行题下八册本有"鲍照"二字。第十九行"右"下一字不清楚,两明抄本为"面"。"两",两明抄本为"刃"。第二十三行题下有"沈约"二字。

卷三十五第六十三页第十六行"石"下一字不清楚,两明抄本为"进"。第二十三行"曰",两明抄本为"日"。昌平本同。

卷三十五(中缝错为三十四下)第六十四页第一行木字"聲(声)",两明抄本为"鼕"。第十一行"石",两明抄本为"右"。第二十四行首字不清楚,两明抄本为"流"。

卷三十五第六十五页第十二行末字不清楚,两明抄本为"关"。第二十三行"抱"下一字不清楚,两明抄本为"鞍"。

卷三十五第六十七页第二十三行题下作者名字不清楚,两明抄本为"杜甫"。第二十四行作者名字也不清楚,两明抄本为"张籍"。

卷三十五第六十八页第二行首字不清楚,两明抄本为"虏"。

卷三十五第七十一页第一行首二字不清楚,各本为"太宗"。第二行首字不清楚,各本为"御"。第六行"滩成",两明抄本为"难成"。第八行"真",两明抄本为"直"。

卷三十五第七十三页第十一行"妈",八册本为"冯"。第十四行"拆",两明抄本为"圻"。第十六行首二字不清楚,各本为"题山"。第十八行"范"下一字不清楚,两明抄本为"杲"。

卷三十五第七十四页第一行前两明抄本多一行:"贺兰朋吉。"第二行"司空",两明抄本为"曙"。第六行"告",两明抄本为"吉"。第九行"地",两明抄本为"流"。

卷三十六第一页第四行"柳榆",八册本为"揶揄",十册本为"柳榆"。"夷"下一字不清楚,两明抄本为"俟"。第十八行"浮"下一字不清楚,两明抄本为"灂"。

卷三十六第二页第三行"班",八册本为"斑"。第十一行"舩",八册本为"船",十册本为"舡"。

卷三十六第四页第三行"畫(画)",八册本为"晝(昼)"。

卷三十六第六页第十七行"目",八册本昌平本为"日",十册本为"月"。

卷三十六第七页第六行"大",两明抄本为"太"。第十七行"瀆(渎)",两明抄本为"渍"。

卷三十六第八页第十行"麥(麦)",两明抄本为"夢(梦)"。第十六行"菜",两明抄本为"染"。"枯",两明抄本昌平本为"拈"。

卷三十六第十页第二行"傳(传)",两明抄本为"薄"。第十三行首三字不清楚,昌平本前两字为黑版,其他各本为"闲云满"。

卷三十七第十二页第十二行"芹",两明抄本为"芹"。第二十行"丁",两明抄本为"下"。

卷三十七第十四页第十四行"旧",两明抄本为"臼"。第二十行"□",八册本为"鵬(鹏)"。

卷三十七第十八页十册本错入第十五页后。

卷三十八第二十一页第十六行"馬(马)",两明抄本为"焉"。第二十二页"火",两明抄本为"大"。

卷三十八第二十二页第十行"斗"下一字不清楚,两明抄本昌平本为"顿"。第十九行"三",两明抄本为"王"。第二十一行"无",两明抄本为"语"。"天",两明抄本为"夫"。

卷三十八第二十三页第四行"况",昌平本黑版,两明抄本为"沉"。第二十四行首字不清楚,两明抄本为"扶"。"窃"下一字不清楚,两明抄本为"窕"。

卷三十八第二十四页第二十二行"句"下一字不清楚,北大本八册本为"与"。第二十三行"抬",两明抄本为"拾"。

卷三十八第二十八页第九行"傅",两明抄本为"傳(传)"。

卷三十八第二十九页第十二行末字不清楚,两明抄本为"曰"。

卷三十八第三十页第九行"傅",两明抄本为"傳(传)"。

卷三十九第三十一页第四行"日"下一字不清楚,两明抄本为"觅"。第五行"却笑",八册本为"失却"。第十九行"上"下一字不清楚,两明抄本为"职"。第二十三行下八册本无"人章句如"四字。

卷三十九第三十二页第六行"岗"下一字不清楚,两明抄本为"势"。第七行末字不清楚,两明抄本为"兄"。

卷三十九第三十三页第一行"绵",两明抄本为"线"。第九行"舡",八册本为"船"。

卷三十九第三十四页第二十三行"有"下四字不清楚,北大本八册本为"黄相遗近","相"误,当依昌平本为"柑"。

卷三十九第三十五页第三行"有"下六字不清楚,各本为"双鹊栖于玉堂"。第七行"益",第十行"益",两明抄本均为"盖"。

卷三十九第三十六页第一行"回",两明抄本为"向"。第二十四行"今",两明抄本为"冷"。

卷三十九第三十七页第一行末字不清楚,两明抄本昌平本为"雾"。

卷三十九第三十八页第八行"傅",两明抄本为"傳(传)"。第十一行首字不清楚,昌平本空白,十册本为"目",八册本误为"自"。第二十三行"莆去",两明抄本为"简云"。

卷四十第四十一页第十二行"杨",两明抄本昌平本为"扬"。第十四行"所"下一字不清楚,北大本八册本昌平本为"间"。

卷四十第四十三页第二行"胜",八册本为"升"。

卷四十第四十四页第一行末四字不清楚,昌平本为黑版,其他各本为"不封书一"。第十行"摽",两明抄本为"標(标)"。

卷四十第四十五页第二十四行"与"下一字不清楚,两明抄本为"裴"。

卷四十第四十六页第二行"风"下一字不清楚,八册本为"不"。第十六行首字不清楚,两明抄本为"逴"。第十七行"遠(远)",八册本为"逮"。

卷四十第四十七页第十三行末二字不清楚,两明抄本为"樱红"。

卷四十一第一页第六行"堇",八册本为"革",昌平本为黑版。第七行"大",八册本为"人"。第十九行"郎",八册本为"朗",十册本为

"即"。第二十三行"千",八册本为"十"。"考",八册本为"老"。第二十四行"首",八册本为"昔"。

卷四十一第六页第一行首三字不清楚,各本为"不信长"。

卷四十一第七页第四行末字八册本为"中",其他本为空白。第七行"烏(乌)",八册本为"焉"。第十二行"自",十册本为"目"。

卷四十一第八页第十三行"寄",八册本为"奇"。

卷四十二第十二页十册明抄本缺。

卷四十二第十四页第一行首字八册本为"跌",十册本为"跌"。

卷四十二第十六页第四行"莫",八册本为"□"。

卷四十二第二十页第一行"金",八册本为"全"。

卷四十三第二十一页十册明抄本缺。

卷四十三第二十一页第十九行"蚌",八册本为"蚌"。"洙"下二字不清楚,北大本八册本为"织襄"。

卷四十三第二十四页第二十三行首字不清楚,昌平本为黑版,北大本两明抄本为"惊"。

卷四十三第二十五页第一行首四字不清楚,各本为"池灰休辨"。"川"下一字不清楚,两明抄本为"月"。第八行"鸡",八册本为"鸠"。第十一行"巢"下一字不清楚,十册本为"睡",八册本昌平本为"睫"。

卷四十三第二十六页第七行"塋(茔)",八册本为"瑩(莹)"。

卷四十三第二十七页第二十三行首字不清楚,各本为"岸"。

卷四十三第二十九页第一行"膓(肠)",八册本为"賜(赐)"。

卷四十三第三十页第十七行"无"下二字不清楚,各本为"丑枝"。

卷四十四第三十三页第十六行"失",八册本为"夫"。

卷四十四第三十四页第三行"太",八册本为"大"。第十一行"伊水"下五字不清楚,北大本为"湘水非故人",两明抄本为"湘人非故人"。第十二行"此"下不清楚,各本为"乃寺前江流也"。第十三行"胥"下三字不清楚,各本为"浦一日"。"三潮",八册本为"二潮"。第二十二行"奕",八册本为"变"。第二十四行"蠟(蜡)",八册本为"畫(画)"。

卷四十四第三十五页第七行"領(领)",八册本为"頷(颔)"。第十四行"王",八册本为"玉"。

卷四十四第三十七页第二十三行"飀",八册本为"锶（锶）"。

卷四十四第四十一页第四行"南",八册本为"而"。第六行"筶",八册本为"筶"。第十一行"舍",八册本为"含"。第二十行"夏"下五字不清楚,各本为"叶叶是清风"。第二十四行"理"下六字不清楚,各本为"橡撰乐碎有曰"。

卷四十四第四十二页第六行"旧累危巳巢泥堕",八册本为"旧累危巢泥巳堕"。十册本"巳",为"已"。

卷四十五第四十三页第二十四行"致",八册本为"到"。

卷四十五第四十四页八册本在第五十三页后,是,各本皆错。

卷四十五第四十五页第十三行末字不清楚,昌平本为"驑（驱）",两明抄本为"駈（驱）"。第十八行"王"下"罩"字,两明抄本为"鞏（巩）"。

卷四十五第四十六页第一行"于",两明抄本为"千"。此行末字不清楚,各本为"中"。

卷四十五第四十七页第三行"无"下二字不清楚,各本为"雌黄"。

卷四十五第四十八页第六行"思",八册本为"恩"。第九行"量",八册本为"量（晕）"。"急",八册本为"鱼"。第十二页"俞"下一字不清楚,两明抄本为"谒"。第十三行"前"下一字不清楚,两明抄本为"荣"。第十七行"希"下一字不清楚,八册明抄本为"逸",下同。

卷四十五第四十九页第十行"因"下一字不清楚,两明抄本为"诵"。第十九行第二十行"盡（尽）",八册本为"畫（画）"。第二十一行"誇（夸）",八册本为"跨"。

卷四十五第五十页第十行"爲（为）",八册本为"焉"。第十三行"花"下一字不清楚,八册本为"即"。第二十二行"坟"下一字不清楚,八册本为"等"。第二十三行"与"下一字不清楚,各本为"世"。

卷四十五第五十一页第二行首二字不清楚,各本为"春官"。

卷四十五第五十一页第十一行"王",八册本为"玉"。第十五行"王",八册本为"主"。第十九行"中"下一字不清楚,两明抄本为"放"。第二十三行"愿"下三字不清楚,北大本八册本昌平本为"得鬓眉"。

卷四十五第五十三页第十五行"院",八册本为"阮"。

卷四十五第五十四页第二行"间"下一字不清楚,两明抄本昌平本为

“作”。第十四行“餵(喂)”,十册本为“隈”。

卷四十五第五十五页第一行“官”,八册本为“宫”。第十三行“难”下七字不清楚,各本为“看一粒粟中藏世”。

卷四十六第一页第十三行“輶”,八册本为“醉”,十册本为“酒”。第二十行“焉”,两明抄本为“馬(马)”。

卷四十六第二页第六行“奇”下“百”字八册本为“不”。第十二行“行”字下八册本有“曰”字。

卷四十六第三页第一行“予”,八册本为“手”。第十二行“彭”下一字不清楚,两明抄本为“门”。

卷四十六第四页第一行首字不清楚,两明抄本为“间”。第六行“船”,八册本为“舡”。第十七行“見(见)”,八册本为“兒”(儿)。

卷四十六第六页第五行八册本无“晨”“肇”二字。第十八行“玉”,八册本为“王”,误。

卷四十六第八页第六行首字不清楚,八册本为“訪(访)”,十册本为“話(话)”。

卷四十六第九页第十九行“俵”,两明抄本为“猿”。

卷四十七第十二页第六行“末”,昌平本为黑版,八册本为“未”。第十七行“亭”下有“观”字。

卷四十七第十四页第二十四行“其”下五字不清楚,各本为“十字及试湘”。

卷四十七第十五页第十七行“涉”,八册本为“沙”。

卷四十七第十六页第二十三行“上”,两明抄本为“土”。末字不清楚,各本为“钗”。第二十四行末字不清楚,各本为“怀”。

卷四十七第十七页第十六行“笺和”,八册本为“牋和”。第二十二行“见”下三字不清楚,昌平本黑版,其他本为“草中有”。第二十三行“中”下四字不清楚,北大本两明抄本为“妻歌诗曰”,昌平本“歌”字黑版。第二十四行“期”下四字不清楚,北大本两明抄本为“莫恃少年”,昌平本“恃”字黑版。

卷四十七第十八页第二十一行“遗”,八册本为“近”。第二十三行“词”下三字不清楚,各本为“送之曰”。第二十四行“落”字下六字不清楚,各本为"欹枕悄无言月"。

卷四十七第十九页第十五行"将",两明抄本为"持"。

卷四十七第二十页第八行末"畫(画)"字,八册本为"晝(昼)",十册本为"盡(尽)"。

卷四十七第二十一页第三行"于",两明抄本为"子"。第十二行"丘"下一字不清楚,两明抄本为"濬(浚)"。

卷四十八第二十三页第五行"抛"下一字不清楚,两明抄本为"书"。第八行"過(过)",八册本为"通",昌平本为黑版。第十二行"房"下一字不清楚,两明抄本为"次"。第十三行八册本无"贾岛"二字。第十六行"惧",八册本为"侯"。

卷四十八第二十四页第十二行"許(许)",八册本为"訐(讦)"。第十四行"面"下一字不清楚,两明抄本为"正"。

卷四十八第二十六页第五行"對(对)",八册本为"封"。第十行"韋(韦)",八册本为"章"。第二十一行"欵",八册本为"疑"。

卷四十八第二十七页第四行"秋",八册本为"秩"。第十二行"字",八册本为"李"。第十三行"与",八册本为"兴"。第十七行"咯",两明抄本为"略"。第二十二行末字不清楚,两明抄本为"石"。第二十四行末字不清楚,两明抄本为"夕"。

卷四十八第二十八页第二十三行首字不清楚,十册本为"寇",八册本为"冠"。

卷四十八第三十页第十七行"堑",两明抄本为"暂"。第十九行首字不清楚,八册本为"轩"。"夏死",两明抄本为"洹流"。第二十二行"見(见)",两明抄本为"其"。"见"上二字昌平本黑版,北大本为"靡覆"。第二十三行"而",两明抄本为"一"。"其",昌平本黑版。"也",两明抄本为"地"。"澜"下二字,北大本为"沙沙",八册本为"去沙"。

卷四十八第三十一页第八行"滄(沧)",八册本为"洽"。第二十一行"鑽(钻)",八册本为"赞(赞)"。

卷四十八第三十二页第一行首二字不清楚,两明抄本为"凤凰"。第二行"于",八册本为"干"。"胥"下五字不清楚,北大本两明抄本为"乐兮民以宁"。第二十二行"弹"下八册本有"铗"字。

卷四十八第三十三页第二十一行"池"下一字不清楚,八册本为"中"。

卷四十八第三十四页第十行"叔",八册本为"淑"。第二十三行"闻"下三字不清楚,北大本八册本昌平本为"乌夜啼"。第二十四行末二字不清楚,北大本八册本昌平本为"刺史"。

卷四十九第三十七页第十六行"寺",八册本为"于"。

卷四十九第三十八页第一行首四字不清楚,各本为"精神形骨"。

卷四十九第四十页第一行首字不清楚,两明抄本昌平本为"弟"。第四行"无",八册本为"元"。第八行"飲(饮)",八册本为"欽(钦)"。第十三行"顋(颐)",八册本为"顆(颗)"。第二十四行末字不清楚,两明抄本为"清"。

卷四十九第四十一页第十三行"几",八册本为"毕"。第十九行末二字内阁本空白,北大本十册本同,昌平本黑版,八册本为"笺亦"。第二十行"涛",八册本为"陶",误。第二十三行末字不清楚,八册本昌平本为"抄"。

卷四十九第四十二页第二行"涓"八册本为"泪"。第四行"赠"下一字不清楚,两明抄本为"泪"。

卷四十九第四十三页第二十四行末二字不清楚,北大本八册本昌平本为"经过"。

卷四十九第四十四页第二行"谷入",两明抄本为"俗尘"。"自",八册本为"日"。第六行末二字八册本为"无人",昌平本黑版,其他本空白。第二十三行"州",八册本为"竹"。"卦",两明抄本为"野"。"笛"下一字不清楚,两明抄本为"悲"。

卷四十九第四十六页第一行"都"下一字不清楚,两明抄本为"荒"。

卷五十第四十七页第七行"塑",八册本为"愫"。第十一行"诗",昌平本黑版,八册本为"势"。第十七行"家"下一字不清楚,两明抄本为"塚"。第十九行"准"下一字不清楚,两明抄本昌平本为"若"。

卷五十第四十八页"木"下一字不清楚,两明抄本昌平本为"翁"。第七行"葉(叶)",八册本为"華(华)"。第十五行"贞",八册本为"正",误。

卷五十第四十九页第一行首二字不清楚,各本为"结宇"。第五行末字不清楚,两明抄本为"曰"。第十三行"刘"下五字不清楚,各本为"辉游蒋山赋"。第十四行"千"下四字不清楚，北大本八册本为"级物外忘"，昌平本"级"字黑版。第十六行"据"下四字不清楚，北大本两明抄本为"龙蟠空见"，昌平本"空"字黑版。第二十二页"王"，两明抄本昌平本为"玉"。

卷五十第五十页第六行"只"，八册本为"尸"，误。第二十一行"辍"下一字不清楚，两明抄本为"俸"。

卷五十第五十二页第一行末字不清楚，北大本十册本为"作"。第十四行"半"下一字不清楚，各本为"觜"。第二十四行末字不清楚，八册本昌平本为"默"。

卷五十第五十三页第四行"不"，八册本为"盃"。第二十一行"船"，八册本为"舡"。第二十三行"公"下一字不清楚，两明抄本昌平本为"咏"。第二十四行首三字不清楚，各本为"浓叶万"。

卷五十第五十四页第二行首二字不清楚，各本为"中弱"。第二十四行"曰"下二字不清楚，各本为"贤道"。

卷五十第五十六页第九行"一"下一字不清楚，八册本为"功"，十册本昌平本为"切"。第十二行"眉十指笼葱"。末四字不清楚，各本为"雨归巫山"。第十三行"良"，八册本为"郎"。第十四行"林逋吉所作之诗"，八册本为"林逋处士高于诗"。末二字不清楚，各本为"点绛"。第二十三行末字不清楚，各本为"中"。

卷五十第五十七页第二行首四字不清楚，各本为"正清秋笛"。第七行"用"，八册本为"因"。第十行"酒盃"，八册本为"浅斟"。第十一行"及人诵与张洛之"，八册本为"及临轩发榜特落之"。末二字不清楚，各本为"浮名"。第十二行"苏州刺史韦赠妓"，八册本为"苏州司理解肪尝制"。第十三行"压尽海棠稍妓"，八册本为"露浓花重人多"。"美"下"极称赏"三字，八册本为"大称赏"。第十四行"晏降"，八册本为"晏丞相"。第十五行"音洪亮细折"，八册本为"乡□琤入破"。第十六行"公"，八册本为"野"。第十七行"花影重"，八册本为"花弄影"。第十八行"世人"，八册本为"士夫"。

上面我们对《吟窗杂录》的几个主要版本，以内阁文库本为底本，作了详细的校记，其中凡异体字、简体字、俗体字，则一般不出校。对校勘内容除极其明显的错误已注明外,一般不作判断,由读者自己加以分辨。以内阁文库本为底本是为了方便日本学者,因为在日本不易看到北图和北大的明版《吟窗杂录》,而且看微缩胶卷也极不方便。

1994 年 9 月完稿于北京大学承泽园

注:

罗根泽先生认为陈振孙所说已见《吟窗杂录》自《魏文帝诗格》而下二十七家,与今本多不合,可能出于陈应行的增删,其实并非如此。罗云:"陈录于《杂句图》一卷下注云:'自《魏文帝诗格》而下二十七家,已见《吟窗杂录》。'检《魏文帝诗格》而下,《杂句图》而上,所著录者,除无名氏《诗三话》一卷,欧阳修《诗话》一卷,司马光《续诗话》一卷,不是诗格,理应除外,其余为王昌龄《诗格》一卷,《诗中密旨》一卷,李峤评《诗格》一卷,贾岛《二南密旨》一卷,白居易《文苑诗格》一卷,皎然《诗式》五卷,《诗议》一卷,齐己《风骚旨格》一卷,神彧(泽案即文彧)《诗格》一卷,保暹《处囊诀》一卷,虚中《流类手鉴》一卷,□淳《诗评》一卷,王元《拟皎然十九字》一卷,王睿《炙毂子诗格》一卷,王梦简《诗格要律》一卷,李宏宜《缘情手鉴诗格》一卷,徐衍《风骚要式》一卷,不著名氏《琉璃堂墨客图》一卷,徐寅《雅道机要》二卷,白居易《金针诗格》一卷,梅尧臣《续金针诗格》一卷,不知名氏《诗评》一卷,宋太宗真宗《御选句图》一卷,张为《诗主客图》一卷,李洞《句图》一卷,任藩《文章元妙》一卷,李淑《诗苑类格》三卷,《林和靖摘句图》一卷(未详作者),黄鉴《杨氏笔苑句图》一卷,惠崇《惠崇句图》一卷,孔道辅《孔中丞句图》一卷,并《魏文帝诗格》及《杂句图》共三十家,较二十七家多出三家。"但是,罗先生没有注意到《吟窗杂录》中目录所列皎然著作有三种,除《诗议》《诗式》外,尚有《中序》(文中为《评论》)一种,文彧则有《诗格》《论诗道》两种,而不是一种。罗先生上述自"王昌龄《诗格》"至"不知名氏《诗评》",在《吟窗杂录》中实为二十四种,加上《魏文帝诗格》为二十五种,另外两种是钟嵘《诗品》和李商隐《梁词人丽句》,陈录因其性质与诗格有所不同,未列在《魏文帝诗格》以下,《杂句图》以上。且陈振孙只说自《魏文帝诗格》以下二十七种,并未限定在《杂句图》以上，亦未明言是指《直斋书录解题》中顺序，也可能是指时代先后顺序。而罗先生的说法自身亦有矛盾，他在上述引文中所列宋太宗真宗《御选句图》至孔道辅《孔中丞句图》，有的明显就在今本《吟窗杂录》中他所说的陈应行续增部分内，因此不可能在陈振孙见到的蔡传《吟窗杂录》中。而且《吟窗杂录》是论诗的著作，罗先生称之为"诗格丛书"，怎么可能收入像任藩《文章元妙》、黄鉴《杨氏笔苑句图》这些论文章的著作呢？

（原载日本京都大学《中国文学报》第 51 册）